Probedruck 23.4.14

Felix Knell

GRIPSTEASE

Ein metaphysischer Schelmenroman

Besuchen Sie uns im Internet:
www.hockebooks.de

Felix Knell: Gripstease. Ein metaphysischer Schelmenroman
Copyright © 2013 by Felix Knell
vertreten durch AVA international GmbH, Germany

Covergestaltung: Georg Lechner (www.bfguk.de)
unter Verwendung eines Motivs von 123RF

Für die vorliegende Ausgabe:

© 2014 by hockebooks gmbh

Alle Rechte vorbehalten. Das Werk darf – auch teilweise – nur mit Erlaubnis des Verlags wiedergegeben werden.
Realisierung der Print-Ausgabe durch TALOS Media Services, Hamburg, www.talos-media.de

Printed in Europe

ISBN: 978-3-943824-48-3

www.ava-international.de

„Alles, was unbegreiflich ist, lässt nicht ab zu sein."

Blaise Pascal

Kapitel 1: Die Schleuse

Zwei Dinge standen für Dr. phil. habil. Konstantin Freundel außer Zweifel: Die Existenz der Welt war erstaunlich, und er hatte einen geilen Arsch. Letzteres war ihm von seinen zahlreichen Kundinnen im Lauf der Jahre wiederholt bestätigt worden, und obwohl sein vierzigster Geburtstag bereits hinter ihm lag, hatte das Alter auf dem gepriesenen Körperteil noch keine sichtbaren Spuren hinterlassen. Was die Existenz der Welt betraf, so bestand immerhin die naheliegende Alternative in der Existenz von überhaupt nichts. Während das Wasser auf seine Schultern niederprasselte und von dort gegen die Wände der Duschkabine spritzte, versuchte Freundel, das Problem genauer zu fassen. Insbesondere erschien es rätselhaft, dass eine so ungeheure Vielzahl verschiedenartiger Dinge existierte. Nicht allein gab es die endlose Anhäufung von Sternen und Galaxien, die in den stummen Weiten des Universums ihre namenlosen Formationen bildeten. Auch seine Wohnung enthielt zum Beispiel etliche tausend unterschiedlich geformte und gefärbte Gegenstände. Hinzu kam noch der Klang der Kirchturmglocken im Hintergrund, der ätherische Geruch des Kastanienshampoos, das aus seinem Haar tropfte, und das Brennen des immer heißer werdenden Wasserstrahls auf seiner Haut.

Die Existenz der Welt war nur eines der Probleme, die Freundel beschäftigten. Ein anderes war die prekäre Frage, ob er nicht gerade Gefahr lief, die unerwarteten Zukunftsaussichten, die sich ihm an der Universität eröffneten, in fatalem Leichtsinn zu verspielen. Während er sich bemühte, die Temperatur des Wasserstrahls zu regulieren, senkte sich diese Befürchtung in seine Magengrube wie ein zu Boden gelassener Boxersack. Er dachte an die fremde Frau, die am Telefon ihre Wünsche angegeben hatte. Warum nur musste er ausgerechnet zum jetzigen Zeitpunkt ein so enormes Risiko eingehen? Ohnehin würde sein Doppelleben ab dem heutigen Tag eine radikalere, kompromisslosere Form annehmen als in all den Jahren zuvor. All dies würde ihm weitaus mehr Disziplin und Organisationsfähigkeit, aber auch wesentlich mehr Achtsamkeit abverlangen als in der Vergangenheit. Da wäre es schon vernünftiger gewesen, Zurückhaltung zu üben. Und erst einmal abzuwarten, wie die Dinge sich entwickeln.

„Wären Sie imstande, mich mit dem Mund zu verlustieren?", hatte sich die Frau am Telefon erkundigt, deren Stimme anfangs ein wenig nervös klang und auf ein mittleres Alter hindeutete. „An meinem Schatzkästchen, meine ich. Sind Sie darin versiert?"

Konnte man das so sagen? Jemanden verlustieren? Es hieß doch: *Sich* verlustieren. Ein reflexives Verb.

„Selbstverständlich", hatte er routiniert geantwortet. „Das gehört zu meinem Programm. Oder auch eine schöne manuelle Massage. Was immer Sie scharf macht."

„Ich meine eine richtige Symphonie. Nicht nur ein bisschen mit der Zunge trällern."

„Ich verstehe, was Sie meinen."

„Und das Foto ist ein Originalfoto?"

„Klar."

„Sieht ja O.K. aus. Mir gefällt nur nicht, dass man die Augen nicht sieht."

„Meine Augen sind grün. Aber ich lege Wert auf Diskretion. Deshalb zeige ich nicht alles. Sollte Ihnen jedoch mein Gesicht nicht gefallen, brauchen Sie mir lediglich die Anfahrtskosten zu begleichen. Das handhabe ich beim ersten Treffen immer so."

Freundel reckte Renés Gesicht nach oben, kniff die Augen zusammen und ließ das warme Wasser durch seinen Mund laufen. Er fühlte sich wankelmütig und schwach. Gemessen an dem eher bescheidenen Zusatzverdienst, der ihm winkte, stand eigentlich zu viel auf dem Spiel. Mit Macht presste er den Rest des qualligen Duschgels aus der Flasche, um sich die Achselhöhlen einzuseifen. Eines war klar: Unter keinen Umständen durfte er zum gegenwärtigen Zeitpunkt von dem Prinzip abrücken, seinen beiden Professionen an geographisch getrennten Orten nachzugehen. Allerdings hatte seine Gesprächspartnerin zu Beginn des Telefonats erwähnt, sie wohne in einem Taunus-Vorort. Der liege ein erhebliches Stück vom Stadtkern entfernt. Aus diesem Grund suche sie jemanden, der auch Hausbesuche anbiete. Dadurch war ihm das Risiko, trotz anfänglicher Bedenken, einigermaßen kalkulierbar vorgekommen.

Natürlich hatte sie ihm bereits nach wenigen Sätzen die unvermeidliche Frage gestellt, was es mit der philosophischen Bildung auf sich habe, mit der er in seinem Inserat warb. Auch hier hatte Freundel seine Standardantwort parat.

„Es ist so: Ich sehe meine Dienstleistung nicht ausschließlich als sexuelles Angebot. Ich betrachte sie eher – wie soll ich sagen – als eine Form der ganzheitlichen Zuwendung. Und ich finde, das schließt eine interessante Unterhaltung unbedingt mit ein."

„Und wieso gerade Philosophie?"

„Das ist eine Art Steckenpferd von mir. Ich spreche gerne über philosophische Themen."

„Und damit kennen Sie sich aus?"

„Ich habe das studiert."

„Aha ... Und was soll *ich* davon haben?"

Unerwartet schwere See. An die 6 Beaufort.

„Na, ja. ... Das Verlangen nach Klarheit. Kennen Sie das nicht? Dieses unbedingte Verlangen nach Klarheit."

„Das kommt darauf an."

„Zweifellos."

Es entstand eine Pause. Derweil war in der Leitung ein gedämpftes Rattern zu vernehmen. Es klang, als mache sich ein Specht an einem Lederkoffer zu schaffen.

„Also", unterbrach er das Schweigen. „Ich würde sagen: Wenn Sie ebenfalls Wert auf gute Gespräche legen und ab und zu die Neigung verspüren, den Geheimnissen des Lebens auf den Grund zu gehen, dürften Sie bei mir an der richtigen Adresse sein."

„Ich muss zugeben, dass das Angebot seinen Reiz hat." Die Frau ließ ein verhaltenes Lachen erklingen, wirkte nun entspannter als zu Beginn des Gesprächs. „Aber das kostet sicher extra."

„Nein. Der Preis für den gewöhnlichen Service liegt bei 100 Euro pro Stunde. Bei speziellen Sonderwünschen müssten wir eventuell über einen Aufschlag reden. Aber Gespräche kommen selbstverständlich gratis dazu."

„Wirklich?"

„Wenn es Ihnen Vergnügen bereitet, mit mir zu plaudern und wir beide ausreichend Zeit zur Verfügung haben, bleibe ich auch gerne länger bei Ihnen. Ohne dafür mehr zu berechnen."

„Das klingt nett. Ich kann nicht behaupten, dass alle in Ihrem Gewerbe so kulant sind."

„Mir sind Niveau und ein gutes persönliches Verhältnis wichtiger als exakte Buchführung. Und besonders beim ersten Kennenlernen achte ich darauf, dass kein störender Zeitdruck entsteht."

„Sie hören sich wirklich sympathisch an. Ich würde Sie gerne treffen. Ich müsste mich nur ebenfalls auf Ihre Diskretion verlassen können."

„Keine Sorge. Da können Sie mir vertrauen."

„Was ist denn mit heute Abend? Hätten Sie da Zeit?"

Wie er im Lauf der Jahre gelernt hatte, kam es gerade bei der ersten Kontaktaufnahme darauf an, zeitlich möglichst flexibel zu erscheinen. Daher hatte er ohne längere Überlegung eingewilligt.

„Das ginge im Prinzip gut. Allerdings erst nach 20 Uhr. Das heißt, falls Sie nicht zu weit von der Innenstadt entfernt wohnen."

„Können Sie raus zu mir nach Kronberg kommen?"

Die Frau klang nun zielstrebig. Allerdings war dies nicht weiter verwunderlich. Frauen, die so weit gingen, bei ihm anzurufen, besaßen in der Regel recht genaue Vorstellungen von dem, was sie wollten.

Freundel verließ die Dusche und trocknete sich ab. Durch das angelehnte Küchenfenster fiel das Licht der Abendsonne auf seine Beine. Die Kirchturmglocken hatten inzwischen zu läuten aufgehört. Dafür waren jetzt vom Hof her Kinderstimmen zu hören. Aus einer der Nachbarwohnungen stieg der Geruch von gekochtem Kohlrabi.

Die Duschkabine hatte der Vermieter damals neu in die Küche eingesetzt. Ein richtiges Bad gab es in der heruntergekommenen Altbauwohnung nicht. Lediglich eine schmale, mit einem gusseisernen Waschbecken ausgestattete Toilette. Er dachte daran, wie Susanne und er bei der Besichtigung der Wohnung feierlich durch die leeren Räume gewandert waren. Sie hatte sich als Erstes davon überzeugen müssen, dass nicht irgendwer aus dem gegenüberliegenden Haus durch das Küchenfenster in die Dusche spähen konnte. Susanne wohnte jetzt in einem anderen Viertel. Nur der Garfield-Aufkleber, der ihm auch heute wieder einen leichten Stich versetzte, prangte noch an der halbdurchsichtigen Schiebetür. An deren Innenseite rannen jetzt perlende Wassertropfen herab. Noten an endlos gedehnten Hälsen gleichend, die unaufhaltsam in den Abgrund einer tiefer und tiefer reichenden Basstonskala glitten.

Die Nasszelle mit ihren schmutzigblauen Kunststoffwänden hatte sich im Lauf der Jahre zu einer Art Schleuse seiner Doppelexistenz entwickelt. Er betrat sie jedes Mal, um sich für einen bevorstehenden Einsatz herzurichten, und kehrte nach getaner Arbeit in sie zurück, um sich von den Spuren seiner Tätigkeit reinzuwaschen. Manchmal kam es ihm so vor, als habe die Kabine zwei Ausgänge, von denen einer auf die Nord- und der andere auf die Südhemisphäre der Erde führte. Er machte sich nichts vor. Er hatte bereits einen handfesten Duschzwang entwickelt. Er benutzte die Dusche auch dann, wenn dies unter hygienischen Gesichtspunkten überhaupt nicht erforderlich war. Sie half ihm einfach, die beiden Hälften seines Lebens voneinander zu unterscheiden.

Während er versuchte, sich auf den Text zu konzentrieren, den er in einer halben Stunde würde aufsagen müssen, musterte er sein Gesicht in dem halb erblindeten Oval des Spiegels, der an dem monströsen Dübel über der Küchenspüle hing. Sein bereits ergrautes, noch feuchtes Haar haftete an beiden Seiten des Schädels. Auf der Vorderseite der Halbglatze, die dazwischen bleckte, entdeckte er einen Mitesser. Er würde ihn später mit etwas Creme kaschieren. Ansonsten wirkte seine Haut für sein Alter noch tadellos. Der südländische Olivton entlockte Jutta Trierweiler regelmäßig unbeholfene poetische Worte. Auch seine Figur ließ nichts zu wünschen übrig. Und dies, obwohl er bisher darauf verzichtet hatte, ein Fitnessstudio zu besuchen, und obgleich er morgens gerne lesend und Kaffee schlürfend im Bett liegen blieb, während seine Fachkollegen im Laufschritt durch den Grüneburgpark trabten. Er musste an Dr. Keltberlet denken, dem er dort einmal kurz nach Sonnenaufgang bei der Rückkehr von einem nächtlichen Einsatz begegnet war. Dr. Keltberlet arbeitete als Oberassistent am Institut und ließ bei jeder Gelegenheit seinen Stolz darüber aufblitzen, bei Randmüller promoviert zu haben. Keuchend hatte er ihm erklärt, allein das morgendliche Joggen versetze ihn in die Lage, sein tägliches Arbeitspensum von bis zu zehn Stunden Lektüre- und Schreibarbeit ohne Effizienzverlust durchzuhalten. Freundel, der seinerseits ein mehrstündiges Arbeitspensum absolviert hatte, das ihm einen ordentlichen Batzen Geld bescherte, war froh, die sportliche Ertüchtigung in seine Tätigkeit integrieren zu können. Er fand, dass Dr. Keltberlet, aus dessen bambushellen Haarsträhnen schwerer, uranhaltiger Schweiß zu tropfen schien, in seinem leukoplastfarbenen Jogging-Anzug ähnlich irreal aussah wie eine Figur aus einem Zeichentrickfilm.

Bereits seit Tagen hatten die Blätter in den hohen Wipfeln der Westendalleen die Klimax ihrer zitrusgelben und granatapfelroten Leuchtkraft erreicht. Einige von ihnen zeigten sich gar in goldfischfarbener Pracht. Umflutet vom Champagnerglanz der verblassenden Herbstsonne, lösten sie sich von den Ästen, um lautlos auf die Torpfosten, Mülltonnen und Trottoirs des Quartiers hernieder zu schweben. Freundel schritt durch den lauwarmen Oktoberabend und wählte eine mnemotechnisch günstige Route. Sie führte ihn in einem großräumigen Viereck um die jüdische Synagoge herum, vor deren Front die aus Beton gefertigten Schutzsperren wie Wellenbrecher aus der Straße aufragten. Aus Erfahrung wusste er, dass er sich seinen wöchentlichen Einleitungsvortrag besonders gut einprägen konnte, wenn er ihn kurz vor Beginn der Veranstaltung noch einmal memorierte und dabei einen Weg beschritt, der ihm nicht vertraut war.

An der Ecke zur Friedrichstrasse tat sich linkerhand eine neue Umgebung auf. Ins Auge stach dort ein fünfgeschossiger Neubau. Seine Fassadenverkleidung bestand aus graubraunem Granulat. Es handelte sich um eine grobkörnige Beschichtung, die aussah, als habe jemand überdimensionales Vogelfutter zu einem speziellen Belag zusammengepresst. Das Anwesen war zwischen zwei stuckverzierte Gründerzeitbauten geklemmt und schien auf verschiedenen Etagen gleich mehrere Zahnarztpraxen zu beherbergen. Die charakteristischen Beleuchtungsgeräte mit ihren großen, beweglichen Schwenkarmen ließen sich von der Straße aus deutlich erkennen.

Freundel riss sich zusammen. *Meine Damen und Herren, liebe Studierenden! Ich möchte Sie herzlich zu dem diessemestrigen Hauptseminar begrüßen. Wir werden uns in den kommenden Monaten mit einem ganz und gar elementaren Problem beschäftigen. Mit der Frage nämlich, warum überhaupt eine Welt existiert und nicht vielmehr nichts. Diese Frage wird häufig auch als die Grundfrage der Metaphysik bezeichnet.*

Am Rand der gegenüberliegenden Straßenseite war, in einiger Entfernung, die Rückseite eines Möbelwagens zu erkennen. Eine der beiden Hecktüren stand offen. Auf dem Gehsteig zeichneten sich Umrisse eines senkrecht aufgerichteten Bettgestells sowie etlicher kleinerer Einrichtungsgegenstände ab.

In dieser Form wurde die Frage als erstes von Leibniz formuliert. Im 20. Jahrhundert war es dann vor allem Martin Heidegger, der sie wieder aufgegriffen hat.

Inzwischen hatte er sich dem Wagen ein Stück weiter genähert. Für einen Augenblick wurde er von der Melancholie des Umbruchs erfasst, die den aufgetürmten, ihrem alltäglichen Lebenszusammenhang entrissenen Möbelstücken anhaftete. Zu ihnen gehörten neben dem Bettgestell auch mehrere zusammengerollte Teppiche, zwei Stehlampen, ein Schubladenschrank sowie ein großer Cordsessel. Was ihm jedoch vor allem zusetzte, war der Anblick des gefräßigen Laderaums des Umzugswagens. Mit einem ähnlichen Kleintransporter der Marke Mercedes-Sprinter war auch Susanne damals, mit ihrem kompletten Hab und Gut, unwiederbringlich von dannen gezogen.

Wir werden im Lauf des Semesters nicht nur verschiedene mögliche Antworten auf die Frage kennenlernen, warum überhaupt Dinge existieren, sondern wir wollen auch den Sinn dieser Frage untersuchen. Entgegen dem ersten Anschein steht nämlich gar nicht fest, dass es sich bei ihr überhaupt um eine verständliche Frage handelt.

Die imposante Fassade des Poelzig-Baus mit ihrer Plattenverkleidung aus beigem Travertin wurde jetzt sichtbar. Insgesamt vier Fakultäten waren vor einigen Jahren in das herrschaftliche Gebäude übergesiedelt. Damals hatte eine öffentliche Debatte darüber stattgefunden, ob die Universität eine Immobilie nutzen dürfe, von deren Räumlichkeiten aus die IG Farben während der NS-Zeit die Zyklon-B-Lieferungen in die Konzentrationslager organisiert hatte. Am Ende der Debatte stand der Beschluss, auf dem Universitätsgelände eine Erinnerungsstätte einzurichten und ein spezielles Forschungsinstitut unterzubringen, das sich mit der Aufarbeitung der Nazizeit beschäftigen sollte. Für das philosophische Institut bedeutete der Umzug auf jeden Fall einen Gewinn. Es hatte zuvor in einer unsäglichen Betonschachtel in der Nähe der Senckenberganlage seinen Sitz gehabt, deren abgetakeltes Erscheinungsbild in krassem Gegensatz zu seiner ruhmreichen Tradition stand.

Auf der gegenüberliegenden Straßenseite näherte sich eine hagere Gestalt, die ihm freundlich zuwinkte. Sie trug einen langen, zweireihig geknöpften Mantel, dessen Farbe an erkalteten Vanillepudding denken ließ. Als Freundel Professor Weesenberg erkannte, überquerte er die Straße. An der Bushaltestelle Grüneburgweg begrüßten sie einander per Handschlag. Wie üblich, hafteten die rotbraunen Haarsträhnen seines Gegenübers in eigenwillig schräg nach oben zulaufender Manier an dessen Schläfen. Die gesamte Frisur ähnelte dadurch dem windschiefen Reisigdach der Behausung eines Waldschrats.

„Ich grüße Sie, Herr Collega", eröffnete der Professor das Gespräch. „Hatten Sie einen guten Start in das Semester?"

Sein Lächeln erinnerte an das Grinsen eines Erwachsenen, der einem artigen Kind ein Eis überreicht. Der gönnerhafte Habitus entsprach genau der Situation. Während Manfred Weesenberg als langjähriger Ordinarius und aktueller Dekan des Fachbereichs in jeder Hinsicht überlegen im institutionellen Sattel thronte, war Freundel von der ortsansässigen Professorenriege die gnädige Chance erteilt worden, sein Können im Rahmen einer zweisemestrigen Lehrstuhlvertretung unter Beweis zu stellen.

„Ich beginne erst heute Abend", antwortete Freundel und stellte seine schmale, aus kirschrotem Segeltuchstoff gefertigte Aktentasche zwischen den Beinen ab. „Ich bin gerade auf dem Weg zu meinem Seminar."

„Bei mir ging es schon am Montagmorgen los. Erschrecken Sie nicht, wenn es rappelvoll wird. In den Veranstaltungen treiben sich wieder ärgerlich viele Studienanfänger herum."

„Ach ja."

„Es ist jedes Mal dasselbe zu Semesterbeginn. Lauter orientierungslose Leute. Die meisten der neuen Gesichter verschwinden nach einigen Wochen wieder von der Bildfläche."

„Das läuft in Mainz nicht anders."

„Übrigens hat das Thema Ihrer Vorlesung meine Neugierde geweckt", sagte Weesenberg und machte einen halben Schritt auf ihn zu. „Ich teile Ihre These, dass die Möglichkeit einer zeitgenössischen Metaphysik viel zu wenig diskutiert wird. Hätten Sie etwas dagegen, wenn ich mich gelegentlich unter Ihr Publikum mische, sobald das Semester in die Gänge gekommen ist?"

Die Vorstellung machte Freundel nervös.

„Im Gegenteil. Das würde mich sehr freuen. Es ist allerdings so, dass ich in der Vorlesung Gedanken ausprobiere, die einen sehr vorläufigen Charakter haben. Manches von dem, was ich ausführe, ist noch ziemlich unausgegoren."

„Da kommt gerade mein Bus", rief Weesenberg und reichte ihm erneut die Hand. „Ich schaue im Lauf der Woche mal in Ihrem Büro vorbei."

Das Seminar würde bereits in fünf Minuten beginnen, und Freundel musste sich sputen. Als er das repräsentative Eingangsportal des Gebäudes passiert hatte und die mächtigen Stufen der geschwungenen Marmortreppe emporeilte, keimte Stolz in ihm auf. Den Rest seines Einleitungsvortrags würde er ohne Schwierigkeiten frei improvisieren.

Kapitel 2: René

Es war kurz vor 21 Uhr, als er sich der zweistöckigen Villa näherte. In einen der beiden Torpfosten war ein Briefkasten aus Edelstahl in der Größe einer Babyklappe eingelassen. Über dem Briefkasten befand sich ein ovales, ebenfalls aus Metall gefertigtes Schild. Trotz der schummrigen Straßenbeleuchtung ließ sich die eingravierte Hausnummer erkennen, die Frau von Stein ihm genannt hatte. Dank eines der detaillierten Stadtpläne, die er vom gesamten Rhein-Main-Gebiet besaß, war es ihm nicht schwergefallen, von der S-Bahn-Station aus den Weg zu finden. Die erste Seminarsitzung hatte, wie üblich, kaum mehr als eine halbe Stunde in Anspruch genommen. Dadurch war ihm genügend Zeit geblieben, um daheim noch rasch eine tiefgekühlte Lasagne in die Backröhre zu schubsen sowie ein weiteres Mal die Duschkabine zu besteigen.

Das Anwesen schien von einem parkartig angelegten Garten umgeben, dessen furiose Baumbestände sich in der Finsternis nur schemenhaft erahnen ließen. Vom Eingangstor aus führte ein zirka 30 Meter langer Kiesweg, flankiert von zwei Buchsbaumhecken, zu der überdachten Haustür. Durch deren halbkreisförmiges, in Lamellen unterteiltes Oberfenster schimmerte ein gedämpftes Licht. In topasfarbener Noblesse ließ es die spitzwinkligen Glassegmente aus der Dunkelheit hervortreten. Schritt für Schritt näherte Freundel sich der Tür. Während der Kies unter seinen Schuhen knirschte, stellte sich die gewohnte Empfindung ein. Ihm war, als spanne sich durch seine Eingeweide eine schwere, vom Wind in immer heftigere Schwingungen versetzte Hängebrücke. Mit dem ersten Besuch bei einer neuen Kundin verband sich, auch nach Jahren der Routine, noch immer ein erheblicher Nervenkitzel. Vor allem kam es beim ersten Blickkontakt darauf an, sich eine eventuelle Enttäuschung unter keinen Umständen anmerken zu lassen. Nach wie vor neigte er dazu, sich seine unerschrockenen Anruferinnen in der Phantasie als aparte, verruchte oder laszive Wesen vorzustellen. Zwar behielt er in einigen wenigen Fällen damit sogar Recht. Doch in den übrigen Fällen konnte der hoffnungsvollen Erwartung leicht ein hinderliches Störfeuer erwachsen.

Als Frau von Stein ihm die Tür öffnete, realisierte er augenblicklich, dass das Schicksal es ein weiteres Mal gut mit ihm meinte. Sie trug ein dunkles, eng anliegendes Kostüm, das ihre propere Figur betonte. Ihr schwarzes, leicht gewelltes Haar hatte sie mit einer Klammer nach hinten gesteckt. Ihre Hände wirkten gepflegt, die sorgsam zurechtgefeilten Fingernägel zierte ein zurückhaltender Silberton. Auf den ersten Blick schätzte er ihr Alter auf Ende vierzig.

„Haben Sie den Weg gut gefunden?", erkundigte sie sich. Ihre Augen funkelten wie polierte Murmeln im Lichtschein des Hauseingangs.

„Das war kein Problem. Die Wegbeschreibung war perfekt".

„Bitte. Treten Sie ein."

Er folgte ihr in eine geräumige Eingangshalle. Von dort führte auf beiden Seiten ein geschwungener Treppenaufgang ins Obergeschoss. Seine Gastgeberin geleitete ihn durch einen engen, nach rechts abzweigenden Korridor. Nach wenigen Metern betraten sie einen hell erleuchteten Salon. Er maß schätzungsweise 60 Quadratmeter, wobei der Zuschnitt nicht ganz dem Ideal des rechten Winkels zu entsprechen schien. Die gesamte Einrichtung bestand aus antikem Mobiliar. An den hohen, in altbierbrauner Farbe tapezierten Wänden hingen in entspiegelten Glasrahmen abstrakte Zeichnungen. Das umgebende Passepartout umfasste weitaus mehr Fläche als die Zeichnungen selbst. Ein üblicher dramaturgischer Kniff, um den künstlerischen Wert der dargebotenen Werke zu unterstreichen. Eine der beiden hinteren Ecken des Raums füllte ein massiver, mit Terracottaplatten verkleideter Kamin. Vor dem Kamin stand ein schmales Sofa, mit Polstern aus camembertfarbenem Samt. Darauf saß eine schlanke rothaarige Frau, die ihm interessiert entgegenblickte. Freundel war darüber nicht sonderlich überrascht. Er hatte es bereits des Öfteren erlebt, dass bei einem Antrittsbesuch in der Wohnung einer neuen Kundin deren beste Freundin anwesend war. Vor allem dann, wenn die Kundin keinen Hund besaß, der sie im Zweifelsfall vor unerwünschten Übergriffen schützen konnte.

„Das ist Lydia, eine Bekannte von mir", sagte Frau von Stein. „Sie war ebenfalls neugierig darauf, Sie kennen zu lernen. Ich hoffe, das macht Ihnen nichts aus."

„Ganz im Gegenteil. Ich bin mehr als erfreut. Zwei so ungewöhnlich hübschen Evastöchtern auf einmal zu begegnen, ist ein echter Glücksfall."

Einen Augenblick lang befiel ihn die Sorge, die beiden könnten es auf eine ménage à trois abgesehen haben. Seine Kräfte würden dafür womöglich nicht mehr ganz ausreichen. Immerhin hatte er am frühen Nachmittag bereits eine schweißtreibende Sitzung mit einer Stammkundin hinter sich gebracht. Ort des Geschehens war eine Hochhauswohnung in der Nähe von Offenbach gewesen, deren Parkettböden sich stets ein wenig klebrig anfühlten und in der es bei fast jedem seiner Besuche penetrant nach Siedfleisch mit Meerrettich roch. Unauffällig tastete er nach der Tablettenpackung in seiner Jackettasche. Was ihn jedoch andererseits beruhigte, war die Tatsache, dass zumindest Frau von Stein am Telefon ein vorrangiges Interesse an Praktiken bekundet hatte, bei denen in erster Linie seine Zungenfertigkeit gefragt war.

„Machen Sie es sich bequem", sagte diese zu ihm und wies mit ihrer Handfläche in Richtung der im Raum herumstehenden Sitzmöbel. „Darf ich Ihnen etwas zu trinken anbieten?"

„Gerne." Er ließ sich in einem Sessel aus wallnussfarbenem Holz mit ochsenblutrotem Lederbezug nieder und blickte sich um. Das Zimmer mit seinen ungewöhnlich düster gefärbten Wänden wirkte, der Verspieltheit der Einrichtungsgegenstände zum Trotz, ein wenig bedrückend. Es hätte gut und gerne einem von Polanski inszenierten Kammerspiel als Kulisse dienen können. Für einen flüchtigen Moment kam es ihm sogar so vor, als habe sich in dem Anwesen in der Vergangenheit etwas Grauenvolles zugetragen. Sogleich jedoch verscheuchte er den Gedanken wieder, indem er im Geiste Ausschau nach einem Kompliment hielt, mit dem er die Herrin des Hauses umschmeicheln konnte.

„Nehmen Sie einen Schluck Sekt?", erkundigte sich diese.

„Da wäre ich nicht abgeneigt. Ich muss sagen, Sie leben hier ja in einem wahren Palazzo. Und Sie haben sich äußerst geschmackvoll eingerichtet."

„Das verdanke ich Lydia. Sie ist meine Stilberaterin."

Frau von Stein ging zu einer uralten Wandkommode, deren aschfahles Holz wie Pappmaché aussah. Von dort nahm sie eine offene Flasche Cremant d'Alsace. Anschließend füllte sie drei Gläser, die auf einem Silbertablett bereitstanden. Sie reichte ihm und ihrer Freundin je ein Glas. Danach nahm sie, direkt ihm gegenüber, auf einem Stuhl Platz, dessen auf Hochglanz polierte Lehne ein Exempel überbordender Schnitzkunst bot.

„Ich bin Tamara. Zum Wohl!" Sie musterte ihn genauer und setzte dann ein vorsichtiges Lächeln auf. „Und Sie sind also René?"

Freundel lächelte zurück. Tamara gefiel ihm. Sie gestaltete diese Kennenlernszene mit einer bemerkenswerten Abgeklärtheit. Zugleich lag in ihren Gesichtszügen etwas Zartes, Filigranes. Auch ließ ihr Mienenspiel Aufgeschlossenheit und Feinsinn erkennen. Ihre großen dunklen Augen bildeten einen ansprechenden Kontrast zu ihrem blassen Teint. Am Hals zeigten sich ein paar Falten, aber insgesamt schien sich ihre Haut noch in einem recht passablen Zustand zu befinden. Er wusste, dass er diese Frau ohne Verstellung begehren konnte. Dennoch musste er sich darauf konzentrieren, nicht zu häufig zu der anderen Frau hinüber zu linsen, die zu seiner Rechten saß und die Beine übereinandergeschlagen hatte. Mit ihrem fülligen tizianroten Haar, den hohen Wangenknochen und ihrem breit lächelnden Mund war sie eine echte Schönheit. Sie schien etliche Jahre jünger zu sein als Tamara. Freundel schätzte sie auf Anfang vierzig.

„Tamara ist ein eleganter Name", sagte er zu seiner Gastgeberin. „Er klingt, als hätten Sie einen russischen Familienhintergrund."

„Ich finde nicht, dass ich Ihnen bei unserem ersten Treffen gleich so persönliche Auskünfte erteilen sollte." Frau von Stein blickte nun streng. „Da könnte ich Sie ja auch gleich fragen, ob René vielleicht bloß Ihr – wie soll ich das nennen – Ihr Künstlername ist, und mich erkundigen, wie Sie in Wirklichkeit heißen."

Er wurde verlegen. „Pardon. Ich wollte nicht indiskret sein. Wenn mir jemand gefällt, werde ich manchmal ziemlich rasch vertraulich. Ist eine Schwäche von mir."

„Für einen Philosophen ist jedenfalls René ein gediegenes Etikett", rief Lydia dazwischen. Ihre Stimme besaß einen rauen, leicht öligen Klang. In Freundels Phantasie beschwor er das Bild einer bleiern getönten Glasvitrine herauf.

„Finden Sie?", erwiderte er.

„Na, kommen Sie!", antwortete sie. „Schließlich zählt Descartes zu Ihren geistigen Ahnherren."

Er wurde unsicher. Noch nie war es vorgekommen, dass eine seiner Kundinnen den Entstehungshintergrund seines Pseudonyms erraten hatte. Tatsächlich war ihm bei der Suche nach einem tauglichen Künstlernamen schon bald René Descartes in den Sinn gekommen. Die Idee, den Vornamen eines bekannten Philosophen zu verwenden, lag in seinem Fall ohnehin auf der Hand. Auf der anderen Seite sollte das Pseudonym einigermaßen halbseiden und verführerisch klingen. Er hatte einschlägige Broschüren mit Inseraten studiert, in denen Callboys ihre Dienste anboten. Die hießen beispielsweise Sascha, oder Nico oder Pierre. René fügte sich hervorragend in diese Reihe ein. Als Alternative zu Descartes hatte Freundel anfangs auch Wittgenstein als möglichen Namenspatron in Erwägung gezogen. Dessen Vorname Ludwig passte nämlich in eine andere Reihe eher derb klingender Callboynamen, wie Georg, Heinz oder Rudolf, die ebenfalls häufiger vorkamen. Allerdings schienen diese Namen eher auf schwule Kunden gemünzt zu sein. Da er für diese Klientel kein Angebot bereithielt, wollte er deren

Interesse lieber erst gar nicht auf sich lenken. Daher erschien ihm René am Ende als die geeignetere Wahl.

Was zusätzlich für Descartes sprach, war die Tatsache, dass der berühmte Rationalist und Metaphysiker des 17. Jahrhunderts seinerseits enge Beziehungen zu diversen adeligen Gönnerinnen unterhalten hatte, in die sich, mit ein wenig Einfallsreichtum, eine Art Callboy-Existenz hineinphantasieren ließ. Zumindest lösten die überlieferten Berichte von der engen Freundschaft des Philosophen mit Elisabeth von der Pfalz und von dessen Privatquartier am Hof der schwedischen Königin bei Freundel entsprechende Assoziationen aus. Einen weiteren Anlass für die Wahl des Pseudonyms bot zudem eine rätselhafte Notiz, die Descartes der Nachwelt hinterlassen hatte. Sie kam Freundel vor, als handele es sich um eine versteckte Regieanweisung für sein eigenes geheimes Doppelleben:

Wie die Schauspieler eine Maske aufsetzen, damit auf ihrer Stirn nicht die Scham erscheine, so betrete ich das Theater der Welt – maskiert.

Alles in allem verlieh ihm der philosophiehistorische Hintersinn von „René" bei seinen forschen Einsätzen an den mitunter tückischen Kletterwänden weiblichen Verlangens eine willkommene Souveränität. Als Maskottchen aus einer anderen Welt bot er ihm jenes Gefühl der Überlegenheit, das er benötigte, um seine erotischen Dienstleistungen mit der erforderlichen Selbstsicherheit ausführen zu können.

Es war jedoch nicht in erster Linie diese Sicherheit, die er durch Lydias Bemerkung bedroht sah. Eine ganz andere Befürchtung keimte in Freundel auf. Wenn diese Frau über Philosophiekenntnisse verfügte: Hatte sie dann womöglich Kontakte zum Frankfurter Institut? Eine fatalere Koinzidenz wäre in seiner derzeitigen Lage kaum vorstellbar. Warum zum Teufel war er nicht vorsichtiger gewesen? Er gab sich Mühe, die Nachfrage so beiläufig wie möglich vorzubringen:

„Wie es aussieht, haben Sie ebenfalls einen Bezug zur Philosophie."

„Bingo! Das ist aber kein Grund, gleich nervös zu werden", antwortete Tamaras Freundin, der offenkundig nichts entging. „Ihnen werde ich schon nicht das Wasser reichen können. Als Studentin habe ich nebenher ein paar Philosophievorlesungen besucht. Das ist alles."

Freundel bemühte sich, seine Erleichterung zu verbergen. Dann konzentrierte er sich wieder auf seine eigentliche Gastgeberin, die ihn jetzt ungeniert anlächelte. Er ließ sich noch ein Glas Sekt nachschenken und erzählte daraufhin die Geschichte von Descartes und seiner gönnerhaften Fürstin. Die beiden Frauen lachten, und die Stimmung war jetzt gelöst.

Nach einer Weile warf ihm Tamara einen durchdringenden Blick zu. „Wie wäre es", sagte sie, „wenn wir den Rest der Flasche mit nach oben nehmen?"

Durch den zarten Stoff ihrer Bluse ließ sich erkennen, dass ihre Brustwarzen zum Leben erwacht waren. Sogleich verspürte er seinerseits einen Anflug der Erregung und beglückwünschte sich einmal mehr zu seiner erquicklichen Nebentätigkeit. Eine Tablette würde er heute voraussichtlich nicht mehr benötigen.

Lydia erhob sich und schlenderte leise summend in die gegenüberliegende Ecke des Salons. Dort ließ sie sich in einem Schaukelstuhl mit hoher, pilzförmiger Lehne nieder. Dieser geriet durch ihr Gewicht so wenig in Bewegung, dass man meinen konnte, die Kufen seien auf dem Parkett festgenagelt. Flüchtig strich sie ihren Rock über den Knien zurecht. Dann beugte sie sich zur Seite, um aus einem Bastkorb neben dem Stuhl ein grellbuntes Magazin zu angeln.

„Sie wird hier unten bleiben und uns nicht stören", sagte Tamara, während Freundel ihr, die Sektflasche und sein Glas in den Händen, in Richtung Treppenhaus folgte. Am Treppenabsatz streifte sie die Schuhe von den schmalen, mit metallicschwarzen Nylonstrümpfen bekleideten Füßen. Anschließend lief sie in mädchenhaften Schritten über die polierten Stufen nach oben.

Im Obergeschoss angelangt, führte sie ihn in ein geräumiges Zimmer. Es wurde von einem überkandidelt gestylten Messingkronleuchter illuminiert, der wie ein vergessener Weihnachtsschmuck von der Decke hing. Einen

Teil der Fensterfront verhüllte ein schwerer, acrylblauer Vorhang. Durch das freie Fenster sah man den Lichthof einer Laterne, die offenbar die hinter dem Haus gelegene Seite des Gartens beleuchtete. An der linken Wand des Zimmers stand ein Doppelbett mit Bezügen aus grün-weiß gemustertem Quiltstoff. Vom Kopfende des Betts aus fiel der Blick auf einen bombastischen Flachbildschirm, der an der gegenüberliegenden Wand prangte, einem attrappenhaften Requisit aus einem Science-Fiction-Streifen gleichend. Den Boden des Schlafgemachs bedeckte ein heller, ziemlich zerzaust wirkender Kamelhaarteppich. Tamara setzte sich auf den Rand des Betts und hielt ihm ihr Glas entgegen. Er nahm an ihrer Seite Platz und schenkte ihr Sekt nach. Dann stieß er sein noch zur Hälfte gefülltes Glas gegen ihres.

„Darf ich dich eigentlich küssen, du schöner Kerl?", fragte sie ihn, während sie ihn halb verlegen, halb besitzergreifend musterte. Er stellte die Sektflasche auf dem Nachtisch ab. Derweil betrachtete er die kosmetisch verstärkten Linien ihrer dezent geschwungenen Lippen.

„Das mache ich eigentlich nur in Ausnahmefällen", log er. „Wenn mir jemand besonders sympathisch ist. Aber bei dir könnte das so eine Ausnahme sein".

Kaum hatte er den Satz beendet, presste sie bereits ihr Gesicht auf seines. Sie fuhr mit der Hand durch sein Nackenhaar, während sie ihm rasant ihre Zunge entgegenschob. Ihr Mund schmeckte nach Sekt. Die Zunge, die sich ungestüm auf und ab bewegte, fühlte sich weich und flach an, als handele es sich um das Blütenblatt einer nicht mehr ganz knackfrischen Tulpe. Er erwiderte den Kuss. Dabei rutschte er vom Bettrand hinab auf den Fußboden, bis er schließlich vor ihr auf dem Teppich kniete. Während der Kuss andauerte und seine Hose sich zu spannen begann, tastete er nach ihren Brustwarzen, die hart wie Trüffelpilze unter ihrer Bluse standen. Ihr entfuhr ein raubeiniger Seufzer, als seine Hand die rechte Brust umschloss, während er die andere Hand in Höhe der Hüfte unter ihre Bluse schob. Er tastete sich weiter hinab unter den Rocksaum und fühlte die Kühle ihrer Pobacke.

Sie unterbrach den Kuss und begann damit, sich die Bluse aufzuknöpfen, unter der die nackten Brüste zum Vorschein kamen. Deren Flecken und Unebenheiten erinnerten an leicht verwitterten und zugleich von Niederschlägen glatt gewaschenen Marmor. An jenes verwunschene Gestein, auf das er während der verträumten Streifzüge seiner Kindheit inmitten endloser Kolonien knorpeliger Macchiabüsche gelegentlich gestoßen war. Entschlossen fing er an, eine der beiden Brustwarzen mit dem Mund zu bearbeiten. Gleichzeitig nahm er beide Brüste in die Hände, während er die Daumen von unten, in synkopischen Gegenbewegungen zum Rhythmus seiner Lippen, in Richtung der Brustwarzen schob. Irgendwo in der Ferne schlug eine Kirchturmuhr. Er zählte zehn Schläge.

„Warte mal. Ich habe dir ja noch gar nicht dein Geld gegeben." Sie schob seinen Kopf von ihrem Oberkörper weg.

„Das hat doch Zeit bis nachher."

„Also hundert Euro, abgemacht? Und dafür möchte ich, dass du mich später ausgiebig mit dem Mund da unten verwöhnst."

„Ich weiß. Sollen wir uns nicht noch ein bisschen mehr ausziehen?"

Wenig später lag Tamara, vollständig entkleidet, rücklings auf dem watteweichen Quiltbezug des Doppelbetts. Durch das angelehnte Fenster war seit einiger Zeit ein heftiger Regenguss zu vernehmen. Unablässig rauschten die Tropfen auf die Blätter der im Garten befindlichen Laubbäume nieder, sanft und beruhigend, wie eine behutsam raschelnde Großmutter im Nebenzimmer. Freundel schob die Hände unter Tamaras nur halbherzig gespreizte Schenkel. Langsam ging er auf Tauchgang, um sich behutsam weiter vor zu wagen, bis das behaarte Geschlecht in Übergröße vor ihm aufragte. Es ähnelte einem seit Jahrzehnten in Vergessenheit geratenen, von sperrigem Unkraut überwucherten Grabhügel. Jetzt kam es darauf an, rasch die richtige Orientierung zu gewinnen. Jede Frau war in ihren Proportionen ein wenig anders gebaut, und aus unmittelbarer Nähe blieb das Gesichtsfeld zu verschwommen, um die günstigsten Ansatzpunkte für den Cunnilingus sicher identifizieren zu können. Hinzu kam, dass bei üppigerem Haarwuchs bestimmte Abstände, die sich als Orientierungsmaßstäbe eigneten, verzerrt erscheinen konnten. Dass es ihm gelang, die richtigen Stellen ohne Umschweife aufzuspüren, durften seine Kundinnen jedoch von ihm erwarten. Schließlich zählte diesbezügliche Effizienz zu jenen Fähigkeiten, durch die er sich in seiner Eigenschaft als bezahlter Profi von einem gewöhnlichen Liebhaber zu unterscheiden hatte.

Freundel wählte das Verfahren, dadurch einen distanzierten Blick auf das Gelände zu gewinnen, dass er mit der Zungenspitze zunächst an der Innenseite der Oberschenkel auf- und niederglitt. Bei gekonnter Ausführung bot diese Verzögerungstechnik den Vorteil, die Erregung der Frau im Vorfeld zu steigern, sofern diese an den entscheidenden Stellen nicht zu kitzelig war. In Tamaras Fall klappte diese Methode problemlos, und als Freundel von seiner Exkursion zurückkehrte, war er genau darüber im Bilde, in welche Regionen die geforderte Attacke zu zielen hatte.

Etwa zwanzig Minuten später hatte Tamara mehrere Höhepunkte erreicht. Erschöpft drehte sie sich auf die Seite. Freundel, dessen Gesicht fast vollständig von ihrem Saft benetzt war, wartete ab, ob sie noch einen anschließenden Genitalverkehr wünschte. Nach einer Weile hob sie den Kopf und schaute gelöst.

„Boy, oh boy! Das habe ich gebraucht. Das habe ich wirklich gebraucht! Ich danke dir."

Während ihres gemeinsamen Schweigens hatte er begonnen, sich die Grobstruktur der Vorlesung zu vergegenwärtigen, die er am nächsten Tag zu halten hatte. Plötzlich befiel ihn eine starke Nervosität. Er musste sich unbedingt noch ein paar einleitende Worte zu Kants Metaphysikbegriff zurechtlegen. Als Tamara Anstalten machte, ihr Höschen überzustreifen, war er erleichtert. Sie warf einen Blick auf ihre Armbanduhr.

„Ich würde dich gerne noch in mir spüren. Aber ich möchte Lydia nicht noch länger unten warten lassen. Vielleicht das nächste Mal?"

Er grinste ihr zu. „Es wäre mir ein Vergnügen".

Während seine Gastgeberin damit beschäftigt war, sich ein wenig lethargisch, mit noch immer stark geröteten Wangen, anzukleiden, begann er sich zu fragen, wie Frau von Stein ihren Alltag verbrachte. Übte sie einen Beruf aus, oder verdiente ein Ehemann das Geld, um die exorbitante Villa zu finanzieren? Früher oder später würde sie ihm davon erzählen. Wie alle seine Kundinnen. Sobald er mehr über ihr Leben, ihre Sorgen und ihre Sehnsüchte in Erfahrung gebracht hatte, würde es ihm auch nicht schwer fallen, einen geeigneten Anknüpfungspunkt für eine seiner Geschichten zu finden.

Als sie wenig später die Treppe herunterkamen, war das Biedermeierwohnzimmer leer.

„Sie ist wahrscheinlich eine Runde drehen gegangen", sagte Tamara und geleitete ihn zur Tür.

Als er die abschüssige Straße zurück in Richtung S-Bahn-Station marschierte, fuhr ein unruhiger Wind durch die mächtigen Baumwipfel jenseits der Grundstücksmauern. Die Nachtluft war kühl und erfüllt vom Geruch des Herbstlaubs, das den frischen Regen in sich aufgesogen hatte. Die feuchten Blätter auf dem geteerten Untergrund glänzten matt im Schein der Straßenlaternen. Unter seinen Schuhsohlen fühlten sie sich glitschig an. In den Laubduft mischte sich von ferne ein Holzkohlegeruch. Vielleicht handelte es sich auch um den Aufguss einer Sauna, die zu einer der prunkvollen Villen der Umgebung gehörte. Hinter ihm näherte sich ein Auto, das ihn im Schritttempo überholte. Aus dem Innenraum des bulligen Coupés, dessen Reifen leise über das Laub knisterten, erklang „I get a kick out of you" von Frank Sinatra.

Im Weitergehen ließ Freundel den Blick über die erleuchteten Fenster der mehrstöckigen Häuser schweifen, die sich im unteren Abschnitt der Straße befanden. An einer Zimmerdecke bemerkte er einen amöbenhaft geformten, beweglichen Schatten. Er musste von einer Person stammen, die in dem Raum auf und ab ging. Er versuchte, sich die Menschen vorzustellen, die in den verschiedenen Zimmern hinter den Fenstern lebten. Jeder der Bewohner hielt sich zu diesem Zeitpunkt an einem exakt bestimmbaren Ort innerhalb seiner Räumlichkeiten auf. Und jeder von ihnen würde die Stelle seines momentanen Aufenthalts mit dem Wort „hier" bezeichnen. In jedem dieser Fälle markierte dieser Ort einen Nullpunkt, von dem aus sich die räumlichen Koordinaten der gesamten Welt erstreckten.

Eine solche, mit „hier" bezeichnete Stelle mochte sich beispielsweise gerade in einer Küche im vierten Stock des Neubaus befinden, dessen leicht nach hinten fliehende Fassade dort drüben jäh in den Nachthimmel ragte. Während ein anderes „hier" in diesem Moment vielleicht genau zwei Meter vor dem Fernsehgerät lokalisiert war, dessen bläulicher Schimmer die komplette Erdgeschosswohnung auf der gegenüberliegenden Straßenseite in ein seifiges Licht tauchte. Und dann gab es da noch sein eigenes „hier", das jenes Koordinatenzentrum bezeichnete, von dem aus er soeben diese Betrachtung anstellte. Die diversen Nullpunkte existierten also zeitgleich an verschiedenen Orten. Das war sonderbar. Ja, es war sogar zutiefst verwirrend. Denn jeder dieser Orte bildete nicht weniger als das Zentrum des Universums. Vom logischen Standpunkt aus betrachtet schien dies ein klarer Widerspruch zu sein. Dieser Widerspruch bot Anlass, die Struktur der Wirklichkeit für paradox zu halten.

Er versuchte den Gedanken weiterzuspinnen. Doch das ungelöste Problem der fehlenden Einleitung zu seiner morgigen Vorlesung drängte mit Macht erneut in sein Bewusstsein. Auch aus diesem Grund war es behämmert gewesen, ausgerechnet am heutigen Abend noch einen Hausbesuch einzuschieben. Er musste sich abermals eingestehen, dass er nicht anders konnte. Er war ein Maniac.

In der S-Bahn glitten die Leuchtschriften der Industriegebäude von Eschborn an den verschmutzten Fensterscheiben vorüber. Wieder hatte ein kräftiger Regen eingesetzt. An der letzten Haltestelle war ein durchnässtes Obdachlosenpärchen zugestiegen. Sein strenger Körpergeruch hatte Freundel und mehrere andere Fahrgäste dazu veranlasst, einige Sitzbänke weiter in Fahrtrichtung umzuziehen. Hier war der Boden mit zerrissenen Pappschachteln der Junk-Food-Kette Kentucky Fried Chicken sowie mit zugehörigen Essensresten übersät. Unbeholfen suchte er inmitten des Chaos Platz für seine Schuhe. Dabei musste er Acht geben, mit den Knien nicht die Beine der älteren Dame mit der blondierten Kranichfrisur zu berühren, die ihm aus demselben Grund in ähnlich verrenkter Haltung gegenübersaß. Abwesend beobachtete er, wie ihr bläulich angelaufener Mittelfinger in kurzen Abständen auf die Oberfläche der Handtasche niederzuckte, die sie auf ihrem Schoß hielt. Derweil registrierte er, wie in seinem Unterkiefer allmählich das taube Gefühl nachließ, das dort wie eine riesige Plombe festsaß, seit Frau von Stein eine halbe Stunde zuvor mit archaischer Wucht ihren Unterleib an seinem Gesicht herauf- und heruntergedrückt hatte.

Erneut überkam ihn ein Anflug von Panik. Es war lediglich eine Frage der Zeit, bis sein ausgeflipptes Treiben in ein Desaster münden würde. Was den Grad des Leichtsinns anging, so glich seine heutige Aktion schon fast der Eselei eines US-Industriellen, den es juckte, einen privaten Picknickausflug ins sunnitische Dreieck zu unternehmen. Schließlich hätte er von vornherein damit rechnen können, dass seine Gastgeberin ihn womöglich nicht alleine empfangen würde. Und wer weiß, in welchen Kreisen diese Lydia wiederum verkehrte. Er schloss die Augen, bemüht, seine innere Gelassenheit mit Hilfe einer speziellen Atemübung wiederzuerlangen. Deren Technik hatte ihm sein Onkel Spiros vor Jahrzehnten beigebracht, um die Übelkeit auf hoher See zu bekämpfen: Jene fatale Agonie, die über sie hereinzubrechen pflegte, wenn vor Sonnenaufgang der gefürchtete Walpurgisritt der Borreas-Winde einsetzte, während ihnen der Gasgeruch der Bordbeleuchtung, vermengt mit dem Leichenduft der Köderfische, in die Nasen stieg. Mit voller Konzentration, ließ er die Luft aus seinen Lungen entweichen. Doch es nützte wenig. Die Unruhe, die über ihn gekommen war, blieb in diesem Moment so hartnäckig an ihm haften wie ehemals der scheußliche Bootsteer an seinen knabenhaften Fersen.

Dabei hatte noch vor wenigen Jahren in Mainz alles so herrlich einfach begonnen. Die Entscheidung, sich als Anbieter erotischer Dienstleistungen zu verdingen, bot ihm damals einen bestechend eleganten Ausweg aus der bedrückenden Finanznot. Einen Ausweg, der sich in jeder Hinsicht als ertragreich erwies. Die Idee dazu war ihm in einer plötzlichen Eingebung in den Sinn gekommen, nachdem er vorübergehend an einem privaten Arbeitskreis mitgewirkt hatte, dessen übrige Teilnehmer der Ehrgeiz trieb, mit einer philosophisch aufgemotzten Unternehmensberatung Gewinne zu scheffeln.

„Freundel, seien Sie nicht blauäugig!", hatte Meyer-Myrtenrain ihm in den Jahren zuvor gebetsmühlenhaft geraten. „Sie müssen für die Zeit nach Ihrer Habilitation vorsorgen."

Bei diesen Ermahnungen hatte der bekennende Schöngeist ihn jedes Mal mit der hohlwangigen Miene eines gestrengen Beichtvaters angeblickt. Meyer-Myrtenrain, auf den die Initiative für das Unternehmensberatungsprojekt zurückging, leitete damals die philosophische Abteilung der geisteswissenschaftlichen Fakultät in Mainz. Dort beschäftigte er Freundel auf einer zeitlich befristeten Stelle als persönlichen Institutsassistenten. Der weißhaarige Hüne, der ausnahmslos maßgeschneiderte Anzugswesten trug, besaß eine bemerkenswerte Doppelpersönlichkeit. Einerseits widmete er sich mit glühender Hingabe der Philosophie des deutschen Idealismus, wobei seine mit Anekdoten und Bonmots gespickten Vorlesungen zu Fichte, Hölderlin und Novalis stets ein begeistertes Fach- und Laienpublikum anzogen. Auf der anderen Seite unterhielt er freundschaftliche Beziehungen zu Banker- und Unternehmerkreisen, pflegte eine Mitgliedschaft im städtischen Rotary Club und fuhr einen gleißend lackierten Porsche Carrera. Verheiratet war er mit einer überaus eleganten, zwanzig Jahre jüngeren Japanerin, die in den Diensten von McKinsey stand, einer porzellanhaft feingliedrigen, stets parfümumwölkten Schnepfe, die sich nicht die Bohne für geisteswissenschaftliche Themen zu interessieren schien.

Die Arbeitsgruppe veranstaltete wöchentliche Brainstormings zu so geschmeidigen Themen wie „Hermeneutik für Unternehmer" oder „Innovation und Kreativität". Daraus strickte sie handliche Kursprogramme, die sie mit erstaunlichem Erfolg auf Wochenendseminaren feilbot, vor einem Publikum, das mehrheitlich aus orientierungslosen Abteilungsleitern und ausgebrannten Firmenmanagern bestand. Der Kreis wurde von einer Reihe nicht allzu begabter Mainzer Doktoranden und Habilitanden bevölkert, die Meyer-Myrtenrain unter seine persönlichen Fittiche genommen hatte. Verglichen mit ihnen stachen Freundels philosophische Fähigkeiten heraus – weshalb er auch die privilegierte Stelle des Institutsassistenten bekleidete. Dennoch hatte ihm Meyer-Myrtenrain – der in Sachen akademischer Karrieremöglichkeiten einen robusten, zuweilen ins Bärbeißige abdriftenden Realismus an den Tag legte – mit Nachdruck vor Augen geführt, dass die angestrebte Professur eine denkbar hohe Hürde bildete. Hieran ließ sich in der Tat kaum rütteln. Auf dem Markt der Bewerber um Ordinariatsstellen tummelte sich eine erdrückende Konkurrenz begabter, bis zum Erbrechen publikationswütiger Köpfe. Nach einigem Hin und Her hatte der schlohköpfige Institutsleiter seinen Schützling daher überreden können, die vorläufige Mitarbeit in der philosophischen Unternehmensberatung als Chance für ein zweites Standbein zu betrachten.

Freundel vermochte die Motive, die seinen Vorgesetzten dazu bewegten, parallel zu seiner wissenschaftlichen Betätigung ein erhebliches Maß an Zeit in das Geschäft der Arbeitsgruppe zu pumpen, nie ganz zu durchschauen. War es der Wunsch nach sozialer Anerkennung über den Rand der akademischen Manege hinaus, der Meyer-Myrtenrain dazu trieb, seinen zweifellos brillanten Intellekt in den Dienst von Kunden wie Siemens oder Degussa zu stellen? Steckte die beängstigend attraktive Ehefrau mit ihren snobistischen Allüren und ihrer unverhohlenen Passion für die Gravitationskräfte des Big

Business dahinter? Oder agierte er schlicht als wohltätiger Menschenfreund, darum bemüht, promovierten und habilitierten Philosophen, die beruflich auf der Strecke zu bleiben drohten, eine erträgliche Einkommensalternative zu verschaffen? Oftmals wirkte er ohne erkennbaren Anlass melancholisch, wenn er, wortlos und in zurückgelehnter Pose, die Brainstormings seiner Zöglinge verfolgte, während er sich bedächtig durch die wallende Haarmähne strich. Auch Freundel selbst vermochte sich an den Arbeitssitzungen des Kreises häufig nur halbherzig zu beteiligen. Regelmäßig schweiften seine Gedanken ab, wenn einer der emsigen Jungdoktoranden vor dem Pinboard herumfuchtelte, um ein weiteres begriffliches Schema zu entwerfen, das dem opaken Dickicht der Geschäfts- und Dienstleistungswelt mittels einer aufgedonnerten Terminologie zu Leibe rücken sollte. Er hatte sich auch nie dazu durchringen können, aktiv an einem der Wochenendseminare mitzuwirken, auf denen solche Begriffsschemata als Lehrinhalte präsentiert wurden. Dabei brachten diese Seminare der Gruppe stets eine erkleckliche Summe Geld ein. Gewinne, die diskret auf dem Konto eines eigens zu diesem Zweck gegründeten, gemeinnützigen Vereins verbucht wurden.

Als Susanne und er an einem strahlenden Frühsommertag, während einer gemeinsamen Wanderung durch den Hochschwarzwald, zum wiederholten Male darüber debattierten, ob es ethisch zu verantworten sei, den Grips der Philosophie in den Dienst ökonomischer Rationalisierungsfeldzüge zu stellen, kam Freundel der entscheidende Einfall. Sie befanden sich auf einem Rundweg, knapp unterhalb des Belchengipfels. Susanne trug ein eng sitzendes, purpurnes Sommerkleid, auf das in leuchtendem Weiß kronkorkengroße Drudenfüße aufgedruckt waren. Dazu Turnschuhe aus blassgrauem Leinen. Ihre hohe, von Sommersprossen übersäte Stirn lag, ebenso wie ihr dunkelblondes Haar, im Schatten eines überdimensionierten Strohhuts, den sie in einem örtlichen Touristenshop erstanden hatten. Tief unter ihnen erstreckten sich eng verzweigte, abschüssige Täler. Sie waren mit einer malachitgrünen

Vegetation gepolstert. Davon hob sich gelegentlich eine Gruppe dunklerer Schwarzwaldtannen ab. Der Fußweg wurde in regelmäßigen Abständen von schmalen Sturzbächen unterführt, deren wild schäumender Wasserpegel sich dem regenreichen Frühling verdankte. In südwestlicher Richtung reichte der Blick über das dunstverhangene Rheintal hinweg bis zum Grand Ballon der Vogesen. Weiter südlich konnte man am Horizont die knapp zweihundert Kilometer entfernt liegenden Eisgipfel des Berner Oberlands erahnen. Susanne, der Freundel in Sachen poststrukturalistischer Macht- und Diskursanalyse ebenso wenig das Wasser reichen konnte wie in Sachen neomarxistischer Ideologiekritik, hatte aufgebracht erklärt, die philosophische Unternehmensberatung sei in Wahrheit eine kriminelle Vereinigung. Sie tue nichts anderes, als ohne Skrupel den semantischen Geleitschutz für die Ausbeutung der globalisierten Arbeitnehmerschaft zur Verfügung zu stellen. Ihre Tirade schloss sie mit dem Satz:

„Was ihr da treibt, ist schlichtweg horizontales Gewerbe!"

Wie immer, wenn heftige Wut von ihr Besitz ergriff, trat dabei stärker als üblich ihr südbadischer Akzent hervor; ein Einschlag, dessen alemannische Erdenschwere Freundel überaus sexy fand, seit er Susanne kannte.

Während ihrer Unterhaltung hatte er die zimtfarbenen Schmetterlinge auf den Grashängen beobachtet, die sich seitlich des Wegs in Richtung Gipfel erstreckten. Jetzt wandte er den Blick gen Westen, zum Rheintal hin. Er musste seine getönte Brille aufsetzen, um nicht vom gleißenden Licht der bereits tiefer stehenden Sonne geblendet zu werden. Während Susanne verärgert weiterstapfte und bald darauf hinter einer Kurve des Pfads aus dem Blickfeld entschwand, verharrte er regungslos auf der Stelle. Minutenlang starrte er in die Ferne. Aufrecht und gebannt stand er da, gleich einem Feldposten am Atlantikwall in den frühen Morgenstunden des D-Day. Rings um ihn herum war nichts zu vernehmen als das Plätschern der Gebirgsbäche und das orchestrale Summen der Bienen, das den Beerensträuchern am Wegrand entstieg.

Dann geschah es. Schlagartig und schmutzig formierte sich der Gedanke in seinem Hirn. Das Ganze ereignete sich ohne hinführende Überlegung oder gezieltes Gegrübel. Augenblicklich war ihm klar, dass es sich um eine formvollendete Idee handelte. Eine Vision, deren Elemente wie Zahnräder einer Präzisionsuhr ineinandergriffen. Ein Plan, der so unwiderstehlich schien, dass er mit der Insistenz eines Kobolds danach drängte, in die Tat umgesetzt zu werden. Ein verhängnisvoll zwingender Geistesblitz, der ihm vom ersten Moment an keine wirkliche Wahl mehr ließ.

Als sie eine halbe Stunde später, wieder vereint, an einem der verwitterten Holztische vor dem Berghotel Belchenblick saßen, gemeinsam ihr Radler schlürfend, zögerte er keine Sekunde, Susanne seine Eingebung anzuvertrauen.

„Vorhin, als du die Arbeit in unserer Gruppe *horizontales Gewerbe* genannt hast, hast du mich auf eine ziemlich verrückte Idee gebracht."

„So."

„Ein wirklich abgefahrener Einfall."

„Das wäre ja nichts Neues."

„Diesmal ist es aber wirklich grenzwertig."

„Sag schon."

„Na gut. Wie fändest du es, wenn ich versuchen würde, aus der Philosophie ganz buchstäblich ein horizontales Gewerbe zu machen und mir mein Geld als Callboy zu verdienen?"

„Bitte?"

Susanne blickte ihn verständnislos an. Die Sommersprossen auf ihrer Stirn glühten im Abendlicht. Der unzähligen Sprenkel wegen hatte er diese Stirn zu Beginn ihrer Liebschaft ‚meinen bestirnten Himmel' genannt – bis er in einem außergewöhnlichen Moment der Zärtlichkeit und des Enthusiasmus dazu übergegangen war, die Bezeichnung ‚meine gehimmelte Stirn' zu verwenden.

„Ich könnte als Callboy arbeiten, der gleichzeitig seinen Kundinnen eine Art philosophische Seelsorge und Beratung anbietet. So ungefähr in dem Stil, wie sie das in den philosophischen Praxen machen."

Sie griff nach seiner Hand, führte sie an ihren Mund und biss ihm, mit einem Lächeln, in den Finger. „Abgemacht. Ich würde dich sofort mieten."

„Nein, im Ernst. Stell' dir mal vor, wie erfolgreich das werden könnte. Ich meine, es gibt bestimmt viele Frauen, die sehr gerne einen professionellen Liebhaber engagieren würden, die aber davor zurückscheuen, aus der Befürchtung, sich damit auf etwas Schäbiges oder Erniedrigendes einzulassen. Würde man diesen Frauen eine spirituelle Schiene für den Einstieg in die käufliche Liebe anbieten, würden sie ihre Hemmungen womöglich über Bord werfen. Unter dem Deckmäntelchen der höheren Bildung könnten sie ihren Wünschen frei von jeglicher Scham nachgehen."

Susannes blaugraue Augen verengten sich zu dem typischen katzenhaften Blick, der in ihr Gesicht trat, sobald sie intellektuell auf Touren kam.

„Weißt du was?", erwiderte sie. „Eigentlich wäre das Ganze ziemlich subversiv."

„Subversiv?"

„Na ja, durch den Wechsel von der philosophischen Unternehmensberatung hin zum offen horizontalen Gewerbe würdest du nachträglich den prostitutiven Charakter deiner jetzigen Tätigkeit entlarven."

„Susanne, es geht mir nicht darum, den Verein von M.-M. zu diskreditieren. Ich brauche einfach Geld. Und zwar Geld, das sich leichter verdienen lässt als durch diese stundenlange Hirnwixerei über Innovation und Investition. Außerdem würde ich das Ganze natürlich nicht publik machen, sondern sehr diskret vorgehen und unter Verwendung eines Pseudonyms arbeiten."

„Na fein. Du willst also all das, was ich dir in den letzten beiden Jahren beigebracht habe, mit Mehrwert an die Frau bringen. In diesem Fall verlange ich aber eine fette Provision."

Die hätte Susanne sich zweifellos verdient gehabt. Trotz ihres mädchenhaften Äußeren, das sie in den Augen vieler Menschen auf den ersten Blick eher harmlos erscheinen ließ, war sie eine mit allen Wassern gewaschene Geliebte. Seit jener Zeit, als sie sich noch gelangweilt in den hinteren Sitzreihen seines Seminars zu lümmeln pflegte, und sie gemeinsam auf der verklumpten Rosshaarmatratze unter der Dachschräge von Susannes Studentenzimmer, begleitet von Björks brüchigem Sirenengesang, einer ebenso ungeplanten wie schwindelerregenden Degustation ihrer Körpersäfte erlegen waren, hatte sie ihm so manchen erotischen Schliff verliehen. Dass sie auf seine Idee ohne Umschweife einstieg, war ebenfalls charakteristisch für sie. Gedankliche Tabus waren ihr fremd, und auch zu den abgebrühtesten Phantasien leistete sie stets voller Elan ihren Beitrag.

Später, als sie sich auf dem kratzigen Teppichboden des biederen Ferienappartments, das Susannes Eltern gehörte, geliebt hatten, blödelte sie ausgelassen darüber, welche Rechte und Pflichten ihr als seiner zukünftigen Zuhälterin zukommen würden. Sie ahnte zu diesem Zeitpunkt noch nicht, wie sehr Freundel bereits von dem Entschluss beseelt war, den Biss in die Kehle des Teufels zu wagen und die zynische Vision in die Tat umzusetzen.

Dass Susanne der neuen Form des Broterwerbs – für die ihr kalauerndes Hirn die Bezeichnung „Gripstease" beigesteuert hatte – zu Beginn tatsächlich ihre Zustimmung erteilte, verdankte sich nicht zuletzt dem Umstand, dass sie zu jener Zeit einer speziellen Minderheitenströmung der feministischen Philosophie anhing. Deren Vertreterinnen geißelten die Prostitution nicht, wie sonst üblich, als patriarchalisches Herrschaftsinstrument. Stattdessen betrachteten sie sie als legitimen Weg zur Selbstbefreiung der Frau, quasi als Keule zur Zerschlagung des herrschenden Geschlechtercodes. Susanne hatte damals sogar erwogen, in ihrer Doktorarbeit die Subversion von Machtpraktiken durch eine ungehorsame Politik des Leibes zu untersuchen. Dabei sollte die Prostitution aus feministischer Perspektive eine ausdrückliche Verteidigung erfahren. Zwar war in diesem Konzept die Umkehrung der Verhältnisse durch männliche Käuflichkeit zunächst nicht vorgesehen: Doch zweifellos bedeutete das Aufkommen weiblicher Zuhälterei eine interessante Zuspitzung der Unterwanderung der herrschenden Körperpolitik.

Jedenfalls hatte Susanne sich damals im Sog ihrer Forschungen derart emphatisch mit der von kühnen Amazonen und transsexuellen Partisanen bevölkerten Schattenwelt der Prostitution identifiziert, dass sie Freundels Vorschlag gedanklich einigermaßen wehrlos gegenüberstand. Hinzu kam, dass sie, seit ihr auf dem Gymnasium ihr intellektuell diabolischer, der 68er-Bewegung entstammender Sozialkundelehrer den Kopf verdreht hatte, Eifersucht und Besitzansprüche gegenüber dem Partner für den Ausdruck einer verkorksten bürgerlichen Denkform hielt. Daher wollte sie sich auch nicht auf das Argument der sexuellen Treue versteifen.

„Solange du mir keine Details berichtest", lautete ihre Maxime, „ist alles roger."

„Bist du dir da sicher?", hatte er nachgehakt.

„Schon. Mit so was kann ich umgehen."

Womöglich kamen ihr dabei ein Stück weit auch ihre bisexuellen Gelüste entgegen. Jedenfalls empfand sie keinen übertriebenen Ekel bei der Vorstellung, Freundel könne geschlechtlichen Kontakt zu anderen Frauen pflegen und anschließend das gemeinsame Bett mit einem Leib besteigen, dem die Gischtspritzer aushäusiger Wonnen anhafteten. Ein weiterer Grund für ihre nachgiebige Haltung lag darin, dass auch sie unter der ständigen Geldknappheit litt, die bei ihnen herrschte, seit seine befristete Assistentenstelle ausgelaufen war und sie den gemeinsamen Lebensunterhalt von den Brosamen des Promotionsstipendiums bestreiten mussten, das ihr die Graduiertenförderung des Landes Hessen in monatlichen Raten überwies.

Alles in allem stand somit der Umsetzung des frappierenden Einfalls aus dem Hochschwarzwald kein grundsätzliches Hindernis im Weg. Einen unschätzbaren logistischen Vorteil bot zudem die Tatsache, dass sie in der Zwischenzeit Mainz als Wohnort aufgegeben und eine gemeinsame Wohnung im Frankfurter Westend bezogen hatten. Diese befand sich in der Nähe des Instituts für Sozialforschung, an dem Susanne ihrem Dissertationsprojekt nachging. Freundel pendelte einmal pro Woche für einen Nachmittag nach Mainz, um dort seine zweistündige Lehrverpflichtung als Privatdozent zu erfüllen. Wenn er im Frankfurter Raum als Liebesdiener zu Gange war, bestand so kaum die Gefahr, dabei Personen zu begegnen, die seinem eigenen universitären Dunstkreis entstammten.

Es lag inzwischen vier Jahre zurück, dass er begonnen hatte, zwischen Frankfurt und Mainz das barock verschlungene Gleiswerk seines Doppellebens zu verlegen. Bereits nach wenigen Monaten lief das erotische Geschäft weitaus erfolgreicher, als er es anfangs erhofft hatte. Die Kombination aus robuster Sexualdienstleistung und der philosophischen Verführung seiner Kundinnen – die er, zumeist im Anschluss an einen Koitus, geschickt in Gespräche über die Abgründe des Lebens hineinzog oder in behaglich wie Kaminfeuer vor sich hin knisternde Grübeleien über die Rätselhaftigkeit der Welt zu verwickeln wusste – erwies sich als veritabler Knüller. Rasch verhalf ihm dies zu zahlreichen Stammkundinnen, von denen ihn einige sogar im Wochentakt engagierten. In manchen Monaten verdiente er so das Vier- bis Fünffache dessen, was ihm seine Mainzer Assistentenstelle eingebracht hatte. Susanne machte zwar insgesamt einen etwas angespannteren Eindruck als früher, doch auch sie genoss zunächst den unerwarteten Geldsegen. Was sie freilich von Sticheleien nicht gänzlich abhielt.

„Bringst du uns auf dem Rückweg zwei Zanderfilets mit?", rief sie ihm eines Abends mit belegter Stimme nach, als er zu einer Kundin aufbrach, die auf die exotische Idee verfallen war, ihn in ihren Schrebergarten nach Frankfurt-Louisa zu beordern.

„Das wird zu spät", parierte er halbherzig. „Dann sind die Geschäfte doch schon zu."

„Dann kauf den Fisch halt auf dem Hinweg."

„Das geht nicht. Eine Tüte mit Fisch, die stinkt doch."

„Die alte Schachtel wird ja wohl einen Kühlschrank haben."

„Aber nicht in ihrem Schrebergarten. Außerdem ist sie keine alte Schachtel."

„Wenn ihr an der frischen Luft bumst, macht es doch nichts, wenn du eine Tüte dabei hast, die riecht."

„Mein Gott, Susanne, bitte kümmere *du* dich um den Zander. Ich koche dann später."

„Ich dachte, du bist jetzt bei uns die Tussi. Dann solltest du schon auch den Einkaufskram erledigen."

Von solchen Nickeligkeiten abgesehen stärkte ihm Susanne jedoch vorerst den Rücken. Von den Gewinnen, die er einfuhr, profitierten sie immerhin beide. Sie schafften sich eine Reihe neuer Möbel an, erstanden für Susanne das langersehnte Fagott und speisten von nun an mindestens zweimal pro Woche in einem der neuen angesagten Restaurants in Bornheim, Ginnheim oder Sachsenhausen. Alles in allem schienen die Dinge sich somit zum Guten zu entwickeln.

Eines jedoch hatte er damals nicht vorhersehen können: Dass man ihm eines Tages ausgerechnet in Frankfurt eine Vertretungsprofessur anbieten würde. Meyer-Myrtenrain – der von Freundels Nebentätigkeit nichts ahnte, der aber dennoch über das scheinbar unmotivierte Ausscheiden seines Schützlings aus der philosophischen Unternehmensberatung nicht allzu verstimmt zu sein schien – hatte daran erheblichen Anteil. Ohne falsche Scham hatte er hinter den offiziellen Kulissen der Kandidatenkür an den Ariadnefäden seines kollegialen Netzwerks gezupft und bei manchem früheren Weggefährten nach Jahren des Schweigens ein herzallerliebstes Glöckchen erschallen lassen.

Natürlich blieben bei der so ins Rollen gebrachten Beihilfe Rückzahlungsbescheide nicht aus.

„Schuhzucker und Jäckle bräuchten für die Richter-Festschrift noch einen raschen Beitrag", ließ Meyer-Myrtenrain ihn telefonisch wissen. „Kriegen Sie das hin?"

„Notfalls schon", erwiderte Freundel. „Aber mit dem Richter-Stall hatte ich doch nie näher zu tun."

„Das macht nichts. Schreiben Sie irgendwas zu Aristoteles."

„Das Thema der Festschrift ist aber *Subjektivität in der Moderne*."

„Jetzt werden Sie mal nicht zimperlich. Hauptsache, Sie liefern denen irgendwas."

„Egal, was?"

„Es ist völlig wurscht, was."

Folgsam erledigte Freundel die anbefohlene Aufgabe und übernahm auch gleich noch eine Gutachterrolle in einem Drittmittelverfahren, die einem anderen Amigo seines Mentors lästig geworden war. Der revanchierte sich umgehend mit einem schnarrenden Empfehlungsschreiben, das ihn über Nacht zu einem der gefragtesten Anwärter auf die begehrte Vertretungsprofessur werden ließ. Der Sache förderlich war außerdem, dass Freundels Habilitationsschrift, ein elefantöses Trakat über ontologischen Strukturwandel, in das Sortiment eines renommierten Wissenschaftsverlags aufgenommen und in Fachkreisen mit wohlwollender Aufmerksamkeit bedacht worden war. Auch hatte er in den zurückliegenden Jahren keine Mühen gescheut, sich durch clevere Zeitschriftenaufsätze und durch Vorträge, die er auf Konferenzen von Raperswil bis Reikjavik zum Besten gab, innerhalb der akademischen Zirkusarena mit Bravour ins Rampenlicht zu turnen.

Erstaunlicherweise erwies sich bei all diesen Aktivitäten der zeitraubende Zweitberuf kaum als hinderlich. Im Gegenteil: Die erotische Professionalität, die er sich abverlangte, besaß den eigentümlichen Nebeneffekt, ihn auch beim

Verfassen wissenschaftlicher Artikel zu vorzüglicheren Leistungen anzustacheln. Die besoldeten Ausflüge zu den zahlreichen, meist verheirateten Damen der Frankfurter Mittel- und Oberschicht verliehen seinem akademischen Tagwerk eine Beschwingtheit und schöpferische Leichtigkeit, wie er sie zuvor nicht gekannt hatte. Sogar inhaltlich geriet ihm mancher finanziell vergütete Plausch, der sich im Laufe einer diskreten Nachmittagsstunde entwickelte, zur unverhofften Inspirationsquelle. Er hatte es sich nämlich zur Gewohnheit gemacht, spezielle philosophische Theorien für seine jeweiligen Geldgeberinnen zu ersinnen, die er passgenau auf deren geistige und emotionale Bedürfnisse zuzuschneiden versuchte. Nahm er beispielsweise bei einer Kundin einen Hang zur Parapsychologie wahr, lenkte er das Gespräch zielsicher auf einen Punkt, an dem er mit einer Theorie aufwarten konnte, die der Auffassung entgegentrat, die Wirklichkeit sei allein aus physikalischen Prinzipien heraus erklärbar. Bemerkte er hingegen bei einer seiner Bettgenossinnen eine Tendenz, die Geschehnisse des Lebens für eine sinnentleerte Fuge des Schicksals zu halten, wusste er eine ergänzende Betrachtungsweise über die Absurdität der menschlichen Existenz beizusteuern. Stets fand er einen Weg, die Gedanken und Einstellungen seiner heimlichen Gefährtinnen kreativ weiterzuspinnen, um aus dem oftmals harzigen Sirup ihrer Kopfgeburten betörend schillernde Honigfäden zu ziehen und ein elektrisierendes Echo auf sie zu liefern. Dabei geschah es nicht selten, dass er eine Theorie ausheckte, mit der er sich auf philosophisch gänzlich unerschlossenes Gelände vorwagte. Bei einigen dieser freihändigen Gedankengänge, die er als seine „Geschichten" für seine Kundinnen zu bezeichnen pflegte, gelangte er sogar zu Resultaten, aus denen sich ohne Abstriche eine schmissige Fachpublikation zimmern ließ. Auf diese Weise waren in den letzten Jahren zusätzlich eine Handvoll provokativer Zeitschriftenartikel entstanden, denen seine Publikationsliste jenen beachtlichen Umfang verdankte, der sich bei der Kandidatenkür für die Frankfurter Vertretungsprofessur als günstig erwiesen hatte.

Mit einem Wort: Die von widerstreitenden Kräften zusammengehaltene Konstellation seiner beiden Betätigungsfelder wirkte, ihrer heiklen Statik zum Trotz, nach beiden Seiten hin beflügelnd. In demselben Maße wie ihm die Seriosität der akademischen Weihen bei seinen frivolen Hausbesuchen eine fast schon unverschämte Selbstsicherheit verlieh, die er in seiner bloßen Eigenschaft als Mann niemals hätte aufbringen können, verschafften ihm die professionell ausgeführten Liebesakte, die er in fremden Ehebetten vollzog, bei der mitunter verzwickten Dribbeltätigkeit des Gelehrtendaseins eine Geschmeidigkeit und Ausdauer, die sich in ungeahnter Produktivität niederschlug. In jeder der beiden Welten bewegte er sich umso leichtfüßiger, je deutlicher ihm vor Augen stand, dass es sich nicht um die einzige Welt handelte, auf die er festgenagelt war und deren klar umrissener Horizont ihn umgab. Dieser Effekt der wechselseitigen Rückenstärkung war einer der Gründe dafür, dass Freundel vorerst gezögert hatte, die Existenz von René in dem Augenblick zu beenden, als das unerwartete Angebot an ihn erging, im altehrwürdigen Philosophiebetrieb der Goethe-Universität für zwei Semester als akademische Vollzeitkraft einzuspringen.

Andererseits lag es auf der Hand, dass er sich ein idiotisches Risiko aufhalste, wenn er beiden Professionen fortan innerhalb ein und derselben Stadt nachging. Wie sollte er denn reagieren, sollte durch irgendeinen dummen Zufall eines Tages eine Mechthild, Jutta oder Tamara aus Bockenheim, Bornheim oder Kronberg in seiner Vorlesung aufkreuzen? Dieser Überlegung hielt Freundel entgegen, dass er erhebliche Zeit und Mühen investiert hatte, um im Lauf der Jahre den Kreis seiner Stammkundinnen aufzubauen und zu festigen; auch würde er nach Ablauf der Vertretungsstelle voraussichtlich erneut für längere Zeit auf ein Einkommen aus zuverlässiger Quelle angewiesen sein. Da war es schon vorteilhaft, wenigstens einige seiner treuesten Gefährtinnen bis auf weiteres bei der Stange zu halten.

Zugleich ahnte er selbst, dass in dieser praktischen Erwägung nicht der ausschlaggebende Grund dafür lag, dass René fortlebte. Der entscheidende Grund war anderer Natur: Er liebte Renés Aktivität. Er liebte die sinnliche und intellektuelle Herausforderung, die sie ihm bot, und er liebte die Frauen, auf die er dabei traf und als deren erotischer Erlöser er auf den Plan trat; er liebte ihre Besessenheit und ihre Heimlichkeit, ihre Schamlosigkeit, ihren Zynismus und ihre Melancholie; er liebte die Kühle der Nacht, die ihn umfing, wenn er vor einem fremden Hausportal mit dankbarer Miene verabschiedet wurde, er liebte den verschwörerischen Ton, der den Stimmen seiner Gespielinnen anhaftete, wenn sie auf seinem Anrufbeantworter ihre Terminwünsche hinterließen, und er liebte die Gerüche der ihm unbekannten Waschmittel, die ihre Bettwäschen verströmten.

Hinzu kam etwas anderes, schwerer in Worte zu Fassendes: Eine Art magischer Bann, der vom Flammenwurf seiner Einfälle ausging, gespiegelt in der willigen Hingabe seiner halbgebildeten Zuhörerschaft. Ein arachaischer Reiz, naiv und unverstellt, von keiner Skepsis gestutzt und von keinem Fachdiskurs zuschanden geritten. Entstiegen einer Bodenspalte des Denkens, die den Blick auf tiefere, glühendere, nur schwer zu kanalisierende Strömungen freigab.

Letzteres war ihm nur in Ansätzen bewusst. Eines aber spürte er deutlich: Längst hatte sich, was vor vier Jahren als kühl und durchaus hinterhältig kalkulierter Nebenjob zur Sicherung des finanziellen Auskommens seinen Anfang genommen hatte, in eine mephistophelische Passion verwandelt, die ihren eigenen Gesetzen folgte und die bis ins Mark von ihm Besitz ergriffen hatte.

Dieses Eingeständnis, so er es auch zu relativieren suchte, trug mit dazu bei, dass er sich in regelmäßigen Abständen düsteren Vorahnungen hingab. Den Nebel indes, der sein zukünftiges Dasein umhüllte, vermochten diese Spekulationen und Befürchtungen nicht im Mindesten zu lichten. Im Gegenteil. Was er sich auszumalen pflegte, zielte fast vollständig an den tatsächlichen Geschehnissen vorbei, deren Schleudergang binnen Jahresfrist einsetzen sollte. Hätte jemand ihm zum damaligen Zeitpunkt prophezeit, welche Richtung sein Leben nehmen würde, er hätte nicht umhin gekonnt, im Ersteller der Prognose den absonderlichsten Scherzkeks zu erblicken. Doch einmal mehr sollte eine Wahrheit sich bestätigen: Gemessen an der objektiven Phantasie, die in den Dingen gärt, schrumpft selbst der kühnste Ritt der Imagination zum arglosen Gehoppel des Verstandes.

Als der Zug in der unterirdischen Station der Konstablerwache zum Halten kam, wurde seine Aufmerksamkeit auf eine junge Frau gelenkt, die auf einer der Rolltreppen nach oben fuhr. Erneut erfasste ihn jener falltürhafte Schmerz, den ihm wohl jeder Anblick eines dunkelblonden Pferdeschwanzes bis ans Ende seiner Tage bereiten würde. Dass Susanne nach Monaten geduldiger Komplizenschaft, die sie weiter und weiter an den Rand der emotionalen Erschöpfung getrieben hatte, zu dem Entschluss gelangt war, ihrer Beziehung und der gemeinsamen Wohnung den Rücken zu kehren, war der bitterste Preis, den er bis dato für seine ruchlose Aktivität zu entrichten gehabt hatte. Damals war er gewillt, auf der Stelle mit der Hurerei zu brechen. Untermalt vom bestialischen Fauchen der Automarder, die während des schwülheißen Spätsommers auf den nächtlichen Straßen des Viertels ihre Revierkämpfe austrugen, drängte er sie bis zum Anbruch des Morgens vor der Ankunft des Möbeltransporters, ihre Entscheidung zu überdenken. Er beteuerte seine Bereitschaft, sich notfalls als Kellner, Raumpfleger oder Aushilfsbriefträger zu verdingen. Heute wusste er, warum es für ein solches Zugeständnis längst zu spät gewesen war. Susanne hatte ihn verlassen, weil ihr nicht verborgen geblieben war, dass er sich seiner Tätigkeit mit zunehmender Hingabe und Besessenheit widmete.

Als die S-Bahn wieder anfuhr, befiel ihn ein Gefühl endgültiger Verlorenheit, fatal und verstörend, als pumpe sich ein riesiger zittriger Zellophanballon in seinem Inneren auf. Um sich abzulenken, beschloss er, den Zug an der Haltestelle Hauptwache zu verlassen, um den restlichen Teil des Heimwegs zu Fuß im Gewühl der Straßen zurückzulegen.

Kapitel 3: Die Ankunft der Tintenfische

Die Zeit verging anders, als er es gewohnt war. Ihr Fortgang schien irgendwie arretiert. Zugleich kam es ihm vor, als sei eine ganze Dimension, die gewöhnlich tief unter ihrer Fließrichtung verborgen lag, nach außen getreten. Hinaus ins Unumgrenzte, wo sie unrein wirkte, einem glasigen Ekzem gleichend. Zögerlich blickte er sich um. Er befand sich auf einer Ebene, deren spiegelglatter Grund in einem merkwürdigen, ihm völlig unbekannten Farbton leuchtete. Es handelte sich um keine der üblichen Spektralfarben. Ebenso wenig jedoch um eine Farbnuance, die aus ihrer Mischung hervorgegangen sein konnte. Überall um ihn herum waren seltsame Gegenstände versammelt, deren Farben und Formen er ebenfalls nie zuvor gesehen hatte. Einige davon überragten ihn um ein Vielfaches. Andere waren schmal und gedrungen und schienen einige Zentimeter über dem Boden zu schweben. Manche von ihnen bildeten größere Gruppen. Andere wiederum schienen in keinerlei Beziehung zu den übrigen Dingen zu stehen. Von sämtlichen Gegenständen ging ein kontinuierlicher Klang aus, der hart wie ein stählernes Mittagslicht in sein Bewusstsein trat. Er hörte sich an wie die Stimme eines Musikinstruments. Dennoch besaß er nicht die entfernteste Ähnlichkeit mit einem der üblichen Instrumentalklänge.

Freundel starrte die ihn umgebenden Erscheinungen an, konnte sie jedoch nicht benennen. Er wusste noch nicht einmal zu sagen, ob es sich um Naturobjekte oder um Artefakte handelte. Unsicher setzte er einen Schritt vor den anderen. Langsam, ohne Ziel, wanderte er zwischen den Gegenständen hindurch. Dabei wurde ihm bewusst, dass er nicht nur ihre Farben, Formen, Geräusche und Gerüche unmittelbar wahrzunehmen vermochte, sondern auf eine eigenartige, geradezu unheimliche Weise auch ihre *Existenz*. Er schien mit einem zusätzlichen Sinnesorgan ausgestattet, durch das er das nackte Vorhandensein der um ihn herum befindlichen Objekte in analoger Weise zu erfassen imstande war wie deren Farbe und Gestalt durch seine Augen und deren Klang durch seine Ohren. Zugleich fehlten ihm vollständig die Worte, um zu beschreiben, was da existierte. Immer wieder setzte er dazu an, einen Begriff zu bilden, mit dem er zu fassen versuchte, was sich seinen prall gefüllten Blicken darbot. Doch jedes Mal löste sich der Inhalt des Begriffs in seinem Kopf auf, bevor es ihm gelang, ihn auszusprechen. Es kam ihm so vor, als habe er in der Vergangenheit jene Begriffe besessen, nach denen er jetzt vergeblich suchte. Zugleich fühlte er, dass diese Wortgebilde ihn damals vor der direkten Konfrontation mit der Existenz der Dinge abgeschirmt hatten. Jetzt, ohne den Filter der Sprache, drängten sich die Erscheinungen in ihrem kaltlodernden Dasein mit beängstigender Macht an ihn heran. Wären sie imstande, ihm ihre resolute Vorhandenheit auch nur ein paar Minuten länger auf so ungeschützte Weise entgegenzustemmen, hätte dies ohne Zweifel seine vollständige seelische Auszehrung zur Folge. Seine Kräfte begannen zu schwinden. Er musste seine gesamte Konzentration zusammennehmen, um beim Weitergehen nicht aus dem Gleichgewicht zu geraten. In welche Richtung er auch blickte, es türmten sich immer neue und neue Gegenstände am Horizont auf. Ihm war, als befände er sich im Zentrum eines Irrgartens, der aus einer unmerklich rotierenden Töpferscheibe emporwuchs, deren Grundfläche beständig zunahm.

Auf einmal erblickte er in der Ferne die hagere Gestalt von Weesenberg. Dieser trug einen schwarzen, wallenden Lederumhang. In wilden Drehbewegungen schwenkte er ein riesenhaftes totes Tier über seinem Kopf, das er an einem Bein festhielt. Es hatte die Gestalt eines überdimensionalen Schafs. Weesenberg brüllte ihm einen Satz zu, den er nicht verstand. In demselben Moment ließ er das Schaf los, das blitzschnell auf ihn zugeschossen kam. Kurz bevor das Tier ihn traf, konnte er erkennen, dass es zwar eine Art Kopf besaß, jedoch kein Gesicht: Über jene Partien, wo sich eigentlich die Augen, die Nase und der Mund hätten befinden müssen, spannte sich leeres, ebenmäßiges Fell.

Als Freundel erwachte, rann ihm der Schweiß über die Schläfen. Seinen Nacken benetzte ein klebriger Film. Er benötigte einige Zeit, um sich zu orientieren. Schließlich realisierte er, dass das Telefon klingelte. Benommen sprang er auf. Als er den Hörer aufnahm, war die Verbindung unterbrochen. Das Display zeigte die Nummer des Anrufers an. Nachdem die Verstörung, die der Traum hinterließ, sich allmählich gelegt hatte, wählte er den Rückruf.

„Ich bin's, Kostas", sagte er, sobald seine Mutter sich meldete. „Du hast gerade angerufen."

„Kostaki! Hab ich dich beim Arbeiten gestört?"

Wie immer klang ihre Stimme gleichzeitig cremig und verraucht. Wenn auch längst nicht mehr so oboenhaft durchdringend wie in früheren Jahren, als ihr Kommando noch die tagtäglichen Geschicke der Familie lenkte. Weiterhin leicht benommen, ließ Freundel sich auf dem Wohnzimmersofa nieder, auf dem er zuvor eingenickt war.

„Ich habe geschlafen. Wie spät ist es?"

„Hier ist es jetzt fünf. Dann ist es in Deutschland vier. Seit wann schläfst du denn auch nachmittags?"

„Manchmal arbeite ich nachts sehr lange." Träge griff er nach dem bräunlichen Zierkissen, das zu seiner Rechten lag, und schob es sich in den Nacken. „Wie geht's dir denn? Ist alles im Lot bei euch da unten? Was macht dein Handgelenk?"

„Malista, malista. Alles bestens."

„Na, schön. Da bin ich froh."

„Du: Ich wollte dich noch einmal daran erinnern, dass Vasilissa in zwei Wochen ihre Hochzeit feiert. Hier auf Milos sind schon alle total am Durchdrehen, wegen der ganzen Vorbereitungen. Du würdest ihr eine Riesenfreude bereiten, wenn du doch noch kommen könntest."

„Du weißt, dass das nicht geht. Ich stecke hier mitten im Semester."

Über die Briefumschläge, die auf dem Couchtisch lagen, kroch zögerlich eine Spinne, ein kurzbeiniges Tier in der Größe einer Kaper.

„Denk bitte wenigstens nochmal darüber nach. Alle anderen Cousins und Cousinen von Vasilissa sind mit von der Partie. Mizo und seine Familie kommen sogar extra aus Tasmanien. Das sind mehr als zwanzig Flugstunden."

„Mizo hat seine eigene Firma. Der kann auf Reisen gehen, wann immer er will."

„Es gibt ein zweitägiges Fest. Auf deinem Lieblingsplatz vor der alten Kirche. Eine Riesensause. Stavros hat eine bekannte Rembetikogruppe engagiert. Die kommt aus Ermoupolis und sorgt bestimmt für tolle Musik. Nimm doch einfach eine Woche Urlaub. Ich spendiere dir auch den Flug."

„Das ist wirklich lieb von dir. Aber ich kann während der Vorlesungszeit nicht einfach Urlaub nehmen. Die Hochzeit einer Cousine ist dafür in Deutschland kein ausreichender Grund."

„Mein Gott. Diese Deutschen. Was für ein Glück, dass ich wieder hier lebe."

„Hör zu: Kann ich dich in den kommenden Tagen nochmal anrufen? Ich hab' verschlafen und muss zu einer Verabredung."

„Schon gut. Aber tust du mir einen Gefallen?"

„Was denn?"

„Würdest du bitte, bevor es Winter wird, nochmal nach Heidelberg fahren und Vaters Grab herrichten?"

„Versprochen."

„Aber nicht wieder vergessen."

„Bestimmt nicht."

„Du weißt ja, wie schnell das Unkraut wuchert."

„Ich rufe dich bald zurück. Mach's gut. Und Grüße an Vasilissa und Stavros."

Er legte den Hörer auf, griff nach dem Traubenzuckerdragee, das zwischen den Briefumschlägen lag, und warf es in den Mund. Anschließend trottete er in die Küche, um sich einen Kaffee zuzubereiten. Durch das hohe Fenster rann ein trübes Licht in den Raum. Er blickte hinaus. Über den Dächern der benachbarten Altbauten waberte ein eisgrauer Dunst, fahl und beklemmend, als sei aus einem riesigen unterirdischen Gefäß ein gewaltiger, weltverneinender Geist entwichen, der sich seither weigerte, konkretere Gestalt anzunehmen. Auf dem geteerten Flachdach der im Hof befindlichen Doppelgarage ließ der Nieselregen unablässig nickelfarbene Wellenringe ineinander verschwimmen. Wächsern erhob sich dahinter die Brandmauer des gegenüberliegenden Wohnhauses. An ihr hinterließ der Niederschlag unförmige Flecken, an wasserfarbene Rohrschachspots erinnernd.

Seine Mutter Melina war zu beneiden. In Plaka war das Klima jetzt, Ende Oktober, noch immer wunderbar warm. In der Luft schlug einem der fauligsüßliche Duft überreifer Kakteenfrüchte entgegen, die, von Eselshufen plattgetreten, an den Rändern der unzähligen Feldwege lagen, die aus dem Dorf hinausführten. Der Meltemi trieb die herabgefallenen Blätter der Bougainvilleas durch die verwinkelten Gassen der kleinen Ortschaft. Das Abendlicht glühte noch spätsommerlich über der Lagune, die den natürlichen Hafen der Inselhauptstadt bildete. Die amphitheatralische Bucht war ursprünglich aus einem erloschenen Vulkan entstanden, dessen kilometerbreiter Krater sich vor Millionen von Jahren mit Meerwasser gefüllt hatte.

Als er das Filterpapier in die Kaffeemaschine legte, rief er sich in Erinnerung, wie man von der Anhöhe aus, auf der sich die Häuserkuben von Plaka drängten, bei Sonnenuntergang die Fischerboote beobachten konnte, die den Hafenort Adamas verließen, um leise tuckernd die Lagune zu überqueren und hinaus auf die offene See zu fahren. In einem Café an der Hafenpromenade von Adamas, an deren Rand tagsüber die aufgeschichteten Fangnetze wie honiggelbe Ameisenhügel in der Hitze leuchteten, hatte zu Beginn der sechziger Jahre der aus Heidelberg stammende Wasserbauingenieur Hans-Werner Freundel, der auf der Insel für die Firma Raab & Keußler Abflusskanäle verlegte, die Bekanntschaft seines Lebens gemacht. Gleich der erste Ouzo des aufkeimenden Sommers wurde ihm von der hinreißend aparten, in der Kathedrale ihres Eigensinns wandelnden Fischerstochter Melina Koutrakis serviert, die in Athen Fremdsprachen studierte und sich beim besten Willen nicht vorstellen konnte, einen der ortsansässigen Bootskapitäne zum Mann zu nehmen.

Während Freundel kurze Zeit später am Küchentisch sitzend seinen Kaffee schlürfte und auf eine bräunlich angelaufene Pampelmusenhälfte starrte, die vom Vortag übriggeblieben war, versuchte er, das Bild der bewegten Bootssilhouetten in der sonnendurchfluteten Lagune noch eine Weile festzuhalten, um die Eindrücke des Albtraums aus seinem Bewusstsein zu vertreiben. Er musste daran denken, wie er im Alter von neun Jahren zu einem Besuch bei seinen Großeltern in Tripiti gewesen war. Damals waren sein Großvater und er jeden Abend bei Einbruch der Dämmerung gemeinsam den zehnminütigen Fußweg hinüber nach Plaka marschiert. Dort hatten sie auf dem Vorplatz vor der alten Kirche nebeneinander auf einer Bank gesessen und versonnen auf das tief unter ihnen wogende Meer geblickt. Meist wechselten sie dabei kein Wort, bis die letzten rötlichen Schimmer über der endlosen blaugrauen Schieferplatte der aufgerauten Ägäis verblichen waren.

Sobald die Dunkelheit hereinbrach, schien der Horizont auf einmal mit winzigen schaukelnden Glühwürmchen übersät. Es waren die Gaslampen der Fischerboote, die draußen auf dem Meer in sachtem Tempo hin und her kreuzten. Der Großvater holte dann aus einer Ledertasche ihr Abendessen hervor, das zumeist aus selbstgebackenem Brot, frittierten Auberginescheiben und frischem Ziegenkäse bestand. An manchen Tagen gab es dazu auch noch kleine geschnittene Würfel aus Oktopusfleisch. Während sie gemeinsam aßen, pflegte er Geschichten aus jener Zeit zu erzählen, als er selbst noch des Nachts auf hoher See unter einer der Gaslampen saß und die Maschen seiner Netze ausbesserte. Währenddessen trat am Firmament die immer heller aufleuchtende Milchstraße hervor, deren unwirklicher Watteschleier bis weit hinab zu den pechschwarzen Bergkuppen am gegenüberliegenden Ufer der Lagune reichte. Sie sah tatsächlich genauso aus wie der Spiralarm einer jener Galaxien, die Freundel später in seinen Schulbüchern abgebildet fand. Niemals hatte er in Deutschland am Nachthimmel etwas Vergleichbares gesehen.

Der Höhepunkt des Abends war jedes Mal ein Schauspiel, das der Großvater ihm mit spürbarem Stolz präsentierte und das stets zwischen zehn Uhr dreißig und elf Uhr stattfand. Dann wuchs in der Dunkelheit, ein Stück oberhalb der schaukelnden Gaslampen, aus dem Nichts ein feurig leuchtender Drache hervor, der sich in horizontaler Richtung weiter und weiter ausdehnte. Hatte er sein volles Volumen erreicht, glitt er etwa eine viertel Stunde lang über die Linie, an der sich der Sternenhimmel und das Meer berührten, um dann plötzlich wieder zu schrumpfen und sich in die Schwärze der Nacht aufzulösen. Es war die *Eleftherios Venizelos* mit ihren hell erleuchteten Decks, ihren festlich illuminierten Speisesälen und ihren von acht gewaltigen Scheinwerfern angestrahlten Doppelschornsteinen. Das altgediente Fährschiff, dessen Wasserverdrängung stolze 23.000 Bruttoregistertonnen betrug, legte jeden Abend gegen sechs Uhr in Piräus ab, um den Hafen der Provinzmetropole Chania auf der Insel Kreta anzusteuern. Zwischen zehn und elf Uhr schob es sich hinter dem rechtsgelegenen Kap der Lagune hervor, durchquerte mit seinen rekordverdächtigen zweiundzwanzig Knoten jenen Ausschnitt des offenen Meeres, den man von Plaka aus überblicken konnte, um schließlich hinter dem gegenüberliegenden Kap wieder aus dem Gesichtsfeld zu verschwinden.

Als Freundel zwei Jahre später erneut die Sommerferien bei seinen Großeltern verbrachte und sie ihren ersten abendlichen Spaziergang zu dem Kirchenvorplatz unternommen hatten, war er entschlossen, dem Großvater seinerseits ein ungewöhnliches Schauspiel zu präsentieren. Wie üblich saßen sie schweigend nebeneinander auf ihrer Bank und verzehrten den mitgebrachten Proviant. Aus einer der Tavernen, die das weiter unten gelegene Ufer säumten, waren leise die metallischen Klänge einer Bouzouki zu hören, die der lauwarme Nachtwind zu ihnen herauf trug. Es handelte sich um die Melodien der Freiheitslieder, die während der Obristenherrschaft der Zensur unterlagen und die nun, nachdem die korrupten Generäle aus ihren Palästen vertrieben worden waren, überall im Land ausgelassen angestimmt wurden. Eine Weile hörte er regungslos dem Großvater zu, der die Melodien mitsummte. Plötzlich jedoch ließ er seinen knabenhaften Körper von der Bank hinab auf den verwitterten Marmorboden gleiten. Dort legte er sich mit dem Rücken auf die kühlen Steinplatten und bat Leftheris Koutrakis, es ihm gleichzutun.

„Mein Junge", erwiderte dieser, „Ich bin ein alter Mann. Meine Gelenke schmerzen. Der Boden ist zu hart für mich."

„Nimm doch deine Ledertasche und schieb' sie dir unter den Nacken. Dann kannst du ganz bequem liegen. Ich möchte dir etwas zeigen."

Nachdem Leftheris der Aufforderung unter Mühen gefolgt war, sagte er zu ihm:

„Schau auf die Sterne und die Milchstraße. Du stellst dir vor, dass sie sich über uns befinden, nicht wahr? Aber wusstest du, dass es im Universum in Wahrheit kein Oben und kein Unten gibt? Der Boden scheint sich nur deshalb unter uns zu befinden, weil wir vom Gravitationsfeld der Erde angezogen werden."

„Was du so alles in deinem kleinen Kopf hast, Kostaki. Deine Großmutter und ich sind sehr stolz, dass du aufs Gymnasium gehst."

„Jetzt pass auf: Versuche einmal, ganz gezielt deine Wahrnehmung zu verändern. Du musst dir vorstellen, dass du gar nicht nach oben blickst, sondern *geradeaus nach vorne*."

Es entstand eine kurze Pause.

„Das ist ja so, als ob ich mit dem Rücken an einer Wand klebe.", erwiderte der Großvater, während er an der Ledertasche zerrte, um die improvisierte Nackenstütze in eine bessere Position zu bringen.

„Das tust du ja in Wirklichkeit auch. Es ist die Erdanziehungskraft, die dich an dieser Wand festhält. Wenn du bewusst deinen Standpunkt an diese Sichtweise anpasst und dir klar machst, dass du nicht nach oben, sondern in horizontaler Richtung nach vorne schaust, dann erkennst du zum ersten Mal die wirkliche Weite des Kosmos."

Tatsächlich war der Effekt des so vollzogenen Perspektivenwechsels enorm. Man hatte auf einmal den Eindruck, dass es sich bei der Distanz bis zu den einzelnen Sternen um eine weitaus größere Entfernung im Raum handelte als bei dem gewohnten Blick nach oben. Es war, als ob man überhaupt zum ersten Mal die volle Gewalt dieser Raumdimension wahrnahm.

„Und jetzt bewege den Blick entlang der Sterne langsam in Richtung deiner Füße", fuhr er fort. „Dabei musst du dich auf die Vorstellung konzentrieren, dass du deinen Blick allmählich nach *unten* senkst. Erkennst du jetzt die Tiefe des Universums? Wir haften an der gekrümmten Schale der Erdoberfläche, und unter uns gähnt ein unendlicher Raum."

Der Effekt dieser zweiten Umdeutung der Blickrichtung war noch frappierender. Tatsächlich hatte man das Gefühl, zusammen mit der Erde über einem grenzenlosen Abgrund zu schweben, der mit vereinzelten Lichtpunkten gefüllt war. Nach einer Weile vernahm er, wie Leftheris' Atem schneller ging. Schließlich stemmte dieser sich, begleitet von einem Stoßseufzer, auf seine Ellenbogen.

„Mir ist schwindelig geworden. Hilf mir bitte auf, mein Junge!"

Auf dem Rückweg nach Tripiti sprach der Großvater kein Wort. An den folgenden Abenden zeigte er auch keine Neigung mehr, gemeinsam zu dem Kirchenvorplatz zu gehen. Tagsüber blieb er dem Haus die meiste Zeit fern. Bei den gemeinsamen Mahlzeiten der Familie ließ sich in seinem Gesicht gelegentlich ein angespannter Zug beobachten, der auf etwas Unverarbeitetes hinzudeuten schien, das ihn beschäftigte. Natürlich war Leftheris Koutrakis trotz seiner einfachen Herkunft gebildet genug, um über die erschreckend marginale Position Bescheid zu wissen, die die Erde und das Sonnensystem innerhalb der finster vor sich hin glotzenden Unendlichkeit des Weltalls einnahmen. Wenn sich Freundel heute an diese Zeit zurückerinnerte, fragte er sich dennoch manchmal, ob er seinem gebrechlichen Großvater dadurch, dass er dessen Weltbild für wenige Minuten auch sinnlich aus den Angeln gehoben hatte, nicht etwas Wertvolles geraubt hatte: Eine kosmische Gewissheit, in der Leftheris Koutrakis in den einsamen Nächten auf See jedes Mal dann seinen inneren Halt gefunden hatte, wenn ihm beim Warten auf die Ankunft der Tintenfische die Bodenlosigkeit des Meeres bewusst wurde, das unter den Planken seines Bootes schwappte. Die Gewissheit, dass der Sternenhimmel eine freundliche Kuppel ist, die sich über uns wölbt, und keine richtungslose Leere, in deren Mitte wir einsam und losgekettet vor uns hin schweben.

Der Himmel über der Stadt hatte sich während der letzten halben Stunde merklich aufgehellt. Die noch immer lückenlose Wolkendecke schimmerte bleich, wie ein fettarmer Brotaufstrich. Das Domizil, in dem Rufus Zettel residierte, befand sich in einem jener aufwendig renovierten Sandsteinbauten aus der Gründerzeit, die im Krieg unversehrt geblieben waren und die heute zu den hippsten Immobilien der nobleren Wohngegenden des Nordend zählten. Die oberste der vier großflächigen Etagenwohnungen wurde von der Tochter eines berüchtigten Theaterregisseurs als gelegentliches Refugium für ihre schriftstellerischen Ergüsse genutzt. Im Erdgeschoss lebte ein fast ebenso bekannter Soziologieprofessor, dem die Universität einmal pro Jahr ein Forschungsfreisemester gewährte, das er in Montagnola im Tessin zu verbringen pflegte. Die darüber gelegene Wohnung im ersten Stock bewohnte Rufus Zettel. Freundel passierte das schmiedeeiserne Eingangstor und durchquerte die mit schweren Steinplatten belegte Einfahrt. Die Haustür unter dem angerosteten Jugendstilvordach war lediglich angelehnt, so dass er nicht zu klingeln brauchte.

Im Treppenhaus kam ihm Aiga Lesothius-Porello entgegen. Die hagere Greisin grüßte ihn mit stoischer Miene und wässrigen Augen. Sie war die alleinstehende Schwester seines derzeitigen Institutskollegen, Professor Lesothius, und Besitzerin der Eigentumswohnung im zweiten Stock. Er blickte ihr nach, wie sie sich, unter Zuhilfenahme ihres Gehstocks, Stufe um Stufe die Treppe nach unten in Richtung Haustür voranarbeitete. Alles an ihr war gezeichnet vom fahlen, hässlich gekrümmten Tropfstein des Alters. Wie er von seiner derzeitigen Schreibkraft, Frau Mozarti, wusste, konnte sie immerhin auf eine beschwingte Jugend zurückblicken. Damals hatte ihr die butterblümchenhafte Ebenmäßigkeit ihrer Gesichtszüge Zugang zu den angesehensten Kreisen der Adenauer-Ära sowie einen gewissen Bekanntheitsgrad in der Regenbogenpresse verschafft. Wobei letzterer durch die Liaison mit einem prominenten Jazzposaunisten noch erheblich gesteigert worden war. Heute verbrachte sie ihre Tage vor allem damit, ihrem jüngeren Bruder beim Redigieren seiner manisch ausufernden Manuskriptberge unter die Arme zu greifen.

Im ersten Stockwerk angekommen, betätigte Freundel den fleischfarbenen Klingelknopf. Als Zettel die Tür öffnete, ertönte aus dem Hintergrund der Wohnung eine auffällig alt und verkratzt klingende Aufnahme von Smetanas *Moldau*. Mit einem trockenen „Hallo!" auf den Lippen betrat er die Diele. An den hohen Wänden hingen Bastmatten in unterschiedlichen Ocker- und Brauntönen, die ein befreundeter Künstler namens „Zecke" installiert hatte. Nach allen Seiten hin führten hohe Flügeltüren in die verschiedenen Räume der Wohnung. Fast sämtliche Zimmer waren vollgestopft mit Bücherwänden, Stößen vergilbter Partituren sowie exotischen Musikinstrumenten aus Afrika, Südostasien und Ozeanien. Sein Gastgeber, der Hausschuhe aus weinrotem Filz und eine schwarze Joppe mit Aluminiumknöpfen trug, begrüßte ihn mit einem knappen Händedruck. Anschließend nahm er ihm den Mantel ab und geleitete ihn an der Küche vorbei in den hinteren Wohnraum. Durch die Glastüren zur Veranda war dort das welke Laub des Nussbaums zu erkennen, dessen Äste über das Balkongeländer wucherten. Rufus wies seinem Besucher einen Platz an dem Teetisch in der komfortablen Sofaecke zu.

„Moment bitte. Ich muss das leiser stellen."

Er ging zu der Stereoanlage, die sich auf dem Hängeregal über der hölzernen Hammondorgel befand. Bedächtig, als justiere er die Zeitschaltuhr eines Sprengsatzes, drehte er an dem Regler. Dann lehnte er sich neben die Balkontür, die Arme fest vor der Brust verschränkt. Auf seine polierte Glatze fiel ein Strahl der Abendsonne. Diese war kurz zuvor überraschend zwischen den Fransen eines Wolkenlochs zum Vorschein gekommen.

„Eine historische Aufnahme von 1929. Vaclav Talich dirigiert das Orchester der Tschechischen Philharmonie. Schenk dir schon mal ein. Ich nehme mir später."

Freundel war daran gewöhnt, dass sein Gegenüber, wenn er mit Besuchern sprach, im Raum auf- und abging. Behutsam nahm er die oktogonale Teekanne zur Hand, um seine Tasse zu füllen. Anschließend lehnte er sich auf der Couch mit den wolfsgrauen Lederbezügen zurück.

„Kommst du mit dem Europa-Zyklus voran?", erkundigte er sich.

Rufus verzog das Gesicht zu einer Grimasse.

„Überhaupt nicht. Ich stecke seit Wochen in dem Belgien-Satz fest."

„Aha."

„Das Hauptproblem besteht darin, dass Belgien als Nation konturlos ist. Die Landschaft hat keine echten Höhepunkte zu bieten. Die Politik wirtschaftet in trauriger Mediokrität vor sich hin. Und in den öffentlichen Institutionen jubelt die Korruption. Noch nicht einmal eine charakteristische Landessprache haben die Leute dort. Wie soll einem zu einem derart kläglichen Staat ein aussagekräftiges musikalisches Motiv einfallen?"

Er hielt inne und ging zu der Regalwand, die die gegenüberliegende Schmalseite des Raums bedeckte. Von dort nahm er eine Messingschatulle, die mit hunderten von Zigaretten gefüllt war. Anschließend brachte er sie an den Teetisch.

„Außerdem schiebe ich noch das Problem Ex-Jugoslawien vor mir her", fuhr er fort. „Mir ist nicht klar, ob ich zu jedem dieser neuen Kleinstaaten einen eigenen Satz komponieren soll. Es wäre mir aber ganz Recht, wenn wir über etwas anderes reden könnten. Zum Beispiel darüber, wie der frischgebackene Herr Professor in seiner neuen Umgebung zurechtkommt. Wahrscheinlich kannst du dich vor hübschen Studentinnen kaum retten."

Freundel beugte sich vor, um mit der Fingerspitze ein Teeblatt aus seiner Tasse zu fischen.

„Es ist ziemlich anstrengend, vier Lehrveranstaltungen pro Woche zu bestreiten. Daran muss ich mich noch gewöhnen. Aber wenigstens ist mir der Einstieg in das Semester ganz gut gelungen."

Er streifte das Teeblatt am Rand der Untertasse ab.

„Und ich habe mir vorgenommen, mir richtig Mühe zu geben", fuhr er fort. „Gestern ist nämlich der Dekan des Fachbereichs in meinem Büro aufgetaucht, um mir einen persönlichen Besuch abzustatten. Dabei hat er mir indirekt zu verstehen gegeben, ich könne mir bei der Neubesetzung der Professur gewisse Chancen ausrechnen."

„Ich hab's dir ja immer gesagt. Du wirst deinen Weg gehen."

Zettel zog aus dem Pfeifenständer auf der Wandkommode eine grauschwarze Pfeife mit S-förmig gebogenem Stiel. Anschließend kramte er in den Seitentaschen seiner Joppe nach einem Feuerzeug.

„Dann müssen wir dich also bald aus dem ehrwürdigen Kreis der Lebenskünstler verabschieden, Freundelchen. Schade eigentlich. Bleibt nur zu hoffen, dass du unsereinen auch in Zukunft noch grüßen wirst."

Sein nervöses Augenzwinkern, das an den zwanghaften Lidschlag eines früheren Nationalkickers erinnerte, hatte bei den letzten Worten seine Frequenz verstärkt.

Mit Schwung ließ sich Freundel in das hodenweiche Sofa zurückfallen.

„Red' keinen Quatsch, Rufus. Es gibt eine offene Ausschreibung, und auf eine Stelle, die so begehrt ist, bewerben sich üblicherweise mehr als hundert hochqualifizierte Wissenschaftler. Wenn es gut läuft, habe ich vielleicht eine Chance, in die engere Wahl zu kommen. Mehr aber auch nicht. Und selbst das hängt davon ab, welche Köpfe aus dem Kollegium dann in der Berufungskommission sitzen."

„Ach komm. Die liegen dir doch alle längst zu Füßen bei deinen gedanklichen Hexereien. Du, ich glaube, mein Feuerzeug liegt in der Küche. Entschuldige mich einen Moment."

Während Freundel auf Zettels Rückkehr wartete, ließ er den Blick über die feschen Designermöbel und die erlesenen Antiquitäten wandern, mit denen der Komponist sein pompöses Wohnzimmer ausstaffiert hatte. Der Vergleich mit der bescheidenen Einrichtung, mit der er selbst in seinen eigenen vier Wänden Vorlieb nehmen musste, ließ jedes Mal einen Hauch von Neid in ihm aufkeimen. Allerdings blieb ihm bis heute schleierhaft, woher der Freund das Geld für die teure Miete und den gehobenen Lebensstil bezog. Alle paar Monate unternahm Rufus mehrwöchige Auslandsreisen, um sich, wie er vollmundig erklärte, Inspirationen für seine Kompositionen zu holen. Nicht selten führten ihn diese Trips zu angesagten Kur- und Badeorten, an denen sich alteingesessenes Jet-Set-Publikum mit neureichem Pack aus Osteuropa mischte. Dabei logierte er ausnahmslos in exquisiten Hotelanlagen und bewegte sich häufig auch über längere Strecken per Taxi. Obgleich er vermutlich kein unbegabter Komponist war, gelangten seine hermetischen Werke nicht eben häufig zur Aufführung, und der spärliche Verkauf der CDs, die Aufnahmen seiner Stücke enthielten, brachte so gut wie keine Tantiemen ein. Als Freundel ihn einmal nach seinen Einnahmequellen gefragt hatte, hatte er lediglich kühl erwidert, er habe privat vorgesorgt. Es stand zu vermuten, dass es sich dabei um eine Erbschaft oder etwas Ähnliches handelte. Außerdem, so hatte Rufus hinzugefügt, während seine Augenlider klimperten wie die

Gewinnanzeige eines einarmigen Banditen, sei er nun einmal ein Künstler. Und als solcher besitze er ein Recht auf das Glück des Tüchtigen.

Auch bei anderen Anlässen ging von dem Musiker eine distanzierte Überlegenheit aus, die sich deutlich von der Verbindlichkeit unterschied, mit der Freundel den meisten Menschen zu begegnen pflegte. Dass sich zwischen ihnen dennoch eine Art persönlicher Nähe entwickelt hatte, ließ sich daher gar nicht so leicht erklären. Eine günstige Voraussetzung hierfür bestand jedoch gewiss darin, dass Zettel zu denjenigen Künstlern gehörte, die der Versuchung widerstanden, ihren Kreationen zu Erläuterungszwecken nebulöse philosophische Kommentare beizufügen. Ebenso ausschlaggebend war, dass umgekehrt Freundel nicht zu jener Spezies von Kathederphilosophen zählte, die zeitgenössischen Künstlern mit hochtrabenden Deutungen ihrer Werke auf die Pelle rückte. Als sie sich vor drei Jahren das erste Mal, in der Pause einer Kabarettshow an der Bar des Club Voltaire, begegnet waren, hatte sich zwischen ihnen bereits nach kurzem Gespräch eine Haltung gegenseitigen Respekts eingestellt. Obwohl Zettel von Freundels delikatem Doppelleben nichts ahnte, nahm er instinktiv wahr, dass er es nicht mit einer typischen Akademikerpersönlichkeit zu tun hatte. Freundel, der die Auffassung vertrat, die Bedeutung der Kunst in der modernen Gesellschaft werde eher überschätzt, hielt Zettel im Gegenzug zugute, dass dieser erfreulich wenig von jenem missionarischen Dünkel ausstrahlte, der in Künstlerkreisen nicht selten seine dickblättrigen Blüten trieb.

Er erhob sich von der Couch, um auf dem Balkon ein wenig frische Luft zu schnappen. In diesem Moment klingelte es an der Wohnungstür. Kurz darauf waren von der Diele her Stimmen zu hören. Unschwer erkannte Freundel den rheinländischen Tonfall des Besuchers. Wenig später betrat, in Begleitung von Rufus, ein hochgeschossener Mann den Raum. Er trug eine maultierfarbene Cordhose und dazu ein Jackett aus avocadogrünem Flanell. Der graubraune Haarkranz, der sein blässliches Haupt umgab, erinnerte an ein kaputtes Vogelnest.

„Na, Himmler", begrüßte Freundel ihn, „Lässt du dich zur Abwechslung mal bei Tageslicht blicken?"

Rolf Himmelsried hob verlegen die Brauen. „Lasst euch von mir nicht stören."

Er deutete auf Zettel.

„Ich habe ihm nur rasch ein neues Kapitel vorbeigebracht. Er wird es probelesen und wie immer in Grund und Boden kritisieren. Ein besseres Training für die spätere Schlacht mit dem Lektor gibt es nicht."

Himmelsried lehrte seit einem knappen Jahrzehnt als unvergüteter Privatdozent für neuere deutsche Literatur am Institut für Germanistik und allgemeine Sprachwissenschaft. Bei früheren Versuchen, sich auf ein Ordinariat zu bewerben, war er jedes Mal so hoffnungslos Baden gegangen wie ein Kälblein in den Schnellen des Niederrheins. Eines Tages schließlich hatte er vollständig davon abgelassen, wissenschaftliche Aufsätze zu publizieren und öffentliche Vorträge zu halten. Seither arbeitete er an einem monumentalen Romanepos, über dessen Inhalt er sich seit Jahren in geheimnisvoll dahingeraunten Andeutungen erging. Alles in seinem Leben schien durchdrungen vom säuerlichen Geruch des Scheiterns. In gewissen Abständen pflegte er Rufus beim Abendessen Gesellschaft zu leisten. Freundel konnte sich sogar des Eindrucks nicht erwehren, dass dieser ihm hin und wieder Geld zusteckte. Himmelsried gehörte zu einem Kreis von Künstlertypen und gestrandeten Intellektuellen, die regelmäßig bei Zettel ein- und ausgingen. Die meisten von ihnen wirkten nicht sonderlich sympathisch. Ihre hauptsächliche Beschäftigung schien darin zu bestehen, anlässlich halbkonspirativ zelebrierter Dinnerparties aufgeblasene Tischreden zu halten. Die einzige Gemeinsamkeit dieses disparaten Kreises bestand nach Freundels Urteil darin, dass keiner der Beteiligten gesellschaftliche Anerkennung genoss, geschweige denn über eine feste berufliche Anstellung verfügte, die ihm einen sicheren Lebensunterhalt bot.

Nachdem Freundel und Zettel ihn gemeinsam zum Bleiben aufgefordert hatten, nahm Himmelsried ebenfalls auf dem kolossalen Ledersofa Platz. Ihr Gastgeber ließ sich in dem Schaukelstuhl zu ihrer Rechten nieder, wo er sich mit einer theatralischen Armbewegung eine Tasse Tee einschenkte. Seine Pfeife verströmte den süßlichen Vanilleduft der Tabakmischung Black Luxury. Vom Garten her drang das Gurren von Tauben in den Raum. Eine Weile unterhielt man sich über die jüngsten Spielertransfers bei Eintracht Frankfurt. Fenin, Amanatidis, Lexa. Dann sprach Zettel über sein jüngst erworbenes Ferienhaus im nördlichen Cinqueterre, dessen zukünftiges Mobiliar er zurzeit, unter der strengen Aufsicht seiner Tochter Ursula, aus diversen, im Umland befindlichen Antiquariaten herankarren ließ. Schließlich angelte sich Freundel aus der Messingschatulle eine Zigarette und griff nach dem Feuerzeug.

„Mich würde", sagte er, „eure Meinung zu einem Projekt interessieren, das mir schon länger im Kopf rum spukt."

Er zündete die Zigarette an und inhalierte.

„Wie ich Rufus schon erklärt habe, sind die Chancen eher gering, dass ich die Vertretungsprofessur später regulär übernehmen kann."

„Klar." Himmelsried nickte verständnisvoll.

„Dann probierst du es halt woanders.", meinte Rufus.

„Anderswo sind die Aussichten bei einer Bewerbung noch wesentlich schlechter. Zu den meisten Instituten in Deutschland fehlen mir die persönlichen Kontakte. Und erschwerend kommt hinzu, dass ich unter den Bewerbern mittlerweile nicht mehr zu den Jüngsten zähle."

Er hielt inne und schnippte die Asche der Zigarette in die dafür vorgesehene Perlmuttschale.

„Deshalb habe ich mir folgendes überlegt: Wenn mir die offiziellen staatlichen Institutionen den Ritterschlag der Professur verweigern, dann sollte ich mich einfach selbst berufen."

„Wie meinst du das?", fragte Rufus.

„Ich will versuchen, einen eigenen Laden aufzuziehen."

„Was für einen Laden denn?"

„Ich denke da an so eine Art philosophische Privatakademie. Ein Institut, das von Sponsorengeldern finanziert werden soll."

Die Miene seines Gastgebers, dessen Lider jetzt im Sekundentakt niederschnellten, behielt ihren fragenden Ausdruck. Währenddessen entfuhr seinem Sitznachbarn auf dem Sofa ein ironisches Schnauben.

Freundel beugte sich zu Himmelsried herüber. „Ich weiß, du wirst gleich wieder dein Lied anstimmen, dass sich die Privatwirtschaft einen Dreck darum schert, den Geist zu fördern. Weil die Leute jeden sperrigen Gedanken als Geschwätz aus dem Elfenbeinturm abqualifizieren. Das habe ich schon begriffen. Aber mach' dir keine Sorgen. Ich will bestimmt keine weitere Institution ins Leben rufen, die sich mit der Semantik der Metapher oder der Dekonstruktion der Psychoanalyse beschäftigt."

„Dann bin ich ja beruhigt."

„Ich denke an etwas völlig anderes. An meiner Akademie sollen Forscher, die wirklich etwas auf dem Kasten haben, über grundlegende metaphysische Probleme nachdenken. Über Fragen, die jedem halbwegs gebildeten Menschen Kopfzerbrechen bereiten. Fragen, die früher von den Weltreligionen beantwortet wurden und mit denen man sich heute in einem intellektuellen Vakuum vorfindet."

„Ave Maria!", stieß Himmelsried hervor, während er sich mit der Rechten durch das Vogelnest strich. „Willst du jetzt nach dem Sinn des Lebens suchen?"

Freundel schüttelte den Kopf. „Mein Ziel ist es eher, kluge Köpfe ohne Scheuklappen darüber sinnieren zu lassen, welche Züge der Wirklichkeit in einer naturwissenschaftlich aufgeklärten Welt eigentlich noch Anlass zum Staunen geben. Zum Beispiel die Tatsache, dass überhaupt eine Welt existiert."

Er hielt einen Moment inne, den Blick auf die filigran geformten Blätter an den Zweigen des Nussbaums gerichtet, die sich vor der Glastür über das Balkongeländer rankten.

„Ebenso", fuhr er fort, „kann man es auch für unbegreiflich halten, dass es in der Welt eine so schwindelerregende Vielzahl von Dingen gibt. Und dass diese Dinge kein wirres, planloses Chaos bilden, sondern gesetzmäßig geordnet sind. Das ist eigentlich ziemlich irre."

Er drückte die Zigarette aus.

„Das alles sind jedenfalls Tatbestände", sagte er, „die sich wissenschaftlich nicht erklären lassen. Stattdessen werden sie von den Naturwissenschaften vorausgesetzt. Was aber nicht heißt, dass sie theologisch erklärbar sind. Wer ein transzendentes Wesen ins Spiel bringt, um die Existenz der Welt verständlich zu machen, verschiebt das Problem ja nur. Es bleibt dann genauso rätselhaft, warum dieses höhere Wesen existiert."

„Und an was für eine Erklärung denkst du dann?", erkundigte sich Himmelsried, während er die Beine übereinanderschlug. Dabei kam in der Kniegegend seiner Cordhose eine stark abgewetzte Stelle zum Vorschein, deren Textur nekrotischem Gewebe glich.

„An gar keine Erklärung. Es ist gerade die völlige Unerklärbarkeit der Welt und ihrer tiefsten Wesenszüge, über die man sich bewusst werden muss. Allein diese Einsicht kann uns wieder dazu bringen, über die Wirklichkeit zu staunen."

„Und das soll dann nicht religiös sein?"

„Auf diesem Weg würde man zu einer gesunden Form der Spiritualität gelangen. Zu einer Spiritualität, die auch in unserer aufgeklärten Zeit Bestand haben kann. Das metaphysische Staunen, in das der Weg des Denkens mündet, ist jedenfalls kein verschrobener Mystizismus."

„Was denn dann?"

„Eine spirituelle Einstellung, die ausschließlich der Vernunft entspringt."

Rufus, der das Gespräch bis dahin schweigend verfolgt hatte, runzelte die Stirn.

„Das ist ja alles schön und gut. Aber befasst ihr Philosophen Euch denn nicht schon an der Uni Tag und Nacht mit solchen Themen? Warum sollte da jemand auf die Idee kommen, eine Privatakademie zu finanzieren, die denselben Zinnober ein weiteres Mal durchkaut?"

Freundel goss sich Tee nach.

„Das stimmt eben nicht", erwiderte er. „Die Philosophie, die heute an den Universitäten betrieben wird, hat sich von den wirklich fundamentalen Fragen meilenweit entfernt. Fast niemand, der auf eine akademische Karriere aus ist, kann es sich noch leisten, darüber zu schreiben."

„Und womit beschäftigen sich die Leute dann?"

„Heutzutage kommt es eher darauf an, eine möglichst komplizierte Theorie zu formulieren, die irgendein vertracktes Spezialproblem löst. Die existenziellen Themen spielen so gut wie keine Rolle mehr."

Himmelsried warf Zettel einen eindringlichen Blick zu, den Freundel nicht zu deuten vermochte. „Und an was für Sponsoren denkst du dabei?"

„Um ehrlich zu sein, ist mir dieser Teil der Sache noch am wenigsten klar."

Dass sich auf einem Bankkonto im schweizerischen Winterthur, auf das er jeden Monat knapp die Hälfte von Renés Einkünften überwies, bereits ein stattliches Startkapital für die Finanzierung der Akademie angesammelt hatte, war ein Faktum, das er geflissentlich verschwieg.

„Vermutlich", fuhr er fort, „wäre es am aussichtsreichsten, sich an Großunternehmen wie Daimler oder Bayer zu wenden, die eigene Abteilungen für Kulturförderung unterhalten. Ich dachte auch, ihr hättet vielleicht ein paar Ideen."

Er wandte sich an Zettel.

„Du hast mir doch erzählt, dass die Firma Wella mal einen kompletten Kompositionszyklus von dir gesponsert hat? Wie bist du denn damals an dieses Geld herangekommen?"

Zettel unterbrach das Nachstopfen seiner Pfeife.

„Vor allem ist es wichtig", erwiderte er, „die Wirtschaftsfuzzis davon zu überzeugen, dass das Projekt, das finanziert werden soll, auf wirklich hohem Niveau betrieben wird. Wenn sich diese Leute gerne mit etwas schmücken, dann ist das künstlerische oder wissenschaftliche Exzellenz. Aber ich vermute mal, für deine erlesene Akademie würden etliche bombige Nachwuchskräfte aus dem Universitätsmilieu bereitstehen, deren Genialität bisher aus unerfindlichen Gründen verkannt wurde."

„Da kann ich dich mit einer halben Hundertschaft bekanntmachen."

„Danke, kein Bedarf. Hungerleider, die meine Gutmütigkeit strapazieren, habe ich schon genug am Hals."

„Das ist nicht zu übersehen."

„Hör zu: Ich würde sagen, du konzentrierst dich zunächst auf deine Bewerbung. Falls daraus wirklich nichts wird, reden wir noch einmal über dein Akademie-Projekt. Vielleicht hätte ich dann einen Vorschlag, wie sich das Ganze finanzieren lässt."

„Na rück' schon raus damit, Rufus. Was ist das für ein Vorschlag?"

Anstatt eine Antwort zu geben, stand sein Gastgeber auf und ging in Richtung Balkon. Dort öffnete er die Tür. Augenblicklich, als sei ein Stauwehr angehoben worden, unter dem ein eisiger Strom hervorgeschossen kam, durchflutete ein kühler Luftwirbel den Raum. Zettel blieb, den Rücken zu seinen Besuchern gekehrt, im Gegenlicht stehen und blickte nach draußen. Nach einer Weile begann er zu sprechen.

„Eines sollte dir klar sein, alte Keule: Es gibt immer einen Weg, wenn man eine gerechte Sache verfolgt. Und dein Anliegen ist vermutlich gerecht."

Er blickte zur Seite und betrachtete die Gipsbüste mit dem Konterfei von Nikolai Ceaucescu, die aus unerfindlichen Gründen den grazilen Sekretär neben der Wandkommode verschandelte.

„Unsere Gesellschaften", sagte er dann, „haben sich entschieden, das kollektive Glück zu ihrem obersten Prinzip zu adeln. Ach was sage ich! Sie haben sich in dieses Prinzip verrannt. Der ganze gottverdammte Budenzauber der Ökonomie beruht darauf."

Er legte die Pfeife neben der Büste des ehemaligen Diktators ab, bevor er in scharfem Tonfall weitersprach.

„Die wirtschaftliche Wohlfahrt dient nur einem Zweck. Sie soll das sahneweiche Glück gewährleisten, auf das jeder aus ist. Das ist die einzige Legitimationsgrundlage, die heute zählt. Wenn du versprechen kannst, etwas zu diesem Glück beizutragen, leiht dir die Welt ihr Ohr und öffnet ihre ranzigen Brieftaschen. Wehe aber, es fällt dir ein, ein alternatives Ziel zu verfolgen. Dann findest du kaum noch jemanden, der dir Beachtung schenkt."

„Dann behandeln sie dich als Crétin", ergänzte Himmelsried. Die Hände hielt er dabei in höchst ulkiger Manier um sein rechtes Knie gefaltet. So seltsam verrenkt, dass es aussah, als bildeten die Finger einen verzwickten Seemannsknoten.

Unruhig durchquerte Rufus den Raum. Schließlich blieb er vor der schwarzlackierten Standuhr stehen, die sich neben der Flügeltür zum Nachbarzimmer befand.

„Eigentlich", fuhr der Komponist fort, „sollten wir doch kapiert haben, dass für das Individuum nicht allein das Glück zählt. Dass es noch etwas anderes gibt, das genauso wichtig, wenn nicht sogar noch wichtiger ist."

„Und das wäre?", warf Freundel ein, der sich anstrengen musste, ein Gähnen zu unterdrücken.

„Die *Würde* natürlich. Die Würde des Einzelnen. Meine Güte, es gab Zeiten, da wurde der Wahrung der Würde durchaus ein höherer Wert beigemessen als dem Glück."

Mit verspannter Miene wanderte Rufus zurück in Richtung Balkontür. In diesem Moment mischte sich in die Kälte, die von draußen hereinwehte, der Geruch von gekochtem Pferdefleisch. Für einige Sekunden löste der Duft in Freundel das eigentümliche Verlangen aus, sich in die Backentasche zu beißen. Hoffentlich war der alte Miesepeter mit seiner Litanei bald durch. Deren angestrengtes Erzählmuster entstammte nur allzu erkennbar der Mottenkiste altlinker Kulturkritik.

„Die meisten Menschen", setzte Zettel seine Ansprache fort, „verkennen, dass nicht bloß der Einzelne, sondern auch das Gemeinwesen eine Würde besitzt. Oder jedenfalls besitzen könnte. Eine Gesellschaft, die sich keine autarke Kultur mehr leistet, verliert diese Würde."

„Und was heißt das genau?", erkundigte sich Freundel, ohne an der Antwort sonderlich interessiert zu sein.

„Eine Gesellschaft verliert ihre Würde, wenn sie ihre Kräfte ausschließlich darauf richtet, Dinge hervorzubringen, die dem ökonomischen Fortschritt und dem plebejischen Glück dienen. Wahre Würde kann sie nur gewinnen, indem sie den Mut aufbringt, Wissenschaften und Künste zu fördern, die schlechterdings keinen Nutzen für den Puppentanz des Massenkonsums abwerfen. Das allerdings ist ein aristokratischer Mut. Deshalb finden wir in den demokratischen Gesellschaften so gut wie nichts mehr davon."

„Diesen Mut", fügte Himmelsried an, „besitzen nur die Wenigen, die ihr Leben der zweckfreien Kreativität widmen. In Wahrheit sind diese Leute Partisanen, die für die Würde der Gesellschaft kämpfen. Anders kann man das nicht sagen."

Freundel betrachtete die schwermütigen Mienen der beiden Partisanen. Die heutige Teestunde nahm wahrlich einen sonderbaren Verlauf. Ob er trotzdem noch einmal nachhaken sollte wegen Zettels Finanzierungsidee? Er wollte gerade hierzu ansetzen, als der Komponist plötzlich laut fluchend die Schublade des Sekretärs aufriss, der direkt neben der geöffneten Balkontür stand. Sekundenbruchteile später hielt er in seiner Rechten eine Pistole, zielte nach draußen und drückte den Abzug. Freundel vernahm ein kurzes Zischen, auf das ein leise quiekendes Geräusch folgte. Gleichzeitig sah er auf dem Balkon etwas nach unten fallen.

„Verdammte Drecksviecher!", rief Rufus und deponierte die silberne Waffe auf der verglasten Oberfläche des Sekretärs. „Die scheißen mir noch die gesamte Veranda voll."

Freundel war in der Zwischenzeit aufgesprungen und hatte sich der Tür genähert. Im Zwielicht der einsetzenden Abenddämmerung konnte er unterhalb der Nussbaumzweige die Taube erkennen, die wild zuckend auf dem Boden des Balkons lag. Auch Himmelsried trat hinzu.

„Du Künstler!", sagte er an Zettel gewandt. „Das Gas überlebt die doch nicht. Besser, wir töten sie sofort. Sonst kotzt sie dir noch alles voll."

„An der rechten Seite des Küchenregals hängen Müllbeutel. Bring mir einen her, Rolf.", befahl Rufus und schob das röchelnde Tier mit der Fußspitze ein Stück in Richtung Regenrinne. „Entschuldige den unerfreulichen Anblick, Konstantin. Hier muss ich leider hart durchgreifen."

Während der Befehlsempfänger zur Küche hastete, entfernte Freundel sich vom Schauplatz des Durchgreifens. Er ging zurück zu dem Couchtisch und leerte seine Teetasse. Dabei musterte er die Gesichtszüge des geschmacklosen Ceaucescukopfes. Die Büste stammte aus dem Antiquitätengeschäft einer siebenbürgischen Industriestadt, in der ihr Gastgeber einige Jahre zuvor an der Uraufführung seiner atonalen Oper „Herculaneum" mitgewirkt hatte. Himmelsried kehrte im Galoppschritt aus der Küche zurück und ging auf dem Balkon in die Knie, wo er den Müllbeutel mit beiden Händen ebenerdig in horizontaler Richtung geöffnet hielt. Zettel beförderte die Taube mit einem Tritt ins Innere des Plastiksacks, den sein Handlanger daraufhin so fest zuknotete, dass kein Sauerstoff mehr hineingelangen konnte.

„Keine Sorge, Rufus", sagte Himmelsried. „Ich nehme das nachher mit zur Mülltonne." Er lehnte den verschlossenen Beutel, in dem es noch immer heftig zuckte, gegen das Geländer der Veranda. Daraufhin begaben sich die beiden Männer ebenfalls wieder an den Teetisch.

Freundel verspürte kein allzu großes Bedürfnis mehr, zur Tagesordnung zurückzukehren. Daher traf er die Entscheidung, sich für heute zu verabschieden. Zur Erklärung gab er an, er müsse die schriftliche Arbeit einer Studentin korrigieren, die er morgen in seiner Sprechstunde empfangen werde. In Wirklichkeit stand ihm am späteren Abend noch ein Besuchstermin bei Ilona Jonkhorst bevor. Die aus den Niederlanden stammende Zahnarztgattin, deren flachsblondes Haar stets so wild onduliert war, als habe Van Gogh persönlich seinen manischen Pinselstrich darin verewigt, nahm seit dem Frühsommer seine Dienste in Anspruch. Heute hatte sie, nach einer längeren Phase der Abstinenz, eine der seltenen Gelegenheiten genutzt, ihn zum verschwiegenen Stelldichein zu bitten. Da die Praxis des Ehemanns unmittelbar an die privaten Wohnräume angrenzte, lief mit der breitstirnigen Klientin nur dann etwas, wenn Dr. Jonkhorst gerade eine Zahntechnikermesse besuchte oder, wie am heutigen Abend, von einem pfiffigen Bohrgeräteherstellerzu einer Weinprobe geladen war.

Als Freundel wenig später durch das eiserne Einfahrtstor hinaus auf die Salvatorstraße trat, war es bereits dunkel. In kräftigen Böen blaffte ihm der kühle Nachtwind entgegen. Während er den Mantelkragen nach oben klappte, legte er einen Zahn zu. Wenn er zuvor noch eine Dusche nehmen wollte, musste er sich sputen.

Kapitel 4: Allegro, ma non troppo

„Moment, René. Ich muss ein Stück nach oben rücken."

Er ließ es zu, indem er die Wange von ihrer verschwitzten Pobacke hob. Mit einem Ruck stemmte sie ihren Körper in Richtung der Oberkante des Betts. Dadurch fand ihr Kopf auf dem seidenen, mit astrologischem Schnickschnack bestickten Kissen Platz. Noch immer erschöpft ließ er das Haupt auf ihren depilierten Oberschenkel niedersinken. Gemeinsam verharrten sie mehrere Minuten lang schweigend in dieser Position. Während sie ihrer Zufriedenheit dadurch Ausdruck verlieh, dass sie mit den Fingerspitzen oszillographische Muster auf seine Waden zeichnete, beobachtete er durch das Fenster die trudelnden Flugbahnen der fetten Schneeflocken, die seit Tagen wie schlohweiße Vulkanasche über der Stadt niedergingen. Zum Glück war es bald Weihnachten. Die Festtage und der anschließende Jahreswechsel brachten eine zweiwöchige Unterbrechung des kräftezehrenden Semesterbetriebs.

Auch die momentane Erholungspause hatte er bitter nötig. Auf sexuellem Gebiet gehörte Carola Burckhardt fraglos zu den anstrengenderen Geschäftspartnerinnen. Sie bevorzugte den Verkehr von hinten in nach vorne gebeugter Haltung. Er musste dabei auf die Knie gehen und Acht geben, dass er möglichst tief in sie eindrang. Da sie hochgeschossen und von grobgliedrigem Wuchs war, so dass der Abstand von der Matratze bis zu ihrem Becken mehr als einen halben Meter betrug, musste er dabei seinen Körper mit enormer Anspannung nach oben stemmen. Hatte sie endlich ihren Höhepunkt erreicht, war er jedes Mal erleichtert. Carola war nicht die einzige seiner Gespielinnen, die auf diese Position Wert legte. Er selbst hingegen fand den Doggy Style nicht sonderlich erotisch, zumal die Rückseite einer Frau gewöhnlich weniger Reize bot als deren Vorderseite. Von speziellen Härtefällen einmal abgesehen. In Carolas Fall hatte er es sich zur Gewohnheit gemacht, im Vorfeld zu einer seiner orangenen Wunderpillen zu greifen, um nicht Gefahr zu laufen, vorzeitig seine Standfestigkeit einzubüßen.

In dem Aquarium auf der Schlafzimmerkommode, an dessen smaragdgrünen Wasserpflanzen feine Sauerstoffbläschen emporstiegen, vollführte ein psychedelisch gefärbter Zierfisch eine träge Volte. Aus den Lautsprecherboxen der Stereoanlage erklang derweil der dritte Satz des D-moll-Klavierkonzerts. Allegro, ma non troppo. Ihre gemeinsame Turnübung hatte den kompletten ersten Satz sowie den Beginn des zweiten Satzes überdauert. Währenddessen war er zu der Überzeugung gelangt, dass Carola die Aufnahme nur aus einem einzigen Grund ausgewählt hatte: Die abgehackten Phrasen, in denen Brahms seine Melodieführung gestaltete, ließen keine andere Assoziation zu als die eines rabiat ins Werk gesetzten Geschlechtsakts. Die Bratschistin verfügte über eine CD- und Schallplattensammlung von beachtlichem Umfang. Im Lauf der vergangenen zehn Monate hatte sie als Untermalung für ihr Liebesspiel so manchen Leckerbissen aus dem Klassikrepertoire ausgewählt, der ihm eine musikalische Horizonterweiterung bescherte. So verdankte er ihren Begegnungen beispielsweise seine Kenntnis des Pianodoppelkonzertes von Felix Mendelssohn-Bartholdy, des Cellokonzertes von Edgar Elgar sowie des monströsen Requiems von Hector Berlioz.

Sie begab sich in eine aufrechte Sitzposition, den Rücken an das griesgrau lackierte Metallkopfteil des Bettes gelehnt. Nachdenklich musterte sie das Kondom, das über seinem halb erschlafften Penis hing.

„Du bist wieder nicht gekommen", stellte sie fest. „Errege ich dich nicht genug?" Während sie sprach, fuhr sie sich mit der etwas zu sehnigen Hand durch den kaffeebraunen Pagenschnitt.

„Ich erwähne das dir gegenüber ja nur ungern", erwiderte Freundel: „Aber vergiss nicht, dass es auch noch andere Kundinnen gibt. Ich bin schließlich keine Zwanzig mehr."

Er registrierte, wie ein Schatten über ihr Gesicht glitt. Im Gegensatz zu den meisten anderen Frauen, mit denen er professionell verkehrte und denen die fehlende Exklusivität seiner erotischen Zuwendung nicht das Geringste auszumachen schien, legte Carola Wert auf die Phantasievorstellung, er sei eine Art Ehegatte, zu dem sie eine monogame Beziehung unterhielt. Nicht selten kam es vor, dass sie ihn im Anschluss an einen knuffigen Liebesakt noch aufforderte, ihr beim Abendessen in ihrer geräumigen Wohnküche Gesellschaft zu leisten. Seit etlichen Jahren schon lebte die Angestellte des Kammerensembles des Hessischen Rundfunks im Zustand der Partnerlosigkeit. Schuld an dieser Flaute, so hatte sie ihm erklärt, sei vor allem das Erfordernis, täglich sechs bis acht Stunden auf dem Instrument zu üben. Diesen Inbegriff an Disziplin könne so gut wie kein Mann auf Dauer ertragen. Jeder der Herren der Schöpfung fühle sich bereits nach wenigen Wochen psychologisch unterlegen. Freundel indes vermochte dieser Erklärung keinen rechten Glauben zu schenken. Er vermutete eher, dass sich ihr Singledasein denselben Gründen verdankte, die sie bereits in ihrer Jugend dazu veranlasst haben mussten, die behäbige Bratsche der romantischeren Violine vorzuziehen. Das Griffbrett der Bratsche war ausladender als dasjenige der Geige, so dass ihre Hände mit den proportional größeren Fingerabständen besser zurechtkamen. Auch unter den Männern kamen angesichts der Wucht ihrer Gliedmaßen aus Symmetriegründen eigentlich nur die Bratschen für sie in Frage. Aufgrund des größeren Marktanteils der weniger hünenhaft gebauten Violinen ergab sich daraus zweifellos ein gewisses Problem.

Er mochte Carola und war daher stets bereit, ihre Einladungen zum längeren Verweilen anzunehmen. Sofern sein Terminkalender dies zuließ. Am heutigen Abend jedoch sah er keinen weiteren Verpflichtungen mehr entgegen. Es war Donnerstag, und er hatte seine letzte Lehrveranstaltung für diese Woche bereits am Nachmittag absolviert. Entspannt ließ er sich in der Sitzecke aus Buchenholz nieder, die sich gegenüber der Küchenzeile befand. Auf die furnierte Tischplatte fiel der Schein der altertümlichen Stehlampe. Sie stammte von Carolas Großonkel mütterlicherseits, und ihr Pergamentschirm roch auch nach Jahren der Milieuverpflanzung noch immer so penetrant nach Zigarrenqualm, als sei eine komplette Cohiba-Plantage in Flammen aufgegangen. In Kombination mit der rustikalen Einrichtung vermittelte ihr ockerfarbenes Licht eine Atmosphäre konservativer Geborgenheit.

Freundel freute sich auf den Broccoligratin, den seine Gastgeberin ihm angekündigt hatte. Sie nahm zwei Topflappen und hievte die Glasschale mit den übereinandergeschichteten Zutaten in den Ofen.

„Es dauert 40 Minuten, bis der Gratin fertig ist", rief sie ihm über die Schulter zu. „Schenk' uns schon mal Wein ein."

Er entfernte den Druckverschluss von der halbvollen Silvanerflasche, die in der Mitte des Tischs bereitstand. Sorgsam füllte er zwei Gläser. Jetzt war der Augenblick gekommen, ihr den philosophischen Leckerbissen zu servieren, den er für den heutigen Abend ausbaldowert hatte. Er würde es zumindest versuchen. Zwar besaß Carola eine hervorragende Auffassungsgabe. Dennoch blieb abzuwarten, ob es ihm gelingen würde, ihr den entscheidenden Punkt zu verklickern.

Als sie sich zu ihm setzte, hob er sein Glas, um ihr zuzuprosten.

„Erinnerst du dich daran", sagte er, „wie wir neulich über die Besonderheiten gesprochen haben, durch die sich die Musik von anderen Formen der Kunst unterscheidet?"

„Natürlich. Am meisten hat mich der Gedanke beeindruckt, dass die Musik aus dem Nichts entspringt. Wie hast du das noch mal genannt? Exitus nili?"

„Creatio ex nihilo. Das ist lateinisch und bedeutet: Schöpfung aus dem Nichts. Aber eigentlich war das etwas zu ungenau ausgedrückt. Was ich meinte, war eher, dass die Musik eine Schöpfung *ohne Vorbild* ist. Denn genau das ist es, was sie im Vergleich zur bildenden Kunst auszeichnet."

„Macht es dir was aus, deine Erklärung von letzter Woche noch mal zu wiederholen?"

„Das ist im Grunde ein ganz einfacher Gedanke: Sämtliche Farb- und Formelemente, die in Skulpturen und Gemälden vorkommen, sind in der Natur bereits im Übermaß vorhanden. Und zwar in allen erdenklichen Variationen. Die bildende Kunst hat daher ein reichhaltiges Vorbild in der Realität. Im Gegensatz dazu gibt es in der natürlichen Welt zwar alle möglichen Geräusche; aber es gibt so gut wie keine Klänge, die irgendwelche Ähnlichkeiten mit Melodien, geschweige denn mit Akkorden hätten. Alle wesentlichen Strukturen, die beim Komponieren und beim Spielen von Musik erzeugt werden, sind ohne Vorbild in der Natur."

„Und was ist mit dem Vogelgesang? Das fiel mir nämlich nach unserem letzten Gespräch noch ein. Das *ist* doch ein Vorbild in der Natur."

„Das stimmt schon. Aber diese Melodien sind so simpel, dass sie viel weniger ein Vorbild für die komplexen Klanguniversen sein konnten, die wir einem Mozart, Wagner oder Bartok verdanken, als es die sichtbare Natur für die bildende Kunst ist. Ein Musikstück ist daher auf jeden Fall das radikalere Artefakt. Ein Komponist produziert ganze Welten, die im Vergleich zur Natur neuartig sind. Aus diesem Grund ist die metaphysische Bedeutung der Musik höher einzustufen als die der bildenden Kunst."

Er hielt inne, um von dem Wein zu kosten.

„Aber heute", fuhr er fort, „möchte ich noch über einen anderen Aspekt der Musik sprechen, der sie zu einem besonderen Phänomen macht."

Carola rückte ein Stück näher an ihn heran, das Kinn auf den Ballen ihrer Hand gestützt. Das Licht der Stehlampe fiel jetzt direkt auf ihr Gesicht. Ihre talgigen Wangen glänzten wie frische, mit Eiweiß lasierte Teigtaschen. Während sie ihn erwartungsvoll anblickte, drückte sie unter dem Tisch ihr Bein gegen seinen Oberschenkel. Sachte, aber unausweichlich machte sich zwischen seinen strapazierten Lenden der Federkiel eines abermaligen

Verlangens bemerkbar. Die Langzeitwirkung dieser Tabletten war schon phänomenal. Bemüht, seine Konzentration aufrechtzuerhalten, sprach er weiter.

„Hast du dich schon mal gefragt, *wo* eigentlich die verschiedenen Töne sind, wenn du bei einem Orchester mehrere Instrumente gleichzeitig hörst? Oder wenn ein Akkord erklingt, der aus mehreren Tönen besteht?"

„Wie meinst du das, wo die Töne sind?"

„Ich meine, ob du angeben kannst, an welchen Stellen im Raum sich die unterschiedlichen Töne befinden?"

Ihre Augen verengten sich. Es sah aus, als trete sie an einem sonnigen Tag in eine dämmrige Stube. Ihr Bein verstärkte derweil den sanften Druck.

„Bei guten Stereoaufnahmen lässt sich das doch häufig klar erkennen.", erwiderte sie. „Die Streicher sind zum Beispiel hinten links, während die Soloklarinette weiter vorne, auf der halbrechten Seite zu hören ist. Meinst du das?"

„Nicht ganz. Natürlich ist es beim Stereo-Sound manchmal möglich, die verschiedenen Klangquellen verschiedenen Orten im Raum zuzuordnen. Aber das funktioniert nicht immer. Denk einmal an einen einfachen Akkord, zum Beispiel auf einem Klavier. Stell dir vor, du hörst gleichzeitig einen Basston, einen Ton, der eine Oktave darüber liegt, und einen dritten, noch höheren Ton. Kannst du dann immer sagen, an welchen Stellen im Raum diese verschiedenen Töne erklingen?"

Sie überlegte einen Augenblick. „Nein. Ich denke nicht."

„Wenn man auf einem Synthesizer zeitgleich künstliche Töne unterschiedlicher Tonhöhe erzeugt, wird das Problem noch deutlicher. Denn, anders als beim Klavier, sind wir bei artifiziellen Klängen nicht instinktiv geneigt, in der Vorstellung die tieferen Töne dem weiter links gelegenen Ende einer Tatstatur zuzuordnen."

„Aber wieso ist das ein Problem?"

„Das Problem entsteht, wenn du dir vor Augen führst, dass du die verschiedenen Töne in deiner Wahrnehmung klar und deutlich voneinander *unterscheiden* kannst. Andererseits liefern uns die drei herkömmlichen Raumdimensionen aber keine Koordinaten, mit deren Hilfe wir die Klangereignisse an verschiedenen Orten lokalisieren können."

„Hm."

„Nimm als Beispiel noch einmal das gleichzeitige Erklingen eines tieferen und eines höheren Tons auf einem Synthesizer. Dass der höhere Ton *weiter oben* liegt, ist ja bloß eine metaphorische Redeweise. Sie beschreibt lediglich die qualitative Beziehung der beiden Töne, sagt aber nichts aus über ein räumliches Verhältnis, in dem sie zueinander stehen."

Er hielt inne und sah sie an. Das dunkle Kastanienbraun ihrer Augen schien seinen Blick mit einem Happs zu verschlucken.

„In Wirklichkeit", fuhr er fort, „gibt es keine Antwort auf die Frage, ob sich der eine Ton *oberhalb* oder *unterhalb* des anderen Tons befindet. Ebenso wenig lässt sich sagen, ob der erste Ton *vor* oder *hinter* dem zweiten lokalisiert ist, oder ob er *rechts* oder *links* davon erklingt. Verstehst Du, was ich meine?"

„Ich glaube schon. Aber ich weiß nicht recht, worauf du hinaus willst."

Sie erhob sich von ihrem Platz und ging hinüber zu der Anrichte der Küchenzeile.

„Ich hör' dir weiter zu", sagte sie. „Ich mache nur rasch den Salat fertig."

Freundel schenkte sich ein zweites Glas Silvaner ein. Dann sprach er weiter.

„Also: Wenn es Fälle gibt, in denen sich zwei zeitgleiche Klangereignisse nicht mit Hilfe der drei üblichen Raumkoordinaten an verschiedenen Orten lokalisieren lassen, und wenn wir diese Klangereignisse in unserer Wahrnehmung dennoch deutlich voneinander unterscheiden können, dann lässt das eigentlich nur eine Schlussfolgerung zu."

„Nämlich?"

„Dass es in unserer Wahrnehmung neben den drei vertrauten Raumkoordinaten und der Zeit noch eine weitere Dimension gibt, die es uns ermöglicht, zwei verschiedene Erfahrungsinhalte als voneinander getrennte Phänomene wahrzunehmen."

Carola hatte Öl und verschiedene Gewürze in eine gelbe Porzellanschüssel gegeben, die bis zum Rand mit Rapunzelblättern gefüllt war. Jetzt rührte sie den Salat mit Hilfe zweier Plastiklöffel auf. Dabei schien sie angestrengt nachzudenken. Aus dem Ofen drang derweil der Duft des angebratenen Rohmilchkäses, der die oberste Schicht des Gratins bildete. Freundel wartete einige Minuten, bis seine Gastgeberin wieder in der Sitzecke Platz genommen hatte. Sie nippte an ihrem Weinglas und rieb die Lippen gegeneinander. Erst nach einer Weile brach sie ihr Schweigen.

„Was du gesagt hast, würde ja bedeuten, dass die Musik über Raum und Zeit hinausreicht."

Die Antwort überraschte ihn. Ihm selbst war diese Konsequenz noch gar nicht in den Sinn gekommen. Er überlegte einen Moment.

„Ja. ... Das ist eine mögliche Schlussfolgerung.", erwiderte er dann. „Aber man muss das nicht so interpretieren. Es könnte auch bedeuten, dass es eine vierte Dimension des Raums gibt, die der Wahrnehmung zugänglich ist, die uns jedoch in der *sichtbaren* Welt verborgen bleibt. Weil wir sie visuell nicht erschließen können."

„Hm."

„Die Besonderheit der Musik bestünde dann darin, dass sie uns diese vierte Raumdimension enthüllt, indem sie sie als eine Dimension erfahrbar macht, in der gleichzeitige Klänge angeordnet sind."

Sie griff nach seiner Hand. „Du bist schon sehr einfallsreich. Kannst du mir das vielleicht mal aufschreiben?"

Er nickte, woraufhin sie ihm einen kessen Blick zuwarf. „Meinst du nicht, heute wäre mal wieder eine deiner kostenlosen Zugaben angebracht? Immerhin bekommst du gleich ein leckeres Abendessen."

Als Freundel zwei Stunden später entlang der Leipzigerstraße in Richtung Westend marschierte, hatte der Schneefall noch immer nicht nachgelassen. In den Lichtkegeln der Straßenlaternen bot sich der Anblick rotierender Flockensäulen. Eine fette, weiße Pulverdecke lastete wie totes Fleisch auf den Kühlerhauben, Dächern und Kotflügeln der parkenden Autos. Während er bei jedem Schritt bis zur Oberkante seiner Halbschuhe in den frostigen Puder einsank, grübelte er noch einmal über die Geschichte nach, die er Carola aufgetischt hatte.

Es war gut möglich, dass seine Überlegung einen Denkfehler enthielt. Sollte sie jedoch zutreffen, hätte sie es in sich. Schließlich zählte die Überzeugung, der wahrnehmbare Raum besitze nicht mehr als drei Dimensionen, zu den nahezu unverrückbar festbetonierten Gewissheiten des menschlichen Verstandes.

In einem grell erleuchteten Schaufenster auf der gegenüberliegenden Straßenseite warben mannshohe Plakate für winterliche Schnäppchenreisen in die Karibik. Sie zeigten türkisblaue Buchten mit Kokospalmen und daran befestigten Hängematten. Im Vordergrund knieten Zähne bleckende Rastamenschen, die frohgemut auf zottelbehangene Percussionsinstrumente eindroschen.

Mechanisch stapfte Freundel voran. Zwar rechnete die moderne Physik mittlerweile mit zehn oder sogar elf raumzeitlichen Dimensionen. Doch tat dies nichts zur Sache. Niemand sah sich deshalb veranlasst, zu bestreiten, dass der Raum unserer gewöhnlichen Erfahrungswelt durch nicht mehr als drei Koordinaten strukturiert war. Konnte es tatsächlich sein, dass es sich hierbei um eine fehlerhafte Vorstellung handelte? Um ein Dogma, das allein darauf beruhte, dass man sich zu einseitig an der visuellen Erfahrung orientiert und den speziellen Wahrnehmungsmöglichkeiten zu wenig Beachtung geschenkt hatte, die die Musik einem bot? Diese Erkenntnis wäre im Grunde ungeheuerlich. Eher stand zu vermuten, dass irgendein Glied in der Kette seiner Schlussfolgerungen einen Irrtum enthielt.

Als er die Bockenheimer Warte überquerte und auf den überfrorenen Fahrspuren, die der Autoverkehr in den Schnee gepresst hatte, beinahe aus dem Gleichgewicht geriet, nahm er sich dennoch vor, der Sache weiter auf den Grund zu gehen. Vielleicht würde es sich ja lohnen, das sonderbare Gedankenspiel in Form einer Aufsatzpublikation zu vertiefen.

Kapitel 5: Erich hat schon wieder was geschrieben

Aus der Nachbarkabine entwich die Duftspur eines Herrenparfüms, das ihm sattsam bekannt vorkam. Es gab eigentlich nur zwei Möglichkeiten. Entweder der liederliche Dunst entstammte dem Rasierwasser von Schluchta, dessen Arbeitsräume an das von ihm genutzte Büro der vakanten Professur angrenzten. Oder aber es handelte sich um das penetrante Eau de Toilette, das Golz zu bevorzugen schien, der während der letzten Institutskonferenz neben ihm gesessen hatte, mit kaltem Scharfschützenblick und unablässig zwischen den Fingern flatterndem Kugelschreiber. Zwar ließen sich unter gewöhnlichen Umständen beide Duftnoten deutlich voneinander unterscheiden. Doch in Kombination mit dem gedämpften Fäkalgeruch, der unter der Zwischenwand hervorstieg, sowie in Verbindung mit dem süßlichen Aroma, das der im Vorraum installierte Duftspender verströmte, fiel es schwer, den Benutzer des Aftershaves zu identifizieren.

Stocksteif verharrte Freundel auf der verschwitzten Klobrille. Die Augen geschlossen, wartete er darauf, dass sein angestrengt atmender Nebenmann die Spülung bediente. Derweil drang von der Decke her das Flackern der Neonlampe durch seine Lider. Es glich dem Stakkato eines entfernten Wetterleuchtens. Irgendein beschissener Wackelkontakt in der Zündspannung der Röhre. Nach zweieinhalb Tagen ungezügelter Darmentleerung brannte sein gesamter Afterbereich derart infernalisch, dass er abermals darauf verzichten musste, sich einer adäquaten Reinigung zu unterziehen. Schuld an dem Ganzen war wahrscheinlich Carolas Salatöl. Der säuerliche Beigeschmack hatte von Anfang an nichts Gutes verhießen.

Zu seiner allgemeinen Erschöpfung gesellte sich die Übelkeit, die ihm seit dem Spätnachmittag von neuem zusetzte. Dennoch war klar: Er durfte jetzt keinesfalls schlapp machen. Es kam darauf an, sich am heutigen Abend in bestmöglicher Verfassung zu präsentieren. Schließlich würde ihm die

Weihnachtsfeier eine der wenigen echten Gelegenheiten bieten, gegenüber seinen Mitbewerbern zu punkten. Seit jeher war das Frankfurter Philosophische Seminar ein schwer überschaubares, von einer Vielzahl wissenschaftlicher Angestellter bevölkertes Institut. Und noch dazu eines, an dem die volle Aufmerksamkeit der Beteiligten zumeist auf interne Auseinandersetzungen gerichtet war, bei denen es, schenkte man der allgemeinen Nachrichtenlage Glauben, in der Regel aberwitzig zuzugehen pflegte. Daher erblickte man in einem auswärtigen Privatdozenten, der eine befristete Lehrstuhlvertretung innehatte, nicht mehr als eine vorübergehende Randerscheinung. Nur wenige Kollegen unterzogen sich überhaupt der Mühe, die Fühler auszustrecken. Und falls doch, so ging der Kontakt kaum über das hinaus, was die minimalen Regeln des sozialen Anstands vorschrieben. Ein lockeres Zusammensein bei Kerzenlicht, Wein und geharnischten Gaumenfreuden eröffnete da die seltene Chance, den einen oder anderen Ordinarius persönlich für sich einzunehmen. Im Gegensatz dazu waren die meisten der übrigen Kandidaten, die sich auf die Professur beworben hatten, allein auf die Wirkung ihres schriftlichen Lebenslaufs angewiesen.

Endlich gurgelte nebenan die Wasserspülung. Gleichzeitig wurde mit Verve die Tür entriegelt. Es schloss sich ein kurzes Rauschen im Waschbecken des Vorraums an, gefolgt von dem charakteristischen Knarren, das ertönte, wenn ein frisches Stück des U-förmig nach unten hängenden Stoffhandtuchs aus der an der Wand befestigten Box gezerrt wurde. Einem Knarren, das man ebenso gut für das Vollzugsgeräusch eines heimtückisch konstruierten Hinrichtungsmechanismus halten konnte. Kurze Zeit später verließ auch Freundel seine Kabine und passierte den leeren Waschraum. Im Vorübergehen warf er noch rasch einen Blick in den Spiegel, der über den verchromten Armaturen hing. Rein äußerlich war alles paletti. Seine Aufmachung entsprach dem festlichen Anlass, ohne übertrieben steif zu wirken.

Er betrat den langgezogenen Gang, der in einer krummsäbelförmigen Biegung die gesamte Ost-West-Achse des Poelzig-Baus durchzog. Zeitgleich öffnete sich die Tür der benachbarten Damentoilette. Zum Vorschein kam eine kleinwüchsige Frau, die eine wattierte Steppweste trug. Ihre rotgefärbte Stoppelfrisur ließ keine Verwechslung zu. Freundel machte einen Schritt auf Kerstin Siegrist-Stracke zu. Sie begrüßten einander mit förmlichem Handschlag.

„Schön, dass wir uns endlich begegnen", rief sie. „Seit Sie hier lehren, bin ich eher selten am Institut gewesen. Läuft es gut?"

„Ich kann mich nicht beschweren", erwiderte er. Dabei registrierte er, wie die agilen Blicke der Kollegin seinen Gemütszustand einer sekundenschnellen Tomographie unterzogen. „Die Studenten hier sind jedenfalls pfiffiger als in Mainz. Und das Gebäude ist schon sehr beeindruckend. Ebenso wie die Lage des Geländes. Von meinem Büro aus lässt sich die Skyline des gesamten Bankenviertels überblicken."

„Tja, ja. Die ortsübliche Dialektik von Geist und Geld. Auch wenn da mancher Kulturkritiker seine Vorbehalte haben mag. Ich für meinen Teil plädiere immer dafür, der Ästhetik der urbanen Konstellation ihr Recht auf Wirkung zuzubilligen."

Sie nahm ihre schmale Brille von der Nase, um sie in ihrer heringgrauen Handtasche zu verstauen.

„Gehen Sie auch zu der Weihnachtsfeier?", erkundigte sie sich. Ohne seine Antwort abzuwarten, marschierte sie los. „Meines Wissens befindet sich der Raum dort hinten, am Kopfende des Gangs."

Gemeinsam folgten sie der Biegung des mit Linoleumplatten belegten Flurs. Dessen Wände waren, gemäß den Auflagen des Landesdenkmalamts, in schmucklosem Weiß getüncht. Aus jedem der Querbauten, die sie passierten, ertönte das Rattern der altertümlichen Paternoster, deren Betrieb, ebenfalls aus Gründen des Denkmalschutzes, dem unverhältnismäßigen

Energieverbrauch zum Trotz weiterhin aufrechterhalten wurde. Unterwegs erfuhr Freundel, dass zum Programm des Abends, wie jedes Jahr, eine gekonnte Gesangseinlage zählte. Zudem erhielt er zu seiner Erleichterung die Information, dass Susanne nicht an der Feier teilnehmen würde. Kerstin Siegrist-Stracke bekleidete eine Professur am Institut für Sozialforschung, mit einem Forschungsschwerpunkt im Bereich der feministischen Wissenschaftstheorie. Aus ganz Deutschland pilgerten Studentinnen und Doktorandinnen nach Frankfurt, um unter der Ägide des illustren Muttertiers die neu erschlossenen Weideflächen gender-orientierter Wissenschaftskritik abzugrasen. Seit etlichen Jahren betreute Siegrist-Stracke auch Susannes Dissertationsprojekt.

Die beiden Frauen waren bereits seit geraumer Zeit per Du. Sie pflegten auch, sich hin und wieder über ihr Privatleben auszutauschen. Daher wusste die Professorin über Freundels früheres Zusammenleben mit Susanne sowie über ihre Trennung Bescheid, ohne freilich die genauen Hintergründe zu kennen. Glücklicherweise hatte Susanne darüber auch nach ihrem Auseinandergehen konsequentes Stillschweigen bewahrt. Umgekehrt war Freundel über allerlei Details aus dem Liebesleben der geschiedenen Kollegin im Bilde. Obgleich sie sich als streitbare Frauenrechtlerin einen Namen gemacht hatte und den Ruf genoss, den von ihr geleiteten Sonderforschungsbereich „Geschlecht und Wissen" mit eiserner Hand zu regieren, schien sie im privaten Leben die Dinge weniger verbissen zu handhaben. Dies jedenfalls ging aus früheren Indiskretionen Susannes hervor. Einer dieser unerlaubten Berichte handelte etwa von einem Kunstmaler aus Ecuador, einem braunhäutigen Geck mit satten Machoallüren, dem das Testosteron den Haarwuchs in der Dichte einer Schuhbürste aus dem Brustkasten trieb und zu dem die Professorin eine überraschend hartnäckige, von trotziger Leidenschaft geprägte Verbindung unterhielt.

Dennoch boten diese Erzählungen keinen Anlass zu der Hoffnung, Siegrist-Stracke könne darauf verzichten, ihm bei seiner Bewerbung die üblichen Hindernisse in den Weg zu legen. Fest stand, dass sie bei dem Auswahlverfahren über den einen oder anderen Hebel ihre Finger mit im Spiel haben würde. Entweder würde sie in ihrer Funktion als Frauenbeauftragte der Fakultät bei der Entscheidungsfindung mitmischen. Oder sie würde der Berufungskommission als direktes Mitglied angehören. In jedem Fall jedoch würde sie energisch dafür eintreten, weiblichen Bewerberinnen bei gleicher Qualifikation gegenüber männlichen Konkurrenten den Vorzug zu geben. Sollte es am Ende auch nur eine halbwegs qualifizierte Frau bis in die engere Wahl schaffen, konnte er daher keinesfalls mit ihrer Unterstützung rechnen.

Der geschichtsträchtige Eisenhowersaal befand sich am westlichen Ende des Gebäudes. Dort war nach dem Ende des Zweiten Weltkriegs das Büro der amerikanischen Militärverwaltung untergebracht gewesen, in dem General Eisenhower residierte. Darüber hinaus hatte in dem Raum die Unterzeichnung der hessischen Landesverfassung stattgefunden, und dem parlamentarischen Rat der Westdeutschen Ministerpräsidenten war hier der Auftrag erteilt worden, den Wortlaut des Grundgesetzes zu formulieren. Seit der Inbetriebnahme des Gebäudes durch die Universität diente der Saal als Veranstaltungsort für besondere Anlässe. Dazu zählten Fachkonferenzen und Emeritierungsfeiern oder, wie am heutigen Abend, der kollektive Weihnachtsumtrunk der Belegschaft eines der Institute.

An den hohen Fenstern hingen schwere, marineblaue Gardinen. Bis zum Boden reichend, glichen sie den Vorhängen vor den Leinwänden eines Lichtspieltheaters. Die Konferenztische, die zur Ausstattung des Saals gehörten, hatte man in Zweiergruppen, die jeweils ein Quadrat bildeten, quer über den Raum verteilt. Auf jedem der Tischquadrate befanden sich Kerzenleuchter, Tannenzweige sowie Partygedecke für je 8 Personen. An der Längsseite des Raums waren mehrere Tische zu einer Theke zusammengeschoben. Auf ihr hatte ein Catering Service eine Batterie stählerner Behälter platziert. Einige von ihnen schwammen in elektrisch erhitzten Wasserbädern, von deren

Rändern milchiger Dampf aufstieg. Unmittelbar neben der Eingangstür stand ein bis zur Saaldecke reichender Christbaum. An ihm prangten Girlanden, aus Holz geschnitzte Figuren und mit Goldstaub besprühte Pappsterne. Von den Zweigen ragten künstliche Kerzen auf, deren elektronisch gesteuertes Geflacker einen leicht diabolischen Eindruck hervorrief. Von Frau Mozarti hatte Freundel erfahren, dass es sich bei dem Prachtexemplar um eine gemeinschaftliche Anschaffung der fünf Institute handelte, die in dem Raum an aufeinanderfolgenden Wochentagen ihre Weihnachtsfeiern abhielten. Derselben Quelle verdankte er auch die Information, dass die aufwändige, wenngleich in geschmacklicher Hinsicht nicht ganz einhellig gebilligte Verzierung der Edeltanne unter der Federführung der allseits verschrienen Dekanatssekretärin erfolgt war.

Gleich am Eingang des Saals wurde Kerstin Siegrist-Stracke von einem auffallend kleinwüchsigen Mann mit Halbglatze und schwarzer Hornbrille begrüßt. Augenblicklich verwickelte dieser sie in ein eifriges Gespräch, ohne ihrem Begleiter nähere Beachtung zu schenken. Zu seinem biederen Anzugsakko trug der Mann eine etwas zu füllig geratene Fliege aus tabakbrauner Seide. Auf den ersten Blick hätte man ihn für eine Miniaturausgabe von Heinz Erhardt halten können. Wie Freundel später erfahren sollte, handelte es sich bei dem redseligen Zwerg um keinen Geringeren als Zvi Landauer von der Manhattan New School of Social Research. Landauer zählte zu den bekanntesten transatlantischen Vertretern der Kritischen Theorie. Zurzeit hielt er sich für zwei Jahre am Institut für Sozialforschung auf, wo er, gemeinsam mit drei ortsansässigen Kollegen, ein neu eingerichtetes, deutsch-amerikanisches Graduiertenkolleg befehligte.

In dem Saal waren bereits etliche weitere Teilnehmer der Feier eingetroffen. Sie hatten sich auf die Sitzplätze an den Tischen verteilt oder standen vor dem Buffet Schlange. Neben den Professoren, den wissenschaftlichen Assistenten, den nichtwissenschaftlichen Mitarbeitern und den studentischen Hilfskräften des philosophischen Instituts, befanden sich darunter auch die gewählten Vertreter der studentischen Fachschaft, eine Reihe von Doktoranden sowie die Gruppe der ausländischen Gastwissenschaftler. Letztere setzte sich aus Gastprofessoren, Humboldt-Stipendiaten und Visting Scholars zusammen, die jeweils für ein oder zwei Semester am Institut forschten oder lehrten. Insgesamt betrug die Zahl der Anwesenden etwa sechzig bis siebzig Personen.

Ein wenig unschlüssig wanderte Freundel zwischen den liebevoll gedeckten Tischquadraten umher. Die Luft im Raum war trocken und überheizt. Da er unter den herumstehenden und herumsitzenden Gästen, die er bereits persönlich kannte, niemanden sah, der gerade nicht in ein Gespräch vertieft war, begab er sich zu den Tischen, auf denen die dampfenden Essensterrinen standen. Vor den Behältern hatte sich eine Traube von Wartenden gebildet. Er griff sich einen der vorgewärmten Teller und füllte ihn mit einer Mischung verschiedener Salate. Als Hauptgericht wählte er ein mageres Stück Schweinelende in Weißweinsoße mit Reisbeilage.

In der Schlange zu seiner Rechten stand Rainer Golz, Inhaber des Lehrstuhls für Logik und Wissenschaftstheorie. Sah man von den pockennarbigen Wangenpartien ab, erinnerte die Gesichtsphysiognomie des hochgeschossenen Gelehrten stark an diejenige des Schauspielers Max von Sydow. Er ließ sich gerade von einer aparten Studentin bedienen, die hinter der Theke aushalf; einer vollbusigen Elfe mit orientalischem Einschlag, auf deren pechschwarzer Haarpracht ein Glanz wie von flüssiger Tinte lag. Mit zusammengepressten Lippen reichte sie ihm eine gefüllte Aubergine, von der ein öliger Sud herabtropfte. Während er die Unerschütterlichkeit eines Ordinarius ausstrahlte, dem bewusst war, dass er innerhalb seines Reviers zu jeder Zeit die Spielregeln bestimmte, eierte das Gebaren der Studentin erkennbar hin und her zwischen übersteigertem Zuvorkommen und unangebrachter Kessheit. Als Golz Freundel beim Umdrehen erblickte, begrüßte er ihn höflich. Nach einem kurzen Wortwechsel schlug der Logiker ihm vor, ihn an seinen Tisch zu begleiten. Dabei deutete er mit einer Kopfbewegung in Richtung einer Tafel, an der sich bereits Professor Lesothius und Dr. Keltberlet mit ihren gefüllten Tellern niedergelassen hatten. Freundel kam diese Einladung außerordentlich gelegen. Sowohl Golz als auch Lesothius zählten zu den alteingesessenen Mitgliedern des Lehrkörpers, und zu keinem der beiden unterhielt er, abgesehen von flüchtigen Treffen im Vorübergehen, bis dato näheren Kontakt.

Den etwas zu voll geladenen Teller in der Hand, folgte er dem Ordinarius zu dem Tischquadrat. Dort nahm er an der Seite von Keltberlet Platz, dessen strohgelbes Haar frisch geföhnt aussah und elektrostatisch aufgeladen wirkte. Auf diese Weise kam er direkt gegenüber von Lesothius zum Sitzen. Dieser nickte ihm mit schwerfällig mahlenden Kiefern zu. Golz ließ sich zwischen ihnen, an der noch freien Tischseite, nieder. Der Stuhl neben Golz blieb, ebenso wie der Platz zur Linken von Lesothius, vorläufig unbesetzt. An der vierten Seite des Tischs saßen zwei Frauen, denen Freundel am Institut zuvor noch nicht begegnet war. Sie nippten an ihren Weingläsern und unterhielten sich in englischer Sprache. Die Ältere von ihnen trug eine riesige Haarklammer aus Kunststoff, die, dem Gebiss eines Barracuda gleichend, den ausladenden Ballon ihrer graumelierten Frisur über ihrem Nacken zusammenhielt. Die Jüngere besaß einen auffallend blassen Teint, wobei ihr stark fliehendes Kinn an den Bug eines Windjammers denken ließ. Die halblangen Strähnen ihrer bräunlichen Haare hingen glatt wie Bleifäden auf ihre Schultern herab. Herfried Lesothius unterbrach die Unterhaltung der beiden Damen, um sie mit dem neuen Tischgenossen bekannt zu machen. Freundel wiederum erfuhr im Gegenzug, dass die Trägerin der kolossalen Haarklammer Prof. Jennifer Shusterman von der Ohio State University war, die als Humboldt-Stipendiatin ein Gastsemester in Frankfurt verbrachte, während es sich bei ihrer Gesprächspartnerin um eine Doktorandin des Instituts handelte, die von der glücklichen Fügung profitieren konnte, über genau jenes strukturalistische Spezialgebiet zu arbeiten, das zu den ausgewiesenen Forschungsdomänen von Mrs. Shusterman zählte.

Während Lesothius sprach, wendete Keltberlet den Kopf wiederholt zu den anderen Tischen hin. Offenkundig tat er das, um sich einen Überblick darüber zu verschaffen, wer wo mit wem zusammensaß. Jetzt griff er nach einer der beiden Weinflaschen, die geöffnet in der Mitte des Gedecks standen. Er wandte sich an Freundel.

„Nehmen Sie ebenfalls Rotwein?"

„Gerne. Vielen Dank", erwiderte Freundel, das bleiche Handgelenk seines Mundschenks musternd. „Halt, das genügt. Danke!"

Er platzierte das gefüllte Glas neben seinem Teller. Obgleich er den Druck verspürte, ein Gespräch zu beginnen, bereitete es ihm Mühe, ein passendes Thema zu finden. Keltberlet gehörte zu jenen Personen, deren Schwerpunkt er nicht zu orten vermochte und deren bloße Gegenwart bewirken konnte, dass sich sein sonst so souveräner Verstand in einen zerzausten kleinen Vogel verwandelte. Schließlich entschied er sich für einen trivialen Auftakt.

„Joggen Sie auch um diese Jahreszeit morgens im Park?" fragte er.

„Zur Zeit nicht. Im Winter holt man sich da schnell eine Erkältung. Aber ich weiche so lange auf meinen Home-Trainer aus."

Keltberlet hielt inne, um einen Bissen seines sorgsam entgräteten Felchenfilets hinunterzuschlingen.

„Und wie läuft es bei Ihnen?", erkundigte er sich daraufhin. „Wie hat es sich so angelassen, in Frankfurt zu lehren?"

Freundel bemühte sich, den arroganten Unterton zu überhören, der in der Frage mitschwang. Falls ein solcher Unterton mitschwang. Denn vielleicht fuhr auch bloß seine Überempfindlichkeit vorschnell ihren argwöhnischen Giraffenhals aus, und Keltberlets Erkundigung war überhaupt nicht arrogant, sondern ohne Einschränkung wohlwollend gemeint. In seinem Afterbereich begann ein Juckreiz sein Unwesen zu treiben. Er versuchte ihn zu eliminieren, indem er den Hintern unauffällig gegen die Stuhlfläche rieb. Gerade wollte er zu einer Erwiderung ansetzen, als ihn der Wohlklang eines Löffels verstummen ließ, der mehrfach gegen ein gefülltes Weinglas getippt wurde. Josef-Peter Schluchta hatte sich erhoben, um eine Ansprache zu halten. Es war Usus, dass der turnusmäßige Geschäftsführer des Instituts die Gäste der jährlichen Weihnachtsfeier begrüßte, um in einem kurzen Rückblick die wichtigsten akademischen Ereignisse des Jahres Revue passieren zu lassen. Der korpulente Ordinarius für Praktische Philosophie meisterte diese Aufgabe nicht ohne Charme, wobei seine pinguinförmige Gestalt bei jeder der Pointen, die er in seinen Bericht einstreute, wie unter einem Stromschlag nach oben schnellte. Im Lauf der Rede sandte er, ganz wie sich dies für derartige Festivitäten schickte, lobende Worte in Richtung der Sekretärinnen, die er als die eigentlichen Verantwortlichen für den guten Geist des Hauses bezeichnete. Ebenso wenig fehlte der treuherzige Zusatz, das Lob sei keineswegs bloß den üblichen warmen Worten zum Jahreswechsel geschuldet, sondern entspreche ohne Einschränkung der aufrichtigen Meinung sämtlicher Institutskollegen.

Nachdem Schluchta seinen launigen Jahresrückblick beendet hatte, stellte er den Anwesenden Zvi Landauer vor. Dieser erhob sich daraufhin, um ebenfalls das Wort zu ergreifen. Überschwänglich und in gebrochenem Deutsch bedankte er sich bei den Frankfurter Kollegen für deren großartige und warmherzige Gastfreundschaft. Anschließend erinnerte er an die bedeutsame Tradition des Instituts für Sozialforschung, um sodann einen umständlichen erzählerischen Bogen zum Anlass seines aktuellen Forschungsaufenthalts zu schlagen. In Gedanken versunken betrachtete Freundel die Gestalt des kleinen Mannes. Dessen markanter Eierkopf erinnerte an die berühmten Karikaturen von Horkheimer und Adorno, die Eckehard Henscheid zu Beginn der achtziger Jahre in Umlauf gebracht hatte und die seither im Milieu linker Intellektueller Kultstatus genossen. Freundel musste an seinen Jugendfreund und Klassenkameraden Karlo denken. Bereits auf dem Gymnasium hatte Karlo sich voller Enthusiasmus der marxistischen Philosophie verschrieben und damals auch ihn mit den Schriften der beiden Schuloberhäupter der Kritischen Theorie bekannt gemacht. Stets trug er in seiner Jackettasche eine Fischer-Taschenbuchausgabe der „Dialektik der Aufklärung" mit sich herum, in der fast jeder Satz mit Bleistift und Lineal unterstrichen war. Den Autoren dieses Buches brachte er eine beinahe zärtliche Verehrung entgegen. Zugleich war in diese Hochachtung jedoch eine handfeste satirische Komponente gemischt, die Karlo mit der Begabung eines bühnenreifen Komikers auszuschlachten wusste. Ihre gesamte damalige Clique versetzte er regelmäßig in bacchantisches Gelächter, indem er selbsterdachte Horkheimer-und-Adorno-Sketche zum Besten gab, bei denen er abwechselnd in die Rollen seiner beiden Heroen schlüpfte. Diese stellte er als ängstliche und menschenscheue Zeitgenossen dar, die unverhohlen dem Alkoholismus frönten und stets indigniert die Flucht ergriffen, sobald ihnen unliebsame Anhänger zu sehr auf die Pelle rückten. Eine besonders gelungene Lachnummer war der Sketch *Erich hat schon wieder was geschrieben*. Er handelte davon, wie die beiden Geistesaristokraten naserümpfend, stirnrunzelnd und stöhnend den neuesten Beitrag zur Kenntnis nahmen, den ihr intellektuell flacherer Mitstreiter Erich Fromm zur Veröffentlichung in der gemeinsamen Zeitschrift für Sozialforschung vorgesehen hatte.

Nach Beendigung seiner Ansprache prostete Zvi Landauer mit erhobenem Glas dem Publikum zu. Währenddessen sann Freundel darüber nach, was wohl in der Zwischenzeit aus Karlo Kaminsky geworden sein mochte. Da riss ihn eine weibliche Stimme aus seiner Gedankenwelt.

„Herr Freundel! Hätten Sie einen Augenblick Zeit für mich?"

Die Stimme kam von einer Studentin, die im Begriff war, sich auf dem freien Platz an der rechts von ihm gelegenen Seite des Tischs niederzulassen.

„Ich besuche Ihre Vorlesung", ergänzte sie.

Er erkannte die junge Dame sofort. Mehr noch: Ihr pausbäckiges Antlitz, von kurzen schwarzen Haarsträhnen umrahmt, kam ihm höchst vertraut vor.

Dies war ein wenig verwunderlich. Immerhin frequentierten seine Vorlesung an die sechzig Personen, und da während der Veranstaltung keine Diskussion stattfand, bei der sich einzelne Zuhörer gesondert hervortun konnten, bot sich kaum die Gelegenheit, sich das individuelle Aussehen der Teilnehmer genauer einzuprägen. Die blauen Augen und der gruftige Look der Studentin, ihre pechschwarzen Lidränder, die extrem bleiche Gesichtsfarbe und der ekelige kleine Stahlring, der das Fleisch der Oberlippe durchbohrte, mussten sich dennoch aus irgendeinem Grund mit Nachdruck seinem Bewusstsein eingraviert haben. Andererseits vermochte er sich nicht ins Gedächtnis zu rufen, auf welchem Platz des Auditoriums er die Studentin hatte sitzen sehen. Erst recht konnte er sich nicht mit ähnlicher Genauigkeit an die Gesichter anderer Zuhörer erinnern.

„Ich kenne Sie", erwiderte er und griff nach der Weinflasche. „Möchten Sie einen Schluck?"

„Vielen Dank, das ist nicht nötig. Ich habe mein Glas an meinem Tisch", erwiderte sie und deutete mit einer Kopfbewegung in eine unbestimmte Richtung in den Saal. „Ich wollte Ihnen nur kurz persönlich sagen, wie sehr mir Ihre Vorlesung gefällt."

Sie fixierte ihn geradeheraus. Die Färbung ihrer Iris wies so gut wie keine Sprenkelungen auf. Ihrem Blick verlieh dies die Intensität eines Knopfdrucks.

„Ich bin im ersten Semester", fuhr sie fort, „und die meisten Kurse sind irgendwie anders als ich mir die Philosophie vorgestellt hatte. Aber bei Ihnen finde ich es unglaublich spannend, zuzuhören."

Sie streifte die Ärmel ihres Sweatshirts nach oben. Zwei bleiche Unterarme, ähnlich proportioniert wie Geflügelkeulen, kamen darunter zum Vorschein.

„Das freut mich zu hören", erwiderte Freundel. „Um ehrlich zu sein: Das ist die erste Vorlesung, die ich halte."

„Echt?" Ihre Stimme hatte einen rauen Beiklang, wie er ihn von einigen Frauen kannte, die aus dem Nordrhein-Westfälischen stammten. „Das machen Sie aber wirklich super. Ihr Vortrag klingt nie abgehoben, sondern Sie sagen viele Dinge, bei denen ich denke: Hej, das habe ich selbst auch schon mal so ähnlich gedacht. Auch wenn ich es natürlich nicht so klasse ausdrücken könnte wie Sie."

„Die Philosophie muss nicht immer mit abgehobenen Begriffen herumfuchteln", antwortete Freundel, während er registrierte, wie der Juckreiz in seiner Gesäßspalte sich zurückmeldete. „Oftmals ist das sogar ein Zeichen dafür, dass man in der Theorie keinen Bezug zu den konkreten Phänomenen herstellen kann."

Sie lächelte ein wenig unsicher. „Darf ich Sie noch etwas fragen?"

„Nur zu."

„Es betrifft meine Mutter. Sie hat so gut wie keine Ahnung, worum es im Philosophiestudium eigentlich geht. Mir wäre es aber wichtig, dass sie versteht, womit ich mich beschäftige. Daher würde ich sie gerne mal in Ihre Vorlesung mitbringen. Macht es Ihnen etwas aus, wenn sie einfach mal für ein paar Sitzungen dazukommt?"

„Überhaupt nicht. Bringen Sie sie ruhig mit. Ich freue mich über jeden interessierten Zuhörer. Im Übrigen ist der Zugang zu Vorlesungen nicht reglementiert."

„Klasse!" Sie sprang auf und reichte ihm die Hand. „Dann sehen wir uns also morgen Mittag. Bis dann ... Tschüss!"

Mit zufriedener Miene kehrte sie zu einem der Nachbartische zurück. Dort ließ sie sich im Kreis mehrerer leger gekleideter Studenten nieder. Darunter befanden sich auch die Leitwölfe der Fachschaft, die auf den Institutskonferenzen allerlei eloquentes Gedöns veranstalteten. Ein engagiertes Mädchen, dachte er. Hat kaum ihr Studium begonnen und mischt bereits in der studentischen Politik mit.

In seinem Inneren bahnte sich gerade noch ein weiterer Gedanke an, der einen finsteren, bedrohlich wirkenden Schatten vorauswarf, als er erneut angesprochen wurde.

„Herr Freundel! Jetzt ist es aber Zeit, dass ich mich endlich Ihnen widme!"

Die dröhnende Bassstimme, deren Klang zugleich eine nasale Ausbuchtung besaß, stammte von Professor Lesothius. Dieser erhob sich von seinem Platz, umrundete gemessenen Schrittes den Tisch und ließ sich auf dem zwischen Golz und ihm befindlichen Stuhl nieder, den die Studentin gerade freigegeben hatte.

„Wie ich soeben vernommen habe, stößt Ihre Vorlesung bei unseren Studierenden auf ein positives Echo."

„Sie scheint tatsächlich ganz gut anzukommen", erwiderte Freundel. Derweil nahm er besorgt zur Kenntnis, dass der bedrohliche Schatten keine Anstalten machte, zurückzuweichen.

Lesothius strich sich mit den Fingerspitzen durch die silbernen Haarsträhnen, die, ähnlich den Fontänen eines Springbrunnens, in gewaltigen symmetrischen Bögen beidseitig aus seinem Schädel hervorgeschossen kamen. Dann stütze er sich auf die Unterarme, um seinen Leib ein Stück dichter an Freundel heranzustemmen.

„Ich habe Ihren letzten Aufsatz gelesen, in der *Zeitschrift für Philosophische Forschung*. Die Verbindung, die Sie zwischen der Sprachphilosophie und der Metaphysik herstellen, finde ich mutig. Das muss ich sagen."

Er hielt einen Augenblick inne, während er Freundel durch seine randlose Brille taxierte.

„Aber wenn man, wie ich, von Wittgenstein herkommt", setzte er nach, „dann fällt es natürlich ein wenig schwer, diesen Bogen zu schlagen. Das werden Sie sicher verstehen."

Sein Atem spiegelte nicht allein den bisherigen Alkoholkonsum des Abends wieder, sondern ließ zudem eine chronische Unpässlichkeit im Säurehaushalt seines Magens vermuten.

„Ich glaube letztlich nicht, dass Sie Recht mit Ihrer These haben, die begriffliche Analyse versetze das Denken in die Lage, substanzielles Wissen über die Struktur der Welt zu erlangen."

Blitzschnell brachte Freundel seinen Verstand in Stellung. Zweifellos war Lesothius darauf aus, das Kernstück seines Artikels unter Beschuss zu nehmen. Jetzt kam alles darauf an, einen überzeugenden Konter zu landen. Er beugte den Oberkörper ebenfalls ein Stück nach vorne.

„Mir scheint", erwiderte er, „das hängt ganz davon ab, aus welcher Perspektive man den Sprachgebrauch betrachtet, auf den wir Bezug nehmen, wenn wir die Inhalte unserer Begriffe analysieren."

Er wollte gerade beginnen, die Erwiderung weiter auszuführen. In diesem Moment jedoch brach in den hinteren Regionen seines Bewusstseins eine Barriere weg, und der bedrohliche Gedanke, der dort seinen Schatten geworfen hatte, betrat unverhüllt die Bühne.

Das Gesicht der Studentin!

Das Foto!

Das Segelboot!

Von einem Augenblick auf den anderen ergriff ihn ein heftiges Schwindelgefühl. *Das Foto! Das Foto stand neben ihrem Bett! Natürlich! Auf dem kleinen stählernen Wandregal! Direkt neben dem tipptopp gestylten Ehe- und ehebrecherisch besudelten Lotterbett!*

Mehr als einmal hatte er den gerahmten Schnappschuss aus nächster Nähe betrachtet. Fast ein wenig zwanghaft hatte er dabei wieder und wieder das Gewirr der Schoten und Leinen studiert, die den Mastbaum über dem Achterdeck in Position hielten. Im Vordergrund des Bildes funkelte, übersät von grellen Sonnenreflexen, das Meer, während sich im Hintergrund, leicht verschwommen, die Hotelterrassen an der spanischen Südküste abzeichneten. *Auf diesem Foto hatte sie ihm ihre Tochter gezeigt.* Um Himmels willen! Jutta Trierweiler hatte ihm gezeigt, wie ihre famose Tochter – die auf den Namen Ronja oder Nina, oder so ähnlich, hörte, von der Mutter aber zumeist „meine süße Fee" genannt wurde – in ihren knallroten Anorak gehüllt an der Ruderpinne des Katamarans hockte und schmollend das bleiche Gesicht mit der lakritzschwarzen Kurzhaarfrisur in die Kamera hielt. „Sie hat gerade das Abitur bestanden", hatte sie ihm stolz erzählt. „Und sie benimmt sich schon durch und durch erwachsen."

Dem Schwindelgefühl folgte eine Hitzewallung. Schweiß trat auf Freundels Stirn. Das Ganze war etwa ein halbes Jahr her. Inzwischen hatte das propere Mädchen also mit dem Studium begonnen. Hastig führte er das Weinglas an die Lippen und kippte sich den Inhalt in die Kehle. Noch immer blickte Herfried Lesothius ihn mit erwartungsvoller Miene an. Dabei kramte er mit drei Fingern in den Strähnen seines sorgsam zurechtgestutzten Vollbarts, eines friseurtechnischen Vorzeigestücks, das wie eine betrunkene Mondsichel unter seinen Wangen schimmerte. Fraglos wartete er, dass Freundel dazu übergehen würde, das zunächst nur angedeutete Argument genauer auszuführen. Auch Golz, der ihren Wortwechsel verfolgt zu haben schien, hatte inzwischen das Gesicht interessiert in seine Richtung gewendet. Die behaarten Gewölbe seiner Nüstern wirkten größer als zuvor und erinnerten an die Eingänge eines Termitenbaus. In seinem Mundwinkel klebte ein kleines F. Es musste der glibberigen Hühnersuppe mit den Buchstabennudeln entstammen, die Frau Schoch-Bauer in einem lila Keramikbottich von zuhause angeschleppt und mit übertrieben theatralischem Gestus neben den Terrinen des Catering Service platziert hatte.

„Na, ja … das ist tatsächlich ein heikler Punkt", stieß Freundel stockend hervor. „Ich bin zurzeit dabei, die Sache zu überdenken. Womöglich haben Sie Recht, dass da eine Schwierigkeit liegt."

Er fuhr sich mit dem Handrücken über die Stirn und schwieg. Währenddessen nahm in seinem Hirn ein Walzwerk den Betrieb auf, das schwerfällig gegen den zähflüssigen Schlick anarbeitete, den seine Panik stoßweise heranschwemmte. Rasch freilich zeichnete sich ab, dass bei der heroischen Übung nicht das Geringste herausspringen würde. Schließlich entschied sich Freundel für einen radikalen Schnitt.

„Es gibt noch etwas, das ich Sie fragen wollte", sagte er unvermittelt zu Lesothius. „Jemand hat mir erzählt, dass Sie letztes Jahr ein Semester an der Stanford University verbracht haben. Mich würde interessieren, wie das dortige Philosophy Department heute besetzt ist. Mitte der neunziger Jahre, in meiner Zeit als Doktorand, war ich nämlich ebenfalls für ein paar Monate in Stanford."

Ihm war klar, dass der brachiale Themenwechsel eine denkbar unbefriedigende Vorgehensweise darstellte, um den gerade begonnenen Disput zu beenden. Bei den beiden Ordinarii würde dies gewiss keinen guten Eindruck hinterlassen. Noch dazu musste der Hinweis auf seinen Aufenthalt an der amerikanischen Eliteuniversität eitel und wichtigtuerisch wirken. Im Moment jedoch blieb ihm nichts anderes übrig. Er musste sich um jeden Preis für einen Augenblick Luft verschaffen, um seine wild umherzappelnden Gedanken in den Griff zu bekommen. Und ein alternatives Thema, das geeignet gewesen wäre, Lesothius zum Reden zu veranlassen, kam ihm spontan nicht in den Sinn.

Während der Ordinarius etwas zögerlich begann, über das kalifornische Department zu sprechen, gab sich Freundel alle Mühe, seinen inneren Katastropheneinsatz verdeckt zu halten. Warum, verflucht noch mal, hatte Jutta ihm verschwiegen, dass ihre Göre inzwischen Philosophie studierte? Dies war doch eigentlich kaum denkbar. Jutta und er hatten sich während der letzten beiden Monate im Schnitt einmal pro Woche getroffen. Halt, Moment, Moment: Hatte sie nicht erst kürzlich erwähnt, die Kleine wolle erst einmal eine Weile jobben, bis sie sich über ihre weiteren Pläne im Klaren sei? Was aber hatte das Balg dann am hiesigen Seminar zu suchen? Konnte es sein, dass die Tochter der Mutter etwas Falsches erzählte? Nicht auszuschließen. Womöglich hatte sie aber auch kurzfristig ein anderes Studium begonnen, und Philosophie war bloß ein Zusatzfach, über das in der Familie nicht weiter gesprochen wurde.

Er griff nach dem „Tessiner Merlot" und füllte sein Glas nach. Währenddessen nahm er wie durch Watte hindurch den monotonen Bericht wahr, den Lesothius behäbig herunterspulte. Er bemühte sich, hier und da verständnisvoll zu nicken, wenn der bullige Gelehrte den Namen eines Dozenten fallen ließ, der zum Personal des Stanforder Departments gehörte. Ob es ihm dabei noch gelang, einigermaßen natürlich zu wirken, wusste er nicht. Einsilbig musste er den beiden Lehrstuhlinhabern in jedem Fall vorkommen. Golz schien an der Konversation mittlerweile auch das Interesse verloren zu haben und hatte sich an einen der Nachbartische begeben. Im Augenblick war dies jedoch ein eher nachrangiges Problem. Es gab nur Raum für einen Gedanken: *Es war passiert. Die lange befürchtete Situation, sie war tatsächlich eingetreten. Peng! Es war geschehen. Er zappelte im selbstgeknüpften Netz.* Würde Jutta morgen Mittag in seiner Vorlesung aufkreuzen, konnte er seine Bewerbung auf der Stelle zurückziehen. Falls ihr Töchterlein davon Kenntnis erhielt, bei wem sie ihr Studium absolvierte, würde sich die groteske Nachricht wie ein Lauffeuer zuerst innerhalb der Studentenschaft und anschließend im gesamten Institutskollegium verbreiten.

Was für ein grandioser Bockmist! Schlimmer hätte es kaum kommen können. Meine Güte! Wie war es ihm bloß gelungen, sich von eigener Hand derart zielsicher ins Verderben zu manövrieren? Er nahm erneut einen vollen Schluck Rotwein, in der Hoffnung, die Wirkung des Alkohols werde vorübergehend die Wucht der Stöße mildern, die sein havariertes Innenleben ihm versetzte.

Kaum hatte Lesothius seine Ausführungen beendet, entschuldigte sich Freundel mit den Worten, er müsse die Toilette aufsuchen. Benommen wankte er durch den Saal. Im Augenwinkel registrierte er Weesenberg, der ihm von einer der anderen Tafeln aus zuwinkte. Ohne darauf zu reagieren, erreichte er den Ausgang. Von dort hastete er in den nächstgelegenen Waschraum. Schwer atmend stützte er sich auf die Waschbeckenleiste. Das verstörte Gesicht, das ihm aus dem Spiegel entgegenblickte, glich dem fahlen Antlitz einer Wachspuppe. Aus der Wand drang ein gleichmäßiges, leise knirschendes Geräusch. Es musste von der Antriebswelle der Zugvorrichtung stammen, die den angrenzenden Paternoster in Bewegung hielt.

Mit Gewalt versuchte er, seine Sinne zusammenzunehmen. Es war dringend erforderlich, möglichst rasch zu einer Betrachtungsweise zurückfinden, die den Gesetzen der Logik folgte. Im Grunde gab es bloß einen einzigen Ausweg: Er musste seine Zusage, die Mutter könne zu der Vorlesung dazu stoßen, unter irgendeinem Vorwand zurückziehen. Doch welchen Vorwand konnte es hierfür geben? Was auch immer er sich aus den Fingern saugen würde, das Hin und Her würde bei der Studentin auf jeden Fall einen bescheuerten Eindruck hinterlassen. Und in der Fachschaft, die ebenfalls in der Berufungskommission vertreten war, würde die Auffassung die Runde machen, er sei ein autoritärer und, schlimmer noch, ein launischer Typ. Autoritär und launisch, das war eine Kombination, die als denkbar verabscheuungswürdig galt. Hinzu kam das Problem, dass selbst ein Rückzieher keinen Erfolg garantieren würde. Schließlich hatte er soeben selbst in aller Deutlichkeit verkündet, der Besuch der Vorlesungen unterliege keiner Reglementierung.

War aber überhaupt ausgemacht, dass Jutta ihre Verbindung ausplaudern würde? Schließlich würden die wenigsten Mütter, die die Dienste eines Callboys in Anspruch nahmen, ihre Töchter hierüber in Kenntnis setzen. Außerdem führte Jutta ein konventionelles, nach außen hin mustergültiges Eheleben. Folglich musste sie befürchten, die Tochter könne die Untreue gegenüber dem Vater ausplaudern. Andererseits schien das Verhältnis zwischen Mutter und Tochter – nach allem, was sich Juttas überschwänglichen Erzählungen entnehmen ließ – eng und vertraulich zu sein. Mit anderen Worten: Es gab keinerlei Garantie dafür, dass seine zahlende Gespielin dichthalten würde.

Kaum hatte er den Gedankengang beendet, realisierte er gerade noch rechtzeitig, dass sich in nur wenigen Sekunden in seinem After eine ebenso machtvolle wie unabwendbare Explosion ereignen würde. Rigoros stürmte er in eine der Toilettenkabinen.

Als er kurze Zeit später in den Eisenhowersaal zurückkehrte, hatte er noch keinen praktikablen Ausweg vor Augen. Bereits im Türrahmen schlug ihm der Geruch verbrauchter Luft und abgestandener Bratensoße entgegen. In dem Festraum war gerade die alljährliche Gesangsdarbietung der Sekretärinnen im Gange. Frau Mozarti, Frau Silanpää, Frau Magensohn und Frau Schoch-Bauer intonierten im mehrstimmigen Satz eine Serie altertümlicher Weihnachtslieder. Kerstin Siegrist-Stracke hatte nicht übertrieben, als sie ihm die konzertante Einlage im Vorfeld als künstlerisches Highlight angekündigt hatte. Einige der Melodien klangen gregorianisch, und die Tonintervalle stellten an die Stimmführung der Singenden hohe Anforderungen. Die lateinischen Texte waren Freundel unbekannt und durchsetzt von liturgischen Begriffen, die er nicht verstand. Instrumentell begleitet wurde der Gesang von Lukas Barten, einem am Institut nachgerade legendären Langzeitstudenten, der ein elektronisches Keyboard bediente. Der Tastatur des High-Tech-Geräts entlockte er den perfekt imitierten Sound einer Kirchenorgel. Die gesamte Chorauffführung wirkte professionell einstudiert, und die einzelnen Lieder wurden vom freundlichen Applaus der Anwesenden quittiert.

Freundel blieb einige Minuten in der Nähe des Eingangs stehen. Vergeblich hielt er Ausschau nach der schwarzhaarigen Studentin. Sollte sie die Feier bereits verlassen haben, bestand ohnehin keine Möglichkeit mehr, die Erlaubnis, ihre Mutter dürfe sie zu der Vorlesung begleiten, zurückzunehmen. Sein Blick wanderte quer durch den Raum, hin zu dem Tisch, auf dem sein verwaister Teller mit der zur Hälfte aufgezehrten Schweinelende stand. Dort hatten inzwischen Lesothius und Keltberlet ihre Köpfe zu einem Disput zusammengesteckt, während die Professorin aus Ohio und ihre anämische Gesprächspartnerin wortlos dem festlichen Gesang lauschten.

Schwerfällig, als wate er durch ein knöcheltiefes Watt, steuerte Freundel in Richtung Buffet. Er griff sich eines der halb gefüllten Weingläser, die dort, aufgereiht zwischen den etikettierten Flaschen, bereitstanden. Als er das Glas an die Lippen setzte, um den dunklen australischen Zinfandel hinunterzustürzen, hatte er für einen Moment den Eindruck, sich quer durch den Saal hindurch einen kurzen, aber durchdringenden Blick von Golz einzufangen, der mit einer knallgelben Dessertschüssel in der Hand neben dem Christbaum an der Wand lehnte und dem sein ungezügelter Alkoholgenuss vermutlich nicht entging.

Nachdem die Aufführung der Weihnachtslieder beendet war, flammten die Gespräche an den Tischen von neuem auf. Freundel verharrte mit seinem mittlerweile zum zweiten Mal nachgefüllten Glas in der Hand neben der Theke. Unkonzentriert ließ er den Blick über die Häupter der Anwesenden streifen. Mechanisch patrouillierten derweil seine Gedanken um den Kraterrand des selbstverschuldeten Schlamassels. Ergebnislos. In seinem Kopf machte sich jetzt immerhin die erhoffte Schwere bemerkbar, die, wie der Wasserpegel im Spülkasten eines Klosetts, binnen weniger Minuten zwischen den Wänden seines Schädels emporstieg. An dem Tischquadrat, das sich direkt vor ihm befand, redete eine reifere Dame ausgelassen auf Professor Landauer ein. Er vernahm, wie sie ihn zu einer privaten Dinnerparty einlud, wo sie ihn mit ihrer künstlerisch begnadeten Tochter und mit jüdischen Freunden aus Miami bekannt machen werde. In der Zwischenzeit hatte der gesamte Raum begonnen, sich in schleppendem Tempo zu drehen. Jetzt neigte er sich in einer sanften Schaukelbewegung nach vorne, ähnlich der Gondel eines Riesenrads, die soeben den Scheitelpunkt ihrer Kreisbahn überschritten hatte. Von der Stirn der gesprächigen Dame ging eine sonderbare Leuchtkraft aus. Ihre Aufmachung war ein wenig clownesk. Zu eng sitzenden Legginhosen trug sie ein Jackett aus aufgerautem Tweed. Ihre Beine endeten in klobigen braunen Schuhen, die fest verschnürt waren und aussahen wie Bergsteigerstiefel. Vor ihrem gestreiften Hemd baumelte eine papageienfarbene Männerkrawatte.

Das Schwindelgefühl in seinem Kopf nahm weiter zu. Er vermochte nicht mehr zu sagen, ob er sich erst seit fünf Minuten oder bereits seit einer halben Stunde vor dem Buffet aufhielt. Der gesamte Saal war mit einem Mal in einen fettigen Glanz getaucht. Es schien, als ob die Feier auf einen imaginären Siedepunkt zusteuere. Ausgelassene Stimmen und Gesprächsfetzen brandeten aus allen Richtungen durch die Luft. Irgendwo in seiner Nähe äußerte jemand den Satz: „Solange man es sich verkneift, der ontologischen Differenz nachzusinnen, ist die Philosophie ganz bekömmlich." Eine andere Stimme reagierte mit abgehacktem Gelächter auf die Sentenz.

Freundel nahm seine gesamte verbliebene Kraft zusammen, um noch einmal seine Gedanken zu fokussieren. Ganz allmählich gelang es ihm, sein Bewusstsein nach innen zu stülpen. Als er seinen Schädel vorübergehend in ein Cockpit der Stille verwandelt hatte, an dem das Tosen der Festgesellschaft abprallte, fasste er einen ersten Entschluss. Die morgige Vorlesung würde er ausfallen lassen. Hierzu gab es letztlich keine Alternative. Zwar bot diese Vorgehensweise lediglich einen Aufschub, und keine Lösung des Problems. Doch dank der anschließenden Weihnachtspause hätte er zumindest zwei bis drei Wochen Zeit gewonnen, um zu überlegen, ob seine Situation noch einen Ausweg zuließ. Natürlich bedeutete dies, dass er sich für den morgigen Tag würde krank melden müssen. Daher war es besser, die Institutsfeier möglichst bald zu verlassen. Gespräche mit Kollegen, die ihm Pluspunkte für seine Bewerbung hätten bescheren können, kamen in seiner jetzigen Verfassung ohnehin nicht mehr in Frage.

Er stellte das Glas auf einem verchromten Rollwagen neben dem Buffet ab. Dann wanderte er langsam zwischen den Tischen hindurch in Richtung Ausgang. Er hatte die Saaltür schon fast erreicht, als sich Weesenberg aus einer Gruppe ausgelassen debattierender Gäste löste und fröhlich lächelnd auf ihn zumarschierte.

„Herr Freundel, Sie werden doch nicht etwa schon desertieren? Gerade wollte ich nachsehen, an welchem Tisch Sie sitzen. Um diese Zeit beginnt eigentlich erst der gemütliche Teil der Feier."

„Mir ist leider etwas übel", erwiderte Freundel mit heiserer Stimme. „Wahrscheinlich eine nicht ganz auskurierte Darmgrippe. Da ich morgen meine Vorlesung habe, ist es besser, wenn ich mich nicht übernehme."

„Das ist ja bedauerlich", antwortete Weesenberg. „Dann bleibt mir nur, Ihnen gute Besserung zu wünschen." Während er sprach, fuhr er sich mit der Fingerspitze durch den Augenwinkel, um einen Matzel daraus zu entfernen. „Übrigens habe ich Ihre Bewerbung erhalten und die beigefügten Unterlagen mit Interesse zur Kenntnis genommen."

Als Dekan des Fachbereichs bekleidete Weesenberg automatisch das Amt des Vorsitzenden der Berufungskommission. Damit war er zugleich der offizielle Adressat der Bewerbungsschreiben. Freundel überlegte einen Moment, wie er auf die konzilianten Worte reagieren konnte. Ihm fiel jedoch nichts Passendes ein. Daher beließ er es bei einem lapidaren „Das freut mich." Nachdem Weesenberg ihm zum Abschied noch einmal aufmunternd zugenickt hatte, eilte er mit einem pelzigen Gefühl unter der Zunge auf den Gang hinaus.

Wie verabredet, traf er am folgenden Mittag um zwölf Uhr dreißig in der Bergerstraße ein. Jutta saß bereits in einem der gepolsterten Korbstühle, aus denen das Sitzmobiliar des Café Zickzack bestand. Auf der Glasplatte des runden Tischs, unter den sie ihre Beine gestreckt hielt, stand eine Porzellanschale mit dampfendem Tee. Sie trug einen zitronengelben Wollpullover und blätterte in einer Zeitschrift. Das hellblonde Haar hatte sie zu einem Dutt zusammengesteckt. Ihre Lippen glänzten auch heute in jenem metallicrosanen Schminkton, dessen aseptischer Geruch ihrem Atem stets eine etwas unangenehme Note verlieh. Freundel, der nicht begreifen konnte, wie sich in einer freien Marktwirtschaft ein Lippenstift verkaufen ließ, der Mundgeruch erzeugte, war aus diesem Grund im Lauf der Monate dazu übergegangen, seine Liebkosungen auf ihren Hals und ihre Schulterpartien zu konzentrieren.

Jutta gehörte zu den wenigen seiner Kundinnen, bei denen die philosophischen Gesprächsangebote, die er bereithielt, nicht das geringste Interesse hervorriefen. Zwar schien sie einen beträchtlichen Teil ihres Hausfrauendaseins mit der Lektüre belletristischer Werke zu verbringen, deren stilistische Bandbreite sich von Hera Lind über John Updike bis hin zu Zeruya Shalev erstreckte. Dennoch waren verzwickte Fragen der menschlichen Existenz oder gar metaphysische Grübeleien nicht dazu angetan, sie ernstlich zu tangieren. Sie bestellte ihn in erster Linie zu sich, um ihre sexuellen Bedürfnisse zu befriedigen, und hätte zu diesem Zweck ebenso gut jeden x-beliebigen anderen Callboy engagieren können.

Das Ehebett teilte die Enddreißigerin mit einem fantasielosen Elektrotechniker. Der stand zu ihrem Bekümmernis nicht allein ihren literarischen Interessen gleichgültig gegenüber, sondern unternahm darüber hinaus fast wöchentlich mehrtägige Geschäftsreisen als Angestellter eines mittelständigen Unternehmens. Da ihre Libido seit einigen Jahren eine drastische Wendung ins Nymphomanische genommen hatte, und da der Gatte auch während der gemeinsamen Wochenenden mehr der technischen Tüftelei und dem Fernsehprogramm als der ehelichen Erotik zugetan war, sah sie sich genötigt, der sie unablässig bedrängenden Wollust ein anderweitiges Ventil zu verschaffen.

Eines Tages hatte sie ihm Einblick in die Schubladen ihres DDR-grün lackierten Nachttischs gewährt. Dort verwahrte sie eine imposante Sammlung von Vibratoren und Dildos, in den unterschiedlichsten Größen, Formen und Farben. Dazu zählte unter anderem ein Massagestab, den eine lebensecht wirkende Bananenattrappe umhüllte, so dass er sich unauffällig im Reisegepäck mitführen ließ. Noch übertroffen an Geschmacklosigkeit wurde dieses Spielzeug freilich von einem batteriebetriebenen Plastikgerät in Gestalt einer albernen, aus mehreren kugelförmigen Teilelementen zusammengesetzten Raupe, die einer Biene-Maja-Verfilmung in 3-D-Animation hätte entstammen können. Die sonnendurchfluteten Vor- und Nachmittage, die sie alleine in der ehelichen Etagenwohnung verbrachte, deren moosweiche Teppichböden nahezu jeden Laut verschluckten, stellte sich Freundel seither als stille, meditative Stunden der Lektüre und der Masturbation vor, begleitet nur vom surrenden Pendelschlag der im Korridor befindlichen Wanduhr sowie hie und da unterbrochen vom Krächzen des buntgefiederten Aras, den die Familie vor Jahren von einer Reise aus dem Amazonasgebiet mitgebracht hatte und der seither in einer kleiderschrankgroßen Voliere vor dem Wintergarten sein Dasein fristete. Neben dem Wort „quieredo" stieß das aus Belem stammende Tier des Öfteren auch Laute aus, die den Verdacht nährten, es habe ein wenig zu häufig der Plateauphase seiner Besitzerin gelauscht.

Wie sie ihm gestanden hatte, war ihr im Laufe der zurückliegenden Jahre zusätzlich der eine oder andere außereheliche Liebhaber zu Diensten gewesen, darunter der Steuerberater ihrer Schwägerin sowie ein versponnener Botanikstudent, der sie an einem verregneten Nachmittag im Gewächshaus des Palmengartens angequatscht hatte und der über die Sumpfdotterblume promovierte. Doch auch während dieser Phasen hatte sie stets das Bedürfnis verspürt, ihn im Durchschnitt einmal pro Woche zu sich zu bestellen. Keiner ihrer sonstigen Bettgenossen war offensichtlich flexibel oder fähig oder willens genug, sich ihr in ausreichender Frequenz zur Verfügung zu stellen.

Er besuchte sie seit knapp drei Jahren, sie war mittlerweile seine älteste Stammkundin. Anfangs hatte er sich noch darum bemüht, ihren Sinn für philosophische Fragen zu wecken. Doch bei keinem seiner Versuche war ihm auch nur ansatzweise Erfolg beschieden. Als erstes hatte er es mit dem Problem der Kürze des menschlichen Lebens probiert, einem tiefschürfend abgründigen Thema, das bei kaum einer seiner Kundinnen seine Wirkung verfehlte. Jutta hingegen hatte auf die Frage, ob sie nicht finde, dass ihr Leben zu rasch verfliege, und ob die Aussicht, eines Tages überhaupt nicht mehr zu existieren, sie nicht gelegentlich beunruhige, eine denkbar schnöde Antwort parat.

„Ach, scheiß die Wand an. Daran kann ich ja doch nichts ändern. Also macht es kaum Sinn, groß darüber nachzudenken."

„Außerdem", so hatte sie nach kurzer Überlegung noch hinzugefügt, „lebe ich immer im Augenblick". Damit war das Sujet aus ihrer Sicht erschöpfend abgehandelt.

Als er in einem späteren Anlauf auf ethische Probleme auszuweichen versuchte, die zwar nicht zu seinem Standardrepertoire zählten, auf die jedoch Frauen im Allgemeinen recht sensibel zu reagieren pflegten, erwies sie sich als ebenso resistent. Die Ungerechtigkeit der Welt war ein Sachverhalt, den sie mit der schulterzuckenden Allerweltsfloskel der Konservativen abtat, dies habe es schon immer gegeben und werde es auch in Zukunft immer geben. Seither hatte Freundel auf weitere Bemühungen verzichtet, sie durch die Verabreichung tiefgründiger Kost an sich zu binden, und sich bei ihren Zusammenkünften in die Rolle eines gewöhnlichen Liebesdieners gefügt. Immerhin war es ihm in ihrem Fall auch ohne metaphysisches Beiwerk gelungen, sich als Anbieter seiner erotischen Dienstleistungen unverzichtbar zu machen. Was vom betriebswirtschaftlichen Standpunkt aus gesehen, ja einzig und allein zählte. Jutta, deren Haushaltskasse durch den gutverdienenden Gatten stets üppig gefüllt zu sein schien, gehörte mittlerweile jedenfalls zu seinen stabilsten und ertragreichsten Einnahmequellen.

Im Laufe der Zeit hatte sich zwischen ihnen neben der sexuellen Kumpanei eine fast schon peinliche Vertrautheit in alltäglichen Dingen herausgebildet. Er kompensierte den abwesenden Gatten nicht bloß in der Horizontalen, sondern betätigte sich darüber hinaus bis weit in die kapillaren Verästelungen des pantoffeligen ehelichen Austauschs hinein als ebenso unerschrockener wie geschmeidiger Stuntman. Während sie sich in seiner Anwesenheit ondulierte, eine Hühnerleber wusch oder die Balkonkresse wässerte, ließ sie es sich nicht nehmen, ihm in buchhalterischer Ausführlichkeit zu berichten, was sie heute wieder eingekauft, gekocht, gebacken oder frittiert hatte, wo die aus Neuruppin stammende Nachbarsfamilie ihren Cluburlaub verbrachte, und wie unbarmherzig der Morbus Bechterew verlief, unter dem die Schwiegermutter ihrer marokkanischen Reinigungsfrau litt. Auch ihre Wohnung war ihm bis in die letzten Ritzen und Winkel hinein vertraut. Er besaß detaillierte Kenntnisse über das Inventar des Badezimmerschranks, wusste über den genauen Ort Bescheid, an dem sich das Dosenfutter für die Zierfische befand, und hätte sogar mit verbundenen Augen den Weg zu den hausgemeinschaftlichen Waschmaschinen und Trockenschleudern im Kellergeschoss gefunden.

Ihrer heutigen Begegnung sah er mit Anspannung und Unbehagen entgegen. Die halbe Nacht über war er damit beschäftig gewesen, gegen seine Mundtrockenheit und die übrigen Symptome des gestrigen Alkoholexzesses anzukämpfen. Währenddessen hatte er verzweifelt darüber nachgegrübelt, wie er sich aus der Schlinge, die ihm Juttas Tochter um den Hals gelegt hatte, noch einmal herauswinden konnte. In den frühen Morgenstunden war dann der Entschluss in ihm herangereift, die Mutter ins Vertrauen zu ziehen. Es lag schon eine bescheuerte Ironie darin, dass jetzt ausgerechnet diejenige seiner Gespielinnen in seinem akademischen Aktionsradius aufzutauchen drohte, die aufgrund ihres unverhohlenen Desinteresses an Philosophie dafür am wenigsten prädestiniert war. Er hegte keinen Zweifel daran, dass Jutta ihrer Tochter höchstens ein einziges Mal den Gefallen tun würde, sie in die Vorlesung zu begleiten. Dennoch blieb ihm nichts anderes übrig, als sich ihr zu erklären.

Gegen zehn Uhr vormittags, zu einem Zeitpunkt, als sein Aschenbecher bereits von den Stummeln hastig heruntergepaffter Filterzigaretten überquoll, hatte er schließlich zum Telefonhörer gegriffen und ihre Nummer gewählt. Vorsichtig hatte er ihr erklärt, er benötige ihre Unterstützung bei der Lösung eines schwierigen Problems, und sie gebeten, sich um halb eins mit ihm zu treffen. Der Termin fiel genau in die Zeit, in der normalerweise seine Vorlesung stattgefunden hätte. Dass Jutta ohne jedes Zögern ihr O.K gab, hatte ihn das Telefonat zunächst mit einem Gefühl der Erleichterung beenden lassen. Inzwischen erwuchs daraus jedoch eine erneute Verstimmung. Offenbar hatte sie also gar nicht vorgehabt, am heutigen Tag die Vorlesung zu besuchen, und würde sich dazu von ihrer Tochter wahrscheinlich auch zu keinem späteren Zeitpunkt bewegen lassen.

Aber es war bereits zu spät, um noch einen Rückzieher zu machen. Und es erschien ohnehin ratsam, angesichts der heiklen Konstellation auf Nummer sicher zu gehen. Er näherte sich ihrem Tisch, hinter dem man durch die Fensterfront des Cafés hinaus auf die Bergerstraße blicken konnte. Dort schob ein Räumfahrzeug den bereits angetauten Schnee seitlich der Fahrbahn zu schäbigen Miniaturdeichen zusammen. In den matschigen Anhäufungen prangten die dunklen Körner des Streuguts, wie Kerne im Fleisch einer Wassermelone. Die Luft im Inneren des Lokals war stickig und roch nach heißer Ovomaltine. Aus den Deckenlautsprechern ertönte das knubbelige Kontrabasssolo einer endlos langen Live-Version des John Coltrane-Klassikers *Mr. P. C.* Die Aufnahme war ihm bereits durch frühere Aufenthalte im Café Zickzack bekannt.

Als Jutta ihn erblickte, zog sie ihre präzise zurechtgezupften Augenbrauen in die Höhe.

„Sieh an. Noch pünktlicher als sonst!", rief sie aus. „Jetzt bin ich aber wirklich gespannt. Gewöhnlich bist ja *du* dafür zuständig, *meine* Probleme zu lösen."

„Wart's ab", erwiderte Freundel, während er sich zu ihr herabbeugte, um ihre Wange zu küssen. „Einige Dinge sind etwas anders gelagert, als du denkst."

Er wischte sich die feuchten Handflächen am Innenfutter seines Lodenmantels ab und warf diesen über die Lehne eines der beiden freien Korbstühle, die sich an Juttas Tisch befanden. In dem anderen Stuhl ließ er sich nieder und kam ohne Umschweife zur Sache.

Er berichtete ihr zunächst von den Mainzer Anfängen seiner akademischen Laufbahn und schilderte dann, wie er von dort aus den Weg zur bezahlten Promiskuität gefunden hatte. Anschließend erklärte er ihr seine derzeitige Position am Frankfurter Institut. Zuletzt beschrieb er ihr die hoffnungsvollen Karriereaussichten, die sich ihm dort boten.

„So", machte Jutta und tippte mit dem Teelöffel an den Rand ihrer Oberlippe, „du hast also vor, Professor zu werden. Das ist ja kaum zu glauben. Heißt das, dass ich dann in Zukunft auf deinen zauberhaften Body verzichten muss?"

„Wenn du mein zauberhaftes Treiben gegenüber deiner Tochter ausplauderst, kann ich mir die ganze Sache abschminken. Dann spricht darüber einen Tag später die halbe Universität. Ein Gigolo auf einem Philosophielehrstuhl, das ist völlig undenkbar."

Jutta blickte ihn verständnislos an. „Was hat denn Nadja damit zu tun?"

„Ich bin ihr gestern auf einer Institutsfeier begegnet. Sie besucht meine Vorlesung. Sie hat dir das vielleicht noch nicht gesagt, aber sie hat vor, dich demnächst als Zuhörerin mitzubringen. Deshalb war ich gezwungen, dich über meine Situation aufzuklären. Verstehe das bitte. Auf keinen Fall darfst du ihr erzählen, woher du mich kennst."

Jutta ließ sich in ihren Stuhl zurückfallen.

„Spinnst du jetzt total?" erwiderte sie, „Nadja ist seit einer Woche in Les Arc. Sie macht dort Skiurlaub mit Freunden. Außerdem hat sie mit der Uni nichts am Hut. Und schon gar nichts mit deiner Philosophie. Zum Glück, kann ich nur sagen. Sie beginnt im Januar mit einer Banklehre."

Freundel begriff eine halbe Minute lang überhaupt nichts. Sprachlos starrte er in Juttas Gesicht. Zwei steile Stirnfalten hatten sich dort zu einer Rune des Unwillens zusammengeschoben, geformt wie ein pharaonisches Tempelportal. Anschließend glotze er wie paralysiert durch den zottelmähnigen Hünen hindurch, der an ihren Tisch getreten war, um seine Bestellung entgegenzunehmen. Das nach außen abdriftende linke Auge des

Kellners stierte im Gegenzug gleichermaßen sinnlos an ihm vorbei in die Leere des Raumes, während das andere Auge ihn fragend fixierte. Erst ganz allmählich setzte sich das Räderwerk seiner Schlussfolgerungen in Gang. Währenddessen ertönte aus den Lautsprecherboxen ein virtuoses Schlagzeugsolo. Filigran und geschmeidig perlten die Trommelschläge dahin, als werde ein Schwall in Buttersud gegarter Erbsen durch den Raum geschüttet. Schließlich dämmerte der zutiefst banale Befund in seinen Hirnwindungen empor.

„Vielleicht ist das Ganze eine Verwechslung", presste er tonlos hervor. „Hast du zufällig ein Foto von Nadja bei dir?"

Ohne ein Wort zu erwidern, angelte Jutta ihr Portemonnaie aus ihrer Handtasche, klappte ein darin eingenähtes, bewegliches Lederteil nach außen und hielt ihm Nadjas Bild entgegen. Die Ähnlichkeit war frappierend, bis auf den fehlenden Stahlring in der Oberlippe. Und bis auf die alles entscheidende Tatsache, dass die Augen der jungen Frau auf dem Foto in dezentem Graugrün schimmerten und nicht jenen puppenblauen Farbton besaßen, in dem ihm die forsche Studentin am gestrigen Abend wie aus zwei Reißzwecken entgegengeblickt hatte.

„Herrje", raunte er. „Das ist gar nicht das Mädchen aus meiner Vorlesung. Tut mir leid, die ganze Aufregung."

Dieser Ausgang des Dramas traf ihn vollkommen unvorbereitet. Von einer Welle der Scham erfasst, sank er in seinen Stuhl zurück. Was für eine lächerliche Konfusion! Dabei hätte es ihn doch von vornherein stutzig machen müssen, dass Jutta trotz ihrer ständigen Berichterstattung über die Geschicke der Familie das vermeintliche Philosophiestudium ihrer Tochter mit keinem Wort erwähnt hatte. Dass zwischen dem Sprössling seiner Geldgeberin und der Besucherin seiner Vorlesung vielleicht einfach bloß eine starke Ähnlichkeit bestand, war eine Möglichkeit, die er dennoch keinen Augenblick in Betracht gezogen hatte. Er begann an seiner nervlichen Verfassung zu zweifeln. Vermutlich konnte es nicht schaden, wenn ihm die überstürzte Krankmeldung jetzt eine verlängerte Weihnachtspause bescherte.

„Können wir dann gehen?", erkundigte sich Jutta knapp und erhob sich, ohne seine Antwort abzuwarten, aus ihrem Korbstuhl. „Du wirst mir ja hoffentlich zu Hause noch Gesellschaft leisten. Wegen dir habe ich heute Morgen meiner Tennispartnerin abgesagt."

Mit weichen Knien hievte er sich aus seinem Stuhl empor und begann, sich den Mantel überzuziehen. Dann ging er zu dem Tresen neben der Eingangstür, auf dem die Registrierkasse des Cafés stand. Dort drückte er dem schieläugigen Kellner, der sich in der Zwischenzeit resigniert von ihrem Tisch zurückgezogen hatte, das Geld für Juttas Tee in die Hand. Anschließend folgte er ihr aus dem Lokal. Um sich zu beruhigen, richtete er seine Aufmerksamkeit auf ihren entschlossenen, sanft wippenden Gang. Zu ihren enganliegenden Jeanshosen trug sie auch heute wieder flache Schuhe. Dies tat der Wirkung ihrer Figur keinen Abbruch. Sie war eine langbeinige Frau.

Kapitel 6: Eine reine Oberfläche, ohne dahinterliegenden Innenraum

Oswald Hirzbrunnen war ein *sehr besonderer Sonderfall*. So jedenfalls lautete jene wenig lyrisch daherkommende Charakterisierung, die Hirzbrunnen selbst bevorzugt wählte, um kundzutun, wie sehr seine Situation aus dem Rahmen fiel. Und in der Tat: Der kleine Mann mit dem grauen Bürstenschnitt und den listigen Augenfalten, dessen äußere Erscheinung eher der eines Schaffners oder Postbeamten als der eines Philosophieprofessors glich, befand sich häufiger als andere in exzeptionellen Umständen.

Dieser Sachverhalt war auch Freundel seit Jahren bestens bekannt. Seine ersten Begegnungen mit Hirzbrunnen reichten bis zum Beginn seiner Mainzer Assistentenzeit zurück. Der hypochondrisch veranlagte Kantianer zählte zu den ehemaligen Studienkollegen von Meyer-Myrtenrain. In dioskurenhaftem Gleichschritt hatten die beiden heutigen Ordinarien in den siebziger Jahren an der Universität Tübingen ihre akademischen Karrieren vorangetrieben. Seither waren sie in verschwörerisch gewitztem Frohsinn einander verbunden geblieben. Von Hirzbrunnen stammte auch eines der Fachgutachten zu Freundels Habilitationsschrift, das insbesondere den sorgfältigen Analysen zur Aristotelischen Kategorienlehre höchstes Lob zollte. Seit längerem bereits kursierten innerhalb und außerhalb Frankfurts etliche Anekdoten über den spleenigen Gelehrten. Einige der Berichte bezogen sich auf dessen marottenhaften Gebrauch von Notizzetteln. Die meisten Erzählungen jedoch handelten von den eigenwilligen, oftmals bizarr anmutenden Maßnahmen, die Hirzbrunnen wählte, um seine labilen – sowie nach seinem eigenen Dafürhalten absolut einzigartigen – körperlichen Funktionsabläufe zu überwachen und zu stabilisieren.

Als Freundel sich frisch geduscht dem Büro des alten Mannes näherte, erinnerte er sich daran, wie er selbst vor einigen Jahren Zeuge einer derartigen Maßnahme geworden war. Die Szene hatte sich während einer Diskussionsveranstaltung abgespielt, bei der Hirzbrunnen den Moderator gab und an der neben Frankfurts Star-Emeritus Jürgen Habermas ein fast ebenso illustrer amerikanischer Philosoph teilnahm. Hirzbrunnen testete damals eine selbsterfundene Mixtur aus pharmazeutischen Grundstoffen, die diversen Medikamenten zur Blutdrucksenkung entstammten. Diese Tinktur nahm er über mehrere Wochen hinweg ein, um durch sie die galoppierende Differenz im Zaum zu halten, die zwischen den Messwerten seiner Systole und seiner Diastole klaffte. Er vertrat die These, die Zusammensetzung der herkömmlichen Medikamente beruhe auf, wie er sich auszudrücken pflegte, *größtenteils sehr merkwürdigen Annahmen*. Um die genaue Wirkung des selbsterdachten Cocktails zu überprüfen, hielt er Blutdruckmessungen im Viertelstundentakt für unverzichtbar. Für ebenso unumgänglich hielt er es, über die Resultate dieser Erhebungen in einem ausgeklügelten System von Mappen und Tabellen penibel Buch zu führen.

Auch während besagter Diskussionsveranstaltung sah sich Hirzbrunnen gezwungen, mehrfach den Gang der Debatte zu unterbrechen, um entsprechende Messungen vorzunehmen. Er tat dies mit reptilienhafter Geduld, nicht ohne zuvor Notwendigkeit und Methodik des schrägen Brimboriums den Anwesenden umständlich erläutert zu haben. Bei jeder dieser Einlagen verurteilte er den angelsächsischen Gast zu minutenlangem Schweigen, um währenddessen – unter den verblüfften Blicken des Auditoriums und untermalt vom unheilvollen Räuspern des wie angewurzelt auf die Tischplatte starrenden Habermas – die Manschette des Blutdruckmessgeräts anzulegen, die sorgsam strammgezogene Armkrause aufzupumpen, und nach Verstreichen der erforderlichen Frist das elektronische Display abzulesen. Die Prozedur endete jedes Mal mit einem vergnügten, an das Publikum adressierten Lächeln, das sich so arglos wie ein kleiner weißer Zettel auf Hirzbrunnens Gesicht auffaltete. Anschließend legte der Ordinarius die Manschette wieder ab, verstaute die mehrteilige Apparatur in seiner Aktentasche und setzte die Diskussionsleitung fort.

Eine weitere unvergessliche Szene spielte sich während jener Zeit ab, als Freundel der Ziellinie seines Habilitationsverfahrens entgegenschritt. Wegen einer Streptokokkeninfektion, die aus unerfindlichen Gründen in seinem rechten Bein wütete, unterzog sich Hirzbrunnen in einem Bornheimer Privatklinikum einer stationären Behandlung. Freundel stattete ihm damals im Krankenzimmer einen Besuch ab, um zu einigen Passagen des Habilitationsgutachtens zusätzliche Erläuterungen entgegenzunehmen. Als er den Raum betrat, war gerade die tägliche Visite im Gange. Der zuständige Chefarzt, zwei Oberärzte sowie eine Gruppe hochgeschossener Medizinstudenten umzingelten gemeinsam das von Infusionsständern und Schläuchen überwucherte Bett. Dort hatte Hirzbrunnen die Decke zurückgeschlagen, um den Anwesenden das entzündete Bein zu präsentieren. Er tat dies mit der feierlichen Miene eines Fünf-Sterne-Kochs, der einen Terrinendeckel entfernt, um der begierig wartenden Tafelrunde ein Rehbret zu servieren. Als der stiernackige Internist begann, den anwesenden Studenten zu erläutern, warum die bisher verabreichten Antibiotika nicht anschlugen und welche alternative Dosierung daher angezeigt sei, grätschte der Philosoph dazwischen. Ohne sich darum zu scheren, wie der Lehrmeister in den Augen des hippokratischen Gesindes dastand, verwickelte er den Mediziner in einen alptraumhaften Disput über die Begriffsstutzigkeit und Orientierungslosigkeit ätiologischer Befunde. Hieraus entspann sich ein immer lauter werdendes Gezeter, in dessen Fortgang Hirzbrunnen dem nervös dreinblickenden Ärzteteam verkündete, in seinem höchst speziellen Krankheitskasus basiere nicht allein die bisherige, sondern ebenso die neu vorgeschlagene Therapie auf einer denkbar plumpen Fehldeutung der organischen Wechselwirkungsverhältnisse. Folglich bedürfe die Schulmedizin an diesem Punkt einer gründlichen Revision. Als daraufhin der Chefarzt den Versuch unternahm, den störrischen Kranken mit Hilfe einer autoritären Geste zum Schweigen zu bringen, verlangte Hirzbrunnen erregt, der Medizinprofessor möge unverzüglich einen Philosophenkollegen in Finnland anrufen. Zwar könne der aufgrund seiner fortgeschrittenen Gebrechlichkeit nur noch am Telefon philosophieren. Er sei jedoch in der Lage, jedem verständigen Zuhörer die erstaunliche Möglichkeit rückwärtsgewandter Verursachung zu deduzieren.

Einen Beleg für die Unerschöpflichkeit des Erfindungsgeistes, den Hirzbrunnen bei der Eigenbehandlung seiner vielfach aus dem Ruder laufenden Körperfunktionen aufbrachte, lieferte zudem eine Geschichte, die ein ehemaliger Institutsmitarbeiter im Kreise der Kollegen verbreitet hatte. Hirzbrunnen litt seit geraumer Zeit unter einer nächtlichen Schlafapnoe. Die gefährliche Atemstörung nahm eine so unorthodoxe Verlaufsform an, dass er sich wiederholt auf Staatskosten nach Japan fliegen ließ, um sich dem hochspezialisierten Schlaflabor der University of Kyoto als besonders spektakulären Untersuchungsgegenstand zur Verfügung zu stellen. Weniger spektakulär fiel dagegen die im Alltag erforderliche Behandlungsmethode aus. Sie bestand in der Nutzung eines gewöhnlichen Beatmungsgeräts, an das er sich während des Nachtschlafs anzuschließen hatte und dessen Automatik gegebenenfalls einsprang, um das Aussetzen der Lungenzüge zu kompensieren. Allerdings war das Gerät monströs und erforderte auf Reisen zu wissenschaftlichen Kongressen komplizierte Installationsmaßnahmen in den jeweiligen Hotelzimmern. Daher dauerte es nicht lange, bis Hirzbrunnen eine einfache Alternativlösung ersonnen hatte. Die Untersuchungen im Schlaflabor hatten ergeben, dass die nächtliche Atmung immer nur dann in Gefahr geriet, wenn sich sein Körper in Rückenlage befand, wohingegen solange kein Risiko für ihn bestand, solange er auf der Seite ruhte. Daraufhin ersetzte er das apokalyptisch anmutende Ensemble aus Atemmaske, Luftschlauch und Pumpgetriebe kurzerhand durch einen kleinen Wanderrucksack, der einen prall mit Luft gefüllten Fußball enthielt und den er sich vor dem Zubettgehen umschnallte.

Diese Konstruktion verhinderte, dass er sich während der Schlafphasen auf den Rücken drehen konnte. Das Beatmungsgerät hatte damit ausgedient.

Nicht nur was seine Erkrankungen und deren Behandlungsmethoden betraf, sondern auch in institutioneller Hinsicht hatte sich Hirzbrunnen im Lauf der Jahre zu einem sehr besonderen Sonderfall entwickelt. Auf überraschende Weise war es ihm nämlich gelungen, der eigentlich längst fälligen Emeritierung zu entgehen. Gemäß den geltenden Bestimmungen hätte das Ausscheiden aus dem universitären Amt spätestens im Alter von 68 Jahren erfolgen müssen. Aufgrund einer chronischen Schädigung seines Hüftgelenks war Hirzbrunnen allerdings seit Beginn seiner Beschäftigung im öffentlichen Dienst ein Behindertenstatus zuteil geworden. Dieser hatte ihn während der gesamten Dauer seiner Professorentätigkeit in die Lage versetzt, das wöchentliche Lehrdeputat von 8 auf 6 Unterrichtsstunden zu reduzieren. Hirzbrunnen war nun eine Formulierung im Hessischen Landeshochschulgesetz aufgefallen, die einen bis dato unbemerkt gebliebenen doppelten Boden enthielt. Die Passage entstammte einem eigentlich unbedeutenden Nebenparagraphen der Deputatsverordnung. Dem ausgebufften Rabulistiker lieferte sie gleichwohl die Grundlage für ein Argument, dem zufolge die bisherige Reduktion seiner Lehrtätigkeit ihm die Möglichkeit eröffnete, sein Ordinariat noch drei weitere Jahre, bis zum stolzen Alter von 71 Lenzen, fortzuführen. Freundel kannte die Einzelheiten der Begründung nicht. Ihre Logik jedoch musste derart bestechend gewesen sein, dass sowohl das Präsidium als auch die Rechtsabteilung der Universität ihr einigermaßen hilflos gegenüberstanden und nach Rücksprache mit der Ministerialbürokratie schließlich den Aufschub der Pensionierung genehmigten. Lediglich die weitere Ausstattung der Professur mit besoldeten Assistentenstellen wurde von der zuständigen Verwaltung abgelehnt.

Für Freundel stand außer Zweifel, dass Hirzbrunnen nach Ablauf der Verlängerungsfrist mit weiteren Überraschungsargumenten aufwarten würde, die seinen erneuten Verbleib im Lehrbetrieb erzwingen würden. Er war sich sogar sicher, dass Hirzbrunnen niemals emeritiert werden würde, ebenso wie er die feste Überzeugung hegte, dass dessen außerordentliche Erfindungsgabe beim Inschachhalten von Krankheiten und Altersgebrechen ihn in die Lage versetzen werde, sogar dem Tod auf unbegrenzte Zeit ein Schnippchen zu schlagen. Damit freilich war sein Grund zur Hochachtung noch nicht erschöpft. Denn nicht allein in dienstrechtlichen und medizinischen Angelegenheiten war dem wunderlichen Genius so gut wie alles zuzutrauen. Auch beim Niederringen philosophischer Probleme beherrschte er Kniffe, die den Kollegen das Blinzeln in die Augen trieben. Der überlegene Intellekt des alten Fuchses wurde einzig durch eine betrübliche Schreibblockade daran gehindert, in größerem Umfang schulbildend zu wirken. Eigentlich ein Jammer. Auch der mündliche Diskurs mit ihm, bei dem sich manch begriffslahmer Zeitgenossen in einer Rappelkiste der Deduktion wähnte, konnte leicht verstörend wirken. Dennoch stand für Freundel fest: Nicht wenige der Einsichten, die Hirzbrunnen bei solchen Disputen hervorzuschütteln pflegte, hätten es vermocht, sogar der Eule der Minerva, dem grenzenlos gewitzten, in Stein gemeißelten Wappentier der Göttin, ein leises Juchzen zu entlocken.

Als er das Büro betrat, in dem der Langzeitordinarius seine Sprechstunden abhielt, thronte dieser auf einem der breiten, grau gepolsterten Stühle, die stets ein wenig unkoordiniert in der Mitte des Raums herumstanden. Davor befand sich ein niedriger, ebenso mausgrauer Sitzungstisch. Dessen Fläche war von unzähligen, geometrisch angeordneten Zetteln bedeckt. Das linke Bein hielt Hirzbrunnen in einem steilen, orthopädisch kühn anmutenden Winkel vom Körper weggestreckt. Er trug eine helle Safariweste, auf die mehrere, mit weiteren Notizzetteln gefüllte Taschen aufgenäht waren. Als er seinen Gast erblickte, war er gerade im Begriff, sich einen sandfarbenen Keks in den Mund zu schieben. Nachdem sie sich gegenseitig mit fröhlichen Worten begrüßt hatten, ließ sich Freundel auf dem Stuhl auf der gegenüberliegenden Seite des Tischs nieder. Im

Hintergrund des Raums fiel sein Blick dabei auf spärlich gefüllte Bücherregale, Hirzbrunnens breiten Schreibtisch, einen Kübel mit einem Gummibaum, sowie einen Kleiderständer aus Kunststoff, an dem eine mit Leinen überzogene Kopfbedeckung hing, geformt wie ein etwas zu flach geratener Feuerwehrhelm. Das dämmrige Gegenlicht, das durch die stark verregneten Fensterscheiben drang, ließ sämtliche Gegenstände schattenhaft und stilisiert erscheinen, der abstrakt gehaltenen Kulisse einer Kleinkunstbühne ähnelnd.

„Zunächst einmal sollten Sie Ihre Lage positiv einschätzen", eröffnete Hirzbrunnen das Gespräch, während er auf den letzten Krümeln des Kekses herumkaute. „Wer es bis zum Vorsingen schafft, kann die Dinge bereits zu einem guten Stück selbst beeinflussen."

„Natürlich", erwiderte Freundel, „Ich bin auch sehr zufrieden, noch im Rennen zu sein."

Tatsächlich versetzte ihn die Nachricht, dass er dem sechsköpfigen Personenkreis angehörte, den die Berufungskommission aus der gewaltigen Schar der insgesamt 134 Bewerber ausgewählt und zu Probevorträgen eingeladen hatte, seit etlichen Tagen in Hochstimmung. Sein bisheriger Eindruck, dass man am Institut von seinen philosophischen Fähigkeiten angetan war, entsprach also den Tatsachen. Unmittelbar nach Erhalt der ermutigenden Mitteilung hatte er zum Telefonhörer gegriffen und für den Rest der Woche sämtliche bereits verabredeten Hausbesuche unter dem Vorwand einer Erkältung abgesagt. Ab sofort konnte es nur noch ein Ziel geben: Einen möglichst professionellen, lebendigen und zugkräftigen Vortragstext zu verfassen. Den richtigen Ton zu treffen und die richtigen Themen anzusprechen. Eine optimale Mischung zu kreieren aus Inhalt und Form. Dafür galt es, jede freie Stunde zu nutzen. Die Anhörungen sollten Mitte März stattfinden, und bis dahin blieben gerade einmal sechs Wochen Zeit. Umso erfreulicher war es da, dass er heute auf den ausgekochten Rat seines in der psychologischen Kriegsführung des Vorsingens höchst erfahrenen Förderers zurückgreifen konnte.

Hirzbrunnen warf ihm einen Blick zu, dessen konzentrierter Schärfe ein unübersehbar schalkhaftes Element beigemischt war.

„Die strategische Herausforderung besteht jetzt darin, dass Sie gleichzeitig zwei Dinge im Auge behalten müssen: Die Zusammensetzung der Kommission und die Gemengelage des Feldes der übrigen fünf Anwärter."

Freundel nickte folgsam. Was das seit Januar auf Hochtouren arbeitende Berufungsgremium betraf, so stand außer Frage, dass vor allem dessen interdisziplinärer Zuschnitt allerlei Fallstricke barg. Wie ein Bataillon drakonischer Zinnsoldaten stand die Liste der Namen der Kommissionsmitglieder seit Wochen fest aufgereiht vor seinem geistigen Auge:

Vorsitz:
Prof. Dr. Manfred Weesenberg (Dekan des Fachbereichs)

Vertreter des Philosophischen Instituts:
Prof. Dr. Rainer Golz (Ordinarius für Logik und Wissenschaftstheorie)
Prof. Dr. Kerstin Siegrist-Stracke (Professorin am IfS und Frauenbeauftragte)
Dr. Bela Keltberlet (Mittelbauvertreter)
Moritz Geppert (Vertreter der studentischen Fachschaft)

Fachfremde Kommissionsmitglieder:
Prof. Dr. Samson von der Heye (Ordinarius für Kunstgeschichte)
Prof. Dr. Jan Vorlemmer (Ordinarius für Geschichtswissenschaft)
Prof. Dr. Veit Sandhegel (Ordinarius für Literaturwissenschaft)

„Es ist ziemlich offensichtlich, dass es bei den philosophischen Fachvertretern für Sie vor allem auf zwei Figuren ankommt", sagte Hirzbrunnen.

„Nämlich?"

„Auf Weesenberg und auf Golz. Die beiden müssen Sie durch Ihren Vortrag auf Ihre Seite ziehen. Sonst haben Sie kaum reelle Chancen."

„Heißt das, dass Sie alle anderen für voreingenommen halten?", fragte Freundel. „Bei Frau Siegrist-Stracke ist ja wahrscheinlich klar, dass sie für die weibliche Bewerberin votieren wird. Aber was ist mit Keltberlet?"

„Keltberlet ist Randmüller-Schüler. Und, was Sie vielleicht nicht wissen, Ihr Mitbewerber Waletzko ebenfalls. Ich kann Ihnen garantieren, dass Keltberlet Waletzko unterstützen wird, ganz gleich, wie dessen Vortrag läuft. Der gesamte Randmüller-Kreis bildet einen verschworenen Kader."

Hirzbrunnen hing inzwischen stark gekrümmt, wie ein in sich zusammengesacktes Erdmännchen, in der durchgesessenen Mulde seines Stuhls. Jetzt straffte er seine Körperhaltung. Anschließend griff er in die Brusttasche seiner Weste, holte daraus einen weiteren Keks hervor und ließ ihn langsam zwischen seinen Lippen verschwinden. Das eigentümlich formlose Gebäckstück war mit winzigen Poren übersät und glich einem verwitterten Bimsstein.

„Im Grunde ist das ein sehr merkwürdiger Schulzusammenhang", fuhr der Ordinarius fort. „Randmüller hat kein einziges Buch geschrieben, das systematische Originalität beanspruchen kann. Auch werden Sie eine wirklich eigenständige Methode des Denkens bei ihm nicht finden. Und dennoch ist es ihm gelungen, sein Umfeld mit einem Dünkel aufzuladen, der in der Republik seinesgleichen sucht."

„Eigentlich schon erstaunlich."

„Leider wurde durch diesen Puppentanz vielen einflussreichen Leuten der Geist vernebelt. Auf diese Weise hat der alte Guru es tatsächlich geschafft, die gesamte Crew seiner bisherigen Schüler auf Professuren zu hieven. Dies ist in Deutschland ebenfalls singulär."

„Gibt es denn unter den Bewerbern noch andere Kandidaten, denen fest gebuchte Fürsprecher zur Seite stehen?"

„Meines Wissens nicht." Hirzbrunnen führte eine saugende Mundbewegung aus, durch die er den Keks von einer Backentasche in die andere zu transportieren schien. „Bis auf Ilka Vlees natürlich. Wie Sie schon richtig festgestellt haben, wird sie die klare Favoritin von Frau Siegrist-Stracke sein. Andererseits ist Siegrist-Stracke in der Fakultät nicht sehr beliebt. Es ist gut möglich, dass Sandhegel und Vorlemmer dann blocken."

Freundel war sich mittlerweile nicht mehr sicher, ob der Gegenstand im Mund seines Gegenübers überhaupt ein Gebäckstück war. Wer weiß, worum es sich in Wirklichkeit handelte.

„Und wie würden Sie die übrigen Mitbewerber einschätzen?", erkundigte er sich. „Gibt es neben Lars Waletzko noch jemanden, vor dem ich mich besonders in Acht nehmen muss?"

Hirzbrunnens Stimme senkte sich zu einem heiseren Raunen. „Kurt Graser und Sebastian Weiterstedt können Sie getrost vernachlässigen. Beide haben fast ausschließlich sprachphilosophischen Kram publiziert. Damit sind sie für die Professur zu eng ausgerichtet."

„Aha. Gut zu wissen."

Der Ordinarius kniff die linke Gesichtshälfte brachial zusammen, wodurch seine gesamte Wangenmuskulatur in eine extreme Abwärtsbiegung geriet.

„Aber Jerry Irvine ist ein Faktor, mit dem Sie rechnen müssen", sagte er. „Ich kann Ihnen anvertrauen, dass Golz recht große Stücke auf ihn hält. Den müssen Sie also versuchen, zu überbieten."

In diesem Moment öffnete sich die Tür zum Nebenzimmer. Frau Schoch-Bauer steckte den Kopf durch den Spalt. Wie immer griffen die verkräuselten Strähnen ihres sperrholzfarbenen Haarschopfs ungemein dicht ineinander. So dicht und festgezerrt, dass man meinen konnte, sie trage ein aus Teppichbodenresten geschneidertes Toupet.

„Herr Professor", sagte sie in gedämpftem Ton, „ein Herr Drehwanz vom Berliner Wissenschaftsrat ist am Apparat. Möchten Sie das Gespräch aufnehmen?"

„Warten Sie", erwiderte Hirzbrunnen. „Ich komme kurz rüber."

Er wandte sich an Freundel. „Entschuldigen Sie mich einen Moment." Unbeholfen erhob er sich von seiner Sitzfläche. In schwerfälligem Humpelschritt, so als intoniere er beim Gehen einen elegischen Jambus, begab er sich anschließend in den Nachbarraum. Diskret schloss daraufhin die Sekretärin die Tür.

Freundel blieb regungslos auf seinem Stuhl sitzen. Er bemühte sich, eine erste Zwischenbilanz des Beratungsgesprächs zu ziehen. Welche Konsequenzen ergaben sich aus den Informationen, die er bisher erhalten hatte, für die Gestaltung seines Bewerbungsvortrags? Er überlegte eine Weile, gelangte aber zu keinem brauchbaren Ergebnis. Auf der breiten Fensterscheibe, hinter der der Regen inzwischen nachgelassen hatte, rannte eine fette Stubenfliege ziellos hin und her. Sie sah aus wie ein Stück Ziegenkot, dem Flügel gewachsen waren. An einem entfernten Ort im Gebäude hörte man Handwerker auf ein Metallrohr einhämmern.

Nach einer Weile begannen Freundels Gedanken in verschiedene Richtungen abzuschweifen. Das Telefongespräch im Nebenzimmer dauerte offenbar länger als erwartet. Schließlich stand er auf und durchquerte den Raum in Richtung Fensterfront. Er musterte den Gummibaum, der vor der halb heruntergelassenen Jalousie des rechten Fensters platziert war. Ein Teil der Blätter war von einer violetten Zellophanfolie bedeckt. Aus der Erde des Blumenkübels wuchsen Schläuche und Kabel empor, die sich in wild verschlungenen Bahnen um die einzelnen Äste rankten. Wie der Institutsklatsch berichtete, hatte Erika Schoch-Bauer für die Anschaffung des Gewächses plädiert, um ihrem Büroalltag eine grüne Note zu verpassen. Die Freude an der harmlosen Pflanze währte jedoch nicht lange. Wie er nun auch mit eigenen Augen bezeugen konnte, hatte Hirzbrunnen schon bald begonnen, über die erforderliche Bewässerung und Lichtzufuhr eine komplizierte Theorie zu entwickeln, die in diametralem Gegensatz zur etablierten Orthodoxie der Gummibaumpflege stand.

Während durch die Zwischenwand Lautfetzen des Telefonats drangen, ließ Freundel den Blick über die abgewetzte Ledertasche gleiten, die aufgeklappt auf dem mächtigen Schreibtisch lag. Die Riemen an den Verschlussschnallen waren durch den häufigen Gebrauch bereits stark in Mitleidenschaft gezogen. Im Inneren der Tasche konnte man ein Kleidungsstück erahnen. Ein Stück rechts von ihr auf dem Tisch lag ein runzeliger gelber Apfel. Davor stand eine leere Schnabeltasse aus milchigem Plexiglas. Die Ledertasche, der Apfel und die Schnabeltasse präsentierten sich ihm in einer Selbstgenügsamkeit und Stille, der etwas Befremdliches anhaftete. Reglos und in scharfen Umrissen hoben sie sich von der glattpolierten Tischplatte ab. Erneut wurde Freundel bewusst, dass das schlichte Dasein der Dinge mit einer Undurchdringlichkeit behaftet war, deren sein Denken nicht Herr zu werden vermochte. Es bot sich einfach kein Anhaltspunkt, um einen tieferen Grund der Existenz auszumachen. Das gesamte Sein erschien wie eine reine Oberfläche, ohne dahinterliegenden Innenraum. Matrizenhaft, flach und vollständig entspiegelt. Weder gab es ein Warum, noch ein Woher, noch gar ein Wodurch. Es war zum Verrücktwerden.

Er wandte sich vom Schreibtisch ab und begann die Schriftzüge auf den Rücken der Bücher zu studieren, die die Regalwände an den Längsseiten des Raums füllten. Da endlich öffnete sich die Zwischentür und Hirzbrunnen kehrte aus dem Nebenzimmer zurück.

„Sorry, dass die Sache etwas länger gedauert hat. Ich unterhalte mit den Berlinern so etwas wie ein informelles Beratungsabkommen. Da ging es gerade um eine knifflige Personalie."

Nachdem sie sich wieder an den Besprechungstisch gesetzt hatten, wiederholte der Professor die brachiale Kompression seiner linken Gesichtshälfte. Für ein, zwei Sekunden entstand der Eindruck, der gesamte umgebende Raum werde in die gestauchte Wange hineingesogen.

„Leider", sagte er dann, „beginnt in zehn Minuten meine Vorlesung. Ich will Ihnen aber noch kurz die wichtigsten Punkte nennen, die Sie beachten sollten".

Geduldig hörte sich Freundel die nachfolgenden Ratschläge an. Was die fachfremden Kommissionsmitglieder betreffe, so sei davon auszugehen, dass diese sich zu benehmen wüssten. Zwar sei von der Heye ein Luftikus, und auch Sandhegel habe man im Senat gelegentlich schon irrlichternd erlebt. Im Allgemeinen jedoch könne man sich auf den Respekt verlassen, den die anderen Geisteswissenschaftler vor der Fachhoheit der Philosophen besäßen. Solange man nicht an ihren kompetitiv bedingten Minderwertigkeitskomplex rühre. Diesen Fehler dürfe Freundel in seinem Vortrag daher keinesfalls begehen. Gelinge ihm dies, stehe zu vermuten, dass die drei Externen sich einem übereinstimmenden Votum von Golz und Weesenberg anschließen würden.

„In diesem Fall", schloss Hirzbrunnen, „wäre es auch kein Problem, wenn Keltberlet sich für Waletzko stark macht und Frau Siegrist-Stracke die Vlees pusht."

„Welche Bedingung müsste denn mein Vortrag erfüllen, um Chancen zu haben, die beiden zu überzeugen?", hakte Freundel nach.

„Vor allem sollten Sie ihre metaphysische Ader nicht zu deutlich durchblicken lassen." Der Ordinarius konnte sich einen leicht ironischen Ausdruck nicht verkneifen. „Weesenberg hätte damit wohl weniger Probleme. Aber Golz besitzt eine positivistische Schlagseite. Und natürlich ist klar, dass Sie mindestens zwei der drei Gebiete abdecken müssen, die im Ausschreibungsprofil der Stelle genannt sind."

Während er noch sprach, stemmte Hirzbrunnen seinen unförmigen Körper aus dem dürftigen Sessel empor. Anschließend humpelte er langsam hinüber zu einem der Wandregale. Dort fischte er aus einer Ablage einen Stoß handbeschriebener Zettel, der von einem Gummiband zusammengehalten wurde.

„Versuchen Sie außerdem einzuschätzen, was Waletzko und Irvine bringen könnten. Am besten studieren Sie im Internet deren Homepages und Publikationslisten. Im Internet könnten Sie außerdem herausfinden, über welche Themen beide bei früheren Bewerbungsvorträgen gesprochen haben."

Er verstaute den Zettelpacken in der Brusttasche der Safariweste, reckte seinen Körper nach oben und angelte mit etwas Mühe den Feuerwehrhelm von dem Kleiderständer.

„Waletzko", fuhr er fort, „hat zum Beispiel kürzlich auch in Marburg und Hannover vorgesungen. Sie sollten vielleicht versuchen, ein Gebiet zu besetzen, auf dem er schwächelt."

Freundel erhob sich jetzt ebenfalls, bedankte sich für das Gespräch und reichte Hirzbrunnen die Hand. Dieser wünschte ihm viel Glück. Dann justierte er mit den Fingerspitzen den Helm auf seinem Haupt und versicherte ihm, er könne ihn jederzeit erneut aufsuchen, um weiteren Rat einzuholen. Sie verabschiedeten sich voneinander, und Freundel verließ das Büro. Schnurstracks machte er sich auf den Weg in die große Rotunde im Erdgeschoss. Dort befand sich die gemeinsame Cafeteria der vier in dem Gebäude untergebrachten Fakultäten. Auf die Idee, ihm eine Tasse Kaffee anzubieten, waren weder der alte Herr noch seine Sekretärin gekommen.

Als Freundel eine halbe Stunde später über die Rasenflächen vor dem Gebäude marschierte, war er fest entschlossen, die Herausforderung zu meistern. Zwar hatte das Gespräch mit Hirzbrunnen einmal mehr bestätigt, welch immense Hürde er zu nehmen hatte. Sich entmutigen zu lassen, kam dennoch nicht in Frage. Er würde alles daran setzen, in der hochklassigen Konkurrenz zu bestehen und am Ende seine Mitbewerber aus dem Feld zu schlagen. Erste vage Ideen, mit welchen Thesen er seinen Vortrag bestreiten könnte, kamen ihm in den Sinn. Thematisch gesehen schien vieles möglich. Doch vor allem kam es darauf an, eine ausgewogene Balance zu finden. Fraglos ein verteufelt kompliziertes Stück Arbeit, das ihm da bevorstand.

In Gedanken versunken passierte er das Eisengatter an der Zufahrt des Geländes. Anschließend ging er unter den Kastanienbäumen, die die angrenzende Allee säumten, in Richtung Grüneburgpark. Die Luft war klamm. Er atmete mehrmals tief durch und legte den Kopf in den Nacken. Schlierig, wie der wässrige Augapfel eines Greises, schimmerte der Februarhimmel zwischen dem kahlen Geäst der Bäume hindurch. Aus der Ferne ertönte das Düsengeräusch eines Verkehrsflugzeugs, das irgendwo oberhalb der Wolkendecke den Luftraum der City durchquerte. Sein Blick wanderte zurück zu den bräunlichen Quadern des Universitätskomplexes. Scharen von Studenten strömten aus den Eingängen. Die Uhr zeigte kurz vor 12, und unzählige Lehrveranstaltungen waren soeben zu Ende gegangen.

Ihm blieben noch mehr als vier Stunden, bis sein Proseminar über David Hume stattfinden würde. Genügend Zeit, um sich in Ruhe vorzubereiten. Dennoch stand ihm nicht der Sinn danach, sein karges Büro mit den gelblichen Wänden und den sterilen Metallschränken zu benutzen. Andererseits befiel ihn bei trübem Wetter zuhause in seiner Wohnung oftmals eine lähmende Unruhe. Am besten, er würde sich in der Innenstadt ein gemütliches Café suchen, wo er eine Kleinigkeit essen und noch einmal jene Passagen aus Humes „Traktat über die menschliche Natur" durchgehen konnte, die Gegenstand der heutigen Sitzung waren. Musikalisches Hintergrundgedudel, das Fauchen eines Cappucinoautomaten oder Gespräche an den Nachbartischen störten ihn gewöhnlich nicht, sobald er einmal damit begonnen hatte, sich in einen Text zu vertiefen.

Auf einem Umweg streifte er durch die Straßen des Westend. In den Erdgeschosszeilen der Wohnblocks wurden nahezu im Monatstakt neue Läden eröffnet. Zumeist handelte es sich dabei um Boutiquen und kleinere Stehcafés. Dazwischen hielten sich hartnäckig ein paar klassische Tante-Emma-Läden, die den Anwohnern Gelegenheit boten, sich auch am späten Abend, nach Schließung der Supermärkte, mit Lebensmitteln, Alkoholika oder DVDs einzudecken. Überall auf den Bürgersteigen waren Gruppen von Studenten unterwegs. Mit Ledermappen unter dem Arm oder Leinentornistern auf den Rücken eilten sie entweder hastig in Richtung Campusgelände oder strebten ebenso zügig vom ehrfurchtgebietenden Revier der Auditorien und Lesesäle fort. Unter den Passanten befanden sich auch einige Geschäftsleute. Zu ihren typischen Erkennungsmerkmalen zählten, neben den mit Schulterpolstern ausstaffierten Mänteln und den standesgemäßen Aktenkoffern, neuerdings feingliedrige Kopfgestelle, in die sie beim Gehen hineinsprachen. Freundel gefiel die bunte Mischung der Menschen und Fassaden, die das Straßenbild prägte. Die gesamte Gegend wirkte aufstrebend und friedvoll und bot zugleich ein Bild entspannter Urbanität im Zeichen einer dezenten, der allgemeinen Sanftmut anheimgefallenen Postmoderne.

Von der Unterlindau aus bog er in den Rothschildpark ein, der die verkehrsberuhigten Wohngebiete des Westend von der Innenstadt und dem Bankenviertel trennte. Zwischen geometrisch angelegten Blumenbeeten tummelte sich eine Horde Kolkraben mit stark abstehendem Gefieder. Die ramponiert wirkenden Vögel rannten hektisch umher und suchten den Boden nach essbaren Abfällen ab. Es roch nach modriger Erde und feuchtkaltem Äther. Über die stumpfen Rasenflächen tollte eine Gruppe lärmender Kleinkinder. Sie waren in bunte Polyesteranzüge mit quadratischen Kapuzen verpackt, wodurch sie gnomenhaften Astronauten glichen. Ihre Mütter, die auf den umliegenden Bänken kauerten, beäugten sie gleichmütig. Dann und wann riefen sie ihnen, in einer slawisch klingenden Sprache, warnende Direktiven zu. Der Himmel hatte sich inzwischen ein wenig aufgehellt. Durch den Dunst hindurch kam eine bleiche Wintersonne zum Vorschein, eine mehlschwitzig leuchtende Scheibe mit unscharfen Rändern, die wie eine entfernte Supernova zwischen den Türmen des Finanzdistrikts hing.

Freundel verließ den Rothschildpark an dessen südöstlicher, zur Taunusanlage hin gelegener Ecke, um von dort aus den weiten Vorplatz der Alten Oper zu überqueren. Auf der Zeil verlangsamte er seinen Schritt. Von allen Seiten strömten Menschen herbei und hasteten, im ungebremsten Almauftrieb alltäglicher Geschäfte, die Passage entlang. Während er sich durch das Gewühl schob, fiel ihm ein, dass sein Kugelschreiber nicht mehr funktionierte. Um den Hume-Text mit Randnotizen versehen zu können, benötigte er Ersatz. Er betrat das Erdgeschoss eines großen Kaufhauses. Die Büroartikelabteilung befand sich gleich in der Nähe des Eingangs. Dort erstand er für 6 Euro 80 einen verchromten Kuli mit oktogonalem Schaft. Der Preis spielte keine Rolle. Vor allem kam es darauf an, dass der Stift sowohl breit als auch schwer genug war, um in seiner tastaturgeschädigten Fingermuskulatur nicht bereits nach kurzer Zeit einen Schreibkrampf hervorzurufen. Geschmeichelt von dem Gefühl, einen edlen Gebrauchsgegenstand erworben zu haben, streifte er noch eine Weile ohne Ziel durch die angrenzenden Abteilungen. Seit jeher hatte er sich gerne in Kaufhäusern aufgehalten. Hier fand er Muße und Zerstreuung und hier konnte er sorglos seinen Gedanken nachhängen, befreit vom Druck des Produzierenmüssens. Heute jedoch erfasste ihn schon bald ein Gefühl des Überdrusses, und er begann, sich durch die minütlich anwachsende Masse der Kauflustigen hindurch seinen Weg zurück in Richtung Ausgang zu bahnen.

Dabei musste er eine Reihe versetzt angeordneter Auslagetische umkurven. Auf ihnen lagen Berge von Taschenknirpsen in dezent karierten Stoffen, wahllos aufgehäuft, wie von Bulldozern zusammengeschobener Bauschutt. Nach den Auslagetischen passierte er Regale, die Rassierwassersorten und Eau de Toilettes zur Schau stellten. Sie waren abgefüllt in dickbäuchigen, trapezförmigen und konischen, glatten und geriffelten Fläschchen und Flakons, die in sämtlichen Regenbogenfarben leuchteten. Es folgten kompostartige Wühltische mit heruntergesetzter Wäsche, artistisch aufgetürmte Stapel von Kartons, die Topfsets aus rostfreiem Stahl enthielten, und eine Abteilung mit Glasvitrinen, die schier überquollen von silbernen, goldenen und juwelenbesetzten Uhren, Armbändern und Broschen. Rings herum erstreckten sich weitere, nicht enden wollende Geröllfelder kleiner und mittelgroßer Artikel des täglichen Gebrauchs und der außeralltäglichen Zierde. Im Weitergehen schloss Freundel für einige Sekunden die Augen. Ein Kaufhaus der westlichen

Hemisphäre war fraglos wie kaum ein anderer Ort der Welt geeignet, das Bewusstsein für die Fülle des Seienden zu schärfen. Zwar bestand die ihn umgebende Warenflut vornehmlich aus Artefakten. Dennoch konnte ihre erdrückende Vielfalt als Sinnbild dafür herhalten, dass nicht nur *überhaupt* etwas existierte, sondern dass das Universum eine so unfassbare *Menge* an Dingen beherbergte, dass man sein Vorhandensein ohne weiteres für eine komplette Absurdität halten konnte. Unter dem warmen Luftzug des Ausgangs drehte er sich noch einmal um. Andächtig blickte er zurück auf die funkelnden Korallenriffe des Konsums. Seine Sinne befanden sich jetzt in einem ungewöhnlich wachen Zustand und reichten bis an den kosmischen Horizont der Szenerie. Die Existenz der Welt war wie ein wahnwitziger Axthieb, der mitten in das Nichts hineinzielte und dessen verhexten Schacht in Myriaden bunter Kristalle zerspringen ließ.

Draußen auf der Straße befiel ihn ein leichter Kopfschmerz. Die Wintersonne über der Stadt hatte inzwischen eine weitere Helligkeitsstufe erklommen. Autoabgase drangen in seine Nase. Dann roch es auf einmal so, als befände sich in unmittelbarer Nähe eine Ziege mit durchnässtem Fell. Als er sich umblickte, sah er einen greisen Bettler, mit plasmaartig aufgedunsenem Gesicht, umrahmt von einer Frisur wie aus Stahlwolle. Der Mann kauerte, in Gesellschaft eines ausgewachsenen Lamas, auf einer Filzmatte am Gehsteigrand, den vorbeieilenden Passanten eine leere Blechdose entgegenhaltend. Gedankenschwer trottete Freundel weiter in Richtung Fressgasse. Vor dem Delikatessengeschäft *Schlemmermeyer* blieb er stehen. Das Schaufenster präsentierte eine Vielzahl verlockend hergerichteter Spezialitäten. Besonders ins Auge stach ein mit Sherry angemachter Camembert. Ein sogenannter „Obazda", appetitlich zurechtmodelliert zu einem mangofarbenen Maulwurfshügel. Bestimmt wäre es keine schlechte Idee, sich davon eine Portion zum Abendessen mitzunehmen.

Plötzlich tippte ihm jemand von hinten auf die Schulter. Er drehte sich um. Sehr dicht vor ihm stand eine schlanke Frau. Ihr Haar verbarg sie unter einer grün-weiß gestreiften Wollmütze in Form eines arabischen Fez. Sie blickte ihn geradeheraus an, während der Anflug eines Lächelns ihre Lippen umzuckte. Obgleich ihre Gesichtszüge ein deutliches Erinnerungsbild in ihm wachriefen, realisierte er nicht sofort, mit wem er es zu tun hatte.

„Es ist tatsächlich Mister René!", rief die Frau und trat einen Schritt zurück. „Ich hoffe doch, ich platze nicht in ein bevorstehendes Stelldichein mit einer Kundin."

Ihr Lächeln zog sich in die Breite, offenbarte einen verschwenderischen Mund.

„Sie liefen so versonnen in der Gegend umher, dass ich mir sagte: Er gönnt sich wahrscheinlich gerade ein Mittagspäuschen. Hatte ich Recht?"

Zu dem Fez trug die Frau einen grünen Anorak, äußerlich parzelliert wie eine Luftmatratze, dazu einen Schal aus schwarzem Flanell. Ihre graublauen Augen fixierten ihn weiterhin distanzlos.

„Ich kenne Sie, natürlich", erwiderte er. „Aber ich kriege momentan nicht zusammen, woher. Helfen Sie mir bitte auf die Sprünge."

Die Lippen der Frau umspielte ein Hauch von Spott. Mit einem Ruck zog sie die Wollmütze von ihrem Haupt. Zum Vorschein kam dichtes rötliches Haar, das sie in einer seitlichen Kopfbewegung nach unten schüttelte. Es sah aus, als schösse ein plötzlicher Schwall von Blut aus einer unter Wasser befindlichen Wunde.

„Erinnern Sie sich jetzt?", sagte sie. „Wir sind uns vor ein paar Monaten bei Tamara begegnet."

Tatsächlich hatte er seit jenem ersten Abend bei Frau von Stein ziemlich oft an Lydia gedacht. Und bei jedem seiner späteren Besuche in Kronberg hatte er insgeheim bedauert, sie nicht erneut dort anzutreffen.

„Ach, hallo!", rief er überrascht, wobei er sich noch im selben Sekundenbruchteil über seine triviale Ausdrucksweise ärgerte. „Ich stand total auf dem Schlauch. Sie hier zu treffen, hatte ich nicht erwartet."

„Wollten Sie gerade zu Schlemmermeyer? Ich will Sie nicht von Ihren Besorgungen abhalten." Sie schob ihre Unterlippe ein Stück nach vorne und folgte mit dem Blick einem vorbeieilenden Passanten.

„Das tun Sie nicht. Ich schlendere nur ein wenig durch die Stadt. Und Sie? Was machen Sie hier? Wohnen Sie auch in Frankfurt?"

„Seit kurzem wieder."

Ihre Wangenmuskulatur durchfuhr jetzt eine zuckende Bewegung, die von plötzlich aufwallender innerer Unruhe zu zeugen schien.

„Momentan lebe ich in Sachsenhausen." Sie deutete mit einer Kopfbewegung die Richtung an.

Freundel nickte, ohne etwas zu erwidern. Auch Lydia schwieg und ließ ihre Augen auf seinem Gesicht ruhen. Derweil hielt das subtile Beben im Bereich ihrer Wangen an. Es entstand ein gedehnter Moment, in dessen Verlauf beinahe physisch zu spüren war, dass sich die Situation, in der sie sich befanden, einer klaren Deutung entzog. Für den Bruchteil einer Sekunde erfasste ihn die sonderbare Vorstellung, sie hielten sich gemeinsam im Hohlraum einer Frucht auf. Schließlich schlug er ihr vor, zu zweit ein Stück durch die Stadt zu bummeln.

„Eigentlich war ich gerade auf dem Weg zum Maintower", sagte sie. Währenddessen schien ihre auf ihn gerichtete Aufmerksamkeit von einem sachten Stimmungswechsel unterspült zu werden. „Bestimmt", fuhr sie fort, „kennen Sie das Café im obersten Stock."

„Ich habe davon gehört."

„Ich bin tagsüber häufig dort. Der Weitblick hat eine inspirierende Wirkung auf mich."

„Ich hatte schon oft vor, einmal da rauf zu fahren. Aber es hat sich noch nie ergeben. Hätten Sie vielleicht Lust, dort oben mit mir einen Kaffee zu trinken? Dann könnte ich Sie begleiten."

„Und dann?"

„Dann lassen wir uns von dem inspirierenden Weitblick inspirieren."

„D'accord", erwiderte sie gedehnt. „Aber Sie sollten wissen, dass ich in diesen Dingen anspruchsvoll bin."

„Kann ich mir denken."

„Na gut. Kommen Sie, wir halten uns hier rechts."

Sie bogen in die Große Bockenheimerstraße ein, in der sich weniger Passanten drängten. Vom Rathenauplatz aus folgten sie der Börsenstraße in Richtung des Commerzbankgebäudes. Zu Beginn spazierten sie, ohne ein Wort zu wechseln, nebeneinander her. Nach einer Weile jedoch kam ihr Gespräch erneut in Gang. Zunächst bestätigten sie sich gegenseitig die Vorzüge, die das Leben in der Bankenmetropole bot. Dann erzählte Lydia ihm, wie sehr ihr die moderne Hochhausarchitektur gefiel und dass ihr die dämlichen Bürgerinitiativen auf den Wecker gingen, die dafür eintraten, die Geschosszahl der Neubauten zu begrenzen. Auf dem Roßmarkt waren sie gezwungen, sich den Weg durch einen Zug demonstrierender Kosovaren zu bahnen. Die Protestler hielten handbemalte Plakate in die Höhe, skandierten Parolen und schwenkten schwarzrote Fahnen. Kaum jemand allerdings schien der aufgeheizten Kundgebung nähere Beachtung zu schenken.

Im Eingangsbereich des Maintowers mussten sie zunächst, unter Beobachtung zweier uniformierter Wachleute, einen Metalldetektor passieren. Erst danach durften sie den Lift betreten. Als sie in der Aufzugskabine einander gegenüberstanden, ließ das indirekte Licht der Deckenbeleuchtung Lydias Gesichtszüge überaus gefällig hervortreten. Die sinnlichen Mundwinkel und das grazile Nasenbein waren ihm bereits damals, in Tamaras Wohnzimmer, ins Auge gesprungen. Ebenso die hohe Stirn, die wie ein polierter Stein unter ihrem klassisch geformten Mittelscheitel glänzte. Ein Anblick, der die kompakte Schwere erahnen ließ, mit der ihr Kopf auf dem Oberkörper eines Mannes ruhen konnte. Sie hatte den Reißverschluss ihres Anoraks geöffnet und den Schal in ihre Armbeuge gelegt. Unter dem Anorak trug sie einen cremefarbenen Kaschmirpullover. Der großzügige Ausschnitt gab den Blick auf ein hell schimmerndes Brustbein frei. Obgleich seine bewusste Wahrnehmung an ihr weder ein Parfum noch irgendeine andere Duftspur zu registrieren vermochte, kam es Freundel so vor, als ob ihr gesamter Körper auf eine verkappte Weise dunkel und verführerisch roch.

Auf der Plattform des Cafés bot sich ein famoser Ausblick. Er erstreckte sich weit über das umliegende Häusermeer und reichte bis tief hinab zu den verkehrsreichen Brücken über dem Main. Nicht zum ersten Mal fiel Freundel auf, dass innerhalb einer Stadtlandschaft eine Distanz von zweihundert Höhenmetern auf den nach unten schauenden Betrachter eine sehr viel gewaltigere Wirkung ausübte als in der freien Natur. Gemeinsam schritten sie den Halbkreis ab, den das Café in der Etage belegte, um die verschiedenen Blickrichtungen zu inspizieren. Auf der westlichen Seite sah man durch die meterhohen Glasfenster direkt auf die Doppeltürme der deutschen Bank. Deren verspiegelte Fassaden reflektierten das einfallende Licht unter der erneut aufgezogenen Wolkendecke in düsterem Graublau. Rechts davon zeichnete sich am Horizont die diesige Hügelkette des Taunus ab. Davor präsentierte sich, zwischen einem Gewirr niedrigerer Häuserwürfel, der alle übrigen Bauten der Stadt überragende Ginnheimer Fernsehturm mit seiner tellerminenförmigen Restaurantplattform. Auf der anderen Seite des Halbrunds reichte der Blick hinunter zu den geschwungenen Mainufern mit ihren Flutmauern und breit angelegten Flanierwegen. Am äußersten linken Bildrand schließlich stach der Dom ins Auge, der mit seiner barocken Front und seiner dunklen Brandbombenfarbe zwischen den umliegenden Glas- und Betonfassaden anmutete wie ein bizarres Schalentier aus einer fernen Unterwasserwelt.

Sie wählten einen der Tische, von denen aus man eine direkte Sicht auf den Fluss und den Sachsenhausener Hang hatte. Freundel legte seinen Mantel ab und half anschließend Lydia aus ihrem Anorak. Als sie einander gegenüber saßen, streifte sie die Ärmel ihres Pullovers bis zu den Ellenbogen zurück. Ihre Arme und Handgelenke waren von ebenso makelloser Gestalt wie ihr Gesicht, in dem einzig die vom Frohlocken ziselierten Augenwinkel das etwas reifere Alter zu erkennen gaben. Obwohl ihre Haut einen sehr hellen Farbton besaß, war ihr Teint dennoch nicht bleich, sondern wirkte erdig und kraftvoll, als schimmere durch die Oberfläche eine ehemals warm erstrahlende, nun jedoch verborgene Grundierung hindurch.

Von der Bedienung ließen sie sich zwei Tassen Milchkaffee bringen. Nachdem Lydia einen großen Löffel Zucker in ihre Schale gerührt hatte, nahm sie die Zellstoffmanschette von ihrer Untertasse und begann sie zwischen ihrem Zeige- und Mittelfinger hin und her zu zwirbeln.

„An manchen Tagen, wenn ich hier oben bin" sagte sie und sah aus dem Fenster, „stelle ich mir vor, dass der Blick in Wirklichkeit gar nicht zweihundert Meter, sondern bloß zwei Meter nach unten reicht. Ich male mir dann aus, dass alles, was man da draußen sieht, eine extrem genau nachgebaute Miniaturlandschaft ist, die ein schüchterner Familienvater in liebvoller Detailarbeit in seinem Hobbykeller errichtet hat."

„Das ist ja ein hübscher Gedanke", sagte Freundel. „Und warum sollte jemand so etwas tun?".

„Es gibt Männer, die eine enorme Besessenheit darin entwickeln, Miniaturlandschaften zu formen. Meistens geschieht dies im Zusammenhang mit einer Modelleisenbahn. An so einen Typ denke ich. Ich stelle mir dann vor, dass sämtliche Autos und Personen, deren Bewegung man von hier oben sieht, winzige ferngesteuerte Präzisionsgeräte sind, aus ebenso winzigen Bausätzen in jahrelanger pedantischer Bastelei zusammengefügt."

Sie nahm einen Schluck aus ihrer Tasse und strich sich das Haar hinter das linke Ohr.

„Der Mann", fuhr sie fort, „der den Hobbykeller angelegt hat, stelle ich mir vor, hat sein gesamtes Vermögen in die Anschaffung der Präzisionsgeräte und

Bauteile gesteckt. Seine Ehe ist darüber längst in die Brüche gegangen. Am Ende gibt er sogar seine Berufstätigkeit auf, verschuldet sich bis über beide Ohren und verlässt den Hobbykeller nur noch, um gelegentlich einzukaufen und sich notdürftig Fertigmahlzeiten zuzubereiten. Als die Gerichtspfänder bereits die Wohnräume im Erdgeschoss des Eigenheims nach verwertbaren Gegenständen durchkämmen, harrt er noch immer, von stinkenden Abfällen und Essensresten umgeben, mit Lupe und Pinzette in seinem Verließ aus, um bis zum letzten Moment neue Miniaturgegenstände in die Modelllandschaft einzufügen."

„Sie besitzen eine ziemlich radikale Phantasie", bemerkte Freundel, die Kurvatur ihrer linken Augenbraue musternd, in deren Mitte eine winzige Lücke klaffte. „Und möglicherweise kein allzu günstiges Bild von einer bestimmten Sorte Männer."

„Ach wirklich?", erwiderte sie knapp. „Darüber sollten Sie nicht so flink urteilen. Ich mag die Männer. Vor allem den obsessiven Typus."

Freundel nahm Lydias Phantasiegeschichte zum Anlass, um über die Idee des Gottesstandpunkts zu sprechen, die in der Philosophie eine lange Tradition besaß. Sie hörte ihm eine Weile aufmerksam zu, wechselte dann jedoch das Thema. Ob er die Fernsehshow kenne, wollte sie wissen, die früher aus dem Studio neben dem Café gesendet wurde. Er bejahte, und sie tauschten launige Bemerkungen über den öffentlichen Sündenfall des Moderators aus. Von dort aus arbeitete sich ihr Gespräch, auf allerlei Umwegen, zu den stilistischen Verfallserscheinungen fort, die in der zeitgenössischen Popmusik grassierten.

Während der Konversation beobachtete er Lydias Mienenspiel. Aus seiner gegenwärtigen Perspektive erschien ihr Antlitz, trotz der markanten Wangenknochen, flach wie ein Teich. Während sie sprach, bemühte sie sich, im Gegensatz zur Mehrheit ihrer Geschlechtsgenossinnen, nicht merklich darum, ihren Gesichtsausdruck zu kontrollieren. Wenn sie ihm zuhörte, blickte sie die meiste Zeit konzentriert, wirkte zuweilen sogar ein wenig angespannt. Doch jedes Mal, wenn eine seiner Bemerkungen ihr ein Lächeln entlockte, breitete sich dieses Lächeln auf der Oberfläche des Teichs so schlagartig aus wie ein Wellenring, der von einem Regentropfen hervorgerufen wird.

Er versuchte sich den Tsunami vorzustellen, den ein Orgasmus auf ihrem Gesicht auslösen würde. Dann wagte er sich an die Frage, welchen Beruf sie ausübe, und ob sie dabei aus ihrer bemerkenswerten Phantasie Kapital schlagen könne.

„Oh dear!", rief Lydia. „Muss ich das beantworten?"

Sie fuhrwerkte mit dem Löffel in ihrer leeren Tasse herum.

„Allzu genau lässt sich, was ich mache, gar nicht definieren. Aber sagen wir so: ich schreibe vor allem."

„Sie sind Schriftstellerin?"

„Jedenfalls die meiste Zeit."

„Das passt zu Ihnen. Ich kann mir gut vorstellen, wie Sie die Tage hier oben verbringen, den Fernblick genießen und dabei an den Figuren eines Romans feilen."

„Ich schreibe in erster Linie Gedichte, keine Romane."

Sie unterbrach sich und schaute eine Weile auf ihren Handrücken. Schließlich setzte sie abrupt eine ironische Miene auf.

„Und Sie? Was treiben *Sie* eigentlich so beruflich?"

Die Frage löste erneut jene Verunsicherung in ihm aus, die er bereits bei dem ersten Zusammentreffen mit Lydia in der Biedermeierstube seiner Kronberger Geldgeberin verspürt hatte. Ahnte diese Frau, dass er sich in Wirklichkeit nicht ganz mit der Figur deckte, die er zu sein vorgab?

„Na ja, … das wissen Sie doch schon", brachte er nach einem Augenblick des Schweigens heraus.

„Nur ein kleiner Scherz!", erwiderte Lydia gedehnt, während hinter ihrer Stirn etwas eine Rampe zu erklimmen schien. In ihren Blick trat ein reservierter Schimmer. „Ich leide noch nicht an Gedächtnisverlust. Mir scheint nur, dass das nicht alles in Ihrem Leben sein kann."

„So."

„Wie auch immer. Zumindest weiß ich von Tamara, dass Sie Ihren Job recht ordentlich ausüben."

Er bemühte sich, ein Schmunzeln zu unterdrücken. Tamara zählte mittlerweile zur festen Riege seiner Stammkundinnen. Wie er bereits bei seiner zweiten Stippvisite in dem noblen Taunusvorort in Erfahrung gebracht hatte, war die sexuell unterzuckerte, zuweilen übertrieben steif gekleidete Mitvierzigerin eine alleinstehende Witwe, die über prall gefüllte Konten verfügte. Ihren Reichtum verdankte sie dem Umstand, dass ihr dreißig Jahre älterer, verstorbener Gatte ihr ein expansionswütiges mittelständiges Unternehmen hinterlassen hatte. Mittlerweile leitete sie selbst das über mehrere Bundesländer verteilte Firmenimperium, dessen Dependancen neben Erlmeyerkolben, Dichtungsmanschetten und Fahrradsatteln spezielle Hartgummiriemen für Fahrstuhlgetriebe herstellten und nach halb Europa exportierten. Ihre Tage verbrachte sie in den Büroräumen des Bad Schwalbacher Firmensitzes, verteilte Anweisungen an die dortigen Abteilungsleiter oder beaufsichtigte die Arbeiten auf dem angrenzenden Werksgelände. Darüber hinaus hatte sie es sich zur Gewohnheit gemacht, via Internet an der Börse zu spekulieren, und verfolgte mitunter zu nachtschlafender Stunde die ebenso endlosen wie unergründlichen Zyklen des Warenterminhandels. Für eine Beziehung, so hatte sie ihm erläutert, könne sie aufgrund der Fülle ihrer Aktivitäten weder die erforderliche Zeit noch die nötige Geduld aufbringen. Stattdessen zog sie es vor, einmal pro Woche satte dreihundert Euro zu investieren, um ihn für einen kompletten Samstagabend in ihre Gemächer zu beordern.

„Seien Sie mal ganz ehrlich", hakte Lydia nach, „Das, was Sie da machen, ist doch in Wirklichkeit ein Traumberuf. Ich meine, was Tamara angeht: die würden Sie doch auch ohne Bezahlung nicht von der Bettkante stoßen."

„Es ist ein Beruf wie jeder andere auch", antwortete Freundel knapp, dem zum jetzigen Zeitpunkt nicht daran gelegen war, das Thema zu vertiefen.

„Das können Sie Ihrer Großmutter erzählen."

„Der kann ich es ganz bestimmt nicht erzählen", erwiderte er trocken, woraufhin sie unisono einen Lacher ausstießen.

„Ich würde gerne noch mehr über Ihre Schriftstellerei erfahren", sagte er. „Haben Sie etwas veröffentlicht?"

„Es gibt mehrere Bände mit Gedichten und Kurzgeschichten von mir."

„Ah ja."

„Und woher weiß ich, dass Sie sich nicht bloß aus Höflichkeit dafür interessieren?"

„Ich dachte immer, dies gehört zum Berufsrisiko des Lyrikers."

„Hm."

„Sehe ich das falsch?"

„Ihr Sinn für Galanterie bleibt wirklich überschaubar."

„Bitte inständigst um Verzeihung."

„Na gut. – Also, wenn Sie es wirklich wissen wollen: Gerade ist ein neuer Lyrikband von mir erschienen, im Caspari Verlag. Er trägt den Titel *Dilemma des Schweigens*. Zurzeit ist er in den meisten Frankfurter Buchhandlungen erhältlich."

„Und Ihr Autorenname? Wie lautet der?"

„Lydia Morgenbesser. Das ist mein richtiger Name. Ich verwende kein Autorenpseudonym."

Freundel zögerte einen Augenblick. Ihm lag die Frage auf der Zunge, ob sie mit dem jüngst verstorbenen, amerikanischen Philosophen Sidney Morgenbesser verwandt sei. Nach kurzem Schwanken hielt er sich jedoch zurück. Es war besser, nicht zu sehr den Eindruck eines Vollblutakademikers zu erwecken, der über Hinz und Kunz in seinem Fachgebiet Bescheid wusste.

„Ein schöner Name", sagte er stattdessen. „Morgenbesser klingt irgendwie amerikanisch."

„Mein Vater war amerikanischer Offizier. In den Nachkriegsjahren gehörte er einer in Bad Hersfeld stationierten Einheit an. Dort hat er damals meine Mutter kennengelernt. Ihre Eltern waren litauische Aussiedler. Leute, die während der Nazizeit eingedeutscht wurden. Mein Familienhintergrund ist ziemlich international."

In ihren Zügen zeigte sich ein Anflug von unterdrücktem Stolz. Sie erhob sich von ihrem Stuhl.

„Entschuldigen Sie mich einen Moment."

Während sie die Damentoilette aufsuchte, winkte er die farbige Kellnerin heran, um die Rechnung für die beiden Tassen Milchkaffee zu begleichen. Es verstrichen einige Minuten. Lydia kehrte vorerst nicht zurück. Er starrte aus dem Fenster. Draußen brach ein weiteres Mal an diesem Tag die Sonne durch die Wolkendecke, diesmal mit geradezu orchestraler Vehemenz. Wie ein gewaltiger Flügelschlag schnellte die Aufhellung der Umgebung an der eisgrauen Fassade der Europäischen Zentralbank empor. Die Brücken, die die Innenstadt mit Sachsenhausen verbanden, umspielte ein kupfernes Licht. Es sprang über auf die Baumwipfel am gegenüberliegenden Ufer. Durch den weiten Bogen des Flusses schob sich schwerfällig eine rostbraune Lastschot. Ihr Deck war von hellen Planen überschlagen, unter denen das Frachtgut lagerte. In extremem Zeitlupentempo passierte das Schiff die Strecke zwischen dem Eisernen Steg und der Untermainbrücke. Auf der anderen Mainseite erreichten die Strahlen der Sonne jetzt den Henninger-Turm. Wie ein riesiger arglistiger Pilz lugte dessen dosenförmiger Aufbau über die Dächer der benachbarten Wohnblocks.

Unabsichtlich begann Freundel mit dem Fuß zu wippen. Im Hintergrund des Cafés lief eine aufgekratzte Swing-Nummer. Über einer hochtourig pulsierenden Rhythmusgruppe flogen die virtuosen Phrasen eines Bläsersatzes dahin. Die Melodiefetzen glichen verbogenem, in Stücke gebrochenem Tafelsilber, rabiat in die Luft geschleudert von einem trotzigen Kind. Obgleich die Wiedergabe in gedämpfter Lautstärke erfolgte, nahm Freundels gesamte Muskulatur den Beat in sich auf. Den wuchtig swingenden Beat, der das musikalische Geschehen, Chorus um Chorus, in berserkerhafter Manie vorantrieb. Die Federkraft eines Trampolins in der Frequenz eines pochenden Herzens. Es gab keine machtvollere Synthese. Der Swing zählte zu den absolut elementaren Erfahrungen. Allein die explosive Rhythmik des Jazz vermochte sie in dieser Intensität hervorzurufen. Das sollte eigentlich auch Rufus begreifen. Dieser taubentötende Ignorant. Erst am Wochenende hatte er sich wieder voller Verachtung über den afroamerikanischen Musikstil geäußert.

Am Nachbartisch ließen sich zwei thailändische Frauen nieder. Sie waren beide sehr jung und hatten hüftlanges, seidig glänzendes Haar. Einen besonders markanten Anblick boten die prallen Unterlippen, die zentimeterweit aus dem Gesicht hervortraten. Es sah aus, als sei einem Puppenbaumeister bei der Modellierung der Kieferpartien eine Ungereimtheit unterlaufen. In dem Aschenbecher auf ihrem Tisch platzierten sie ein Räucherstäbchen. Anschließend brachten sie es mit einem Feuerzeug zum Brennen. Es verströmte einen stark parfümierten Geruch, ähnlich dem Weihrauchduft orthodoxer Gotteshäuser. Währenddessen ergingen sie sich in einer erregten Konversation. Ihre lautstarken Stimmen klangen knatschig und kindlich.

Mit Nachdruck machte sich jetzt Freundels knurrender Magen bemerkbar. Er musste sehr bald etwas Handfestes zwischen die Rippen bekommen. Außerdem würde er noch zwei Stunden konzentrierter Lektüre benötigen, um sein Seminar vorzubereiten. Er würde sich daher bald verabschieden müssen. In diesem Augenblick kehrte Lydia von der Toilette zurück. Die Lidränder hatte sie mit schwarzem Kajalstift nachgezogen, und ihr vormals verbindliches Lächeln war einem sirenenhaften Ausdruck gewichen. Sie äußerte ebenfalls den Wunsch aufzubrechen, und gemeinsam machten sie sich auf den Weg zum Lift. Als sie, dicht beieinander stehend, inmitten einer Traube von Menschen auf die Ankunft der Aufzugskabine warteten, wiederholte sich seine vorherige Empfindung. Ihm war, als ginge von ihrem Körper ein absolut stringenter Duft aus, der sich seinem Geruchssinn zugleich entzog. Vielleicht bildete er sich aber auch nur ein, die Bewegungen ihrer Hände, ihre eigentümliche Mimik, ihre Figur und ihren Gang nicht allein visuell zu erfassen, sondern darüber hinaus zu inhalieren.

Wenig später traten sie aus dem Foyer des Maintowers hinaus auf die Mainzer Landstraße. Dort kam er nicht mehr dazu, den Satz auszusprechen, den er sich zurechtgelegt hatte, während der Lift sie in Richtung Erdgeschoss katapultiert hatte. Ohne abzuwarten, welchen Weg er einschlagen würde, streckte Lydia ihm die Hand entgegen.

„Also, René. So long. Es hat mich gefreut."

Daraufhin wendete sie sich ab und entfernte sich in Richtung Untermainbrücke. Er blickte ihr nach, wie sie die grünweiße Wollkappe aus der Seitentasche ihres Anoraks zog und sich über den Kopf streifte. Sekunden später wurde sie an einer Fußgängerampel von einer Welle eiliger Passanten verschluckt, die von der gegenüberliegenden Straßenseite herübergeschwappt kam.

Über der Stadt gähnte bereits der Schlund der hereinbrechenden Finsternis, als er zum zweiten Mal an diesem Tag das Universitätsgebäude verließ. Der Ablauf des Seminars hinterließ bei ihm auch heute ein gewisses Unbehagen. Verdruss bereiteten ihm vor allem zwei fortgeschrittene Studenten, die sich unter die Anfängergruppe gemischt hatten. Ein ums andere Mal rissen sie die Diskussion an sich, warfen sich über die Köpfe der anderen Seminarteilnehmer hinweg die Bälle zu und stellten ungefragt ihre neunmalkluge Belesenheit zur Schau. Obgleich die übrigen Studierenden hierdurch merklich eingeschüchtert wurden, war es Freundel abermals nicht wirklich gelungen, den beiden Eiferern Einhalt zu gebieten. Die Schwierigkeit rührte nicht zuletzt daher, dass es sich bei einem der Störenfriede um Moritz Geppert handelte, der die studentische Fachgruppe innerhalb der Berufungskommission vertrat. Ihn allzu autoritär in die Schranken zu weisen, kam daher nicht in Frage. Nicht auszuschließen, dass der zumeist stark verschwitzte Lockenkopf, der die Statur eines Pferdeschmieds besaß, sich allein deshalb in seine Veranstaltung pflanzte, um seinem Umgangsstil mit Studierenden auf den Zahn zu fühlen.

Freundel schlug nicht den direkten Nachhauseweg ein, sondern steuerte zuerst die Buchhandlung Gezerman an. Sie befand sich im Erdgeschoß eines Eckhauses an der Eppsteinerstraße. Nachdem er den Laden betreten hatte, erkundigte er sich bei der Verkäuferin nach dem neuesten Gedichtband von Lydia Morgenbesser. Die angegraute Blondine, deren extrem eingefallene Augenhöhlen ihrem Blick eine leicht fanatische Note verliehen, hätte gut und gerne einem RAF-Fahndungsplakat der siebziger Jahre entsprungen sein können. Teilnahmslos beugte sie sich über die Auslagen des Schaufensters, um von dort ein Buch mit türkisgrünem Cover hervorzuangeln. Der Titel hob sich in weißer Schrift von dem Umschlag ab, unterstrichen von einem pfennigdick imprägnierten Mäandermuster. Auf der hinteren Lasche des Einbands fanden sich einige biographische Angaben. Ihnen war zu entnehmen, dass die Autorin demselben Jahrgang angehörte wie Freundel. Er kaufte das Bändchen und verstaute es in der Innentasche seines Mantels. Dann machte er sich auf den Weg zur nahegelegenen Pizzeria Tornatore. In dem verrauchten Lokal gab er die übliche Bestellung auf. Er ließ sich ein schankfrisches Bier über die Theke reichen und setzte sich an einen der groben Holztische. Während er seinen Durst stillte und in einer von Fettklecksen übersäten Gazette blätterte, wartete er, bis der von der türkischen Schwarzmeerküste stammende Wirt ihm seine Lieblingspizza mit Spinat, Knoblauch und Gorgonzola zubereitet und zum Mitnehmen in ein weißes Kartonquadrat verpackt hatte.

Daheim angekommen, holte er sich aus dem Kühlschrank eine Flasche Ananassaft. Daraufhin machte er es sich an dem Couchtisch in seinem Wohnzimmer bequem. Hungrig öffnete er den mitgebrachten Karton. Während er die Pizza verzehrte und dazu den Saft trank, zappte er sich durch das abendliche Fernsehprogramm. Im ZDF lief eine dieser typischen deutschen Beziehungskomödien, mit einem mediterranen Schönling und Katja Flint in den Hauptrollen. Als die hennagetönte Schauspielerin, leicht schnippisch dreinblickend, vor der himmelwärts fliehenden Traumkulisse der Amalfiküste an der Seite ihres Filmpartners durch das Bild stolzierte, setzte in der Peripherie seiner Magengegend ein dezentes Kribbeln ein. Er realisierte, dass Lydia gewisse Ähnlichkeiten mit Katja Flint besaß. Wenngleich ihr Gesicht ein wenig voller geformt war und durch den baltischen Einschlag noch einen Tick aparter wirkte.

Da fiel ihm der Lyrikband ein, der noch in seiner Manteltasche steckte. Er eilte zu der Garderobe im Flur, holte von dort das Buch und stellte das Fernsehgerät ab. Die Anthologie enthielt ungefähr sechzig Gedichte. Alle waren nach konventionellem Muster in drei- bis achtzeilige Strophen unterteilt. Die meisten von ihnen wiesen herkömmliche Endreime auf. Er lehnte sich in die Couch zurück und begann zu lesen. Obwohl zuvor bereits die Schläfrigkeit in seinem Haupt begonnen hatte, ihre verschlackten Waben zu füllen, kehrte unter dem Bann der gedruckten Zeilen seine Konzentration schlagartig zurück. Die Gedichte konnten gewiss nicht den Anspruch erheben, Meisterwerke zeitgenössischer Lyrik darzustellen. Dazu erschienen sie nicht formvollendet genug und wirkten in ihrer Machart zu epigonal. Sie strahlten jedoch etwas Zeitloses aus, eine beinahe naive Ernsthaftigkeit, die ihn berührte. Ihr Duktus und ihre Botschaften ließen vermuten, dass bei ihrer Niederschrift der eine oder andere Klassiker Pate gestanden hatte. Er aß den letzten Bissen vom Rand der Pizza, erhob sich von dem Sofa und nahm den Band mit hinüber in sein Schlafzimmer. Nach rascher Abwicklung seiner Abendtoilette setzte er, bereits im Pyjama im Bett ruhend, die Lektüre fort.

Eines der Gedichte gefiel ihm besonders gut. Er las es mehrmals, und als er das Büchlein zuklappte und auf dem Nachttisch deponierte, konnte er es auswendig. Es hieß „Rat" und lautete:

RAT

Willst in Leid und Gesang
Gesetz und Bedeutung erkennen
Den dunklen Zusammenhang
Von Ding und Ereignis benennen

Knetest in jede Wandlung
Entschlossen den stummen Verbund
Der Worte, der Zwecke, der Handlung
Bändigst mit finsterem Mund

Du wirst Dich noch erkälten
Zwischen den weißen, gehärteten Kieseln
Lass Unsinn lieber ungedeutet gelten
Schau lieber freundlich zu, lass einfach Welten
Durch bunte Schaufelräder rieseln

Er löschte das Licht und verharrte eine Weile regungslos im Dunkeln. Die Vorstellung, mit der Verfasserin dieser Zeilen in persönlichem Kontakt zu stehen, begann ihn zu erregen. Er dachte abwechselnd an Katja Flint und an Lydia, bis beide in seiner Phantasie zu einer Gestalt verschmolzen. Schließlich gönnte er sich ein Vergnügen, das er sich, seit er seiner verruchten Profession nachging, zumeist verkneifen musste, und ließ seiner Rechten unter der aufgeplusterten Daunendecke freien Lauf.

Kapitel 7: Dilemma des Schweigens

In den folgenden Tagen konzentrierte Freundel sich ganz darauf, eine erste Fassung seines Bewerbungsvortrags auszuarbeiten. Das gesamte Wochenende verbrachte er daheim am Schreibtisch, ausgenommen den üblichen Samstagabendbesuch in Kronberg. Darüber hinaus gehende Engagements vermied er vollständig. Zu diesem Zweck besprach er die Voicebox des Mobiltelefons, das er sich speziell für seine Kundinnen zugelegt hatte, mit der Botschaft, er sei bis Mitte März verreist.

Er rief auch bei der Redaktion der Frankfurter Regionalausgabe der BILD-Zeitung an, um zu veranlassen, dass die von ihm in Auftrag gegebene Daueranzeige für einen kompletten Monat aus dem Blatt genommen wurde. Jeden Montag, Mittwoch, Freitag und Samstag erschien dort, inmitten unzähliger Inserate größtenteils weiblicher Prostituierter, der knappe Dreizeiler seiner Annonce. *Rene, 43 Jahre, 1.84, schlank, zärtlich und philosophisch gebildet, für die Dame mit Niveau. Diskrete Hausbesuche, Begleitung und Übernachtungsservice.* Darunter war seine Telefonnummer abgedruckt, sowie ein winziges Schwarzweiß-Portrait. Es zeigte ihn unbekleidet bis zur Hüfte, die Augen von einem schwarzen Balken verdeckt. Den vergleichsweise unprätentiösen Text hatte er gewählt, nachdem sein ursprüngliches Inserat mit der fettgedruckten Überschrift *Massage und Metaphysik* auf zu viele Missverständnisse gestoßen war. Nicht wenige Leserinnen, die sich auf diese Anzeige hin bei ihm gemeldet hatten, empfingen ihn mit völlig fehlgeleiteten Vorstellungen. Anstelle eines phallischen Angebots erwarteten sie ein spirituelles Erweckungserlebnis und reagierten pikiert oder verstört, sobald er sich anschickte, auf den ordinären Kern seiner Dienstleistung zuzusteuern.

Anfangs freilich hatte es ihn selbst ein wenig überrascht, dass er mit der Anzeige in der BILD-Zeitung überhaupt jenen Kreis von Kundinnen erreichte, auf den er abzielte. Es bot sich allerdings kaum eine praktikable Alternative.

Denn die seriöseren Tageszeitungen, die im Frankfurter Raum vertrieben wurden, druckten grundsätzlich keine Sexinserate ab. Hierüber wussten offenbar auch die mehrheitlich der Bildungsschicht entstammenden Damen Bescheid, die zum Telefonhörer griffen, um ihn zu kontaktieren. Er stellte sich vor, wie diese Anruferinnen, allein besagter Kleinanzeigen wegen, ab und an verstohlen eine Ausgabe der BILD-Zeitung in ihre Einkaufstüte gleiten ließen. Zusätzlich zu der Dauerannonce in dem Boulevardblatt inserierte er, mit identischem Text und Foto, auch noch in zwei Erwachsenenmagazinen, die ausschließlich in Sexshops verkauft wurden, sowie – ohne Foto – im Kontaktanzeigenteil der Frankfurter Stadtillustrierten PRINZ, unter der Rubrik „Dies und Das".

In den folgenden Tagen musste er nur noch eine Lehrveranstaltung abhalten. Das Wintersemester endete bereits am Mittwoch. Daher konnte er den Rest der Woche ungestört weiterarbeiten. Auch das Wochenende stand ihm diesmal ohne Unterbrechung zur Verfügung, da es Tamara von Stein zu einem Familientreffen nach Bergisch-Gladbach verschlagen hatte. Nachdem er das Thema des Vortrags festgelegt hatte, gelang es ihm rasch, die Grobstruktur des Gedankengangs zu entwickeln, den er dem Publikum präsentieren würde. Die zügig voranschreitende Arbeit verschaffte ihm Befriedigung. Darüber hinaus trug der allmähliche Rückzug des winterlichen Klimas dazu bei, dass seine Stimmung sich hob. Wie leise Klangfetzen einer feierlichen Chorfantasie, die der Wind aus dem Konzerthaus einer entfernten Stadt heranwehte, stahlen sich in die Luft bereits vereinzelte Vorboten wonniger Temperaturgrade. Die Strahlen der Sonne umspielten sanft das spindelige Geäst der hohen Bäume, die die Bürgersteige des Westend säumten. Er klemmte jetzt häufiger seinen Laptop unter den Arm, wenn er die Wohnung verließ, um sich hinter den Glasfenstern eines der Caféhäuser des Quartiers einen Platz zum Schreiben zu suchen. Ein willkommener Tapetenwechsel beim peniblen Zurechtklopfen der Argumente und Begriffe. Eines Nachmittags bestieg er kurzerhand einen Nahverkehrszug, der ihn in den Odenwald beförderte, wo er sich für drei Nächte in einer schlichten, aber gemütlichen Pension an den Ausläufern des Melibokus einquartierte.

Nach dem Frühstück unternahm er jeweils einen ausgedehnten Fußmarsch über die angrenzenden Pferdekoppeln und Saatfelder, die der Raureif in den Morgenstunden noch mit einer hauchfeinen Glasur überzog. In den Nachmittagsstunden stieg er den steilen Kiesweg am nahegelegenen Waldrand empor. Dort machte er jedes Mal vor einer Schlucht kehrt, hinter der sich ein von riesigen Föhren überschattetes, mit Sturmholz übersätes Gelände erstreckte. Abends gönnte er sich eine rustikale Mahlzeit in der stark nach Leinöl riechenden Bauernstube der Pension, auf deren gelbgetünchter Theke zwei skalpierte Eberschädel eindrucksvoll den seit Generationen unverbrüchlichen Jagdinstinkt der Wirtsfamilie bezeugten. Den Rest der Zeit verbrachte er schreibend in seinem Zimmer an einem schmalen Buchenholztisch, über dem winzige Staubfäden im Sonnenlicht tanzten. Begleitet wurde seine Arbeit nur vom prasselnden Geräusch des kleinen Bächleins, das sich hinter dem Haus in eine rostige, algenbefleckte Wellblechrinne ergoss, um von dort aus die Reste der bescheidenen Schneeschmelze des Melibokusgipfels weiter gen Tal zu führen.

Er hatte sich entschieden, als Rohgerüst für seinen Vortrag die ebenso bedeutungsschweren wie gewagten Thesen jener bereits publizierten Abhandlung zu verwenden, die Lesothius während der Weihnachtsfeier kritisch aufs Korn genommen hatte. Er würde über die Frage sprechen, ob die grammatische Anordnung sprachlicher Zeichen dazu taugte, die logische Tiefenstruktur der Welt widerzuspiegeln, ob sich also das geheime Wesen der Dinge im Widerschein der Formen des Denkens dechiffrieren ließ. Mit dieser Thematik begab er sich mitten hinein in das Mangrovendickicht der Sprachphilosophie und stieß zugleich weit auf die unwirtlichen Hochebenen der Erkenntnistheorie und der formalen Ontologie vor. So konnte er seine fachkundige Geländegängigkeit in voller Bandbreite unter Beweis stellen. Zudem war er Hirzbrunnens Empfehlung gefolgt und hatte sich via Internet über die Arbeitsgebiete von Waletzko und Irvine informiert. Das Ergebnis der Recherche ließ vermuten, dass keiner der beiden Konkurrenten über ähnliche Themen referieren würde.

Günstig war auch, dass Lesothius nicht zu den Mitgliedern der Berufungskommission zählte. Daher bestand kein Risiko, dass die philosophischen Einwände, mit denen der stramme Wittgensteinianer ihn im Vorfeld des Festes der Liebe angepinkelt hatte, das fachliche Urteil des Gremiums beeinflussen könnten. Dennoch nahm Freundel die Stoßrichtung der Kritik zum Anlass, einige missverständliche Passagen seiner früheren Abhandlung für den Vortragstext umzuarbeiten sowie zwei allzu kühne Schlussfolgerungen zu streichen, zu denen er sich hatte hinreißen lassen. In das gedankliche Skelett, das sich auf diese Weise herauskristallisierte, flocht er geschickt Bezugnahmen auf die Kategorienlehre des Aristoteles ein. Schließlich konnte es nichts schaden, zusätzlich eine möglichst markante Flagge zu hissen, die auf seine philosophiehistorischen Kenntnisse hinwies. Zudem konnte er dabei problemlos auf bereits vorhandenes Material aus seiner Habilitationsschrift zurückgreifen.

Während des letzten Spaziergangs vor seiner Abreise erging er sich in ungezügelten Tagträumen. In allen Einzelheiten malte er sich aus, welche großartigen neuen Spielräume ihm die Professur eröffnen würde. Wer weiß: Vielleicht würde sie ihn sogar in die Lage versetzen, seine Ideen zur Gründung einer philosophischen Akademie, die dem metaphysischen Staunen im Zeitalter der Wissenschaft ein glanzvolles Comeback bescheren sollte, in einem offiziellen Rahmen zu realisieren. Zur Linken des schmalen Waldwegs, den er beschritt, reihten sich die Becken einer Forellenzuchtanlage aneinander. Von den Abdeckplanen, die dem Zweck dienten, die Fischbestände vor dem Zugriff von Wildkatzen und Mardern zu schützen, ging ein modriger Geruch aus. Freundel blieb stehen und betrachtete die vom Vorjahr stammenden, bereits in Verwesung begriffenen Laubhaufen an den Rändern der Bassins. Noch wiesen die Blätter klar umrissene organische Konturen auf. Und doch ließ ihre aschgraue Färbung erkennen, dass sie bereits unwiederbringlich dem anorganischen Urgrund des Erdreichs verschwistert waren.

Er würde versuchen, am Seminar Mitstreiter für das Projekt zu finden. So ließe sich die Akademie womöglich an die Fakultät anschließen und aus Wissenschaftsfonds des Landes Hessen oder des Bundes finanzieren. In diesem Fall entfiele das leidige Erfordernis, finanzielle Zuschüsse von Industrieunternehmen und anderen fragwürdigen Geldgebern einzuwerben. Diese Aussicht versetzte ihn in solche Hochstimmung, dass er sich nach seiner Rückkehr in die Pension von der Wirtin, statt des üblichen Nachmittagskaffes, eine Halbliterflasche Ohnacker Riesling mit aufs Zimmer geben ließ.

Als er am nächsten Morgen erwachte, bedeckte ein dichter Nebelschleier die umliegenden Felder und Gehöfte. Die sanft geschwungenen Parzellen und bewaldeten Kuppen der angrenzenden Hügellandschaft traten daraus schemenhaft hervor, wie riesenhafte, in weißes Kontrastmittel getauchte Eingeweide. Freundels Euphorie war vollständig verflogen. Er konnte sich alles andere als sicher sein, die Professur tatsächlich an Land zu ziehen. Bislang hatte er noch nicht einmal die vergleichsweise mickrige Hürde genommen, den erforderlichen Vortragstext zu formulieren. Dazu, sich tollkühnen Phantasien hinzugeben, bestand also weiß Gott kein Anlass.

Unruhig trat er die Rückreise an. Unterwegs unternahm er einen kurzen Abstecher nach Mannheim, wo er seiner älteren Schwester Viola einen Besuch abstattete. Seit dem Abbruch ihres Politologiestudiums betrieb sie in der Nähe des Hauptbahnhofs einen Blumenladen, gemeinsam mit ihrem fünfzehn Jahre älteren Lebensgefährten, einem unrühmlich gestrandeten Sozialwissenschaftler und Trauerkloß aus Jever. Während Freundel und das stets ein wenig nach Heu riechende Paar den uringelben Tee mit der schlierigen Oberfläche schlürften, auf den Viola seit etlichen Jahren schwor, wälzten die Geschwister Ideen für die Gestaltung des 70. Geburtstags ihrer Mutter, der im September bevorstand. Ein konsensfähiger Plan sprang dabei allerdings vorläufig nicht heraus.

Wieder nach Frankfurt zurückgekehrt, verbrachte Freundel drei weitere Tage ohne Unterlass an seinem Schreibtisch. Er unterbrach die Arbeit nur ein einziges Mal, um sich mit Rufus zu einem eiligen Spaziergang durch den Grüneburgpark zu treffen. Während sie die verschlungenen Loipen der Kieswege abschritten, schimpfte der Komponist einmal mehr wie ein Rohrspatz über die schnöde Missachtung, die Künstlern und Schöngeistern in einer Welt widerfuhr, in der globale Investitionszyklen das Geschehen diktierten und der Dow Jones den Taktstock schwang.

Am Nachmittag des dritten Tages schließlich tippte Freundel die allerletzte Zeile des Textes. Ungeduldig wartete er ab, bis sein altersschwacher Tintenstrahldrucker sein Werk verrichtet hatte – ein knäckebrotgraues Monstrum, bei dem das Zurückfahren des Druckkopfs an den Zeilenanfang jedes Mal klang wie der rasselnde Atemzug eines Asthmakranken. Anschließend trug er sich das Geschriebene zur Probe selbst vor. Zu seiner Ernüchterung musste er feststellen, dass das Ganze zu lang geraten war. Unter keinen Umständen durfte der Vortrag den vorgegebenen Zeitrahmen von dreißig Minuten überschreiten. Andernfalls bliebe nicht genügend Zeit für die nachfolgende Diskussion, auf die bei der Begutachtung der Kandidaten ebenfalls sehr viel Wert gelegt wurde. Ihm stand daher ein weiterer schwieriger Arbeitsgang bevor. Es galt, den Text zu kürzen, ohne am Inhalt schwerwiegende Abstriche zu machen.

Mit einer Kanne Kaffee bewaffnet, ließ er sich auf seinem Wohnzimmersofa nieder und begann damit, sich zu den sorgsam zurechtgemeißelten Sätzen knappere Formulierungsalternativen zu notieren. In diesem Moment summte sein Handy. Der Beschluss, auf der Mobilfunklinie vorläufig keine Anrufe mehr entgegenzunehmen, sah eigentlich keine Ausnahmen vor. Eine unbestimmte innere Erwartung trieb ihn dennoch dazu, den handlichen, wie ein flaches Stück Seife geformten Apparat aufzuklappen und ans Ohr zu führen.

„Hallo", meldete er sich.

Am anderen Ende der Leitung erklang eine vertraute Stimme.

„Spreche ich mit Mister René?"

„Ja."

„Hi. Hier ist Lydia Morgenbesser. Ich musste gerade an unsere Begegnung letzte Woche denken. Da bekam ich Lust, Sie anzurufen."

„Schön, von Ihnen zu hören." Das Kreuz stramm durchgebogen, rückte er in Richtung der Kante der Couch. „Unser Gespräch und der inspirierende Ausblick sind mir noch in angenehmster Erinnerung."

Am anderen Ende der Leitung blieb es einen Augenblick lang still. Als er gerade dazu ansetzen wollte, den Gedichtband zu erwähnen, den er sich zugelegt hatte, fuhr Lydia fort.

„Offen gestanden, kam mir der Gedanke, Sie ebenfalls einmal zu einem Hausbesuch zu bestellen. Tamara wird doch bestimmt nichts dagegen haben, wenn ich mir dieses Vergnügen gönne. Oder was meinen Sie?"

Ihm war augenblicklich klar, dass er nicht imstande sein würde, dem verlockenden Ansinnen zu widerstehen. Zwar hatte er nach dem Panikanfall auf der Weihnachtsfeier den festen Vorsatz gefasst, bis zur endgültigen Klärung seiner beruflichen Situation keinerlei Kontakte zu neuen Kundinnen mehr einzugehen, deren Lebensbereiche er nicht vollständig überschaute. Lydias Fall jedoch war insofern anders gelagert, als sie ohnehin bereits über seine Tätigkeit als Liebesdiener Bescheid wusste. Sollte sie Beziehungen zur akademischen Welt unterhalten, von denen er nichts ahnte, würde er dadurch, dass er sich auf einen intimeren Umgang mit ihr einließ, kein zusätzliches Risiko mehr heraufbeschwören, dass sein Doppelleben aufflog.

Als am frühen Nachmittag des folgenden Tages unruhige Wolkenfetzen wie Überbleibsel eines geplatzten Geschwürs über der Stadt pulsierten, fuhr er mit der S-Bahn in die Haltestelle Südbahnhof ein. Sie hatte ihn für 14 Uhr zu sich gebeten. Er verließ den Zug, drängte sich durch den dichten Pulk der ausgestiegenen Fahrgäste und nahm die Unterführung zum Ausgang am Diesterwegplatz. Von dort zweigte die Straße ab, in der sich die angegebene Adresse befand. Bereits nach wenigen Minuten hatte er sein Ziel erreicht. Die Wände des fünfstöckigen Anwesens leuchteten in mattem Meerrettichweiß. Das Haus stammte vermutlich aus den zwanziger Jahren und besaß ein wenig den Charme eines ehemaligen Schulgebäudes. Auf der Vorderseite des steilen Giebeldachs ragte ein quadratischer Aufbau empor, der einem gedrungenen Glockentürmchen ähnelte. Entlang der gegenüberliegenden Straßenseite erstreckte sich ein endloser Bauzaun. Dahinter lugten die Holzdächer mehrerer Baracken hervor. Jenseits der Baracken verliefen, in einer gewaltigen Schneise, die Geleise der S-Bahn und, parallel dazu, die Trassen der Fernzüge.

Dem Klingelschild war zu entnehmen, dass sich ihre Wohnung in der obersten Etage befand. Nach kurzem Durchatmen betätigte er den Klingelknopf. Es dauerte eine Weile, bis der Türöffner reagierte. Schließlich ertönte ein kurzes, heftiges Schnarren, das beinahe wie ein Gewehrschuss klang und Freundel unwillkürlich zusammenzucken ließ. Im Inneren des Eingangsbereichs roch es unangenehm streng nach Terpentin. Die Gestaltung des Treppenhauses entsprach dem gehobenen Stil der Außenfassade. An den Wänden befanden sich hüfthohe Holzvertäfelungen, die frisch lackiert zu sein schienen. Auch die haarfein gemaserten Bohlen der Stufen glänzten unter ihrer Politur, als seien sie in Öl eingelegt. In den Fensterrahmen sämtlicher Treppenabsätze standen Kübel mit staksigen, leicht versponnen anmutenden Ziergewächsen.

Als er das fünfte Obergeschoss erreichte, lehnte Lydia in der Eingangstür ihrer Wohnung. Sie trug ein hellgraues Männerhemd und einen Jeansrock, der ihr bis zu den Knien reichte. Ihr volles Haar war lose und ein wenig wuselig in ihrem Nacken zusammengebunden. Sie empfing ihn mit nachdenklichem Gesichtsausdruck. Sein „Hallo" erwiderte sie mit einem stummen Nicken. Daraufhin ließ sie ihn ohne ein weiteres Wort der Begrüßung ein. Er folgte ihr durch eine schmale Diele, von der rechts ein Bad und linkerhand eine kleine Küche abzweigten. Nach wenigen Metern betraten sie einen hohen, langgezogenen Raum. Der Boden war vollständig mit stumpfem Parkett ausgelegt. An den Wänden befanden sich keine Tapeten. Stattdessen haftete an ihnen ein kalkfarbener Putz, dessen grobe Oberfläche der steinernen Textur einer in Fels gehauenen Grotte glich. Ungefähr in der Mitte des Raums trennte eine Regalwand aus hellem Kiefernholz zwei Bereiche lose voneinander ab. Die früheren Zwischenwände der Zimmer mussten irgendwann eingerissen worden sein, um diesen Teil der Etage in eine Art Loft umzuwandeln.

Die vier Fenster des Raums sahen aus, als habe man sie ebenfalls nachträglich vergrößert. Sie wurden von mächtigen Backsteinen in der Farbe frisch geronnenen Bluts umrahmt, die in schriller Manier mit dem hellen Wandputz kontrastierten. Ihre Oberkanten wölbten sich zu flachen Bögen, während sie in der Vertikalen fast ganz bis zum Boden reichten. Sie gingen alle in Richtung der Straßenseite. Der Ausblick erstreckte sich über die weite Brach- und Barackenlandschaft, die die Bahngleise jenseits der Straße umgab, bis hin zu dem kubistischen Chaos der ansteigenden Neubauten auf dem dahinter liegenden Stadthügel. Die meisten der wildwüchsig an den Hang gepflanzten Häuser hatten taubengraue oder schmutzigweiße Betonfassaden. Einige von ihnen erreichten eine Höhe von bis zu zwanzig Stockwerken. Sie erinnerten an die hybriden Arbeiterwohnburgen in den Braunkohlerevieren des ehemaligen Ostblocks. Der endlosen Repetition der übereinander getürmten Fenster, Balkone und Satellitenschüsseln haftete ein schizoider Zug an. Am Himmel über den Gebäuden befand sich die Haupteinflugschneise des Rhein-Main-Flughafens. In streng linearer Formation, wie Tautropfen, die einen unsichtbaren Spinnenfaden entlangglitten, schwebten fünf, sechs Verkehrsflugzeuge im Sinkflug über die Kulisse der zerklüfteten Betonlandschaft hinweg.

Freundel blieb eine Weile vor einem der Fenster stehen, um die unwirklich langsame Vorwärtsbewegung zu betrachten, mit der sich einer der tonnenschweren Jets durch den Luftraum oberhalb der Dächer der Wohnsilos schob. Schließlich wandte er sich ab. Zu seiner Rechten befand sich eine gepolsterte Sitzgruppe im IKEA-Stil. Sie hatte geschirrtuchfarbene Leinenüberzüge und reichte bis unter das nächstgelegene Fenster. Lydia, die weiterhin schwieg, ging zu einer mit Steinplatten belegten Anrichte an der gegenüberliegenden Längsseite des Raums. Dort standen, neben Reinigungsmitteln, elektrischen Küchengeräten und Konservendosen, mehrere angebrochene Likörflaschen. Ihr Inhalt schimmerte in unterschiedlichen Farben. Lydia öffnete eine der Flaschen und füllte zwei hochstielige Gläser. Dann nahm sie die Gläser zwischen die Fingerspitzen und kehrte zu ihm zurück. Die halbhohen Absätze ihrer Lederstiefeletten schlugen dabei dumpf über die ungehobelten Bohlen des Parketts. Auf ihrem Haar lag heute eher ein bräunlicher, denn ein rötlicher Glanz. Touchiert von den Strahlen der einfallenden Nachmittagssonne, leuchteten die Strähnen wie dunkler Waldhonig. Sie überreichte ihm eines der Gläser, stemmte die freigewordene Hand in die Hüfte und prostete ihm zu.

„Zum Wohl, Mister René".

„Gleichfalls", erwiderte er und fügte hinzu: „Hübsch haben Sie es hier".

Sie warf ihm einen leicht belustigten Blick zu und schwieg erneut. Er spürte, wie ihr andauernd spöttischer Gesichtsausdruck anfing, ihn wütend zu machen. Wenn sie sich ihm in intellektueller Hinsicht überlegen wähnte, täuschte sie sich. Nur allzu gerne würde er ihr verklickern, mit wem sie es in Wahrheit zu tun hatte.

„Jetzt sind Sie also hier, bei mir", sagte sie schließlich, wobei ihre distanzierte Ironie einer offenherzigeren Miene wich. Als er darauf nichts erwiderte, zog sie aus der Brusttasche ihres Hemds ein Päckchen Benson & Hedges, steckte sich eine Zigarette zwischen die Lippen und fragte ihn, ob er Feuer habe.

„Ich wusste nicht, dass Sie rauchen", erwiderte er, während er in seiner Tasche kramte. „Neulich im Maintower habe ich davon nichts mitbekommen."

Er hielt sein Feuerzeug unter ihre Zigarette.

„Heute rauche ich", entgegnete Lydia knapp. Daraufhin ließ sie sich auf einem der Polstersessel nieder. Sie schaute aus dem Fenster, während sie die Beine übereinanderschlug. Wortlos studierte Freundel das Bild, das sich ihm bot. Perfekt geformte Waden und elektrisierend freizügige Schenkel, in idealtypisch angewinkelter Pose. Zwei Fragmente einer frivol geratenen Swastika. Er nahm in dem gegenüberstehenden Sessel Platz und nippte an dem Drink. Der Calvados, den sie ihm ungefragt eingeschenkt hatte, schmeckte vorzüglich. Vorsichtig streckte er die Hand in ihre Richtung und berührte ihr Knie.

„Haben Sie irgendeinen speziellen Wunsch?", erkundigte er sich, während sein Blick von ihren Augen an abwärts glitt. Vor allem ihr Mund war bemerkenswert. Selbst dann, wenn kein Lächeln ihn umspielte. Famos geschwungene Lippen, ähnlich elegisch in die Breite gedehnt wie die jeder europäischen Norm trotzende Kühlerfront eines amerikanischen Straßenkreuzers.

„Sie schien eine Weile zu überlegen, während sie ihn konzentriert ansah.

„Irgendwie erinnern Sie mich an Gabrielo Maas", sagte sie dann.

„An wen?"

„An Gabrielo Maas."

„Wer ist das?"

„Den müssten Sie doch eigentlich kennen."

„Ich glaube, eher nicht."

„Ich dachte, Sie sind ein Intellektueller."

„Den Namen habe ich schon mal gehört", erwiderte er unsicher. „Aber ich kann ihn momentan nicht zuordnen."

Tatsächlich sagte ihm der Mann überhaupt nichts.

In ihren Blick trat eine Intensität, die er nicht zu deuten vermochte. Zugleich wurde ihre Wangenmuskulatur erneut von jenem seltsamen Zucken erfasst, das ihm bereits bei ihrem unerwarteten Zusammentreffen in der Fressgasse aufgefallen war. Es sah aus, als sei ihr Antlitz ein dünner Bühnenvorhang, hinter dem eine wilde Akrobatentruppe eine tollkühne Zirkusnummer einstudierte.

„Na, ja", sagte sie schließlich, während sich ihr Gesicht allmählich wieder entspannte. „Es ist nicht so wichtig. Wo waren wir stehen geblieben?"

„Ich hatte Sie gerade gefragt, ob Sie einen besonderen Wunsch haben, den ich Ihnen erfüllen kann."

Wieder reagierte sie nicht. Der Stil, in dem sie ihn musterte, verriet jedoch, dass sie über ihn nachdachte. Ihn beschlich das ungute Gefühl, die Sache mit diesem Gabrielo Maas könne bloß ein Trick gewesen sein, um seine Aufrichtigkeit zu testen. Womöglich existierte überhaupt keine Person mit diesem Namen.

„Ich meine, würde es Ihnen zum Beispiel gefallen, wenn ich Sie auf eine raffinierte Weise massiere?", hakte er nach. „Oder möchten Sie zum Einstieg vielleicht gerne den Service ausprobieren, den Ihre Freundin Tamara besonders schätzt? Ich könnte …"

Lydia unterbrach ihn mit einem lauten Pfiff durch die Zähne.

„Mann!", rief sie. „Das ist ja der schiere Luxus, den man hier geboten bekommt."

Ihr Tonfall klang jetzt unverhohlen sarkastisch. Sie rückte ein Stück dichter an ihn heran, die Augen zu schmalen Schlitzen verengt.

„Weißt du", sagte sie, „Um ehrlich zu sein, möchte ich eigentlich erst mal nur eines: Deinen möglichst knüppelharten Schwanz in mir spüren. Kriegst du das gebacken?". Sie zog die linke Augenbraue nach oben und führte ihr Glas an den Mund.

„Einverstanden", erwiderte er und erhob sich. „Wo willst du genommen werden? Ich kann es kaum erwarten."

Sie führte ihn in den Bereich des Lofts, der bisher durch die Regalreihe von seinen Blicken abgeschirmt gewesen war. Direkt an der Wand stand dort ein übergroßer Schreibtisch. Er bestand aus einer massiven Holzplatte, die auf zwei Winkelböcken ruhte. Die beweglichen Designerlampen, die in Scharnieren an seinen Schmalseiten steckten, ließen ihn aussehen wie den professionellen Zeichentisch eines Architekten. In der Mitte des abgeteilten Raumsegments stach eine Stehlampe ins Auge, deren joghurtheller Pergamentschirm gut und gerne den Durchmesser einer Litfaßsäule besaß. Daneben befand sich ein freistehendes Doppelbett. Die Überdecke aus blauem Satin war zum Fußende hin zurückgeschlagen. Mit einem Gesichtsausdruck, der Entschlossenheit signalisierte, drehte Lydia sich zu Freundel um. Sie legte den Ballen ihrer rechten Hand auf seine Brust und führte mit den Fingerkuppen, durch den Stoff seines amarettofarbenen Hemds hindurch, eine kurze, krabbelnde Bewegung aus. Die Berührung versetzte ihn im Nu in Erregung. Er beugte den Kopf zu ihr herab, um sie zu küssen. Ihre Lippen, die bereits in Tamaras puppenstubenhaft möbliertem Salon sein Begehren angestachelt hatten, fühlten sich im ersten Moment ein wenig zu fest an und besaßen einen unbestimmten Geschmack. Als er dazu ansetzte, ihren Mund zügelloser in Beschlag zu nehmen, wandte sie ihr Haupt ab. Sie trat einen Schritt zurück und begann sich zu entkleiden. Er tat dasselbe, und wenig später lagen sie, seitlich aufgestützt, einander gegenüber auf dem wunderbar weichen und angenehm kühlen Bettüberzug.

Wie er es geahnt hatte, waren ihre körperlichen Reize überwältigend. Obgleich ihm die Klischees erotischer Darstellungen, in die seine Assoziationen mündeten, nicht behagten, konnte er sich des Gedankens nicht erwehren, hier seien Bonnard, Rodin und Botticelli in Personalunion am Werk gewesen. Während sie sich, behutsam tastend, einander annäherten, sah er sie bogenförmig hingegossen neben sich auf der Matratze lagern, für Momente ganz in ihre rätselhafte Innerlichkeit versunken, dann wieder aufmerksam auf jede seiner Bewegungen fixiert, als gelte es die Darbietung eines Messerwerfers zu verfolgen. Er genoss ihre wissenden Berührungen und roch zum ersten Mal bewusst den dunklen Duft, der dicht wie eine Eierschale über ihrem Leib lag. Ihre Hände streiften, von spitzfindiger Erkundungslust getrieben, über seine Haut, der brüchige Klang jedes ihrer geflüsterten Worte bildete eine Laube lasziver Verheißung, und selbst ihre Fußsohlen fühlten sich wärmer an als dies bei einer Frau erwartet werden durfte.

Was ihm gerade widerfuhr, war eigentlich kaum verständlich. Aus welchem Grund nur konnte ein Weibsbild ihres Schlags sich veranlasst sehen, einen käuflichen Liebesdiener zu engagieren? In Verbindung mit der überlegen erotischen Art, in der sie ihre Gliedmaßen spielen ließ, das Haar aus ihrem Antlitz schüttelte und ihr intelligentes Lächeln einsetzte, gewann ihre körperliche Schönheit einen fast schon brutalen Zug, so überwältigend war die Macht, die in diesem Augenblick von ihr ausging. Eines stand außer Frage: Noch nie zuvor in seinem Leben hatte er mit einer auch nur annähernd so begehrenswerten Frau geschlafen. Ihm war nicht klar, ob dieser Sachverhalt ihn beflügeln oder hemmen würde.

Wenige Minuten später wusste er, dass die erste Antwort zutraf. Während sie, die Lider geschlossen, sich unter ihm windend, ihre innere Wallfahrt antrat, nahm er siegesgewiss ihr Fleisch ins Visier, bereit zu entern, zu brandschatzen und zu rauben. Obgleich sie sich weiterhin seinen Küssen entzog, blieb sein Begehren von sattelfester Unbedingtheit. In hemmungsloser Raserei weidete er an ihrem Hals, an ihren Schultern und an ihren Brüsten, während tief in seinem Unterleib ein glühender Ventilator begann, Wellenberge durch ein Bassin mit flüssigem Glas zu treiben. Ein ums andere Mal musste er innehalten, um nicht vorzeitig die Kontrolle über das Geschehen zu verlieren.

Als er sich zum dritten Mal zurückzog, legte Lydia den Arm über ihren Kopf und forderte ihn auf, ihre rasierte Achselhöhle zu liebkosen. Gehorsam senkte er das Gesicht in die weiß schimmernde Mulde. Dort schien sich ihr

Duft wie auf der Spitze einer Nadel zu konzentrieren. Dicht vor seinen Augen verliefen die weichen Konturen ihres nach oben gewinkelten Armansatzes. Sie hielten der Welt ein triumphales Urbild femininer Formung entgegen. Reines Fleisch und zugleich das reine Gegenteil von Fleisch. Der Geruch und der gleichzeitige Anblick waren zu viel für ihn. Er richtete den Oberkörper auf und musste seine gesamte Kraft zusammennehmen, um seinen Höhepunkt zu unterdrücken. Dabei fiel sein Blick auf ihren Mund. Sie reagierte mit einem Lächeln, das wie ein Lasso auf ihn zielte. In dem Moment, als ihre Lippen sich unwirklich breit über ihre Kinnpartie spannten und ihre obere Zahnreihe freigaben, explodierte er ohne Vorlauf. Stöhnend fügte er sich in seine Niederlage, führte noch vier, fünf trotzige Bewegungen aus und ließ dann das Haupt auf ihre Schulter niedersinken.

Nachdem sie eine halbe Minute wortlos in dieser Position geruht hatten, griff er nach dem Gummiring an seinem Penis und zog sein Glied mitsamt dem Präservativ aus ihr heraus. Anschließend sackte er benommen auf die Seite.

„Na?", sagte sie und wandte das Gesicht in seine Richtung. „War ich gut?" Ironie schoss durch ihren Blick, blitzend, wie die Rückenflosse eines Haifischs.

Er hätte sie ohrfeigen können. Und gleichzeitig verspürte er den Drang, sich selbst zu ohrfeigen.

„Tut mir leid", brachte er tonlos hervor. „Normalerweise habe ich mich besser im Griff. Ich weiß nicht, warum mir das eben passiert ist."

Für den Bruchteil einer Sekunde ließ sie sich zu einem Grinsen verleiten, um daraufhin eine gänzlich ausdruckslose Miene aufzusetzen.

„Hör mal", fuhr er fort, „Du brauchst selbstverständlich nichts zu bezahlen."

„Wie bitte?"

„Ich meine ... schließlich bist du überhaupt nicht auf deine Kosten gekommen."

Sie setzte sich ruckartig auf und zog die Beine an. Dann stütze sie ihr Kinn auf die Knie und musterte ihn mit Befremden.

„Glaubst du im Ernst, ich hatte vor, dich zu bezahlen?"

„Na, ja … ich dachte … Du hast schließlich am Telefon gesagt, du wollest mich zu dir *bestellen*."

„Das ist ja wirklich goldig", erwiderte sie und schaute verächtlich, „Bei meinem Aussehen bin ich eigentlich der Meinung, dass ich jeden Mann zu mir bestellen kann, den ich haben will. Bisher ist jedenfalls noch jeder gekommen."

Er spürte, wie aufs Neue eine koksige Verärgerung in ihm emporstieg.

„Findest du das nicht ein wenig überheblich?", gab er zurück.

„He!", sagte sie und warf ihm einen versöhnlicheren Blick zu. „Sei doch mal ein bisschen dankbar dafür, dass ich dich eingeladen habe. Ich lasse schließlich nicht jeden zu mir ins Bett. Und du hast doch gerade ein paar sehr glückliche Momente erlebt."

Kraftlos ließ er den Kopf in das Kissen zurückfallen. Sie strich ihr Haar hinter ihr Ohr und schob ihre Hand zu ihm hinüber. Einige Sekunden lang ließ sie die manikürten Fingerspitzen, fürwitzig und flüchtig, wie die schnuppernden Köpfe winziger Nagetiere, über seine Brust wandern.

„Dafür, dass ich dich nicht bezahle" ergänzte sie „darfst du auch gerne so lange bleiben, wie du willst."

Als sie seine verständnislose Miene sah, entfuhr ihr ein Kichern.

„Kennst du nicht den berühmten Spruch, den ein amerikanischer Schriftsteller über Nutten abgelassen hat?", fragte sie.

„Nein."

„Er hat gesagt: Wir bezahlen sie nicht dafür, dass sie zu uns kommen, sondern dafür, dass sie wieder gehen ."

Jetzt musste auch er schmunzeln. Sie schwang sich aus dem Bett und lief in flinken Schritten über die Holzbohlen, zunächst zu der steinernen Anrichte und anschließend zu der Sitzecke im vorderen Teil des Lofts. Nach kurzer Zeit kehrte sie, die beiden Gläser und die Calvadosflasche in den Händen, zu ihm ins Bett zurück.

„Lass uns Freundschaft schließen und auf den weisen Schriftsteller anstoßen", sagte sie und füllte die Gläser.

Daraufhin tranken sie schweigend den Likör. Zum ersten Mal war es ein entspanntes Schweigen, das zwischen ihnen herrschte. Er begann, sich in ihrem Bett und in dem großzügigen Loft wohl zu fühlen. Interessiert ließ er den Blick über die Rücken der Bildbände gleiten, die einen Teil der Regalwand in der Mitte des Raums füllten. Neben den Klassikern der modernen Malerei dokumentierten sie vor allem die Arbeiten bedeutender Photographen. Da kam ihm der Gedichtband *Dilemma des Schweigens* in den Sinn. Er sagte ihr, wie sehr ihre Lyrik ihm gefiele. Er rezitierte sogar das Gedicht, das er auswendig gelernt hatte. Während er sprach, betrachtete Lydia beiläufig seine Beine. Dennoch war nicht zu übersehen, dass sein Lob sie mit Freude erfüllte.

„Gefallen hat mir auch die Idee, im Titel des Bandes den Filmtitel ‚Das Schweigen der Lämmer' lautmalerisch umzukehren", fügte er an, während er sein Glas auf dem Boden neben dem Bett abstellte.

Sie schaute ihn nachdenklich an.

„Du bist schon ein schlauer Bursche", erwiderte sie. „Das haben bisher noch nicht so viele Leser kapiert.".

„So besonders schwer war das nun auch wieder nicht. Immerhin kommt in dem Titelgedicht gleich zweimal der Name ‚Hannibal' vor."

„Trotzdem", entgegnete sie. „In dir steckt tatsächlich mehr als deine Profession erwarten lässt."

Er deutete auf das gerahmte Schwarzweißfoto, das in einem der Regalbretter stand, flankiert von fettleibigen Museumskatalogen über Mondrian, Toulouse-Lautrec und Rothko. Es zeigte einen stattlichen Mann in Uniform, der den Arm um eine elegante junge Frau mit nordischen Gesichtszügen legte. Im

Hintergrund ragten riesige Steinquader auf, die zu einer Art mittelalterlichen Festungsanlage zu gehören schienen.

„Sind das auf dem Foto deine Eltern?", erkundigte er sich.

„Ja."

„Leben sie ebenfalls in Deutschland?"

„Als ich neun Jahre alt war, wurden sie in Beirut von einer Autobombe in Stücke gerissen", antworte Lydia, den Blick auf das Laken gesenkt.

Er unterließ es, sich zu erkundigen, aus welchem Grund der US-Offizier und seine Gattin sich in Beirut aufgehalten hatten. Stattdessen schob er die Hand unter Lydias Haar, das, einem erkalteten Lavastrom gleichend, ihren hell schimmernden Rücken herabwallte. Er fand ihren Nacken und begann, ihn sanft zu kneten. Nach einer Weile zog sie ihn an sich, und sein Mund suchte ihre Lippen. Dieses Mal erwiderte sie den Kuss gekonnt und hingebungsvoll. Dabei konnte er feststellen, dass er die Talsohle rascher durchschritten hatte als erwartet. Erfreulicherweise. Ohne dass sie sich voneinander lösten, streifte er ein weiteres Mal seine Boxershorts nach unten und wartete, bis sie bereit war, ihm Einlass zu gewähren.

In den Fluchtpunkten der Straßenzüge schien der cocktailfarbene Winterhimmel bereits zu dunkler getöntem Glas zu gefrieren, als er, mit zwei prallgefüllten Einkaufstüten bepackt, die Tür zu seiner Wohnung aufstieß. Auf dem Heimweg hatte er noch einen Zwischenstopp in einer Supermarktfiliale eingelegt, um die Zutaten für das Abendessen zu besorgen und sich für die kommende Woche mit Nahrungsmitteln einzudecken. Während er die Lebensmittel- und Kühlregale nach Zucchini, französischem Roquefort und Grönland-Crevetten abgescannt hatte, waren seine Gedanken unablässig zu den Geschehnissen des Nachmittags gedriftet. In seinem seit Monaten überstrapazierten Gemüt hinterließ die Begegnung mit der dubiosen Poetin einen schwer löslichen Pfropfen angespannter Verwirrung. Auch jetzt, wo ihm der abgestandene Essensgeruch seiner Küche entgegenschlug, blieb ihm unklar, welche Art von Verbindung die heutige Zusammenkunft zwischen ihnen begründet hatte und welche Form des Umgangs sich daraus zukünftig ergeben mochte.

Er nahm sich vor, die objektive Unbestimmtheit der zwischenmenschlichen Beziehungen zu akzeptieren, und fing an, die mitgebrachten Einkäufe in den Kühlschrank zu räumen. Ihm blieben noch knapp neunzig Minuten Zeit, um sich des schmutzigen Geschirrbergs zu entledigen, das Abendessen zuzubereiten und den Tisch zu decken. Gegen halb acht würde Rufus bei ihm eintreffen. Wie stets bei seinen Besuchen, würde der mürrische Glatzkopf seinen nachtschwarzen Herrenhut über den Mantelständer im Flur schleudern, um ihm anschließend demonstrativ das übliche Mitbringsel aus seinem offenbar nie versiegenden Edelzwickervorrat unter die Nase zu halten. Zumindest hatte Rufus bei ihrem Parkspaziergang vor zwei Tagen angekündigt, auch am heutigen Abend für einen guten Tropfen zu sorgen. Zwar hatte Freundel keinerlei Einladung ausgesprochen. Jedoch herrschte mittlerweile der Brauch zwischen ihnen, dass sich der allein lebende Komponist nach eigenem Gutdünken zum Dinieren anmeldete. Die Frage, die in Wirklichkeit den Charakter einer unwidersprechlichen Aufforderung besaß, lautete dabei stets gleich:

„Was hältst du davon, wenn ich in meinen Weinkeller steige und auf einen Happen bei dir vorbeischaue?"

Als Freundel die verklebten Tassen und Teller in das Spülwasser tunkte, fiel ihm wieder ein, dass er seinen Vortrag umarbeiten musste. Seit Lydias gestrigem Anruf hatte er dieses Problem komplett aus seinem Bewusstsein verdrängt. Jetzt versetzte es ihn in eine heftig aufbockende Unruhe. Würde es ihm gelingen, das Volumen des Textes von elf auf maximal achteinhalb Seiten zu reduzieren, ohne entscheidende Teile des Inhalts über Bord zu werfen? Die Schwierigkeit bestand vor allem darin, bei der erforderlichen Kürzung diejenigen Passagen beizubehalten, die er eingefügt hatte, um den von Lesothius vorgebrachten Einwänden zu begegnen. Die Befürchtung, er müsse womöglich die gesamte Struktur des Vortrags neu entwickeln, ließ ihn von Minute zu Minute nervöser werden. Am liebsten hätte er Rufus angerufen, um das Abendessen abzusagen und sich unverzüglich wieder an die Arbeit zu machen.

Er wusch die Zucchini, um sie anschließend in schmale Scheiben zu säbeln, die er in eine Stahlpfanne mit kaltgepresstem Olivenöl und angebratenen Knoblauchzehen gab. Dabei überfielen ihn aufs Neue grundsätzliche Zweifel am Erfolg der bevorstehenden Anstrengung. Sie führten dazu, dass seine Stimmung sich weiter verdüsterte. Selbst wenn er einen erstklassigen Vortrag zustande brächte, lagen seine Chancen, in der jetzigen Endrunde an der Konkurrenz vorbeizuziehen, im günstigsten Fall bei dreißig Prozent. Es war daher besser, sich nicht allzu großen Hoffnungen auf einen positiven Ausgang des finalen Schaulaufens hinzugeben. Er starrte in die Pfanne. Das erhitzte Olivenöl begann erste Blasen zu werfen, die zerplatzten wie winzige Knallfrösche. Vermutlich würde er auch in Zukunft dazu verurteilt bleiben, sich als unvergüteter Privatdozent mittels seiner nicht ganz handelsüblichen Nebeneinkünfte über Wasser zu halten. Er griff nach der offenen Chianti-Flasche, deren Inhalt er gewöhnlich zum Kochen verwendete, schenkte sich ein Glas ein und leerte es in einem Zug. Danach holte er aus dem Wohnzimmer sein lederummanteltes Zigarettenetui und zündete sich einen Glimmstengel der Marke John Player an.

Während er weiter trank und den stark parfümierten Rauch inhalierte, übergoss er die angebratenen Zucchini mit Wasser, um sie anschließend in dem so entstandenen Sud köcheln zu lassen. Gleichzeitig brachte er auf der benachbarten Herdplatte einen Topf gesalzenen Wassers zum Sieden. Derweil setzte er die ernüchternden Grübeleien fort. Das Ganze war schon reichlich absurd. Seit einem guten Jahrzehnt hatte er im unbarmherzigen Fortgang des akademischen Qualifikationsmarathons keine Anstrengung gescheut, sich auf immer steileren Pfaden und immer schweißtreibenderen Bergetappen voranzubewegen. Unzählige Artikel und Papers waren ihm aus der Feder geflossen, fast ebenso viele erfolgreiche Projekt- und Tagungsmittelanträge füllten die meterlangen Reihen seiner Leitzordner, und auf Fachkonferenzen in aller Herren Länder hatte er mit geistreichen Vorträgen, Koreferaten und Repliken brilliert. Und wohin führten am Ende der unermüdliche Einsatz und all das Herzblut, das er investiert hatte? Zu guter Letzt brachten sie ihm nicht mehr als die Teilnahme an einem nervenzehrenden Lotteriespiel mit ziemlich beschränkten Gewinnaussichten.

Er füllte das Glas ein drittes Mal mit dem mäßigen Italowein und genehmigte sich einen weiteren kräftigen Schluck. Wenigstens einen Vorteil hätte es, falls seine Bewerbung scheitern würde. Er würde ein freierer Mensch bleiben. Schließlich bot sein derzeitiges Leben ihm nicht nur sehr viel Abwechslung, sondern auch ein Höchstmaß an Selbstbestimmung. Warum also sollte er es um jeden Preis eintauschen wollen gegen den Vollzeitjob eines staatlich verbeamteten Universitätsprofessors? Um sich jahrein, jahraus in der Belehrung von Studenten aufzureiben, denen die tragische Versponnenheit ins Gesicht geschrieben stand? Um in hanebüchenen Verwaltungsgremien mit hinterfotzigen Kollegen die Klingen zu kreuzen und sich auf den Ruderbänken der Drittmitteleinwerbung gemeine Krämpfe zuzuziehen?

Er zündete sich eine zweite Zigarette an und schüttete eine Packung Farfalle in den Topf mit dem siedenden Salzwasser. Dann nahm er den Deckel von der Pfanne, in der die Zucchini vor sich hin schmorten, und schaufelte mit den Fingern die Hälfte des mitgebrachten Roquefortkäses in den Sud. Anschließend gab er einen Teelöffel Dijon-Senf, die aufgetauten Crevetten sowie den Rest des Rotweins dazu und rührte das Ganze zu einer zähflüssigen Tunke zusammen. Das selbsterdachte Rezept war simpel, das Resultat jedoch umso wohlschmeckender. Zufrieden angelte er aus dem Abtropfständer neben der Spüle Bestecke und zwei Teller und nahm beides mit hinüber in den Wohnraum.

Er wollte gerade beginnen, die Oberfläche des Esstischs freizuräumen, um die Gedecke aufzulegen, da läutete das Telefon. Es war sein offizieller Apparat. Deshalb zögerte er nicht, zu der Kommode zu gehen, auf der das Gerät stand, und den Hörer abzunehmen.

„Freundel."

Niemand reagierte. Stattdessen drang aus der Leitung ein Durcheinander laut dröhnender und metallisch klingender Geräusche.

„Hallo?", rief er in die Muschel.

Wieder gab es keine Reaktion. Im Hintergrund ertönte ein immer stärker anschwellendes Brausen. Es klang, als ob in der Nähe ein gewaltiges Kraftfahrzeug vorbeifuhr.

Nach einigen Sekunden legte er den Hörer auf und kehrte an den Esstisch zurück, um Platz für die Teller und das Besteck zu schaffen. Er machte sich daran, die Papierstöße und Zeitschriften auf der Tischoberfläche zusammenzuschieben. Dabei blieb sein Blick an dem faustgroßen Bergkristall hängen, der neben dem Bastkörbchen mit den Kiwis und den Mandarinen lag. Der Stich, der in traf, fiel dieses Mal ein wenig schwächer aus als bei früheren Gelegenheiten. Er nahm den bräunlichen Quarz in die Hand und hielt ihn unter das Licht der Deckenlampe. Aufmerksam betrachtete er die funkelnden Polyeder, die auf der rechteckigen Oberseite des Steins prangten. Es sah aus, als habe eine seltsame Laune der Natur sich an der Quadratur eines Gebisses versucht. Auch Susanne war von dem ungewöhnlichen Kristall fasziniert gewesen, als sie ihn vor Jahren, während einer gemeinsamen Wanderung durch ein von Skorpionen besiedeltes und nach Salbei duftendes Hochtal, am Rand des staubigen, von Disteln gesäumten Pfads auflas.

Damals hatten sie zu zweit fünf Wochen lang per Schiff die Ägäis bereist. Ihr Ziel waren die entlegeneren Inseln des kykladischen Archipels, an denen der Tourismus noch vollständig vorbeiströmte und deren Namen er zuvor lediglich aus sporadischen Erzählungen seines Großvaters und einiger älterer

Dorfbewohner in Plaka kannte. Urige, aus dem Meer ragende Bergrücken mit windstillen Sandbuchten und versprengten Überbleibseln einer verschrobenen Agrikultur, eingesponnen in einen Kokon schriller Zikadengesänge. Die erste Urlaubswoche hatten sie bei seinen Familienangehörigen auf Milos zugebracht und waren daraufhin an Bord eines uralten klapprigen Fährschiffs namens *Panagia Tinou* in Richtung der Eilande Sikinos und Anafi weitergereist. Die Fahrt nahm einen kompletten Tag in Anspruch, den sie an Deck, im Schatten eines schmutziggrünen Plastikdachs, zwischen Hundezwingern, vereinzelten Rucksacktouristen und laut schwatzenden griechischen Familien verbrachten.

Während dieser Schiffspassage wurde ihm stärker als jemals zuvor bewusst, wie ungeheuer plastisch das Licht in dieser südöstlichsten Region Europas war. Jenes Licht, das er seit seiner frühesten Kindheit kannte und das bis weit in den Spätherbst hinein seine surreale Leuchtkraft über die zuckerweißen Zusammenballungen der Dörfer und die feingeschnittenen Linien der Küsten ergoss. Es tauchte die vorüberziehenden Inseln und Felsenatolle in eine Hülle vollkommener Präsenz, während es ihr vertrocknetes Erdreich von innen zum Glühen zu bringen schien. Hinter ihnen verwandelte es die mächtige Gischtspur, die die Schiffschraube in die See pflügte, in eine grelle, gleißende Gletscherzunge. Sie navigierten durch einen regelrechten Lichtdom, der sich in erhabener Stille über dem lapislaziulifarbenen Meeresspiegel wölbte. Über den verrußten Schiffschornsteinen türmte sich der Himmel in einem so tiefen und kraftvollen Dunkelblau, dass man sogar am hellichten Tag beim Blick nach oben den Eindruck gewann, durch die gläserne Erdatmosphäre hindurch direkt ins All zu schauen. Nichts um sie herum war zu spüren als die mythische Weite des Meeres, der sanfte, salzige Fahrtwind auf der Haut und das beständige Vibrieren der altersschwachen Stahlkonstruktion der Fähre. Ein Vibrieren, das jedes Mal, wenn die Schiffsmotoren beim Wenden vor einem der Inselhäfen umgeschaltet wurden, zu einem Mark und Bein durchdringenden Beben anschwoll.

Während Susanne mit ihrer eulenhaften Sonnenbrille auf einer der weißgetünchten Holzbänke saß, wo sie, die Beine auf einen kaputten Plastikstuhl gestreckt, einen Roman über spätmittelalterliche Geheimbünde las, stand Freundel den halben Tag über, allein und in Gedanken versunken, an der vom Atem der Gischt verklebten Reling. Wie Rilkes Panther ließ er die vorübergleitenden Bilder durch die winzigen Fenster seiner Pupillen bis tief in sein Herz vordringen. Die Welt bestand aus langsam vorbeigleitenden Erdformationen, die in unzähligen Ockertönen aus den Fluten ragten, in manchen Abschnitten stümperhaft terrassiert, doch überwiegend verkarstet oder überwuchert von staubigem Macchiagebüsch. Sie bildeten eine Fuge stetig wiederkehrender Farben und Formen, wobei die flacheren Ausläufer der Inseln in ihrer Gestalt mitunter dem langgezogenen Kopf eines Reptils ähnelten, das versteinert auf der Meeresoberfläche ruhte.

Er ließ den Blick über die Materieberge wandern, die aus der geheimnisvoll funkelnden, flüssigen Materie emporwuchsen. Dabei versuchte er sich vorzustellen, wie in diesem Kosmos des Lichts und der elementaren Konturen in den staunenden Gemütern der antiken Naturphilosophen zum ersten Mal die vergebliche Frage nach dem Urgrund allen Seins emporgedämmert war. Derweil näherte sich das Schiff einer steil aufragenden, brüchigen Felsennase. Auf ihr reckte ein einzelner windschiefer Baum seine distelige Krone hoch empor in den kobaltblauen Himmel, verkrümmt und blindwütig, wie ein dem Irrsinn anheimgefallener Prophet. In diesem Moment trat ein Gedanke in Freundels Bewusstsein, der ihn auch später noch öfter verfolgen sollte. Der Gedanke, dass das grundlose Vorhandensein der Dinge eine Art *Kraft* war und dass das unauflösliche Rätsel der Welt in dieser Kraft der Dinge bestand, *ohne Grund* zu existieren. Es handelte sich um eine metaphysische Kraft, die jeder physikalischen Kraft vorauslag, eine Kraft, die in jedem, und sei es auch noch so winzigen Bestandteil des Universums zur Wirkung gelangte. Jeder Gegenstand stemmte sich mit ihr gegen das Nichtsein. Wollte man die Stärke dieser Kraft, mit der sich die Dinge gegen das Vakuum der Nichtexistenz auflehnten, beziffern, konnte der resultierende Wert kein anderer als ein *unendlicher* sein. War dies am Ende jene paradoxe Art und Weise, in der die Unendlichkeit im Endlichen anwesend war? Ließ sich so das Durchdrungensein der Welt vom Absoluten erklären, von dem Schelling, Hegel und der ganze raunende Verein der Frühromantiker in so schwer verdaulicher Manier zu schwadronieren pflegten?

Er wog den Stein in seiner Hand und versuchte, etwas von der metaphysischen Kraft zu spüren. Ohne Ergebnis. Schließlich legte er den Kristall zurück an seinen angestammten Platz neben den Bastkorb. Vermutlich war es unsinnig, jener Kraft einen unendlichen Wert zuzuschreiben. Worin sollte denn auch die zugrundeliegende Maßeinheit bestehen? Andererseits: Zwischen Sein und Nichtsein klaffte ein Abgrund, wie er sich absoluter kaum denken ließ. Wenn etwas existierte, anstatt nicht zu existieren, schien es einer unendlichen Differenz die Stirn zu bieten.

In diesem Moment riss ihn das abermalige Läuten des Telefons aus seinen Grübeleien. Als er den Hörer abnahm, drang aus der Leitung dasselbe Durcheinander lärmender Geräusche wie bereits einige Minuten zuvor. Er wollte gerade wieder auflegen, als er die Stimme von Rufus vernahm.

„Konstantin, kannst du mich hören? Ich bin's. Rufus."

„Ich höre dich. Wo zum Teufel treibst du dich rum?"

„Ich stecke hier gerade in Schwierigkeiten. Es tut mir leid, aber ich muss unser Dinner absagen."

Im Hintergrund ertönte mehrfach hintereinander, in kurzen Abständen, ein laut anschwellendes Brausen, das jeweils nach zwei, drei Sekunden in ein heulendes Geräusch umschlug.

„Was ist denn los? Bist du auf einem Autobahnparkplatz?"

„Ich kann im Augenblick nicht reden. Ich muss gleich wieder Schluss machen."

Am anderen Ende der Leitung waren jetzt verschiedene Männerstimmen zu hören. Sie redeten lautstark und in aggressivem Tonfall durcheinander. Auch Rufus rief etwas dazwischen, wobei er sich einer Sprache bediente, die Freundel nicht verstand.

„He, Rufus! Kann ich irgendetwas für dich tun?"

„Nein, nein. Ich komme schon klar. Ich melde mich in ein paar Tagen wieder bei dir."

Einen Moment lang war noch ein schweres Motorengeräusch zu vernehmen. Dann brach die Verbindung ab.

Leicht beunruhigt kehrte Freundel in die Küche zurück. Dort sprudelte der Kochtopf mit den Farfalle vor sich hin wie ein kurz vor dem Ausbruch befindlicher Geysir. Rasch nahm er zwei Topflappen zur Hand und goss die fertig gekochte Pasta ab. Was um alles in der Welt trieb Rufus um diese Zeit auf einem Autobahnparkplatz? Soweit ihm bekannt war, besaß der doch noch nicht einmal einen Führerschein. In Wahrheit wusste er reichlich wenig über das Leben seines Freundes. Dennoch war er über dessen Absage erleichtert. Jetzt würde er sich erst einmal alleine den Magen voll schlagen und dann den Rest des Abends nutzen, um in Ruhe weiter an seinem Text zu feilen.

Kapitel 8: Die kleinen Brüder der Menschen

Im Lauf der folgenden Woche arbeitete er unermüdlich an seinem Vortrag, bis das Geschriebene eine endgültige Gestalt annahm. Durch geschickte Umformulierungen gelang es ihm, das Volumen des Textes zu verringern, ohne jene Passagen zu streichen, die besondere philosophische Knüller enthielten. Das Ergebnis war eine ebenso kompakte wie professionell klingende Präsentation.

Erleichtert deponierte er die letzte Fassung, die den Drucker verließ, in je einer Kopie in seinem Universitätsbüro sowie in seiner Wohnung. Ein paar Tage vor den Probevorträgen würde er den gesamten Text auswendig lernen. Dies würde ihn in die Lage versetzen, frei zu sprechen. Bis dahin jedoch blieben ihm noch knapp drei Wochen Zeit, in denen er sich ein wenig Erholung gönnen konnte. Für das bevorstehende Sommersemester bedurfte es keiner aufwändigeren Vorbereitung, da er dieses Mal keine Vorlesung halten musste. Außerdem konnte er in den Seminaren weitgehend auf älteres Lehrmaterial aus seiner Mainzer Zeit zurückgreifen.

Eine Woche nach Beendigung der Schreibarbeit begab er sich auf eine mehrtägige Auslandsreise. Den Anlass lieferte eine Konferenz, die dem *Dialog zwischen antiker und moderner Philosophie* gewidmet war. Das Ganze fand in Südfrankreich statt, in einem beschaulichen Kurort namens Aletles-Bains, in unmittelbarer Nähe der spanischen Grenze. Die Einladung des Veranstalters hatte er bereits ein halbes Jahr zuvor angenommen. Dies nicht zuletzt deshalb, weil es hieß, auch einige Assistenten aus dem Frankfurter Mittelbau würden an der Tagung teilnehmen. Damals hatte er noch darauf spekuliert, in der gelösten Atmosphäre des mediterranen Provinzstädtchens die akademischen Nachwuchsleute so weit für sich einnehmen zu können, dass ihm dies im weiteren Fortgang des Bewerbungsverfahrens zugutekäme.

Nachdem in der Zwischenzeit feststand, dass ausgerechnet Keltberlet den Mittelbau in der Berufungskommission vertrat, über dessen strikte Loyalitäten Hirzbrunnen ihn mittlerweile in Kenntnis gesetzt hatte, war freilich klar, dass der ursprünglich erhoffte Nutzen des Trips nach Südfrankreich ausbleiben würde. Dennoch bot die Veranstaltung einen willkommenen Anlass, der abermals verdrießlichen Frankfurter Witterung für einige Tage zu entfliehen. Immerhin trieb Anfang März am Fuße der Pyrenäen bereits der Vorfrühling seine ersten Blüten. Hinzu kam, dass sämtliche Fahrt- und Unterbringungskosten von der Deutschen Forschungsgemeinschaft erstattet wurden. Die Thesen zur aristotelischen Ontologie, mit denen er seinen Vortrag bestreiten würde, hatte er noch von früheren Gelegenheiten her im Köcher. Somit brachte die Teilnahme an der Konferenz auch keine zusätzliche Arbeitsbelastung mit sich.

Mit einem Reiserucksack aus Segeltuchstoff und ausreichend Proviant bestückt, bestieg er gegen vier Uhr nachmittags den Euro-City nach Portbou. Weder in seinem Abteil noch im Rest des Waggons begegnete er Leuten, die mit dem Frankfurter Institut zu tun hatten. Freundel war hierüber erleichtert. Es würde genügen, sich vor Ort der Kontaktpflege zu widmen. Hinter Straßburg passierte der Zug die Hügelketten der elsässischen Vogesen, mit ihren terrassierten Weinbergen und zernagt aussehenden Burgruinen. Letztere wachten, umgeben vom quittengeleehaften Dunst des Abends, zumeist in Zweierformationen über den vorbeiziehenden Taleingängen. Der Anblick ließ alte, wenig erfreuliche Erinnerungen aufmarschieren. In einem der schmalen Seitentäler hatten, vor mehr als fünfzehn Jahren, Manuela und er, klaustrophobisch eingepfercht in die Dachstube eines Landgasthofs, ebenso lautstark wie vergeblich darum gerungen, ihre durch und durch marode Ehe zu flicken. Für die in jugendlichem Leichtsinn eingegangene Verbindung mit der verbohrten Sozialpädagogin, deren infernalische Wutausbrüche sich bereits nach wenigen Monaten wie Salpetersäure in sein Nervenkostüm gefressen hatten, fiel damals nur drei Wochen später endgültig der Vorhang.

Glücklicherweise waren aus der Beziehung keine Kinder hervorgegangen. Wo das geizige blonde Gift, das selbst seinen ehelichen Pflichten kaum mehr als lausig nachzukommen pflegte, wohl heute stecken mochte?

Von Basel aus ging es nach Einbruch der Dunkelheit weiter in Richtung Lyon. Wie ein vergessener Leichnam im Kühlraum eines Sterbehospizes verharrte der Zug dort nach Mitternacht eine geschlagene Stunde regungslos in der eiskalten und menschenleeren Bahnhofshalle. In gebeugter Haltung stand Freundel an einem der offenen Fenster im Gang vor den Abteilen, das Gesicht im hässlichen Schein der Neonbeleuchtung in die frostige Nachtluft gereckt. Seine Gedanken wanderten zurück zu den Geschehnissen der vergangenen Wochen. Wie würde die Sache mit Lydia weitergehen? Seit jenem bemerkenswerten Nachmittag hatte sie sich nicht wieder bei ihm gemeldet. Er nahm sich vor, sie nach seiner Rückkehr anzurufen. „Wir erzählen Tamara besser nichts von unserer Konstellation", hatte sie gesagt, als sie ihn vor der Tür ihres Lofts verabschiedet hatte. Was ließ sich aus dieser Äußerung, vor allem aber aus dem Wort „Konstellation" folgern? Bedeutete es, dass sie von einer möglichen Wiederholung ihrer Zusammenkunft ausging?

Endlich setzten sich die Waggons erneut in Bewegung. Lautstark öffnete Freundel den Druckverschluss einer Dose Bitburger. Dann ließ er sich, gierig schlürfend, auf einem der schmalen Klappsitze nieder, die unter den Fenstern des Gangs angebracht waren. Kurz darauf raste der Zug in der Dunkelheit durch unbekanntes Gelände. Auf einen Platz im Liegewagen hatte er von vornherein verzichtet. Auf den ruckelnden Pritschen und in der säuerlichen Luft eines mit Menschen gefüllten Abteils würde er ohnehin kein Auge zubekommen. Die Nacht durchzumachen stellte jedoch kein Problem dar. Der bevorstehende Tag diente allein der Anreise, und die Vorträge würden erst am darauffolgenden Morgen beginnen.

An den Fensterscheiben glitten kleine Bahnstationen vorbei, deren Quais nur spärlich beleuchtet waren. Der Luft, die durch den Schlitz des Zugfensters hereinwehte, haftete der Geruch frisch aufgeplatzter Pollen an. Unter den vorüberhuschenden Scheinwerfern ließen sich vereinzelte Regentropfen ausmachen. Langsam, wie eine alte Echse, deren Schuppenkleid sich trocken und knorrig anfühlte, legte sich die Müdigkeit um seine Stirn. Er ließ die Schläfe gegen die vibrierende Fensterscheibe sinken und schloss die Augen. Bald schon kamen ihm Erinnerungen an seinen Vater in den Sinn. Mehr als fünfundzwanzig Jahre zuvor hatten sie beide auf ähnlichen Klappsitzen im Gang eines Nachtzugs einander gegenüber gesessen. In jenem Sommer waren sie gemeinsam per Liegewagen durch die Schweiz in Richtung Brindisi gefahren, von wo aus die Familie ihre Urlaubsreise mit dem Schiff zuerst nach Piräus und anschließend in Richtung Milos fortsetzte. Während seine Schwester Viola und seine Mutter in dem benachbarten Abteil schliefen, hockte sein Vater stoisch, in nach vorne gekrümmter Haltung, auf der bei jeder Körperbewegung lautstark quietschenden Sitzfläche, den Blick angestrengt hinaus in die Finsternis gerichtet. Sein dichtes Haar glich zu jener Zeit bereits einer in Asche gewälzten Moorflechte, und auf seinen ehemals kraftvollen Unterarmen prangten Altersflecken in der Größe von Astlöchern. Allein in seinen graugrünen Augen glühte noch ein Funken jugendlicher Intensität. Reisen war für ihn zeitlebens ein Vorgang geblieben, der ihn seelisch so stark in Aufruhr versetzte, dass er während der ersten Nacht kaum zu schlafen vermochte. Begierig wie ein Kind saugte er die schemenhaften Konturen der grandiosen Gebirgslandschaft in sich auf, die die Dunkelheit aus ihren Fängen entließ. Während ihr Waggon in der kühlen Hochalpenluft den Zentrifugalkräften waghalsiger Kurven trotzte und durch enge, ansteigende Serpentinen ratterte, sprach er voller Enthusiasmus über die herausragende Ingenieursleistung, die die Verlegung der Gotthard-Trasse bedeutete, und erklärte dem Sohn das Konstruktionsprinzip der unzähligen Kehrtunnel, durch deren Schlunde hindurch der Zug sich im Inneren der Felsmassive zwischen Arth-Goldau und Biasca ein ums andere Mal bergauf und bergab schraubte.

Bis die pastellenen Vorboten des Sonnenaufgangs über der milchigen, wie ein riesiger Kefir schimmernden Scheibe des Luganer Sees sie in Empfang nahmen, ließ er fünf, sechs Dosen Bier in seine Kehle rinnen, wobei er seinen Sprössling bedenkenlos aufforderte, ihn in den Rausch zu begleiten.

Dies war einer der letzten Momente, in denen sein Vater und er sich wirklich nahe gewesen waren. Drei Jahre später, als er schon begonnen hatte, sich wie ein blindwütiger Zechenhund durch die Schriften von Brecht, Sartre, Nietzsche, Camus und Freud zu wühlen, rief die Praxisferne des intellektuellen Fiebers bei dem überzeugten Techniker bereits eine argwöhnische Mischung aus Unwillen und Besorgnis hervor. Ein weiteres Jahr darauf schließlich brach die Leberfunktion von Hans-Werner Freundel unter dem stetig ansteigenden Alkoholpegel irreparabel in sich zusammen. Bereits im Alter von 49 Jahren zur Witwe geworden, entschied sich Freundels Mutter kurze Zeit später, Deutschland zu verlassen, um in ihre schmerzlich vermisste Heimat nach Milos zurückzukehren. Der Kykladentourismus befand sich damals in seinen ersten zaghaften Anfängen, und ihr Bruder Evangelios, dem der teutonische Schwager stets ein Dorn im Auge gewesen war, hatte ihr noch am Tag der Beerdigung das Angebot unterbreitet, in Plaka am Aufbau eines familieneigenen Pensionsbetriebs mitzuwirken.

Beim Einsetzen des Morgengrauens erreichte der Zug Montpellier und die Mittelmeerküste. Von dort dauerte es zwei weitere Stunden bis zur Ankunft in Carcassone, wo Freundel in einen Überlandbus umsteigen musste. Auf einer schmalen, eng gewundenen Landstraße beförderte das altersschwache Gefährt ihn zwischen Pinienhainen, Feigenbäumen, Kakteen, Marienstatuen und flachen Steingehöften hindurch an den Zielort der Reise. Die schaukelige Fahrt inmitten der bäuerlichen Landschaft mit ihren weißgetünchten Gemäuern und sonnenbeschienenen Ziegentränken bot ein Gewirr befremdlicher Eindrücke. In seinem völlig übermüdeten Zustand kam sie ihm vor wie ein halluzinativer Drogentrip, eine verblüffend gefühlsechte Phantasmagorie, die ihn vorübergehend aus der feuchtkalten Gummizelle des Frankfurter Nieselwetters herauskatapultierte.

In Alet-les-Bains suchte er unverzüglich das Tagungshotel auf. Es war im Seitentrakt eines von Efeu umrankten Klosterkomplexes am Rand der Ortschaft untergebracht. Er checkte sich ein und begab sich schnurstracks auf sein Zimmer. Dort nahm er eine Dusche. Anschließend ließ er sich auf das komfortable King-Size-Bett fallen, das den Großteil der ehemaligen Klosterzelle ausfüllte. Vom Kopfende aus konnte man, durch ein kleines Rundbogenfenster, auf eine parkartige Grünfläche blicken. Sie grenzte an einen ruhigen, etwa drei Meter breiten Fluss. Dessen Ufer säumte eine Garde uralter Trauerweiden. Fast augenblicklich fiel Freundel in einen schweren, traumlosen Schlaf. Er erwachte erst Stunden später, am frühen Nachmittag, als sich das Piepgeräusch des digitalen Reiseweckers ins Innere seines Bewusstseins bohrte wie eine stählerne Nadel in den Dotter eines hartgekochten Eis.

Bis die offizielle Begrüßung der Tagungsgäste sowie das anschließende gemeinsame Abendessen stattfinden würden, blieben noch vier Stunden Zeit. Mit einem sandhellen Sommerjackett bekleidet sowie nach frischem Rasierwasser duftend, betrat er den Innenhof des Gebäudekomplexes. In dessen Mitte spendete eine Gruppe kleinwüchsiger Korkeichen Schatten. Darunter standen mehrere Tische mit schlichten Holzbänken. An einem der Tische saßen zwei Mönche. Sie trugen dunkelgraue Kutten und waren in ein Würfelspiel vertieft. Im Vorübergehen nickte Freundel ihnen zu. Dann passierte er das bronzene Tor des Gehöfts und trat hinaus auf die staubige Dorfstraße. Die Gegenwart der Mönche löste ein behagliches Gefühl in ihm aus. Im Fernsehen hatten sie vor einiger Zeit einen Bericht über irgendwelche Ureinwohner in Afrika oder Südamerika gebracht, die die Orang-Utans und Zwerggorillas, die in den umgebenden Dschungelwäldern lebten, als *die kleinen Brüder der Menschen* bezeichneten. An diese Geschichte musste er gelegentlich denken, wenn er einem Geistlichen begegnete. Theologen und Priester kamen ihm vor wie die kleinen Brüder der Philosophen. Er fühlte sich ihnen verbunden, weil sie darauf beharrten, die Welt im Ganzen für bemerkenswert zu halten. Auch schrieben sie der Stellung, die der Mensch im Universum innehatte, eine besondere Bedeutung zu. Darüber hinaus ließ sich den Pfaffen positiv anrechnen, dass sie Orte der Besinnung schufen, die den plumpen Andrang von Angebot und Nachfrage in unmissverständlicher Form auf Distanz hielten. Man brauchte bloß einmal eine gotische Kathedrale von innen gesehen zu haben, um zu verstehen, was es hieß, eine Zone jenseits der Ökonomie zu betreten. Auf der anderen Seite konnte Freundel nicht umhin, die Verfechter der Religion als geistig unterlegen zu betrachten. Zu hoffnungslos steckte ihr metaphysischer Instinkt im Schwitzkasten der Dogmen fest, die die tumbe Vorstellungswelt des Offenbarungsglaubens ihnen auferlegte. Er war sich der Arroganz des Vergleichs mit den Menschenaffen bewusst, sah sich jedoch außer Stande, den überheblichen Gedanken zu unterdrücken.

Nachdem er sich von dem Klosterkomplex entfernt hatte, schlenderte er eine Weile ohne Ziel durch die kopfsteingepflasterten Gassen des Dorfs. Die teils lehmverputzten, teils steinernen Fassaden der zweigeschossigen Gebäude leuchteten in warmen Erdtönen. Im Glanz der Frühlingssonne wirkten die Gemäuer urtümlich und rein, wie Gestein, das im Gewässer eines alpinen Quellstroms lagerte. Fast nirgends war ein Mensch zu sehen. Lediglich in einem ebenerdigen Laden grüßten ihn zwei greise, in schwarze Stolen gehüllte Damen, die Seite an Seite hinter einer uralten Nähmaschine mit Pedalantrieb saßen. Wenig später erreichte er einen kleinen Platz. An dessen hinterem Ende stach ein gelb gestrichenes Eckhaus ins Auge. Davor befanden sich, von einem orangenen Sonnensegel überdacht, mehrere Cafétische aus gelötetem Metall. Genau der richtige Ort, um etwas zu trinken oder sich einen kleinen Imbiss zu gönnen.

Gemächlich schritt er auf das Café zu und hielt Ausschau nach einem geeigneten Tisch. Da trat aus einer schattigen Gasse, die auf der gegenüberliegenden Seite auf den Platz führte, eine schlaksige Gestalt. Ebenso wie er, schien sie ohne rechte Orientierung in der Gegend umherzustreifen. Es handelte sich um einen hochgeschossenen Mann, bekleidet mit einem dunklen Anzug. In der Hand trug er eine flache Aktentasche aus gegerbtem Leder. Er mochte um die vierzig Jahre alt sein. Sein Gesicht schien einen ordentlichen Sonnenbrand abbekommen zu haben. Es wurde umrahmt von dichtem dunkelbraunem Haar. Die scharfkantig geschnittene Frisur war so eigenwillig geformt, dass sie dem Haupt die Gestalt eines Trapezes verlieh, dessen Schmalseite unten lag. Nicht minder markant waren die unruhigen Augen des Fremden, die aus ungewöhnlich tiefen Höhlen hervorlugten. Hinzu kamen zwei heillos abstehende Ohren. Freundels spontane Assoziationen schnellten zu der bösartigen Impression zusammen, er sei mit einem Ebenbild von E. T. konfrontiert, das ein gemeiner Zerrspiegel in die Vertikale stauchte.

Als sie sich vor den Tischen des Cafés trafen, sprach der Fremde ihn an.

„Hello, Sir. Are you also a participant at the philosophy conference?"

Freundel bejahte und stellte sich vor.

„Angenehm", erwiderte E.T. auf Deutsch, wobei er für den Bruchteil einer Sekunde einen ähnlich zerrütteten Blick aussandte wie das cineastische Original. „Mein Name ist Lars Waletzko."

Freundel war nicht darauf vorbereitet, ausgerechnet an diesem Ort auf einen seiner schärfsten Konkurrenten zu treffen. Dabei lag es nahe, dass Waletzko die Reise hierher aus ähnlichen Erwägungen heraus angetreten hatte wie er selbst. Sofern nämlich Keltberlet darauf aus war, seinen Spezi zu protegieren, stiegen dessen Chancen, wenn die übrigen Institutsassistenten, die Keltberlet in der Kommission zu vertreten hatte, mit dem Kandidaten zuvor ebenfalls persönlich Bekanntschaft machten. Auf dem Programm, das vor einigen Wochen an die Tagungsteilnehmer versandt worden war, tauchte Waletzkos Name allerdings nirgendwo auf. Vermutlich hatte Keltberlet mit Hilfe seiner perfekt geschmierten Beziehungskanäle dafür gesorgt, dass dem aufstrebenden Privatdozenten noch kurzfristig Gelegenheit gegeben wurde, auf der dichtgedrängten Agenda der Konferenz einen Vortrag zu platzieren.

Waletzko schlug vor, gemeinsam einen Kaffee zu trinken, woraufhin sie einander gegenüber an einem der wackeligen Metalltische Platz nahmen. Irgendwo in der Ferne schrillte eine Kreissäge. Als die Kellnerin an ihren Tisch trat, um die Bestellung entgegenzunehmen, entschieden sie sich dafür, anstelle des Kaffees einen französischen Landwein aus einer der lokalen Keltereien zu probieren. Wenig später hielten sie zwei gefüllte Gläser in den Händen, und Freundel prostete Waletzko zu.

„Zum Wohl, Herr Kollege. Und natürlich Toi Toi Toi für Ihren Vortrag in Frankfurt."

Waletzko benötigte einige Sekunden, um seine Irritation zu überwinden. Dann jedoch ließ er sich auf den Jux ein und erwiderte den Wunsch im umgekehrten Sinne.

Während sie an ihren Gläsern nippten, ohne dass zwischen ihnen ein richtiges Gespräch in Gang kam, blähten heftige Windstöße das über ihren Köpfen gespannte Sonnensegel. Den ausfahrbaren Stahlträgern, an denen die Plane befestigt war, entlockte dies ein martialisches Knarren. Freundel, der zu frieren begann und sich auch ansonsten nicht sonderlich wohl in seiner Haut fühlte, presste den Hals tiefer in den hochgeklappten Kragen seines Sakkos. Im Stile eines mimosenhaften Kurgastes verharrte er wortlos auf der eisernen Sitzfläche des Stuhls.

„Spielen Sie gerne Memory?", erkundigte sich Waletzko unvermittelt.

„Wie bitte?" Freundel begriff nicht, worauf der leicht angespannt wirkende Schlaks hinaus wollte.

„Memory. Das kennen Sie doch sicher. Ein Gedächtnisspiel. Man muss sich jeweils die Position zweier übereinstimmender Kärtchen merken."

„Ach so. Klar. Aber wie kommen Sie jetzt darauf?"

„Weil ich Sie zu einer Partie einladen möchte. Ich habe ein Reiseexemplar dabei."

Waletzko bückte sich, öffnete die an sein Stuhlbein gelehnte Aktentasche und holte daraus eine rosa Pappschachtel hervor. Ihr abgewetzter Deckel wurde von zwei breiten Gummiringen festgehalten.

„Man kann sich damit in Stresssituationen gut entspannen", fuhr er fort. „Auch bei solitärem Spiel. Es fördert zudem ganz hervorragend die Konzentration vor Vorträgen. Wussten Sie das?"

Waletzko entfernte den Deckel von der Schachtel und streute die darin enthaltenen quadratischen Kärtchen auf den Tisch. Sie zeigten nicht die üblichen Motive. Stattdessen waren auf ihnen groteske Strichmännchen abgebildet, die merkwürdige Verrenkungen vollführten und sich kaum voneinander unterscheiden ließen.

„Es handelt sich um eine Version mit erhöhtem Schwierigkeitsgrad.", erläuterte Waletzko, während er in Windeseile die Karten mit der Rückseite nach oben auf der leicht abschüssigen Tischplatte verteilte.

„Bitte, Herr Freundel. Sie dürfen beginnen."

Dieser Kauz schien sich noch nicht einmal für die Frage zu interessieren, ob er überhaupt Lust verspürte, bei dem dämlichen Spiel mitzumachen. Das war ja wirklich das Letzte.

Trotz seines Unmuts mangelte es Freundel an dem Impuls, sich quer zu stellen. Während sie anfingen, abwechselnd Strichmännchen aufzudecken und wieder umzudrehen, kam immerhin ihr Gespräch etwas besser in Schwung. Freundel erfuhr, dass sein Gegenüber eine kostengünstige neue Airline genutzt hatte, die die in der Nähe des Tagungsorts gelegene Stadt Bezier anflog, und dass er bereits am morgigen Abend von dort aus die Heimreise würde antreten müssen, ohne in der Lage zu sein, das Ende der dreitägigen Veranstaltung abzuwarten. Sieh an. Er hatte es also mit einem waschechten Vollprofi zu tun, der zwischendurch mal eben für 24 Stunden zu einer Konferenz jettete, um rasch einen Vortrag abzusondern und ein paar nützliche neue Kontakte zu knüpfen. Alles klar.

Kühl unterzog er die pflaumengroßen Tränensäcke und die spleenig wirkende Trapezfrisur des Konkurrenten einer eingehenden Musterung. Sollte die physische Attraktivität der Kandidaten als Auswahlkriterium zum Zuge kommen, konnte er sich zweifellos im Vorteil wähnen. Doch natürlich würde dieser Gesichtspunkt bei der Besetzung der Professur nicht wirklich zu Buche schlagen. Es sei denn, bei dem einen oder anderen männlichen Kommissionsmitglied wäre eine latente Homosexualität im Spiel. In diesem Fall jedoch müsste er sich ganz gehörig vor seinem Mitbewerber Jerry Irvine in Acht nehmen. Der wies nämlich nicht allein in fachlicher Hinsicht eine absolut beißfeste Qualifikation auf, sondern zeigte sich darüber hinaus auf seiner Homepage auf einem Ganzkörperfoto, das ihn als ebenso virilen wie modebewussten Beau in Szene setzte.

Während Freundel sich halbherzig bemühte, unter den Karten ein Pärchen identischer Strichmännchen ausfindig zu machen, und dabei ein ums andere Mal daneben langte, ratterte der Webstuhl seiner Erwägungen weiter. Wenngleich Waletzkos unvorteilhaftes Äußeres keinen wirklichen Nachteil bedeuten mochte, so könnte doch der tumbe bayrische Akzent des Fachkollegen dessen Chancen beeinträchtigen. Wenn er sich nicht täuschte, handelte es sich um jenen besonders unangenehmen Tonfall, der in der Gegend um Regensburg verbreitet war und bei dem das „r" jedes Mal wie ein durch ein Schlagloch bolzendes Wagenrad aus der Stimmlage ausschlug. Immerhin galt in Hessen, anders als in Bayern, ein nicht ausreichend vernarbter Dialekt als Insignium intellektueller Zweitklassigkeit. Gut möglich also, dass die rustikale Einfärbung des Zungenschlags die Kommissionsmitglieder dazu verleiten würde, die Qualitäten des Redners zu unterschätzen.

Noch während er im Geiste die Handicaps des Konkurrenten taxierte, dem es gerade gelang, ein Kartenpaar nach dem anderen einzuheimsen, verspürte er auf einmal Mitleid mit Waletzko. Im Grunde genommen befanden sie beide sich in genau der gleichen, höchst jämmerlichen Situation. Ebenso wie er selbst tauchte dieser frisurtechnisch verunglückte Niederbayer einsam und orientierungslos in den Gassen dieses gottverdammten Provinznests auf, getrieben einzig und allein von dem hartnäckigen Bestreben, nur ja keine Gelegenheit auszulassen, eine weitere winzige Stellschraube im wackeligen Gerüst seiner unkalkulierbaren Chancen nachzudrehen. Freundels solidarisches Gefühl wurde noch verstärkt durch die Sympathie für den zärtlichen Ton, in dem Waletzko begonnen hatte, über seine vierjährige Tochter zu sprechen. Kaum war das private Thema abgegrast, schaltete E. T. allerdings urplötzlich einen Gang höher und eröffnete eine angestrengte Diskussion über die jüngsten Irrwege der formalen Semantik. Freundel gelang es dabei nur mit äußerster Mühe, seine mangelhafte Trittsicherheit bei der Durchquerung logischer Mondlandschaften zu kaschieren. Deshalb atmete er auf, als Waletzko, unmittelbar nachdem er die Memory-Partie souverän für sich entschieden hatte, die Konversation beendete und sich mit der Erklärung verabschiedete, er benötige die verbleibenden Nachmittagsstunden, um noch den letzten Schliff an seinen Vortrag zu legen.

Am frühen Abend waren sämtliche Teilnehmer der Tagung in dem Gästehaus eingetroffen. Man versammelte sich in dem gewitterwolkengrau verputzen Speisesaal des Klostertrakts, in dem es nach gedünstetem Rosenkohl roch und durch dessen gemauerte Spitzbogenfenster der Blick auf die Zierpflanzen des umliegenden Parks fiel. Der Organisator der Konferenz, Dr. Rettich, hieß im Rahmen einer kurzen Begrüßungsrede sämtliche Gäste namentlich willkommen. Der von der Universität Münster stammende Privatdozent war ein untersetzter, zu humoriger Melancholie neigender Gemütsmensch. Seit er kurz vor der Milleniumswende in der Nähe des Klosters ein kleines Weingut gepachtet hatte, rief er einmal pro Jahr vor Ort ein internationales Symposion ins Leben. Obgleich ihm etliche seiner Fachkollegen herausragendes philosophisches Können bescheinigten und ihm bereits ein ganzer Schwall verzwickter Bücher aus der Feder geflossen war, bemühte er sich seit mehr als einer Dekade erfolglos darum, einen Ruf auf eine ordentliche Professur zu ergattern. Mittlerweile galt er als überaltert und vermochte sich in finanzieller Hinsicht allein mit Hilfe der schrägen Idee über Wasser zu halten, auf Philosophiekonferenzen Kisten eigenhändig abgefüllter und bedeutungsschwer etikettierter Landweine zu verhökern, die den Anbaugebieten des Languedoc entstammten.

Das anschließende Abendessen verlief in entspannter Atmosphäre. An Freundels Tafel hatten, neben einem rothaarigen Professor aus Kansas City, dessen Wangen pelztierhafte Koteletten zierten, auch zwei der Frankfurter Assistenten Platz genommen. Sie waren erkennbar um seine Aufmerksamkeit bemüht und gaben zur allseitigen Erheiterung allerlei kafkaesken Institutsklatsch zum Besten. Nach dem Dessert wanderten die meisten Gäste reihum von Tisch zu Tisch. Es wurde ohne Scheu getrunken und gescherzt, und jedermann machte von der Gelegenheit Gebrauch, schmucke neue Fäden ins erlauchte Netz der kollegialen Bekanntschaften einzuweben.

Als am nächsten Morgen der offizielle Teil der Konferenz begann, hatte sich aufgrund der Geselligkeit des vorangehenden Abends bereits ein allgemeines Gefühl wechselseitiger Vertrautheit innerhalb der Gruppe eingestellt. Die Vorträge fanden in einem hohen, vom Sonnenlicht durchfluteten Saal im ersten Stock des Gebäudes statt. Zur Einrichtung des Raums zählten butterweich gepolsterte Konferenzstühle mit dunkelblauen Stoffbezügen sowie eine ausfahrbare Leinwand für Power-Point-Präsentationen. Die unterschiedlichen Referenten, die aus Deutschland, der Schweiz, Frankreich und den USA stammten, sprachen über ein kunterbuntes Gemisch von Themen, die meist nur in einer losen Beziehung zum offiziellen Programmschwerpunkt der Tagung standen. Nicht wenige der Vorträge bewegten sich jedoch auf hohem intellektuellem Niveau, und in den anschließenden Diskussionen kam es zu mancherlei fruchtbarem Gedankenaustausch.

Als Waletzko an der Reihe war, musste Freundel zu seiner Enttäuschung feststellen, dass sowohl das schrullige Äußere als auch der provinzielle Akzent des Redners bereits nach wenigen Sätzen vollständig in den Hintergrund traten. Von einer ungünstigen Wirkung auf die Zuhörer konnte überhaupt keine Rede sein. Auf der Bühne agierte einfach nur ein hochkonzentrierter Denker, der eine brillante Vorstellung bot. Der schulbuchmäßig aufgebaute Vortrag verknüpfte gekonnt ein Arsenal origineller Thesen mit plastischen Beispielen und vermittelte insgesamt den Eindruck unbeugsamer fachlicher Kompetenz. Zu Recht erntete er beim Publikum den mit Abstand längsten Applaus. Doch damit nicht genug: Auch in der nachfolgenden Diskussion bestach der hagere, mit einem maisgelben Sweatshirt unerwartet leger gekleidete Referent durch eine ausgefuchste Mischung aus Schlagfertigkeit, Nachdenklichkeit und Offenheit für Kritik.

Freundel benötigte einige Stunden, um sich der niedergedrückten Stimmung zu entledigen, in die Waletzkos Darbietung ihn versetzt hatte. Dieser war bereits abgereist, als er selbst sich am Nachmittag vor dem Rednerpult vorfand. Der Beifall und die rege Debatte, die sein Auftritt auslöste, lieferten immerhin den Beweis, dass es ihm gelang, ebenfalls einen ordentlichen Eindruck zu hinterlassen. Dennoch hatte er kein auch nur annähernd so ausgefeiltes Paradestück präsentiert wie der bajuwarische Konkurrent. Hätte er im Vorfeld geahnt, dass es auf der Tagung zu einem direkten Vergleich zwischen ihm und Waletzko kommen würde, hätte er sich weitaus gründlicher vorbereitet und sich nicht damit begnügt, den Zuhörern einen Aufguss seiner zwar fundierten, in Sachen intellektueller Tiefe jedoch eher schonkosthaften Aristoteles-Deutung aufzutischen. Sollte Keltberlet seine Ahnungslosigkeit einkalkuliert haben, war ihm mit der kurzfristigen Einschleusung seines Protegés in der Tat ein erfolgreicher Schachzug gelungen.

Wie auch immer: Es machte wenig Sinn, sich von dieser ungünstigen Entwicklung allzu stark verunsichern zu lassen. Stattdessen würde er versuchen, den Rest der Tagung und die mehrheitlich angenehme Gesellschaft der Fachkollegen so unbeschwert wie möglich zu genießen. Schließlich hatte er für den entscheidenden Showdown in zwei Wochen einen weitaus besseren Vortrag in der Tasche, und die beiden hier anwesenden Institutsassistenten, die er im Zweifelsfall auf seine Seite hätte ziehen können, dürften ohnehin kaum imstande gewesen sein, Keltberlets kugelsichere Präferenz für Waletzko anzukratzen.

Im Lauf der beiden folgenden Tage lehnte er entspannt im Publikum, während andere Redner ihr Ideenfeuerwerk zum Knallen brachten, unternahm in den Mittagspausen ausgedehnte Spaziergänge durch die verwunschenen Feigenbaumplantagen in der Umgebung des Dorfes und ließ sich ausgiebig die leckere Kost munden, die der Restaurantbetrieb der klostereigenen Hostellerie den Konferenzteilnehmern servierte. Bei den Diskussionen, die den Vorträgen folgten, nutze er überdies jede sich bietende Gelegenheit, um sich den Fachkollegen als rhetorisch durchtrainierter, vor Einfällen brummender Kopf zu präsentieren.

Die Atmosphäre in der Gruppe wurde im Fortgang der Tagung immer gelöster und glich mehr und mehr der ausgelassenen Stimmung einer gemeinsamen Klassenreise. Die meisten der zu Beginn ein wenig steif auftretenden Professoren, darunter auch drei in Fachkreisen weithin anerkannte Silberrücken, gaben ihre anfängliche Distanziertheit preis. Einer von ihnen ging sogar so weit, sich unter den Augen seiner Kollegen von den beiden hübschen Münsteraner Studentinnen foppen zu lassen, die Rettich zur Teilnahme an dem Symposion ermuntert und in seinem uralten, heillos verbeulten Passat eigenhändig an den Rand der Pyrenäen chauffiert hatte. Beim allabendlichen Rotwein, den sich die aufgeräumte Runde im Innenhof des Klosters genehmigte, registrierte Freundel, dass auch sein bisheriges Bild von Keltberlet nicht ganz den Tatsachen zu entsprechen schien. Mochte der käsige Oberassistent noch so sehr von seinem Randmüller-Dünkel angefressen sein: Hier in der kühlen Nachtluft auf den Holzbänken unter den Korkeichen entpuppte er sich als überraschend lockerer Gesprächspartner, in dessen flapsigen Einlassungen hie und da sogar ein handfester Sinn fürs Tragikomische aufblitzte.

Nachdem der neuerdings schnittiger frisierte Blondschopf offen über ein verkorkstes Sammelbandprojekt geklagt hatte, bei dem er ohnmächtig an der Leimrute einer chaotischen Mitherausgeberin hing, lockerte Freundel behutsam die Zensur, die ihn normalerweise daran gehindert hätte, eigene Schwächen preiszugeben. Er berichtete Keltberlet von den Problemen, die ihm Moritz Geppert und dessen ebenso altkluger Kommilitone in seinem Hume-Seminar bereitet hatten.

„Wie würden denn Sie in so einer Situation reagieren?", erkundigte er sich.

„Ich fürchte, Sie sind den beiden Schlaufüchsen voll in die Falle gegangen.", erwiderte Keltberlet, in dessen Blick von einer Sekunde auf die nächste eine froschäugige Reserviertheit trat. „Das ist ein bekanntes Spiel, das Herr Geppert und Herr Ramsauer seit Jahren im Auftrag der studentischen Fachschaft durchziehen. Sie testen so die didaktischen Fähigkeiten der Dozenten. Dass Sie die beiden nicht energisch in die Schranken gewiesen haben, war gerade falsch. Den Test besteht, wer verhindert, dass zwei fortgeschrittene Studenten die Studienanfänger einschüchtern. Das hätte ich Ihnen sagen können."

Hast du aber nicht, du Arsch, dachte Freundel, der glaubte, aus Keltberlets Tonfall eine untergründige Befriedigung herauszuhören. Der Verlauf ihres Gesprächs wies gewisse Ähnlichkeiten mit einer Szene aus dem Film *Jurassic Park* auf. Dort begegnet eines der Opfer im Gebüsch einem schmächtigen Dinosaurier, an dessen Kopf ein Knorpelkamm und eine fächerartige Halskrause prangen. Der kleine Dino neigt zunächst in einer putzigen Geste den Kopf zur Seite und wirkt dadurch arglos und friedfertig. Doch als daraufhin der ursprünglich zur Flucht ansetzende Mensch beginnt, Zutrauen zu fassen, speit ihm das Monster ohne Vorwarnung einen Schwall schleimiger Säure mitten ins Gesicht.

Freundel fummelte in seinem Haar herum, um irgendein Krabbeltier daraus zu entfernen. Es musste aus einer der Korkeichen heruntergefallen sein. Ganz in der Nähe ertönte der Ruf eines Käuzchens. Nachdenklich betrachtete er sein Gegenüber. Dieser hatte, während er ihnen beiden Rotwein nachschenkte, eine betont harmlose Miene aufgesetzt. Sie spannte sich wie ein undurchlässiger Matratzenschoner über sein Antlitz. Freundel wusste, dass er sich besser nichts vormachte. Der akademische Kosmos blieb eine unergründliche Zwischenwelt aus Sympathie und Antipathie. Noch dazu stand außer Frage, dass Keltberlet unter keinen Umständen seine Loyalität zu Waletzko aufgeben würde. Dies war dem ehrgeizigen Oberassistenten noch nicht einmal zu verdenken. Schließlich stand sein Habilitationsverfahren bevor, und ein ihm zu Dank verpflichteter Waletzko in der Rolle eines der fakultären Gutachter wäre eine sichere Bank.

Dass Freundel an diesem letzten Abend des Symposions die Unterhaltung mit Keltberlet fortsetzte, erwies sich am Ende dennoch als vorteilhaft. Durch ihn erfuhr er nämlich, dass einer der sechs Kandidaten, die man zu den Probevorträgen geladen hatte, überraschend abgesprungen war. Sebastian Weiterstedt trat eine Postdoc-Stelle in Berkeley an, die einen dauerhaften Broterwerb an der renommierten Westcoast-Universität verhieß. Daraufhin hatte die Berufungskommission kurzerhand einen gewissen Ansgar Lorenzkotte-Eberling für das Vorsingen nachnominiert. Der war ein ehemaliger Jesuitenschüler und Inhaber einer Professur an der Universität Innsbruck. Nach allem, was man hörte, ein maßlos umtriebiger Geist. Neben den üblichen Abschlüssen in Philosophie konnte er einen zusätzlichen Doktortitel in Theologie vorweisen, besaß eine Ausbildung als Gestalttherapeut und hatte obendrein der London School of Economics einen Master of Business Administration abgerungen. Mit einem Wort: Ein unangenehmer Tausendsassa voller ungebremster Energie – eine Einschätzung, die auch Keltberlets Schilderung grimmig durchklingen ließ.

Ansgar Lorenzkotte-Eberling. Ein Name, der abgeht wie eine Rakete, dachte Freundel. Freilich eher wie eine Rakete, die nach eindrucksvollem Start mit zunehmender Flugdauer abzuschmieren beginnt.

„Wissen Sie, was seine Schwerpunkte sind?", erkundigte er sich, während er das leere Weinglas zwischen den Fingern hin und her rollte.

„In den Kerngebieten der theoretischen Philosophie scheint er einschlägig qualifiziert zu sein", antwortete Keltberlet. „Und zusätzlich hat er sich in allerlei modischen Debatten einen Namen gemacht. Lacan und Derrida und so."

„Meinen Sie denn, dass er ausgerechnet *damit* in Frankfurt jemanden beeindrucken kann?"

„Es dürfte mindestens die Literatur- und Kunstwissenschaftler in der Kommission aufhorchen lassen."

Mit dieser Einschätzung hatte Keltberlet zweifellos Recht. Man durfte den neuen Konkurrenten daher keinesfalls auf die leichte Schulter nehmen. Auch deshalb nicht, weil ihm in der Vergangenheit ja ein anderes Institut bereits die professorale Weihe erteilt hatte. Einen gewissen Trost bot da lediglich der Umstand, dass Innsbruck nicht eben zu den international anerkannten Hochburgen der akademischen Philosophie zählte.

Später, auf seiner Klosterzelle, befiel Freundel ein starkes Gefühl der Erschöpfung. Er schloss das Fenster, durch das die mittlerweile immer kälter gewordene Nachtluft wie in Körnern in den Raum hereinrieselte. Dann nahm er aus dem Holzspint neben der Tür einen Kolter aus Schafswolle und breitete ihn über der Bettdecke aus. Eine Zeit lang verharrte er stocksteif unter der wärmenden Doppelschicht aus Daunen und Wolle. Auf einmal überkam ihn das Verlangen, mit Lydia zu sprechen. Er richtete sich auf, um nach dem Telefonapparat zu greifen, der auf dem Nachttisch stand. Dann hielt er inne. Er spürte, wie das Vorhaben seinen Magen in Aufruhr geraten ließ. Gleichzeitig hielt in seinen Oberkörper ein nervöser Druck Einzug. Mit einer Spannkraft, die der eines geöffneten Regenschirms gleichkam, setzte sich die

Empfindung in der Mitte des Brustkorbs fest. Schließlich gab er sich einen Ruck und wählte die Nummer, die er, bevor er abgereist war, dem Frankfurter Telefonbuch entnommen hatte.

Als sie sich meldete, klang ihre Stimme belegt. Dennoch schien sie über seinen Anruf erfreut. Er erzählte ihr, wo er sich aufhielt, ohne anzugeben, warum er nach Südfrankreich gefahren war. Nach einigem Zögern sagte er außerdem, dass er sich freuen würde, sie nach seiner Rückkehr wiederzusehen.

„Hör zu", erwiderte sie, „Ich verreise morgen für einige Tage. Aber ich melde mich bei dir, sobald ich wieder in Frankfurt bin."

„Schön. Wohin fährst du denn?"

„Lass es mich dir ein andermal erzählen. Ich war schon am Einschlafen." Dann sagte sie noch etwas zu ihm, das ihn für eine Weile seine Erschöpfung vergessen ließ. Als er den Hörer auflegte, war er glücklich.

Er löschte das Licht. Im Dunkeln liegend betrachtete er, durch den romanischen Bogen des Fensters, die feinen Linien der Trauerweiden am Flussufer. Deutlich hoben sich im Mondschein die finsteren, nach unten gekrümmten Zweige von der heller schimmernden Grundfläche des Himmels ab, ähnlich den invertierten Farbelementen auf einem Fotonegativ. In den Ästen eines der Bäume bewegte sich der Schatten eines Tiers. Es mochte sich um ein Eichhörnchen oder ein Wiesel handeln. Müde ließ Freundel das Haupt in das gesteifte Kissen sinken. Vor seinem inneren Auge tauchten die Bilder all jener Kollegen auf, die zu dem unerbittlichen Gladiatorenkampf um die raren Posten an den Universitäten verurteilt waren. Ein Kampf, bei dem die meisten von ihnen gnadenlos auf der Strecke blieben: Der hochgebildete Rettich, der einst so aussichtsreich ins Rennen gestartet war und der heute resigniert durch die Pfützen seines Weinhandels watete; der hüftsteife Waletzko, der bereits erfolglos in Marburg und Paderborn vorgesungen hatte und der sich verzweifelt für ein paar Stunden in ein südfranzösisches Dorf beamen ließ, zwischen dessen verwatzten Rinnsteinen er in seinem dunklen

Zweireiher umherirrte wie ein extraterrestrischer Fremdling; der rauschebärtige Privatdozent aus Essen, der ihm auf einem seiner Spaziergänge durch die Feigenbaumplantagen gefolgt war und der trotz einer Flut von Veröffentlichungen seit Jahren buchstäblich am Hungertuch nagte; oder Himmelsried, der sich von Zettel aushalten ließ und des Nachts, geblendet vom Funkenflug einsamer Inspiration, an seinem gigantischen Romanepos schweißte. Fraglos alles brillante Gelehrte, deren Hirne vor Ideen barsten. Dennoch würde das staatliche Bildungswesen fast allen von ihnen den Laufpass erteilen. Ihn selbst würde vermutlich ein ähnliches Schicksal ereilen. Was für ein Jammer! Was für ein Hohn! Welch eine nutzlose Verschwendung schöpferischer Intelligenz!

Die Wipfel der Weidenbäume waren jetzt vollkommen ruhig. Das Tier hatte sich verzogen. Die einzige Bewegung, die sich in der Dunkelheit noch ausmachen ließ, war das Flattern einer Fledermaus, die auf den Dachstuhl über seinem Zimmer zuzufliegen schien. Derweil fiel der Lichtschein des Mondes genau auf seine Bettdecke. Der im Abnehmen begriffene, seitwärts gekippte Himmelskörper haftete hoch oben am nächtlichen Firmament, bleich und ausdruckslos, wie der schräg nach vorne geneigte Kopf eines Gehenkten. Freundel wälzte sich auf die Seite und schob die Hand unter den kühlen Leinenbezug des Kopfkissens. Verflixt nochmal! Es *musste* doch eine Lösung geben! Abermals dachte er an seinen Plan, eine aus privaten Geldern gesponserte Akademie zu gründen. Eine solche Institution würde genau den richtigen Rahmen bieten, um das Potenzial von Leuten wie Rettich und Waletzko oder dem Kollegen aus Essen zum Blühen zu bringen. Er nahm sich vor, nach seiner Rückkehr nach Frankfurt noch einmal bei Rufus nachzuhaken, welche Finanzierungsidee dieser neulich im Sinn hatte.

Kapitel 9: Die Lore

Gesine Petrus besuchte er seit einem dreiviertel Jahr. Sie war Ende dreißig, kinderlos und geschieden. Tagsüber wachte sie als Aufsichtsperson über die Exponate in den Ausstellungsräumen des Frankfurter Städelmuseums. Abends frönte sie ihrer Leseleidenschaft, besuchte klassische Konzerte oder ließ sich, gemeinsam mit einer ebenfalls partnerlosen Busenfreundin, die Spezialitäten ihres japanischen Lieblingsrestaurants munden, in dem man hoch über den Dächern des Bankenviertels logierte. Das leichtfüßige Anbandeln mit Vertretern des anderen Geschlechts war ihre Sache nicht. Sie besaß eine grüblerische Veranlagung, verurteilte unnachgiebig die Erscheinungen des Zeitgeistes und hasste oberflächliche Kontakte.

Ihr introvertiertes Wesen machte sie für ihn zur idealen Beute. Den Hinweis auf den philosophierenden Callboy hatte sie von ihrer Freundin erhalten, die zwar nicht selbst den Mumm aufbrachte, sich käuflicher Wollust hinzugeben, der jedoch das verheißungsvolle Inserat ins Auge gesprungen war. Bereits bei ihrer ersten Begegnung erkannte Freundel, dass es vor allem ein Problem gab, das Gesine umtrieb: Die begrenzte Dauer des irdischen Daseins, ihre diffuse Angst vor dem Tod, die unheimliche Vorstellung, ihre gesamte Existenz werde sich irgendwann in Nichts auflösen. Ganz anders als etwa in Jutta Trierweilers Fall traf er bei ihr mit Spekulationen zu diesem Thema auf einen reichhaltigen Nährboden aus eigenen Erwägungen, Befürchtungen und Ansichten. Gesines atheistische Einstellung bot dabei einen zusätzlichen Vorteil. Sie untersagte es ihr, bei den Trostbotschaften religiöser Heilslehren Zuflucht zu suchen. Dies machte sie zu einer begierigen Empfängerin philosophischer Betrachtungen.

Eindringlich hatte sie ihm berichtet, wie die Ausübung der Aufsichtsfunktion in den stillen Räumlichkeiten des Museums sie mit geradezu teuflischer Unausweichlichkeit der Wahrnehmung aussetzte, dass Tag für Tag ihre Lebenszeit verstrich. Über Stunden hinweg musste sie reihum die verschiedenen Säle abschreiten und geflissentlich darauf achten, dass die Besucher nicht zu dicht an die Werke von Rembrandt, van Gogh oder Baselitz herantraten oder es gar wagten, die Oberflächen der Gemälde zu berühren. Oftmals verharrte sie dabei minutenlang neben einer der hohen Zwischentüren oder saß in puppensteifer Haltung, die Beine eng übereinandergeschlagen, auf einer der ledernen Sitzbänke in der Mitte des jeweiligen Raums. Damit sie die Ausstellungsgäste stets aufmerksam im Blick behalten konnte, war es ihr nicht gestattet, während der Arbeit zu lesen. Zwar pflegte sie die Kunst als ihr Lebenselixier zu bezeichnen. Doch sämtliche Details der ausgehängten Meisterwerke kamen ihr mittlerweile so bedrückend vertraut vor wie einer Stationsschwester die verschrobenen Mienen der Dauerinsassen einer gerontopsychiatrischen Klinik. Auch die Exponate der zwischenzeitlichen Sonderausstellungen boten ihr gewöhnlich keine so reichhaltige Abwechslung, dass sie länger als einige Tage vom Studium des aus der Reihe tanzenden Bildmaterials in Bann gehalten wurde. Folglich gelang es ihr nicht, die Zeit, deren stetiges Verstreichen nach ihrem Empfinden dem unablässigen Nach-Vorne-Kippen einer gläsernen Wand ähnelte, mit etwas anderem als ihren eigenen tristen Grübeleien zu füllen. Doch selbst die trübe Parade ihrer Gedanken wich oftmals einem leeren, angespannten Beobachten des Verrinnens der Zeit. So wurde sie zur stummen Zeugin des unerbittlichen Fortgangs der Minuten und Stunden.

Kaum besser erging es ihr während jener Hälfte des Tages, die sie in der Garderobe im Eingangsbereich des Gebäudes zubrachte. Zwar wurde dort von ihr verlangt, die Aufmerksamkeit auf die Entgegennahme von Jacken, Mänteln und Taschen zu richten und die anvertrauten Stücke später im Dickicht der beladenen Kleiderständer anhand der Nummernzettel wieder ausfindig zu machen. Doch auch hierbei musste sie zwischendurch Phasen des ereignislosen Leerlaufs überstehen, in denen ihr sperrangelweit offenstehendes Bewusstsein für dieselbe dumpfe Gegenwart des Tickens ihrer Lebensuhr empfänglich blieb. Dieser Erfahrung tagtäglich ausgeliefert zu sein, verstärkte ihre Angst vor dem lautlos näher rückenden Lebensende, eine Angst, die abzuschütteln ihr auch außerhalb der Arbeitszeiten zusehends schlechter gelang und die ihr immer öfter in ihren nächtlichen Alpträumen wie ein höhnischer Harlekin entgegensprang.

Im Laufe ihrer Begegnungen hatte sich Freundel zunächst bemüht, ihr Leiden zu lindern, indem er ihr die tröstlichen Ansichten antiker Philosophen nahebrachte. Diese pfiffigen Verkünder lebenspraktischer Besonnenheit traten der Todesfurcht mit dem Argument entgegen, der Tod bedeute keinen Schrecken, da er das Ende aller Empfindung sei. *Solange wir sind, ist der Tod nicht, und wenn der Tod ist, sind nicht mehr wir*, lehrte etwa Epikur in seinem Brief an Menoikeus, und dieser Einsicht pflegten selbst heutige Denker, die das Problem des Todes sezierten, noch mehrheitlich Gültigkeit zuzuerkennen.

„Es geht nicht darum, dass ich Angst vor dem Zustand habe, tot zu sein", erwiderte sie. „Ich finde es nur schrecklich, dass mein Leben und alles, was ich im Lauf der Jahrzehnte gedacht, getan und erlebt habe, dann endgültig passé sein wird – schlicht aus und vorbei! Das Erschütternde am Tod ist nicht das, was danach kommt, sondern das völlige Verschwinden der Person, die stirbt."

Bei seinem nächsten Besuch in der verwinkelten Dachgeschosswohnung, die Gesine im östlichen Ostend bewohnte, hatte Freundel sich bemüht, das Problem von einer anderen Seite her anzugehen. Wenn die Vergänglichkeit als solche die Quelle ihres Unbehagens darstellte, dann bot vielleicht eine Sichtweise Abhilfe, die diese Vergänglichkeit in einem veränderten Licht erschienen ließ.

„Ich glaube", sagte er zu ihr, während sie ihm ihren verschwitzten Rücken zuwandte, „ein Teil der Ängste, die dir der Gedanke an den Tod bereitet, hängt damit zusammen, dass du dir ein zu einseitiges Bild vom Fortgang der Zeit machst." Er begann, die Fingerkuppen druckvoll in ihren Nacken zu pressen, wie in einen zu modellierenden Pizzateig. „Deine Betrachtungsweise ist ausschließlich auf das *Vergehen* der Zeit fixiert."

„Ja, und?", fragte sie. „Wie kann die Zeit denn *nicht* vergehen?"

„Nach deiner Vorstellung ist das einzige, was *wirklich* existiert, die Gegenwart."

„Na, klar. Was denn sonst?"

„Für real hältst du nur den winzigen Augenblick zwischen Vergangenheit und Zukunft, auf den sich das Wörtchen „jetzt" bezieht. Das, was bereits gewesen ist, hat dagegen aufgehört zu sein. Und umgekehrt ist das, was sein wird, noch nicht Bestandteil der Wirklichkeit. So sieht dein Bild von der Zeit aus. Habe ich Recht?"

„Das stimmt ja auch." Zaghaft fuhr sie sich mit den Fingern durch die erdnussbraunen, auf Schulterlänge gestutzten Locken. Anschließend ließ sie das Haupt auf das bullige, vom gemeinsamen Liebesgetümmel verknautschte Kopfkissen niedersinken.

„Legt man dieses Bild zugrunde", fuhr Freundel fort, „bedeutet das Vergehen der Zeit ein ständiges Vergehen der Welt."

„Ein Vergehen der Welt?"

„Nimm als Beispiel unser letztes Zusammensein vor drei Wochen. Und zwar den Moment, als wir nebenan auf dem Sofa lagen und du mir diese getrockneten Mangofrüchte gegeben hast. Die waren übrigens ziemlich lecker. Du musst mir mal verraten, wo man die bekommt."

„In fast jedem Supermarkt."

„Tatsächlich?"

„Sicher. *Du* bist mir einer!"

„Na gut. Also, pass auf: Du stellst dir vor, dass unser gemeinsamer Verzehr der Mangofrüchte ursprünglich noch nicht real war. Dass er sich irgendwo weit entfernt, in der schattenhaften Halde der Zukunft befand. Anschließend wurde er auf dem unermüdlichen Förderband der Zeit näher und näher herangerückt, bis er für einen kurzen Augenblick in den grellen Lichtkegel der Wirklichkeit geriet, den du Gegenwart nennst. Sofort danach ist er aus dieser Wirklichkeit wieder herausgefallen, indem er sich in ein vergangenes Ereignis verwandelt hat. Er ist in die Vergangenheit geplumpst wie in eine auf Schienen befindliche Lore, die ihn sogleich aus jener eng umgrenzten Zone des „Jetzt" davongetragen hat, in der die Dinge Realität besitzen. Und dieser rastlose Transportmechanismus sorgt dafür, dass allmählich die gesamte Welt vergeht. Sie schmilzt bei allem, was geschieht, ein Stück weiter ab. Die einzelnen Ereignisse, aus denen sich die Geschichte des Universums zusammenfügt, werden von dem Förderband in fein säuberlicher Reihenfolge in die Lore bugsiert und darin eines nach dem anderen abtransportiert."

„Das ist schön ausgedrückt. Genau so empfinde ich es." Sie presste die Fußsohlen gegen sein Schienbein, während sie gleichzeitig die Schulter gegen seine Hand zucken ließ. „Mach weiter wie vorhin. Das tut gut."

„Aber es gibt noch eine alternative Möglichkeit, sich die Ordnung der Ereignisse in der Zeit vorzustellen", sagte er, während er der Aufforderung nachkam.

„Und die wäre?"

„Man kann auch sagen: Der Verzehr der Mangofrüchte hat einfach bloß *später* stattgefunden als z. B. unser Spaziergang am Mainhafen im letzten Sommer – damals, als du diese komische Umhängetasche aus Balsaholz dabeihattest. Und er hat wiederum *früher* stattgefunden als unser heutiges Treffen, einschließlich der Massage, die ich dir gerade verpasse."

Er unterbrach die Knetbewegung, um seiner Hand eine Ruhepause zu gönnen. Derweil ließ er den Blick über das versprengte Heer der Leberflecke wandern, das ihren Rücken bedeckte. Die mandelbraunen Erhebungen saßen wie winzige Käfer auf der mehlhellen Oberfläche ihrer Haut.

„In diesem alternativen Bild", fuhr er fort, „ist die Zeit kein Strom, der kontinuierlich dahinfließt und einen Jetzt-Scheinwerfer durch die Ereignisse hindurchträgt."

„Was ist sie dann?"

„Sie ist eine völlig unbewegliche Dimension, in der sämtliche Geschehnisse der Vergangenheit, der Gegenwart und der Zukunft auf einer Art Achse angeordnet sind, die ihr reines *Nacheinander* festlegt. Genau so, wie Gegenstände im Raum *nebeneinander* angeordnet sind."

„Und was ändert das am Vergehen der Zeit?" Gesine zog die Knie an, während sie ihm weiterhin den Rücken zugewandt hielt.

„Der Punkt ist der, dass die Vorstellung, dass etwas *vergeht* und dadurch *unwirklich* wird, in dieser Betrachtungsweise gar keinen Platz hat. Die Ereignisse, die früher stattgefunden haben, sind nicht weniger wirklich als die Ereignisse, die später stattfinden. Sie alle sind und bleiben innerhalb der unbeweglichen Dimension der Zeit gleichermaßen real."

Behutsam bewegte er die Hand in Richtung ihres Nackens, bis seine Finger unter den sichelförmigen Büscheln ihrer halbherzig gekräuselten Naturlocken verschwanden.

„Die Ereignisse", ergänzte er, „sind alle so unverrückbar und unzerstörbar an ihrem jeweiligen Platz auf der Zeitachse konserviert wie die Inhalte eines riesigen Pharaonengrabs. Daher könnte man die so betrachtete Zeit auch als die *pharaonische Zeit* bezeichnen. Die moderne Physik geht übrigens genau von einer solchen Zeitvorstellung aus."

„Schön und gut. Aber was folgt daraus für den Tod?"

„In der pharaonischen Zeit bedeutet der Tod nicht, dass die Person, die stirbt, aus der Wirklichkeit *verschwindet*. Denn nichts, was vergangen ist, kann aus der Realität herausfallen. Es gibt keine Lore, in der die Ereignisse des Lebens abtransportiert werden. Das gesamte Leben bleibt erhalten, als Bestandteil der allumfassenden, auf ewig festgefrorenen Schale der Raumzeit."

„Heißt das, dass die Toten alle noch da sind?"

„In einem gewissen Sinne lässt sich das so sagen. Und nicht nur die Toten als Personen: Auch ihr gesamtes Leben. All ihre Erlebnisse, Handlungen, Träume und Erinnerungen, sind in der pharaonischen Zeit noch vorhanden. Sie sind sozusagen nur ein Stück von uns *entfernt*. Sie sind nicht *hier*, in dieser *Gegend* der Zeit, in der wir uns jetzt befinden."

„Also werde ich eigentlich gar nicht zerstört, wenn mein Leben zu Ende geht."

„Du musst dir einfach folgendes klarmachen: Gerade in dem Moment, wo dein Leben vollständig vergangen sein wird, wird es sich in einen vollkommen unantastbaren Bestandteil der Wirklichkeit verwandelt haben. Denn das Vergangene ist in keiner Weise mehr veränderbar. Was vergangen ist, kann so wenig der Zerstörung anheimfallen wie ein Diamant. In nichts von dem, was gestern war, lässt sich nachträglich hineinritzen."

Es lag jetzt ungefähr zwei Monate zurück, dass er Gesine den Gedanken nahegebracht hatte, ihr Leben werde durch ihren Tod so unzerstörbar wie ein Diamant. Diese Sichtweise gefiel ihr und beruhigte sie. Ja, als sie damals ihr Gesicht zu ihm hinwandte und ihm für seine Worte dankte, sah er, wie ihre Augen sich mit Tränen füllten. Sie schimmerten kristallklar und rein über den graublauen Sprenkelungen ihrer Iris, wie Blitzeis auf einem polierten Gneis. Doch die Erleichterung, die er ihr verschaffte, hielt nicht lange an. In den darauffolgenden Wochen kehrte ihr vorheriges Unbehagen zurück. Es bleib ja dabei, dass die Zeit noch dieses andere, zutiefst beunruhigende Erscheinungsbild besaß, bei dem die Momente des Lebens durch den winzigen Fokus der Gegenwart hindurchglitten und unablässig in die Vergangenheit entschwanden. Wenn sie jetzt auf den Lederbänken des Museums saß und die Besucher vor den Grafiken und Gemälden musterte, dann kehrte ihr die Zeit erneut dieses altbekannte, durch und durch beklemmende Antlitz zu. Stunde um Stunde, und Minute für Minute, sah sie die Lore anrollen, die die Teile ihres Lebens davontrug.

Bei seinem heutigen Besuch glaubte er, eine Geschichte für sie auf Lager zu haben, mit der er den eigentlichen Knackpunkt ihres Problems berührte. Als er am Abend zuvor aus Frankreich zurückgekehrt war, hatte er auf seiner

Mailbox eine leise auf Band geraunte Nachricht von ihr vorgefunden. Darin bat sie ihn, nach Beendigung seines Urlaubs möglichst rasch Kontakt mit ihr aufzunehmen. Ihr Wunsch kam seinen eigenen Bedürfnissen durchaus entgegen. Nach der wochenlangen Schufterei an dem Vortrag und dem anschließenden Symposion, das sein Hirn dem erbarmungslosen Schraubstock endlos voranschreitender Fachdiskussionen ausgesetzt hatte, musste dringend ein Ausgleich her. Welch herrliche Aussicht war es da, endlich wieder auf das Karussell seiner Kundinnen aufspringen zu können, um als fleischgewordene Fata Morgana durch den heiß flirrenden Himmel ihrer Sehnsüchte zu reiten. Gleich am nächsten Morgen hatte er Gesine zurückgerufen und noch für denselben Nachmittag, an dem das Museum geschlossen blieb, einen Termin vereinbart.

Die unebene Öko-Matratze, deren Füllung aus versteinerten Fruchtkernen zu bestehen schien, presste sich auch dieses Mal idiotisch hart in seine Wirbelsäule. Dennoch gab er sich Mühe, den aufkeimenden Schmerz zu ignorieren. Träge beobachtete er, wie Gesines üppiger Busen traumwandlerisch auf und ab wogte, als ob eine unermüdlich anrollende Küstenbrandung zwei miteinander vertäute Bojen hob und senkte. Währenddessen begann sie, auf ihm sitzend, ihren Höhepunkt ins Visier zu nehmen, wie ein Feldherr ein entferntes, sich allmählich näherndes Schlachtengetümmel. Überall um das Bett herum standen brennende Kerzen. Von dem schnöden Plexiglasnachttisch, von der bereits etwas morsch wirkenden Holzkommode sowie von dem schmalen Fenstersims aus tauchten sie das gesamte Schlafgemach in ein wackeliges Licht. Gesine verfügte über eine umfangreiche Sammlung unterschiedlich gefärbter und geformter Bienenwachskerzen, die sie zumeist auf Weihnachtsmärkten erstand. Sie verwendete sie vor allem dazu, um anlässlich seiner Besuche eine geradezu operettenhafte Funzelbeleuchtung zu installieren. Dass sie damit einem eher platten Klischee von Romantik folgte, schien der ansonsten so streng auf die Vermeidung von Oberflächlichkeiten bedachten Melancholikerin nichts auszumachen. Sie ist dem Gedanken an den Tod so sehr verhaftet, dachte Freundel, dass sie sogar ihre Fickstätte in eine Krypta verwandelt. Derweil registrierte er, wie Gesine ein Crescendo spitzer werdender Laute ausstieß, während ihr Rumpf über ihm kreiste wie ein eiernder Plattenteller – bis sich schließlich ihr gesamter Leib, begleitet von einem unausdeutbaren Schluchzen, in eine zittrige Quecksilberkugel zu verwandeln schien.

Er schloss die Augen und inhalierte den süßlichen Wachsduft, der die Wohnung erfüllte. Gelegentlich konnte er sich des Eindrucks nicht erwehren, dass sogar ihre Möse nach Bienenwachs roch. Insbesondere wollte dieser Eindruck nicht mehr weichen, seit sie ihm den Massagestab gezeigt hatte, den sie sich selbst aus einer Kerze zurechtgeschnitzt hatte. Kunststoff, so ließ sie ihn wissen, mache sie krank. Überhaupt zähle er zu den unerotischsten Materialien der Welt. Im Gegensatz dazu sei die Empfindung, die die leicht klebrige Oberfläche des harten Wachsschafts in ihr auslöse, überwältigend. Er fand die Idee stilvoll und die Ausführung ästhetisch gelungen. Zuweilen dachte er sogar daran, ihr vorzuschlagen, die niederdrückende Museumsarbeit aufzukündigen und stattdessen einen Versandhandel zu eröffnen, der handgefertigte Ökodildos aus naturechtem Bienenwachs vertrieb.

Als ihr Atem wieder ruhiger ging, legte sie sich bäuchlings auf ihn. Dabei klemmte sie beide Oberschenkel zwischen seine gespreizten Beine. Er hatte sich zuvor zurückgehalten, da er wusste, dass noch ein weiterer Durchgang bevorstand. In dieser Position vermochte sie ihn so zu nehmen, dass ihre empfindlichsten Partien mit größtmöglicher Vehemenz gegen sein Schambein gepresst wurden. Ein vergleichsweise plumper mechanischer Effekt, der jedoch die beabsichtigte Wirkung nur selten verfehlte. Während das Geschehen ein zweites Mal an Fahrt gewann, rief er sich die sonderbare Idee ins Gedächtnis, die ihm auf der Rückreise aus Südfrankreich urplötzlich in den Sinn gekommen war. Knall auf Fall, wie ein sich öffnender Airbag, war der verrückt anmutende Gedanke in seinem Geist hervorgeschnellt, genau in dem Moment, als der Zug im Bremsgang in die rußige Bahnhofshalle von Colmar einfuhr und dabei das Tempo bis zum Moment des Stillstands kontinuierlich weiter drosselte.

Jetzt, wo Gesine endgültig erschöpft in seiner Armbeuge lag, war der Zeitpunkt gekommen, ihr den frappierenden Einfall vorzutragen.

„Manchmal habe ich den Eindruck", sagte er, „dass das einzige, was dich wirklich mit dem Tod versöhnen könnte, das ewige Leben im Jenseits wäre. Dein Pech ist nur, dass ausgerechnet diese Möglichkeit dir vollkommen unglaubwürdig erscheint."

„Ich wünschte wirklich, ich könnte daran glauben", antwortete sie, während sie sich mit den Fingern den Bauch rieb. „Aber ich bin nun mal kein naives kleines Mädchen mehr, sondern kenne die naturwissenschaftlichen Fakten. Es ist doch klar, dass das menschliche Bewusstsein ohne funktionierendes Gehirn nicht existieren kann. Sobald der Körper sich im Grab befindet, ist es mit dem Seelenleben vorbei. Unwiderruflich."

„Da magst du wohl Recht haben", erwiderte er. „Aber bist du schon mal auf den Gedanken gekommen, dass es vielleicht auch so etwas wie ein ewiges Leben *vor* dem Tod geben könnte?"

Er sprach diesen letzten Satz bewusst langsam aus, wobei er jedes Wort betonte. Währenddessen betrachtete er die Zimmerdecke, auf der die Reflexe der unzähligen Kerzen ein fluktuierendes Muster bildeten. Es ähnelte jenem ihm vertrauten Muster, das das Sonnenlicht in der kleinen Bucht bei Plaka hervorrief, wenn es, durch sanft kräuselnde Wellen hindurch, auf den sandigen, von Einsiedlerkrebsen und Seesternen bevölkerten Meeresboden fiel.

„Wie soll das denn gehen?", hielt sie ihm entgegen. „Die Zeit vor dem Tod ist doch immer begrenzt."

„Rein von außen betrachtet schon."

„Was heißt *von außen*?"

„Du weißt doch sicher, dass zum Beispiel die Zeit, die vergeht, wenn du im Schlaf eine Traumphase durchläufst, in Wirklichkeit viel kürzer ist, als die Zeit, die du während des Traums zu erleben glaubst. Das ist wissenschaftlich untersucht worden."

„Hab' ich gelesen."

„Und du hast sicher auch schon einmal von Menschen gehört, die dem Tod nur haarscharf entronnen sind. Solche Leute berichten ja davon, dass sie binnen Sekundenbruchteilen ihr gesamtes Leben noch einmal wie in einem Film an sich vorüberziehen sahen, während sie z. B. durch die Windschutzscheibe ihres Wagens geschleudert wurden."

„Ich weiß."

Sie richtete ihren Körper auf und stützte, den Blick zu einer der Kerzen gewandt, den Kopf auf die Handfläche. Das Bett begann zu vibrieren, wie jedes Mal, wenn das schlecht isolierte Getriebe des Fahrstuhls in Gang kam, dessen Schacht direkt an das Schlafzimmer angrenzte.

„Diese beiden Fälle zeigen eines ganz deutlich:", fuhr er fort. „Dass nämlich die von innen erlebte Zeit sehr stark von der von außen messbaren Zeit abweichen kann."

„Und was willst du damit sagen?"

„Man könnte diese sonderbaren Phänomene ja wie folgt deuten: Je weiter ein Individuum sich dem Zustand des Todes annähert, desto größer wird die Abweichung von subjektiv empfundener und objektiv verstreichender Zeit. Während des Schlafs, der lediglich eine entfernte Verwandtschaft mit dem Tod aufweist, ist die innerliche Dehnung der Zeit, die wir im Traum erleben können, noch nicht so extrem wie bei den Nahtoderfahrungen, wo es vorkommt, dass sich im Geist einer Person Sekundenbruchteile zu kompletten Kinofilmen aufblähen."

„Hm."

„Verstehst du?"

„Schon."

„Legt man diese Logik zugrunde, ergibt sich eine radikale Denkmöglichkeit: Es wäre doch vorstellbar, dass sich dann, wenn jemand stirbt, die subjektiv erlebte Zeit im Vergleich zu der von außen messbaren Zeit immer stärker verlangsamt, je dichter sich das Leben während des allmählichen Schwindens des Bewusstseins seinem letzten, winzigen Sekundenbruchteil annähert."

„Und was würde das heißen?"

„Es verhielte sich ganz ähnlich wie bei einem Zug, der in einen Bahnhof einrollt und sich dabei immer langsamer und langsamer bewegt. Bis die Bewegung im definitiven Übergang zum Stillstand gleichsam unendlich verzögert wird. Übertragen auf das Phänomen der Zeitwahrnehmung hieße dies, dass eine Person, die im Sterben liegt, den allerletzten, unendlich kleinen Sekundenbruchteil, den sie vor dem Eintritt des Todes durchlebt, im geistigen Innenraum ihres Bewusstseins als Ewigkeit erfährt."

„Du meinst, so etwas wäre wirklich möglich?"

„Ich weiß es nicht. Aber es handelt sich um einen Vorgang, der im Prinzip vorstellbar ist. Sofern man von der tatsächlichen Erfahrung ausgeht, dass die subjektive Zeit und die objektive Zeit auseinandertreten können."

„Aber hältst du es für wahrscheinlich?"

„Kann ich nicht sagen. Es ist immerhin denkbar. Schließlich haben wir nicht die leiseste Vorstellung davon, wie das innere Wesen der Zeit beschaffen ist und welchen Ursprung unser subjektives Zeiterleben hat. Ebenso wenig wissen wir, was genau sich im Gehirn eines Sterbenden abspielt, dessen Bewusstseinsstrom allmählich erlischt."

Gesine schwieg, den Blick auf das Ausstellungsplakat über dem Fußende des Bettes gerichtet. Das darauf abgedruckte Bild zeigte ein schwebendes Liebespaar über pastellfarbenen Hausdächern, die wie feuchte Waschlappen nach unten hingen.

„Jedenfalls wäre das, was ich gerade beschrieben habe, das ewige Leben *vor* dem Tod", fuhr Freundel fort. „Und diese Vorstellung ist mit deiner naturwissenschaftlichen Weltsicht gut vereinbar. Denn das verlangsamte Erleben, das sich immer weiter dehnt, bis es den Gefrierpunkt der inneren Ewigkeit erreicht, würde ja stattfinden, solange das Gehirn noch tätig ist."

Gesine streckte die Hand zu ihm hinüber und strich ihm zärtlich über die Schulterblätter. Abermals wurde er Zeuge, wie in ihre Augen ein wässriger Schimmer trat.

„Ich wünschte, wir beide könnten mehr Zeit miteinander verbringen", sagte sie. „Du bist fast wie ein Priester für mich geworden."

Auf dem Nachhauseweg sinnierte er noch länger über den Vergleich. Gesine war gewiss nicht die einzige Frau, bei der ein Geliebter, der in der simultanen Rolle des Seelsorgers auftrat, extreme Gefühle auslöste. Nur so ließ sich zum Beispiel der Riesenanklang erklären, auf den ein Roman wie „Die Dornenvögel" beim weiblichen Publikum stieß. Heute allerdings dürfte er dennoch ein Stück zu weit gegangen sein. Hatte er Gesine doch eine Story serviert, mit der er sich nicht allein seelsorgerisch betätigte, sondern darüber hinaus ohne philosophischen Skrupel auf das Gebiet der Parapsychologie vorstieß. Als Intellektueller, der sich dem Geist der Aufklärung verpflichtet sah, bewegte er sich damit bedenklich nahe an der Grenze zum Unseriösen. Andererseits: Es stimmte ja wirklich. Welche inneren Wesensmerkmale das Phänomen der Zeit besaß, hatte noch kein Philosoph vollständig begriffen. Von den Naturwissenschaftlern ganz zu schweigen. Zwar handelte es sich bei der Vorstellung, es könne zu einem endgültigen Auseinanderdriften von subjektiver Zeiterfahrung und objektiver Zeit kommen, um reine Spekulation. Um ein gedankenexperimentelles Szenario, für dessen tatsächliches Zutreffen es nicht den geringsten Beleg gab und dem er daher keinen wirklich ernsthaften Glauben schenkte. Dennoch besaß der Einfall einen gewissen Reiz. Ob überhaupt schon einmal jemand auf die Idee gekommen war, das erhoffte ewige Leben *vor* dem Zeitpunkt des Todes zu verorten?

Auf der gegenüberliegenden Straßenseite endete jetzt die Wohnhausbebauung, und die rückseitige Begrenzung des Zoogeländes wurde sichtbar. Hinter den hohen Backsteinmauern stieg ein Geruch auf, der einer Art tropischem Rachen zu entweichen schien. Er beschloss, auf die Fahrt mit der U-Bahn zu verzichten und stattdessen den Weg durch die Innenstadt zu Fuß zurückzulegen. Im Zwielicht der einsetzenden Dämmerung musterte er die Gesichter der Menschen, die von ihrer Arbeit nach Hause gingen. Keiner der Passanten erweckte den Eindruck, als bereite ihm das stetige Näherrücken des Todes allzu großes Kopfzerbrechen. In diesem Punkt unterschied sich Gesine schon deutlich von den meisten Zeitgenossen. Immerhin war es ihm gelungen, ihr mit seiner Geschichte ein wenig Beruhigung zu verschaffen. Die innigen Küsse, die sie ihm zum Abschied gegeben hatte, zeugten von ihrer Dankbarkeit. Während er den Zebrastreifen an der Konstablerwache überquerte, fragte er sich, warum Gesines Mund jedes Mal, wenn sie zuvor hatte weinen müssen, diesen leicht nussigen Geschmack besaß.

Am Horizont flammten in rascher Folge die Etagenbeleuchtungen der Bürotürme auf, deren pompöse Silhouetten jenseits des Fluchtpunkts der Fußgängermeile aus dem grauen Sockel der übrigen Stadtbebauung ragten. Freundels Gedanken trieben eine Weile ziellos umher, um schließlich zum Ausgangspunkt zurückzukehren: Was war das eigentlich, was er da mit seinen Kundinnen anstellte? Handelte es sich um echte Fürsorge oder lediglich um zynisches Kalkül, wenn er sein Gehirnschmalz dazu nutzte, um eine von den Gesetzmäßigkeiten des Lebens verunsicherte Frau wie Gesine mit intellektueller Kost aufzupäppeln und so gefühlsmäßig an sich zu binden? Die Frage ließ sich nicht wirklich leicht beantworten. Nur eines stand fest: Die metaphysische Perplexität, in die er seine Geldgeberinnen versetzte, erwies sich fast immer als verlässlicher Treibsatz ihrer körperlichen Hingabe. Ja, die gedankliche Verwirrung stellte im Grunde bereits den ersten Akt der erotischen Verwirrung dar. Diesen Zusammenhang hatte natürlich bereits sein illustrer Vorgänger erkannt, der auf den Gassen und Marktplätzen Athens sein Unwesen trieb: Sokrates tat nichts anderes, als jene befreundeten Knaben, die in ihm den senilen Eros emporkochen ließen, mit seinem berüchtigten „Wie aber?", „Warum?" und „Wie meinst du das?" so lange einem regelrechten Orkan intellektueller Verwirrung auszusetzen, bis diese sich, vermutlich zu ihrer eigenen Überraschung, auch sexuell zu ihm hingezogen fühlten. Die dialektische Höchstleistung, die vonnöten war, um das junge Fleisch für den alten Knacker empfänglich zu machen, war phänomenal. Sie hatte nicht weniger als einen Großteil der abendländischen Geistesgeschichte in Schwung gebracht.

(Bekanntlich hatte Platon in seiner späteren Rückschau alles daran gesetzt, das ursprüngliche Verhältnis von Zweck und Mittel im umgekehrten Sinne darzustellen. Die körperliche Liebe sei bloß ein erster Schritt auf dem Weg zum eigentlichen Ziel, der philosophischen Ideenschau. Doch ließ sich nicht kaschieren, worin der Zweck der Umdeutung bestand: Sie diente allein dazu, Platons tief sitzende Scham darüber zu zerstreuen, wie er selbst dereinst der raffinierten Verführungsmasche seines Lehrers auf den Leim gegangen war.)

Im Treppenhaus des vierstöckigen Altbaus brannte Licht. Es musste kurze Zeit zuvor ein anderer Hausbewohner eingetroffen sein. Ermüdet von dem Fußmarsch durch die Stadt, betrat Freundel den Eingangsbereich. Zwischen den ineinander verkeilten Kinderfahrrädern zu seiner Rechten und der Briefkastenleiste zu seiner Linken schlug ihm die vertraute Geruchsmelange aus Gewölbeschimmel, Heizöl und Kochwürze entgegen. Ein reflexhafter Automatismus veranlasste ihn, einen erneuten Blick in sein Postfach zu werfen, das er bereits am Vormittag geleert hatte. Dann stapfte er die hirnrindegrau getünchten Holzstufen hinauf in den zweiten Stock.

Da das Schloss seiner Wohnungstür klemmte, musste er den Türknauf mit Gewalt nach oben stemmen. Nur so ließ sich der Schlüssel umdrehen. In dem Moment, als er die Tür aufstieß, vernahm er hinter sich ein heftig polterndes Geräusch. Jemand kam hastig die Treppe heruntergelaufen, die zum dritten Obergeschoss führte. Die Person, die es derart eilig hatte, schien zuvor lautlos auf dem Treppenabsatz zwischen den beiden Stockwerken gekauert haben. Kaum hatte Freundel sich umgedreht, stand sie bereits vor ihm: Ein großgewachsener Bursche mittleren Alters, mit durchtrainiert wirkender Figur und grauem Haar, das kurzgeschoren war und dünn wie ein Kükenflaum. Der Mann trug eine Jeanshose und eine Wildlederjacke, deren verwaschener Kaki-Ton der Farbe von frisch Erbrochenem glich. Sein kantiger Unterkiefer ragte bedenklich weit aus dem Antlitz hervor, was seiner Visage, trotz der intelligent wirkenden Augen, eine grobschlächtige Note verlieh. Ohne Vorwarnung und mit einer Kraft, wie sie eigentlich nur Psychotiker besaßen, stieß der Fremde Freundel die Handfläche gegen die Brust. Auf diese Weise schubste er ihn blitzschnell in die Wohnung hinein. Mit einem ebenso raschen Satz folgte er ihm nach und schlug die Tür mit einem lauten Knall hinter ihnen zu.

Spelunkenhaft gedämpft fiel das Treppenhauslicht durch die Rauchglasfenster über der Tür in die Diele. Freundel sah, dass der ungebetene Gast jetzt eine Pistole auf ihn gerichtet hielt. Er vollführte damit eine ungeduldige Bewegung.

„Keinen Mucks, der Herr", zischte er.

Freundel stockte der Atem. Die Pistole wirkte größer und sah erheblich schwerer aus als jene Handfeuerwaffen, die er aus Fernsehfilmen in Erinnerung hatte. Es war, als ob man anstatt mit einer Wespe mit einer Hornisse konfrontiert wurde.

„Was wollen Sie von mir?", stieß Freundel tonlos hervor. In diesem Moment erlosch im Treppenhaus das Licht. Schlagartig war die gesamte Diele in Finsternis getaucht.

„Mach sofort Licht!", schnarrte aus dem Dunkeln heraus die Stimme des Fremden, in dessen Tonfall Bruchkanten eines ausländischen Akzents hervortraten. „Und keine Tricks! Sonst mach ich dich kalt!"

Starr vor Angst griff Freundel hinter sich und tastete die Wand ab. Irgendwo neben der Eingangstür musste doch der Lichtschalter sein. Nach einigen Sekunden, die sich hundsgemein in die Länge dehnten, wurde er schließlich fündig. Er knipste die Deckenbeleuchtung an. Sie bestand aus einer schlichten 60-Watt-Glühbirne, die an einem nackten Kabel hing. In dem grellen Lichtschein waren die Gesichtszüge des Mannes deutlicher als zuvor zu erkennen. Freundel beschlich das dumpfe Gefühl, den Besucher schon einmal gesehen zu haben.

„Kann es sein", erkundigte er sich mit belegter Stimme, „dass wir uns kennen?"

„Ich wüsste nicht, woher", erwiderte der Mann schroff.

Freundel hatte dennoch den Eindruck, dass den Eindringling für einen Moment eine leichte Verunsicherung befiel. Doch wo sollten sie sich überhaupt begegnet sein? Woher um alles in der Welt sollte er diesen brutalen Typen denn kennen? Er hatte in den zurückliegenden Jahren ja so manchen abseitigen Pfad beschritten. Aber mit kriminellen Kreisen pflegte er bis dato weiß Gott keinen Umgang.

„Jetzt scheiß dir mal nicht in die Hose", fuhr der Fremde mit ruhigerer Stimme fort. „Dir wird nichts passieren, solange du dich vernünftig verhältst. Ich bin bloß hier, um dich zu beraten. Können wir uns irgendwo unterhalten, wo es etwas bequemer ist?"

„Da drüben ist mein Wohnzimmer", sagte Freundel. Er deutete mit dem Kopf in die entsprechende Richtung.

Der ungebetene Gast steckte die Waffe in den Gürtel seiner Jeans und wies ihn an, voran zu gehen. Dicht hintereinander betraten sie den schlecht gelüfteten Raum. Freundel betätigte den Lichtschalter. Anschließend ließ er sich, mit noch immer vor Angst zusammengepressten Lippen, auf der zerwühlten Couch nieder.

„Bitte" Er deutete auf den schüsselförmigen Korbsessel, der noch aus Susannes Besitztümern stammte und dessen rotbraune Flechten wie unzählige Langustenbeine ineinandergriffen. Nach kurzem Zögern nahm der grobschlächtige Besucher darin Platz.

„Ich will gleich zur Sache kommen", sagte der Mann, über dessen Gesicht für den Hauch einer Sekunde ein melancholischer Schatten glitt. „Wir wissen, dass du schon länger mit deinem Körper gutes Geld verdienst. Dazu meine Gratulation! Du hast dir einen ausgezeichneten Ruf erarbeitet."

Freundel war wie benommen. Was sollte das nun wieder heißen? Worauf wollte dieser Mistkerl hinaus?

„Danke für die Blumen", erwiderte er sarkastisch.

„Allerdings ist es nicht so leicht, in diesem Gewerbe ohne professionelle Unterstützung auszukommen. Du musst wissen, dass unsere Organisation es nicht gerne sieht, wenn jemand die Arroganz besitzt, zu meinen, er könne seine Sicherheit aus eigener Kraft gewährleisten."

Freundel begann zu ahnen, in welche Richtung sich das Beratungsgespräch entwickeln würde.

„Darf ich erfahren, wer das ist, Ihre Organisation?"

„Das sind ganz feine Leute. Leute, auf die du dich immer verlassen kannst, falls du mal Probleme hast."

Geräuschvoll platzierte der Fremde die Füße auf dem Couchtisch. Sie steckten in Turnschuhen mit baggerreifenartigem Sohlenprofil.

„Die meisten deiner Kollegen im Raum Frankfurt", fuhr er fort, „arbeiten erfolgreich mit uns zusammen."

„Und wie sieht diese Zusammenarbeit aus?" Freundel war bereits klar, welche Art von Antwort jetzt kommen würde.

„Keine Sorge. Es ist sehr einfach. Du verdienst pro Stunde 100 Euro. Ein ziemlicher niedriger Preis, übrigens. Wenn du täglich drei, vier Damen flachlegst, dann kommst du pro Woche locker auf 2.000 Euro."

„So viele Kundinnen habe ich nicht", entgegnete Freundel.

„Pass auf! Versuch nicht, mich zu verscheißern. Ich kenne deinen Typus. Du bist der absolute Renner bei den Weibern. Und jetzt hör genau zu. Wir bieten dir einen Komplettschutz an, der dich 25 Prozent deines Einkommens kostet. Das sind pro Woche 500 Euro, wenn wir netterweise mal davon ausgehen, dass du während dieser Zeitspanne tatsächlich nicht mehr als 2.000 einnimmst. Das macht dann insgesamt zwei Mille pro Monat."

„Es ist wirklich wahr", rief Freundel, dem erneut der Schreck in die Glieder fuhr. „Ich verdiene nicht annähernd so viel Geld. Das Ganze ist für mich nur ein Nebenjob. Ich kann diese Summe nicht aufbringen."

„Schade", erwiderte der Mann in eisigem Tonfall. „Es ist immer bedauerlich, wenn jemand seine Begabung nicht konsequent ausreizt." Er beugte sich vor, spitzte die Lippen und ließ seinen Mittelfinger gegen Freundels Wange schnippen. „Dann wirst du in Zukunft eben auf Vollzeitbeschäftigung umsteigen."

Kaum hatte er dies gesagt, erhob er sich aus dem Korbsessel, während er gleichzeitig zwei gelbliche Wollhandschuhe aus den Seitentaschen seiner Lederjacke zog.

„Wie du siehst, will ich dich nicht unnötig aufhalten. In den kommenden Tagen erhältst du eine Mitteilung, wo du den monatlichen Betrag ablieferst. Mein Name ist übrigens Darko. Wir beide werden in Zukunft noch öfter miteinander zu tun haben."

Er stieß einen kränklichen Hustenlaut aus. Danach machte er einen Schritt auf Freundel zu.

„Und noch etwas: Komm ja nicht auf die Idee, aus dem Gewerbe auszusteigen. Nachdem du jahrelang allein in die eigene Tasche gewirtschaftet hast, bist du es uns schuldig, uns ein Weilchen an den Früchten deiner Begabung teilhaben zu lassen."

Angewidert betrachtete Freundel Darkos ironische Gesichtszüge. Wo, zum Teufel, glaubte er, diesem Scheißtyp schon einmal begegnet zu sein. Das war doch einfach nicht möglich.

„Und was ist", erkundigte er sich, „wenn ich nicht mitmachen will?" Auch hierauf glaubte er die Antwort bereits zu kennen.

„Dann passiert dasselbe wie dann, wenn du auf die törichte Idee kommen solltest, mit irgendjemandem über unser vertrauliches Gespräch zu quatschen."

Der Besucher, dessen Name einen jugoslawischen Hintergrund vermuten ließ, fing an, sich in pedantischer Zupferei die Wollhandschuhe über die Finger zu streifen.

„Es gibt", fuhr er fort, „in unseren Kreisen verschiedene Ansichten. Die einen vertreten die Lehrmeinung, dass zirka zwanzig Methoden existieren, einen Leichnam so zum Verschwinden zu bringen, dass kein Kriminalkommissariat auf der Welt der Sache jemals auf die Spur kommt. Andere Schätzungen gehen sogar von mehr als dreißig Methoden aus. Die Debatte darüber wird wohl nicht so bald versiegen."

Kaum hatte er den letzten Satz beendet, drehte er sich um und verließ ohne Geste des Abschieds den Raum. Sekunden später hörte Freundel die Dielentür ins Schloss fallen. Augenblicklich überkam ihn eine Woge der Erleichterung, gefolgt von einem heftigen Schweißausbruch. Einige Sekunden verharrte er regungslos auf dem Sofa. Dann erfasste ihn ein Sog der Verzweiflung, bei dem ihm zumute war, als schlügen in seinem Inneren die Geschossböden eines Plattenbaus aufeinander, den ein Sprengkommando generalstabsmäßig zum Einsturz gebracht hatte.

Kapitel 10: Der Seiltrick

Es war einer der ersten wärmeren Abende in diesem Jahr. Auf den Gehsteigen begegneten die Menschen einander wieder ohne Jacken und schwerfällige Mäntel, und in den Sträuchern der Parkanlagen ließ sich hie und da das leise Frohlocken eines Singvogels vernehmen. Zwar blieben die Baumkronen vorerst noch skelettiert und wirkten die Grashalme auf den städtischen Grünflächen noch immer so stumpf wie vergammelte Holzwolle. Dennoch war der anbrechende Frühling bereits in allen Winkeln der Stadt gegenwärtig. Es schien, als habe mit dem Längerwerden der Tage ein unsichtbares Magnetfeld, das das gesamte Inventar der äußeren Welt durchdrang, eine energische Umpolung erfahren. Die inneren Zeiger der Dinge schlugen erneut in Richtung des Leichtsinns und des Himmels aus.

Die Luft im Inneren des Hörsaals roch stark verbraucht. Die steil ansteigenden Sitzreihen waren etwa zur Hälfte mit Publikum gefüllt. Schätzungsweise einhundertfünfzig Zuhörer hatten sich eingefunden. Sie verteilten sich vornehmlich auf die unteren beiden Drittel der Sitzplätze. Durch die länglichen Glasfenster und das Geäst der Kastanienbäume jenseits der Fenster warf die tiefstehende Sonne helle Flecken auf die schmalen langgezogenen Tischflächen des Auditoriums. Angespannt kauerte Freundel am äußeren Rand der zweiten Reihe. In wenigen Augenblicken würde Weesenberg, der stramm wie eine Zeder vorne neben dem Rednerpult stand, das Wort ergreifen, um die nachmittägliche Sektion der Probevorträge einzuleiten. Wie wohl die vorherigen Auftritte von Jerry Irvine, Ilka Vlees und Waletzko verlaufen waren? Nach den kräftezehrenden Geschehnissen der letzten Wochen und einer bloß zur Hälfte durchgeschlafenen Nacht hatte Freundel darauf verzichtet, die fraglos hochklassigen Gesangsarien der drei Mitbewerber zu verfolgen.

Aus der Innentasche seines Jacketts angelte er den Computerausdruck seines Vortrags hervor. Sorgsam platzierte er ihn vor sich auf dem Tisch und bügelte mit dem Unterarm die Seiten glatt. Noch einmal durchzählen. Eins, zwei, drei, vier, fünf, sechs, sieben, acht, neun. Keine Seite fehlte. Halt, und der Kugelschreiber? – Alles klar: Griffbereit steckte das Schreibgerät in der Fronttasche seines Flanellhemds. Auf dessen fein linierter Oberfläche hinterließ der Schweiß, der ihm von der Brust rann, bereits zum jetzigen Zeitpunkt hässliche Flecken. Das Ganze sah aus, als habe sich hinter der geschmackvoll gemusterten Tapete einer Hotelsuite ein prekärer Rohrbruch ereignet. Sicherheitshalber tastete er in seiner anderen Jacketttasche noch einmal nach dem mit Geld gefüllten Umschlag. Er befand sich ebenfalls an seinem Platz. Auch ihn würde er später noch benötigen.

Schwer zu sagen, wie er es geschafft hatte, die zurückliegenden vierzehn Tage zu überstehen. Ein Glück nur, dass seine Hausapotheke einen üppigen Vorrat an Beruhigungsmitteln und Narkoleptika enthielt. Fast jeden Abend hatte er einen geharnischten Pillencocktail einwerfen müssen, um nicht ständig durch Erinnerungen an den Besucher in der Wildlederjacke aus dem Schlaf gerissen zu werden. Es gab schließlich nur ein Ziel: Trotz der horrenden Wendung, die sein Leben genommen hatte, am heutigen Tag den bestmöglichen Vortrag in die Manege zu knallen, zu dem er sich imstande sah. Alles andere musste bis dahin ausgeblendet bleiben. Mit der schier ausweglosen Situation, in die ihn die Erpressung durch die ortsansässige Jugomafia gebracht hatte, würde er sich danach beschäftigen. Zunächst galt es, das Optimum aus der vermutlich einzigen Chance herauszuholen, die sich ihm in Sachen Professorenstelle jemals bieten würde.

Als Weesenberg zu sprechen begann, verstummte das Geraune in den Sitzreihen. Das grippale Leiden, dem der förmliche Akt trotzte, war nicht zu überhören: Mit einer Stimme, die klang, als sei jedes einzelne Wort von einer Schrotladung durchsiebt worden, begrüßte der amtierende Dekan die Anwesenden zum zweiten Durchgang der Probevorträge.

„Ich freue mich", rief er heiser, „Ihnen als nächsten Vortragenden Herrn Privatdozent Dr. Konstantin Freundel vorstellen zu dürfen. Einigen von Ihnen wird Herr Freundel, der bei uns zurzeit einen Lehrstuhl vertritt, ja bereits bekannt sein."

Nachdem Weesenberg den üblichen Abriss der akademischen Vita des Kandidaten angefügt hatte, liftete Freundel das Gesäß von der knarrenden Sitzfläche und schritt entschlossen nach vorne. Dort bestieg er über die drei seitlich angebrachten Holzstufen das grauschwarz lackierte Podest. Anschließend positionierte er sich hinter dem furnierten Pult, bemüht, eine möglichst gravitätische Haltung einzunehmen. Er bedankte sich bei dem Herrn Dekan und der Fakultät für die freundliche Einladung, während er die gedruckten Seiten auf der schrägen Fläche des Pults zurechtschob. Im Publikum herrschte gebannte Stille. Wie eine inmitten ihrer Bewegung eingefrorene Monsterwelle türmte sich der konkave Bogen der übereinander gestaffelten Zuschauerreihen vor seinen Augen auf. Flüchtig ließ er den Blick über die Sitzreihen wandern. Die gespannte Erwartung der Anwesenden war mit Händen zu greifen. Sie fokussierte sich auf ihn wie der gebündelte Lichtreflex eines Hohlspiegels.

In der vierten Sitzreihe thronten Seite an Seite Keltberlet und Golz. Einige Plätze von ihnen entfernt lehnte, mit vor der Brust verschränkten Armen, Moritz Geppert. Weesenberg hatte sich ganz am Rand der vordersten Reihe des Auditoriums niedergelassen, wo er damit beschäftigt war, ein lauchfarbenes Schaumstoffkissen in der Größe einer Badezimmerwaage in seinem Kreuz zu justieren. Kerstin Siegrist-Stracke hingegen ließ sich nirgends im Publikum ausfindig machen. Was die drei fachexternen Kommissionsmitglieder betraf, so war ihm deren Erscheinungsbild bis dato nicht bekannt. Waletzko schien sich ebenfalls nicht mehr unter den Zuhörern zu befinden. Anscheinend gehörte es zu seinen besonderen Markenzeichen, jedes Mal unverzüglich die Kurve zu kratzen, nachdem er ein Publikum beschallt hatte.

Noch einmal atmete Freundel tief durch. Dann begann er, den Einleitungsabschnitt vorzutragen. Zu seiner Erleichterung funktionierte die Sache einwandfrei. Wie auf geölten Schienen kamen die vorgefertigten Sätze, einer nach dem anderen, aus dem Gedächtnis hervorgeglitten. Auch seine Konzentration hatte punktgenau ihren Zenit erreicht. Er spürte den erhofften Flow in sich aufsteigen, der das Kommando über den weiteren Ablauf übernehmen würde. Alles war angerichtet. Der Magier hatte die Bühne betreten. Im abgedunkelten Zuschauerraum herrschte gespanntes Schweigen, während sich ein greller Lichtkegel auf die weißen Handschuhe richtete, die seine geschickten Finger umkleideten.

Er griff ein erstes Mal in den Zylinder und präsentierte die kleine Vorgeschichte, die den Boden für das erste größere Kabinettstück bereiten würde. Es handelte sich um eine Geschichte darüber, was eigentlich Begriffe waren. Fraglos ein idealer Einstieg für einen Vortrag in theoretischer Philosophie. Worin die Essenz von Begriffen bestand, durfte im Kreise der Kollegen durchaus von Zeit zu Zeit in Erinnerung gerufen werden. Bei diesem Exerzitium spielten auch die sorgsam eingeplanten Kurzausflüge zu Aristoteles ihre vorgesehene Rolle. Anschließend beschleunigte Freundel das Tempo der Show. Schnurstracks steuerte er auf die erste kühnere These zu, die die Behauptung enthielt, es bestehe eine Entsprechung zwischen der zeichenbasierten Ordnung des Denkens und der grundlegenden Struktur der Wirklichkeit. Er registrierte, wie es ihm dank der perfekten Dramaturgie von Duktus und Mienenspiel gelang, die Aufmerksamkeit der Zuhörer zu fesseln. Kaum hatte er die erste gedankliche Pointe platziert, begann Keltberlet hastig Notizen auf einen schmalen Block zu kritzeln. Golz hingegen hatte die Stirn nach vorne gebeugt und verbarg das Gesicht hinter seiner Handfläche. Allein Geppert verfolgte das Spektakel mit der gelangweilten Miene eines Profikickers, der in schlaffer Pose und mit einem Energy-Drink in der Hand auf der Ersatzbank schmort.

Als nächstes war der Seiltrick an der Reihe. Der Seiltrick bestand darin, einen scheinbar komplizierten Knoten zu formen, der anschließend wie durch Wunderhand seine Auflösung erfuhr. Natürlich sah der Knoten bloß aus wie ein Knoten, stellte jedoch bei näherer Betrachtung nicht mehr dar als eine raffinierte Überlagerung von Schlaufen. Dass etwas, das in Wirklichkeit gar kein Knoten war, aussah wie ein Knoten, war ein Paradebeispiel dafür, dass man sich ein begrifflich irriges Bild von einer Sache machte. Der philosophische Fortschritt, den es zu erzielen galt, lag dabei in der Überwindung des falschen Bildes. Das Können des Magiers bestand in diesem Zusammenhang in zweierlei: Zum einen in der möglichst suggestiven Präsentation des trügerischen Bildes; und zweitens darin, dessen Zerstörung von einem gänzlich unerwarteten Ansatzpunkt aus zu bewerkstelligen.

Das dramaturgisch gewiefte Schürzen des Knotens und dessen effektvolle Auflösung machten den Hauptteil des Vortrags aus. Die wechselseitige Durchdringung von Sprache und Wirklichkeit, eine Vorstellung, von der konstruktivistisch angekränkelte Semantiker wie selbstverständlich auszugehen pflegten, war ein erster Knoten, dessen Auflösung eine handfeste Herausforderung darstellte. Wie sonst, wenn sich dieser Knoten nicht entwirren ließ, konnte man an der Idee festhalten, die begriffliche Ordnung spiegele die Strukturen einer von ihr unabhängigen Welt wider? Diese beiden Gedanken schienen einander vollkommen auszuschließen. In ihrer Unverträglichkeit lag ein weiterer Knoten, der sich unbarmherzig um den ersten Knoten schlang. Um mit aller Deutlichkeit zu demonstrieren, wie sehr die beiden Gedanken einander in die Quere kamen, hob Freundel noch einmal das Seil in die Höhe und zerrte kraftvoll mit beiden Händen daran. Der doppelte Knoten zog sich dadurch zu einem immer engeren Wulst zusammen, der zum Schluss wie ein bösartiges Karzinom aus der Mitte des Seils emporwucherte.

Die Auflösung kam überraschend, wenngleich der Trick unter philosophischen Taschenspielern nicht unbekannt war. Es wurde eine gemeinsame

Hintergrundannahme zutage gefördert, von der die beiden Positionen ausgingen, die sich scheinbar konträr zueinander verhielten. Bei dieser Hintergrundannahme handelte es sich jedoch in Wirklichkeit um nichts weiter als eine dogmatische Prämisse. Ließ man sie fallen, fiel auch das Seil auf beiden Seiten blitzschnell herab. Der Widerstreit der vermeintlichen Gegenpositionen löste sich in Nichts auf, und der Knoten war zum Verschwinden gebracht. Freundel verstärkte den verblüffenden Effekt dadurch, dass er die für das Funktionieren des Tricks entscheidende Hintergrundannahme so wählte, dass sich mit ihrer Verabschiedung zugleich auch die erste Verwicklung des Seils als Scheinknoten herausstellte. Die wechselseitige Durchdringung von Sprache und Welt erwies sich, dies vermochte nun jeder im Publikum deutlich zu erkennen, als reine Chimäre. Triumphierend ließ er das makellose Seil über seinen Handrücken gleiten.

Dass Freundel mit dieser finalen Volte einen veritablen Überraschungseffekt erzielte, vermochte er daran zu erkennen, dass Keltberlet seine eifrigen Notizen unterbrach und anfing, mit zurückgelehntem Oberkörper und zusammengekniffenen Augen vor sich hin zu brüten. Auch Golz war offenbar in das Problem hineingesogen worden. Er vollzog unkontrollierte Mundbewegungen, die den Grimassen eines alten Weibleins glichen, das hinter zusammengepressten Lippen sein Gebiss justiert. Allein Weesenberg, der seit Beginn des Vortrags im ständigen Wechsel das linke über das rechte und das rechte über das linke Bein geschlagen hatte, ließ sich keinerlei intellektuelle Regung anmerken.

Die verbleibenden sieben bis acht Minuten der Vorführung boten ein weiteres wichtiges Programmelement: Das Zelebrieren des großen Dominoeffekts. Nachdem das falsche Bild mitsamt den illusionären Verknotungen zunichte gemacht und durch eine neuartige Betrachtungsweise ersetzt worden war, ging es nun darum, die Konsequenzen des verblüffenden Perspektivenwechsels nach allen Regeln der Kunst auszuschlachten. Da in der Philosophie vieles mit vielem – ja eigentlich nahezu alles mit so gut wie allem anderen – zusammenhing, eröffnete sich hierbei dem willigen Mitdenker ein üppiges Feld bedeutsamer Schlussfolgerungen. Im Schlepptau des vom Sockel gestoßenen Trugbildes kippte eine lange Reihe weiterer Annahmen zu Boden, die mit dem Verhältnis von Sprache und Wirklichkeit entweder überhaupt nichts oder nur in vagen Ansätzen zu tun hatten. Bei einigen der zusätzlichen Dominosteine, die dabei zu Fall kamen, handelte es sich um berüchtigte Brocken, die der Lösung anderer hartnäckiger Probleme den Weg versperrten. Dadurch erfuhr die Überzeugungskraft der alternativen Sichtweise, für die Freundel plädierte, eine zusätzliche Steigerung. Zugleich konnte er den breit angelegten Kehraus nutzen, um dem Publikum vor Augen zu führen, dass sich seine logischen Fingerfertigkeiten keineswegs auf die Disziplinen der Sprachphilosophie und der Ontologie beschränkten.

Das Ende des Vortrags wurde mit ordentlichem Applaus quittiert. Der gewaltige Schalltrichter der Zuschauerränge verlieh dem hundertfachen Klopfen der Fäuste auf den Tischen einen beeindruckenden Klang. Es hörte sich an wie das Getrappel einer über die Prärie gejagten Büffelherde im Super-Sound-System eines Großraumkinos. Da Freundel den vorangehenden Vorträgen nicht beigewohnt hatte, vermochte er allerdings nicht zu sagen, ob der ihm zugedachte Beifall beispielsweise überzeugter ausfiel als derjenige, der nach Waletzkos Vortrag aufgekommen war. Während die Klopfgeräusche verebbten, erhob Weesenberg sich von seinem Platz und begab sich vor das Podest, um von dort aus die Diskussion zu moderieren.

„Ich danke Ihnen für Ihre Ausführungen, Herr Freundel", sagte er und ließ einen stakkatoartigen Hustenlaut folgen. „Ich möchte sogleich das Publikum und die Kommissionsmitglieder bitten, ihre Fragen zu adressieren. Uns bleiben genau fünfzehn Minuten Zeit für die Diskussion."

Es verstrichen etliche Sekunden, ohne dass jemand sich zu Wort meldete. Freundel scannte die Zuhörerränge ab, um einen möglichen Frager auszumachen. Dabei wurde sein Blick auf eine blassgesichtige Frau jüngeren Alters gelenkt. Mit einer Intensität, der ein leicht beunruhigender Zug anhaftete, starrte diese ihn von einer der oberen Sitzreihen aus an. In kurzen Abständen zog sie nervös die Augenbrauen nach oben, während sie etwas vor sich hin zu murmeln schien. Jedes Mal, wenn ihre Brauen wie zwei Grashüpfer emporsprangen, riss sie sperrangelweit die Augen auf. Es wirkte wie ein grelles Aufblenden des gesamten Gesichts. Nicht nur diese Marotte, sondern auch der straff nach hinten gebundene Haarschopf und die klassisch geformten Gesichtszüge ließen ihn unwillkürlich an Laura Malcatone denken. Im ersten Moment glaubte Freundel sogar, die konfuse Langzeitstudentin, die ihre Tage lieber mit dem Besuch von Holocaustausstellungen und in düsteren Programmkinos als an den Lesetischen der Universitätsbibliothek verbrachte, habe ihren Haaren eine blonde Färbung verpasst und sich unter die Anwesenden gemischt. Er erschrak. Sollte er ausgerechnet auf der Zielgeraden seiner akademischen Rennstrecke doch noch von einer Figur aus jenem anderen Leben ertappt werden, das sich jenseits der Schleuse abspielte?

Nein, Nein: Es war Entwarnung angesagt. Die zu fleischige Form, mit der sich die Lippen der Dame im Publikum unter deren Nase hervorwölbten, belegte, dass es sich um nicht mehr als eine starke Ähnlichkeit handelte. Wer weiß, ob Laura überhaupt noch in der Stadt wohnte. Womöglich war sie auch gar nicht mehr am Leben, sondern hatte inzwischen einen ihrer unzähligen Versuche, sich von eigener Hand in das Reich des Satans zu katapultieren, mit Erfolg zu Ende gebracht.

Weesenberg hustete erneut und schien selbst zu einer Frage ansetzen zu wollen, um das allgemeine Schweigen zu durchbrechen. In diesem Moment schnellten im Publikum zeitgleich mehrere Arme nach oben. Die Wortmeldungen stammten von Keltberlet sowie von zwei betagteren Herren, die wie Mitglieder der Professorenschaft aussahen. Der eine von ihnen hatte einen überaus breiten, kürbisförmigen Kopf, der vor offensichtlichem Bluthochdruck zu havarieren drohte. Lose, wie die Ausläufer eines Spiralnebels, umrankten spärliche weiße Haarsträhnen seinen verschwitzten Schädel. Sie verliehen dem Haupt das Aussehen eines überdimensionalen Lollipops, den man für wenige Sekunden in ein Gebläse zur Herstellung von Zuckerwatte gehalten hatte. Der andere Mann dagegen besaß dichtes, graumeliertes Haar sowie eingefallene Gesichtszüge, die ähnlich stilisiert wirkten wie die aus Holz geschnitzten Augen- und Wangenpartien einer Marionette.

Das folgende Frage- und Antwortspiel, das sich unter Weesenbergs umsichtiger Moderation entwickelte, verlief im Großen und Ganzen glimpflich. Die Wortmeldung von Keltberlet bereitete kaum Probleme. Sie ließ sich im Wesentlichen in eine Verständnisfrage übersetzen, und Keltberlet gab sich nach kurzem Stirnrunzeln sowohl mit der von Freundel vorgeschlagenen Übersetzung als auch mit dessen knapper Antwort zufrieden. Der nächste Fragesteller war der Herr mit dem Kürbiskopf. Bei ihm handelte es sich Weesenbergs Anrede zufolge um Veit Sandhegel vom literaturwissenschaftlichen Institut. Sein Beitrag fiel ebenfalls vergleichsweise harmlos aus. Anstatt das für Freundel brenzlige Gebiet der Ästhetik anzuschneiden und beispielsweise nach den Konsequenzen zu fragen, die sich aus den Kernthesen des Vortrags für die Metapherntheorie ergaben, erkundigte sich Sandhegel nach dem Verhältnis, das zwischen dem zu Fall gebrachten begrifflichen Bild und Kants Erkenntniskritik bestand. Freundel vermochte hierauf ebenso kompetent und locker zu reagieren wie auf die anschließende Wortmeldung des Marionettengesichts, das sich selbst als Prof. Dr. Samson von der Haye outete. Die minutenlang vorgetragene Frage bewegte sich in ähnlich elementarem Fahrwasser wie die seines Vorgängers. Dem hohlwangigen Kunsthistoriker – dessen ausladende Handbewegungen an das Gefuchtel eines Fernsehkochs erinnerten, der mit kamerawirksamem Tamtam Pfeffermühlen bediente und aus flinken Fingern Gewürzsalven in brodelnde Töpfe schnippte – schien es vor allem darauf anzukommen, seine eigenen elaborierten Philosophiekenntnisse unter Beweis zu stellen. Er tat dies, indem er sich in einer umständlichen Tirade über den „linguistic turn" erging, wobei seine distinguierte Aussprache das Wort „turn" stets in übertrieben hanseatischer Manier in die Länge dehnte.

Eine knifflige Situation beschwor einzig und allein der Einwand von Weesenberg herauf, den dieser am Ende der Diskussion anbrachte.

„Schauen Sie, Herr Freundel ...", begann Weesenberg, dessen Augenbrauen sich vor geistiger Anstrengung gegeneinander schoben wie zwei entgleisende Bahnwaggons, während er in druckreifen Sätzen seine Kritik vortrug. Zunächst fasste er Freundels anfängliche Problemexposition zusammen und charakterisierte die vorgeschlagene Bestimmung der Essenz von Begriffen als „tadellos". Bereits die Wahl dieses Ausdrucks verunsicherte Freundel. „Tadellos" war ein Wort, das ein Spur zu hintersinnig klang. Meinte Weesenberg das Lob womöglich ironisch? Der Einwand, der sich anschloss, bestand aus mehreren Teilen. Er lief auf den Nachweis hinaus, dass der im ersten Abschnitt des Vortrags geschürzte Scheinknoten nur bei äußerst oberflächlicher Betrachtung überhaupt wie ein Knoten erscheinen konnte. In Wahrheit, so der Vorwurf, bediene sich die vorgeführte Verhedderung der Schlaufen von vornherein einer terminologischen Doppeldeutigkeit. Mit diesem Hinweis drohte Weesenberg den gesamten Seiltrick als billige Form der Gaukelei zu entlarven.

Freundels Handflächen begannen, kühlen Schweiß abzusondern. Die Reaktion auf den Einwand erforderte seine gesamte Konzentration. Glücklicherweise kam ihm dabei der Umstand zugute, dass er die Hälfte der zurückliegenden Woche damit zugebracht hatte, sich auf unruhigen Fußmärschen durch entlegene Stadtviertel potenzielle Fragen auszudenken und sich geeignete Antworten zurechtzulegen. Eine dieser vorgefertigten Repliken passte in etwa zu der vorgetragenen Kritik. Das hieß, Weesenberg war in der kurzen Zeit nicht imstande, die millimeterschmale logische Lücke auszumachen, die zwischen dem Einwand und dem Konter klaffte.

Als Freundel noch dabei war, den letzten Part seiner Entgegnung vor dem Publikum auszuwalzen, unterbrach Weesenberg ihn mit dem Hinweis, die fünfzehn Minuten Diskussionszeit seien bereits abgelaufen und man sei leider gezwungen, den Zeitplan der Probevorträge strikt einzuhalten.

„Herr Dr. Freundel, ich danke Ihnen nochmals für Ihre Präsentation und möchte diejenigen im Publikum, die jetzt zu gehen beabsichtigen, bitten, den Saal zügig zu verlassen. Wir fahren in zwei Minuten mit dem nächsten Kandidaten fort."

Mit pochenden Schläfen wanderte Freundel zurück zu seinem Platz. So wenig er an der Qualität seiner Darbietung zweifelte, so unsicher war er sich, welche Figur er in der anschließenden Diskussion abgegeben hatte. Dies lag weniger daran, dass er glaubte, auf Einwände nicht angemessen reagiert zu haben. Vielmehr lag es an den größtenteils harmlosen Fragen selbst. Fragen, die der wendigen Harpune seines Intellekts entgegengedümpelt waren wie träge Karpfen, ohne ihm Anlass zu geben, durch sonderlich ausgebuffte oder tiefgründige Repliken zu glänzen. Doch, was sollte es? Es brachte ja nichts, sich darüber im Nachhinein noch groß Gedanken zu machen. Er hatte alles, was in seiner Macht stand, in die Waagschale geworfen, und damit würde er sich am Ende zufrieden geben müssen. Welchen Verlauf der Auswahlprozess von nun an nehmen würde, lag nicht länger in seiner Hand.

Auf seinem Sitzplatz angekommen, tastete er abermals nach dem Umschlag in seiner Jacketttasche. Seine Armbanduhr zeigte kurz nach fünf. In weniger als einer halben Stunde war der Zeitpunkt gekommen, zu dem er sich an dem vereinbarten Ort einfinden musste, um die 2.000 Euro auszuhändigen. Ihm bleib nichts anderes übrig, als den Termin verstreichen zu lassen. Es war wirklich zu dumm. Kaum auszudenken, was geschehen würde, wenn er mit so kolossaler Verspätung am Treffpunkt der Geldübergabe aufkreuzte.

„Hören Sie", hatte er Darko bestürmt, als dieser sich zwei Tage zuvor per Telefon bei ihm gemeldet hatte. „Ich kann am Mittwoch zwischen 17 und 18 Uhr unmöglich kommen. Ich muss da einen beruflichen Termin wahrnehmen, der sich unter keinen Umständen verschieben lässt."

„Glaubst du, unsere Organisation interessiert sich für deine Termine? Heilige Jodwiga, ist das süß! Sugar, sugar!"

„Ich bitte Sie einfach nur um Verständnis."

„Sugar, sugar! Er bittet um Verständnis. – Sieh dich bloß vor: Falls du nicht auf die Minute pünktlich erscheinst und die Rate ablieferst, machen wir dich fertig."

Bevor er noch etwas entgegnen konnte, hatte Darko aufgelegt. Voller Beklemmungen blickte er seither dem heutigen Abend entgegen. Zwar war seine Furcht während der gesamten Dauer des Vorsingens vollständig chloroformiert gewesen. Doch jetzt, da die Erinnerung an das Telefonat erneut in sein Bewusstsein trat, meldete sie sich mit aller Macht zurück. Was würden sie mit ihm anstellen, wenn er gleich den ersten Übergabetermin nicht einhielt? Dennoch bleib ihm keine andere Wahl. Er war dazu verdammt, bis zum Ende des nächsten Vortrags in dem stickigen Hörsaal auszuharren. Das Procedere sah vor, dass jeweils nach zwei Vorträgen eine längere Unterbrechung stattfand, in deren Verlauf das zuletzt aufgetretene Kandidatenduo einer nichtöffentlichen Befragung durch die Kommission unterzogen wurde. Folglich würde er sich frühestens in einer Stunde absetzen können.

In der Zwischenzeit hatte Weesenberg begonnen, dem Publikum den zweiten Redner der Nachmittagssektion vorzustellen. Mit freundlicher, aber unbeteiligter Miene leierte er dessen akademische Meriten herunter.

„1999 Promotion in Philosophie an der katholischen Universität Neuendettelsau. Habilitation im Jahre 2002 an der Ludwig-Maximilians-Universität München. Seit April 2003 Inhaber einer Professur für Philosophie und Kulturwissenschaften an der Universität Innsbruck. Herr Lorenzkotte-Eberling, ich freue mich, dass Sie unsere Einladung angenommen haben, und darf Sie bitten, das Wort zu ergreifen."

Der Mann, der sich daraufhin aus dem Publikum erhob und eilig auf das Podium zumarschierte, war Freundel bereits zuvor im Auditorium aufgefallen. Vor allem, weil seine Gesichtsphysiognomie eine seltsame Familienähnlichkeit mit der von Rudolf Scharping besaß – insbesondere was den leicht stechenden Blick betraf. Man hätte ihn gut und gerne für einen jüngeren Bruder oder Cousin des ehemaligen SPD-Vorsitzenden halten können.

Ohne Umschweife und mit der eigentlich überflüssigen Ankündigung, *sogleich in medias res zu gehen*, setzte Lorenzkotte-Eberling seine Präsentation in Gang. Bereits vom ersten Satz an preschte das Geschehen mit Schmackes voran. Dem Publikum wurde ein professionell in Szene gesetztes Ideenspektakel serviert, untermalt von wippenden Körperbewegungen des Referenten, die ein wenig den kontrollierten Tanzschritten eines Dressurponys ähnelten. Geschickt oszillierten die dargebotenen Argumente zwischen gediegener Schulphilosophie und innovativen Pfeilwürfen. Dabei vermied der Bewerber es sorgsam, den Bogen zu überspannen und mit seinen Behauptungen so weit aus dem intellektuellen Mainstream auszuscheren, dass er hätte Gefahr laufen können, unbotmäßig provokant zu wirken. Eher traf zu, dass er sich des Erfolgsrezepts solider Bestsellerautoren bediente: Eine sattsam vertraute Thematik in einem teils neuartigen Vokabular anzurühren und mit einigen markanten Zuspitzungen zu garnieren. Wobei er selbst die Zuspitzungen in akademisch stubenreinem Ton vortrug. Alles in allem hinterließ er den Eindruck eines Mannes, der unangefochten und schnörkellos wie ein Einbaum durch das Flussbett seines wissenschaftlichen Strebens driftete.

Freundel fand allerdings, dass das gelegentlich eingestreute Grinsen des Kandidaten einen Tick zu selbstsicher wirkte. Dies war der Situation ebenso wenig angemessen wie die geschmacksverirrten Manschetten, die funkelnde Reversnadel und die entsetzlich klobige Armbanduhr. Letztere glich einem Luftdruckmessgerät aus einem Weltraumlabor und ließ das Handgelenk des Bewerbers übermäßig abgemagert erscheinen. Der Gipfel war freilich, dass dieser Pseudo-Scharping nicht davor zurückschreckte, dem Publikum die Essenz seines Vortrags zusätzlich in einer Fuge schrill gestalteter Powerpoint-Slides unter die Nase zu reiben, die er unter Einsatz des betagten, wie ein umgekehrtes Flakgeschütz an der Decke des Hörsaals umhersurrenden Projektors an die Wand über dem Podium warf. Knallbunte Kästchen und salopp geformte Pfeile sollten den Blick des Betrachters in geradezu alberner Unmissverständlichkeit durch die geistige Landschaft des Vorgetragenen leiten. Das war ja lachhaft! Zufrieden malte Freundel sich die Wirkung aus, die dieser Fauxpas auf die Kommissionsmitglieder haben würde.

Bereits kurze Zeit später musste er sich allerdings eingestehen, dass der Bilderreigen des Konkurrenten, trotz des hemdsärmeligen Formats, einen überraschend professionellen Eindruck hervorrief. Mindestens trugen die Grafiken dazu bei, dem vorgetragenen Gedankengang Plastizität zu verliehen. Er selbst sah sich dennoch außerstande, dem Vortrag bis zum Ende zu folgen. Wie übelriechender Essig, der durch ein Leck sickert, drang erneut die Sorge darüber in sein Bewusstsein, was ihm bei der verspäteten Begegnung mit Darkos Geschäftsfreunden blühen würde.

Die Luft im Freien war noch immer wohltuend mild, als Freundel eine knappe Stunde später durch das Ausgangsportal des Hauptgebäudes hastete und das Campusgelände an der Senckenberganlage überquerte. Die vom einsetzenden Abendrot flambierten, nach unten ausgefransten Wolkenbarren über den Dächern der Institutsgebäude glichen Klumpen von zähflüssigem Honig, der von unsichtbaren Löffeln zu tropfen begann. Eine der Wolken erinnerte an einen Zeppelin, auf dessen Bauchseite in Folge einer Explosion der Fahrgastzelle ein gewaltiger Riss klaffte.

Die Befragung durch die Kommission war erfreulich unproblematisch verlaufen. Seine argumentativen Dribbelkünste hatten dabei ohnehin nicht mehr auf dem Prüfstand gestanden. Golz und Keltberlet wollten lediglich wissen, welche neuen Forschungsprojekte er für die Zukunft in Petto habe. Ob er sich vorstellen könne, dafür auch Drittmittel einzuwerben, hatte Keltberlet noch nachgehakt, nicht ohne bei dieser Gelegenheit das von ihm selbst aufgegleiste Projekt „Von Schlegel zu Hegel" in Erinnerung zu rufen, mit dem er seit sage und schreibe fünf Jahren am goldenen Tropf der Thyssen-Stiftung hing. Vorlemmers und von der Hayes gemeinsamer Inquisitionsbeitrag beschränkte sich auf die Frage, welche interdisziplinären Vernetzungsmöglichkeiten mit den Historikern und Kunstwissenschaftlern er sehe. Keiner der beiden zeigte sich jedoch an einer ins Detail gehenden Antwort sonderlich interessiert. Kerstin Siegrist-Stracke, die den Vortrag verpasst hatte, beteiligte sich an dem Interview ebenso wenig wie Sandhegel, der die gesamte Zeit über apathisch und schwer atmend auf ein verwaistes Päckchen Tempotaschentücher starrte, das irgendjemand auf der heillos zerkratzten Tischplatte zurückgelassen hatte. Pro forma erkundigte sich Weesenberg am Ende noch, ob Freundel im Falle eines Rufes denn auch tatsächlich vorhabe, die Stelle anzutreten. Das war es dann. Die Kuh war vom Eis. Das seit Wochen geprobte Kunststück war vollbracht. Nachdem er noch einmal sämtliche Hände geschüttelt hatte, verließ Freundel erleichtert den kleinen Seminarraum, in dem es aus unerfindlichen Gründen nach feuchtem Katzenstreu gerochen hatte, und begab sich unverzüglich in Richtung Ausgang.

Wohltuend strömte jetzt der frische Sauerstoff in seine Lungen. Wie sich wohl Grinsekotte-Eberling bei der Befragung schlagen würde? Vermutlich würde das lasche Ritual keinem seiner Rivalen ernsthafte Schwierigkeiten bereiten. Er passierte den rechteckigen Brunnen, auf dessen Betonrand sich in den Sommermonaten bauchnabelfreie Studentinnen aalten. In seinem Rücken vernahm er hektische Schritte. Sie stammten von einer Person, die ihn kurze Zeit später überholte. An dem strammen Haarknoten, der hart wie eine Blumenzwiebel über ihrem Nacken stand, erkannte er die Frau mit den weit aufgerissenen Augen, die zuvor im Auditorium gesessen hatte. Zu ihrem grauen Rollkragenpullover trug sie einen silbergrünen Rock, den ein

Muster aus schwarzen Rauten und Pfauenaugen zierte. Ihre abgeschabten Lederstiefeletten knallten bei jedem ihrer Schritte mit ungesunder Vehemenz auf das Pflaster. In Folge des überhasteten Gangs bewegte sich ihr gesamter Körper so ruckartig auf und ab, dass man wähnte, einer Sequenz aus einem zappeligen Stummfilmstreifen beizuwohnen.

Wieder musste er an Laura Malcatone denken. Wie es ihr, sofern sie noch am Leben war, wohl mittlerweile ergehen mochte? Gut möglich, dass der Irrsinn endgültig von ihrem derangierten Gemüt Besitz ergriffen hatte. Sein intimer, mehrere Monate lang andauernder Kontakt mit der ruhelosen Italienerin lag ungefähr zwei Jahre zurück. Sie war eine junge Dame von damals 32 Jahren und feingliedrigem Wuchs. Eine mädchenhaft stolze Venus, die sich, der Halbherzigkeit ihrer Studienaktivitäten zum Trotz, voll und ganz der schöngeistigen Bildung verschrieben sah. Die erhabene und zugleich niederschmetternde Einsamkeit ihres Daseins rührte vor allem daher, dass sie den meisten Mitmenschen mit einer kaum erträglichen Mixtur aus Zynismus und Arroganz zu begegnen pflegte. Nach insgesamt acht missglückten Selbstmordversuchen hatte sie sich in Frankfurt zunächst für die Fächerkombination Literaturwissenschaft und Kunstpädagogik eingeschrieben. Es folgten ein kurzes Intermezzo in Judaistik und dann ein Abstecher in die Theater- Film- und Fernsehwissenschaften. Zum Zeitpunkt ihrer ersten Begegnung war sie gerade im Begriff, voller Elan auf Hispanistik und Ägyptologie umzusatteln.

Stets umwehte sie der Hauch eines Luxusgeschöpfs, ein Eindruck, der noch dadurch verstärkt wurde, dass ihre reflexhaft geäußerten Geschmacksurteile wie Fallbeile auf ihre Gegenstände niederrasselten. Ihr Großvater war ein aus Bergamo stammender Betreiber einer Autohauskette, der es mit einem tentakeligen Netzwerk von Filialen in Südhessen und Mainfranken zu einem Riesenvermögen gebracht hatte. Es bescherte seither der gesamten Familie ein üppiges Auskommen. Lauras Verwandtschaft, die sich größtenteils aus melancholischen Taugenichtsen und verkrachten Starlets zusammensetzte, besaß Immobilien im Taunus, zehrte von Mieteinnahmen an der Hamburger Elbchaussee und nannte darüber hinaus mehrere schmucke Palazzi am Lago di Como ihr Eigen. Letztere dienten insbesondere den Altvorderen der Sippschaft während der heißen Sommermonate als Refugium. In sämtlichen Ritzen und Winkeln des weitverzweigten Familiengemäuers, das Lauras mit schriller Stimme vorgetragenen Berichten zufolge etliche inzestuöse Geheimgänge barg, wucherte die Schizophrenie wie wilder Wein. Nach dem Tod ihrer Mutter, die in der Silvesternacht des Jahres 1979 ihr Leben quittiert hatte, indem sie sich einen Kessel mit siedendem Fondue-Öl über ihr ehemals strahlend schönes, seither jedoch zunehmend abgewracktes Mannequinhaupt gegossen hatte, wuchs Laura bei einer geistesgestörten Großtante auf. Diese zwang sie täglich, die Haferflocken, die sie ihr vorsetzte, auf der Oberfläche des Esstischs auszuschütten und einzeln abzuzählen, um zu verhindern, dass sie eine ungerade Flockenmenge zu sich nahm. Manchmal, wenn das Kind das Martyrium fast schon hinter sich gebracht hatte, blies die Tante zwischen die Flocken und lachte schrill. Dann musste Laura mit dem Zählen von vorne beginnen.

Bei Laura selbst war die Erkrankung im Alter von 15 Jahren, in Form einer nur schwer therapierbaren Borderline-Störung, ausgebrochen. Seither hatten sich auf ihren Unterarmen die Narben unzähliger Schnittwunden angesammelt, die sie sich zufügte, wenn ihre Zustände für sie unerträglich wurden. Freundel kannte auch die hässlichen Stellen an ihren Hüften und seitlich ihrer blassen Schienbeine, die von ausgedrückten Zigaretten stammten. Mit ihren unscharfen Rändern und ihrem dünnen Hautfilm sahen sie wie frisch überfrorene Löcher aus, die mit einem stumpfen Gegenstand in die Oberfläche eines vereisten Sees geschlagen worden waren. Jedes Mal, wenn sie ihm in ihrem spartanisch möblierten Appartement – das ihr, ebenso wie ihr nicht enden wollendes Studium, einer der zahlreichen Onkels aus dem Malcatone-Clan finanzierte – ihren ansonsten so makellosen Leib darbot, verstörte ihn der Anblick der verschorften Insignien ihrer Dämonen.

Eine Zeit lang fanden seine Besuche in vierzehntägigem Rhythmus statt. So unglaublich es erscheinen mochte: Für sämtliche Kosten der Schäferstündchen kam Lauras private Krankenkasse auf. Dazu genügte ein förmliches Schreiben aus der Feder ihres Psychiaters, Dr. Fünfhorn. Es bescheinigte offiziell, sie sei aufgrund ihrer seelischen Störung sowie aufgrund der damit einhergehenden, polymorph-perversen Charakter- und Triebstruktur außerstande, gewöhnliche sexuelle Beziehungen einzugehen. Dieselbe Krankenkasse, deren Verwaltungssitz sich in Mailand befand und die ihre Beiträge vornehmlich aus lombardischen High-Society-Kreisen bezog, war im Übrigen auch so großzügig, körperlich schwerstbehinderten Männern gelegentliche Besuche bei weiblichen Prostituierten, einschließlich der damit verbundenen Taxifahrten, zu finanzieren.

Im Grunde überstiegen die polymorphen Spiele, zu denen Laura ihn anleitete und die fraglos geeignet waren, Dr. Fünfhorns prekäre Diagnose zu bestätigen, Freundels Fassungsvermögen. Dennoch betrachtete er sie damals als eine Art Horizonterweiterung. Er sah sich involviert in die Grenzüberschreitungen einer libertinären Intellektuellen. In Erinnerung blieben ihm surreale Stunden, die sie gemeinsam auf einer aufklappbaren Matratze verbrachten – zwei skurril verruchte Leiber auf einem fuchsroten Rechteck, das prosaisch auf dem betongrauen Laminatboden inmitten des Raums platziert war. Durch die Lamellen der rollobestückten Fenster der Dachschräge warf das Sonnenlicht auf ihre rastlos in Aktion befindlichen Gliedmaßen grell leuchtende Balken. Sie hoben sich wie scharf geschnittene Mozarellastreifen vom schattigen Grund ihrer Haut ab. Um das Lager herum standen unzählige Gläser, gefüllt mit halb zu Ende gerauchten Zigarettenkippen, die in einem bräunlichen Sud trieben und einen beißenden Nikotingeruch absonderten. Besonders eindringlich jedoch haftete bis heute der eigentümliche Duft in Freundels Gedächtnis, den die Ausdünstungen der Psychopharmaka und die medikamentös bedingten Hitzewallungen auf der Haut der Italienerin hervorriefen. Lauras Poren verströmten zu jeder Tages- und Nachtzeit das Aroma einer Mischung aus Turnhallenschweiß und frisch aufgekochtem Rahmspinat.

Unmittelbar vor ihm befand sich jetzt die Straßenkreuzung der Bockenheimer Warte. Wie üblich stach dort die schräg emporstrebende, aus Stein gemauerte Waggonhälfte ins Auge. Sie fungierte als Überdachung des U-Bahn Eingangs und erweckte den Eindruck, als habe kürzlich Godzilla der Mainmetropole einen Besuch abgestattet. Während er sich der albernen Skulptur näherte, registrierte er, wie die Erinnerung an seine frühere Kundin ihn mit Überdruss erfüllte. Im Grunde hatte er es satt. Nahezu täglich verbrachte er Zeit damit, über einsame Frauengeschöpfe nachzusinnen und sich das Hirn mit ihren Lebensgeschichten, Bedürfnissen und Sehnsüchten vollzulöffeln. Es waren Schicksale, an denen er nicht wirklich Anteil nahm. Dass ihm im Zuge seiner Seelsorge nicht selten die abstrusesten Kapriolen einer bürgerlichen Ehe in detailgetreuer Berichterstattung vor Augen geführt wurden, bot zwar einen gewissen Unterhaltungswert. Doch selbst dies vermochte an seinem wachsenden Desinteresse nicht allzu viel zu ändern.

In Wahrheit verspürte er einzig und allein noch Lust, an Lydia zu denken. Dass sie ihn vergangene Woche endlich zurückgerufen hatte, trug erheblich zur Aufhellung seiner angeschlagenen Befindlichkeit bei. Sogleich war er ihrer Aufforderung gefolgt, sie zu besuchen, und hatte dieses Mal die gesamte Nacht bei ihr verbracht. Als am nächsten Morgen ihr warmer Atem seinen Nacken umwehte, war ihm ihre Nähe vertrauter vorgekommen als die jedes anderen Menschen seit Susannes schmerzlicher Fahnenflucht.

Er rief sich in Erinnerung, wie sie ihn am Abend ihres Wiedersehens vor der frisch abgebeizten Eingangstür des Lofts in ihre Arme geschlossen hatte. Sie trug ein dünnes Kostüm aus rostbrauner Seide mit dezent geriffelter Oberfläche. Ihr hell schimmernder Leib war licht und verwunschen, wie ein

Birkenwald, über dem ein Sonntagsregen niedergegangen war. Als er sich später erkundigte, wo sie so lange gesteckt habe, wich sie ihm aus.

„Vorhin am Telefon", hakte er nach, „sagtest du, es sei um eine Übersetzungsangelegenheit gegangen." Aufmerksam glitt derweil sein Blick an den feinen Umrisslinien von Paul Klees Angelus Novus entlang, der neuerdings über ihrem Schreibtisch hing.

„Ja, ein Verlag in Rumänien. Sie haben vor, eine Anthologie mit Gedichten von mir herauszubringen. Es gibt aber Scherereien mit der Übersetzerin. Außerdem macht mir der Caspari-Verlag Probleme beim Transfer der Druckrechte."

„Du scheinst ja richtig prominent zu sein", erwiderte er, „wenn man dich jetzt auch in Osteuropa verlegt."

„Kann schon sein." Sie fuhr sich mit der Fingerspitze über das Nasenbein. „Aber lassen wir die leidige Geschichte für heute auf sich beruhen. Erzähl' du mir lieber, warum du in Südfrankreich warst. Ich tippe, es hat sich um eine tabulose Geschäftsreise gehandelt. Wahrscheinlich einschließlich Kost und Logis."

Er war sich sicher, dass sie ihm etwas vorflunkerte. Garantiert hatte die rumänische Buchbranche Besseres zu tun, als sich mit der Übersetzung einer vergleichsweise unbekannten Lyrikerin aus Deutschland zu befassen. Doch was ging es ihn schon an, wo und mit wem Lydia ihre Zeit verbrachte? Schließlich sah auch er sich nicht ohne weiteres imstande, ihr zu erklären, welcher Anlass ihn nach Südfrankreich geführt hatte.

„Davon erzähle ich dir ein andermal, O. K?", vertröstete er sie. „Die ganze Angelegenheit ist recht kompliziert."

Seine Zurückhaltung währte jedoch nur bis zum nächsten Morgen. Als sich im ersten Licht der Vormittagssonne Lydias semmelwarme Brüste gegen seinen Rücken schmiegten, ereignete sich in seinem Inneren eine tektonische Verschiebung, die den Damm der Zensur in sich zusammensacken ließ. Er erkannte die Notwendigkeit, sich endlich wieder einem anderen Menschen vollständig anzuvertrauen. Gleichgültig, was dies an Konsequenzen nach sich zog. Behutsam rückte er ein Stück in Richtung Bettkante. Eine Weile musterte er wortlos das auf dem Boden stehende Tablett, auf dem sich die mit frischem Milchkaffee gefüllten Porzellanschalen befanden. Neben dem Tablett lagen, zu kleinen Haufen zusammengeballt, Lydias sandfarbene Nylonstrümpfe, die sie am Vorabend getragen hatte. Sie glichen den halbdurchsichtigen Zellkörpern von Urtierchen unter dem Okular eines Mikroskops. Er stellte sich vor, sie würden jeden Moment zu pulsieren beginnen und blitzartig davonschwimmen.

„Ich möchte dir mehr über mich erzählen", brachte er nach einem letzten Moment des Zögerns heraus.

Ausführlich berichtete er ihr von seinem Doppelleben, angefangen von den ersten akademischen Schritten in Mainz bis hin zu der prestigeträchtigen Vertretungsprofessur am Frankfurter Institut. Anschließend erzählte er ihr von der Konferenz in Alet-les-Bains und dem alles entscheidenden Probevortrag, der ihm zu diesem Zeitpunkt noch bevorstand. Einzig die Geschichte mit dem Erpresser sparte er aus. Gut möglich, dass sich seine dichtende Gefährtin von ihm zurückziehen würde, wenn sie erfuhr, dass er mit einem Bein im kriminellen Morast feststeckte.

„Ich hatte von Anfang an die Ahnung, dass bei dir noch irgendetwas dahintersteckt", sagte Lydia, nachdem er seine Erzählung beendet hatte. „Ich glaube, ich bin auch deshalb mit dir zusammen, weil ich dem auf die Spur kommen wollte."

„Sind wir denn zusammen?"

Lydia schwieg. Sie nahm eine Strähne ihres Haars, wickelte sie um zwei Finger und legte sie quer durch ihren Mund. Die Form der Handbewegung, die sie dabei ausführte, glich der eines seitwärts geneigten Violinschlüssels.

„Ich dachte", setzte er nach, „es gefällt dir vielleicht nicht, wenn ich so häufig mit anderen Frauen ins Bett gehe."

Sie überlegte eine Weile, während sie Stück für Stück das Haar aus ihrem Mund herauszog.

„Ich weiß noch nicht", erwiderte sie schließlich, „ob es mir etwas ausmacht. But I think, I have to respect that this is your job."

Den Rest des Vormittags blieb sie stärker in sich gekehrt als sonst. Sie verzichtete auch darauf, ihn auf die gewohnte Weise zu provozieren. Während er an ihrer Küchentheke eine Avocado zerteilte und mit Zitronensaft beträufelte, hatte er das Gefühl, dass sie ihn scharf und zugleich skeptisch beobachtete. Bei ihren folgenden Treffen konnte er jedoch feststellen, dass sie ihm mit deutlich weniger Spott und Distanz begegnete als während der ersten Wochen ihrer Bekanntschaft.

Wenn er doch auch jetzt einfach die nächste S-Bahn in Richtung Südbahnhof besteigen könnte, um zu Lydia zu fahren! Stattdessen war er gezwungen, im Schweinsgalopp in die Elbestraße zu hasten. Dort erwartete ihn ein Typ namens Branko, der womöglich bereits einen ganzen Trupp von Schlägern zusammengetrommelt hatte, um sein Zuspätkommen zu ahnden. Er rechnete mit dem Schlimmsten. Eilig drängte er sich zwischen einen Pulk fernöstlicher Touristen, die laut kichernd die Rolltreppe in Beschlag nahmen, die hinunter zur U-Bahn führte. Da fiel ihm der Taxistand an der Bockenheimer Warte ein. Kaum hatte er das Untergeschoss erreicht, machte er kehrt und stürmte auf der gegenüberliegenden Rolltreppe zurück nach oben in Richtung Ausgang. Auf der Straße angekommen, riss er die Beifahrertür einer der drei Taxen auf, die auf dem Standstreifen bereitstanden. Er stieß ein „Guten Abend" hervor, schwang sich in den plumpsweichen Kunstledersitz und nannte dem reglos durch die Windschutzscheibe starrenden Fahrer die Kaiserstraße als Fahrziel.

„Kaiserstraße ist groß", erwiderte der Mann. „Sie wollen zum Bahnhof, oder wo?" Er trug an fast jedem Finger ein Pflaster und hatte das mokkafarbene Antlitz eines Paschtunen.

„An die Ecke Elbestraße", sagte Freundel.

Der Mann nickte sachlich. Unverzüglich schnippte er seine Zigarette aus dem Fenster, kurbelte die Scheibe hoch und ließ den sanft brummenden Motor des Daimlers an. Sodann steuerte er den schweren Wagen geschmeidig hinaus auf die Fahrspur.

Kurze Zeit später flogen die baumbestandenen Alleenränder und die stuckverzierten Fassaden des südlichen Westend an ihnen vorüber. Aus dem Radio des Taxis erklangen Fetzen einer tanzwütigen Flamencomusik, unterbrochen von krachenden Störgeräuschen, die sich anhörten, als berste Astwerk in einer martialischen Feuersbrunst. Als sie das Bankenviertel passierten, verdunkelte sich, bedingt durch die Schatten der eng stehenden Bürotürme, die Umgebung. Freundel bat den Fahrer um eine Zigarette. Dankbar nahm er den ihm dargereichten Glimmstengel entgegen, zündete ihn an und begann hektisch zu inhalieren. Das mulmige Gefühl in seinem Bauch nahm an Stärke zu, je näher sie dem Bahnhofsviertel kamen.

Hoffentlich würde er es schaffen, die heutige Begegnung ohne allzu schlimme Blessuren zu überstehen! Falls ja, würde er schon irgendeinen Weg finden, sich mit der Situation zu arrangieren. Die Alternativen waren jetzt zumindest klar umrissen. Entweder seine akademische Bewerbung würde scheitern: Da auch die Vertretungsstelle im Juli endete, stünde ihm dann ab dem Sommer wieder mehr Zeit zur Verfügung, um in seiner Rolle als klugscheißernder Don Juan Gewinne einzufahren. Von den Mehreinnahmen würde er dann eben den geforderten Anteil abführen. Oder aber er würde den Ruf auf die Professur erhalten: In diesem Fall käme er auf ein dermaßen fettes Gehalt, dass er den monatlichen Betrag von 2.000 Euro zur Not auch dann entrichten könnte, wenn er überhaupt keiner horizontalen Beschäftigung mehr nachging. Nach Verstreichen einer gewissen Zeitspanne dürfte es ihm dann ja vielleicht gelingen, Darko und dessen Kumpanen glaubhaft zu machen, dass er sich aus dem Gewerbe zurückgezogen hatte.

Flankiert vom dichter werdenden Berufsverkehr bog der Wagen in die Kaiserstraße ein. Im gleißenden Gegenlicht funkelte im Fluchtpunkt der Häuserzeilen die gewaltige Front des Hauptbahnhofs. Über dem Stahldach des wilhelminischen Gebäudes türmten sich vier kolossale Quellwolken. Durchsetzt von den leuchtschwertartigen Strahlen der tief stehenden Sonne, glühten sie in einem schmutzigen Orangeton. Ihre Gestalt glich den Umrissen in die Breite wabernder Atompilze. Der Verkehr wurde jetzt zunehmend zähflüssig, so dass sie nur noch langsam vorankamen. Schließlich stoppte der Fahrer an der gewünschten Kreuzung. Eilig drückte ihm Freundel eine 10-Euro-Note in die Hand und sprang aus dem Wagen.

Auf dem Bürgersteig drängten sich unzählige Passanten. Augenscheinlich befanden sich darunter etliche Geschäftsleute und Angestellte. Gestandene Herren und Familienväter, die die Absicht hegten, nach Büroschluss noch ein Stripteaselokal aufzusuchen oder ihr Mütchen bei einer Domina zu kühlen. Freundel atmete tief durch und wendete den Blick noch einmal zurück in Richtung Bahnhof. Inzwischen hatten die Konturen der Atompilze sich verformt. Die Wolken ähnelten jetzt menschlichen Häuptern im Profil. Der Anblick erinnerte an die hintereinander gestaffelten Porträts der Gründerväter des Marxismus-Leninismus auf einem Parteitagsbanner aus Sowjetzeiten.

Als er das Eros-Center in der Elbestraße betrat, spitzte seine Anspannung sich weiter zu. So sehr, dass er kurzzeitig glaubte, sich übergeben zu müssen. Mit Mühe schob er die milchigen Plastikplanen zur Seite, die eine Art Vorhang vor dem Eingangstor des Etablissements bildeten. Seine Augen benötigten eine Weile, um sich an das Dämmerlicht im Inneren des Gebäudes zu gewöhnen. Das Foyer wirkte vollkommen verändert. Immerhin lag es mehr als zwanzig Jahre zurück, dass er diesen Ort das letzte Mal betreten hatte. Damals war er an einem Spätsommertag, gemeinsam mit seinem Freund Karlo, von Heidelberg aus per Wochenendticket nach Frankfurt gefahren, um den Rotlichtbezirk zu inspizieren. Auf dem Trip begleitet hatte sie noch ein anderer Typ, der Hans-Dieter oder so ähnlich hieß und der stets mit einer Baskenmütze herumlief. Zu dritt waren sie durch das berüchtigte Quartier gestreift. Auch vor den labyrinthischen Gängen des Eros-Centers machte ihr pubertärer Erkundungsdrang damals nicht Halt. Allerdings liefen sie jedes Mal scheu und ehrfürchtig weiter, wenn eine der zahllosen Huren, die spärlich bekleidet auf Barhockern vor den Zimmereingängen posierten, den Versuch unternahm, mittels eines schamlosen Spruchs ihr Verlangen anzustacheln. Die Unmittelbarkeit des sexuellen Angebots, die wie von Feenhand die gewohnte Trennmauer zur Welt der weiblichen Körper pulverisierte, hinterließ an jenem Septemberabend in ihren knabenhaften Gemütern eine tiefe Verwirrung.

Anstelle des lehmig wirkenden Linoleumbelags zierten jetzt blitzsaubere Fliesen den ehemals muffigen Eingangsbereich. Von der garagenartigen Halle aus führten insgesamt drei Treppenhäuser hinauf zu den Fluren und Zimmern. Überall standen aus Gips gefertigte, erotische Skulpturen herum. In einem bläulich illuminierten Schaufensterkasten ragte die vordere Hälfte eines Chevrolets aus der Wand, auf dessen Kühlerhaube sich eine nackte Kunststoffblondine räkelte. Pfeile aus bunten Neonröhren wiesen den Weg „ZU DEN GIRLS".

Die Toiletten befanden sich auf der linken Seite des Foyers, unmittelbar vor dem ersten Treppenaufgang. Mit schwitzenden Wangen betrat Freundel den kleinen, weiß gekachelten Vorraum. Die grelle Beleuchtung erinnerte an einen Operationssaal. Neben der Eingangstür stand ein aufgeklappter Campingtisch. Daneben saß auf einem niedrigen Schemel, den Oberkörper zurückgelehnt, ein kahlköpfiger Mann. Er hatte muskulöse Arme, trug einen senffarbenen Schnauzbart und mochte um die vierzig Jahre alt sein. Exakt der grobschlächtige Typus, den man in diesem Umfeld anzutreffen gedachte.

Auf dem Tisch stand ein violetter Plastikteller, in dem ein Haufen 1-Euro-Münzen lag.

„Heißen Sie Branko?", fragte Freundel. Er gab sich Mühe, möglichst unbefangen zu wirken.

„Was geht dich das an?", raunzte der Mann und blickte ausdruckslos zu ihm empor. „Die Toilette kostet einen Euro."

„Mein Name ist René. Ich soll hier jemanden treffen, der ..."

„He, verdammt! Du kommst viel zu spät!", entfuhr es dem Grobian. Während sein Oberkörper sich schlagartig straffte, klatschte er mit der Handfläche auf den Tisch. Die Euromünzen schepperten, als sei eine Snare-Drum umgestoßen worden. Auf seiner Stirn bildeten sich kalbslederne Falten.

„Der Chef ist nicht mehr da!"

„Das tut mir leid. Aber der Treffpunkt war ein bisschen schwer zu finden. Ich hatte mich erst ins falsche Gebäude verirrt. Es gibt in dieser Straße so viele Bordelle, dass ich ..."

„Das darf dir nicht nochmal passieren", fuhr der Mann dazwischen. „Ist das klar?" Sein unveränderter harter Gesichtsausdruck deutete auf einen gewaltsam zugeteerten Seelengrund hin.

„Nein, bestimmt nicht", antwortete Freundel. „Sind Sie denn Branko?"

„Ich hab' gesagt, das geht dich nichts an", raunzte der Glatzkopf, während er sich von dem Schemel erhob. „Komm mit, du Fasan. Wir gehen nach oben."

Freundel folgte ihm durch das Foyer in eines der Treppenhäuser am hinteren Ende der Halle. Dort stiegen sie, auf türkis gekachelten Stufen, mehrere Geschosse empor. Unterwegs kam ihnen eine Gruppe von Besuchern entgegen, die elegante Geschäftsanzüge und flache Lederkoffer trugen. Die Luft war erfüllt von moschushaltigem Parfum. Aus den Fluren in den jeweiligen Stockwerken konnte man das entfernte Klacken von Stilettos vernehmen, die sich über die Fliesenböden bewegten. In der dritten Etage verließen sie das Treppenhaus und traten in einen langgezogenen Gang. Direkt gegenüber befand sich eine geöffnete Tür. Dahinter fläzte sich, auf ein Metallbett gestreckt, eine langmähnige Blondine, die mindestens ein Meter neunzig maß und deren pechschwarze Augenbrauen unverhohlen die künstliche Färbung des Haupthaars falsifizierten. Als sie zu ihnen aufblickte, begann einer ihrer Schenkel wie auf Knopfdruck auf und nieder zu wippen.

„Hier entlang!", rief Freundels Begleiter und bog nach links in einen schmaleren Seitengang ab. Nach wenigen Metern machten sie vor einer grauen Stahltür halt. Sie schien zu einem Raum zu führen, der direkt an das Treppenhaus angrenzte. Der Mann öffnete die Tür, hinter der eine bescheidene Kammer sichtbar wurde. Aus ihr schlug Ihnen der Geruch vergammelter Apfelsinenschalen entgegen. Eine Seite des spärlich beleuchteten Kabuffs war gepflastert mit kleinformatigen Schwarz-Weiß-Monitoren, auf denen unzählige Standbilder flimmerten. Vor den Monitoren saß ein breitschultriger Typ in einer kanariengelben Lederweste. Sein schwarzes, nach oben gekämmtes Haar strotzte vor Gel. Die Strähnen waren konfus ineinander verklebt, ähnlich den Gefiederspitzen eines von einer Ölpest zur Strecke gebrachten Basstölpels. Ruckartig drehte der Mann sich zu den beiden Besuchern um. Er besaß eine ungewöhnlich flache Nase und trug eine rechteckige Hornbrille mit starken Gläsern. In der linken Hand hielt er eine zur Hälfte geschälte Apfelsine.

„Sieh mal, Ivica!", sagte der Glatzkopf. „Hier ist der Gigolo, der vorhin das Geld abliefern sollte."

Freundel hielt den Atem an. Vermutlich würde der Mann ihn jetzt gehörig zur Schnecke machen, vielleicht sogar handgreiflich werden. Doch dieser musterte ihn bloß abschätzig, während er die Apfelsine zwischen den Oberschenkeln platzierte. Dann streckte er ihm den Arm entgegen und vollführte mit den Fingern seiner nach oben geöffneten Hand eine schnappende Bewegung.

„Kohle!"

Folgsam angelte Freundel den Umschlag hervor und reichte ihn dem Schwarzhaarigen. Der öffnete das Kuvert und zählte die Scheine ab. Währenddessen versuchte Freundel, die Bilder auf den Fernsehschirmen zu deuten. Offenbar waren in sämtlichen Zimmern des Etablissements Kameras installiert, die dokumentierten, was sich dort abspielte. In den meisten Räumen schien jedoch nichts vonstatten zu gehen. Lediglich auf einem der Monitore sah man für einen kurzen Moment, wie sich eine schräg von oben gefilmte Person durch den Bildausschnitt bewegte.

„Hier gibt es nichts zu glotzen!", rief der Mann in der Weste. „Raus jetzt! Aber dalli!"

Hastig verließ Freundel den Raum und schloss die stählerne Tür. Er blickte sich um. Der Glatzkopf hatte sich bereits unbemerkt aus dem Staub gemacht. Gott sei Dank. Dann würde er offenbar für heute von Sanktionen verschont bleiben. Mit einem plötzlichen Stechen im linken Ohr wankte er durch den gekachelten Gang. An der nächsten Ecke bog er nach rechts ab. Vor seinen Augen erstreckte sich ein endloser Flur, von dem beiderseits Kammern abzweigten. In den Türrahmen lehnten unzählige Frauen. Ihre Aufmachung entsprach zumeist biederen erotischen Klischeevorstellungen. Einige von ihnen zeigten ihre nackten Brüste, andere hielten eine Zigarette in der Hand und blickten gelangweilt drein. Es befanden sich etliche wasserstoffblonde Po- und Busenwunder darunter, die die Blasiertheit aufstrebender Landpomeranzen verströmten. Hinzu kamen mehrere rassige Latinas sowie eine Handvoll Asiatinnen, in deren schwarzer Haarpracht messingfarbene Strähnen glänzten. In die durcheinanderplärrenden Radio- und Fernsehgeräusche, die aus den Zimmern schallten, mischte sich auch hier das immer gleiche Geräusch von Absätzen, die über Steinfliesen klackten.

Ohne den Huren in ihren anzüglichen Posen weitere Beachtung zu schenken, eilte Freundel den Korridor entlang. Der Ausgang musste sich irgendwo am hinteren Ende befinden. Eigentlich hätte er sich für die Arbeitsweise seiner weiblichen Kollegenschaft interessieren können. Jedoch sah er sich abermals dem Würgegriff aufsteigender Übelkeit ausgesetzt, einer Empfindung, die noch verstärkt wurde durch die Duftschwaden billigen Parfums, in die sich hie und da der scharfe Geruch eines Reinigungsmittels mischte. Es gab nur noch ein Ziel: Nichts wie raus hier!

Als er die Tür zum Treppenhaus beinahe erreicht hatte, sah er, wie wenige Meter vor ihm eine hagere Gestalt aus einem der Zimmer trat. Bekleidet mit einem taubengrauen Mantel und einem steifen Herrenhut, strebte sie ebenfalls in Richtung Ausgang. Für einen kurzen Moment glaubte er, das Profil von Waletzko erkannt zu haben, – ohne sich allerdings ganz sicher zu sein. Es war ebenso gut möglich, dass der flüchtige Eindruck täuschte, da das Gesicht des Mannes zum Teil durch den Hut verdeckt war. Dennoch konnte sich Freundel einen kurzen Anflug von Heiterkeit nicht verkneifen. Sollte es sich tatsächlich um den Konkurrenten gehandelt haben, so wäre eines immerhin geklärt: Es waren nicht allein Familienglück und unbändiger Forscherdrang, die den schrägen Bajuwaren dazu trieben, sich im Anschluss an öffentliche Auftritte jedes Mal gazellenflink vom Acker zu machen.

Auf der Straße angekommen, atmete er tief durch. Eine wahre Springflut der Erleichterung brach sich in seinem Inneren Bahn. Weder war er zusammengeschlagen worden, noch hatte man ihm anderweitige Vergeltungsmaßnahmen angedroht. Fürs erste war er heil aus der Sache herausgekommen. Während der Brechreiz und das Ohrenstechen allmählich nachließen, entfernte er sich langsam von dem Eingangsportal des Bordells. Der Witterung im Freien haftete ein zwiespältiger Zug an. Zwar fuhr der anbrechende Abend fort, das Gemüt mit frühlingshaften Temperaturgraden zu ködern. Gleichzeitig jedoch blaffte wiederholt und ohne Vorankündigung eine empfindlich kühle Böe in Freundels Gesicht. Es war, als ob in der Luft in kurzen Abständen unsichtbare Fenster geöffnet wurden, die die Windstöße hereinließen. Er schloss die Knöpfe seines Jacketts und legte einen Zahn zu. Noch einen Häuserblock, dann hatte er die Kreuzung an der Taunusstraße erreicht.

Inzwischen begann die Dunkelheit sich über das Quartier zu neigen, schwer und ominös, wie der riesige Schatten eines sterbenden Dickhäuters. Auf beiden Seiten der Straße flammten Leuchtreklamen auf und erstrahlten die kunterbunten Neonlichter der zahllosen Sexshops, Stripteaselokale und Bordelle. Direkt vor seinen Augen warb auf einem elektrischen Laufband ein breiter Schriftzug für die *Girls* des *Club 42*. Dahinter blinkte über einem Hauseingang ein glutrotes Herz, das den Zugang zu einem Kontakthof markierte. Wenige Meter weiter setzte ein dickbäuchiger Jahrmarktschreier, dessen talgige Visage im Widerschein der Straßenbeleuchtung glänzte wie abgenutztes Geigenharz, die vorbeieilenden Passanten darüber in Kenntnis, dass in wenigen Minuten die Live-Show mit den naturgeilen Mädels beginnen werde.

Unterhalb des funkelnden Lichtermeers, das seine Lockrufe in sämtliche Himmelsrichtungen ausspie, strömten die Menschenmassen über die Gehsteige. Auf den Gesichtern und in den Frisuren ließen sich die heftigen Einschläge der Windböen beobachten, die noch immer in den Straßenschluchten explodierten. Am Horizont residierten, stumm und übermächtig, die bleigrauen Silhouetten der gewaltigen Bürotürme. An ihren Fassaden flammten im Sekundentakt neue Lichter auf. Aus den umliegenden Bierstuben, Nachtclubs und Bars dröhnte ein Gemisch von stampfenden Technorhythmen, polkaartigen Schlagermelodien und sentimentalem Latinopop. Abermals bot die Stadt sich an diesem Frühlingsabend in ihrer überbordenden Fülle dar: Exzentrisch, babylonisch, wirr und frenetisch. Freundels Übelkeit war nun vollständig verflogen. Gelöst sog er das blinkwütige Farbenspiel der Leuchtreklamen, die bellenden Hupsignale der vorbeirollenden Fahrzeuge und die Gerüche der schweißtreibenden Dönerbuden in sich auf, und die von Ferne anrollende Brandung der Nacht verwandelte sich in eine Welle des Glücks, auf der sein Atem sich hob und senkte.

In diesem Augenblick wurde ihm aufs Neue und deutlicher als jemals zuvor bewusst, dass es keines Jenseits und keines göttlichen Wesens bedurfte, um das Verlangen des Menschen nach Transzendenz zu stillen: Die Welt selbst war das transzendente Phänomen. Am heutigen Abend, in dieser Sekunde war ihre Unergründlichkeit mit Händen zu greifen. Man brauchte die Seele nicht über den Rand des Universums hinausfliegen zu lassen, um dieser Erfahrung teilhaftig zu werden. Es genügte, den Blick mitten hinein in die Welt zu richten und ihr homerisches Gewimmel grell und ungefiltert auf sich wirken zu lassen: Die krächzenden Worte der greisen Zigeunerin, die, auf einem über dem Trottoir ausgerollten Kolter sitzend, um Almosen bettelte, die pfirsichfette Mondscheibe, die sich triumphal zwischen die Türme der HeLaBa und der Dresdner Bank schob, der Schweiß der Gogo-Tänzerinnen in den Spiegelkabinetten der umliegenden Kellerclubs, die erlösende Endorphinflut im Bewusstsein des Junkies, der sich dort drüben neben der Parkuhr, in katatonischer Verrenkung, die verzweifelt herbeigesehnte Nadel setzte, und der staubgetränkte Odem der Straße, auf der die abgedunkelten Edelkarossen und polierten Kleinwagen im Schritttempo vorankrochen. Dass diese barocke Flut von Erhabenem und Unrat, dieses wahllose Getümmel von Dingen, Geschehnissen und Eindrücken existierte, war ein Sachverhalt, der sich jedem tieferen, auf Gründe setzenden Verständnis entzog. Es war ein Tatbestand, der jenseits alles Begreiflichen lag, ja, der im wahrsten Sinne des Wortes jede vorstellbare Erklärung *transzendierte*. Die Einführung eines Schöpfers, dem die Rolle des Urhebers des Spektakels zugedacht wurde, konnte die Empfänglichkeit für diese Transzendenz nur zunichtemachen. Keine Religion brachte irgendetwas anderes zustande, als dem Mysterium des Seins den Stempel der Banalität aufzudrücken. Auch wenn die Existenz Gottes dabei ebenso unverstanden blieb wie zuvor das Vorhandensein des Universums: Ein grundloser Gott, wie schal, wie trivial und wie uninteressant erschien diese Vorstellung im Vergleich zu einer unerklärlichen Welt!

Gemächlich ging Freundel weiter und beobachtete die Gesichter der Geschäftsleute, die sich verstohlen auf die Eingänge der Animierbars und der Freudenhäuser zubewegten. An einer Fastfoodbude erstand er eine Dose holländisches Bier, an deren Oberfläche Schlieren von Bratfett hafteten. Begierig öffnete er den Verschluss. Während er die schäbigen Randbezirke des Rotlichtviertels passierte, stürzte er sich den erfrischenden Trunk in die Kehle. Jetzt war wirklich Entspannung angesagt. Wann schließlich hatte es in seinem Leben zuletzt einen Tag gegeben, an dem er gleich zwei so schwierige Herausforderungen auf einmal gemeistert hatte wie am heutigen Tag? Zufrieden spähte er hinaus in den milder gewordenen Abend. Geisterhaft zeichneten sich in der Dunkelheit die Umrisse der noch immer kahlen Baumwipfel der Taunusanlage ab. Wenn er den Weg durch den Park wählte, würde er über den Opernplatz direkt in sein Wohnquartier gelangen.

Als er, geblendet vom beißenden Scheinwerferlicht der Fahrzeuge, darauf wartete, dass die Fußgängerampel an der Gallusanlage auf Grün schaltete, sackte er in seine Grübeleien zurück. Es gab noch etwas, das bei genauerer Betrachtung bemerkenswert erschien: Die Transzendenz der Welt, die abgrundtiefe Unerklärlichkeit ihrer Existenz, vermittelte ihm keineswegs ein Gefühl der Unheimlichkeit. Eigentlich hätte man dies erwarten können. War doch das Unerklärbare seit den mythischen Anfängen des Menschengeschlechts stets eine Quelle der Verzagtheit und der Beklemmung gewesen. Bei ihm jedoch verhielt es sich genau umgekehrt: Je deutlicher seinem Verstand die nackte Erstaunlichkeit entgegenschimmerte, die das Vorhandensein sämtlicher Dinge wie eine lückenlose Perlmuttschicht überzog, desto intensiver fühlte er sich in der Welt zuhause. Ihr unergründliches Wesen verschaffte ihm ein Gefühl der Geborgenheit. Wie war dies möglich? Hatte es am Ende damit zu tun, dass er sich selbst so häufig unerklärlich blieb? Gleich und Gleich gesellt sich gern, so wird es wohl sein, dachte Freundel, während er den Zebrastreifen überquerte und, die verklebte leere Bierdose zwischen den Fingerspitzen schwenkend, auf der gegenüberliegenden Straßenseite im Dunkel der Parkanlage verschwand.

Kapitel 11: Die Spinne, die im Mondschein kriecht

Im grellen Licht der Morgensonne blendete die weiße Oberfläche des Lakens wie frisch geplätteter Pulverschnee. In der Luft im Zimmer schwebten feine, funkelnde Staubhärchen. Auf dem Nachttisch standen noch die dickbäuchigen Weingläser vom Vorabend, daneben lag das Papier mit Lydias Schriftzügen. Freundel verharrte im Türrahmen und betrachtete das sanfte Auf und Ab der Schatten an der Wand über dem Bett. Sie stammten von den Zweigen des mächtigen Ahornbaums, dessen salatgrünes Blattwerk im Hinterhof des Hauses binnen weniger Tage geradezu explodiert war.

„Komm sofort zurück", rief Lydia in gespielt nörgeligem Ton, während sie das Haupt aus dem Kissen hob. Ihre Stirn und ihre Wangen glänzten matt, wie die Oberfläche eines frisch geputzten Champignons.

„Ich muss unbedingt etwas frühstücken", erwiderte er. „Bei der Aufsicht kriege ich bis zum Mittag nichts zwischen die Zähne."

Sie schlug die Decke zurück. Des Nachthemds hatte sie sich, während er im Bad zu Gange war, entledigt.

„Hier! Der ganze Weiberkuchen ist dein. Der ganze warme Weiberkuchen! Worauf wartest du? Na los, nimm ihn dir!"

Er musste mit sich kämpfen. Nicht nur, weil der Anblick ihn wegsprengte. Sondern auch, weil er bis in die Haarspitzen verliebt war. Seit mehr als einem Monat schon. Der point of no return war definitiv überschritten.

„Ich kann wirklich nicht. Um 9 Uhr beginnt die Klausur. Heb' mir ein Stück vom Kuchen auf."

Mit Verve zog sie sich die Decke wieder über den Leib und drehte sich zur Seite. Er betrachtete ihr Profil. Ihr Blick, stumm und wildernd, atmete die offene Weltzugewandtheit eines Kindes. Es war vollkommen. Zum ersten Mal seit fast drei Jahren erfüllte wieder ein weibliches Wesen seine privaten Gefilde mit Leben. Und noch dazu eine so feinsinnige, zartfühlende und zugleich bombige Dulcinea!

Ein wenig ungehalten schlurfte er in die Küche. Dort schaltete er den Wasserkocher ein. Welch unverzeihliche, stillose Sünde er beging, indem er Lydia jetzt verschmähte! Schuld daran war nicht allein die bevorstehende Pflichterfüllung am Institut. Er musste auch noch seine Kräfte für den Nachmittag schonen. Es war zum Kotzen.

Sie kam in die Küche, zündete sich eine Zigarette an und öffnete die Kühlschranktür. Bei jeder ihrer Bewegungen spannten und verschoben sich ihre überirdischen Kurven unter dem grau-gelb gestreiften Stoff ihres Negligés. Er goss den Kaffee auf und griff nach dem Brotmesser. Mit Mühe säbelte er den Rest des angetrockneten Dinkelbrots in mundgerechte Scheiben. Durch das angelehnte Fenster war der Gesang einer Drossel zu hören.

„Ich esse später etwas", raunte sie ihm zu. „Kann ich deinen Schreibtisch benutzen? Den Wohnungsschlüssel werfe ich dann nachher in den Briefkasten."

Auf dem Küchentisch lag noch das Futteral mit der hagebuttenroten Seidenkrawatte. Lydia hatte ihn am gestrigen Abend mit dem Geschenk überrascht.

„Die muss ziemlich teuer gewesen sein", sagte er. Er öffnete das Futteral und zog den Schlips heraus. Zur Probe hielt er ihn sich vor sein caramelfarbenes Hemd.

„Die hat gar nichts gekostet", antwortete Lydia.

„Wo hast du sie denn her?"

„Aus der Herrenabteilung bei Karstadt."

„Das verstehe ich nicht."

Lydia grinste. „Ich habe sie mitgehen lassen."

„Du hast ... was?"

„Drei, zwei, eins, meins!"

„Du hast sie einfach geklaut?"

„Warum denn nicht? Die Herren Shareholder von der Karstadt-AG werden's schon verschmerzen."

„Hattest du denn keine Angst, erwischt zu werden?"

„Nö", sagte Lydia. „Ich kenne mittlerweile den Kaufhausdetektiv. Wenn ich mir ein Souvenir hole, achte ich schon darauf, dass er nichts mitbekommt."

Er wollte etwas entgegnen. Doch bevor er dazu ansetzen konnte, wandte Lydia den Blick aus dem Fenster und begann eine Melodie zu summen. Er kannte das Repertoire ihrer Gesten bereits genau genug, um zu wissen, dass damit das Thema für sie beendet war.

Später auf dem Weg zum Institut pfiff auch er die Melodie vor sich hin. Es handelte sich um ein Stück von jener CD, die sie kürzlich in Lydias Loft gehört hatten, beim gemeinsamen Auseinanderfummeln glitschiger Riesengambas, die das kulinarische Sahnehäubchen des in fiebriger Zweisamkeit verbrachten Abends bildeten. Eine eher unbekannte deutsche Gruppe namens „Kronzeus", die ansprechende Melodien mit teils kalauernden, teils abgründigen Texten verband. Einige dieser Texte stammten aus Lydias Feder. Wie sie ihm berichtet hatte, war sie früher sogar eine Weile als Sängerin bei der Band aktiv gewesen und in unaussprechlichen Klamotten über kleinstädtische Bühnen getobt. Es mussten, gelinde gesagt, ziemlich turbulente Jahre gewesen sein. Sogar eine mehrmonatige Tournee hatte die Gruppe absolviert, durch halb Deutschland und anschließend durch den Süden Frankreichs, in einem frisierten Kleinbus der Marke Skoda, auf dessen Rückbank der gezähmte Leguan des Schlagzeugers mitreiste und dessen Sitzpolstern eine absalomische Marihuanafahne entwich. Als sie dreißig wurde, hatte Lydia dann einer jüngeren Frontfrau Platz gemacht und sich das Ziel gesetzt, anspruchsvollere Lyrik zu kreieren. Gelegentlich lieferte sie ihren ehemaligen Mitstreitern aber auch heute noch ein paar geschliffene Songzeilen.

Freundel war mehr als entzückt über diese Seite ihrer Vergangenheit. Er bat sie, ihm sämtliche CDs zu geben, auf denen sie entweder als Sängerin oder als Songwriterin mitgewirkt hatte. Bei der Frage allerdings, wie sie es fertigbrachte, ihren Lebensunterhalt einschließlich des augenscheinlich kostspieligen Lofts zu finanzieren, tappte er nach wie vor im Dunkeln. Ihr Gewinnanteil am Verkauf der Kronzeus-CDs konnte ihr kaum ein ausreichendes Einkommen verschaffen. Ebenso wenig wie die spärliche Auflage ihrer insgesamt fünf Gedichtbände. Als er sich kürzlich bei ihr erkundigte, welche zusätzlichen Geldquellen ihr zur Verfügung stünden, wich sie ihm aus.

„Es ist leichter als man denkt, sich über Wasser zu halten. Dazu braucht es nur ein wenig Entschlusskraft und die richtigen Beziehungen."

Dies war ihr einziger Kommentar. Womöglich besaß ja die Sippschaft ihres Vaters irgendwelche Reichtümer, von denen sie zehren konnte. Von ihren amerikanischen Angehörigen sprach sie allerdings kaum. Auch sonst gewann er zunehmend den Eindruck, dass sie ihm wesentliche Teile ihres Lebens verschwieg. Mehr als einmal hatte er sie tagelang nicht erreichen können, ohne dass sie ihm später sagen wollte, wo sie gesteckt hatte. Nicht auszuschließen, dass es noch andere Männer in ihrem Leben gab. Allerdings erweckte auch sie mittlerweile den Eindruck, ziemlich verliebt zu sein.

Ihm kam ein Gespräch in den Sinn, das sie vor rund zwei Wochen geführt hatten. Draußen, vor den Rundbogenfenstern des Lofts, tobte seit Stunden ein Unwetter, das Hagelkörner in der Größe von Zwetschgenkernen gegen die Scheiben schleuderte. Den Oberkörper entblößt wie ein Freibeuter, stand er vor ihrem Bücherregal und studierte die Rücken der Paperbacks und Bildbände. Die Bücher reihten sich nicht alphabetisch aneinander, sondern waren ausschließlich nach farblichen Kriterien angeordnet. Als ihm mehrere Werke eines bekannten israelischen Schriftstellers ins Auge sprangen, erkundigte er sich, aus welchem Grund ihr dieser Autor besonders gefalle.

„Ich war einmal mit ihm liiert", antwortete sie ihm. Währenddessen war sie damit beschäftigt, ihr Haar mit Hilfe einer Bernsteinklammer in Form eines Tukanschnabels nach oben zu stecken.

„Tatsächlich? Hast du denn mal in Israel gelebt?"

„Oh, no! Er kommt gelegentlich nach Frankfurt, um mit dem Suhrkamp-Verlag Autorengespräche zu führen. Wir hatten bloß eine vorübergehende Affäre."

„Wie hast du ihn denn kennengelernt?"

„Für die Boys von der Literatenfraktion hatte ich schon immer eine Schwäche. Es gab sogar eine Zeit, da bin ich extra jeden Tag in der Lindenstraße zwischen dem Verlagsgebäude von Suhrkamp und dem Café Laumer hin und her spaziert. Manchmal habe ich auch einfach den halben Tag in dem Café verbracht. In diesem winzigen Segment von Frankfurt ist die Wahrscheinlichkeit, einem prominenten Schriftsteller zu begegnen, tausend Mal höher als in anderen Stadtgebieten. Und zehntausend Mal höher als sonst irgendwo in Deutschland."

Wie sie ihm daraufhin berichtete, war es ihr auf diese Weise gelungen, neben der Liaison mit dem israelischen Starautor noch weitere Techtelmechtel mit illustren Schreiberlingen einzugehen. Die Herren hielten sich zumeist ohne Begleitung ihrer Ehefrauen oder Lebenspartnerinnen in Frankfurt auf, um Verlagskontakte zu pflegen oder Lesungen abzuhalten. Mit ihrem verteufelt guten Aussehen, ihrem Charme und ihrem lyrischen Esprit dürfte es Lydia nicht schwer gefallen sein, sie flugs in ihren Bann zu ziehen.

Die Geschichte bereitete Freundel mehr Bauchschmerzen, als er Lydia gegenüber zugab. Wie viel narzisstischer Geltungsdrang steckte in dieser ungewöhnlichen Frau, die ihre Kindheit ohne Geschwister und ihre Jugend als Vollwaise zugebracht hatte, in Wirklichkeit? Das erotische Begehren jedenfalls schien, schenkte man ihren Andeutungen Glauben, bei den Affären kaum im Vordergrund gestanden zu haben. „Das war häufig nur Kartoffelsex", lautete beispielsweise ihr wenig schmeichelhafter Kommentar über einen vielgepriesenen Romancier, dem sie wiederholt in dessen Hotelbett gefolgt war und der sie sogar dazu hatte überreden können, ihn für einen geschlagenen Monat in sein opulentes, von turmhohen Zypressen umgebenes und flinken Geckos bevölkertes Schreibdomizil an der Algarve zu begleiten.

Freilich wusste Freundel nicht genau zu sagen, was Lydia unter „Kartoffelsex" verstand. Enthielt das Wort eine Anspielung auf das äußere Erscheinungsbild der zumeist betagteren Liebhaber? Dachte sie dabei an Bratkartoffeln oder an Pellkartoffeln? Oder eher an festkochende Kartoffeln? Die Antwort blieb im Dunkeln. Ebenso schwer ließ sich erraten, welchen Begriff sie wählen würde, um jene erotische Kost zu beschreiben, die er selbst ihr zu verabreichen pflegte. Obzwar ihre Zusammenkünfte sich von Woche zu Woche stürmischer entwickelten, hinkte er noch immer ein wenig seiner Form hinterher. Was vor allem damit zu tun hatte, dass es ihm nur selten glückte, sich vom schlingernden Fesselballon seiner Wollust weit genug emportragen zu lassen, um gänzlich außer Reichweite der hochaufragenden Minarettspitzen seiner Gedanken zu gelangen.

Dass sie klaute, war ihm ebenfalls nicht ganz geheuer. Es stand zu hoffen, dass es sich bei dem Krawattendiebstahl um spontane Chuzpe handelte oder vielleicht um einen radikalen Liebesbeweis, nicht jedoch um zwanghafte Kleptomanie. Doch selbst wenn: Könnte dies sein Empfinden auch nur im Geringsten schmälern? Er malte sich aus, wie Lydia in diesem Augenblick, über seinen Schreibtisch gebeugt, mit zusammengepressten Lippen die Zeilen eines Sonetts notierte. Bei der Vorstellung war ihm zumute, als trieben seine Eingeweide in einer sanft sprudelnden Flüssigkeit, in einer Art thermaler Ursuppe, auf deren dämmrigem Grund die Gelenke fremdartiger Vorrichtungen auf- und niederwalkten. Winzige Krebse wanderten durch seine Bauchhöhle. Dazwischen kauerte eine feiste Muräne, die langsam ihr Maul öffnete und schloss, während sie Sauerstoff durch ihre rastlos flatternden Kiemen pumpte.

Freundel beschleunigte seinen Gang und inhalierte den jasminähnlichen Duft, den die Stadt in dieser lauen Maiwoche verströmte. In der Bockenheimer Landstraße herrschte dichter Verkehr, der sich vor den Ampeln staute. Geschäftsleute in Anzügen marschierten in kleinen Kolonnen über die Gehsteige. Die Luft war trocken und klar. In sonderbarer Schärfe trat derweil an den Fassaden der Häuserzeilen der barocke Zierrat hervor. Umrahmt von dunklen Schlagschatten, die mit dem hellen Licht des Spätfrühlings kontrastierten, ließ er an die Erhebungen auf der Druckfläche eines Stempels denken. Zwischen die Fassaden, die auf beiden Seiten der Straße aufragten, fügte sich eigentümlich passgenau das wolkenlose Blau des Himmels. Der geteerte Boden unter Freundels Schuhen fühlte sich weich und körnig an. Unsicher blickte er sich um. Die hohen Wipfel der Linden, die die Ränder der Allee zierten, flimmerten fiebrig, als habe ein kosmischer Sonnenwind sie von Ferne erfasst.

Wieder machte sich jener seltsame Wandel bemerkbar, dessen erstes Aufblitzen bereits einige Wochen zurücklag. Es war, als habe eine subtile Verdichtung der äußeren Welt stattgefunden. Während in Freundels Innerem die Transparenz zunahm, schienen die Dinge um ihn herum auf einen höheren Grad der Kompaktheit zuzusteuern. Ihre zahllosen Formgestalten und Farbschattierungen griffen überaus kleinteilig und ungeheuer präzise ineinander. So kleinteilig und präzise, dass ihm für Sekunden ein Schauer über den Rücken lief. Das aberwitzig dichte Puzzlegefüge der Dinge bildete eine sonderbar beunruhigende Szenerie: Eine Konfiguration, die den Auftakt zu etwas Manischem und Verhextem in sich zu enthalten schien.

Zugleich ermahnte sein Verstand ihn, sich der Unsinnigkeit des befremdlichen Eindrucks bewusst zu werden. Befand sich nicht alles, was ihn umgab, in exakt derselben Anordnung wie zuvor? Hatte sich nicht der Ausschnitt des Himmels schon immer derart passgenau zwischen die Sandstein- und Glasfassaden der Bürgervillen und Kreditinstitute des westlichen Westend gedrängt? Eigentlich bestand kein Zweifel, dass die Elemente, aus denen sich die Welt zusammenfügte, bereits seit jeher in dieser verwirrend exakten, unerklärlich stabilen Konstellation fixiert waren. Und in der Tat: Sobald Freundel versuchte, die Veränderung in konkretere Worte zu fassen, verflüchtigte sich der empfundene Unterschied. Sämtliche Beschreibungen des verzwickten Flickenteppichs der Dingwelt, dessen subtile Konturen so frappierend bereitwillig im Licht der Frühlingssonne hervortraten, trafen noch immer in genau derselben Weise zu wie zuvor.

Und dennoch: Es war eine Differenz vorhanden. Ihr eigentliches Wesen ließ sich nicht benennen. Sie fiel in den Bereich des Unaussprechlichen, des Mystischen. Am ehesten ähnelte sie dem Unterschied, den man beim Umherzappen im Menü der Fernsehkanäle erfuhr, wenn man derselben Live-Übertragung auf einem anderen Sender abermals begegnete. Das übertragene Bild war Detail für Detail identisch, aber die Gegebenheitsweise des Ganzen wirkte nichtsdestotrotz ein ganz klein wenig verschoben. Genauso schien es sich am heutigen Vormittag mit der Welt zu verhalten. Es wurde noch immer das Universum gesendet, in all seiner Wucht und Beharrlichkeit, in seiner ominösen, überdeutlichen Klarheit und seiner unbegreiflichen, stets aufs Neue aus den Fugen drängenden Fülle. Doch der Kanal hatte gewechselt.

Freundel passierte das Literaturhaus sowie den eher reizlosen, von Kies bedeckten Vorhof des Palmengartens. Eine Gruppe kopftuchtragender Frauen kam ihm entgegen. Sie hatten auffällig buschige Augenbrauen und schoben mehrere Kinderwagen vor sich her. Inmitten der Wange einer der Kopftuchträgerinnen klaffte ein abscheuliches Loch, das nur notdürftig vernäht zu sein schien. Noch immer gefangen im Spukschloss seiner Gedanken, marschierte Freundel weiter in Richtung Universitätsgelände. Als er an der Ampel an der Senckenberganlage auf das Fußgängerlicht wartete, kam ihm ein poetisches Bild in den Sinn, das Nietzsche verwendet hatte, um den ewigen Kreislauf des Universums zu veranschaulichen. Ein Bild, das, wie ihm mit einem Mal bewusst wurde, ebenso geeignet war, den tendenziell gespenstischen Zug zum Ausdruck zu bringen, der dem Weltprozess im Ganzen anhaftete: *Die langsame Spinne, die im Mondschein kriecht.* Aufmerksam blickte er sich um. Es traf zu. Die Sonne leuchtete triumphaler als jemals zuvor in diesem Jahr. Willfährig, wie die gleichgeschalteten Institutionen eines totalitären Staatsgebildes, reflektierten sämtliche Bauten der Stadt ihren ambrosischen Glanz. Dennoch konnte man bei genauem Hinsehen den Mondschein erkennen, der unterschwellig durch das Sonnenlicht hindurchschimmerte. Nicht minder deutlich wurde man der stockenden, sich lautlos vollziehenden Bewegungen der Spinne gewahr.

Der Saal über der Mensa maß in der Länge etwa vierzig Meter und dehnte sich gut zwanzig Meter in die Breite. In dem Raum befanden sich fünfzehn Reihen mit je acht Tischen. An jedem der Tische saß eine Person. Dazwischen klaffte jeweils ein Abstand von einem halben Meter. Sämtliche Teilnehmer der Prüfung rissen ihre Umschläge auf und überflogen die Aufgabenblätter. Die meisten von ihnen begannen unverzüglich, mit ihren Schreibgeräten über die bereitliegenden Papierbögen herzufallen. Bald schon ertönte aus allen Ecken des Saals energisches Gekritzel sowie das hektische Umherblättern in den Büchern und Bildbänden, die als Hilfsmittel zugelassen waren. Die anwesenden Studenten entstammten einem buntgemischten Strauß akademischer Disziplinen. Das kunsthistorische, das archäologische, das literaturwissenschaftliche, das romanistische und das philosophische Seminar führten am heutigen Tag zeitgleich ihre schriftlichen Abschlussprüfungen durch.

Die Beaufsichtigung der Magisterklausur zählte zu den undankbarsten Pflichten des Lehrkörpers. Daher wälzte man sie gerne auf die jeweiligen Privatdozenten ab, die an den an dem Exerzitium beteiligten Instituten tätig waren. Mit einem unterdrückten Gähnen lehnte Freundel sich in den durchgesessenen Bürostuhl hinter dem Aufsichtspult zurück. Missmutig taxierte er von dort aus die Prüflinge in der vordersten Tischreihe. Hoffentlich würde er am Ende des sich seit Wochen dahinschleppenden Berufungsverfahrens die Nase vorn haben! Dann wäre demnächst auch er befugt, derart lästige Pflichten einem akademischen Heloten aufzuhalsen. Vorläufig jedoch musste er sich weiterhin in Geduld üben. Einem Gerücht zufolge, das sämtliche Diskretionsummantelungen des Instituts so unaufhaltsam wie Gammastrahlung durchdrang, hatte die Berufungskommission mit gewaltigen internen Problemen zu kämpfen. In der Woche nach den Probevorträgen war zwischen den Mitgliedern des Gremiums ein heilloser Streit ausgebrochen, der, was seine Unvorhersagbarkeit und seine sinnlose Zerstörungskraft betraf, einer urplötzlich lostobenden Windhose mitten im beschaulichen Altweibersommer glich. Infolgedessen war der gesamte Entscheidungsprozess auf die Woche nach Pfingsten vertagt worden. Dem Vernehmen nach hatte bei dem Eklat die Eitelkeit von Vorlemmer, aber auch die Sturheit von Siegrist-Stracke eine nicht unerhebliche Rolle gespielt.

Weitere Einzelheiten waren Freundel vorangegangene Woche, im Zuge eines vertraulichen Gesprächs mit Hirzbrunnen, zu Ohren gekommen. Als dieser ihn, ungewöhnlich erschöpft dreinblickend, in seinem Büro empfing, trug er eine verknitterte Badehaube aus durchsichtigem Zellophan. Sie hatte die Form eines aufgeblähten Fahrradsattels und wurde von weißen, unter dem Kinn verschnürten Wollkordeln fixiert.

„Wundern Sie sich nicht über die etwas sonderbare Aufmachung. Es gibt da ein ungewöhnliches Problem mit dem bakteriellen Milieu meiner Kopfhaut. Natürlich lässt der Vorgang die Ärzte irrlichtern. Aber lassen Sie uns gleich zur Sache kommen. Es wurden zwei externe Fachgutachter bestellt."

„Oha."

„Allerdings muss, was ich Ihnen jetzt mitteile, unter vier Augen bleiben."

„Selbstverständlich."

„Es ist so: Trotz des albernen Skandälchens in der Kommission gibt es unter deren Mitgliedern eine knappe Mehrheit. Die hält übereinstimmend insgesamt drei der Kandidaten für prinzipiell listenfähig. Den jetzt bestellten Gutachtern fällt die Aufgabe zu, zwischen diesen drei Personen ein Ranking vorzuschlagen. Der Vorschlag wird für den endgültigen Kommissionsentscheid allerdings nicht bindend sein."

„Und wer sind die drei Kandidaten?", erkundigte sich Freundel, während er beobachten konnte, wie sich unter der Badehaube seines Gegenübers Tropfen einer lavendelfarbenen Kondensflüssigkeit bildeten.

„Die Details kann ich Ihnen nicht verraten. Aber ich hätte Sie nicht herbestellt, wenn Sie nicht mit von der Partie wären."

An diesem höchst erfreulichen Zwischenstand hatte sich seither nichts geändert. Bis die Kommission auf der Basis der externen Gutachten die endgültige Entscheidung treffen würde, konnte jedoch noch gut und gerne ein weiterer Monat ins Land gehen. In der Zwischenzeit blieb Freundel nichts anderes übrig, als seine Geschäfte weiterhin zweigleisig zu führen. So auch heute. Am Nachmittag stand ihm das erste Mal seit längerer Zeit wieder ein Antrittsbesuch bei einer noch unbekannten Kundin bevor.

Gleichmütig richtete er den Blick durch die Fensterfront auf das von Schotter bedeckte Flachdach des Studiensekretariats. In diesem Moment landete dort ein hochgeschossener Vogel, ein eigentümlich staksiges Federvieh, das aussah wie ein übermäßig leptosom geratener Fischreiher. Nach drei, vier heftigen Flügelschlägen, mit deren Hilfe er sein Gleichgewicht austarierte, platzierte der leicht zerzauste Zweibeiner sich haarscharf am Rand des Dachs. Ein wenig orientierungslos reckte er dort den Hals in die Luft. Fischreiher gab es in dieser Gegend normalerweise keine. Auch tendierten die Fischbestände auf dem Campus einer bundesdeutschen Universität im Allgemeinen gegen Null. Vermutlich war das Tier aus einem der Freigehege des zoologischen Gartens entflogen.

Gedankenverloren starrte Freundel auf den blassgrauen Vogel. Der bevorstehende Geschäftstermin widerstrebte ihm zutiefst. Und dies nicht allein wegen der erzwungenen Zurückhaltung am Morgen. Es war keineswegs ausgemacht, dass Lydia auf Dauer tatsächlich bereit sein würde, die Fortführung seiner ungezügelten Promiskuität, geschweige denn deren systematische Ausweitung, zu tolerieren. Die Vorstellung jedoch, die neu gewonnene Freundin und Geliebte schon bald wieder verlieren zu können, erschien ihm nur schwer erträglich. Andererseits war seit der zweiten Monatszahlung, die er an Darkos Club hatte entrichten müssen, seine finanzielle Lage reichlich angespannt. Sie ließ derzeit einen Verzicht auf zusätzliche Einkünfte nicht zu. Dies lag auch daran, dass ihm einige seiner bisherigen Stammkundinnen flöten gegangen waren, während er seine Geschäfte vorübergehend hatte ruhen lassen, um sich auf den Probevortrag vorzubereiten.

Hinzu kam, dass er bereits seit Jahresbeginn auf zwei besonders zuverlässig sprudelnde Einnahmequellen verzichten musste. Sowohl Jutta Trierweiler als auch Carola Burckhardt hatten sich von ihm abgewandt. Der Rückzug der Bratschistin rührte daher, dass das Liebesglück sie in Form eines slowenischen Bankiers ereilt hatte, eines feisten Huldigers der Kammermusik, der in Vaduz eine Villa mit Gartenpavillon und Alligatorentümpel besaß und der den offiziellen Bund der Ehe mit der rührseligen Brahms- und Berliozliebhaberin anstrebte. Hingegen tappte er in Juttas Fall im Dunkeln. Vermutlich jedoch hatte sein panischer Auftritt im Café Zickzack, vielleicht aber auch die Enthüllung seiner universitären Umtriebe und Ambitionen, ihr Interesse an weiteren Zusammenkünften erlahmen lassen. Sein monatlicher Nebenverdienst jedenfalls war durch den mehrfachen Aderlass praktisch um die Hälfte geschrumpft. Da auf seinen Konten in Winterthur fast ausschließlich hochverzinstes Festgeld lagerte, bot sich ihm auch nicht die Möglichkeit, zur Überbrückung des Engpasses auf frühere Ersparnisse zurückzugreifen.

Um Punkt 13 Uhr sammelte er die Umschläge ein, die die Prüfungskandidaten auf den Tischen abgelegt hatten. Einige von ihnen schrieben verbissen bis zur letzten Sekunde weiter. Einer semmelblonden Studentin, auf deren rotgeschwitzten Schläfen die Adern vor Anstrengung hervortraten wie Marskanäle, musste er die Papierbögen am Ende gewaltsam entreißen. Den Packen der Umschläge unter dem Arm, machte er sich auf den Weg in Richtung Dekanat, das sich auf dem neuen Campusgelände im Westend befand. Der Fußmarsch dorthin nahm eine gute Viertelstunde in Anspruch.

In der Siesmayerstraße legte sich ein Schleier aus Pollenstaub auf die Ärmel und Schulterpartien seines wolfsgrauen Sakkos. Der gelbliche Film, von dem ein bösartiges Leuchten ausging, sollte ihm rückblickend wie ein erster Vorbote des Unheils erscheinen. Wenig später nahm Frau Leutze mit feierlicher Miene die Umschläge und das von ihm verfasste Aufsichtsprotokoll entgegen. Die Befriedigung darüber, Teil des Räderwerks eines hoheitlichen Vollzugs zu sein, trat dabei in ihr fett gepudertes Antlitz wie ein unübersehbares Pop-Up-Fenster.

Vom Westend aus ging es zunächst weiter in Richtung Innenstadt. Die Praxis von Dr. Hopfenschrey befand sich in der Nähe des Goetheplatzes, untergebracht in einem kargen Funktionsbau mit schmutzig weißer Fassade und skelettös verrenkter Feuerleiter. Nachdem Freundel den Eingangsbereich passiert hatte, betrat er den Lift. Auf dem Boden der Aufzugskabine lag ein Stück vergammelter Hirnwurst. Es sonderte einen so entsetzlichen Geruch ab, dass er auf der ersten Etage wieder ausstieg und den restlichen Teil des Wegs zu Fuß zurücklegte. In der Praxis angekommen, brauchte er nicht erst im Wartezimmer Platz zu nehmen. Das Rezept hatte er bereits im Voraus bestellt. Dadurch konnte er es von der hübschen kleinen Arztgehilfin mit den indianischen Gesichtszügen und den flaschengrünen Augen direkt an der Empfangstheke entgegennehmen.

„Schlagen Sie mir damit aber nicht zu sehr über die Stränge", hatte ihn Dr. Hopfenschrey, der über die körperlichen Konditionen seines Patienten genauestens im Bilde war, am Telefon ermahnt. „Ich bin nach wie vor der Meinung, dass Sie das Präparat in Ihrem Alter im Grunde nicht benötigen."

Als er sich die potenzfördernden Pillen vier Jahre zuvor das erste Mal verschreiben ließ, hatte ihm Hopfenschrey ausgiebiger auf den Zahn gefühlt, um den Anlass des Bedarfs zu eruieren. Die ausweichenden Erklärungen, die Freundel damals aufbot, vermochten vom rein medizinischen Standpunkt aus betrachtet offenbar nicht vollends zu überzeugen. Sie ließen bei dem kahlköpfigen Hausarzt, in dessen Behandlungszimmer stets ein mannshoher, sahneweiß gestrichener Kontrabass an der Wand lehnte, erkennbare Zweifel am Sinn der Rezeptur zurück. Glücklicherweise jedoch benötigte Freundel nicht allzu häufig Nachfolgerezepte. Bei den meisten seiner Einsätze kam er, entgegen seiner anfänglichen Befürchtung, ohne Rückgriff auf die Chemikalie aus.

In einer Apotheke auf der Zeil löste er das Rezept ein. Dann eilte er weiter in Richtung Ostend. Ein Blick auf seine Armbanduhr ergab, dass die Zeit gerade noch ausreichen würde, um rasch die erforderliche Reinigung vorzunehmen. Zehn Minuten später betrat er das Saunacenter in der Nähe der Konstablerwache. Der familiäre Spa-Betrieb befand sich im Kellergeschoss eines von außen unscheinbar wirkenden, muffigen Backsteingebäudes. An der Kasse löste er eine Eintrittskarte. Sie gewährte einen insgesamt zweistündigen Aufenthalt in den Saunakabinen, dem türkischen Dampfbad sowie dem nierenförmig geschnittenen Swimmingpool mit der bonbonfarbenen Unterwasserbeleuchtung. Von der Kassiererin nahm er ein opulentes Frotteehandtuch entgegen und wählte die nächstbeste Umkleidekabine. Von dort aus ging es schnurstracks weiter in Richtung Duschraum. Sekunden später prasselte das heiße Wasser mit einem dermaßen stechenden Druck auf seinen Oberkörper nieder, dass es sich anfühlte, als befinde er sich im Stahlgewitter eines beißwütigen Insektenschwarms.

Natürlich war die Reinigungsprozedur auch diesmal übertrieben. Schließlich hatte er bereits gründlich geduscht, bevor er sich auf den Weg zur Klausuraufsicht gemacht hatte, und war anschließend in dem hervorragend klimatisierten Raum nicht eine Sekunde ins Schwitzen geraten. Die innere

Notwendigkeit ließ sich durch derlei Überlegungen dennoch nicht bezwingen. Nur so fühlte er sich spirituell gewappnet. Er verließ den Duschraum und eilte zurück in seine Umkleidekabine. Eine Minute später gab er der verdutzten Dame an der Kasse den Kabinenschlüssel zurück und stürmte hinaus auf die Straße. Auf direktem Weg steuerte er dort auf den nächstgelegenen U-Bahn-Eingang zu. Ihm blieben knapp zwanzig Minuten Zeit, um nach Rödelheim zu gelangen. Zum Glück fuhr nur wenige Augenblicke später die U6 mit schrillen Bremsgeräuschen in die von unzähligen Pendlern und lautstark skandierenden Eintracht-Fans überfüllte Station ein.

Die Ereignisse, die ihm in Kürze widerfahren sollten, widersprachen sämtlichen Axiomen der Wahrscheinlichkeitstheorie. Im gesamten Rhein-Main-Gebiet lebten schätzungsweise 200.000 weibliche Personen mittleren Alters. Man durfte davon ausgehen, dass etwa 5.000 dieser Frauen im Prinzip bereit waren, die Dienste eines Callboys in Anspruch zu nehmen. Bestenfalls 500 von ihnen mochten allerdings die erforderliche Kaltschnäuzigkeit oder Verzweiflung an den Tag legen, um den Wunsch auch in die Tat umzusetzen. Aus dem Kreise dieser Unerschrockenen hatte er es im Lauf der Jahre mit zirka 50 Kandidatinnen zu tun bekommen. Dass sich unter diesen 50 Kundinnen ausgerechnet jene eine Person befinden würde, die diese spezielle, für ihn so durch und durch verheerende Bekanntschaft pflegte, und dass diese Bekanntschaft wiederum in so überaus delikater Form zur Manifestation gelangen würde, konnte als ein Sachverhalt von geradezu aberwitziger Unwahrscheinlichkeit eingestuft werden. Die Koinzidenz übertraf bei weitem alles, was Freundel sich in seinen wahnhaftesten Befürchtungen hätte ausmalen können. Und doch sollte diese abstruse, statistisch meilenweit entrückte Möglichkeit im Lauf der kommenden Stunde den laut bimmelnden Narrensprung in die beinharten Gefilde der Realität vollziehen. Handelte es sich bei der bevorstehenden Fügung der Ereignisse um eine Art schicksalhafter Vorsehung, deren tieferer Sinn sich zu gegebener Zeit offenbaren würde? Oder war das Ganze nicht mehr als eine spontane Posse des Weltgangs, eine Grille, zu der sich das Universum, bedrohnt vom immer gleichen, saudummen Galaxienstadl, an diesem zunehmend heißer werdenden Nachmittag verstieg? In jedem Fall lieferte der Vorgang einen geradezu schulbuchmäßigen Beleg für eines der ernüchterndsten Prinzipien der allgemeinen Naturlehre: dass nämlich die Gesetze der Probabilistik unter Umständen zwar dazu herhalten konnten, dem Ausbleiben eines Ereignisses nachträglich Plausibilität zu verleihen, dass sie jedoch nicht im Mindesten die nötige Durchschlagskraft besaßen, um dessen tatsächliches Eintreten zu verhindern.

In Rödelheim musste er sich zunächst orientieren. Die angegebene Adresse sollte sich ganz in der Nähe der U-Bahn-Station befinden. Unter dem schattenspendenden Dach der Haltestelle konsultierte er den kleinen Faltplan, den er, wie immer bei solchen Exkursionen, bei sich trug. Kurz darauf war er im Bilde. Ohne zu zögern, machte er sich auf den Weg zu dem nur wenige Gehminuten entfernten Ziel.

Zu seiner Linken erstreckte sich, zwischen zwei Reihenhausgruppierungen gelegen, eine breite Rasenfläche, die sanft in Richtung BUGA-Gelände abfiel. Zwischen dem ungeschnittenen Gras leuchteten Unmengen grellgelber Löwenzahnblüten. Sie glichen Kolonien phosphoreszierender Algen, die in einem giftgrünen Meerbusen trieben. Nur kurze Zeit später erblickte Freundel auf der gegenüberliegenden Straßenseite das Gebäude mit der Hausnummer 28. Einen Teil der Vorderfront des schiefergrauen Zeilenhauses verdeckte ein Baugerüst, das mit milchigen Kunststoffplanen zugehängt war. Beim Überqueren der Straße befiel ihn die übliche Anspannung. Wie bei jedem Antrittsbesuch ließ sich auch heute das Lampenfieber nicht vollständig unterdrücken. Es ähnelte noch immer ein wenig jener Nervosität, die ihn vor dem Eintreffen bei seiner allerersten Kundin befallen hatte. Stattgefunden hatte diese Begegnung in Wiesbaden, in einer geräumigen, von wilden

Stuckverzierungen durchwucherten Altbauwohnung. An den Namen der Frau konnte er sich heute nicht mehr erinnern. Nur noch daran, dass sie jünger aussah als ihre Stimme am Telefon vermuten ließ, dass sie mit ihrem hochgradig durchgeknallt wirkenden Bruder zusammenlebte und dass sie, kaum war er bei ihr eingetroffen, ohne Federlesen über ihn hergefallen war. Das Ganze spielte sich auf einem engen Klappbett ab, provisorisch aufgestellt in der abgedunkelten Wohnküche, direkt neben der Herdzeile. Mit feuchtwarmen Händen fuhrwerkte die Hausherrin an seinen Schläfen herum und zerrte zwischendurch wieder und wieder mit Macht an seinen Ohrläppchen, als modelliere sie, von ekstatischer Schaffenskraft getrieben, das Haupt einer expressionistischen Tonfigur. Derweil ertönte aus dem angrenzenden Raum der geschwisterlichen Wohngemeinschaft das ununterbrochene Knattern einer elektrischen Schreibmaschine. Anfangs drohte Freundel ernstlich an der elementaren Anforderung zu scheitern, seiner Männlichkeit die nötige Stabilität zu verleihen. Glücklicherweise gelang es ihm, der Schwierigkeit dadurch Herr zu werden, dass er zu Phantasievorstellungen griff, in denen er einer norwegischen Gaststudentin aus seinem Seminar an die Wäsche ging.

Komplett versagt hingegen hatte er während der zurückliegenden Jahre nur einige wenige Male. Zuletzt widerfuhr ihm dies bei einer Kundin, die ein Reihenhaus im Stadtteil Ginnheim bewohnte und deren fortgeschritteneres Alter bereits unbarmherzig ins Auge sprang. Das weiße Haar, in dem die vergilbten Restbestände ehemals blonder Strähnen vor sich hin muffelten, trug sie walkürenhaft offen, und ihr schmallippiger Mund glich einem Knopfloch. Besonders fatal jedoch war, dass sie der Teufel geritten hatte, aus Anlass seines Besuchs fleischfarbene Reizwäsche anzulegen. Die makellosen Accessoires kontrastierten ähnlich brutal mit der eidechsenhaften Textur ihrer sonnengedörrten Haut wie die vom Restaurator künstlich eingefügten Gipselemente mit den verwitterten Originalgliedmaßen einer antiken Statue. Zur Begrüßung hauchte sie ihm ein säuerliches Küsschen hinters Ohr. Anschließend forderte sie ihn auf, in der Sitzecke ihres Fernsehzimmers Platz zu nehmen. Deren fette, runzelige Lederbezüge sahen aus, als sei zum Zwecke ihrer Herstellung einem ausgewachsenen Nashorn der Garaus gemacht worden. Während sie einen bitter riechenden Zigarillo rauchte, servierte sie ihm, auf einem winzigen Porzellantellerchen, dunkelbraune Mürbeteigplätzchen der Marke Spekulatius. In sämtlichen Räumen der Wohnung, deren Wände, Böden und Möbel ebenfalls durchweg in finsteren Grau- und Brauntönen gehalten waren, schien es nach den mürben Gebäckstücken zu riechen. Später kam es Freundel so vor, als ob auch die Haut und sogar das Geschlecht seiner Gastgeberin diesen Geruch absonderten. Da die in weiser Voraussicht eingenommene Tablette aus irgendeinem verflixten Grund nicht rasch genug ihre übliche Wirkung zeitigen wollte und da die Ausweichpraktiken, bei denen er notgedrungen Zuflucht suchen musste, nicht den Wünschen der mannstollen Dame entsprachen, blieb ihm nichts anderes übrig, als ihr, nach zwanzig Minuten peinlichem Herumgeeiere, die vorab erhaltene Gage zurückzuerstatten.

Am heutigen Tag hingegen sah er keinen Anlass, sich bezüglich des Alters seiner Gastgeberin zu sorgen. Der Klang ihrer Stimme am Telefon ließ darauf schließen, dass sie kaum älter als vierzig Jahre war. Nach Betätigung der Klingel, über der der eingravierte Name „Schulthess" prangte, musste Freundel ungewöhnlich lange warten, bis das Summen des Türöffners ertönte. Nach einer knappen Minute war es soweit, und er betrat das Treppenhaus, in dem eine angenehme Kühle herrschte. Die Stufen der Treppe bestanden aus poliertem Granit und rochen nach scharfem Reinigungsmittel. Die Wohnung der Kundin befand sich im ersten Stock. Als er dort ankam, war die Eingangstür noch verschlossen. Hinter dem Guckloch jedoch zeigte sich eine flüchtige Regung, und Sekunden später öffnete sich die Tür. Ihm gegenüber stand eine leicht bekleidete Frau asiatischer Herkunft. Wie erwartet, war sie mittleren Alters, schätzungsweise Ende dreißig. An den Füßen trug sie perlmuttfarbene

Pantoletten, auf denen Schmetterlinge aus violettem Kunststoff prangten. Ansonsten bestand ihre Aufmachung aus einem knappen Jeansrock und einer eher unscheinbar wirkenden, hellgrauen Seidenbluse. Ihre schwarzen Haarsträhnen standen ein Stück vom Kopf ab, wodurch sie hauchdünnen Borsten glichen. Ein Teil der Haarspitzen war in stechendem Kobaltblau gefärbt.

„Sind Sie René?", erkundigte sich die Asiatin. Er bejahte, woraufhin sie ihm mit geschäftsmäßiger Miene Einlass gewährte.

„Es freut mich, Sie kennen zu lernen", sagte er und streckte ihr, artig wie üblich, zur Begrüßung die Hand entgegen. „Und Sie sind Frau Schulthess?"

„Das ist der Name meines Ex-Mannes", erwiderte sie, während sie ihn nach wie vor ein wenig schnöde und unbeteiligt ansah.

Er folgte ihr durch einen kurzen Korridor in einen sehr hellen und stattlichen Raum. Es schien sich um eine Art Atelier zu handeln. Das Glas der breiten Fensterfront war von Schlieren überzogen und die darüber montierte Gardinenstange verwaist. Durch die Scheiben fiel der Blick in einen nichtssagenden Hinterhof. An ihn grenzte eine zersiedelte Grünfläche an, die sich aus Parzellen kleinteiliger Schrebergärten zusammensetzte. Das Areal endete in etwa dreihundert Metern Entfernung an einer lückenlosen Wand gewaltiger Pappeln. Die tadellos zurechtgestutzten Bäume standen im Gegenlicht der Nachmittagssonne mit der Gleichförmigkeit eines Erschießungskommandos Spalier. Über den Pappeln schimmerte ein sirupfarbener Himmel, der zugleich kalt wirkte, als sei er auf die Rückseite einer stumpf reflektierenden Glasscheibe aufgemalt.

In dem Raum selbst befand sich, abgesehen von einer Regalwand, die vor Zeitungen und Illustrierten überquoll, kein Mobiliar im herkömmlichen Sinne. Auf dem Boden vor dem Regal stand ein Trumm von einem Fernsehapparat, in dem eine fiktive Gerichtsverhandlung lief. Eine schmallippige Frau mit niedriger Stirn und einer Ponyfrisur in der Farbe von Rohmilchkäse schrie gerade lautstark auf eine raubvogelgesichtige Brünette ein.

Der Parkettboden des Raums wurde von einer Zellophanfolie bedeckt. In einem Halbkreis standen mehrere torsoartige Skulpturen herum. Sie sahen aus wie zu übergewichtig geratene Kleiderpuppen, denen ein höllischer Schmerz die Glieder verkrümmte. Aus den grobschlächtig modellierten Leibern wuchsen diverse kleinere Gegenstände hervor, darunter die Lokomotive einer elektrischen Spielzeugeisenbahn, ein verkohlter Holzlöffel, eine gespreizte Gartenschere, eine vertrocknete Ananas sowie ein stilisierter Goldfisch aus Plastik. Die Ansätze der verschiedenen Auswüchse waren jeweils mit derselben tofugrauen Spachtelmasse überzogen, die auch die Körper der Puppen umgab.

„Sind das Ihre Arbeiten?", erkundigte sich Freundel.

„Ja."

„Oha!"

„Gefallen sie Ihnen?"

„Der Anblick ist ganz schön heftig."

„Finden Sie?"

„Im ersten Moment schon."

Die Aura, die die Skulpturen in den Raum texten, ist vielleicht noch einen Tick zu indifferent", sagte die Asiatin.

„Indifferent?"

„Das meint zumindest mein Freund. Der versteht eine Menge von moderner Kunst."

„Ich verstehe nicht so viel davon. Aber eines würde mich interessieren: Warum haben sie gerade die Gegenstände ausgesucht, die Sie da verwenden?"

„Ich arbeite sehr intuitiv."

„Ich meine, wie sind Sie zum Beispiel auf die Idee gekommen, die Spielzeuglokomotive zu benutzen? Und welcher Zusammenhang besteht zwischen der Lokomotive und dem Goldfisch?

„Eben!", erwiderte sie mit einem Lächeln. „Mein Ansatz ist sehr intuitiv." Ihre obere Zahnreihe trat hervor, bogenförmig und wächsern, ähnlich dem Fragment eines in der Sonne gebleichten Maiskolbens.

Daraufhin ging sie zu dem Teewagen, der vor einem der Fenster stand. Von dort nahm sie zwei gefüllte Likörgläser, die ein aufgedrucktes Schweizerkreuz zierte.

„Wie wäre es mit einem Fernet-Branca?", sagte sie und reichte ihm eines der Gläser. „Chin, chin. Mein Name ist Akiko."

Er war sich zuerst nicht ganz sicher gewesen, ob er es mit einer Koreanerin oder einer Japanerin zu tun hatte. „Akiko" jedoch klang eindeutig japanisch. Sah man von der missratenen Frisur und der geschmacklosen Färbung der Haarsträhnen ab, war sogar eine gewisse Ähnlichkeit mit Yoko Ono zu Zeiten der Beatles nicht von der Hand zu weisen. Ihren Sprachkenntnissen nach zu urteilen, musste die Frau schon seit geraumer Zeit in Deutschland leben.

„Du miese Schlange!" schallte es aus dem Fernseher, „Du tust hier so, als wärst du was ganz besonderes und Trallala …"

Er hob sein Glas und stieß mit ihr an. „Was für ein Programm haben Sie sich denn so vorgestellt?"

„Oh bitte!", erwiderte sie. „Es turnt mich ab, solche Dinge im Voraus zu verbalisieren. Ich bin sehr intuitiv. Ich muss der spontanen Eingebung folgen."

„Natürlich."

„Es gibt allerdings eine spezielle Sache, bei der … Na, ja, Sie werden das dann sehen."

„Ist gut. Ich lasse mich da gerne überraschen. Sie wissen ja, dass je nachdem, worum es sich handelt, ein gewisser Aufpreis erforderlich ist."

Sein Blick fiel auf die Fetzen einer schwarz glänzenden Gummimontur, die, zu einem wüsten Haufen aufgeschichtet, in einer Ecke des Ateliers lagen. Wie es schien, handelte es sich um Überreste eines in Stücke geschnittenen Taucheranzugs.

„Keine Sorge", sagte Akiko. „Ich gebe Ihnen 150. Wir werden vielleicht auch länger brauchen als eine Stunde. Ich hoffe, das geht für Sie in Ordnung."

„Kein Problem."

Er musterte sie eingehender. Trotz der etwas pummelig geratenen Beckenpartie war ihre Figur ohne Zweifel heiß. Durch die halbdurchsichtige Bluse schimmerten kleine, aber vielversprechende Brüste hindurch. Die schmalen, nahezu lidlosen Augen, die ihren Blick mit einem naturwüchsig arroganten Zug versahen, die hohen, von Sommersprossen bedeckten Wangenknochen und die üppigen Lippen, die sich über der maßvoll fliehenden Kinnpartie zu einem unverschämt fleischigen Kussmaul schürzten – dies alles, verlieh ihr einen Sexappeal, vor dessen aggressiver Wirkung es für jeden auch nur halbwegs empfänglichen Mann so wenig ein Entrinnen gab wie vor einer Attacke mit Zyanidgas.

„Sie sehen ungeheuer gut aus", sagte Freundel, während er einen Schritt auf seine Gastgeberin zu machte. „Sie könnten jeden Kerl bekommen, den Sie haben möchten. Und nach der Art zu urteilen, wie Sie sich präsentieren, ist Ihnen das durchaus bewusst. Warum dann das hier?"

„Auch Männer, die jede Frau haben können, gehen ja ab und zu ganz gerne zu einer Kurtisane", erwiderte sie. „Nicht wahr?"

Sie legte eine Pause ein und grinste.

„Und was Sie angeht, René: Sie haben schon einen sagenhaften Hintern."

Kaum hatte sie den Satz beendet, verlieh sie ihrem Lob durch einen burschikosen Klaps Nachdruck. Anschließend legte sie die Hand um seinen Nacken. Ohne sich zuvor zu erkundigen, ob solcherlei Intimität zum vereinbarten Programm gehörte, reckte sie ihm ihr nach ungewöhnlich herbem Puder duftendes Gesicht entgegen, um die Lippen auf seinen Mund zu pressen.

„Also: Die Vanessa behauptet, dass Steffi gegenüber Hamid verschwiegen hat, dass sie von Mikele schwanger ist", fasste derweil im Hintergrund der Fernsehrichter die Sachlage zusammen.

Während Freundel den Kuss erwiderte, wanderte seine Hand unter die Bluse der Japanerin. Langsam glitt sie dort an ihrem öligen Rücken hinauf. Dann jedoch geschah etwas Unerwartetes. Urplötzlich, wie von einer fremden Macht gelenkt, ergriff ein widerstrebendes, aus dem Assoziationsgehege der Lüsternheit ausscherendes Phantasiebild von seinem Geist Besitz. Eine heftige Sehnsucht nach seinem Arbeitszimmer befiel ihn, begleitet von dem Wunsch, den Nachmittag, allein und ungestört, inmitten seiner Bücher und Papiere zu verbringen. Auch als sie begann, seine Unterlippe in ihren Mund hineinzusaugen, wo sich ihre eben noch drängende Zungenspitze in einen flüchtig umherschweifenden, herrlich erregenden Aquarellpinsel verwandelte, ließ der Sirenengesang der querschießenden Vorstellung nicht nach.

Jedes Detail des ersehnten Rückzugsortes war seiner Imagination präsent: Die vertraute Umgebung der bis zur Zimmerdecke reichenden Regale, deren Bretter durchgebogen waren von antiquarischen Wälzern und den monumentalen Werkausgaben kanonischer Meisterdenker. Dazu der Duft des frischen Kaffees, der in der kupfernen Thermoskanne auf der Platte des Schreibtischs bereitstand. Die abteihafte Stille der Wohnung, nur gelegentlich durchbrochen vom Knacken eines Türbalkens oder einer fernen Kinderstimme, die aus dem Hinterhof des Wohnblocks erschallte. Und dazwischen unablässig das Pendel der Gedanken, das im einfallenden Sonnenlicht über Bergen von Notizen seine kreisförmigen Bahnen zog, bis lautlos und allmählich die Narzissen des Verstehens ihre geheimnisvollen Kelche öffneten.

Eines schien klar: Sollte aus der Professur nichts werden, musste in Zukunft eine völlig neue Methode her, um Geld aufzutreiben. Es war nicht nur wegen Lydia. Das Problem lag tiefer. Dass sich nun auch diese scharfe Japse, entgegen jeder zwischengeschlechtlichen Logik, bereit erklärte, ihn für ihre Hingabe zu entlohnen, löste nicht mehr jene triumphale Siegesfreude in ihm aus, die er in früheren Zeiten erlebt hatte. Stattdessen empfand er nichts als eine trostlose Leere. Seine heutige Gastgeberin war lediglich eine weitere Verfallene, mit der er, Seite an Seite, den endlosen Canyon der Körperlichkeit durchwandern würde, dessen immer gleiche Basaltsäulen, Schrunde und Schlagschatten hinter jeder Talbiegung wiederkehrten. Dass sogar diese fordernden Lippen seinen Geist nicht mehr ungebrochen in Beschlag zu nehmen vermochten, kam einer Offenbarung gleich. Es war ein untrügliches Zeichen dafür, dass in seinem Leben schon bald eine grundlegende Veränderung zu erfolgen hatte.

Nachdem Akiko den Kuss beendet und, begleitet von einem wenig stilsicheren Grinsen, durch den Stoff seiner Anzugshose hindurch sein Glied betastet hatte, griff sie nach der Fernet-Branca-Flasche. Dann führte sie ihn wortlos durch die Diele, hinein in ein geräumiges Schlafgemach. Ihre routinierte Vorgehensweise ließ den Schluss zu, dass es in der Rolle, die er in dem bevorstehenden Kammerspiel zu bekleiden hatte, bereits eine Reihe von Vorgängern gegeben hatte. Die Jalousien des Raums, den sie betraten, waren komplett heruntergelassen. An der Zimmerdecke brannten vier winzige Designerlampen, deren Position sich in einer Leiste verstellen ließ. Sie spendeten ein sachte heruntergedimmtes Licht. Der Bodenbelag bestand aus versiegeltem Parkett, das matt im Widerschein der Deckenbeleuchtung glänzte.

„Damit die anatolischen Strolche auf dem Gerüst da draußen nicht auf die Idee kommen, sich an uns aufzugeilen", erklärte Akiko und deutete auf die hermetisch verschlossenen Rollos. „Ach so, falls du dich noch irgendwie frisch machen willst oder auf die Toilette musst: In der Diele neben der Eingangstür gibt es ein Bad."

Sie blies sich eine Haarsträhne aus der Stirn. Dann schwang sie sich rücklings auf das schnörkellos gestylte Doppelbett. Es handelte sich um eine Liegestatt in Übergröße, deren Kopfteil an die abgedunkelte Fensterfront grenzte.

„Ist das hier kein Bad?", erkundigte sich Freundel.

Er wies mit dem Kopf in Richtung der schmalen Tür, die in der Nähe des Nachtschränkchens in die Wand eingelassen war

„Schon. Aber das benutze ausschließlich ich. In diesen Dingen bin ich heikel."

Sie platzierte die Fernet-Branca-Flasche, zusammen mit ihrem Glas, auf dem Nachttisch.

„Mein Service beinhaltet selbstverständlich stets die Garantie, dass ich vollkommen frisch und sauber bin", sagte er, während er ebenfalls sein Glas abstellte. Daraufhin ließ er sich am Rand des Betts nieder. „Sag mal, wäre die kleine Nachttischlampe hier nicht gemütlicher als diese Funzelbeleuchtung da oben?"

„Weder, noch", erwiderte sie, während sie begann, die Knöpfe ihrer Bluse zu lösen. „Du musst wissen, dass ich die völlige Dunkelheit bevorzuge."

„Schade eigentlich. Dein Anblick wäre mir ein Vergnügen."

Nachdem sie sich beide bis auf die Unterhosen entkleidet hatten, eilte Akiko zur Eingangstür des Zimmers. Dort löschte sie das Licht, indem sie den Dimmer, der sich neben dem Türrahmen befand, mit einer flinken Handbewegung zur Seite drehte.

In dem Raum war es jetzt vollkommen dunkel. Allein die seismischen Reflexe der Matratze verrieten, dass sie zu ihm ins Bett zurückkehrte. Zunächst vermochte er die beweglichen blauen Striche, die plötzlich dicht vor seinen Augen aus dem Nichts heraus ihr Unwesen trieben, nicht einzuordnen. Er dachte im ersten Moment sogar, sie habe ihm etwas in den Fernet-Branca gefüllt. Schließlich begriff er, dass die Färbung ihrer Haarsträhnen phosphoreszierte.

„Sieht cool aus, oder?", hörte er sie sagen, während ihre Hand begann, sich zwischen seinen Beinen zu schaffen zu machen. „Ich kenne sogar einen Film, in dem ein Kondom vorkommt, das im Dunkeln leuchtet."

„Um mir eins überzuziehen, brauche ich nachher aber noch mal kurz Licht."

„Nicht so eilig, du geile Sau", erwiderte sie. „Lass dir schön Zeit." Daraufhin schnappte sie sich seine Hand und schob sie unter ihren Slip.

Sie kam bereits nach wenigen Minuten. Zumindest hörte es sich so an. Gegen Ende wurde ihr Stöhnen so laut, dass es sogar die Arbeiter draußen auf dem Gerüst vernommen haben mussten, von wo aus umgekehrt gedämpfte Rufe und Klopfgeräusche in den Raum schallten. Zuweilen war es fast ein wenig unheimlich, wie sehr die Stimmlage einer Frau sich verändern konnte, sobald ihr Höhepunkt in greifbare Nähe rückte: Als ob ihr Leib sich in eine hohle Puppe verwandelte, aus deren Innerem plötzlich die Laute eines anderen Weibes emporschwappten, das einem fremden, weit entfernten Erdteil zu entstammen schien und das die Liebesschreie im Stile einer verborgenen Souffleuse hervorstieß. Auch Akikos Stimme hörte sich mit einem Mal unerwartet tief und kehlig an. Ihr Ausbruch versetzte auch Freundel in starke Erregung. Während sein Handrücken sich unter dem Gummizug ihres Slips allmählich entspannte, kroch jedoch zugleich ein äußerst unbehagliches Gefühl an ihn heran.

Pflanzenfresser in der afrikanischen Savanne besitzen ein instinktives Gespür für die verdeckte Anwesenheit einer Löwen oder Geparden. Noch bevor sie es mit ihren eigentlichen Sinnen wahrnehmen, löst das sich nähernde Raubtier eine Art innere Alarmstimmung in ihnen aus. Allerdings sind sie in dieser Phase noch unfähig, die Flucht zu ergreifen, da sie nicht erahnen können, aus welcher Richtung der Angriff erfolgen wird. Stattdessen beginnen sie, nervös umherzublicken und hilflos auf der Stelle zu treten. Auch Freundel gewann ebenso urplötzlich wie instinktiv den Eindruck, es befinde sich ein unsichtbares, äußerst gefährliches Tier im Raum. Unverzüglich stoppte er seine ausklingenden Handbewegungen und starrte in die Dunkelheit. Nach wie vor jedoch war dort nichts anderes auszumachen als die kobaltblauen Striche, die dicht vor seinem Gesicht unruhig auf- und niederwippten. Vorsichtig entfernte er seine Rechte aus Akikos Schritt und tastete nach ihren Brüsten.

In dem dann folgenden Sekundenbruchteil schien der Ablauf der Zeit sich umzukehren. Es stellte sich so dar, als ob zuerst die Panik ihren Flammenkranz durch seine Neurotransmitter warf und er erst anschließend mit seinen Fingern gegen das Fleisch stieß. Gegen warmes feuchtes Fleisch, das Akikos

Brust umschloss. Fleisch, das dort nicht hingehörte. Fleisch, auf dessen quaddeliger Oberfläche Haare wuchsen und das sich auf eigenwillige Weise bewegte. Und dessen Form sich während eines grausam gedehnten Moments unter keinen klaren Begriff bringen ließ.

Als nächstes kam es ihm so vor, als ob sich ein Arm nach ihm streckte. Als er zurückzuckte, witterte er einen strengen Atem, vermengt mit Nikotingeruch.

„Ganz ruhig", flüsterte jemand.

Es war nicht ihre Stimme.

Es war die Stimme eines Mannes.

„Keine Angst, René", sagte Akiko im Dunkeln. „Er ist ein Freund."

In demselben Moment spürte er ihre Fingernägel, die sich in sein Schulterblatt gruben, sowie eine weitere Hand, die ihm zwischen die Beine griff. Als sich etwas Feuchtes und Schweres auf seine Hüfte legte, das sich wie eine dritte Hand anfühlte, riss er sich los. Die Körperbewegung, mit der er davonschnellte, war so heftig, dass er über die Kante des Bettes hinauszurutschen drohte. Um sich abzustützen, streckte er den Arm in jene Richtung, in der sich der Nachttisch befinden musste. Dabei stieß er im Dunkeln gegen einen Gegenstand. Dieser rollte über die Tischplatte und zerschellte, nur wenige Augenblicke später, mit einem lauten, peitschenden Geklirr auf dem Boden. Gleichzeitig gelang es Freundel mit äußerster Mühe, an der Kante des Tischleins Halt zu finden.

„Oh Shit!", rief Akiko. „Das war der Fernet-Branca."

Sie setzte sich neben ihm auf.

„Bleibt, wo ihr seid! Da liegen jetzt überall Splitter."

Die Matratze schaukelte heftig, als sie das Bett in Richtung Fußende verließ.

Sekunden später erstrahlte die Deckenbeleuchtung. Die Japanerin stand nackt, den Hals und das Antlitz marmeladenhaft gerötet, neben der Tür. Ihre knallblaue Frisur leuchtete wie der Kopf eines Zündholzes. Die andere Tür, die zu dem Bad neben dem Nachttisch führte, stand offen. Durch sie musste der Mann hereingekommen sein, der plötzlich hinter Akiko gelegen hatte und der jetzt kerzengerade aufgerichtet neben ihm im Bett saß und ihn voller Entsetzen anblickte. Ohne wirklich zu begreifen, was ihm widerfuhr, musterte auch Freundel sein Gegenüber. Der feucht glänzende Mund des Mannes stand grottig offen, und sein hagerer Körper sah grau und eingefallen aus. Das im Rückzug befindliche Organ zwischen seinen Beinen war von bemerkenswerter Hässlichkeit.

Er hatte sich den Penis des Dekans nicht annähernd so hässlich vorgestellt. Er hatte ihn sich nicht derartig verbogen und verlottert vorgestellt. Und auch nicht so geädert und runzelig und schmierig. Genauer gesagt, hatte er sich den Penis des Dekans überhaupt nicht vorgestellt.

„Es wäre wahrscheinlich besser gewesen, ich hätte euch vorher miteinander bekannt gemacht", sagte die Japanerin, die weiterhin neben dem Türrahmen verharrte. Sie deutete auf Freundels Gegenüber „Das ist Manfred, mein Freund."

„Das ist ganz großer Mist, was du hier verzapft hast", rief Weesenberg ihr mit belegter Stimme zu, während er sich mit einem Ruck die Bettdecke über die Beine zog. „Woher kennst du ihn?"

Das Reisigdach oberhalb seiner Schläfen bot einen wirr zerzausten Anblick. Es sah aus, als habe man in einer fulminanten Action-Szene mitten durch den Giebel hindurch einen Kampfhubschrauber gestartet.

„Das habe ich dir doch gesagt", erwiderte sie. „Ich habe sein Inserat aus der Zeitung."

„Ich fasse es nicht!"

„Mein Gott, er ist bloß ein Callboy! Genau wie der Typ von letzter Woche."

Mehrere Sekunden lang starrte Weesenberg Freundel ungläubig an. Dann schwang er sich mit einer wild rudernden Armbewegung aus dem Bett. Rabiat schlug er sich die sauerkrautfarbene Überdecke, die zusammengeknüllt am Fußende der Matratze lag, um die Hüften und wankte in Richtung Zimmertür.

„Das hier ist ganz großer Mist!", wiederholte er noch einmal mit bebender Stimme, bevor er, sich an seiner erstaunten Gespielin vorbeischiebend, hinaus in den Flur entschwand.

Freundel schloss die Augen und ließ den Nacken gegen das Fenstersims sinken. Bisher hatte er immer geglaubt, es sei unmöglich, überhaupt nichts zu denken. Doch als er jetzt versuchte, den gestaltlosen Kugelblitz, der durch sein Hirn tobte, in ein Urteil über seine Situation zu transformieren, kam trotz aller Bemühung nicht einmal der Ansatz eines Gedankens zustande.

Stirnrunzelnd näherte sich derweil seine Gastgeberin dem Bett. „Mir ist schleierhaft, was plötzlich in ihn gefahren ist."

„Es ist besser, wenn ich sofort verschwinde", erwiderte Freundel tonlos. Mechanisch blickte er sich nach seinen Anziehsachen um. Zum Glück lagen sie außer Reichweite der versprengten Glasscherben und der bräunlich glänzenden Pfütze, die langsam und unaufhaltsam über das Parkett kroch.

„Ich mache schließlich auch mit, wenn er meint, er müsse eine junge Nutte dabeihaben", sagte Akiko, die begonnen hatte, sich im Stehen den Oberschenkel zu massieren. „Dann darf man ja wohl auch eine Gegenleistung erwarten." Sie schüttelte den Kopf. „Das letzte Mal hat ihm das nicht das Geringste ausgemacht."

„Dein Geld kannst du behalten", sagte Freundel knapp, während er mit einer Gewaltsamkeit in seine Anzughose stieg, als sei er im Begriff, im Gestrüpp am Wegrand eine Viper totzutrampeln. „Tut mir leid, das mit dem Fernet-Branca."

Er streifte das Jackett über das offene Hemd und presste die Füße in die noch zugeschnürten Halbschuhe.

„Dieser Idiot. Warum muss er heute auf einmal den Schwanz einziehen?", rief sie verärgert, als er hinaus in den Flur stürmte.

Die Hand schon am Knauf der Wohnungstür, blickte er sich noch einmal um. In dem Atelier am Ende des Korridors stand regungslos, den Rücken zu ihm und das Gesicht zum Fenster gewandt, Weesenberg. Er hatte eine Zigarette in der Hand und schien nach draußen auf die Pappeln zu starren. Die krautfarbene Überdecke hielt er noch immer, der Ummantelung einer Kohlroulade gleich, um seinen Unterleib gewickelt.

Die Rolltreppen, die von der Hauptwache aus in die oberen Etagen der Ladengalerie führten, waren auch heute wieder proppenvoll. Wie an jedem Nachmittag strömten dickwadige Rentnerinnen, energische Hausfrauen und bleichgesichtige Jugendliche durch die insgesamt sechs Geschosse. Menschenschlangen drängelten sich vor den Kassen der einzelnen Geschäfte, und in den Boutiquen eilten Verkäuferinnen umher, die dezente Kostüme mit Namensschildchen trugen. Vor den Schaufenstern flanierten Pärchen, die aneinander an den Händen hielten, während sie die Waren in den Auslagen musterten. Als akustische Untermalung schallten durch sämtliche Läden dieselben Klänge eines lokalen Radiosenders. Ausgehend von den künstlichen Brunnen im Kellergeschoß wehte ein angenehm kühlender Luftstrom durch das architektonisch ansprechende, erst vor kurzem neu errichtete Gebäude.

Hier, zwischen all den fremden Menschen, würde er Schutz finden und konnte er den schwierigen Versuch unternehmen, angesichts der soeben durchlittenen Katastrophe seine hilflosen Gedanken zu ordnen. Hier war er fürs erste dem höhnischen Himmel entkommen, der sich über den verspiegelten Türmen und Zitadellen der Stadt wölbte. Umringt von einer Gruppe vergnügter älterer Damen, die an bunten Eiswaffeln nagten, fuhr er in eines der Obergeschosse. Dort betrat er ein großräumiges Geschäft für Lederwaren, um anschließend, ziellos und weite Haken schlagend, zwischen den Schauvitrinen und Auslagetischen umherzustreifen.

Eine Schlussfolgerung hatte sich seinem Hirn bereits in hässlichen, eckigen Runen eingraviert: An der hiesigen Universität war ihn für jegliche Chance zerdeppert. Und zwar unwiederbringlich. Es gab keine Hoffnung, die heutige

Begegnung mit dem Vorsitzenden der Berufungskommission könne auf beiden Seiten eine auch nur annähernd symmetrische Hebelwirkung entfalten. Zwar bedeutete es für Weesenberg eine erhebliche Peinlichkeit, sich derart ungeschminkt als Institutskollege offenbart zu haben, der einen flotten Dreier zu seinem sexuellen Repertoire zählte. Dass davon niemand sonst am philosophischen Seminar erfuhr, lag daher fraglos in seinem Interesse. Die Furcht vor einer Verbreitung dieser Pikanterie würde ihn jedoch kaum veranlassen, sich Freundel gegenüber gefällig zu zeigen, geschweige denn die Berufung eines Randmüller-Nachfolgers erträglich zu finden, der frank und frei sowie gegen Barzahlung durch die Betten der Stadt vagabundierte.

Unruhig umrundete Freundel einen Auslagetisch mit weinroten Ledergürteln. Dabei rempelte er versehentlich eine Verkäuferin an, die sich von einem Strickjackenträger in lautstarkem Rheinländisch herumdirigieren ließ. Er flüchtete in das angrenzende Geschäft, das Sportausrüstungen vertrieb und weniger stark von Kunden frequentiert war. In den Regalreihen funkelten modische Ski- und Sonnenbrillen sowie geschliffene Schwimmbrillen unterschiedlicher Sehstärke. An der Rückwand des Ladens lehnten meterhohe Schlauchboote in grellem Orange und Himmelblau. Freundel blieb in der Nähe eines Podests stehen, auf dem elektrische Laufbänder und andere Trimm-Dich-Geräte aufgestellt waren. Mit leerem Blick, wie im Wachkoma befindlich, starrte er auf die teils verzwickten Apparaturen. Neben ihm probierte ein älteres Ehepaar Schwimmflossen an. Der schlohköpfige Mann, dessen lederne Gesichtsfalten bei jeder Bewegung ein ekelerregendes Schwabbeln durchfuhr, hielt sich an der Schulter seiner schmächtigen Gattin fest, während er angestrengt und laut fluchend bemüht war, das widerspenstige Hartgummimaterial über den gelblichen Pfropfen seiner Ferse zu zerren.

Wenn doch nur Weesenberg ebenfalls ein geheimes Doppelleben führen würde! In diesem Fall gäbe es immerhin die winzige Hoffnung, ein stillschweigendes Gentlemen's Agreement erzielen zu können. Leider aber lagen die Dinge anders. Frau Mozarti hatte ihm bereits vor geraumer Zeit berichtet, dass der Dekan offiziell von seiner Familie getrennt lebte und eine wesentlich jüngere Freundin besaß.

„Ein Chinesin, die schauderhafte Skulpturen herstellt", hatte sie ihn wissen lassen, während sie mit den Fingerspitzen den olivgrünen Seidenschal lockerte, der sich um ihr Doppelkinn schlang. „Einmal sind beide gemeinsam hier im Büro gewesen. Eine schrecklich ordinäre Person. Die arme Ehefrau."

Als er wenig später in das Parterre der Ladengalerie zurückkehrte, hatte die Banderole seiner Berechnungen ein weiteres fatales Zwischenergebnis ausgespuckt: Weesenberg würde nicht umhin können, mindestens einen oder zwei Institutskollegen, die ebenfalls der Berufungskommission angehörten, in die Angelegenheit einzuweihen. Nur so konnte er sicherstellen, dass sich das Gremium tatsächlich *gegen* Freundel entschied. Insbesondere ließ sich ja zum gegenwärtigen Zeitpunkt nicht ausschließen, dass die externen Gutachter zu seinen Gunsten votieren würden, und einer solchen Empfehlung müsste dann innerhalb der Kommission mit vereinten Kräften entgegengesteuert werden. Weesenberg bräuchte dazu gar nicht die peinlichen Details zu erwähnen, die ihn selbst betrafen. Damit man ihm Glauben schenkte, würde es genügen, wenn er versicherte, er habe aus zuverlässiger Quelle von dem irritierenden Treiben des Bewerbers erfahren. Bestimmt würde der Dekan mindestens Golz hierüber in Kenntnis setzen, zu dem er ein offenkundig enges Vertrauensverhältnis unterhielt. Darüber hinaus vielleicht auch noch Siegrist-Stracke oder Keltberlet. Wie auch immer die Wahl ausfiele: Es stand außer Frage, dass dadurch die unfassliche Geschichte früher oder später im gesamten Bundesgebiet energisch die Runde machen würde. Einen weiteren Bewerbungsversuch an einer deutschsprachigen Universität konnte er sich in Zukunft von vornherein abschminken.

Da geschah etwas Sonderbares: Die endgültige und vernichtende Klarheit, die den gesamten Horizont seiner Ambitionen, Spekulationen und Hoffnungen mit einem gewaltigen Wisch leer fegte, ließ ein immenses Gefühl der Gelassenheit in ihm aufsteigen. Es glich einem frisch gehissten, strahlend weißen Segel, mit dem sich gegen den Wind kreuzen ließ. Erhobenen Hauptes ging er weiter und betrat ein Geschäft für Make-Up-Utensilien. Dort wanderte er zwischen Regalreihen umher, in denen sich Auslagekästen mit Schmink- und Lippenstiften in diversen Kolorierungen befanden. Sein Blick fiel auf eine vergoldete Schatulle. Sie enthielt drei Lippenstifte in fein ziselierter Metallummantelung, in den Farben Blutrot, Blassrosa und Zinnober. Ob dieses noble Sortiment wohl Lydias Geschmack entsprach? Einen Moment lang blieb er regungslos vor der Auslage stehen. Dann griff er nach der Schatulle und ließ sie rasch, ohne sich umzublicken, in die Seitentasche seines Jacketts gleiten. Während die eigenartige Empfindung von ihm Besitz ergriff, einen Akt der Läuterung vollzogen zu haben, bewegte er sich unauffällig in Richtung Ausgang.

Kapitel 12: Das Gegenteil der Ökonomie

Der Tonfall der Durchsage war sanftmütig und freundlich, wenngleich die Stimme ein wenig ausgelaugt und brüchig klang.

„Werte Fahrgäste. Wir möchten Sie in der Berner-Oberland-Bahn begrüßen und wünschen Ihnen eine angenehme Reise. Unser nächster Halt ist Breitlauenen."

In der Kabine der Bergbahn herrschte eine schweißtreibende Hitze. Ermattet hockten die Reisenden auf den abgeteilten Holzbänken im vorderen der beiden Triebwagen. Einige der Ausflügler hatten ihre Anzugjacketts über die Schulter geworfen. Andere hielten pastellfarbene Segeltuchjacken in ihren Armbeugen. Lediglich die weiblichen Mitglieder der japanischen Touristengruppe, die die drei hintersten Abteile in Beschlag nahm, verzichteten darauf, sich ihrer stickigen Kostüme zu entledigen.

„Mesdames et Messieurs. Vous êtes bienvenu dans le Berner Oberland Bahn. Nous vous souhaitons un bon voyage. Notre prochain arrêt est Breitlauenen."

Nachdem auch der französische Part der Durchsage verklungen war, setzten die Fahrgäste ihre Unterhaltungen fort. Der gerstenblonde Hüne in der zweiten Sitzreihe, an dessen verblüffend symmetrischen Gesichtszügen die verstohlenen Blicke etlicher Mitreisender hafteten, griff nach seinem Handy.

„Pass auf, Grimmy, wir befinden uns kurz hinter Interlaken. Ich ruf dich zurück, sobald ich oben am Berg wieder Empfang habe. Nimm auf keinen Fall das Optionspaket. Nerlinger klärt im Nachmittagsmeeting ab, wie wir weiter verfahren."

Kurz darauf verließ das mohnrot lackierte Gefährt den Bahnhof Wilderswil. Nach zirka fünfhundert Metern bog es ruckartig, in einer engen, steil ansteigenden Linkskurve, in die Hangtrasse ein. Augenblicklich verschwand es dort zwischen dicht stehenden Baumreihen. Der Vorgang erinnerte an den Start einer Jahrmarktbahn, die die Passagiere auf einer spektakulär gewundenen

Schiene in ein verwunschenes, von außen nicht einsehbares Wunderland entführt. Derweil drang im Inneren des Waggons die Mechanik, mit der der Zug der Steigung trotzte, bis in die Gesäßbacken der Fahrgäste vor. Die eherne Zahnradtechnik sorgte für einen sanft ruckelnden, beharrlich kraftvollen Bergantrieb.

Der erste Abschnitt der Strecke führte durch stark bewaldetes Gelände. Nur sporadisch unterbrachen sonnenbeschienene Lichtungen das braungrüne Schattenreich. Auf ihrem buckligen Grund standen uralte, größtenteils windschiefe Scheunen. Dazwischen grasten fleckige Kühe. Aus der Ferne betrachtet wirkten die Scheunen wie verrottete Kadaver ehemals vornehmer Villen, die einer mysteriösen Epidemie zum Opfer gefallen waren. Die Vegetation in den Waldabschnitten bestand überwiegend aus hohen Laubbäumen. Zwischen ihrem aschgrauen Wurzelwerk, das sich in das abschüssige, von Kalkgestein und Lehm durchsetzte Erdreich krallte, rauschte von Zeit zu Zeit ein kristallklarer Bergbach in Richtung Tal. Einige der Fahrgäste blickten konzentriert aus den Fenstern, die Fotokameras in ständiger Bereitschaft haltend. Die übrigen Reisenden debattierten über aktuelle Börsentrends oder ergingen sich in leichtverdaulichem Palaver.

Der Herr mit den rostroten Kurzhaarlocken, der seit Stunden eine zusammengerollte Ausgabe der Zeitschrift GALORE in den Händen hielt, wandte sich an seine Sitznachbarin.

„Wissen Sie, wie lange die Fahrt noch dauert?"

„Laut Reiseplan noch eine knappe Stunde", antwortete Tamara. Sie hob die Hand über die Stirn, um das vorübergehend einfallende Sonnenlicht abzuwehren. „Waren Sie zuvor schon mal dort?"

„Ne, noch nie. Obwohl ich sonst die Zentralschweiz ganz gut kenne. Und Sie?"

„Ich auch nicht. Aber die Aussicht muss sensationell sein. Haben Sie den Prospekt gesehen?"

„Ja. Glaubt man den Fotos, blickt man frontal auf den Eiger. Außerdem soll es direkt neben dem Hotel einen botanischen Naturpark geben, mit seltener Alpenflora."

Der Rotschopf wandte sich jetzt an Tamaras Begleiter, der ihnen beiden gegenübersaß und in Gegenfahrtrichtung aus dem Fenster starrte.

„Und aus welcher Branche kommen Sie, wenn ich fragen darf?"

Freundel blickte auf.

„Ich bin nicht in der Wirtschaft tätig", sagte er, während er die Beine übereinanderschlug. „Ich arbeite als Therapeut."

„Ui!", rief sein Gegenüber. „Dann kümmern Sie sich um die Irren?" Er ließ einen unsicheren Lacher folgen.

„Er nimmt nicht an dem Kurs teil, sondern begleitet mich privat", warf Tamara ein. „Aber was Sie betrifft: Waren Sie eigentlich auch letztes Jahr schon dabei, bei dem Modul ‚Marketing und Consulting'? Ich kann mich nicht erinnern, Sie da gesehen zu haben."

„Doch, doch", erwiderte der Rothaarige. „Offiziell habe ich schon teilgenommen. Nur fand ich den Kursleiter damals eine ziemliche Zumutung. Der hatte ja nicht den blassesten Schimmer."

Er ließ die zusammengerollte Zeitschrift auf die haiblaue Jeans niederknallen, die seinen stämmigen Oberschenkel umspannte.

„Daher", fuhr er fort, „habe ich die meisten Sektionen geschwänzt und mich statt dessen in Westerland umgesehen. Die Firma bekommt das ja sowieso nicht mit."

Die Bergbahn hatte jetzt das Waldgebiet verlassen und durchquerte, während die Steigung unvermindert anhielt, ein Gelände, in dem freie Sicht herrschte. Zur Rechten erstreckten sich ausladende Magerwiesen. Sie waren mit grauen Felssplittern gespickt und schienen sich himmelwärts im Unendlichen zu verlieren. Auf der linken Seite blitzte, tief unterhalb der Bahngeleise, für Sekunden das metallische Blau des Brienzer Sees auf. Nach einem Zwischenstopp an einer Haltestelle, die aus kaum mehr als der sprichwörtlichen Milchkanne bestand, fuhr die Bahn in einen seitwärts gekrümmten Felstunnel ein. Das rohe Gestein seiner Innenwände glänzte feucht und mutete an wie die Schluckmuskulatur einer gigantischen Speiseröhre.

Jenseits des Tunnels besaß die Landschaft bereits einen merklich hochalpinen Charakter. Einer ausladenden Kurve folgend, ruckelte der Zug einen spärlich bewachsenen, von schmalen Kiesbetten durchzogenen Hang empor. Zwischendurch passierten sie mehrere überdachte Arkaden. Zu ihrer Rechten, unmittelbar neben der Trasse, gähnte ein kolossaler Gerölltrichter.

„Da oben sind Murmeltiere!", rief eine der Mitreisenden. Mehrere Fahrgäste sprangen daraufhin von ihren Sitzen auf, um an die zur Bergseite hin gelegenen Waggonfenster zu eilen. Freundel blickte ebenfalls hinaus. Jedoch konnte er nirgends zwischen den unzähligen Grasbuckeln und Gesteinsbrocken einen der putzigen Nager ausmachen. Er lehnte sich zurück, bemüht, trotz seiner bohrenden Rückenschmerzen eine halbwegs erträgliche Sitzposition einzunehmen. Auf der grob gerippten Holzbank, die, um auch in den Steigungsabschnitten ausreichend Halt zu bieten, stark nach unten durchgebogen war, fiel dies nicht eben leicht. Angestrengt starrte er aus dem Fenster, in der Hoffnung, im Anblick der zunehmend dramatischer wirkenden Landschaft Ablenkung von seiner Tortur zu finden. Zum Glück hatte Tamaras Gesprächspartner schon bald das Interesse an ihm verloren. Die blasierte Mischpoke, mit der sie am Vormittag vom Frankfurter Hauptbahnhof aus per ICE gen Süden aufgebrochen waren, entsprach ganz und gar nicht seinem Geschmack. Tamaras großzügiges Angebot, sie gegen eine Gage von 1.500 Euro zu dem Wochenendseminar für industrielle Führungskräfte in die Schweiz zu begleiten, hatte er freilich unmöglich ausschlagen können.

„Auf diesen Fortbildungskursen", hatte sie ihm erklärt, „wird gebaggert ohne Ende. Wenn du da als alleinstehende Frau hinfährst, hast du nicht eine Minute deine Ruhe."

So kam es, dass er offiziell als ihr Partner mitreiste. Die Konditionen waren denkbar günstig. Tagsüber, während das Seminar lief, hatte er Zeit, auf eigene Faust die imposante Hochgebirgsgegend zu erkunden oder, sofern ihm der Sinn danach stand, seiner Lese- und Schreibarbeit nachzugehen. Einen Teil der Gage konnte Tamara zudem als Firmenspesen von der Steuer absetzen. Auch Lydia hatte nichts dagegen einzuwenden, dass er einen Trip mit ihrer Busenfreundin unternahm. Nach wie vor erwähnte sie Tamara gegenüber ihr leidenschaftliches Liebesverhältnis mit keinem Sterbenswörtchen, um nicht eine seiner sichersten Einnahmequellen in Gefahr zu bringen. Erst recht nicht, nachdem sie von dem Desaster in Rödelheim erfahren hatte. Sein rabenschwarzes Ausscheiden aus dem Feld der Lehrstuhlbewerber hatte sie zunächst mit homerischem Gelächter quittiert. Später jedoch reagierte sie einfühlsam und rücksichtsvoll und gab sich jede erdenkliche Mühe, seine Existenzängste zu lindern und ihm seine schlaflosen Nächte, so gut es ging, zu versüßen.

Während die Bahn noch immer am Rand des Gerölltrichters entlang kroch, rief er sich die Einzelheiten des Telefonats mit Susanne in Erinnerung. Dass ausgerechnet sie ihm die schmerzliche Nachricht übermittelt hatte, empfand er als besonders bitter. Vor knapp zwei Wochen hatte er sich, nach längerem Zögern, dazu durchgerungen, sie anzurufen. Aufgrund ihrer engen Beziehung zu Kerstin Siegrist-Stracke stellte Susanne seinen einzigen verbliebenen Verbindungskanal zu den Mitgliedern der Berufungskommission dar. Weesenberg und Golz gingen ihm am Institut erkennbar aus dem Weg, und auch zu den Seminarkonferenzen erhielt er seit den Ereignissen im Mai keine offiziellen Einladungen mehr. Er selbst vermied es aus Scham, sich ein weiteres Mal an Hirzbrunnen zu wenden, da sich nicht ausschließen ließ, dass die unerhörte Begebenheit sogar dem wandelnden alten Zettelkasten zu Ohren gekommen war.

„Es tut mir sehr leid, dir das sagen zu müssen", lautete Susannes Mitteilung. „Es hat nicht ganz gereicht für dich. Du stehst auf Platz drei der Liste. Aber versprich mir bitte hoch und heilig, dass du niemandem verrätst, woher du die Information hast."

„Danke, Susanne. Na ja, ich hatte schon damit gerechnet. Es hat nicht sollen sein."

„Komm schon! Ein Listenplatz ist doch auch schon mal nicht schlecht. Das nützt dir auf jeden Fall bei deiner nächsten Bewerbung."

Susannes Stimme besaß noch immer jenen glockenhellen Ton, der ihrem Gemüt einen fragileren Anschein verlieh, als es den Tatsachen entsprach. Ihren aufmunternden Worten war zu entnehmen, dass sie von den Ereignissen, die zu seiner Disqualifizierung geführt hatten, nichts ahnte. Was wiederum den Schluss zuließ, dass zumindest auch Siegrist-Stracke davon nichts mitbekommen hatte.

„Ob mir das in Zukunft noch nützt, weiß ich nicht", antwortete er. „Aber mein Leben wird schon irgendwie weitergehen. Kannst du mir denn auch verraten, wer die Stelle bekommt?"

„Wie gesagt: Von mir hast du nichts gehört."

„Da kannst du dich absolut drauf verlassen."

„Also gut: Sie haben sich für Lorenzkotte-Eberling entschieden." Sie legte eine kurze Pause ein, bevor sie weitersprach. „Aber weißt du, was das Tollste ist?"

„Nein. Was denn?"

„Er hat mir eine seiner beiden Assistentenstellen angeboten. Kerstin kennt ihn irgendwoher von früher. Zurzeit plant er einen Forschungsschwerpunkt zum Thema Dekonstruktion. Darin möchte er auch ein Teilprojekt zur feministischen Wissenschaftskritik einbauen."

„Gratuliere! Dann hat ja die Entscheidung der Kommission zumindest *dir* genützt. Ich hätte dich ja schlecht als Assistentin anstellen können."

Als er jetzt über das Gespräch nachsann, freute er sich einen Augenblick lang aufrichtig darüber, dass Susanne nun endlich die Kurve kriegte. Sie war ein kluges Mädchen. Sie hatte es verdient. Sie würde endlich ihre Dissertation abschließen und dann auf einer Habilitationsstelle Gelegenheit erhalten, die Weichen in Richtung Professur zu stellen. Ihre Eltern würden stolz auf sie sein. Er musste an Susannes Vater denken, wie dieser hinter seiner ewig qualmenden Zigarre prophezeit hatte, eines Tages werde Susanne in Sachen akademischer Meriten sämtliche Familienmitglieder überflügeln. Überdies, so hatte er lachend hinzugefügt, werde sie voraussichtlich auch gezwungen sein, ihren zukünftigen Gatten zu ernähren. Die Erinnerung an die rührselige Szene zementierte Freundels Trübsinn. Verstört blickte er auf die meterhohen Findlinge, die wie gewaltige Molare aus den zunehmend schorfiger aussehenden Magerwiesen seitlich der Bahnstrecke emporragten.

Die Terrasse vor dem Berghotel Schynige Platte bot einen schwindelerregenden Ausblick. Er erstreckte sich weit über die steilen, zartgrünen Almhügel, die schattigen Täler und die eisbedeckten Gipfelketten des Berner Oberlands. Die Teilnehmer des Seminars hatten sich zu einer ersten Besprechungsrunde in den Konferenzraum des Hotels zurückgezogen. Derweil machte es sich Freundel, ausgerüstet mit einem Humpen frisch gezapftem Bier, an einem der Tische auf der Aussichtsplattform bequem. Über die Schultern hatte er sich eine Strickjacke gelegt. Obwohl bereits die zweite Junihälfte anbrach und obgleich die Schwüle im Lauf des Nachmittags beständig zugenommen hatte, war die Luft hier oben, in mehr als 2000 Metern Höhe, zum Abend hin empfindlich kühl geworden. Vom Thunersee her warf die tief stehende Sonne ihre letzte energische Feuersbrunst auf die bizarren Felsformationen, die seitlich des Hotelkomplexes aufragten. Unter ihnen befanden sich mehrere spitz zulaufende Gesteinssäulen, vom Gletschereis vor Urzeiten brachial zurechtgeschliffen. Mit ihren filigranen Formen und feinen Schlagschatten ähnelten sie kunstvoll konturierten, aus Schlamm geträufelten Skulpturen. Skulpturen, wie Freundel sie vor Jahrzehnten in den stillen Sandbuchten von Milos in unermüdlichem Ernst modelliert hatte, während sein

Vater draußen auf dem Meer in der allmählich verblassenden Abendglut seine Bahnen kraulte und die Glocken der heimkehrenden Ziegenherden aus den thymianbewachsenen Hängen erschallten.

Er wandte den Blick ein Stück weiter nach links, wo man, mehr als eintausend Meter tief hinab, in das dunstige Lauterbrunnental schauen konnte. Gigantische Katarakte, deren schaumweiße Fluten gemächlich wie Fallschirme zu Tal schwebten, ergossen sich aus den nahezu senkrechten Kalksteinwänden des Tals. Im Vordergrund falteten sich in molligen Braun- und Grüntönen die sanften Gipfelhänge des Männlichen auf. Unmittelbar dahinter leuchteten, in bukolischer Entrücktheit, die lieblich gepolsterten Almhügel der Kleinen Scheidegg. Und hoch über der gesamten Szenerie thronte, einem sturen, sinnwidrigen Dogma gleichend, die monumentale, alles erdrückende Granitpyramide des Eiger.

In der Zwischenzeit war mit der Bergbahn eine weitere Reisegruppe auf dem Hochplateau eingetroffen. In einer emsigen Marschkolonne näherte sie sich der Hotelanlage. Es handelte sich um gut dreißig Personen, im Alter zwischen Ende 50 und Mitte 70. Sämtliche Mitglieder der Gruppe wirkten rüstig, waren braungebrannt und führten teleskopisch ausfahrbare Wanderstöcke mit sich. Die Männer trugen Schirmmützen, während die Frauen ihre grauen, zumeist kurz geschnittenen Haare unbedeckt ließen. Die Beinkleidung beider Geschlechter bestand aus beigen, taubengrauen oder blassblauen Hosen, die in festverschnürten Wanderstiefeln steckten. Am Oberkörper trugen die meisten der sportbegeisterten Senioren Bundjacken oder Anoraks mit prall gefüllten Taschen. An ihren Rücken hingen Tagesrucksäcke aus festem Segeltuchstoff.

Nachdenklich betrachtete Freundel die Aufmachung der Neuankömmlinge, die im Gänsemarsch die Terrasse betraten. Die patenten kleinen Ranzen, die in ihrem Kreuz baumelten und ihnen das Erscheinungsbild frohgemuter Wichtel verliehen, muteten an wie Insignien der Asexualität. Neben der Kleidung der

Wanderurlauber schien auch deren Mimik und deren Habitus Eines unmissverständlich zu verkünden: Dass sie sich als Erdenbürger begriffen, die in die posterotische Phase ihres Daseins eingetreten waren. Sie erweckten den Eindruck, als spielten Begehren, Verführung und phallische Rivalität in ihrem Leben praktisch keine Rolle mehr. Ihr gesamtes Benehmen wirkte entspannt und befreit, und sie schwatzten und scherzten ebenso sorglos wie wohlwollend untereinander. Als Gruppe schienen sie so vollkommen harmonisch integriert und geschwisterlich miteinander verbunden, wie es bei einer gemischtgeschlechtlichen Gruppe seines eigenen Alters unvorstellbar gewesen wäre.

Eine völlig andere Atmosphäre herrschte dagegen bei dem späteren Abendessen der Teilnehmer des Fortbildungsseminars. Die persönlichen Beziehungen zwischen den industriellen Führungskräften muteten ähnlich verquer an wie die perspektivischen Verhältnisse zwischen den ineinander verkeilten Formelementen eines kubistischen Stilllebens. Gemeinsam am Tisch mit Tamara und Freundel saß der Rotschopf aus der Bergbahn, der sich in der Zwischenzeit als „Olaf" vorgestellt und Tamara das *Du* aufgedrängt hatte. Dazu gesellten sich zwei Abteilungsleiterinnen der Witschaftsdetektei Dun & Bradstreet. Während zum Auftakt des Menus eine Kürbiscremesuppe serviert wurde, die in ihren schneeweißen Porzellanterrinen so intensiv leuchtete, als handele es sich um frisch angerührte Tapezierfarbe, schwatzten die beiden direkt aus einem Golfclub bei Biarritz angereisten Blondinen ohne Unterlass über Mittel und Wege, die Marktpositionierung und Zahlungsfähigkeit angeschlagener Unternehmen zu erschnüffeln, die zur feindlichen Übernahme freigegeben waren.

„Schaut Euch diese schwulen österreichischen Kellner an!", rief Olaf lauthals dazwischen. Er deutete auf die beiden Bediensteten mit dem steirischen Akzent, die die Bestellungen entgegennahmen. Ob die hochgeschossenen jungen Burschen, die Seidenfliegen in Vampirsgröße trugen und betulich von Tisch zu Tisch eilten, sein Gepöbel hören konnten, schien ihn nicht zu kümmern.

„Mir sind die Ösis lieber als die Schweizer", gab die ältere der beiden Projektleiterinnen zurück. „Ich kann es nicht ab, wenn Leute ausschließlich hinterm Geld her sind." Dem Tonfall nach zu urteilen, stammte sie aus dem Großraum Hamburg.

Ihre weißblonde Kollegin, die Olaf eine unverblümte Verachtung entgegenbrachte, nickte zustimmend. Die schmalen, in blassem Krampfaderblau geschminkten Lippen hielt sie so fest zusammengepresst, als sei sie im Begriff, ein Gelände zu durchqueren, über dem eine dichte Kalkstaubwolke lag.

„Kennen Sie die Schweizer denn gut?", warf Freundel ein.

„Wie denn?", erwiderte die erste Projektleiterin knapp. „Man versteht sie ja kaum."

Daraufhin wandte sie sich dem dehydriert aussehenden Schmorbraten zu, den einer der Kellner kurz zuvor über ihre Schulter hatte einschweben lassen. Freundel war froh, dass seine Tischgenossen ihn in ihrem Kreis als Fremdkörper betrachteten und ihm daher wenig Beachtung schenkten. Auch Tamara, die erschöpft und leicht übellaunig wirkte, beteiligte sich nur sporadisch an der nachfolgenden Konversation. Diese drehte sich, bis weit über das Dessert hinaus, mehr oder weniger simultan um bolivianische Wertpapieranleihen, leistungsfördernde Craniosacraltherapien sowie die Fähigkeiten und Schwächen des aus Reit im Winkel stammenden Kursleiters.

Als sie gegen 10 Uhr dreißig, eine noch halb gefüllte Burgunderflasche vom Abendessen im Gepäck, ihr Zimmer betraten, forderte Tamara unverzüglich seine Dienste ein. Geduldig und effektiv vollzog er die gewünschten Handlungen. Derweil gab sich Tamara der Ekstase hin, als stürze sie sich in einen lange herbeigesehnten, von göttlichen Verheißungen beflügelten Dschihad. Später nahm sie ihr gefülltes Weinglas und lief, mit einem bloßen T-Shirt bekleidet, über den graphitgrauen Teppichboden zu dem riesigen Aussichtsfenster des Raums. Bei Tageslicht blickte man von dort aus über das Vordach des Speisesaals hinweg direkt auf das wuchtige Trio von Eiger, Mönch und Jungfrau. Ein ebenso markantes Bild bot das wild gezackte und gleißende Band der dahinter versammelten Dreitausender, das sich, einem gigantischen verbeulten Sägeblatt gleichend, in einer ausladenden Rechtsbiegung bis hin zur Blümlisalp dehnte. Jetzt war das Panorama vollständig in Dunkelheit getaucht. Durch das angelehnte Fenster wehte ein kühler, zugleich jedoch schwitzig feuchter Luftzug in den Raum. Aus der Ferne ertönte das leise Grollen eines sich nähernden Sommergewitters.

„Boy, oh boy!", rief Tamara, während sie sich in den pistaziengrünen Polstersessel vor dem Fenster fallen ließ. „Den Sex hatte ich heute wirklich nötig. Besonders nachdem ich mir den halben Tag lang dieses ermüdende Gedöns zur Markterschließung anhören musste. Ich bin echt froh, dass du mitgekommen bist."

Entkräftet war Freundel auf der weichen Matratze liegen geblieben. Jetzt drehte er sich zur Seite und hob den Kopf. Er schob sich die dünne Daunendecke zwischen die Beine, während er die Wange auf die Handfläche stützte.

„Wenn dich diese Themen gar nicht interessieren", sagte er, „warum machst du dann bei den Seminaren überhaupt mit? Oder bist du wegen der supernetten Leute hier?"

„Ach René! Die sind nicht alle so dämlich wie die Gruppe beim Abendessen."

„Das ist ja auch keine Kunst."

Auf die Nachttischlampe registrierte Freundel eine Bewegung. Über den Schirm kroch ein fetter, erdfarbener Falter. Das phlegmatisch wirkende Geschöpf sah extrem porös aus, so als könne es jeden Moment zu Staub zerfallen.

„Ich muss mich mit diesem ganzen Zeugs wenigstens ein bisschen auskennen", sagte Tamara. „Seit Berthold tot ist, habe ich in dem achtzehnköpfigen Abteilungsleiterrat der Firma das alleinige Sagen. Ich sitze diesen ganzen gewieften Leuten als hauptverantwortliche Entscheidungsträgerin gegenüber."

Sie streckte ihre weißen Schenkel von sich. Gleichzeitig musste sie heftig aufstoßen.

„Bei den Sitzungen des Rats", fuhr sie fort, „benutzen alle immer diese neuen Begriffe, und es ist für mich schon schwer genug, dort als Frau meine Autorität zu behaupten. Zumindest muss ich den Jargon beherrschen und ungefähr wissen, welche Marktschließungsstrategien gerade angesagt sind. Diese Kurse sind eigentlich ganz O.K. Ich kann mir dadurch die Sachen jedenfalls besser merken, als wenn ich versuchen würde, mir das alles im stillen Kämmerlein anzulesen."

Freundel schwieg. Sein Blick schweifte über die verrauchte Zimmertapete. Die gelblich-braune Musterung erinnerte an biederes, seit Generationen aus der Mode gekommenes Geschenkpapier. Die Ränder der Tapetenbahnen begannen sich bereits zu pellen.

„Ich glaube", sagte er schließlich, „ich kann nachvollziehen, warum du gerade in dieser Umgebung so stark auf die Vögelei abfährst."

„So? Ich dachte eigentlich, dass ich da immer drauf abfahre."

„Im Grunde genommen ist nämlich die Erotik das absolute Gegenteil der Ökonomie."

„Au weia!" Sie schaute belustigt. „Was kommt jetzt wieder?"

„Ich meine das ganz ernst", erwiderte er. „Soll ich es dir begründen?"

Ihr entfuhr ein Seufzer. „Tu, was du nicht lassen kannst."

„Also gut."

Mit einer flinken Handbewegung versuchte er das Insekt von der Lampe zu vertreiben. Panisch krabbelte daraufhin der Falter ins Innere des Schirms.

„Pass auf", sagte er dann. „Unser gesamtes ökonomisches System beruht darauf, dass Leute Bedürfnisse haben. Und zwar Bedürfnisse, deren Befriedigung Mühe und Arbeit erfordert. Andere Leute können diese Arbeit für sie leisten und dafür wiederum eine Gegenleistung erhalten."

„Bravo, mein Lieber. Das nennt man das Tauschprinzip."

„Genau. Aber dahinter verbirgt sich eigentlich ein noch viel grundsätzlicheres Prinzip."

„Aha."

„Es ist ja so, dass unser gesamtes Leben uns – vom Kleinkindalter bis zur Bahre – die dauernde Anstrengung auferlegt, unsere Bedürfnisse zu befriedigen."

„Wem sagst du das."

„Die Anstrengung rührt daher, dass zur Befriedigung jedes Bedürfnisses irgendein Aufwand betrieben werden muss. Irgendwo in der Welt muss dazu jemand die Ärmel hochkrempeln und in die Hände spucken."

„Na klar."

„Dabei gilt stets die folgende Formel: Wo zu einem bereits bestehenden Bedürfnis noch ein weiteres Bedürfnis hinzukommt, ist der zu leistende Aufwand insgesamt größer als bei dem ersten Bedürfnis. Verstehst du?"

„Natürlich."

„Wenn du zum Beispiel zweimal hintereinander einen der Kürbisse zubereiten willst, die du in deinem Garten züchtest, musst du zwei Kürbisse aus der Erde stechen und nicht bloß einen."

„Mmh", machte Tamara und ließ ein unterdrücktes Gähnen vernehmen. Gemächlich reckte sie den Körper durch, während ihre Arme wie leblose Gummiteile über die Lehnen des Plüschsessels baumelten. Plötzlich richtete sie sich auf, um aus dem Fenster zu spähen.

„Du, ich glaube, das Gewitter kommt näher."

„Je mehr Bedürfnisse in der Welt sind", fuhr Freundel fort, „desto größer ist also die Anstrengung, die ihre Befriedigung erfordert. Dies möchte ich das ökonomische Prinzip nennen. Es ist ein absolut elementares und unentrinnbares Prinzip. Es lastet auf unserem Dasein wie eine perfide Bleiweste."

Draußen flackerte in der Ferne ein Leuchten. Für Sekundenbruchteile ließ es aus der Dunkelheit die schattenhaften Konturen der umliegenden

Bergmassive hervortreten. Diese sahen aus wie geduckte, in schwere Kolter gehüllte Gestalten, die in unmittelbarer Nähe des Hotels kauerten.

„Mach mal das Licht aus!", sagte Tamara. „Dann können wir das Gewitter besser sehen." Sie stand auf und öffnete einen der Fensterflügel. „Also gut, worauf willst du hinaus?"

„Moment."

Er schwang sich aus dem Bett. Anschließend löschte er das Licht der Nachttischlampe, aus der der Falter inzwischen verschwunden war. Im Dunkeln schlüpfte er in seine Boxershorts und trat an ihre Seite.

„Aus der Logik dessen, was ich gerade beschrieben habe", sagte er dann, „ergibt sich eine klare Schlussfolgerung."

„Nämlich?"

„Es folgt, dass der denkbar radikalste Kontrast zu dem, was das ökonomische Prinzip vorschreibt, eine Situation ist, in der ein Bedürfnis B, das zu einem Bedürfnis A hinzutritt, den Aufwand, der zur Befriedigung der beiden Bedürfnisse betrieben werden muss, nicht *vermehrt*, sondern vielmehr *verringert* – oder diesen Aufwand sogar vollständig *annulliert*."

„Und dann?"

„Eine so geartete Situation könnte man eine *kontraökonomische* Situation nennen. Sie wäre das diametrale Gegenteil der Ökonomie."

„Aha."

„Wahrscheinlich wirst du dich fragen, wie eine solche, geradezu magische Annullierung des ökonomischen Aufwands überhaupt denkbar ist."

Tamara erwiderte nichts. Ihm schien jedoch, als werfe sie ihm im Dunkeln einen resigniert ironischen Blick zu.

„Sie kann nur so funktionieren", fuhr Freundel fort, „dass das eine Bedürfnis *direkt* durch das andere Bedürfnis befriedigt wird und umgekehrt. Und zwar ohne dass dazwischen irgendwelche Schritte geschaltet sind, die einen Aufwand bedeuten. Meine Behauptung ist, dass genau diese ungewöhnliche Konstellation der Erotik zugrunde liegt."

„Wow!" rief Tamara. „Hast du das gesehen?"

Ein glutweißer Dorn, zwischen dessen seitlichen Verästelungen die nächtliche Erdatmosphäre förmlich in Stücke zu springen schien, stand riesenhaft zwischen den Silhouetten von Mönch und Eiger und ließ sekundenlang die bleichen, sichelförmigen Flächen der umliegenden Gletscher aufschimmern. Tamara legte den Arm um seine Hüfte und zog ihn an sich. Schweigend warteten sie den nachfolgenden Donnerschlag ab, der scharfkantig und blechern sowie mit ohrenbetäubender Wucht durch das Lauterbrunnental hagelte.

„Also, mir scheint es ziemlich offensichtlich", befand sie dann, „dass beim Sex, genau wie überall sonst auch, das Tauschprinzip herrscht. Jeder Partner befriedigt die Bedürfnisse des anderen. Wenn es gerecht zugeht. Insofern verstehe ich den Unterschied nicht, den du da siehst. Im Gegenteil. Sex ist doch ganz klar ebenfalls ein Teil der Ökonomie."

„Es wundert mich nicht, dass du als Unternehmerin dazu tendierst, das so zu sehen", erwiderte er, während er begann, mit subtilem Druck ihren Nacken zu massieren. „Diese Betrachtungsweise beruht auf einem falschen Bild davon, wie unser Begehren mit unseren Handlungen zusammenhängt. Wahrscheinlich stellst du dir das Begehren als eine Art inneren Zustand vor, der die sexuelle Aktivität als seine äußere Wirkung hervorruft."

„Ich weiß nicht. Keine Ahnung."

„Dann sieht es natürlich so aus, als gäbe es da insgesamt vier Dinge: Mein Begehren, dein Begehren, meine erotischen Handlungen, die dein Begehren befriedigen, und deine erotischen Handlungen, die als Gegenleistung mein erotisches Begehren sättigen. Und damit würden wir uns tatsächlich nach wie vor innerhalb der bleiernen Logik von Bedürfnis und ökonomischem Aufwand bewegen."

Er schob den Daumen hinter ihr Ohrläppchen, um es sachte nach vorn zu biegen.

„Und was ist an dieser Sicht der Dinge so falsch?", erkundigte sich Tamara, die ein wohliger Schauer durchlief.

„Ich würde eher sagen, dass unser Begehren unsere sexuelle Aktivität nicht *hervorruft*, sondern sich in dieser Aktivität *manifestiert*. Bei der Begierde handelt es sich um gar keinen Zustand, der sich grundsätzlich von dem Spiel mit dem Körper des anderen abtrennen lässt. Meine Liebkosungen, die dein Begehren befriedigen, *sind* in einem gewissen Sinne mein Begehren. Und deine spiegelbildlichen Aktivitäten *sind* dein Begehren, durch das du umgekehrt mein Begehren sättigst."

„Aber das ist doch immer noch ein Tausch."

„Schon. Aber es ist gerade kein *ökonomischer* Tausch mehr. Er unterliegt nicht der Notwendigkeit, die Bedürfnisse über den Umweg eines *Aufwands* zu befriedigen. Die Bedürfnisse *selbst* befriedigen sich vielmehr *gegenseitig*, und zwar allein dadurch, dass sie aufeinandertreffen. Das ist letztlich das Magische an der erotischen Konstellation."

Tamara lachte. „Schön wäre es, wenn es beim Bumsen immer so magisch zuginge. Dann wären Leute wie du schnell arbeitslos."

„Du hast Recht", erwiderte er. „Es geschieht natürlich nicht so leicht, dass das eigene Bedürfnis unmittelbar durch das tatkräftige Begehren des anderen befriedigt wird. Das passiert wahrscheinlich sogar eher selten."

Er rückte ein Stück näher an sie heran. Wie immer, roch ihr Haar entfernt nach einer bitteren Teemischung.

„Aber diese Struktur" fuhr er fort, „ist eine Möglichkeit, die wir beim Liebesspiel erahnen. Und deren Verwirklichung uns in wenigen guten, wenn auch flüchtigen Momenten annäherungsweise gelingt."

Erneut ergoss sich vor ihren Augen eine Welle gleißenden Lichts über die gewaltigen Bergsattel, woraufhin dieses Mal ein kurzer, peitschender Knall folgte.

„Eines scheint doch ziemlich klar", fügte er an. „Die immense Faszination, die das Erotische auf unseren Geist ausübt, und das regelrechte Gefühl der Erlösung, das wir beim Vollzug der körperlichen Liebe erfahren, können nicht einfach nur damit zu tun haben, dass wir ein angestautes Bedürfnis befriedigen."

„Und wieso nicht?"

„Dann müsste uns der Verzehr von Nahrung ja ebenso stark faszinieren. Außerdem macht sich das sexuelle Verlangen selbst dann, wenn es schon lange Zeit nicht mehr befriedigt wurde, niemals so unerbittlich bemerkbar wie ein heftiges Hungergefühl. Deshalb ist die besondere Glückserfahrung der erotischen Begegnung auch nicht durch die herausragende Dringlichkeit des Bedürfnisses erklärbar. Verstehst du?"

„Schon."

„Was hingegen die Faszination erklärt, ist der Umstand, dass uns die körperliche Vereinigung für einen flüchtigen Augenblick eine Erlösung aus den harschen Kreisläufen der Ökonomie bietet, die unser Leben regieren."

„Mh."

„Das Erotische ist wie ein utopischer Wink aus einer fremden, fast schon surrealen Welt, in der das ökonomische Prinzip in sein Gegenteil verkehrt ist."

„Ich weiß nicht. Irgendwie finde ich trotzdem, dass Sex ein Tauschgeschäft ist."

„Ich habe doch gerade versucht, dir den Unterschied zu erklären. Es gibt einen direkten, begrifflichen Zusammenhang zwischen dem eigenen Begehren und den Liebkosungen, die das Begehren des anderen befriedigen."

Tamara schwieg, während sie den Fensterflügel schloss. Dessen Gummidichtung entsandte ein dumpfes Schmatzgeräusch.

„Einen *begrifflichen* Zusammenhang", wiederholte er. „Verstehst du? Das ist etwas ganz anderes als eine empirische Verknüpfung oder ein kausaler …"

„René, lass es bitte gut sein. Das ist mir jetzt zu viel. Ich muss schlafen." Sie löste sich von seiner Seite und trat in den Raum zurück.

„Bei dem Gewitter können wir sowieso noch nicht schlafen."

„Morgen wird ein anstrengender Tag, und ich will jetzt keine langatmigen Vorträge mehr hören. Ich nehme eine Schlaftablette."

Sie verschwand ins Badezimmer. Aus dessen angelehnter Tür fiel ein neonheller Lichtschein auf die zerwühlten Laken des Doppelbetts. Ein Licht wie aus einem im Dunkeln geöffneten Kühlschrank. Kurz darauf war das Rauschen des Wasserhahns zu vernehmen.

„Eigentlich finde ich es ein bisschen komisch, dass du mir das erzählst", rief sie aus dem Bad. „Falls du Recht hast, sehe ich nämlich keinen Grund mehr, warum ich dich überhaupt entlohnen sollte."

Als sie später, bei gelöschtem Licht, nebeneinander lagen, starrte Freundel noch lange Zeit schweigend an die Zimmerdecke. Das Zentrum des Unwetters hatte sich inzwischen entfernt. Nur gelegentlich noch schwappte von draußen ein fahler Photonenstrom in den Raum, wo er die gestickten Jagdmotive auf dem Schirm der Deckenlampe geisterhaft aus der Finsternis hervortreten ließ. Dieses Mal war er mit seiner Geschichte gründlich Baden gegangen. Es war ihm nicht gelungen, ihr den entscheidenden Punkt verständlich zu machen.

Inzwischen allerdings erschien ihm selbst das Ganze wie ein reichlich unglaubwürdiges Konstrukt. Wie war er bloß darauf gekommen, sich in ein dermaßen gekünsteltes Gedankengebilde zu versteigen? Und noch dazu in eines, das eine peinlich sentimentale Idealisierung des Geschlechtsakts enthielt? Das passte doch eigentlich gar nicht zu ihm. Vor allem jedoch hatte Tamara mit ihrer letzten Bemerkung absolut Recht: Ihr ausgerechnet eine Theorie aufzutischen, die die Glaubwürdigkeit seiner Gage untergrub, war so ziemlich das Dümmste, was er tun konnte. Was war denn bloß in ihn gefahren? Unruhig drehte er sich zur Seite. Er begriff es einfach nicht: Seit vor drei Monaten dieser Darko vor seiner Wohnungstür aufgetaucht war, kehrte sich nahezu alles gegen ihn. Und die wenigen Dinge in seinem Leben, die von diesen deprimierenden Entwicklungen unberührt geblieben waren, wendete er zu allem Überfluss auch noch aus eigenem Antrieb gegen sich.

Nach einer Weile vernahm er, wie Tamara, die er bereits schlafend geglaubt hatte, sich aufrichtete, um an dem Wasserglas auf ihrem Nachtisch zu nippen.

„Sag mal", fragte sie ihn im Dunkeln, „Warum bist du eigentlich nicht Philosophieprofessor geworden? Du wärst bestimmt ein guter Lehrer."

Am Nachmittag des folgenden Tages war die Luft über der Hotelterrasse absolut windstill. Es herrschte eine messerscharfe Fernsicht. Freundel saß, frisch geduscht und mit einem dünnen Pullunder bekleidet, an einem der brezelbraunen Holztische und blätterte in seinen Unterlagen. Als Reiselektüre hatte er Fotokopien zweier Texte mitgenommen, die er in seinem Wittgenstein-Seminar besprechen wollte. Insgesamt lagen noch drei Sitzungen vor ihm, dann war das Semester vorüber. Auch die anderen wöchentlichen Veranstaltungen, mit denen er die Lehrstuhlvertretung bestritt, würden dann zu Ende sein. Und dann? Tja, was dann?

Aller Voraussicht nach würde er nie wieder an einer deutschen Universität unterrichten – sah man einmal von dem unvergüteten Lehrauftrag ab, den die Fakultät in Mainz ihm zur Aufrechterhaltung seiner venia legendi automatisch erteilen musste. Was also würde er in Zukunft tun? Sich weiterhin als sexuell zupackender Schöngeist verdingen? Vielleicht sogar seinen vorrangigen Lebenssinn darin finden, in den endlosen Ozeanen weiblicher Einsamkeit Sandbänke schöpferischer Zuwendung zu errichten? Renés Aktionsradius in den kommenden Jahren noch ausweiten, um auch zukünftig genügend Geld an Darkos erpresserische Organisation abführen und gleichzeitig seinen Lebensunterhalt sichern zu können? Wohl kaum. Der gestrige Fehlschlag hatte ihm ein weiteres Mal deutlich vor Augen geführt, dass er sich auch auf diesem Gebiet dem Ende der Wegstrecke annäherte. Daran vermochte auch der Umstand nichts zu ändern, dass er sich in der heutigen

Mittagspause bemüht hatte, Tamara genau so unbekümmert zufrieden zu stellen wie er es seit Monaten zu tun pflegte, und dass sie auch nicht mehr auf ihr seltsames Gespräch vom gestrigen Abend zurückgekommen war.

Geistesabwesend fuhr er mit dem Löffel durch den steifen Schaum seines Cappuccinos. Er versuchte, sich auf Wittgensteins Zurückweisung des Realismus zu konzentrieren. Ein fraglos kniffliges Thema, über das in der kommenden Woche ein schlohköpfiger Ex-Oberstudienrat und Student des dritten Lebensalters ein voraussichtlich höchst beflissenes Referat halten würde. Doch so sehr er sich auch bemühte: Ein ums andere Mal drifteten seine Gedanken ab, wie zittrige Kompassnadeln in einem übermächtigen Induktionsfeld. Verärgert starrte er auf die stumpfsinnige Felswand des Eiger, die sich, bedeckt von einem eisgrauen Schatten, auf der gegenüberliegenden Talseite nahezu senkrecht gen Himmel türmte. Wie fühlte es sich an, wenn die gesamte gesellschaftliche Existenz eines Menschen sich in Nichts auflöst? War dieser Vorgang der physischen Auflösung eines im Grab vor sich hin verwesenden Leichnams vergleichbar?

Am Nachbartisch hatten zwei urige Gestalten Platz genommen. Ihre Bärte sprossen wie Kresse aus ihren Gesichtern hervor, während ihre Augäpfel in einem beunruhigenden Gelbton schimmerten, so als lägen sie sich hinter einer stumpf reflektierenden Bernsteinschicht. Sie trugen Filzkappen mit unzähligen, aus lackiertem Blech gefertigten Abzeichen und stierten wortlos in ihre Bierkrüge. Es hatte wirklich keinen Sinn mehr, weiterzumachen. Freundel klappte seine Unterlagen zusammen, bezahlte den Cappuccino und begab sich auf den Weg in Richtung Alpengarten.

Das knapp fußballfeldgroße Gelände lag an einem Hang, nicht weit von der Rückseite des Hotelkomplexes entfernt. Schmale, adrette Kieswege führten zwischen Blumenstauden und hüfthohen Sträuchern hindurch, neben denen der zuständige Alpenverein Täfelchen mit botanischen Erläuterungen angebracht hatte. Gerade noch rechtzeitig erspähte Freundel unter den Besuchern der Parkanlage Tamaras rothaarigen Tischpartner vom Vorabend. Kurzerhand entschloss er sich, wenige Meter vor dem Eingang nach links abzubiegen, wo ein Pfad begann, der knapp oberhalb des Gartengeländes in die umliegende Bergwelt führte.

Nach einigen hundert Metern verengte sich die Wegtrasse. Von nun an schlängelte sich die staubige Piste auf halber Höhe an einem von Felsschutt bedeckten Abhang entlang. Würde er in diese Richtung weiterwandern, müsste er schon bald in die Nähe der gewaltigen Abbruchkante der Schynige Platte gelangen. Schenkte man dem Hotelprospekt Glauben, hatte man von dort aus einen grandiosen Blick über den Brienzer See und die gegenüberliegende Voralpenkette. Dieses Ziel vor Augen, setzte Freundel seinen Fußmarsch fort. Während er darauf achtete, dass er nicht neben den Pfad trat, wo er auf dem losen Geröll leicht hätte abrutschen können, überfiel ihn erneut eine tiefe Ratlosigkeit. Welche Zukunftsalternative bot sich ihm, nach allem, was sich in den letzten Wochen ereignet hatte, überhaupt noch?

Zumindest existierte *eine* Fluchtmöglichkeit, die ihm jederzeit zur Verfügung stand: Er konnte nach Milos gehen und sich um den Pensionsbetrieb kümmern, den seine Mutter im Lauf der letzten Jahre an der zentralen Dorfstraße von Plaka hochgezogen hatte. In den Sommermonaten lief das Geschäft mit den Touristen ausgezeichnet, und erst kürzlich hatte sein Onkel Spiros das von Kakteen und dickblättrigen Sträuchern überwucherte Nachbargrundstück erstanden, auf dem eines Tages ein Anbau entstehen könnte. Dieser Ausweg käme allerdings nur dann in Frage, wenn Lydia sich dazu bewegen ließe, bei der Sache mitzumachen. Doch wer weiß: Vielleicht besäße ein zurückgezogenes Inselleben für sie sogar einen gewissen Reiz. Immerhin behauptete sie, eine verspätete Sympathisantin der Hippiebewegung zu sein. Er stellte sich vor, wie sie tagsüber, in bunte, luftige Umhänge gehüllt, durch die verwinkelte Ortschaft flanieren würde, um sich von den bahnbrechenden Ausblicken auf die Lagune Inspirationen für ihre Gedichte zu holen. Gemeinsam könnten sie sich an den puderweichen Stränden tummeln, sich Feigen und gegrillte Doraden munden lassen und ihre Gemüter im Sud der mediterranen Gelassenheit dünsten, die die gesamte Umgebung verströmte. Eine Umgebung, die von nichts anderem erfüllt war als vom Föhn der Meltemi-Winde, dem Duft der Eukalyptusbäume sowie gelegentlichem Eselsgeschrei. Die Pension würde voraussichtlich genügend Gewinn abwerfen, um ihnen beiden ein erkleckliches Leben zu ermöglichen. Schließlich lagen die Lebenshaltungskosten in Griechenland bis dato noch immer erheblich unter dem zentraleuropäischen Niveau.

Doch würde eine Frau wie Lydia sich tatsächlich aus einem Umfeld, in dem Kultur und Geist mit so viel Pepp florierten wie in Frankfurt, in ein ägäisches Provinznest versetzen lassen? Wohl eher nicht. Zumal Lydia ja offenbar genügend finanzielle Mittel besaß, um sich inmitten von Sachsenhausen ein bohemes Leben leisten zu können, ohne einer Beschäftigung nachgehen zu müssen, die ihr keinen Spaß bereitete. Und selbst wenn sie sich auf das Abenteuer einließe: Würde sie nicht rasch beginnen ihn zu verachten, sobald er sich von einem intellektuell dynamischen Universitätslehrer in einen behäbigen Pensionswirt verwandelt haben würde? Er malte sich aus, wie er im scheelen Licht der Mittagssonne, mit frisch gebügelten Handtüchern über dem Arm und schmatzenden Flip Flops an den Füßen, durch die getünchten Gassen des Ferienörtchens schlurfen würde, Zimmerschlüssel an rotgeschwitzte Kleinfamilien und hagere Rucksacktouristen austeilend. Unmöglich. *Der letzte Tango in Paris* enthielt in dieser Hinsicht eine deutliche Warnung: In dem Bertolucci-Film büßt der von Marlon Brando gespielte Protagonist genau in jenem Moment jegliche Faszinationskraft in den Augen seiner bis dahin devoten Geliebten ein, als er ihr gegenüber seine hoffnungslos banale Existenz als Hotelier offenbart.

Nachdem er eine steile, schotterige Bodenwelle überquert hatte, blieb Freundel stehen und blickte zurück. Das Hotel, in dessen rustikal getäfeltem

Konferenzraum Tamara und ihren Lehrgangskollegen gerade Einblick in die neuesten Strategien der Kundenaquisition gewährt wurde, befand sich bereits außer Sichtweite. Unterhalb des Abhangs, an dem er sich entlang bewegte, lag eine saftig grüne Ebene. Sie schillerte im prallen Sonnenlicht, als sei ihr Gras mit einer ölhaltigen Paste versetzt. Auch sie schien, etwa 500 Meter von ihm entfernt, an einer steilen Abbruchkante zu enden.

Am Horizont der Ebene registrierte Freundel eine Bewegung. Bei genauerem Hinsehen war dort eine Schar von Menschen zu erkennen. Sie trugen Wanderstöcke und bewegten sich zügig voran. Es musste sich um die Gruppe der Posterotiker handeln, deren Ankunft er am Vorabend auf der Hotelterrasse beobachtet hatte. Ab und zu bückte sich einer der Wanderer nach vorn und deutete mit ausgestreckter Hand auf ein Objekt, das in der Wiese oder am Wegrand zu bestaunen war. Der Rest der Gruppe blieb dann ebenfalls stehen und bildete eine dichte Traube. Dabei schien es jedes Mal ein größeres Hallo zu geben, bevor die Kolonne ihren Marsch fortsetzte.

Freundel presste die Mappe mit den Fotokopien gegen seine Hüfte und folgte weiterhin dem rutschigen Pfad. Alles in allem erschien es also wenig ratsam, eine Zukunft als Pensionsbetreiber ins Auge zu fassen. Aber vielleicht existierte ja noch eine andere Option. Es gab ja immerhin noch seine alten Pläne für eine privat gesponserte Akademie: Eine Institution, an der jenen metaphysischen Rätselfragen nachgegangen werden sollte, die sich stellten, sobald man begann, den fundamentalsten Grundzügen der Wirklichkeit philosophisch auf den Zahn zu fühlen. Fragen, die wieder und wieder an einen herangekrochen kamen, wie unbeirrbare, riesenhafte Insekten. Er überlegte. Zumindest konnte ihn in Zukunft nicht länger die Aussicht auf professorale Weihen dazu anstacheln, von Konferenz zu Konferenz zu jagen und Bleiwüsten von Aufsätzen hervorzuschleudern. Infolgedessen dürfte er genügend Zeit haben, um das Akademieprojekt ernsthaft in Angriff nehmen zu können. Nach der Rückkehr nach Frankfurt würde er sich nochmals Rufus vorknöpfen. Schließlich hatte der ihm versprochen, mit einer Finanzierungsidee für die Akademiegründung rauszurücken, falls aus der Professur nichts würde. Auch wenn bislang schleierhaft blieb, worin diese Idee bestand. Kürzlich, in einem Biergarten am Mainufer, wo es von Stechmücken wimmelte und der faulige Dunst des Brackwassers sich mit dem Geruch gegrillter Bockwurst mischte, war der alte Sturkopf ihm erneut ausgewichen.

„Ich muss noch gründlicher darüber nachdenken", hatte er ihn vertröstet, während seine Lider, halb entschwunden hinter einer Auspuffwolke von Pfeifenqualm, ihr übliches Geflatter aufführten. „Steht denn definitiv fest, dass du die Professur nicht bekommst?"

„Definitiv", hatte Freundel geantwortet, obgleich ihm zu diesem Zeitpunkt Susanne das endgültige Aus noch nicht bestätigt hatte. „Glaub' mir: Finanziell sitze ich auf dem Trockenen, sobald die Vertretung im Juli endet. Falls ich keine Sponsoren für das Akademieprojekt finde, muss ich die Philosophie wahrscheinlich ganz an den Nagel hängen. Ich muss dann versuchen, noch einen halbwegs einträglichen Brotjob zu finden, bevor ich für den Arbeitsmarkt zu alt bin."

„Das darfst du nicht tun!", hatte Rufus in heftigem Tonfall erwidert und ihn überraschend lange angeblickt, ohne dabei zu blinzeln. „Du bist doch viel zu begabt."

„Dann mach nicht so ein Getue, sondern sag' endlich, was für eine Idee das ist, die du hast."

„Wart's ab. Bitte. Die Sache ist noch nicht ganz spruchreif."

Nicht weit entfernt endete jetzt der Trampelpfad an einer langgezogenen Graskante. Parallel zu ihr standen, in Abständen von etwa 50 Metern, frisch gezimmerte Holzbänke. Dahinter musste der Abgrund gähnen, der den Blick auf den knapp 1500 Meter unterhalb des Betrachters liegenden Brienzer See freigab. Zwar hatte Freundel noch nicht jene Stelle erreicht, von der aus man hinunter schauen konnte. Dennoch war die Gegenwart der Tiefe bereits so machtvoll zu spüren wie das kalte Glühen eines verborgenen Grals.

Freundel merkte, wie das Gekraxel anfing, seine Sehnen in Mitleidenschaft zu ziehen. Es war wirklich zu dumm, dass Rufus so wichtigtuerisch tat. Der hatte gut reden. Finanzprobleme waren dem ja fremd. Ebenso wie Lydia. Sogar Himmelsried schien leidlich über die Runden zu kommen, ohne einer erkennbaren Erwerbstätigkeit nachzugehen. Eigentlich nicht zu fassen: Sämtliche Intellektuelle in seinem Bekanntenkreis schienen irgendwoher Geld zu haben, ohne dafür arbeiten zu müssen. Wie stellten sie das bloß an? Jedenfalls hatte er genug von der Geheimniskrämerei des Freundes. Er würde Rufus auf der Stelle anrufen und gleich für morgen Abend, wenn er zurück in Frankfurt war, eine Treffen mit ihm vereinbaren. Wozu hatte er schließlich sein Handy dabei? Hier oben sollte der Empfang problemlos klappen.

Er blieb stehen, fischte das Funktelefon aus seiner Umhängetasche und gab die Nummer ein. Nach fünffachem Läuten ertönte die Ansage von Rufus' Voicebox. Freundel überlegte kurz, ob er eine Nachricht hinterlassen und um Rückruf bitten sollte. Er verzichtete jedoch darauf und entschied, es lieber später abermals zu versuchen. Behände klappte er das Gerät zu und ließ es zurück in die Umhängetasche gleiten. Dort verstaute er anschließend auch die Mappe mit den Fotokopien. Dann konzentrierte er sich auf die letzten Meter des staubigen Pfads, der in einer steil ansteigenden, rutschigen Serpentine hinauf zum Rand des Hochplateaus führte.

Kurze Zeit später hatte er die Kante erreicht. Erschöpft blieb er stehen und atmete durch. Währenddessen ließ er den Blick in den fulminanten Talkessel sinken. Eine überwältigende Weite tat sich vor ihm auf. Die bläulich schattierten Felswände am gegenüberliegenden Seeufer, der vom Sonnenlicht geflutete Pelz der Nadelwälder, der die entfernten Bergkuppen des Hinterlands umgab, und die graubraune Wolke, die in Form einer riesigen Haselnuss, gestochen scharf und nahezu bewegungslos, auf halber Höhe zwischen ihm und dem See schwebte, fügten sich zu einer unwirklichen Szenerie. Sie ähnelte Animationsbildern aus einem Fantasy-Streifen. Im ersten Augenblick konnte

Freundel sich auch keinen Begriff von der seltsamen Erscheinung auf der türkisblauen Wasseroberfläche machen, die ihm aus der Tiefe entgegenfunkelte wie ein geschliffener Achat. Zu sehen war dort eine hell schimmernde Schleimspur, die vom Interlakener Ufer aus mehrere Kilometer weit in das längliche Gewässer hinein reichte. Schließlich realisierte er, dass es sich um den jadefarbenen Gletscherstrom der Weißen Lütschine handeln musste. Der Regionalzug, mit dem sie am Vortag von Interlaken aus angereist waren, hatte den schäumenden Gebirgsfluss in der Nähe von Wilderswil passiert, und er wusste, dass der Flusslauf in den Brienzer See mündete. Der Kontrast der unterschiedlichen Färbungen des Wassers war von nahezu surrealer Schönheit, ebenso wie das Spektrum der pastellenen Zwischentöne, in die sich der eisige Strom in der Mitte des Sees, ätherischen Wolkenfetzen gleichend, auflöste.

Eine ganze Weile starrte Freundel regungslos in die Tiefe. Dann wandte er sich ab und stapfte entlang der Steilkante in Richtung Osten. Nach ungefähr einer halben Stunde machte der markierte Wanderweg eine Biegung nach rechts. Die Abbruchkante lag mittlerweile außer Sichtweite. Das wildwüchsige Gelände, durch das der Pfad führte, bot einen zunehmend hochalpinen Anblick. Seitlich des Weges erhoben sich schroffe Felswände. Ihre Oberflächenstruktur erinnerte an grobe Baumrinde, und unter ihren Überhängen lagen wüste Haufen herabgestürzter Gesteinsbrocken. Einige Zeit später veränderte sich die Beschaffenheit der Umgebung. Ringsum erstreckten sich jetzt buckelige Almwiesen, übersät von kleinteiligen Blüten, die in honiggelber, aquamarinblauer und schneeweißer Farbenpracht leuchteten. Und dazwischen immer wieder Quellwasser, das aus Felsspalten oder zwischen Geröll hervorgeschossen kam, um sich seinen Weg durch die zartgrünen Grasflächen zu bahnen. Nutzvieh schien es hier oben kaum noch zu geben. Auch anderen Wanderern begegnete er nicht mehr. Dafür stieß er wiederholt auf brüchige Erdlöcher, die die Pforten zu Murmeltierbauten bildeten. Nachdem er einen etwa einstündigen Fußmarsch hinter sich gebracht hatte, gelangte er an eine sanft abschüssige Wiese. Sie öffnete sich kesselförmig zu einem weiten Hochtal hin und lud wie eine riesenhafte Hängematte zum Verweilen ein. Auf der anderen Seite des Hochtals reihten sich mehrere alpine Hügelketten hintereinander. Verwaiste Almhütten und kleinere Gehöfte hafteten bis weit oberhalb der Baumgrenze an den Hängen. Jenseits der Hügel ragten kolossale Berggipfel in den Himmel, gekrönt von majestätischen Steilgraten, die in der Nachmittagssonne unendlich plastisch und fein ziseliert hervortraten.

Freundel blieb stehen und ließ den Blick im 180-Grad-Winkel über die Konturen des überwältigenden Panoramas schweifen. Berghänge, Faltenwürfe, Wasserfälle, moosige Haine, schimmernde Tümpel, gewaltige Felsformationen, Schneebretter, Tannen und abermals Tannen, endlose Buckelnarben, Geröllfelder, und schließlich, ganz hoch oben, das Funkeln der Eisflächen dicht unterhalb der letzten Höhenzüge der Gipfel. Abermals bot die Welt sich in ihrer überbordenden Fülle dar. Sie lag vor seinen Augen wie frisch aufgeplatzt. Beglückt inhalierte er die klare Gebirgsluft und gab sich minutenlang dem erhabenen Anblick hin. Anschließend nahm er auf einem hüfthohen, von Moos bedeckten Felsbrocken Platz, dessen Gestalt einer abgebrochenen Brothälfte glich. Das Gesäß auf den naturwüchsig gepolsterten Untergrund gepresst, fuhr er fort, die Szenerie zu betrachten.

Wieder hatte er das Gefühl, dass in der Wirklichkeit ein Zug zum Vorschein kam, den er nicht in klare Worte zu fassen vermochte. Ein Zug, der dennoch in der gesamten Umgebung gleichförmig zutage trat. Hier war noch etwas anderes im Spiel als das Mysterium, dass die Dinge ohne Grund existierten, indem sie aus einer eigentümlichen inneren Kraft heraus ihr Vorhandensein der Leere des Nichtseins vorzogen. Dieses andere war ebenso rätselhaft wie das Dasein der Welt selbst. Und es war ebenso fundamental.

Er spürte, wie die Feuchtigkeit des Mooses, das den Gewitterregen der vergangenen Nacht in sich aufgesogen hatte, anfing, seine Hose zu durchdringen.

In der Umhängetasche begann sein Handy zu schnarren. Er wollte es gerade hervorholen, als sein Blick auf eine Gruppe seltsam geformter Pilze fiel. Sie wuchsen, streng parallel zueinander, aus dem bemoosten Felsen hervor und sahen aus wie zarte, von Senfsoße überzogene Filetstücke. Ihre stumme Gegenwart und ihre feine, faserige Gestalt lenkten seine Aufmerksamkeit unversehens auf einen durch und durch bemerkenswerten, zugleich jedoch absolut elementaren Sachverhalt: Dass nämlich die Naturobjekte, die ihn umgaben, in ihrer verblüffenden Dichte und Vielfalt nicht bloß *vorhanden* waren, sondern dass sie sich ihm in dieser Mannigfaltigkeit und Fülle zugleich *darboten*. Nicht nur war die Welt ein eigentümliches Kraftwerk der Existenz, ein metaphysisches Kraftwerk, das den Dingen grundlos Realität verlieh: Sie war zugleich ein *Präsentierteller* der Existenz. Lag hierin nicht eine zweite, gleichermaßen unerklärliche Ebene des kosmischen Geschehens? Eine Ebene, die ebenso viel Anlass zum Staunen bot wie das Vorhandensein der Dinge selbst?

Das Handy vibrierte noch immer. Er nahm es aus der Tasche und unterbrach die Verbindung, ohne nachzusehen, wer anrief. Dann erhob er sich von der feuchten Sitzfläche, entschlossen, die Wanderung auf der Hochebene noch eine Weile fortzusetzen und dabei den gerade begonnenen Gedankengang weiterzuspinnen. Zwar hatte er keine professionelle Wanderkarte dabei, doch das Faltblatt, das dem Postkartenständer an der Hotelrezeption entstammte, bot eine ausreichende Orientierung, um später zurückzufinden. Die Sonne stand inzwischen bereits ein ganzes Stück tiefer und versah, ähnlich wie am gestrigen Abend, die Gesteinsformationen der Umgebung mit scharf konturierten Schlagschatten. Nach weiteren zehn Minuten Anstieg wurde der Grund des Pfades felsiger. Graswuchs gab es hier oben nur noch sporadisch. Freundel musste sich auf jeden einzelnen Schritt konzentrieren, um auf dem unebenen Boden, der an manchen Stellen glatt und ausgewaschen war, nicht ins Straucheln zu geraten.

Währenddessen setzte er die begonnene Überlegung fort. Der eigentlich rätselhafte Aspekt des Ganzen lag darin, dass die Gegenstände, die er in seiner Umgebung wahrnahm, überhaupt das erstaunliche Merkmal aufwiesen, *für* ihn da zu sein. Diesen Aspekt könnte er tatsächlich nicht besser ausdrücken als durch die Formulierung, dass die Welt sich ihm *darbot*. Das Sich-Darbieten der Welt war eine höchst eigenartige Beziehung, die zwischen ihm und den unzähligen Dingen bestand, die die Welt enthielt. Es lag auf der Hand, dass diese Beziehung keinesfalls auf Mechanismen oder Reaktionskreisläufe zurückführbar war, die sich in der Sprache der Physik oder der Biologie erfassen ließen.

Im Vorbeigehen musterte er einen Gesteinshaufen am Wegrand, an den irgendjemand, vielleicht zu Markierungszwecken, einen krummen Stecken gelehnt hatte. Eines stand fest: Von außen betrachtet konnte ein Objekt noch so dicht an ein anderes Objekt heranrücken und auf noch so verzwickte Weise mit ihm in Wechselwirkung treten: es war offenkundig, dass dadurch niemals jenes eigentümliche Verhältnis zustande kommen konnte, bei dem das eine Objekt *für* das andere in Erscheinung trat, sich ihm *präsentierte*. Dies war selbst dann nicht denkbar, wenn es sich bei dem zweiten Objekt um ein so komplexes biochemisches Gebilde wie ein menschliches Gehirn handelte.

Er passierte eine verwaiste Viehtränke, bestehend aus einem ausgehöhlten Baumstamm, von dem ein kalter Modergeruch ausging. Aus dem rostigen Hahn rann klares Quellwasser. Auf einmal fiel ihm sein Mobiltelefon ein. Er überlegte, wer zuvor versucht haben könnte, ihn zu erreichen. Vielleicht ja Rufus, der nachträglich seinen Anruf gesehen hatte. Eilig kramte er das Gerät aus der Tasche. Auf dem Display wurde jedoch nicht Rufus' Name angezeigt, sondern der Begriff „Wachsbiene". Dies war die Bezeichnung, die er in seinem elektronischen Notizbuch Gesine Petrus verliehen hatte. Die Ärmste. Vermutlich hatte ihr Leben erneut einen Tiefpunkt erreicht, an dem allein

ein galanter Beischlaf mit seelsorgerischem Nachgeklapper imstande war, ihr wieder auf die Sprünge zu helfen.

Er wollte gerade die Rückruftaste betätigen, als er sich entschied, stattdessen lieber einen weiteren Versuch bei Rufus zu unternehmen. Die Kontaktaufnahme mit Gesine konnte warten, bis er wieder in Frankfurt war. Er blieb stehen und gab die Nummer des Freundes ein. Diesmal hatte er Glück. Fast augenblicklich war Rufus am Apparat. Aus dem Hintergrund ertönte ein Geräusch, das sich anhörte, als betätige jemand eine schrill rotierende Kreissäge.

„Ich bin's, Konstantin", meldete sich Freundel.

„Servus, alter Sophist!"

„Ich bin gerade zu Fuß unterwegs im Berner Oberland. Die Gegend hier ist traumhaft schön."

„Das ist ja eine Überraschung."

„Ich muss dich dringend sehen, wenn ich morgen zurückkomme. Es ist wichtig."

„Wo steckst du genau?", rief Rufus. In das verebbende Jaulen der Kreissäge mischten sich merkwürdig dumpfe Töne, die eine absteigende Halbtonleiter bildeten. Ihr Klang ähnelte den Plumpsgeräuschen schwerer Steinkugeln, die aus großer Höhe in ein Becken mit zähflüssigem Zement stürzten.

„Auf der Schynige Platte. Das ist in der Nähe vom Eiger. Kennst du die Gegend?"

„Ich kenne das Lauterbrunnental. Ist das dort?"

„Ja, genau. Von meinem Berghotel aus hat man einen direkten Blick in das Tal. Sag mal, kannst du den Lärm ein bisschen leiser stellen?"

„Geht leider nicht. Ich bin gerade dabei, die Kurve des Abspielpegels zu kontrollieren. Aber ich sage dir: Du tust genau das Richtige. Erst mal Abstand von allem gewinnen und die schöne Schweiz genießen."

„Bist du morgen Abend zuhause?"

„Ja. Warum?"

„Kann ich kurz bei dir vorbeikommen?"

„Moment. Morgen ... Hmm ... Am frühen Abend könnte es vielleicht hinhauen. Gegen sechs Uhr. Ginge das?"

„Ja, klar. Das passt prima. Also gut, dann morgen um sechs."

„Nein, warte ... Am Nachmittag sind ein paar Leute bei mir zu Besuch. Eventuell bleiben die auch bis zum Abend. Ich kann noch nicht genau sagen, ob es morgen wirklich klappt. Ruf mich noch mal an, wenn du wieder in Frankfurt bist."

Die tonalen Plumpsgeräusche im Hintergrund verwandelten sich in konturlos quallige Klänge, unterlegt von einem anschwellenden Paukenwirbel.

„Alles klar!", rief Freundel in den Lärm. „Ich melde mich morgen!"

Erleichtert schloss er das Handy. Anschließend schob er es in seine Gesäßtasche. Dann konzentrierte er sich wieder auf den unebenen Weg. In einigen hundert Metern Entfernung tauchten auf einmal Unmengen flockiger Stauden auf. Es waren Pflanzen, wie er sie noch nie zuvor gesehen hatte. Oberhalb ihres schneeweißen Saums glitzerten die Eispyramiden namenloser Viertausender, die sich neben der vertrauten Silhouette des Eiger aneinanderdrängten. Der Anblick brachte Freundel dazu, den vorherigen Faden seiner Gedanken wieder aufzunehmen.

Dass die Welt sich seiner Wahrnehmung *darbot*, unterschied ihn fraglos in fundamentaler Hinsicht von den meisten übrigen Dingen, die im Universum vorkamen. Bei ihm selbst handelte es sich um eines jener seltenen Objekte, die auf rätselhafte Weise zu ihrer Umgebung hin geöffnet waren. Während er diesen Gedanken dachte, fixierte er weiterhin die funkelnden Gipfel jenseits der flockigen Stauden. Einer von ihnen lief dramatisch steil und zugleich unwirklich spitz zu. Die Form erinnerte an die stilisierte Zeichnung einer Bergkuppe in einem Kinderbuch. Die ebenmäßigen grauweißen Steilhänge bildeten einen ähnlich scharfen Kontrast zu dem leuchtenden Blau des Himmels wie der von der Sonne illuminierte Rumpf eines Flugzeugs.

Mit einer zuvor nicht dagewesenen Klarheit ergriff eine Schlussfolgerung von Freundels Bewusstsein Besitz: Er hatte mitten in seinem Sein ein unerklärliches Loch. *Ein Loch, durch das hindurch die gesamte restliche Welt in ihn hineinscheinen konnte.* Von außen betrachtet war dieses Loch nicht zu erkennen. So wenig wie sich an dem glatten hellbraunen Stein, der, geformt wie ein Bügeleisen ohne Griff, dort drüben am Wegrand lag, ein Loch feststellen ließ, durch das hindurch sich ihm die Steine, die in seiner Umgebung lagen, darbieten konnten. Es war also tatsächlich kein Loch in *ihm* – denn ein solches würde man von außen erkennen können –, sondern ein Loch in seinem *Sein*. Was auch immer man sich darunter genauer vorzustellen hatte.

Von der dünner werdenden Höhenluft ermüdet, drosselte er sein bisheriges Schritttempo. Wenige Meter vor ihm führten zwei Hummeln in der Luft einen wilden Tanz auf. Gehörten sie ebenfalls zu jenen privilegierten Dingen, die zur Welt hin offenstanden und in die das Universum zügellos und ungeschminkt hineinleuchtete? Schwer zu sagen. Aber im Prinzip wohl möglich. Mittlerweile hatte er sich den flockigen Stauden weiter genähert. Offenbar handelte es sich um Sträucher von ungewöhnlich hochschießendem Wollgras, wie es an manchen Seeufern vorkam. Und tatsächlich: Nur wenig später schimmerte zwischen den kerzengeraden Stängeln das türkisfarbene Auge eines Gebirgssees hindurch. Der Durchmesser des Gewässers betrug kaum mehr als fünfzig Meter. An dem zum Wegrand hin gelegenen Ufer entdeckte Freundel dort, wo die Stauden eine Lücke bildeten, einen schweren Holzbalken, der auf zwei Steinquadern ruhte. Eine romantische Sitzgelegenheit für einsame Bergwanderer. Zufrieden ließ er sich darauf nieder, um eine Verschnaufpause einzulegen.

Die gegenüberliegende Seite des Sees schien unmittelbar an eine Steilkante zu grenzen und war nicht von Wollgras bewachsen. Sie gab den Blick frei auf die bereits vertraute Bergkulisse, deren Perspektive sich während seiner gesamten Wanderung nur minimal verschoben hatte. Er zückte den Faltplan von der Hotelrezeption, konnte allerdings den See nirgends darauf eingezeichnet finden. Immerhin jedoch enthielt die Karte die Information, dass es sich bei dem auffällig spitz zulaufenden Gipfel, der jenseits der gegenüberliegenden Talseite emporragte, um das Finsteraarhorn handelte, das mit seinen nahezu 4.300 Metern alle übrigen Viertausender der Gegend souverän an Höhe übertraf.

Es kam eine leichte Brise auf. Sie warf gekräuselte Muster auf die glitzernde Oberfläche des Wassers, während sie dessen Kühle bis hin zu Freundels Wangen trug. Ab und zu lösten sich einzelne Flocken aus den Wollgrasstauden und wurden auf den See hinausgetrieben. In der Luft hing der würzige Duft von Alpenkräutern. Ein subtiles Glücksgefühl, gepaart mit einer Ahnung des Mystischen, breitete sich in Freundel aus. Er begann, weiter über das rätselhafte Loch nachzugrübeln, das in seinem Sein zu klaffen schien. Dass die gesamte übrige Welt in ihn hineinscheinen konnte, warf eine vertrackte Frage auf: Verdankte sich dieser bemerkenswerte Umstand ausschließlich einer Eigenschaft, die mit ihm selbst zusammenhing? Oder war daran zusätzlich ein rätselhafter Wesenszug beteiligt, der den wahrgenommenen *Dingen* anhaftete? Dass sie nämlich überhaupt das Vermögen besaßen, in andere Dinge erscheinend einzudringen? Dass sie über die Fähigkeit verfügten, in ihnen zur Repräsentation zu gelangen – so wie in diesem Augenblick die Berge, die Seeoberfläche, die Wollgräser und die vereinzelten geduckten Tannen, die die gegenüberliegende Seite des Hochtals sprenkelten, sein Bewusstsein mit Inhalt füllten?

Egal, wie herum man die Sache betrachtete: Dass die Welt nicht nur *vorhanden* war, sondern sich *darbot*, indem sie als Gegenstand der Wahrnehmung in Erscheinung trat, war ebenso radikal wie die Tatsache, dass sie überhaupt existierte. Bereits der Sprung vom Nichtsein zum Sein erschien ungeheuerlich und ließ sich durch keinerlei metaphysische Erklärung überbrücken. Ebenso fundamental mutete jedoch die Differenz zwischen einer bloß vorhandenen Welt und einer sich präsentierenden Welt an – zwischen Dingen, die lediglich blindlings vor sich hin existierten, und Dingen, die sich zur Schau stellten. Solange es das Universum einfach nur *gab*, blieb sein Dasein noch gleichsam verhüllt. Bot es sich jedoch nur einem einzigen Wesen dar und trat dadurch in Erscheinung, kam dies einer zweiten Schöpfung aus dem Nichts gleich.

Wie ein hypnotisch geführter Kamm strich Freundels Blick wieder und wieder über die im Wind zitternden Wollgräser. Fast kam es ihm so vor, als würde die umgebende Natur ihn umgekehrt ebenfalls anblicken, so deutlich erfuhr er die Intensität, mit der ihr namenloser Wildwuchs sich ihm auf diesem einsamen Hochplateau offenbarte. Und da war noch etwas, das bemerkenswert, ja im Grunde sogar höchst seltsam erschien: dass nämlich er selbst – als einer jener Gegenstände, in deren offenstehendes Sein der Rest der Welt hineinschien – sich *inmitten* dieser Welt befand. Das Universum trat gleichsam nach *innen* hin in Erscheinung – ähnlich dem Gewölbe eines mykenischen Kuppelgrabs. Er bezog hier seinen bescheidenen Posten, aufgestellt im endlosen Geröllfeld der Entitäten, während sich das Aufscheinen der gesamten Wirklichkeit in einer Weise um ihn herum zentrierte, die ihn selbst zum unsichtbaren Mittelpunkt der kosmischen Vorführung werden ließ. Doch damit nicht genug: Gleichzeitig zentrierte die sich darbietende Welt sich unzählige Male um unzählige andere Individuen, die sich an unzähligen anderen Orten befanden und die ebenfalls für die geheimnisvolle Kraft ihrer Umgebung empfänglich waren, erscheinend in sie einzudringen.

Freundel senkte den Kopf. Abermals zeigte sich, dass die Struktur der Wirklichkeit Anlass zu tiefer Verwirrung bot. Doch immerhin: Wenigstens war es ihm gelungen, den begonnenen Gedanken konsequent zu Ende zu denken. Vom anderen Ufer des Sees her ertönte ein Rascheln. Aus dem Gras war dort ein pummeliger Vogel aufgeflogen. Plötzlich wurde ihm bewusst, dass sein Gesicht schon vor einiger Zeit angefangen hatte, unter der Höhensonne zu brennen. Gleichzeitig fiel ihm ein, dass er sich seit seiner Abreise aus Frankfurt noch gar nicht bei Lydia gemeldet hatte. Er holte das Mobiltelefon hervor und wählte ihre Nummer. Das Rufsignal ertönte mehr als zehn Mal, ohne dass Lydia abnahm. Schließlich schaltete er das Gerät wieder ab und griff in seine andere Gesäßtasche. Dort bewahrte er das Blatt Papier auf, das sie ihm vor seiner Abreise überreicht hatte. Es enthielt einen Songtext, den sie neu verfasst und „René" gewidmet hatte. Obgleich natürlich Lydia inzwischen längst seinen richtigen Namen kannte, benutzte sie in intimen Momenten gerne weiterhin das Pseudonym. Er faltete das Blatt auf und ließ den Blick über die Zeilen wandern. Zwar kannte er den Text bereits auswendig. Er liebte es jedoch besonders, ihn gedruckt vor sich zu sehen:

Für René

Unterm Mondschatten schwankt unser Grund
Wie die Wahrheit auf See
Unsere Herzen sind still wie ein Grab
Voller Kohlen und Schnee

Unterm Mondschatten wächst unser Haar
In die freundliche Bucht
Nimm den Taschendieb mit zum Bazar
Der Gewänder der Sucht

Unser Glück frisst der Zeit aus der Hand
Überm steinernen Feld
Und ein Schaufelrad pflügt sich durchs Land
Und verwandelt die Welt

Zweimal nacheinander sprach er den Text laut vor sich hin. Anschließend ließ er das Blatt sinken. Welche Rolle mochte wohl das Bild des Schaufelrads spielen, das so häufig in Lydias Gedichten vorkam? Ein irgendwie schräges Bild, das ihn dennoch auf eigentümliche Weise berührte.

Mittlerweile war es vollkommen windstill geworden. Irgendwo in der Ferne ertönte das Rotorengeräusch eines Helikopters. Auf der Oberfläche des Sees verharrten, in wippenden Posen, zahllose spindeldürre Insekten. Das Wasser glänzte jetzt dunkel, wie die rohe Leber eines ausgebeinten Tiers. In den hellen Flor der Wollgrasflocken mischten sich erste Spuren eines abendlichen Messingtons. Das Brennen in seinem Gesicht hatte noch immer nicht nachgelassen.

*   *   *

Es ging bereits auf 19 Uhr zu. Dennoch lag noch immer eine frenetische Hitze über der Stadt. In der Luft, die sich vor den Hauswänden staute, hielt sich ein hypnotisches Flimmern. Fast hatte es den Anschein, als könne man mit bloßem Auge wahrnehmen, wie die erbarmungslosen Temperaturgrade die Moleküle der Stein- und Glasfassaden der Gebäude zum Vibrieren brachten. Der Schmerz in Freundels Schläfen dauerte bereits den ganzen Tag über an. Die Mixtur aus Schaumwein, trübem Bier und Irish Whisky, mit der Tamara und er am gestrigen Abend, zunächst in der fröhlichen Runde der Seminarteilnehmer und anschließend noch in trauter Zweisamkeit vor dem nachtschwarzen Panoramafenster ihres Zimmers, das Ende des zweitägigen Aufenthalts in dem Berghotel begossen hatten, wirkte unvermindert nach.

Hinzu kam, dass die nicht eben triebschwache Firmenchefin beim späteren Bettgetümmel aus sich herausgegangen war wie ein Velociraptor in einer Hühnerfarm. In Kombination mit der brutalen Verkaterung gab der Schlafentzug ihm den Rest. Hätte er nicht eine derartige Wut im Bauch, würde er sich hinter heruntergelassenen Jalousien und mit kalten Umschlägen auf der Stirn im Bett verkriechen. Doch jetzt musste er handeln. Es kam nicht in Frage, dass er weiterhin stillhielt und die niederschmetternden Geschehnisse widerstandslos hinnahm. Damit war nun endgültig Schluss! Sonst drohte er noch, den Verstand zu verlieren.

In seinem Büro hatte er rasch noch die Fotokopien für das morgige Seminar angefertigt. Im Sturmschritt überquerte er jetzt den Campus in Richtung Reuterweg. Was bildete sich Rufus eigentlich ein? Vor zwei Stunden hatte er den verbohrten Möchtegern-Stockhausen angerufen, genau wie gestern vereinbart. Anfangs hatte Rufus so getan, als könne er sich an ihre Verabredung nicht erinnern. Dann behauptete er, sie seien gar nicht definitiv verabredet gewesen.

„Wir haben doch vereinbart, dass wir vorher nochmal telefonieren."

„Aber nur, um die exakte Uhrzeit festzulegen", hatte Freundel erwidert, was freilich, wie er selbst wusste, nicht ganz den Tatsachen entsprach.

„Sorry, aber dann haben wir uns missverstanden. Heute Abend kommen ein paar Freunde aus dem Brissagokreis zu mir."

„So what?"

„Wir treffen uns, um einige wichtige Dinge zu besprechen. Ich kann diese Leute jetzt nicht einfach wieder ausladen."

Freundel stöhnte innerlich auf. Der ewige Brissagokreis! Na großartig! Worum auch immer es bei dem geplanten Treffen ging: Es bedurfte keiner allzu großen Phantasie, um sich auszumalen, welchen Quatsch diese behämmerte Künstlerclique wieder diskutieren würde.

„Meine Güte, Rufus", erwiderte er. „Du brauchst niemanden auszuladen. Ich komme ja nur für eine halbe Stunde. Mich stören deine Leute nicht. Ich muss etwas Dringendes mit dir klären. Es geht um das Akademieprojekt. Das dauert bestimmt nicht lange."

„Das geht auf gar keinen Fall", antwortete Rufus ungewöhnlich scharf. „Wir müssen uns ein anderes Mal treffen." Währenddessen erklangen im

Hintergrund die bereits vertrauten Plumpsgeräusche, diesmal begleitet vom allmählich ersterbenden Röhren einer Panflöte.

Konsterniert hatte Freundel eingelenkt. „Also gut. Würde es dir morgen am späten Nachmittag passen? Ich unterrichte bis 16 Uhr. Danach könnte ich direkt vorbeikommen."

„Das geht leider auch nicht. Ich fahre morgen für zwei Wochen ins Ausland. Aber ich versprech' dir, dass wir uns gleich treffen, wenn ich zurück bin."

Zunächst war Freundel resigniert in die Küche geschlurft, um sich zur Alkoholentgiftung einen kalten Haferschleim zuzubereiten. Nur kurze Zeit später jedoch kehrte seine ursprüngliche Entschlossenheit zurück. Verdammt noch mal! Dann würde er eben ungefragt bei Rufus auftauchen. Schließlich zeigte der umgekehrt ja auch keinerlei Scheu, ihm nach eigenem Gutdünken Besuche abzustatten. Wenn er der Freund war, der er zu sein behauptete, würde er ihn empfangen. Himmelsried, Zecke und wie die Knalltüten alle hießen, die sich wieder bei ihm tummelten, würden es ja wohl verkraften, wenn ihr verehrter Maestro sich zwischenzeitlich mal zu einem kurzen Vier-Augen-Gespräch zurückzöge. *Wir treffen uns, um wichtige Dinge zu besprechen.* Die hatten ja nicht alle Tassen im Schrank! Ein weiteres Mal würde er sich nicht abwimmeln lassen. Ohnehin wusste er nicht, was er sonst mit dem heutigen Abend hätte anfangen sollen. Lydia, deren Gegenwart er voller Unruhe herbeisehnte, war seit seiner Rückkehr aus der Schweiz wie vom Erdboden verschluckt.

An einer Ampelanlage mit Zebrastreifen überquerte er die Eschersheimer Landstraße. Die glühende Hitze über dem Asphalt umfing ihn wie aufgehender Brotteig. Müde wendete er das Haupt in Richtung Taunusanlage, dorthin, wo der Fluchtpunkt der Straßenschlucht lag. Glashart funkelten jenseits des Opernplatzes die Türme des Bankenviertels, in metallicgrauem, platinhellem und bläulichem Kostüm. An den Fassaden der niedrigeren Zeilenhäuser zeigten sich bereits erste Vorboten eines abendlichen Kolorits. Dennoch behielten die Strahlen der Sonne ihre unvermindert dornige

Präsenz. Zugleich erweckten sie den Eindruck, aus sehr viel größerer Ferne zu kommen als gewöhnlich.

Gebannt und für die Dauer einiger Sekunden verharrte Freundel genau in der Mitte des Zebrastreifens. Aufmerksam ließ er von dort aus den Blick über die matt reflektierenden Kühlerhauben der wartenden Autos und die verchromten Fensterrahmen der umliegenden Bürogebäude schweifen. Das Licht, das die Zinnen der Stadt umflutete und wie ein reinigendes Konzentrat in ihre entlegensten Winkel vorzudringen schien, wies endzeitliche Züge auf. Seine Intensität und seine Streuung verliehen ihm die Folgerichtigkeit eines orchestralen Schlussakkords. Es schien, als habe eine unsichtbare Demiurgenhand genau hier und in diesem Augenblick, um Punkt 19 Uhr 10, mitten in Frankfurt am Main, in meisterhafter Feinabstimmung die endgültige Beleuchtung der Welt justiert.

Etwa zehn Minuten später bog Freundel vom Holzhausenpark her in die Salvatorstraße ein. Von der Straßenecke aus war es nicht mehr weit bis zu Zettels Anwesen. Direkt davor spielte sich eine unruhige Szene ab. In abrupten Vor- und Rückwärtsbewegungen wurde ein knallgelber Kleinwagen in eine Parklücke hinein manövriert. Das geschundene Getriebe gab dabei erbärmliche Geräusche von sich. Als Freundel sich dem Fahrzeug bis auf etwa fünfzig Meter genähert hatte, stieg der Fahrer aus. Es handelte sich um einen hochgewachsenen Mann mittleren Alters. Trotz der enormen Hitze trug er eine schwerfällige Wildlederjacke. Das Kleidungsstück hing eigentümlich ausgebeult und katzenkrumm über seinen Schultern, so als handele es sich um einen aus Pappmaché gefertigten Theaterbuckel. Der Anblick rief fatale Erinnerungen in Freundel wach. Das abgewetzte Beige des Leders glich der Farbe von frisch Erbrochenem, und eine solche Jacke hatte er vor nicht allzu langer Zeit schon einmal zu Gesicht bekommen. Auch die Kurzhaarfrisur des Wagenbesitzers, der mit dem Rücken zu ihm auf dem Trottoir stehen geblieben war, untermauerte den alarmierenden Eindruck.

Als der Mann die Fahrertür verriegelte, zeigte er für einige Sekunden sein Profil. Dadurch wurde die Befürchtung zur Gewissheit. Wie angewurzelt blieb Freundel stehen. Was tat Darko um diese Zeit in dieser Gegend? Fieberhaft begann er zu überlegen. Womöglich war der Jugoslawe ihm schon länger auf den Fersen und hatte vor, ihn in dieser Straße abzupassen. Woher zum Teufel aber konnte der miese Dreckskerl wissen, dass er sich kurzfristig entschlossen hatte, Rufus zu besuchen? Angespannt versuchte Freundel, seine Gedanken zu ordnen. Für eine weitere Drohung gab es eigentlich keinen Grund. Die letzte Zahlung hatte er fristgerecht sowie in der geforderten Höhe geleistet. Mit Widerwillen rief er sich die übelriechende Souterrainbar nahe der Konstablerwache in Erinnerung, in die er, Darkos telefonischer Anweisung folgend, den mit Geld gefüllten Umschlag gebracht hatte. In Empfang genommen und gewohnt wurstig abgefertigt hatte ihn dort ein älterer Herr mit kalkweißem Teint, ein waschechter Albino, dessen rötliche Augen in der dämmrigen Beleuchtung des sarkophagartigen Kabinetts geglänzt hatten wie salziger Fischrogen.

Freundel wartete ab, ob Darko Anstalten machen würde, sich ihm zu nähern. Doch obwohl der Erpresser für einen kurzen Moment in seine Richtung schaute, schien er keinerlei Notiz von ihm zu nehmen. Stattdessen schritt er durch das Tor, das zu der Einfahrt vor dem Sandsteinbau führte. Freundel begriff nicht. Was hatte diese Ratte in Zettels Haus verloren? Kaum war Darko hinter dem Torpfosten verschwunden, eilte Freundel das Trottoir entlang. Kurz darauf hatte er selbst die Einfahrt erreicht. Vorsichtig lehnte er sich an den Pfosten und spähte um die Ecke. Der Jugoslawe stand unter dem Baldachin, der den Hauseingang zierte, und betätigte ebenso kurz wie entschieden einen der Klingelknöpfe. Die Entfernung von der Toreinfahrt bis zur Haustür betrug gut zwanzig Meter. Dennoch glaubte Freundel erkannt zu haben, auf welchen Knopf Darko den Finger gelegt hatte.

Er zuckte hinter den Pfosten zurück. Ein posaunenhafter Schreck durchfuhr ihn. Er war sich ziemlich sicher, dass der Mafioso bei Rufus geläutet hatte.

Was, um alles in der Welt, hatte dieser unheimliche Vorgang zu bedeuten? Einige Sekunden verharrte er unbeweglich auf der Stelle, den Körper dicht an den Torpfosten geschmiegt. Während der raue Druck des Granitgesteins seiner Wange zusetzte, schossen die Gedanken in seinem Kopf umher wie ein Schwall über Bande geknallter Billardkugeln. War es möglich, dass Rufus ebenfalls erpresst wurde? Konnte das sein? Allem Anschein nach verhielt es sich so. So sonderbar und erschreckend es auch anmutete: Eine andere Erklärung schien es nicht zu geben. Doch wie war es dazu gekommen? Zwar deutete Etliches darauf hin, dass sein Freund Geheimnisse in sich trug, die er mit niemandem teilte. Welchen Erpressungsgrund konnte es aber in seinem Fall geben? Dass Rufus demselben fröhlichen Gewerbe nachging wie er selbst, war, bei allem Respekt, kaum vorstellbar. Auf der anderen Seite hatte der Komponist vor zwei, drei Monaten, als er von einer Autobahnraststätte aus anrief, geäußert, er befinde sich in Schwierigkeiten. Wer weiß, was da für Dinge dahintersteckten.

Behutsam schob er den Kopf erneut nach vorne. Der Platz unter dem Vordach war jetzt leer. Jemand musste Darko unverzüglich hereingelassen haben. Freundel überlegte noch einmal. Vielleicht befand er sich im Irrtum, und der Jugoslawe hatte doch nicht bei Rufus geläutet. Allerdings war er sich ganz sicher, dass der fragliche Klingelknopf im mittleren Bereich der Armatur lag. Daher käme als Alternative nur die direkt über Rufus' Domizil gelegene Wohnung in Frage. Dort jedoch lebte, ganz auf sich alleine gestellt, die hochbetagte Schwester von Professor Lesothius. Die Vorstellung, ausgerechnet sie könne sich Scherereien mit dem ortsansässigen Unterweltmilieu eingehandelt haben, erschien mehr als abwegig.

Vorsichtig löste Freundel sich von dem Torpfosten und schlich die Einfahrt entlang in Richtung Hauseingang. Die graubraune Holztür hatte sich, da seit Jahrzehnten dem Wechsel der Witterung ausgesetzt, ein Stück weit gegenüber dem Rahmen verzogen und fiel nicht mehr von selbst ins Schloss. Daher musste man sie von innen zudrücken, nachdem man das Treppenhaus betreten hatte. Diesmal jedoch gähnte zwischen ihr und dem Türrahmen noch ein winziger Spalt. Entschlossen stemmte Freundel die Hand gegen die grob gemaserte Fläche und schlüpfte in das Treppenhaus. Hier drinnen war es angenehm kühl. Die Tür zur Kellertreppe stand offen und entließ eine Fahne dumpfer Schimmel- und Modergerüche. Auf leisen Sohlen erklomm er die Steinstufen neben den Briefkästen, bis zum ersten Treppenabsatz, der sich auf Höhe der Erdgeschosswohnung befand. Dort angekommen, hielt er inne und lauschte. Von weiter oben her war keinerlei Geräusch zu vernehmen. Darko musste also entweder in den Keller gestiegen sein, oder man hatte ihm Einlass in eine der beiden in Frage kommenden Wohnungen gewährt.

Ein zunehmend unbehagliches Gefühl beschlich Freundel. Dennoch fasste er sich ein Herz. Vorsichtig eilte er weiter die Stufen hinauf, bis er Rufus' Wohnung erreicht hatte. Wie gewohnt, waren die Milchglasscheiben der breiten Flügeltür von innen mit weißem Leinentuch zugehängt. Freundel hielt den Atem an und spitzte ein weiteres Mal die Ohren. Im Inneren der Wohnung war eine gedämpfte Unterhaltung zu vernehmen. An ihr schienen mehrere Personen beteiligt zu sein. Allerdings ließ sich nicht erkennen, ob auch die Stimme des Jugoslawen zu dem brabbeligen Lautgemisch beitrug. Nach einem Moment des Zögerns näherte Freundel seine Fingerspitze dem fleischfarbenen Klingelknopf. Er musste Gewissheit haben. Auch wenn sein unerwartetes Auftauchen Rufus höchst unangenehm sein dürfte, sollte Darko sich tatsächlich in dessen Wohnung aufhalten und ihm mit einer Erpressung zusetzen.

Mit dem schnarrenden Geräusch der Klingel verstummte die Unterhaltung im Inneren der Wohnung. Eine ganze Weile drang überhaupt kein Laut mehr nach außen. Auch der Türsummer im Erdgeschoss ertönte nicht. Schließlich wiederholte Freundel die Betätigung des Klingelknopfs. Als nach einer weiteren Minute wiederum keine Reaktion erfolgte, pochte er zweimal hintereinander mit der Faust gegen das Türglas. Nach einer kurzen Pause reagierte die Stimme einer Person, die sich direkt hinter der Tür zu befinden schien.

„Wer ist da?"

Es war die Stimme von Rufus.

„Ich bin es: Konstantin", erwiderte Freundel.

Wieder verstrich eine halbe Minute. Dann endlich öffnete sich die Wohnungstür ein kleines Stück. Rufus' Gesicht erschien in dem Spalt. Er wirkte angespannt. Auf seiner Glatze, die entschieden zu viel UV-Strahlung abbekommen hatte, lag ein krebsroter Glanz.

„Sorry, dass ich einfach so hereinplatze", sagte Freundel eilig. „Aber ich habe durch Zufall gesehen, wie jemand in Euer Haus gegangen ist, den ich kenne. Ich hatte den Eindruck, dass er bei dir geklingelt hat."

Rufus beäugte ihn misstrauisch, ohne Bereitschaft zu zeigen, die Tür weiter zu öffnen.

„Wen meinst du?", erwiderte er. „Und wieso kommst du unangemeldet hierher? Ich hab' dir doch gesagt, dass es mir heute nicht passt."

„Bei dem Bekannten von mir handelt es sich um einen Jugoslawen", sagte Freundel, verärgert über den schroffen Ton seines Gegenübers. „Ist er bei dir?"

Reflexartig schnellte Rufus' Backenmuskulatur nach oben, ohne dass die Augenlider ganz zuschnappten. Eine Weile lang schwieg er. Er machte einen überaus nervösen Eindruck und schien angestrengt nachzudenken.

„Woher kennst du ihn?", erkundigte er sich schließlich.

„Das lässt sich nicht ganz einfach erklären", sagte Freundel und senkte diskret die Stimme. „Aber falls du meine Hilfe brauchst, musst du es nur sagen."

Rufus wirkte daraufhin vollends irritiert. „Wie meinst du das?", stieß er tonlos hervor.

„Willst du mich nicht wenigstens für einen Moment reinlassen?", erwiderte Freundel. „Oder soll ich lieber später noch mal wiederkommen?"

Wieder verstrichen Minutenbruchteile, bis Rufus reagierte.

„O.K.", sagte er dann. „Komm einen Augenblick rein." Zögerlich öffnete er die Tür und ließ den Besucher in die Diele treten. „Gehen wir kurz in die Küche. Ich habe hinten noch andere Gäste."

Freundel folgte Rufus durch den schmalen Seitenkorridor. Gemeinsam betraten sie den hohen, nahezu quadratisch geschnittenen Raum, dessen Bodenbelag aus weißen Terracottafliesen mit kastanienbraunen Ecken bestand. Auf einer der gasbetriebenen Kochstellen des Herds befand sich ein mächtiger Zinnkübel, in dem eine zähflüssige Suppe brodelte. Der Geruch von Fenchel und einem scharfen Gewürz hing in der Luft. Die butterkeksfarbenen Flächen der Tropenhölzer, aus denen die luxuriöse Sitzecke der Küche gefertigt war, schienen kürzlich eine frische Lackierung erhalten zu haben. Sie leuchteten warm im mittlerweile samtweichen Abendlicht, das durch die leicht verstaubte Fensterscheibe in den Raum fiel. Auf dem Tisch stand eine zur Hälfte leergetrunkene Metaxa-Flasche, zusammen mit zwei gefüllten Schnapsgläsern. Daneben befand sich eine flache Schale aus gelbem Porzellan. Sie enthielt winzige, von rötlicher Soße überzogene Geflügelschenkel. Vor der Schale saß, ein Stück vornübergebeugt, Darko. Sein Kreuz war dem neben dem Fenster stehenden Holzbock zugewandt, der einem Turnhallengerät für Halbwüchsige glich und aus dessen Oberseite die Griffe einer zwölfteiligen Garnitur makabrer Tranchiermesser ragten. Er hielt einen angenagten Geflügelknochen in der Hand und wirkte erschöpft. Die hellbeige Lederjacke hing über der Rückenlehne seines Stuhls. Als sie durch die Tür traten, zuckte er merklich zusammen.

„Das ist Konstantin, ein guter Freund von mir", sagte Rufus, während er auf den Herd zuging, um das Abzugsgebläse über den Kochstellen einzuschalten. „Er sah dich unten ankommen und sagt, dass Ihr Euch kennt."

Der Abzug gab einen rasselnden Heulton von sich, der kurz darauf in ein schnaubendes Geräusch überging. Darko legte das Geflügelbein in der Porzellanschale ab, schob den Unterkiefer nach vorne und machte eine perplexe Miene. Hier, in Rufus' Küche, wirkte er überraschend harmlos, ja, fast ein wenig ängstlich. Freundel, der neben der Küchentür stehen geblieben war, starrte verwundert zurück. Das Ganze wurde immer unbegreiflicher. Zwischen seinem monatelangen Peiniger und Rufus schien eine überaus vertrauliche Atmosphäre zu bestehen.

„Der da ist dein Freund?", fragte Darko schließlich.

„Ja", erwiderte Rufus. „Und übrigens ein Fachkollege von dir. Er unterrichtet an der Uni."

Dann wandte er sich an Freundel. „Woher kennst du Zvonimir?"

„Du wirst mir doch jetzt nicht erzählen, dass du mit diesem Typen befreundet bist!", stieß Freundel hervor. „Der Mann ist ein Erpresser. Er hat mich über Monate hinweg brutal bedroht."

„Er hat was?", rief Rufus ungläubig. „Das …"

Dann verstummte er. Das Zucken seiner Lider nahm an Heftigkeit zu. Bis es vollends dem Flügelschlag einer Motte glich, die im Fangnetz einer Kellerspinne zappelte.

„Rufus, ich verstehe das hier nicht", sagte Freundel scharf. „Was hast du mit dem Herrn da zu schaffen? Erklär' es mir!"

„Dir macht er also weis, dass er an der Uni ist?", warf Darko alias Zvonimir ein. „Da kann ich dir aber ganz andere Dinge berichten, alter Rufibus. Dein Freund steht auf unserer Liste für geschmeidige Dienstleistungen. Und er ist ein erfolgreiches Pferd."

Zu Bekräftigung seiner Äußerung griff er nach einem der Schnapsgläser und deutete damit in die Luft. Anschließend setzte er das Glas an den Mund und leerte es. Sein Schluckmuskel gab dabei ein Geräusch von sich, als werde eine Packung Vollrahmquark zertreten.

Rufus runzelte die Stirn, während ihm ein verblüffter Grunzlaut entfuhr. Dann trat er zwei Schritte zurück und lehnte sich gegen die Küchenzeile. Auf die Gesichter der drei Männer fiel jetzt das indirekte Licht der Abendsonne, das von einem gekippten Fenster der benachbarten Jugendstilvilla herübergespiegelt wurde. Ihre Mienen waren zu einer Melange aus Irrsinn und Staunen verzerrt. Das Ganze sah aus, als habe ein Altmeister der Renaissancemalerei eine symbolträchtige Bildszene geschaffen. Ein fratzenhaft dämonisches Ensemble, das den Schock der Ungläubigen angesichts einer plötzlichen Epiphanie Gottes darstellte.

Nach einer Weile ergriff Rufus als erster das Wort und wandte sich an seinen jugoslawischen Gast.

„Geh mal nach hinten, zu den anderen. Ich muss mit Konstantin alleine sprechen."

„Erst will ich wissen, was hier los ist", antwortete der Angesprochene, nahm die Flasche zur Hand und goss sich nach.

„Später", entgegnete Rufus bestimmt. „Du lässt uns jetzt alleine."

Ungläubig beobachtete Freundel, wie der Mafioso parierte, sich schwerfällig erhob und mit dem schwappenden Metaxaglas in der Hand den Raum verließ.

„Setzen wir uns erst einmal", fuhr Rufus fort und zwängte sich auf die gedrechselte Holzbank mit der massiven Rückenlehne, die an der Wand hinter dem Tisch stand. Freundel ging um den Tisch herum und nahm auf dem Stuhl Platz, auf dem zuvor der Jugoslawe gesessen hatte. Die lauwarme Sitzfläche rief ein Gefühl des Ekels in ihm hervor.

„Stimmt es, dass du neuerdings auf den Strich gehst?", erkundigte sich Rufus. Anstatt ihm dabei in die Augen zu schauen, hielt er den Blick auf die Geflügelhäppchen gerichtet.

Freundel ließ die flache Hand auf die Tischplatte knallen.

„Sag du mir erst mal, ob es stimmt, dass du neuerdings bei der Mafia mitmischst!"

„Ich gehöre nicht der Mafia an. Das garantiere ich dir. Aber du musst mir erklären, ob es zutrifft, was Zvonimir behauptet. Ich kann das kaum glauben."

„Es ist so, wie er sagt."

„Aber wieso denn? Bist du verrückt geworden?"

„Was glaubst du, wovon ich leben soll? Ich muss mir schließlich mein tägliches Brot verdienen. Ich gehöre ja nicht zum Kreis der Millionenerben, die wie du im Geld schwimmen und per Taxi durch die Weltgeschichte reisen."

„Ich fasse es nicht."

„Und um das gleich klarzustellen: Die Arbeit macht mir sogar Freude!"

Rufus musste laut auflachen.

„Und wie arbeitest du? Du wirst doch nicht in der Kaiserstraße herumstehen?"

„Keine Sorge."

„Also nur ausgesuchte Privatkunden."

„Privatkundinnen, bitte schön."

Freundel griff hinter sich, um die Lederjacke von der Rückenlehne zu heben. Anschließend ließ er sie in dem Spalt, der zwischen dem Stuhl und dem Bock mit den Tranchiermessern klaffte, zu Boden plumpsen.

„So, und jetzt bist du an der Reihe. Ich verlange eine vollständige Erklärung, was das hier alles zu bedeuten hat."

Rufus, der inzwischen wieder gefasster wirkte, zog den Korken von der Metaxaflasche. Er füllte das auf dem Tisch zurückgebliebene Glas, räusperte sich und presste den Verschluss auf den Flaschenhals. Dann deutete er auf die Porzellanschale.

„Gell, du nimmst dir."

„Mh."

„Das sind marinierte Zeisigbeinchen. Sündhaft teuer, aber ein Gedicht."

„Nein, danke! Und jetzt raus mit der Sprache."

„Also gut. Das Ganze ist eine komplizierte Geschichte. Ich war ohnehin schon länger am Überlegen, ob es nicht an der Zeit ist, dich in die Sache einzuweihen."

Rufus drehte das Glas in der Hand und betrachtete den darin umher fließenden Schnaps.

„Wie es scheint", fuhr er fort, „muss ich das jetzt wohl tun. Aber ich gehe damit ein Risiko ein. Du wirst verstehen, dass ich auf dein Stillschweigen angewiesen bin."

„Kann ich mir denken. Aber ich fürchte, nach allem, was ich bereits mitbekommen habe, bleibt dir keine Wahl. Du musst reden."

„Ich weiß", erwiderte Rufus, während er den obersten Knopf des zementgrauen, leicht durchgeschwitzten Baumwollhemds löste, das er trug. Dann kippte er sich mit einem Ruck den Schnaps hinter die Binde.

„Also pass auf", sagte er. „Du kennst ja unseren *Brissago-Kreis*."

„Kennen ist übertrieben. Aber ich bin auch nicht besonders scharf darauf, mich mit einer Horde eingebildeter Schwätzer und Versager abzugeben."

„Diese Leute sind ganz in Ordnung."

„Klar. Lauter große Schriftsteller und Künstler."

„Jetzt halt den Rand und hör mir zu."

Abermals öffnete Rufus den quietschenden Korkverschluss der Metaxa-Flasche und schenkte sich nach. Eine Weile blickte er stirnrunzelnd in sein Glas, so als beäuge er ein widerspenstiges Teelicht, dessen Docht zum wiederholten Male abgesoffen war. Schließlich begann er zu sprechen.

„Angefangen hat alles vor ziemlich genau zehn Jahren. Ich habe übrigens nie eine größere Summe geerbt, wie du mir unterstellst. Damals stand ich finanziell sogar noch wesentlich schlechter da als du. Ich hatte mein Musikstudium beendet und wartete vergeblich auf eine Anstellung in einem Orchester oder an einer Hochschule. Ohne dass ich mir allerdings allzu große Chancen ausrechnete. Ab und zu erhielt ich die Gelegenheit, an der Münchner Musikakademie Waldhorn und Cembalo zu unterrichten. Jedoch nur stundenweise. Ansonsten konnte ich mich mit schmalen Stipendien so eben gerade über Wasser halten. Das Geld hat häufig nicht einmal gereicht, um die Telefonrechnungen zu begleichen. Auch meinen Wagen konnte ich kaum noch benutzen. Ich war nicht imstande, mir auch nur eine halbe Tankfüllung zu leisten."

„Von dieser Zeit hast du mir nie erzählt. War dir wohl zu peinlich."

Rufus kniff angestrengt die Augen zusammen. Es schien, als wolle er dadurch den spastischen Bewegungsdrang der Lider gewaltsam in Schach halten. Dennoch pulsierten seine Tränensäcke weiter wie zwei kleine Herzmuskeln.

„Der einzige kleine Luxus", fuhr er fort, „den es damals in meinem Leben gab, war ein hübsches altes Rustico am Lago Maggiore, oberhalb von Brissago. Das Haus lag ein Stück außerhalb des Dorfs, inmitten weitläufiger Obstplantagen. In den 80er Jahren, als ich noch staatliche Unterstützung für mein Studium erhielt und zudem über ein paar Ersparnisse verfügte, hatte ich, gemeinsam mit einem Studienfreund, der in derselben Meisterklasse unterrichtet wurde wie ich, einen langfristigen Pachtvertrag für das Gehöft abgeschlossen. Den erhielten wir damals zu sehr günstigen Konditionen, weil das Haus stark verfallen war und das Gelände keine Autozufahrt besaß. In jenen Jahren sind wir oftmals zu zweit über das Wochenende per Anhalter an den Lago gereist, um die Gemäuer abzudichten, die Innenräume herzurichten und den verwilderten Garten auf Vordermann zu bringen."

Er machte eine Pause und nahm sich eines der Zeisigbeinchen. Während er damit beschäftigt war, das weißliche Fleisch von dem winzigen Knochen zu nagen, schienen ihn Erinnerungen einzuholen. Nach einer Weile setzte er die Erzählung fort.

„Zu Beginn der neunziger Jahre wurde Xaver Hornist im Radiosymphonieorchester des Norddeutschen Rundfunks. Er zog daraufhin nach Hamburg, wo er schon bald eine Familie gründete. So kam es, dass er mir das Haus das gesamte Jahr über praktisch alleine überließ. Ich bin damals oft mehrere Monate am Stück dort unten gewesen, um zu komponieren. Die Tage waren zumeist hell und warm, und im Garten konnte ich während des Frühlings und des Sommers ein wenig Subsistenzwirtschaft betreiben. Kartoffeln, Zucchini, Tomaten und Rote Beete. Dazu kübelweise exzellente Äpfel aus den umliegenden Obstplantagen."

Ein Schmunzeln trat in sein Gesicht.

„Sogar drei Hühner hielt ich mir dort. Die brachte ich in regelmäßigen Abständen zu einem benachbarten Bauern, dessen Hahn sie unter großem Krakeelen begattete. Dadurch war auch die Eierversorgung gesichert. Auf diese Weise gelang es mir, von einem halbjährigen Stipendium insgesamt zwölf Monate recht ordentlich zu leben. Vor allem tat es mir aber damals gut, ganz aus München weg zu kommen. Die Ehe mit Katja war zu dieser Zeit bereits komplett im Eimer. Und auch sonst erschien mir meine Existenz in nahezu jeder Hinsicht verfahren. Wäre ich in Deutschland geblieben, hätte ich mich vermutlich erschossen."

„Und was hat das alles mit diesem Mafioso zu tun?"

„Ich hab' dir doch gesagt, die Geschichte ist lang. Du musst schon so geduldig sein, sie dir ganz anzuhören. Im Übrigen ist Zvonimir nicht der Typ, für den du ihn hältst."

Er leerte sein Schnapsglas, ohne Freundel ebenfalls einen Drink zu offerieren. Dann kramte er in seiner Gesäßtasche und holte ein grelles Stofftaschentuch daraus hervor. Darauf war, in schmutzigem Orange und leuchtend giftigem Grün, ein Motiv von Keith Haring aufgedruckt. Während er sich mit dem Tuch den Schweiß vom Nacken wischte, sprach er weiter.

„Ein Stück unterhalb von unserem Gelände besaß damals ein älterer Bankangestellter aus Lugano ein Ferienhaus. Seinen Namen möchte ich hier nicht erwähnen. Nennen wir ihn daher einfach Enzo. Mit diesem Enzo hatte ich mich im Lauf der Jahre ein wenig angefreundet. Das heißt, wir haben gelegentlich bei ihm oder bei mir mit einer Flasche Lambrusco im Garten gesessen und Esskastanien gegrillt oder lokale Antipasti verzehrt. Allzu viele gemeinsame Themen gab es zwischen uns natürlich nicht. Aber er zeigte von

Beginn an einen bemerkenswerten Respekt für meine Arbeit als Komponist, und ich kann sagen, dass er auf diesem Gebiet immerhin kein völliger Banause war. Mit seinen fein geschnittenen Gesichtszügen und seinem silbernen Haarkranz kam er mir sogar manchmal ein wenig vor wie ein verhinderter Dirigent. Ich sage dir, sein Haar schimmerte in einem unglaublich intensiven, fast schon metallisch funkelnden Silberton. Ich habe mich sogar zuweilen gefragt, ob es nicht künstlich gefärbt war. Aber gibt es überhaupt Silber als künstliche Haarfarbe?"

„Was weiß ich."

„Na ja, wie auch immer: Durch unseren recht engen Kontakt konnte Enzo meine angespannte finanzielle Situation natürlich nicht verborgen bleiben. Auch über die prekäre Lebenslage einiger mit mir befreundeter Künstler und Intellektueller, die hin und wieder nach Brissago auf Besuch kamen, war er bald im Bilde.

Eines Abends musterte er mich lange, mit seltsam konzentriertem Blick, während sein künstliches Gebiss hinter seinem schmallippigen Mund geräuschvoll Esskastanien zermalmte. Dann machte er mir einen überraschenden Vorschlag. Er erklärte mir, dass er regelmäßig Botengänge für den illegalen Transport von Bargeld organisierte. Seine Klienten waren wohlhabende Italiener aus der Lombardei und dem Piemont, die Nummernkonten in Lugano und anderen Schweizer Städten besaßen, auf denen sie umfangreiche Beträge vor den italienischen Steuerbehörden versteckt hielten. Gewiss eine nur allzu verbreitete Praxis. Die einzige Schwierigkeit bestand darin, das Geld in größeren Mengen in bar über die Grenze zu bringen, ohne dass die Zollbehörde davon etwas mitbekam. An den Autostraßen und auch in den Zügen wurden zu dieser Zeit immer wieder Reisende daraufhin gefilzt, ob sie unerlaubte Geldbeträge mit sich führten. Für die Klienten, zu denen angesehene Großbürger und Unternehmer aus Mailand und Turin zählten, war der normale Grenzübertritt folglich zu riskant. Enzo organisierte daher

Botengänge über die grüne Grenze, in den unübersichtlichen Waldgebieten oberhalb der Zollstraße. Du weißt ja wahrscheinlich, dass Brissago ein Grenzort ist. Auf der italienischen Seite liegt, etwa zwei Kilometer entfernt und ein ganzes Stück oberhalb des Sees, das Dorf San Bartolomeo. Ein ähnlich hoch gelegenes Pendant auf der Schweizer Seite ist der Ort Ronco sopra di Ascona. Beide Ortschaften schmiegen sich an einen bewaldeten Gebirgshang, der vom Seeufer aus bis auf eine Höhe von knapp 2000 Metern ansteigt. Das Gelände dort ist so verwildert und dicht bewachsen und zu den Gipfeln hin so weitläufig, dass es unmöglich von Grenzschützern und Zollfahndern kontrolliert werden kann. Hinzu kommt, dass sich dort häufig Wanderer zwischen Italien und der Schweiz hin und her bewegen, so dass ein Fußgänger, der auf einem der Höhenwege durch den Laubwald marschiert, keineswegs auffällig wirkt."

Rufus unterbrach die Erzählung, um ein weiteres Zeisigbeinchen abzukauen. Das Gebläse der Abzugshaube über dem Herd hatte ihn der Zwischenzeit begonnen, laut zu rattern. Das Geräusch erinnerte an einen lädierten Wäschetrockner im Schleudergang.

„Enzo", fuhr der Komponist fort, „bot mir an, die Rolle eines seiner ‚Spaziergänger' zu übernehmen. Ich bekam das Geld in Ronco, oder manchmal auch in einem der Randbezirke von Locarno überreicht und musste es in speziellen, in meine Kleidung eingenähten Vorrichtungen am Körper durch den Berghang tragen. Oberhalb von San Bartolomeo hatte ich es dann einem Kontaktmann zu übergeben, der häufig Enzo selbst war. Die Spaziergänge fanden meistens sonntags statt, wenn gleichzeitig viele Wochenendwanderer in dem Gelände unterwegs waren und mein Verbindungsmann nicht in Lugano in der Bank zu tun hatte. Die genauen Summen, die mir in verschlossenen Umschlägen zum Transport anvertraut wurden, habe ich nicht gekannt. Es muss sich jedoch zum Teil um Millionenbeträge gehandelt haben. Denn als Honorar für einen einzigen Grenzgang erhielt ich bis zu eintausend Franken, und Enzo selbst musste ja als Organisator ebenfalls noch eine erkleckliche Provision eingestrichen haben. Bestimmt war auf diesen Nummernkonten auch viel schmutziges Geld geparkt."

„Unglaublich", entfuhr es Freundel. „Wie lange hast du das gemacht?"

„Das Ganze lief über mehrere Jahre. Nach und nach habe ich noch drei Freunde von mir in den Grenzgängerbetrieb eingebaut: Einen Bildhauer, der ebenfalls in München lebte und der, obwohl er phantastische Skulpturen schuf, arm war wie eine Tümpelkröte. Außerdem noch zwei Schriftsteller, die ich auf diese Weise ebenfalls vor dem finanziellen Absturz bewahren konnte. Später, als ich bereits nach Frankfurt umgezogen war, kam übrigens auch noch Rolf dazu."

„Du meinst Himmelsried?"

„Genau."

„Das ist ja ein Ding."

„Du weißt ja, dass er nie eine feste Anstellung hatte. Noch nicht einmal zu der Zeit, als er an dieser Mords-Habilitationsschrift über Kloppstock gearbeitet hat. Immer nur einen dieser kümmerlich bezahlten Lehraufträge, mit denen sie euch abspeisen."

Freundel presste die Lippen zusammen, während er sich bemühte, seinen aufkeimenden Kopfschmerz zu ignorieren. Die Welt, wie er sie kannte, kam ihm plötzlich vor wie eine Zeichnung auf einem elastischen Tuch, an dessen Rändern unbekannte Kräfte zogen.

„Kannst du bitte den Abzug abschalten", sagte er zu Rufus. „Das Geratter macht mich fertig."

Rufus schob sich von der Sitzbank, ging zu dem Gasherd und stellte das Gebläse ab. Nebenbei warf er einen Blick in den dampfenden Zinnbottich und machte ein zufriedenes Gesicht. Anschließend kehrte er an den Tisch zurück.

„Eines verstehe ich nicht", sagte Freundel. „War die ganze Geschichte denn für diesen Bankier nicht extrem riskant? Was hätte der denn gemacht, wenn sich einer von euch mit einem Millionenbetrag im Mantel über die Berge davongestohlen hätte?"

„Anfangs hat mich das, ehrlich gesagt, auch gewundert. Aber dann habe ich rasch begriffen, dass Enzo nicht nur ein Herz für Kulturschaffende besaß, sondern dass er mit einer Organisation kooperierte, mit der im Zweifelsfall nicht im Geringsten zu spaßen gewesen wäre. Hinzu kam, dass er eigentlich nur Personen als Spaziergänger anwarb, die in der näheren Umgebung lebten oder dort zumindest einen Wohnsitz hatten und daher gut kontrollierbar waren. Bei meinen Münchener Bekannten hat er von diesem Prinzip zwar eine Ausnahme gemacht. Aber er hat sich über ihre Lebensverhältnisse und Familienangehörigen im Vorfeld ausführliche Dossiers besorgt. Auch wenn das nie offen ausgesprochen wurde: Es war allen Beteiligten klar, dass beim Verschwinden auch nur eines Bruchteils der transportierten Geldbeträge äußerst brutale Sanktionen erfolgt wären, die sich gegebenenfalls auch gegen die jeweiligen Verwandten des Übeltäters gerichtet hätten. Aus demselben Grund war jeder Geldbote davor gewarnt, im Falle seiner Verhaftung durch die Zollfahndung Informationen über Enzo und dessen Hintermänner preiszugeben."

„Und dann? Du hast gesagt, du hast bei den Botengängen nur einige Jahre mitgemacht. Womit verdienst du inzwischen dein Geld?"

„Ich bin damals, angeregt durch die neuen und relativ simplen Verdienstmöglichkeiten, zu einer radikalen Entscheidung gelangt. Ich beschloss, eine Geheimloge zu gründen."

„Eine Geheimloge?"

„Genau. Deren Aufgabe sollte darin bestehen, mittellosen Künstlern und Autoren einen anständigen Lebensunterhalt zu verschaffen. Ein Patenonkel, der Mitglied einer Freimaurerorganisation war, hatte mir bereits in meiner Jugend allerlei Schriften über Geheimbünde geschenkt, die ich damals mit Begeisterung las. Da gibt es die irrsinnigsten Geschichten über Rosenkreuzer,

Illuminati und andere abenteuerliche Gruppierungen, von denen behauptet wird, sie hätten hinter den Kulissen der Weltgeschichte so manchen entscheidenden Faden gezogen. Einige dieser Vereine scheinen zwar mehr Legende als Realität gewesen zu sein, und viele von ihnen hingen fraglos spinnerten oder reaktionären Vorstellungen an. Aber es gab auch immer wieder progressiv gesonnene Logen, darunter auch der Freimaurerzirkel, dem mein Patenonkel angehörte. Jedenfalls gelangte ich zu dem Schluss, das Prinzip der verdeckten Interessenpolitik, mit dem die Geheimbünde operierten, sei wie gemacht für meine Situation und die Situation meiner Bekannten. Ich konnte einfach nicht länger mit ansehen, wie ich selbst und etliche mit mir befreundete Künstler und Schriftsteller dazu verurteilt waren, schuldlos am Hungertuch zu nagen. Und das nur deshalb, weil unsere heutige, vom Dauermief der Ökonomie durchdrungene Gesellschaft die Arroganz besitzt, Beiträge zur Hochkultur zu verachten, mit denen sich nicht im großen Stil abkassieren lässt. Also entschied ich mich, eine Institution zu gründen, die nicht davor zurückschreckt, begabten Künstlern und Intellektuellen notfalls auch mit illegalen Mitteln ein finanzielles Auskommen zu sichern. Einer meiner Mitstreiter, die damals in dem Rustico am Lago verkehrten, verlieh dieser brachialen Selbsthilfegruppe später den Decknamen Brissago-Kreis."

„Aber hattest du denn keine Angst, vollständig in die Kriminalität abzudriften?"

„Angst bestimmt nicht. Was hatte ich denn schon zu verlieren? Mit meinen atonalen Kompositionen allein hätte ich mich auf Dauer nie und nimmer über Wasser halten können. Und Skrupel? Sieh dir doch nur mal die raubtierhaften Gestalten in den Chefetagen der Banken und Großunternehmen an. Diese Leute erleichtern unsere Gesellschaft auf legalem Weg um Milliardenbeträge, die sie in Villen und Luxusyachten verpulvern. Will man heutzutage kreativen Geist wirksam fördern, gibt es nur einen Weg: Man muss sich diese Raubtiermentalität zum Vorbild nehmen. Ich arbeite in der

Gewissheit, dass die Geldbeträge, die ich der Gesellschaft entziehe, weitaus sinnvolleren Anlagezwecken dienen als dem Kauf von Motoryachten oder Luxusimmobilien. Es ist mir damit gelungen, die Entstehung von Romanen und lyrischen Monatszeitschriften, die Errichtung eines Skulpturengartens in Umbrien und die Entstehung eines avantgardistischen Sonatenzyklus zu finanzieren, der in Konzerthäusern von Estland bis Irland zur Aufführung gebracht wurde. Sogar einen Druckkostenzuschuss für eine mehrbändige philosophische Publikation hat unsere Organisation schon beigesteuert."

Rufus reckte den Oberkörper durch, den Blick auf einen imaginären Punkt im Raum gerichtet, der sich irgendwo auf halber Strecke zwischen dem Holzbock und der Abzugshaube befand.

„Ich betrachte unsere Aktivität als eine Form der ungehorsamen Wertschöpfung. Sie steht im Dienste der Wahrung der Würde der abendländischen Zivilisation. Wir verhindern, dass in der Manege nur noch solche Laufräder rotieren, die der Schaffung ökonomischer Werte dienen."

„Bist du dir denn sicher, dass das Zeugs, das deine Künstlerkumpane hervorbringen, tatsächlich von so hohem ideellem Wert ist?"

„Wir begutachten Leute, die für die Mitgliedschaft in unserer Organisation in Frage kommen, nach sehr strengen Maßstäben. Die Loge hat es sich zum Prinzip gemacht, ausschließlich Personen zu unterstützen, die über echte Begabung, ausreichende Disziplin und ungebrochene schöpferische Energie verfügen. Dieses Prinzip gilt unumstößlich."

Es entstand eine längere Pause, in der keiner von ihnen ein Wort sprach. Zu vernehmen war lediglich das Ticken der ovalen, aus Plexiglas bestehenden Küchenuhr, untermalt vom dumpfen Blubbern der Suppe in dem Zinnkübel, das klang, als werde mit jeder Blase ein Heer hartnäckiger Krankheitskeime ausgeschwitzt.

„Das gilt im Übrigen auch für dich", unterbrach nach einer Weile Rufus das Schweigen. „Dich haben wir ebenfalls gründlich beobachtet, bevor wir uns überlegt haben, dir ein Angebot zu machen. Exzellenz ist für uns das alles entscheidende Kriterium."

„Bitte? … Ihr habt was?"

„Na ja, es gab bisher noch keine definitive Entscheidung, an dich heranzutreten. Wir mussten ja auch erst mal abwarten, ob es dir nicht vielleicht noch gelingt, diese Professur an Land zu ziehen. Obgleich Rolf immer prophezeit hat, daraus würde vermutlich nichts werden. Aber durch dein heutiges Auftauchen ist natürlich eine Situation entstanden, die weder dir noch uns eine echte Wahl belässt. Darin sehe ich allerdings auch kein wirkliches Problem. Ich bin mir ohnehin sicher, dass du die nötigen Voraussetzungen erfüllst."

„Ach ja?", rief Freundel verärgert. „Bei dieser Sache werd' ich ja wohl noch ein Wörtchen mitzureden haben! Wer sind überhaupt ‚Wir'? Wer zählt denn alles zu den Mitgliedern deiner sauberen Loge? Sind das die Leute, die du gerade zu Besuch hast?"

„Jetzt beruhige dich bitte."

„Ich werde mich überhaupt nicht beruhigen. Und außerdem würde ich ganz gerne erfahren, mit welchen Methoden ihr heute euer Geld eintreibt. Ich nehme mal an, die menschenfreundlichen Erpressungsaktionen deines jugoslawischen Kumpans sind Teil des Kanons."

Rufus stieß ein Hüsteln aus und warf ihm einen traurigen Blick zu.

„Konstantin", erwiderte er dann, „Nimm es mir nicht übel, wenn ich offen rede. Aber du hast leider kaum noch eine Chance, außerhalb der Loge auf einen grünen Zweig zu kommen."

Er faltete die Hände über der Tischplatte und musterte die ineinander verhakten Finger.

„Aber gut, zu deinen Fragen: Dem Brissagokreis gehören heute knapp fünfzig Personen an, die über mehrere europäische Länder verteilt arbeiten. Einige von Ihnen sind tatsächlich gerade hinten im Salon. Das sind größtenteils die Leute, die du bereits bei früheren Gelegenheiten bei mir angetroffen hast. Sie bilden die Gruppe aus dem Rhein-Main-Gebiet."

In diesem Augenblick betrat ein kleinwüchsiger, dunkel gelockter Mann den Raum. Über seiner Stirn wippte eine fettige Haartolle. Seinen Bauch umspannte eine Kochschürze aus alabasterfarbenem Kunststoff.

„Wer ist denn der?", erkundigte er sich und deutete auf Freundel.

„Erklär' ich dir später", antwortete Rufus. „Der Gemüseeintopf ist fertig. Ihr könnt schon mal anfangen. Wir kommen später nach."

Der Gehilfe stemmte den Zinnkübel von der Kochplatte, um ihn nach draußen zu tragen. Rufus stand auf, näherte sich dem Herd und stellte mit einer raschen Handbewegung die Gasflamme ab. Dann lehnte er sich, die Arme vor der Brust verschränkt, an die Küchenspüle und wandte sich wieder an seinen Gast.

„Nachdem ich Ende der 90er Jahre wegen Irene nach Frankfurt gezogen war, dachte ich zunächst daran, den ganzen Verein wieder aufzulösen. Von hier aus konnte ich nicht mehr so häufig runter an den Lago fahren. Außerdem ging die Anzahl der Geldtransfers aus irgendeinem Grund zurück. Dann ergab sich jedoch eine unerwartete Möglichkeit, die Aktivitäten der Loge sogar noch auszuweiten. Enzo stellte eine Verbindung zu einer Gruppe von Finanzbeamten in Brüssel her, die Geldschiebereien im großen Stil organisierten. Mit den Machenschaften dieser Herren hatten möglicherweise bereits die früheren Konten in Lugano zu tun gehabt. Es handelte sich um einen Deutschen, einen Belgier und einen Italiener. Alle drei waren in der europäischen Finanzverwaltung tätig. Im Lauf der Jahre hatten sie über Bilanzfälschungen in Brüssel EU-Fördergelder in dreistelliger Millionenhöhe abgezweigt. Diese Gelder waren über ein System von Scheinfirmen und getürkten Stiftungen auf Schweizer Konten überwiesen worden. Das korrupte Trio benötigte nun ebenfalls einen Stab unverdächtiger Spaziergänger. Diese sollten, gegen die stattliche Gage von 5% der jeweiligen Summen, in regelmäßigen

Abständen Geldmengen in der Größenordnung von 100.000 Euro durch entlegene Graubündener Bergregionen nach Österreich und Italien transportieren. Ferner galt es, Beträge über die grüne Grenze im Südschwarzwald nach Deutschland zu schleusen. Ich bot den drei Geldschiebern die Mitglieder der Brissago-Loge als Kuriere an, und die Sache lief einige Jahre höchst erfolgreich. Auf diese Weise konnten etliche neue Mitglieder aufgenommen und zuletzt insgesamt 15 Personen mit gut gepolsterten Stipendien versehen werden."

„Kein Wunder kannst du es dir leisten, wie der letzte Großkotz zu leben", unterbrach Freundel ihn.

„Moment. Sei nicht so voreilig mit deinen Schlussfolgerungen. Niemand in der Loge hat das Recht, sich über Gebühr zu bereichern. Die Mitglieder erhalten nur so viel Unterstützung, wie sie benötigen, um sich, frei von finanziellen Sorgen, ihren kreativen Projekten widmen zu können. Und falls du auf die stattliche Wohnung hier anspielst: Die ist Gemeinschaftsgut. Ich bewohne sie lediglich, weil ich der Geschäftsführer des Clubs bin."

Er hielt inne, kramte ein weiteres Mal das grellbunte Taschentuch hervor und fuhr sich damit über die Stirn.

„Aber zugegeben:", fügte er an, „Da ich als Initiator des Vereins das größte strafrechtliche Risiko trage, fällt mein Anteil naturgemäß ein wenig höher aus als die Monatsraten der einfachen Mitarbeiter."

„Eines hast du mir aber immer noch nicht erklärt: Was hat dieser Mafiaheini bei dir zu suchen? Nur damit das klar ist: Ich gehe davon aus, dass ich die 6.000 Euro, die er mir seit März abgeluchst hat, von euch zurückerstattet bekomme."

„Hör zu, Konstantin. Das vorhin war kein Scherz. Zvonimir ist tatsächlich ein Fachkollege von dir. Er kommt ursprünglich von der Universität Zagreb, wo er vor der politischen Wende Philosophie unterrichtet hat. Ich weiß nicht genau, in welchen Bereichen. Ich glaube, sein Spezialgebiet war irgend so eine neomarxistische Haarspalterei. Eine Thematik, die mit Unterschieden in den Ansätzen von Lukacs, Korsch und Bloch zu tun hatte. Als die nationalistische Tudjman-Regierung ans Ruder kam, wurde er kurzerhand auf die Straße gesetzt. Ein Schicksal, das damals vielen Intellektuellen widerfuhr, die unter Tito in den Staatsdienst eingetreten waren. Ende der 90er Jahre hielt er sich dann eine Zeit lang am hiesigen Institut für Soziologie auf. Dort griffen ihm Fachkollegen unter die Arme, die ihn bereits kennen gelernt hatten, als es noch Verbindungen zwischen der Frankfurter Clique und der ehemaligen jugoslawischen Praxisgruppe gab. Rolf hat dann den Kontakt zu uns hergestellt. Damals befanden wir uns in …"

„He, warte mal!", rief Freundel dazwischen. Aus tief entlegenen, halb verschütteten Stollen seines Erinnerungsvermögens begannen Bruchstücke eines anderen, fast schon erloschenen Bildes des vierschrötigen Jugoslawen emporzudämmern. „Wie heißt dieser Zvonimir weiter?"

„Gruner. Das ist sein Nachname. Klingt eigentlich nicht besonders kroatisch."

„Zvonimir Grune …" wiederholte Freundel langsam. Unsicher durchforstete er sein ihm nur zögerlich entgegenkommendes Gedächtnis. Schließlich jedoch wurde er fündig. *Natürlich. Das war es! Die Konferenz in Dubrovnik. Im Jahr 1996.* Verdammt nochmal! Kein Wunder also, dass er die ganze Zeit das Gefühl gehabt hatte, seinen Erpresser irgendwoher zu kennen. Er war ihm vor knapp zehn Jahren schon einmal begegnet. Dies schlug nun wirklich dem Fass den Boden aus!

Stattgefunden hatte das flüchtige Aufeinandertreffen kurze Zeit nach Beendigung des serbisch-kroatischen Waffengangs. Bilder von der zerschossenen Front des Gebäudes, in dem das Inter University Center residierte, kamen ihm in den Sinn. Deutlich sah er auch die dunkelbraune Holzbestuhlung der hohen Konferenzräume vor sich, die tumbem Kirchenmobiliar ähnelte. Ebenso den sonnenbeschienenen Innenhof, in dem die buntgemischte

Tagungsgruppe damals einen Teil der Vorträge abhielt. Er selbst hatte dort einen gefälligen, wenngleich etwas altklug dahin geschnodderten Aufguss seiner Dissertationsthesen zum Besten gegeben. Vermutlich wären überhaupt keine Erinnerungsfetzen an Gruner bei ihm haften geblieben, wäre dessen Darbietung nicht so entsetzlich langatmig, trocken und konfus gewesen, dass die übrigen Konferenzteilnehmer – zu denen auch Meyer-Myrtenrain und Hirzbrunnen gehört hatten – im Rückblick noch etliche Male wie eine Runde spaßstrotzender Karnevalsjecken über die unzumutbare Vorstellung gelästert hatten. Irgendein hilf- und sinnloser Theoriesalat, der von Intentionen zweiter Stufe handelte und mit dem der Referent, der der intellektuellen Betonlandschaft des Marxismus nur zögerlich entlaufen war, den Nachweis erbringen wollte, dass er sich inzwischen Zugang zu angesagteren Debatten verschafft hatte.

Ein weiteres Erinnerungsbild von Gruner trat in Freundels Bewusstsein. Er sah den Kroaten vor sich, wie dieser, die damals noch üppigere Frisur vom Wind gebeutelt, auf dem gewaltigen Wehrgang der Stadtmauer von Dubrovnik stand, gestikulierend darum bemüht, den deutschen Kollegen im Nachhinein die Essenz des verunglückten Vortrags zu erläutern. Vierzig Meter unterhalb der Gruppe brandete die wütende Gischt der Adria an den Burgfelsen der Befestigungsanlage, während sich am Horizont im schwülen Dunst des Mittags die Silhouetten vorgelagerter Inseln erhoben. Gemeinsam hatte der Wissenschaftlertross an jenem Tag eine Besichtigungstour durch die denkmalgeschützte Altstadt unternommen. Hirzbrunnens Haupt zierte dabei eine verdächtig hoch gewölbte Leinenkappe in der Farbe eines benutzten Kaffeefilters. Alle fünf Minuten blieb der Ordinarius stehen, um sein neu erworbenes Blutdruckmessgerät abzulesen, das er in Form einer gleißenden Metallmanschette am Handgelenk trug. Meyer-Myrtenrain marschierte derweil wild entschlossen ein Stück voraus, während Gruner mit seiner Zugabe sämtlichen übrigen Anwesenden heillos auf die Nerven fiel. Persönlich ins

Gespräch gekommen war Freundel mit dem Belächelten damals allerdings kaum. Dazu passte, dass dieser sich ja umgekehrt bisher auch nicht an ihn erinnert hatte.

Auf dem Sims vor dem Küchenfenster gurrte eine Taube. Das Licht der Abendsonne, das vom Nachbarhaus herübergespiegelt wurde, fiel auf die ornamentierten Porzellankacheln über der Spüle. Die handbemalten Pretiosen hatte Rufus vor Jahren mit großem Tamtam aus Portugal importieren lassen. Freundel war ratlos. Er wusste immer weniger, was er von der Geschichte halten sollte, die sein Kumpan ihm da scheibchenweise enthüllte.

„Es ist kaum zu glauben", presste er hervor, „Aber ich kenne Gruner von früher. Das war Mitte der 90er Jahre, auf einer Tagung in Dubrovnik."

„Das überrascht mich nicht", erwiderte Rufus. „Meines Wissens war er früher öfters an der Organisation von Konferenzen beteiligt."

„Aber wenn Gruner für euch als Geldbote tätig ist, verstehe ich noch immer nicht, wie er dazu kommt, mich mit Erpressungen zu bedrohen. Was soll das? Und welche Rolle spielen diese Leute, bei denen ich monatlich mein Geld abliefern muss? Das sind finsterste Gesellen aus dem Rotlichtmilieu. Äußerst primitive und brutale Typen. Du kannst mir nicht erzählen, dass es sich bei denen ebenfalls um verkappte Intellektuelle handelt."

„Da liegst du schon richtig", antwortete Rufus. „Die Sache ist leider eine Ecke komplizierter."

Er ging zum Küchentisch zurück, um abermals nach der Metaxaflasche zu greifen.

„Vor ungefähr fünf Jahren brach unser Finanzierungssystem weg. Die drei Beamten aus Brüssel drohten bei EU-internen Ermittlungen aufzufliegen und setzten sich über Nacht auf die Karbikinsel Aruba ab. Später wurde sogar einer aus dem Trio auf Martinique verhaftet. Glücklicherweise hat er nicht über die Kooperation geplaudert, in die wir mit ihnen verwickelt waren. Jedenfalls gab es keine Geldtransfers mehr. So war ich gezwungen, nach neuen Wegen Ausschau zu halten, Einkünfte für die Stipendiaten der Loge zu organisieren. In dieser Zeit erwies sich Gruner, der kurz zuvor als Geldbote in das System eingestiegen war, als Glücksfall. Er kannte nämlich Leute, die der ökonomische Umbruch auf dem Balkan in die Arme der jugoslawischen Mafia getrieben hatte. Einer von Ihnen ist sogar ein Verwandter von ihm. Ein ehemals angesehener Rechtsanwalt, der auf krumme Immobiliengeschäfte umgesattelt hat. Vermutlich musstest du das Geld bei ihm abgeben."

Er unterbrach sich, führte die Flasche zum Mund und nahm einen vollen Schluck.

„Diese Verbindung zur Mafia war in der damaligen Situation unsere Rettung. Dank der Vermittlung von Gruner konnte sich die Loge mit der ortsansässigen Führungsriege auf eine begrenzte Kooperation einigen. Ich stelle dem hiesigen Netzwerk nach Bedarf freie Mitarbeiter für diskrete Aufträge zur Verfügung. Im Gegenzug werden meine Leute prozentual an den Geschäften beteiligt. Davon profitiert auch die Mafia. Es gibt für bestimmte Aufgaben, beispielsweise für Erpressungsaktionen oder für Bespitzelungen, die der Erpressung vorangehen, kaum geeignetere Ausführende als unverdächtige Kulturschaffende, die nie und nimmer einer polizeilichen Rasterfahndung ins Netz gehen würden. Dasselbe gilt auch für Kurierdienste mit Kokain oder anderen Drogen. Jedenfalls ist Gruner einer der freien Mitarbeiter, die ich zur Verfügung stelle. Die Verbindungsleute, die du bei Deiner Geldübergabe angetroffen hast, zählen allerdings zum gewöhnlichen Ganovenmilieu. Sie haben mit uns nichts zu tun."

„Ich weiß nicht", erwiderte Freundel, „was ich zu all dem sagen soll. Das Ganze ist doch hochgradig kriminell. Meine Güte, du bist offenbar vollkommen skrupellos."

Rufus, der noch immer mit der Schnapsflasche in der Hand neben dem Tisch stand, blickte ihn von oben herab an und schwieg. Erneut lag auf seinem Gesicht ein Schatten der Melancholie.

„Ich glaube", sagte er schließlich, „an die übergeordnete Bedeutung der Künste, der Musik und der Poesie. Das ist alles."

„Gratuliere! Stellst du dann auch Auftragskiller zur Verfügung? Wahrscheinlich gilt für Mordaktionen ebenfalls, dass niemand weniger Verdacht auf sich zieht als harmlose Schöngeister aus dem Frankfurter Kulturmilieu."

„Du Riesenschlaumeier! Ich habe dir bereits viel mehr Einblicke gegeben, als notwendig gewesen wäre. Ich sag dir nur Eins: Bei uns herrscht ein klares Prinzip: Jeder der freien Mitarbeiter übernimmt nur solche Aufträge, zu denen er aus eigener Initiative bereit ist. Von mir wird niemand zu irgendetwas gedrängt, was nicht absolut freiwillig geschieht."

Freundel dachte einen Moment nach.

„Hör zu, Rufus", sagte er. „Du kannst unbesorgt sein. Ich werde alles, was du mir eben erzählt hast, für mich behalten. Niemand wird je davon erfahren. Das versteht sich von selbst. Ich verlange lediglich mein Geld zurück."

„Ich fürchte, das wird nicht so einfach gehen. Wie gesagt, gehören die Leute, die dein Geld erhalten haben, tatsächlich der Mafia an. Die wird es kaum interessieren, dass du ein Bekannter von mir bist. Die halten dich für einen gewöhnlichen Callboy."

Rufus setzte erneut die Flasche an, um sich einen letzten, kräftigen Schluck zu genehmigen.

„Allerdings könnte dir unsere Loge eine Art nachträglichen Schadensersatz überweisen. Denn eigentlich, mein lieber Konstantin, gehe ich davon aus, dass du künftig dem Kreis meiner Mitarbeiter angehören wirst."

„Handelt es sich hierbei etwa um deine famose Finanzierungsidee für meine Akademie?"

„Ja."

„Tut mir leid. Aber das kommt nicht in Frage, dass ich da mitmache. Ich bin kein Krimineller."

„Herrje, Konstantin", erwiderte Rufus, während er die leere Metaxaflasche geräuschvoll auf dem Küchentisch deponierte. „Du bist schon so weit gegangen, dich zu prostituieren. Da bin ich sicher, dass du auch bereit sein wirst, noch einen Schritt weiter zu gehen. Es ist in Wahrheit nur ein winziger Schritt."

„Nein, Rufus. Da täuschst du dich. Ich weiß dein Angebot zu schätzen. Aber lieber verzichte ich auf meine 6.000 Euro, als dass ich mich in Euren schmierigen Verein reinziehen lasse."

„Willst du wirklich die nächsten Jahre weiterhin als Gigolo arbeiten und dich damit abfinden, brav deinen Zwangsanteil in der Elbestraße abzuliefern? Konstantin, mach dir eines klar: Es steht nicht in meiner Macht, dafür zu sorgen, dass die Erpressung aufhört. Ich kann natürlich Zvonimir von der Sache zurückziehen, aber dann schicken sie dir nur einen weitaus unangenehmeren Typen auf den Hals."

„Ich werde mit der Hurerei aufhören."

Rufus ließ sich auf dem Schemel an der Schmalseite des Tischs nieder, die sich gegenüber von Freundels Sitzplatz befand.

„Mach dir bitte nichts vor. Das werden sie dir kaum gestatten. Vor allem dann nicht, wenn du in ihren Augen tatsächlich ein so erfolgreiches Pferd bist, wie Zvonimir behauptet. Und ich habe, wie gesagt, auf deren konkrete Politik keinen Einfluss. Der einzige Weg, wie du aus der Zwangslage raus kommst, besteht darin, dass du die Seiten wechselst. Wenn du von unserer Loge aus als freier Mitarbeiter für sie tätig wirst, werden sie das akzeptieren."

Urplötzlich wurde Freundel schwarz vor Augen. Er musste den Kopf auf die Hände stützen.

„He!", rief Rufus, „Du bist ja ganz bleich. Ist dir nicht gut?" Er beugte sich über den Tisch und legte die Hand in die Armbeuge des Freundes. „Du solltest einen Schluck trinken."

Er starrte auf die leere Flasche.

„Ich Idiot! Ich habe dir ja gar nichts angeboten. Warte mal! Es hat im Wohnzimmer noch einen phantastischen Eierlikör aus Aix-en-Provence. Ich hole dir rasch ein Glas."

„Danke", erwiderte Freundel schwach. „Es reicht, wenn du mir ein Glas Wasser gibst."

Rufus sprang auf, öffnete den Hängeschrank über der Herdzeile und holte ein Glas daraus hervor. Anschließend drehte er den Hahn des Spülbeckens auf. Nach Verstreichen einiger Sekunden stieb das Wasser mit einem laut rotzenden Geräusch aus dem Rohr.

„Zum Einstieg könnte ich dir einen sehr einfachen Mitarbeiterjob vermitteln", sagte Rufus, während er das Wasser über den Handrücken laufen ließ. „Du müsstest vielleicht bloß ein paar Dinge von A nach B transportieren, oder irgendeine Person unbemerkt beobachten. Innerhalb von zwei, drei Jahren könntest du bereits genug Geld verdienen, um einen ausreichenden Kapitalstock für deine Akademie beisammen zu haben. *Brissago* könnte dir außerdem zusätzliches Startkapital zur Verfügung stellen und – wer weiß – in Zukunft vielleicht sogar einen Teil der laufenden Kosten übernehmen. Da wäre vieles denkbar."

Er füllte das Glas, kehrte an den Tisch zurück und reichte Freundel das Wasser.

„Konstantin, überlege es dir. Das ist die Gelegenheit für dich, nach vorne zu blicken."

In geräuschvoll glucksenden Zügen leerte Freundel das Glas. Sogleich begann das Schwindelgefühl nachzulassen. Jetzt erst fiel ihm auf, wie sehr die Schwüle im Lauf der letzten Stunde zugenommen hatte. Draußen, vor dem Fenster, wirkte die Luft zelluloidhaltig. Die Kolorierung des Himmels glich der Färbung von verbrauchtem Badewasser, dem ein Kamillezusatz zur Dampfinhalation beigemengt worden war. Aus einem der Nachbarhäuser wehten die leisen Klänge eines Tenorsaxophons herüber.

Was war, wenn Rufus Recht hatte? Er musste an Lydia denken. Wie lange noch würde sie bereitwillig hinnehmen, dass er ganze Nachmittage und einen Teil seiner Nächte in fremden Schlafzimmern zubrachte? Und wie lange würde er selbst noch imstande sein, das gefühlsmäßig schizophrene Treiben fortzusetzen? Bei der Zwangslage, in die das Wirrwarr der letzten Monate ihn gebracht hatte, handelte es sich in Wahrheit um einen handfesten Alptraum. Was also sprach dagegen, den Rettungsring aufzunehmen, den Rufus ihm zuwarf?

„Ich vermute mal", sagte er, „dass man bei euch nicht einfach nur vorübergehend Mitglied werden kann. Würde ich mich entscheiden mitzumachen, müsste ich wohl auf Gedeih und Verderb dabei bleiben. Oder kann man da jederzeit wieder aussteigen?"

„Na ja. Eine gewisse Zeit müsstest du schon durchhalten. Nicht wegen uns. Aber unsere Partnerorganisation wird dein Ausscheiden aus dem horizontalen Gewerbe vermutlich nur dann akzeptieren, wenn du dafür als freier Mitarbeiter eine Weile verbindlich bei der Stange bleibst. Das kann man ja auch verstehen."

Rufus unterbrach sich und schaute auf seine Armbanduhr.

„Im Übrigen", fuhr er fort, „muss ich dir sagen, dass mir die Sache mit deinen frivolen Einkünften ziemlich imponiert. Diese Kaltschnäuzigkeit hätte ich dir gar nicht zugetraut. Ich hätte es gern, dass du mir mal ausführlicher davon erzählst."

Freundel schwieg und studierte die Maserung der Tischplatte. Die groben Schlieren ähnelten den Falten eines staubigen Vorhangs, der den diskreten Teil eines Dachspeichers verbarg. Während ihm der klitschnasse Schweiß in den Hemdkragen rann, kehrte das Schwindelgefühl zurück. Erschöpft rieb er sich die Stirn. Unbarmherzig, wie der allmählich zunehmende Druck einer Ölpresse, lastete die Schwere der abendlichen Schwüle auf seinen Schläfen.

„Kann ich mal nach hinten auf deinen Balkon gehen?", erkundigte er sich matt. „Ich muss dringend frische Luft schnappen."

„Wenn du jetzt zu den anderen in den Salon gehst, betrachte ich das als eine Entscheidung", erwiderte Rufus. Dann packte er ihn am Arm und hielt die stahlblauen Augen, ohne zu blinzeln, fest auf ihn gerichtet.

„Ich glaube an deine Akademie, Konstantin!"

Seine linke Iris erschien in diesem Moment heller als die rechte. Zum ersten Mal bemerkte Freundel, dass sie an mehreren winzigen Stellen vom Weiß des Augapfels durchlöchert war.

Freundel konnte sich später nicht mehr erinnern, wie viele Minuten sie anschließend, in bohrendes Schweigen gehüllt, einander gegenüber gesessen hatten. Irgendwann jedoch befand er sich in der Diele, wo sich der Duft von Teppichseife mit dem Geruch des gekochten Essens mischte. Er zwang sich, ruhig durchzuatmen. Der hohe dämmrige Raum umgab ihn wie das leere Innere eines uralten Radiogehäuses, in das hinein er sich, auf die Größe eines Däumlings geschrumpft, verirrt zu haben schien. Mechanisch steuerte er auf die breite Flügeltür zu. Sie führte zu den beiden Wohnräumen an der südwestlich gelegenen Seite des Anwesens. Langsam ließ er die Hand auf die Klinke sinken und lauschte. Hinter der Tür ertönte gedämpftes Stimmengewirr. Vorsichtig blickte er sich um. Rufus war ihm nicht in die Diele gefolgt. Die Eingangstür der Wohnung befand sich ebenfalls nur wenige Meter von ihm entfernt. Sie war die andere Pforte, durch die er jetzt schreiten konnte. Und durch die er gewiss sogleich schreiten würde. Über der Tür waren mehrere graue Filzplatten angebracht, die dazu dienten, das Oberlicht zum Treppenhaus abzudecken. Ihre oberen Ränder hatten sich ein Stück von der Scheibe gelöst und ragten hässlich in den Raum hinein.

Er zog die Hand von der Klinke zurück. Es gab keinen Zweifel. In dem Raum hinter der Flügeltür, aus dem die Stimmen drangen, hatte er nichts verloren. Ihn packte ein endgültiger Ekel. Überkandidelte Künstler und kriminelle Machenschaften. Atonale Musik und Erpressung. Diese Kombination war einfach nur widerwärtig. Rufus musste vollkommen den Verstand verloren haben. Wie auch immer: Er würde das Portal unter den Filzplatten passieren. Selbst wenn dies vermutlich bedeutete, dass er nie wieder in die Wohnung seines Freundes zurückkehren würde. Akademie hin oder her. Hier mitzumachen, kam einfach nicht in Frage.

Er trat einen halben Schritt zurück. Die Klinke glänzte kühl, wie der Bauch eines fangfrischen Süßwasserfischs. Oder sollte er das Für und Wider doch noch einmal abwägen? Für einen Moment begann er zu zögern. Beging er einen Fehler? Begab er sich mit seiner Haltung auf ein unnötig hohes moralisches Ross? Was war schon dabei, auf illegalem Wege ein bisschen Geld abzusahnen, solange er niemandem direkt etwas zuleide tat? – Nach kurzem Überlegen jedoch besann er sich. Ochi, Kostaki. Definitiv nicht! Dies hier entsprach nicht seiner Fasson. Dann doch lieber als Pensionswirt Zimmerschlüssel austeilen!

Ein letztes Mal ließ er den Blick über die kartoffelgelb und erdnussbraun gefärbten Bastmatten gleiten, die an den Wänden der Diele hingen. Diese sogenannten Kunstwerke waren genauso unsäglich wie der Modus ihrer Finanzierung. Während er sich umsah, ergriff ein merkwürdiges Gefühl von ihm Besitz. Ihm war, als betrachte er eine Zeichnung in der Rätselbeilage eines Magazins, auf der inmitten einer ansonsten schlüssigen Szenerie ein falscher Gegenstand platziert worden war. Ein ganz und gar falscher Gegenstand, der vage im Vorhof seines Bewusstseins aufblitzte. Unruhig scannte er sich ein weiteres Mal durch den Raum. Sein Blick kam an dem Garderobenständer neben der Eingangstür zum Stillstand. Über einem sandfarbenen Jackett hing dort ein weißer Sommerhut. Er wurde geziert von einem nattergrünen Band aus glänzendem Leder. Dessen Ende fiel über den hinteren Rand der Krempe herab, wobei seine Form der eines gespreizten Entenfußes glich.

Eine ganze Weile musterte er den Hut. Handelte es sich hierbei wirklich um einen Gegenstand, der *nicht* hierher gehörte? Oder passte er am Ende nur *allzu gut* in diese Umgebung? Mit hartnäckiger Macht flutete das Bild des nattergrünen Bands sein Bewusstsein. Es schien, als seien die Teile des Puzzles noch nicht endgültig zusammengefügt. Vorsichtig tastete er nach der Klinke der Flügeltür. Er legte die Finger um das Metall und lauschte erneut. Die aus dem Raum dringenden Gesprächsfetzen blieben undeutlich und verschwommen. Ähnlich den Konturen durcheinander wuchernder Farne hinter den beschlagenen Scheiben eines Gewächshauses. Und noch einmal den Blick zurück zu dem Hut: Nein. Zweimal derselbe Entenfuß, das war kaum vorstellbar. Da müsste schon ein äußerst verrückter Zufall seine Hände im Spiel haben. Bedächtig drückte er die Klinke nach unten.

In der Mitte des vertrauten Raums, den er betrat, waren mehrere Tische zu einer Tafel zusammengeschoben. Bedeckt wurde sie von einem hellen Tuch aus gestärktem Leinen, das bis zum Boden reichte. Am Kopfende des Tischs hockte, mit dem Rücken zu ihm gewandt, ein fettleibiger Mann. Auf dessen Halbglatze schimmerten Schweißperlen in der Größe von Tautropfen. Er war damit beschäftigt, mit einem Messer einen Batzen Blauschimmelkäse auf einem Brotrest zu zerdrücken. Die übrigen Stühle, die die Tafel umgaben, waren verwaist. Leergegessene Suppenschalen und verschmierte Reste kalter Platten zeigten an, dass das Dinner bereits beendet war. Die meisten Anwesenden standen, in kleine Gruppen verteilt, im Raum herum oder hielten sich auf der Veranda auf. Aus der Stereoanlage auf dem Wandbord ertönte ein Satz aus dem zweiten Brandenburgischen Konzert.

Freundel erkannte Himmelsried, der ihm zur Begrüßung zuwinkte, sowie Gruner, der ihn voller Argwohn musterte. Auch „Zecke", der die Bastmatten in der Diele installiert hatte, befand sich unter den Gästen. Er war in ein Gespräch mit Bofflinger vertieft, dem arbeitslosen Cellisten, von dem es hieß, er arbeite seit geraumer Zeit an einer bedeutenden musiktheoretischen Abhandlung. Petra Übersax, die im Selbstverlag Kurzgeschichten herausbrachte, zählte ebenfalls zu den Anwesenden. Sie war Freundel seit einer früheren Tafelrunde bei Rufus als eine der großspurigsten Redenschwingerinnen des Brissago-

Kreises in Erinnerung geblieben. Neben ihr erkannte er einen älteren, freischaffenden Filmemacher. Dessen Hornbrille war so übermäßig dick, dass die Gläser aussahen, als seien sie zerbrochen. An seinen Lippen hing ein junger Mann mit Stoppelschnitt und eunuchenhaften Gesichtszügen. Beide hatte Rufus ihm vor Jahren im Club Voltaire vorgestellt. Ihre Namen waren ihm entfallen.

Draußen auf der Veranda parlierte im kleinen Kreis Jobst Riefenkleist. Der ehemalige Galerist, dessen Hände beim Reden unablässig mit unsichtbaren Bällen zu jonglieren schienen, hatte mit einer gescheiterten Theaterbühne in einer stillgelegten Fabrikhalle im Stadtteil Sossenheim einen beträchtlichen Schuldenberg angehäuft. Über die zivilrechtlichen Konsequenzen des finanziellen Schiffbruchs wurde seit Monaten in der Lokalpresse berichtet. An seiner Seite stand, demonstrativ in sich gekehrt, Dr. Leisebrot. Der angehende Psychoanalytiker, dessen Lehranalyse seit Ewigkeiten nicht vom Fleck kam, unterrichtete als Privatdozent am Institut für Ethnopsychologie und war weit über dessen Grenzen hinaus für seinen schwierigen Charakter verschrien. Drei weitere Personen, die sich ebenfalls auf dem Balkon aufhielten und an Sektgläsern nippten, hatte Freundel dagegen noch nie zuvor gesehen.

Dann richtete er den Blick in den Hintergrund des Raums. Neben der Kommode mit der Ceaucescubüste stand dort eine Frau, die noch kurz zuvor von zwei anderen Gästen verdeckt gewesen war und die an Eleganz alle übrigen im Raum befindlichen Personen überstrahlte. Sie trug ein kakteengrünes Abendkleid mit hauchdünnen Trägern. Ihren Hals umgab eine Kette, deren Glieder aus olivenförmigen Korallen bestanden. Während sie den Messing-Samowar neben der Büste bediente, schaute sie, in Gedanken vertieft, aus dem Fenster. Ihr Haar fiel offen über ihre mondhellen Schulterblätter, die ölig glänzten wie die Kopfhaut eines soeben aus den Fluten emporgetauchten Delphins. Nachdem sie ihre Tasse mit Tee gefüllt hatte, drehte sie sich zu Freundel um. Im ersten Moment ließ ihr Gesichtsausdruck ihn zusammenzucken. Ihre breitstehenden Augen loderten dunkel zwischen den Lidern, die mit einem Kajalstift übertriebener als sonst geschwärzt waren. Sie verzog keine Miene, als er an der Tafel vorbei auf sie zuging.

„Deinen frisch geklauten Hut solltest du lieber nicht so offen da draußen rumhängen lassen", sagte er. „Sonst kommt dir womöglich noch jemand auf die Schliche."

Der verhaltenen Regung ihrer Lippen ließ sich nicht entnehmen, ob Lydia über ihr Zusammentreffen belustigt oder beunruhigt war. Ihr geschminktes Gesicht glich einer aus Ton gebrannten Maske. Es dauerte eine Weile, bis sie reagierte.

„Ich bin erstaunt", sagte sie schließlich. „Ich hatte keine Ahnung, dass du hier auftauchen würdest."

„Ich auch nicht", antwortete Freundel. „Weiß Rufus, dass wir uns kennen?"

„Rufus? Nein. Mein Privatleben geht diese Leute hier nichts an." Sie begann mit den Fingern an den Gliedern ihrer Kette zu spielen.

„Lass uns später reden, wenn wir alleine sind. Ich muss erst mal frische Luft schnappen. Und danach werde ich mich einigen der übrigen Gäste vorstellen."

Er ließ sie stehen, um sich zwischen Zecke und Bofflinger hindurch den Weg hinaus auf die Veranda zu bahnen. Von dort hatten sich die anderen Gäste in der Zwischenzeit zurückgezogen. Die Abenddämmerung war über das Villenviertel hereingebrochen, und wie aus unsichtbaren Poren entließ die schwüle Luft gnädig einige kühlere Brisen. Sie strichen wohltuend über das Gesicht, als würden Stirn und Wangen von feuchten Lappen touchiert. In die stuckverzierten Fassaden der Nachbarhäuser und die hohen Laubbäume der umliegenden Gärten wanderten bereits sachte die ersten Grautöne ein. Während aus dem Salon von Rufus' Wohnung das Lachen und die Gesprächsfetzen der Partygäste nach draußen drangen, griff Freundel mit zittrigen Händen nach dem Balkongeländer. Dann konzentrierte er sich erneut auf seine Atmung. Die menschenleere, parkartige Kulisse mit ihren düsteren Farben und ihrer vegetativen Stille ließ ihn allmählich zur Ruhe kommen. Unmittelbar vor seinen Augen versetzten die kühlenden Windstöße die Zweige des Nussbaums in kaum merkliche Bewegungen. Mit der vollendeten und zugleich beunruhigenden Präzision, die allem Existierenden anhaftete, hoben die verzweigten Gerippe der Blätter sich von dem verschwommenen Hintergrund der minütlich blasser werdenden Gartenlandschaft ab.

Kapitel 13: Jenseits der Dinge

„Edler Gefährte!", rief die Fürstin, während sie ihm ausgelassen zuwinkte. „Kommt doch ebenfalls ins Wasser! Die Temperatur ist köstlich. Es wird Euer Gemüt erfrischen."

Wortlos schüttelte er den Kopf. Schließlich hatte er es sich gerade erst, so gut es ging, auf den harten Bootsplanken bequem gemacht. Deren hellblaue Farbe war bereits im Abblättern begriffen, und auf dem rissigen Holz lag eine Lasur aus getrocknetem Meersalz. An den hüfthohen Aufbau des Verdecks gelehnt, beobachtete er die badende Gefährtin. Träge fuhr sein Blick die Linien ihres Bikinis entlang. Sie schwamm einen halbkreisförmigen Bogen, sorgsam bemüht, den Kopf weit genug über Wasser zu halten, um die kokosmilchweiße Lockenpracht ihrer Perücke vor dem Nasswerden zu bewahren. In raschen Stößen durchpflügte sie die spiegelglatte Flut. Unter ihr schimmerte, in schattigem Türkis, der felsige Grund der Bucht. An manchen Stellen waren schwarze Flecken mit unscharfen Rändern auszumachen, die auf Seeigel hindeuteten. Sie boten einen leicht bedrohlichen Anblick, so als handele es sich um verstreut wuchernde Metastasen eines bösartigen Unterwassertumors.

Strahlend hell schwebte Elisabeths von der Sonne beschienener Leib über dem Grund. Das Meer umspielte ihn wie ein feiner Gelee. Ihre Hoheit war unbestreitbar eine Badeschönheit.

„Ich komme später rein", rief er ihr zu, damit beschäftigt, die Ärmel seines Seidenkostüms nach oben zu streifen. „Zuvor möchte ich mich noch ein wenig ausruhen."

Das Holz des Fischerboots gab ein leises Quietschen von sich. Das geschah jedes Mal, wenn den Rumpf eine der Wellen erfasste, die draußen in der Lagune von einem Fährschiff hervorgerufen und anschließend in die windstille Bucht getrieben wurden. Von den Tamarisken, die das Halbrund des Strands säumten, stob ein Schwarm lautstark kreischender Spatzen auf. Als habe er eine choreographische Abrichtung erfahren, folgte er in der Luft den Linien einer imaginären Doppelschleife. Die Form der Flugbahn glich der des mathematischen Symbols für Unendlichkeit. Anschließend setzte sich der Schwarm in Richtung Landesinnere in Bewegung. Kurz darauf verschmolzen die winzigen Körper der Vögel mit den staubigen, von graubraunem Strauchwerk bedeckten Anhöhen jenseits der Küste.

„Ach, Cartesius!", rief die Fürstin, die sich inzwischen ein beträchtliches Stück von dem Boot entfernt hatte. „Seid doch kein Spielverderber! Wenn Ihr zu mir geschwommen kommt, erzähl' ich Euch meine Geschichte."

Ihm stand nicht der Sinn danach, der Aufforderung zu folgen. Gleichmütig betrachtete er den blassgelben Hügel, der sich im Bugbereich des Nachens auftürmte. Ein gigantischer Gugelhupf, bestehend aus zahllosen Fäden, Maschen und verstärkenden Querstrippen. Erstaunlich, wie es den Fischern gelang, die Netze zu einem so großen Stoß zusammenzuschichten, ohne sie ineinander zu verheddern. Er senkte die Lider, legte den Kopf in den Nacken und wartete, bis das vertraute Prickeln der Sonne auf seinen Wangen einsetzte. Die Luft war trocken wie der Kelch einer Distel und zugleich erfüllt vom jodhaltigen Atem des Meeres. Auf seinen Lippen lag ein salziger Geschmack. Was für eine Geschichte das wohl sein mochte, die Elisabeth ihm angekündigt hatte? Hoffentlich konnte sie damit noch eine Weile warten. Er war froh, vorübergehend seine Ruhe zu haben. Die Brutalität der Mittagshitze hatte im Lauf der letzten Stunde zugenommen, und das Denken fiel ihm schwer.

Es waren bereits einige Minuten verstrichen, in denen er mit geschlossenen Augen vor sich hingedöst hatte, als das Boot plötzlich begann, heftig auf und nieder zu schaukeln. Erschrocken fuhr er hoch. Einen knappen Meter von seinem Sitzplatz entfernt erblickte er das Gesicht der Fürstin, das, grell umsäumt von der gepuderten Perücke, über die Seitenplanke ragte. Sie erschien ihm ein ganzes Stück jünger als er sie seit ihrer letzten Zusammenkunft in

Erinnerung behalten hatte. Die Unterarme presste sie auf die hölzerne Reling, um ihr Haupt darauf zu stützen. Artig beugte er sich vor, um sie zu sich hinauf an Deck zu ziehen. Als er ihr die Hand reichte, spie sie ihm ohne Vorwarnung eine klatschende Fontäne Meerwasser mitten ins Gesicht. Prustend rieb er sich die brennende Flüssigkeit aus den Augen. Elisabeth lachte ihr quecksilbriges Lachen, während sie ihren zarten, tadellos geformten Leib mit Schwung zurück in die Fluten gleiten ließ.

Er begab sich auf das Vorderdeck, wo er auf der flachen Bootskiste Platz nahm. Dort öffnete er den gegerbten Ledersack, den er an seinem Gürtel trug, und holte eine Handvoll getrockneter Feigen daraus hervor. Kurz darauf tauchte der Kopf der Fürstin abermals über der Seitenplanke auf.

„Wollt Ihr nicht zu mir heraufkommen?", fragte er sie. „Es gibt noch köstliches Dörrobst."

„Nein, noch nicht", antwortete sie. „Erst meine Geschichte."

„Also gut." Er nahm eine Frucht und schob sie sich in den Mund. „Ich höre."

Sie legte das Kinn auf die ineinander gefalteten Handflächen und formte ihre Zuckerschnute zu einem Backfischlächeln.

„Ich habe", begann sie, „ein weiteres Mal Eure *Meditationes de Prima Philosophia* studiert."

„Vortrefflich."

„Mir ist jetzt klarer geworden, dass Eure sämtlichen Beweise nur einem einzigen Zweck dienen."

„Und der wäre?"

„Es geht Euch darum, die Überzeugung, dass die Seele nach dem Tode fortbestehen könne, unumstößlich zu machen."

Er streckte die Beine von sich, die in einer Hose aus gebleichtem Leinen steckten. Anschließend zog er den Stumpen der Trockenfrucht aus seinem Mund und warf ihn über Bord.

„Dies ist nicht mein Ziel", erwiderte er. „Aber ein Ergebnis. Mein eigentliches Ziel besteht darin, dem Wissen ein unerschütterliches Fundament zu verschaffen."

„Na gut. Wie dem auch sei. Ich jedenfalls glaube, dass die Gelehrten, wenn sie über das Fortleben im Jenseits spekulieren, häufig eine Möglichkeit übersehen."

„Aha."

„Ganz im Ernst, Cartesius."

„Na, schön. So sprecht: Wie lautet diese Möglichkeit?" Das kautschukartig verdichtete Fruchtfleisch der Feige entließ einen zusehends bitteren Geschmack, der anfing, seine Backentasche zu kontaminieren.

„Wir nehmen ja gewöhnlich an, die erhoffte Existenz im Jenseits sei ein Zustand, der *nach* unserem jetzigen Leben beginnt." Sie hielt inne und rieb das Kinn über den Handrücken.

„Gewiss doch. So viel immerhin scheint doch klar zu sein, Verehrteste."

„Nichts ist daran klar." Sie lachte. „Ihr habt mich zu dieser herrlichen Bucht geführt, in der die Strahlen der Sonne bis tief hinab zu den Felsen und Muscheln am Grund des Meeres reichen. An einen Ort, an dem sich die Glückseligkeit geradewegs aus dem Licht melken lässt. Und jetzt ist eben nichts mehr klar, was zuvor noch klar war."

„Eure Hoheit belieben zu scherzen?"

„Mitnichten, Cartesius!" Ein ernster Zug trat in ihr rundliches, von quarkheller Creme bedecktes Gesicht. „Habt Ihr schon einmal die Möglichkeit in Betracht gezogen, dass auch unser gegenwärtiges Leben sich bereits im Jenseits abspielen könnte?"

Er begriff nicht, worauf die Fürstin hinaus wollte. Dies bereitete ihm Unbehagen.

„Wenn Ihr nicht zu Scherzen aufgelegt seid", gab er zurück, „so erläutert mir bitte, wie dies gemeint sei."

Sein Blick streifte einen der Hügel am Ufer. Auf dessen kahlem Gipfel stand, regungslos und zähnebleckend, ein pechschwarzer Ziegenbock in der Größe eines Widders. Die riesenhaften Hörner waren ungewöhnlich weit nach hinten gebogen und schienen in das Haupt zurückzustechen. Auf seinem zotteligen Fell lag ein rätselhafter, bläulicher Schimmer.

„Nun ja", erwiderte Elisabeth. „Das sogenannte Diesseits und das sogenannte Jenseits sind vielleicht viel enger ineinander verschlungen als wir gewohnt sind anzunehmen."

Im Nu waren seine Trägheit und seine Müdigkeit verflogen. „Und wie denkt Ihr Euch dies?"

„Erinnert Euch nur einmal an das, was Ihr mich bei unserer letzten Begegnung gelehrt habt."

„Erklärt Euch genauer."

„Ihr habt mich doch gelehrt, dass wir Wesen sind, die ein absonderliches Loch in ihrem Sein haben."

„So sprach ich."

„Ein Loch, durch das die gesamte übrige Welt hineinscheinen kann."

„Ganz recht."

„Und dass es unvorstellbar ist, dass irgendein *Ding* ein solches Loch in seinem Sein hat. Weil es ein Wesenszug der Dinge ist, dass ihr Dasein undurchdringlich und bis in seine Tiefen hinein opak, gleichsam fugenlos in sich geschlossen ist."

„Eben dies lehrte ich Euch."

„Ergo!", erwiderte sie und ließ sich mit einem gewaltigen Platscher zurück ins Meer fallen.

„Was, ergo?", rief er und beugte sich über die Reling. Elisabeth schwamm auf dem Rücken und blickte vergnügt zu ihm empor. Ihren Rumpf umgaben hell funkelnde Schaumbläschen, von denen ein bizzelndes Geräusch ausging.

„Dann ergibt sich die Folgerung doch wie von selbst", antwortete sie. „Wir sind Wesen, deren Leben sich bereits *jenseits* der Dinge vollzieht. Denn unserer Sein ist ja von völlig anderer Art als das in sich verriegelte Sein der Dinge."

„Wartet ..."

„Und dennoch sind wir mit den Dingen so eng wie nur irgend denkbar verbunden. Wie könnten sie auch sonst in uns hineinscheinen? Versteht Ihr?"

„Ich gebe mir Mühe."

„*Jenseits der Dinge* muss schließlich nicht heißen: weit von den Dingen entfernt. Es kann ebenso gut heißen: Ganz dicht mit der Welt auf Tuchfühlung."

Sie machte ein paar kräftige Schwimmzüge in Rückenlage, wodurch sie sich abermals ein beträchtliches Stück von dem Boot entfernte. Dass ihre Perücke dabei klatschnass wurde, schien sie auf einmal nicht mehr zu kümmern.

„Elisabeth!", rief er und sprang auf. „Eure Hoheit! So schwimmt doch nicht fort! Zuvor müsst Ihr mir Eure Geschichte noch genauer erklären."

Sie lachte erneut und strampelte so heftig mit den Beinen, dass das Wasser bis auf das Deck des Boots zurückspritzte.

„Ach Cartesius!", rief sie ihm zu. „Unser gesamtes Leben ist schon das Jenseits. Vom Anfang bis zum Ende ist es in das wunderliche Dickicht der Dinge verwickelt, durch das allein es seine kunterbunte Gestalt und Fülle gewinnt. Doch zugleich bleibt es diesem Dickicht stets ein kleines, aber bedeutsames Stück entrückt."

„Elisabeth!"

„Begreift Ihr es jetzt? Die jenseitige Sphäre ist nicht im Mindesten von dieser Welt getrennt. Ihre Transzendenz ist mitten hineingeflochten in unser ganz alltägliches Universum."

„Bitte, so kommt doch zurück!", flehte er verzweifelt. Hektisch griff er nach dem Ruder, das am Boden des Vorderdecks lag, und ließ es ins Wasser.

„Heute nicht mehr", antwortete die Fürstin. „Seht Ihr? Man ruft mich bereits."

Sie deutete mit einer Hand in Richtung Strand. Dort stand ein älterer Herr in einer hellen Safarijacke. Prall wie eine schusssichere Weste spannte sich das mit zahllosen Taschen versehene Kleidungsstück um seinen Oberkörper. Es war Hirzbrunnen. In der Hand hielt er einen riesigen Sombrero, mit dem er Elisabeth zuwinkte. In seinem Rücken, zwischen den Tamarisken, zeichneten sich die Umrisse einer latexschwarzen Pferdekutsche ab. Auf dem Kutschbock, vor den zwei Hengste gespannt waren, saß ein stattlicher älterer Herr. Seine weiße Haarmähne bewegte sich sachte im Wind. Es schien sich um Meyer-Myrtenrain zu handeln. Hirzbrunnen und er waren also gekommen, um Elisabeth nach Hause zu bringen. Dann war ja alles in Ordnung.

Die Fürstin hatte inzwischen die Nähe des Ufers erreicht, wo sie im seichten Wasser auf den Strand zu watete. Kurz davor drehte sie sich noch einmal um und legte die Hände an die Wangen, einen zierlichen Trichter formend.

„Ab heute werde ich Euch René nennen", rief sie ihm zu. „Einverstanden?"

„Einverstanden", rief er zurück.

Elisabeth sprang an den Strand. Dort stand Hirzbrunnen bereit, um ihr ein weißes, mit einer lila Comicfigur bedrucktes Frotteetuch zu reichen. In energischen Rubbelbewegungen rieb sie sich die Hüften, die Oberschenkel und zuletzt die Arme trocken. Anschließend legte sie sich das Tuch um den Nacken. Der Professor schritt voran in Richtung Kutsche, öffnete die Seitentür und half der Fürstin über das steile Trittbrett hinauf in den Wagen. Dann setzte er den Sombrero auf und hievte sich selbst mit erstaunlicher Leichtfüßigkeit die Stiege empor. Unverzüglich ließ daraufhin Meyer-Myrtenrain die Reitpeitsche über den Häuptern der Zugpferde schnalzen, und das altertümliche Gefährt setzte sich in Bewegung.

Heftig wirbelten die Räder der Kutsche den Staub der Schotterpiste jenseits des Strandes auf. Eine ganze Weile lang konnte man noch verfolgen, wie der Zweispanner die steilen Serpentinen des Hangs hinauf fuhr, an dessen oberem Ende sich das Hochplateau befand. Über dem Rand des Plateaus erhoben sich, dicht aneinandergedrängt, die Fassaden der alten Herrenhäuser von Plaka. Die himmelblauen und blassgrünen Läden der schmalen Fenster waren fest verschlossen. Die gesamte Siedlung wirkte dadurch abweisend und in sich gekehrt. Ihr weißgetünchtes Mauerwerk leuchtete grell unter der Glutglocke des Mittags, die sich über der Insel wölbte wie der gewaltige Bauch eines Buddhas.

Vom Licht geblendet, kniff er die Augen zusammen, während er sich das Haar aus der Stirn strich. Wann würde er die Fürstin wiedersehen? Mechanisch betätigte er das Ruder, um in Richtung Strand zu paddeln. Urplötzlich begann das Boot heftig hin- und her zu schlingern. Es war, als ob die unsichtbare Hand einer Meeresgottheit mit äußerster Gewalt daran zerrte. Im nächsten Moment sackte das gesamte Gefährt nach unten, wo es auf einer tieferen Schicht des Wassers aufzuschlagen schien. Reflexhaft schnellte er von der Bootskiste hoch. In der Oberfläche des Meeres, rings um das Schiff herum, tat sich ein meterbreiter Trichter auf, in den das Wasser kreisförmig hineinzulaufen begann wie in den überdimensionalen Abfluss eines Waschbeckens. Er stieß einen Angstschrei aus. Währenddessen sackten die Planken unter seinen Füßen abermals ein gewaltiges Stück nach unten. Die Wände des Strudels türmten sich jetzt bereits meterhoch zu seinen Seiten auf und drohten jeden Augenblick über dem Deck zusammenzuschlagen.

Verzweifelt nahm er seine gesamte Kraft zusammen. Ihm blieb nur die Möglichkeit, sich durch einen kolossalen Hechtsprung aus dem sinkenden Boot zu retten. Da presste sich ein schwerer, sackartiger Gegenstand auf seine Schulter und drückte ihn mit Macht nach unten. Von Panik erfasst griff er nach dem Hindernis. Er fühlte einen warmen, lebendigen Körper. Gleichzeitig tauchte, aus dem Nichts heraus, die karierte Rückenlehne eines Sessels vor seinen Augen auf.

Lydia, die in seinen Armen geruht und den Kopf an seine Schulter gelehnt hatte, richtete sich auf und blickte ihn fragend an.

„Was ist los? Hast du geträumt?"

Während das Dröhnen eines Motors einsetzte, gab der Boden unter ihnen aufs Neue nach.

„Was ist das?", rief er, noch immer von Angst erfüllt.

Sie musste lachen. „Das sind nur ein paar Turbulenzen. Du bist eingeschlafen."

Allmählich realisierte er, dass sie sich an Bord eines Flugzeugs befanden. Er rieb sich die Stirn. Schwerfällig, wie ein taumelnder Trunkenbold, kehrte die Erinnerung zurück. Bei der Maschine handelte es sich um eine zweimotorige Fokker der Tyrolean Airlines, die sie von Wien aus nach Dubrovnik bringen sollte. Der vorangehende Flug von Frankfurt nach Wien hatte eine halbe Stunde Verspätung gehabt. Dadurch hatten sie die Gangway für den Anschlussflug erst im allerletzten Moment erreicht. An den weiteren Verlauf der Reise konnte er sich nicht mehr erinnern. Er musste bereits kurz nach dem Start eingenickt sein.

„Wie lange fliegen wir schon?", erkundigte er sich.

„Eine knappe Stunde", erwiderte Lydia. „Da unten kannst du die Adria sehen." Sie deutete aus dem Fenster.

Er beugte sich über ihren Schoß hinweg, um durch die verkratzte Scheibe zu spähen. Die Maschine flog in unmittelbarer Nähe der Küste entlang. Ausgefranste Uferlinien, in mottenhaftem Graubraun gehalten, schlängelten sich endlos in Richtung Südosten. Hier und da glichen sie den brüchigen Rändern von uraltem Pergament. Das verkarstete Hinterland war uneben und schien größtenteils unbesiedelt. Vor der Küste, auf der von winzigen

Wellenkämmen schraffierten Meeresoberfläche, konnte man einen Öltanker sowie drei Frachtschiffe im Miniaturformat erkennen.

„Wir müssten bald ankommen", sagte Lydia, und tatsächlich begann das Flugzeug kurze Zeit später, in den Sinkflug überzugehen. Gemäß den Anweisungen des Piloten stellten sie die Rückenlehnen gerade und zogen ihre Sitzgurte fest. Eine erneute Welle der Schläfrigkeit überfiel Freundel. Träge ließ er den Blick über die vor ihm befindlichen Sitzreihen schweifen. Auf der gegenüberliegenden Seite des Gangs ragte, nur wenige Meter entfernt, die porzellanblanke, unvermindert gerötete Glatze von Rufus über das Zweierspalier der Sessellehnen. Auf dem benachbarten Sitz, der an den Mittelgang grenzte, saß Gruner. Zu einer hellen Sommerhose trug er ein knallblaues T-Shirt. An seinem Handgelenk baumelte eine Herrenhandtasche aus anthrazitfarbenem Segeltuchstoff. Unwillkürlich musste Freundel schmunzeln. Die ganze Konstellation war schon ziemlich abgefahren. Überhaupt war es das erste Mal, dass er sich gemeinsam mit Rufus auf eine Reise begab. Auch Lydia und er hatten – abgesehen von einem spontanen Wochenende in Paris, an dem der Aprilwind Konfettiwolken schneeweißer Blüten durch das Quartier du Marais trieb – bisher noch keinen längeren Trip miteinander unternommen. Umso mehr freute er sich auf das schicke Hotelzimmer mit Veranda und Meerblick, das sie erwartete.

Zufrieden schloss er die Augen. Während die Maschine den Sinkflug fortsetzte, kehrten die Bilder von der in der Ägäis badenden Fürstin zurück. Er benötigte einen Augenblick, um sich zu vergewissern, dass es sich bei René Descartes um eine historisch reale Persönlichkeit handelte und nicht um eine Figur, die lediglich in seinen Träumen und Phantasien existierte. Der seltsame Dialog, der sich in der sonnendurchfluteten Bucht entsponnen hatte, begann an seinen Hirnwindungen zu nagen. Was Elisabeth von der Pfalz von sich gegeben hatte, klang durchaus stringent. Aber die Schlussfolgerung, zu der sie am Ende gelangt war, mutete dennoch irgendwie überzogen an. Auch war zweifelhaft, ob die reale Fürstin ihr Haupt mit einer derart manierierten Rokkokoperücke geziert hatte.

Der sogenannte internationale Flughafen von Dubrovnik bestand aus nicht mehr als einem mickrigen Provinzterminal. Aus der Luft betrachtet, sah das Gebäude aus wie ein kleinteiliger, zu hastig zusammengekleisterter Modellbausatz. Bei der Annäherung vom Rollfeld her wirkte es baufällig und schäbig. Einzig die Innenausstattung, zu der jetzt eine nagelneue Ladengalerie zählte, hatte sich seit seinem letzten, fast zehn Jahre zurückliegenden Besuch beträchtlich gemausert.

Nach kurzer Wartezeit passierten Rufus, Gruner, Lydia und er, ihre jeweiligen Rollkoffer im Schlepptau, die Zollkontrolle. Anschließend ließen sie sich von einem Taxi in die Stadt bringen. In gnadenlos überhöhtem Tempo raste der fabrikneu riechende Toyota über die gewundene Küstenstraße. Sie wurde abwechselnd gesäumt von verblühten Oleanderbüschen und gedrungenen Zypressen. Das Nadelkleid der Bäume war durchsetzt von abgestorbenen Stellen, wodurch es dem zerschlissenen Fell skorbutkranker Nutztiere ähnelte. Durch die heruntergelassenen Scheiben blies einer heißer, trockener Fahrtwind ins Innere des Wagens. Während Gruner auf dem Beifahrersitz mit dem Chauffeur auf Kroatisch palaverte, hatten Freundel und Rufus auf der weichen, mit klebrigem Kunstleder bezogenen Rückbank Platz genommen. Zwischen die beiden Männer quetschte sich Lydia, deren ananasgelbes Sommerkleid im Wind flatterte und deren glattrasierte Beine nach frisch aufgetragener Sonnenmilch dufteten. Die Verlegenheit, in die diese Situation den sonst so souverän auftretenden Komponisten brachte, war mit Händen zu greifen.

Die Küste auf der linken Seite der Straße fiel steil zum Meer hin ab. Nach etwa zehn Minuten kurvenreicher Fahrt tauchten, auf einer Landnase gelegen, die gewaltigen Festungsmauern des historischen Stadtkerns vor ihren Augen auf. Am Abend würden sie sich dort mit zwei kroatischen Verbindungsleuten treffen. Mit der Pedanterie eines Dorfschulmeisters hatte Rufus ihn auf diese

Gespräche, ebenso wie auf die nachfolgenden Eignungstests, vorbereitet. Was vor allem zählte, war eines: Keinerlei Zweifel an der Entschlossenheit aufkommen zu lassen, künftig in bedingungsloser Loyalität mit der Frankfurter Gruppe zusammenzuarbeiten. Glücklicherweise hatte Lydia vor einigen Jahren dieselbe Prozedur über sich ergehen lassen müssen. Daher konnte sie ihm jetzt mit allerlei zweckdienlichen Informationen und praktischen Ratschlägen zur Seite stehen.

Während in jeder Kurve ihr nassgeschwitzter Leib gegen seinen Oberkörper gepresst wurde, erfasste ihn abermals ein Gefühl der Bewunderung für seine Begleiterin. Freilich war er mehr als froh, erfahren zu haben, dass sie sich weder an schwerstkriminellen noch gar an gewalttätigen Aktionen beteiligte. Bereits seit knapp drei Jahren zählte sie zu den Stipendiaten der Loge. Ursprünglich war sie von Himmelsried in den Kreis eingeschleust worden. Den bis dato glücklosen Romancier hatte sie in einem Taunuskaff namens Arnoldshain, im Rahmen einer kirchlichen Schreibwerkstatt, kennengelernt – ein Kontakt, der damals in eine vorübergehende, nach Lydias eigenen Worten jedoch belanglose Affäre mündete. Zunächst war sie, ebenso wie die übrigen Brissago-Mitglieder, in den von Brüssel aus gesteuerten Grenzgängerbetrieb eingebaut worden. Seit die Loge ihre Geschäftspolitik neu ausgerichtet hatte und den Frankfurter Unterweltgranden freie Mitarbeiter zur Verfügung stellte, war sie auch einige Male an Kokaintransporten beteiligt gewesen. Die meiste Zeit über jedoch arbeitete sie in einer Scheinfirma für Immobiliengeschäfte, für die sie einen Teil des technischen Schriftverkehrs erledigte und die Buchhaltung übernahm. Ihr stets bewachtes, elegant möbliertes Büro war in einer Zweizimmerwohnung in der Nähe des Eschersheimer Tors untergebracht. Sie teilte es sich mit zwei kettenrauchenden Rechtsanwälten, die beide aus der Uckermark stammten und die sich in einem aus Rauchglas gefertigten Terrarium einen deutlich übergewichtigen, gelbgrünen Lurch als Maskottchen hielten.

In gewissen Abständen unternahm sie zudem, in Rufus' Auftrag, Reisen nach Osteuropa zu dort ansässigen Kontaktpersonen, die inzwischen ebenfalls dem Brissagokreis angehörten. Nicht nur in Jugoslawien, sondern auch in anderen ehemals sozialistischen Staaten hatten nach der politischen Wende viele Intellektuelle ihre zuvor gesicherten Positionen eingebüßt und standen über Nacht ohne Auskommen da. Unter ihnen gab es nicht wenige, in deren morsches Gemüt der brutale gesellschaftliche Abstieg einen endgültigen Dübel des Zynismus getrieben hatte. Manche dieser Unglücksraben wären sogar einen Pakt mit dem Leibhaftigen eingegangen, um ihren ehemals gehobenen Status und Lebensstil zurückzugewinnen. Sofern sie in den Augen von Rufus förderungswürdiges Talent besaßen, vermochte die Loge sie zumindest vor dem Gröbsten zu bewahren.

Freundel war froh, endlich den Grund für Lydias zeitweilige Absenzen zu kennen. Von den monatlichen Erträgen, die bei der geheimen Tippsentätigkeit für sie abfielen, konnte sie das extravagante Loft sowie ihren übrigen Lebensunterhalt problemlos finanzieren. Im Rahmen der finanziellen Transaktionen, die sie für ihre Arbeitgeber zu verwalten hatte, war ihr allerdings der Erpressungsfall René nie zu Gesicht gekommen. Ebenso wenig hatte sie geahnt, dass Rufus und er miteinander befreundet waren. Diese Ahnungslosigkeit verdankte sich lediglich dem Zufall, dass Freundel bei jenen Gelegenheiten, als er ihr von seinem komponierenden Spezi erzählte, darauf verzichtet hatte, dessen Namen zu erwähnen. Umgekehrt hatte Lydia bereits in Erwägung gezogen, ihn behutsam mit Rufus und dessen Organisation bekannt zu machen, in der Hoffnung, ihm hierdurch nach dem definitiven Aus in Sachen Professorenstelle eine Einkommensalternative zur Prostitution zu eröffnen.

Ihr Hotel lag an einer staubigen Ausfallstraße am nördlichen Stadtrand von Dubrovnik. Das betongraue Gebäude stammte unverkennbar aus der Zeit der sozialistischen Einheitsarchitektur, war jedoch nach dem Zusammenbruch des Titostaats durch einen von bunten Streben umrankten Anbau in pseudo-postmodernem Stil aufgepeppt worden. Der Trakt, in dem sich ihr Zimmer befand, klebte unterhalb der Rezeptionshalle an einer Felswand, etwa 20 Meter über einem geschwungenen Kiesstrand. Der Raum besaß einen Balkon, über dem die Äste einer giftgrünen Kiefer Schatten spendeten. Die Luft im Inneren des Zimmers war von einem zitronigen Aroma erfüllt, zugleich süßlich und billig riechend. Neben der Balkontür hing ein Fotokalender vom Vorjahr. Auf dem Titelbild posierte ein Unterwäschemodell namens „Bogdana". Darunter funkelte, auf einem nougatbraunen Holzgestell, der Flachbildschirm eines Fernsehgeräts. Zu dessen Zubehör gehörte neben einem DVD-Spieler eine mit Isolierband geflickte Fernbedienung in Walkie-Talkie-Größe.

Frisch geduscht und von den Hüften an abwärts unbekleidet, stand Lydia vor dem geöffneten Kleiderschrank. Dort sortierte sie Teile der mitgebrachten Wäsche aus ihrem Koffer in die Schubladen und Fächer. Oben herum trug sie ein kariertes Männerhemd aus Flanell. Dessen farbenfrohes Muster erinnerte an die kunterbunt gefüllten Seiten eines Briefmarkenalbums. Freundel saß auf der Kante des Doppelbetts, wo er mit dem Aufschnüren seiner ledernen Halbschuhe beschäftigt war. Aus dem Nachbarzimmer drang zum wiederholten Mal ein lautes Schneuzen. Es hörte sich an, als werde eine schwere Truhe mit Gewalt über einen unversiegelten Boden geschleift.

„Diese Wände sind scheißhellhörig", sagte Lydia, während sie die Schranktür schloss. „Bleibt nur zu hoffen, dass sich Gruner nicht auch noch als passionierter Schnarchsack erweist."

Phlegmatisch lehnte sich Freundel auf dem Bett zurück. Dabei musterte er das dunkle Holzkruzifix, das an der gegenüberliegenden Wand prangte.

„Es verblüfft mich immer wieder", sagte er, „wie stark das Christentum in unserer modernen Welt noch die Finger im Spiel hat. Es würde mich nicht wundern, wenn sie hier sogar eine Bibel im Nachttisch hätten."

„Kroatien ist ein stockkatholisches Land", erwiderte Lydia. Sie ging zu dem roten Schränkchen, das sich an ihrer Seite des Doppelbetts befand.

„Du hast Recht", rief sie, nachdem sie die Schublade aufgezogen hatte. „Hier liegt eine Frohe Botschaft. Sogar auf Deutsch."

„Im Grunde", fuhr Freundel fort, „habe ich nie wirklich begriffen, wie die christliche Lehre es überhaupt geschafft hat, sich in der Weltgeschichte durchzusetzen. Wenn man sich die Verworrenheit der Dogmen vor Augen führt."

Auf seine Stirn traten Falten. Lydia schwieg, während sie mit der Fußspitze die Schublade zuschob.

„Ich meine", fügte er an, „die ganze schräge Vorstellung von dem einen Gott, der sich in der Dreieinigkeit vervielfältigt und obendrein als sein eigener Sprössling auf der Erde hausieren geht. Das alles widerspricht doch so gnadenlos den Gesetzen der Logik, dass es den Glauben eigentlich extrem behindern müsste."

„Mmh. Schon wahr."

„Im Gegensatz dazu erscheinen andere Religionen, wie zum Beispiel das Judentum oder der Islam, zumindest in metaphysischer Hinsicht weniger konfus."

Lydia trat vor die geöffnete Balkontür und blickte hinaus. Der diesige Abendhimmel über der Bucht leuchtete fahl, wie ein riesiger Schädelknochen auf einem von hinten illuminierten Röntgenbild.

„Darin liegt ja gerade das Erfolgsgeheimnis", erwiderte sie. „Der Trick des Christentums besteht darin, nicht allzu plausibel zu sein."

„Wie meinst du das?"

„Die christliche Lehre gibt einem die Möglichkeit, sich ganz locker nebenher eine Religion zu halten. Ohne sich dem Glauben allzu stark zu unterwerfen. Diese Bequemlichkeit kann der Islam nicht bieten."

„Das verstehe ich nicht ganz."

„Komm schon. Eine überzeugendere Religion würde viel zu tief in das Leben der Menschen eingreifen."

„Du meinst, die Leute fühlen sich wohler mit einer Religion, die sich ein Stück weit auf Abstand halten lässt?"

„Na ja", antwortete Lydia. „Immerhin braucht man die Gebote ja nicht ganz so ernst zu nehmen, wenn schon das metaphysische Fundament so schwächelnd daherkommt."

Er löste den Gürtel seiner Hose, um es sich auf der Matratze bequemer zu machen.

„Der Gedanke gefällt mir", sagte er dann. „Die eigenartige Anziehungskraft des Christentums, die für die meisten Intellektuellen ein so immenses Ärgernis darstellt, geht in Wahrheit von seiner fehlenden Stichhaltigkeit aus."

„In menschlichen Beziehungen läuft es doch ganz ähnlich", sagte Lydia und drehte sich zu ihm um. In dem Gegenlicht, das vom Balkon her in den Raum fiel, blieb ihr Gesichtsausdruck undeutlich.

„In menschlichen Beziehungen?"

„Aber klar doch", erwiderte sie. „Bei den meisten Paaren, die ich kenne, sind die Partner nicht wirklich voneinander überzeugt. Dennoch halten sie an ihren Ehen oder Verbindungen fest. Das ist letztlich die bequemere Variante. Auch eine wirklich überzeugende Liebe würde viel zu tief in das Leben eingreifen."

Nachdem sie diese Sätze gesagt hatte, wandte sie sich ab und trat hinaus auf den Balkon. Dort nahm sie auf dem weißen Plastikstuhl Platz, den sie, nachdem sie aus der Dusche gekommen war, mit ihrem Handtuch notdürftig abgewischt hatte. Ohne das Gespräch fortzusetzen, wartete sie auf das Hereinbrechen der Dämmerung. Freundel blieb derweil regungslos auf dem Bett liegen. Ein sanft abschüssiger Krater der Melancholie tat sich unter dem Nachhall von Lydias Worten in seinem Inneren auf. Von welcher Art war die Liebe, die sie beide miteinander verband? Griff *sie* tief genug in ihr Leben ein? Dass dies bei ihm der Fall war, ließ kaum einen Zweifel zu. Davon zeugte allein schon die Tatsache, dass er gemeinsam mit Lydia diese Reise angetreten hatte, die den endgültigen Bruch mit seinem bisherigen Leben bedeutete. Doch wie stand es um Lydia? Wie viel empfand sie tatsächlich für ihn? Zu welchem Urteil würde sie gelangen, würde sie aufgefordert, den Grad ihrer Verbundenheit auf einer Skala des Tiefgangs zu verorten?

Während er noch vor sich hin grübelte, läuteten in der nahegelegenen Altstadt, kurz nacheinander und in der Tonhöhe durch unsaubere Intervalle voneinander geschieden, die metallischen Glocken dreier Kirchturmuhren. Jede von ihnen gab acht Schläge von sich. Anschließend herrschte abermals vollkommene Stille. Sie wurde nur einmal kurz durchbrochen vom entfernten Knattern eines Motorrads. Irgendein sehnsuchtsvoller Halbstarker, der durch den vom Zwiespalt der Provinz geschwängerten Dunst des Abends raste. Von draußen wehte derweil ein kühlerer Luftzug in den Raum. Die Dunkelheit näherte sich jetzt rasch, als sei der Himmel über dem Meer ein Tuch, das sich von Minute zu Minute stärker mit Nässe vollsog. Nur wenig später schossen, auf spitzwinkligen Flugbahnen einander kreuzend, die ersten Fledermäuse zwischen den Kronen der Kiefern hindurch.

Der folgende Vormittag verlief im Großen und Ganzen ereignislos. Nach dem Frühstück hatte Lydia sich zum Schreiben in ein klimatisiertes Café zurückgezogen, in Sichtweite des historischen Rolandsdenkmals gelegen. Lethargisch lümmelte sich Freundel unterdessen auf dem angenehm warmen Balkon des Hotelzimmers. Unter ihm rauschten die Wellen an den groben Kiesstrand, der links neben dem Gebäude an eine Felswand grenzte und rechterhand an einer Betonmole endete. Zuvor hatte Gruner, in bedenklich ungesunder Haltung, auf dem benachbarten Balkon gehockt und mit einem Bleistift Notizen auf einen Schreibblock gekritzelt. Seinen etwas wolkig anmutenden Erklärungen zufolge rang er bereits seit Wochen mit dem Versuch, Hegels Kantkritik in formalsemantischer Notation zu Papier zu bringen.

Welchem weitergehenden Zweck das verzwickte Unterfangen dienen sollte, blieb allerdings im Dunkeln. Der Kroate war wirklich ein Idiot. Daran konnte auch die Tatsache nichts ändern, dass er sich inzwischen schon etliche Male, mit betretener Miene und einem Ausdruck aufrichtigen Bedauerns, für seine erpresserischen Auftritte entschuldigt hatte.

Freundel lehnte sich in den Plastikstuhl zurück, dessen Sitzfläche sich auch nach wiederholtem Abputzen noch leicht klebrig anfühlte. So konnte er durch eine Lücke zwischen den Kieferzweigen hindurch den Horizont betrachten. Die Linie, an der sich weit draußen vor der Bucht das Meer und der Himmel berührten, erschien scharf wie ein Messerstrich. Die Oberfläche des Wassers schimmerte stählern, während sich hoch oben in der Luft aschfarbene Quellwolken türmten. Unablässig musste er an die heikle Übung denken, die ihm am Nachmittag bevorstand. Hoffentlich würde er die Erwartungen seiner neuen Freunde und Förderer erfüllen. Immerhin war der gestrige Abend einigermaßen problemlos verlaufen. Zu dem verabredeten Zeitpunkt hatten Rufus und er sich mit den beiden ortsansässigen Verbindungsleuten getroffen. Das Meeting fand im Hinterzimmer eines Lokals statt, das in einer schmalen Gasse lag, direkt an die alte Stadtmauer angrenzend. In dem stickigen Raum stand ein Holztisch mit ungarischen Caféhausstühlen, und an der Wand neben dem Fenster ließen sich noch die furchterregenden Spuren eines serbischen Mörsereinschlags studieren.

Einer der beiden Kroaten war wie ein westlicher Geschäftsmann gekleidet, die Hände feingliedrig und gepflegt. Sein Kollege, dessen pockennarbiges Gesicht aussah, als sei es aus wurmstichigem Holz gebeizt, entsprach dagegen eher dem klassischen Bild eines Ganoven. Allerdings wiesen die extremen Ringe unter seinen Augen auf empfindliche Schlafstörungen hin. Glücklicherweise konnte Freundel die bohrenden Fragen, die die beiden an ihn richteten, zu deren Zufriedenheit beantworten. Daraufhin wurde die neu geschlossene geschäftliche Verbindung mit energischen Handschlägen, dem gemeinsamen Verzehr einer Stopflebergans sowie unzähligen Gläsern eines lokalen Zwetschgenlikörs besiegelt.

Eine schneeweiße Motoryacht, deren Bug übermäßig spitz zulief, glitt jetzt am Horizont vor der Bucht entlang. Währenddessen brach die Sonne durch die Wolken. Ihre Strahlen warfen einen riesigen glitzernden Fleck, in Form eines verschwommenen Pfauenauges, auf die mittlerweile fast völlig bewegungslose Meeresoberfläche. Lange horchte Freundel in sich hinein. Jener Teil von ihm, der seit Wochen aus den Fugen geraten war, begann sich allmählich in veränderter Gestalt neu zusammenzufügen. Fortan würde es kein Zurück mehr geben. Er musste versuchen, die seit Jahrzehnten vertraute Form des Daseins zu vergessen, die sein früheres Leben ummantelt hatte. Sie lag endgültig hinter ihm – zurückgelassen wie ein heillos zerschossener Unterstand, nachdem die Frontlinie der Schlacht gen Westen gerückt war und die Generäle sich rittlings davon gemacht hatten. Der bevorstehende Neubeginn war bestimmt kein Kinderspiel. Eine Alternative gab es für ihn jedoch nicht mehr.

Aus einer der maroden Straßen oberhalb der Bucht ertönte das Kläffen eines Köters. Noch einmal ließ er im Geiste die letzten Wochen des Semesters Revue passieren. Während die erbarmungslose Schwüle des Hochsommers die Gemüter der Stadtbewohner malträtierte, hatte er die professionellen Verpflichtungen, die die Vertretungsdozentur ihm auferlegte, bloß noch mechanisch und ohne innere Beteiligung absolviert. Umgekehrt war ihm nicht entgangen, dass die Studenten, die seine vier Seminare besuchten, deutlich weniger Engagement zeigten, seit offiziell bekannt geworden war, dass er nicht zur künftigen Riege ihrer Professoren zählte. Auch hatte keiner seiner Kollegen, die am Frankfurter Institut lehrten, es für nötig befunden, sich nach Beendigung der letzten Unterrichtswoche von ihm zu verabschieden. Lediglich Frau Mozarti hatte, mit einem Tremolo der Rührung in der Stimme, ihre guten Wünsche für seine weitere Zukunft zum Ausdruck gebracht und ihm eine elefantöse Packung Sarotti-Pralinen mit auf den Weg gegeben.

Die Zukunft: Das war jetzt allein die Akademie. Sofern die Dinge rund liefen und er die Summen, die man ihm in Aussicht stellte, tatsächlich erwirtschaften konnte. Gelänge ihm dies, hätte er, zusammen mit den angesparten Geldern aus Renés Aktivität, vielleicht schon im kommenden Frühjahr genügend Startkapital zur Verfügung, um in der Lage zu sein, die Gründung des Instituts in Angriff zu nehmen. So gesehen, hatte die aberwitzige Wendung, die sein Leben genommen hatte, doch noch ihr Gutes. Die Skrupel, die er im Augenblick noch besaß, würden wohl bald verflogen sein. Eine Akademie, befeuert von platonischem Erkenntnisdrang und ganz der Aufgabe gewidmet, die Angehörigen der modernen Zivilisation aufs Neue das Staunen zu lehren. Gab es überhaupt ein verdienstvolleres Unterfangen? Mal ganz abgesehen von seiner persönlichen Neigung: War dies nicht, auch objektiv betrachtet, ein Projekt von schlechthin übergeordnetem Interesse? Welchen Wert besaß im Vergleich dazu schon das Festhalten an herkömmlicher gesellschaftlicher Legalität?

Die Wolkendecke über der Adria hatte sich mittlerweile fast vollständig aufgelöst. Das Meer lag satt und kobaltblau vor ihm – ein leuchtender Ausschnitt jenes unverkennbaren Gewandes, in dem die Erde sich dem fernen Blick des kosmischen Betrachters darbot. Die quarzhart erscheinende Oberfläche des spiegelglatten Elements verriet zugleich die ungeheure Schwere, mit der die Wassermassen sich in die Bucht pressten. Freundel konsultierte seine Armbanduhr. Es war bereits kurz vor drei. Bald würde Lydia zurückkehren, und sie würden sich gemeinsam auf den Weg machen. Die Luft war jetzt vollkommen windstill. Eine fette Schabe, deren geriffelter Proteinpanzer graugrün schimmerte, kroch im Zeitlupentempo über das Balkongeländer. Er beschloss, sich vor dem Aufbruch noch ein Bier aus der Minibar des Hotelzimmers zu genehmigen. Dies würde hoffentlich verhindern, dass seine Hände später zittern, wenn er in dem Steinbruch stand. Freilich durfte die Alkoholdosis auch nicht zu hoch liegen. Er musste noch imstande sein, mit der erforderlichen

Präzision zu agieren. Damit ihm bei der Übung nur ja kein verhängnisvoller Fehler unterlief.

Zwei Stunden später näherte sich ihr Wagen der Grenze. Mit einer ruckartigen Bewegung schaltete Lydia den Ford in den ersten Gang. Das betagte Leihfahrzeug besaß kein Automatikgetriebe, und bei jeder Betätigung der Kupplung erfasste ein Stoß dumpfer Mechanik die gesamte Karosserie. Durch die gewölbte, von winzigen Insekten verklebte Windschutzscheibe ließen sich drei uniformierte Beamte erkennen. Sie brachten den vor ihnen fahrenden Pritschenwagen zum Halten, um die Ausweispapiere des Fahrers zu kontrollieren. Der burgunderrote Lexus, in dem Rufus, Gruner und ein ortsansässiger Verbindungsmann namens Jurica saßen, hatte den Grenzposten bereits passiert. In langsamem Tempo fuhr er die Piste an dem dahinter gelegenen Hang hinauf. Wenig später verschwand er zwischen flachen Beton- und Ziegelbaracken, die am oberen Ende der Steigung wahllos in die Macchia gepflanzt worden waren.

Kurz darauf war auch ihr Wagen an der Absperrschranke angekommen. Umstandslos wurden sie von der bescheidenen Staffel der Grenzschützer durchgewinkt. Lydia streifte die Sonnenbrille, die sie in den Haaransatz geschoben hatte, wieder herunter und beschleunigte den Wagen. Ihre Hände ruhten lässig auf dem bulligen Rund des Lenkrads. Die Ärmel ihrer frisch gewichsten Lederjacke glänzten lackschwarz, wobei sie entfernt nach imprägniertem Schuhwerk rochen.

Auf einer schmalen Brücke überquerten sie ein betoniertes Kanalbett. Anschließend fuhren sie ebenfalls die Hangstraße zu den Baracken hinauf. Die Bauweise war hier noch einen Grad schäbiger als im benachbarten Kroatien, und der Grenzort entsprach ziemlich genau dem heruntergekommenen Bild, das Freundel sich von Montenegro gemacht hatte. Beim Durchqueren der Siedlung mussten sie wiederholt rattengesichtigen Kampfhunden ausweichen, die sich auf dem Asphalt balgten. Einige hundert Meter hinter dem Ende der

Ortschaft parkte, am Rand einer Böschung, der Lexus. Gruner war ausgestiegen und lehnte, eine Kippe zwischen den Lippen, an der Karosserie. Jenseits der Böschung fiel das Gelände steil zum Meer hin ab. Langsam fuhr Lydia an den Standstreifen. Dort warteten sie, bis Gruner die Rauchpause beendet und der Wagen vor ihnen seine Fahrt wieder aufgenommen hatte.

Nach ungefähr zehn Kilometern erreichten sie eine unbeschilderte Kreuzung. Dort bog der Lexus nach links ab. Die Straße, auf der sie ihm folgten, führte im rechten Winkel von der Küste fort, in Richtung Landesinnere. Um zu dem Übungsgelände zu gelangen, mussten sie zunächst einen Teil des gebirgigen Hinterlands passieren.

„Ist es noch weit?", fragte Freundel.

„Etwa dreißig Kilometer", antwortete Lydia. „Das Ganze dauert aber noch eine gute Stunde. Weiter oben gibt es haufenweise Schlaglöcher."

Er kurbelte das Fenster herunter und schob den Ellenbogen in den Fahrtwind. Das mit dem Bier war eine dumme Idee gewesen. Die besänftigende Wirkung des Alkohols begann bereits wieder nachzulassen. Zurück bleib ein Gefühl der Zerschlagenheit.

Fürs erste verlief die Straße schnurgerade. Siedlungen gab es in der Nähe offenbar keine. Nur gelegentlich kam ihnen ein landwirtschaftliches Nutzfahrzeug entgegen, dessen klobige Konstruktion darauf hindeutete, dass es einer früheren Lieferung aus einem sozialistischen Bruderland entstammte. Trotz der südlichen Lage war das Augustwetter in dieser Gegend überraschend mild. Das Licht der Abendsonne touchierte sanft die umliegenden Hügel. An einigen der Hänge grasten Schafherden. Aus der Ferne betrachtet sahen die Tiere aus wie Ansammlungen fettleibiger Maden. Zur Rechten der Straße reihten sich Maisfelder aneinander, aus denen jedes Mal ganze Schwärme von Saatkrähen aufstiegen, sobald ihr Wagen näher kam. Zwischendurch führte die Strecke durch bewaldete Abschnitte, die teils aus hochgewachsenen Kiefern, teils aus Laubbäumen bestanden. Alles in allem haftete der Landschaft ein schwer definierbares Mischmasch aus mitteleuropäischen und mediterranen Zügen an.

Sie erreichten eine Brücke, die aus schweren, verrußten Metallstreben bestand. Auf ihr überquerten sie ein ausgetrocknetes Flussbett, in dem zwischen gigantischen Kalksteinbrocken uralte Autowracks vor sich hin rosteten. Kurz darauf begann die Umgebung sich zu verändern. Die Straße wand sich in ausladenden Serpentinen einen Hang hinauf, auf dessen Grund so gut wie keine Vegetation mehr wuchs. Der Asphalt wies hier tatsächlich unzählige Schlaglöcher auf, von denen einige so tief waren, dass Lydia den Wagen im Schritttempo zwischen ihnen hindurchsteuern musste. Am oberen Ende der Steigung ging der Bergsattel in eine Art Hochebene über. Auf beiden Seiten des Plateaus erhoben sich weitere verkarstete Anhöhen. Die Hänge wirkten lehmig und waren von verstreut sprießenden, dunklen Macchiabüschen bedeckt. Im entfesselten Feuerschein des Abends leuchteten sie wie dünnlagige Eierpfannkuchen, auf denen die stärker angebratenen Stellen ein gesprenkeltes Muster bildeten.

Der Lexus fuhr noch immer in Sichtweite vor ihnen. Eine zunehmende Nervosität und Beklemmung ergriff von Freundel Besitz. „Wenn wir noch lange unterwegs sind", sagte er, „wird es doch bald zu dunkel."

„Wenn ich mich richtig erinnere, sind wir gleich da", erwiderte Lydia.

Kurze Zeit später gelangten sie an einen hölzernen Wegweiser. Die Beschriftung war praktisch nicht mehr zu erkennen. Dort bog das burgunderrote Gefährt, in dem ihre Begleiter saßen, in eine von Schotter bedeckte Seitenstraße ein. Wie aus dem Nichts tauchte auf einmal auf beiden Seiten der Piste eine dichte Vegetation auf. Sie bestand aus mannshohem Gesträuch, mit ovalem, cremig grünem Blattwerk, durchsetzt von sonderbar kleinwüchsigen Laub- und Nadelbäumen. An einigen Stellen hatte man die Straße direkt in den Fels gesprengt. Jedes Mal, wenn sie eine Rippe des unbehauenen Gesteinsbodens passierten, rumpelte und schwankte ihr Gefährt, als durchlaufe es einen Belastungstest für eine Mondmission. Freundel wurde übel. Dennoch riss er sich zusammen. Die Akademie war das Ziel. Sie war das einzige Ziel, das ihm jetzt blieb. Und dieser holperige Weg war der Pfad, der ihn, so stand zu hoffen, am Ende dorthin führen würde. Allmählich ließ die Vorstellung ihn ruhiger werden. Eine sanfte Woge der Müdigkeit erfasste ihn. Trotz seiner vorherigen Anspannung und trotz des beständigen Auf- und Niederschepperns der Karosserie fiel er in eine Art Sekundenschlaf. Vor seinem inneren Auge erschien das Bild eines zur Seite kippenden Glockenturms. Im Vordergrund drängte sich eine Armada zwergähnlicher Gestalten. Sie trugen Helme aus schimmerndem Erz und schlugen kleine Trommeln, in deren Bäuchen Glutfetzen flackerten. Dahinter erstreckte sich, überwölbt von einem düsteren Himmel, eine endlose Brachlandschaft. Den Boden durchfurchten Kanäle und Schächte, in denen eine dampfende Flüssigkeit trieb. Eine purpurne Wolke, die aus unsichtbaren Kaminen an den Rändern der Szenerie aufstieg, ballte sich hoch über seinem Haupt zu einem gewaltigen Pilz, um sich anschließend, unendlich langsam, hinab auf sein Herz zu senken.

Das Übungsgelände lag inmitten einer Mulde, die sich von außen nicht einsehen ließ. Den unebenen Boden bedeckte grobkörniger Kies, von dem sich vereinzelte Geröllhaufen erhoben. In einer Entfernung von etwa dreißig Metern ragte eine steile Felswand empor, in der Höhe eines mehrstöckigen Gebäudes. Das helle Kalkgestein wies scharfkantige Abbruchstellen auf, die offenkundig von früheren Sprengungen herrührten. Auf dem Boden vor der Wand lagen die vergammelten Überbleibsel mehrerer Melonen. Sie sahen aus, als habe jemand sie mit äußerster Gewalt in Stücke gerissen. Über den Melonenresten stiegen unablässig Hornissen auf, die sich auf elliptischen Umlaufbahnen einige Meter entfernten, um sich dann mit Verve erneut auf das faulige Fruchtfleisch zu stürzen. Zur Linken wurde das Kiesgelände von drei dunklen Holzbaracken begrenzt, mit Dächern aus salpeterfarbenem Blech. Sie hatten früher vermutlich den Arbeitern des Steinbruchs als Aufenthaltsräume gedient. Vor den Baracken lagen mehrere verrostete Ölfässer. In einigen von Ihnen klafften Risse. Neben den Fässern hatte Rufus den Lexus geparkt.

In den beiden übrigen Himmelsrichtungen wurde das Gelände von flach ansteigenden Hügeln gesäumt. Ihre ausgewaschenen Lehmböden boten vereinzelten Distelgewächsen Halt. Einer der Hügel endete an einem Hain dunkler Zypressen von unterschiedlich hohem Wuchs. Im Halbkreis ließ Freundel den Blick über den Horizont gleiten. Er kam sich vor wie ein gigantischer Trichter, in den die umgebende Landschaft hineinzurutschen schien. Wo genau befand sich die Grenze zwischen ihm und der Welt? Wie weit hatte das eingefleischte Gefüge der Dinge, das sich um ihn herum zentrierte, bereits sein eigenes Sein durchdrungen?

In der Zwischenzeit hatte Jurica den Kofferraum des Lexus geöffnet. Gemeinsam hievten Rufus und er eine hölzerne Kiste heraus, gefüllt mit frischen Wassermelonen. Sie trugen sie in die Mitte des Geländes, wo bereits, die Unterseiten nach oben gekehrt, vier weitere Holzkisten lagen. Auf jede der Kisten platzierten sie eine Melone. Dann trotteten sie zu dem Wagen zurück und machten es sich in den Sitzen bequem, um von dort aus das weitere Geschehen zu beobachten. Als nächstes öffnete sich die Tür einer der Baracken. Heraus trat Gruner. Um die Hüften trug er einen Gürtel, in dem lose ein Revolver steckte. In den Händen hielt er zwei weitere Waffen. Lydia, die seit Minuten in Gedanken versunken auf einem der mächtigen Felsquader neben den Baracken gesessen hatte, erhob sich und ließ sich eines der Schießgeräte reichen. Anschließend gingen beide auf Freundel zu.

„Du musst dich so aufstellen, dass die Schussbahn parallel zu der Felswand verläuft", sagte Gruner und überreichte ihm die andere Waffe. „Wenn du die Wand triffst, besteht die Gefahr, dass ein Blindgänger zurückprallt."

Freundel nahm den Revolver in die Hand. Er war kalt und schwer. Auf dem bleigrauen Schaft lag ein maliziöser Glanz. Gruner stellte sich direkt neben ihn. Ohne zu zögern, zückte der Kroate seine eigene Waffe und zielte auf eine der Melonen, die etwa 15 Meter von ihnen entfernt lag. Dann drückte er ab. Der Schuss war so laut, dass Freundel zusammenfuhr. Die Melone zerbarst in mehrere Teile. Eines von ihnen wurde meterhoch in die Luft geschleudert. Flüssigkeit und Fetzen von Fruchtfleisch regneten auf den Kiesboden herab. Die Gewaltsamkeit, mit der die Kugel in den organischen Körper einschlug, übertraf alles, was er sich vorgestellt hatte.

„Jetzt du", sagte Lydia. Aus ihren schwarzumränderten Augen warf sie ihm einen schmalen, aber eindringlichen Blick zu. „Am besten, du nimmst zu Beginn beide Hände. Dadurch kannst du den Rückstoß besser abfangen. Schau her: Ich mach es dir vor."

Sie bezog neben ihm Position, um ihm die korrekte Schusshaltung vorzuführen.

Bedächtig wog er die Waffe in der Hand. Derweil trat Gruner einen Schritt hinter sie zurück. Hoffentlich stimmte, was Rufus ihm wiederholt versichert hatte. Hoffentlich würde niemand ihn jemals nötigen, anstatt auf eine Melone auf einen realen Kopf zu zielen.

„Betrachte es einfach als ein Initiationsritual", hatte sein glatzköpfiger Freund und frischgebackener Arbeitgeber ihm am gestrigen Abend geraten, als sie nach dem Treffen mit den Verbindungsleuten gen Mitternacht durch die Straßen der Altstadt zu ihrem Hotel zurückgeschlendert waren. „Die zuständigen Führungskräfte unserer Partnerorganisation verlangen das einfach. Sie akzeptieren als Mitarbeiter ausschließlich Leute, die mit einer Waffe umgehen können."

Freundel hatte nur stumm genickt und auf das abgewetzte Marmorpflaster geblickt, das im Widerschein der Straßenlaternen glänzte, als sei es mit Zellophan überzogen. Die Anforderung war natürlich verständlich. Und es war bereits zu spät, um noch den Rückzug antreten zu können.

„Gib acht!", rief Gruner ihm zu. „Die Waffe ist schon entsichert."

Freundel hob den Kopf und schaute zur Seite. Lydia stand neben ihm, breitbeinig, die Pistole mit beiden Händen nach vorne gestreckt, eine Mischung aus

Emma Peel und Lara Croft. Sachte bewegte sich ihr Haar in dem abendlichen Luftzug, der von der Küstenregion jenseits der Karstlandschaft zu ihnen herüberwehte. Freundel richtete den Blick nach vorne. Ihre Umrisse wurden, parallel zueinander, von der minütlich tiefer sackenden Sonne als leptosome Schattenfiguren auf den Kiesgrund der Mulde geworfen. Beide schwiegen sie jetzt, und auch ihre Begleiter gaben keinen Mucks mehr von sich. Die schrundigen Wände des Steinbruchs, die Geröllhaufen, die Holzbaracken, die rostigen Ölfässer und die Zypressen auf den Hügeln im Hintergrund waren in ein unwirkliches Licht getaucht. Die Farben sämtlicher Gegenstände erschienen auf eine irreale Weise plastisch. Sie ähnelten der Kolorierung einer jahrzehntealten Photographie, in der ein Gelbstich und ein Blaustich einander überlagerten.

Er wartete, bis sein Atem ruhiger ging. Dann ließ er den Blick in der Ferne ruhen. Alles, was vor seinen Augen und jenseits des Horizonts lag, existierte kraftvoll, undurchdringlich und ohne erkennbaren Grund. In der Luft lag ein trockener Geruch, der von dem Kalkstaub des Steinbruchs und den würzigen Sträuchern an den umliegenden Hängen herrührte. Das Loch in seinem Sein war jetzt deutlich spürbar. Wie von rasenden unsichtbaren Flammen verzehrt, weiteten sich seine Ränder ins Grenzenlose. Es umfasste nicht mehr und nicht weniger als die gesamte Welt. Wie eh und je war auch der gleichförmige Druck zu spüren, der von der Existenz der in der Welt befindlichen Dinge ausging. Ein sanfter, beinahe zärtlicher Druck, der sich mit keinem Sinnesorgan wahrnehmen ließ und der dennoch beständig anzuhalten schien. Es war, als streife ihn ein leiser Atemstoß, der dem geheimen Innengrund des Seienden entwich: Ein Odem der Präsenz, der selbst das Stein- und Felsenreich der Erdkruste durchwehte und auch die unendliche dunkle Leere über ihm und oberhalb des Firmaments.

Mitten in die Stille dieses schweigenden Rätsels hinein peitschte sein erster Schuss.